W9-ATW-249

Selections from
VOLTAIRE

Portrait of Voltaire

Selections from

VOLTAIRE

with explanatory comment
upon his life and works

by

GEORGE R. HAVENS

Professor Emeritus of Romance Languages
Ohio State University

Revised Edition

HOLT, RINEHART AND WINSTON
New York • Toronto • London

Copyright © 1969 by Holt, Rinehart and Winston, Inc.
Previous Editions Copyright © 1925, 1930 by The Century Co.
Copyright © 1953, 1958 by George R. Havens
All Rights Reserved

Library of Congress Catalog Card Number: 77-76445
03-080130-3
Printed in the United States of America

9012345 13 987654321

To my Wife

LOUISE CURTISS HAVENS

PREFATORY NOTE

It is a pleasure to acknowledge help that has been received during the work of composing this book on Voltaire. Professor E. Preston Dargan of the University of Chicago made several valuable suggestions and was only prevented by illness from reading the whole manuscript and giving it the benefit of his extensive knowledge of eighteenth-century French literature and of Voltaire. Professor André Morize of Harvard University, several times cited in these pages, very kindly consented at considerable personal inconvenience to read the book in manuscript form, and brought to it his authoritative knowledge and keen judgment. The inclusion of several interesting selections is due to his suggestions. Professor Kenneth McKenzie of the University of Illinois, general editor of the Century Modern Language Series, has read the text with great care and prevented many an awkward slip and added his own valuable criticism. Thus the book owes much to the help of these men. The author takes this opportunity to express to them his sincere thanks for their interest and encouragement, the time spent, and the help given. Needless to say, however, the author alone is responsible for errors or inadequacies which may still exist in spite of care and every effort to eliminate them.

<div align="right">

G. R. H.

</div>

PREFACE (1969)

In this new edition, the *selective bibliography* has been brought up-to-date, a number of errors have been corrected in the text, and the Appendix has been greatly augmented to give their due place to important aspects of recent Voltaire scholarship. In this revised form, it is hoped that this book will continue, as in the past, to serve the needs of students and teachers of Voltaire, and will serve them better.

<div align="right">G. R. H.</div>

SECONDE PARTIE.

LE premier qui ayant enclos un terrain, s'avifa de dire, *ceci eft à moi*, & trouva des gens affés fimples pour le croire, fut le vrai fondateur de la fociété civile. Que de crimes, de guerres, de meurtres, que de miféres & d'horreurs n'eût point épargnés au Genre-humain celui qui arrachant les pieux ou comblant le foffé, eût crié à fes femblables. / Gardez-vous d'écouter cet impofteur; Vous êtes perdus, fi vous oubliez que les fruits font à tous, & que la Terre n'eft à perfonne :) Mais il y a grande apparence, qu'alors les chofes en étoient déjà venües au point de ne pouvoir plus durer comme elles étoient; car cette idée de propriété, dependant de beaucoup d'idées antérieures qui

G 5 n'ont

[Voltaire's marginal notes, right side top:] quoy celui qui a planté femé, et enclos na pas droit au fruit de fes peines

[Voltaire's marginal notes, right side lower:] quoy ces hommes injuftes et voleurs auroitété les bienfaiteurs du genre humain! voyla la philofophie D'un gueux

[Voltaire's note at bottom:] qui voudrait que les riches fuffent volés par les pauvres.

Voltaire's Marginal Comments on a Page from
the *Discours sur l'inégalité* by Rousseau
(1755)

TABLE OF CONTENTS

PAGE

PREFATORY NOTE vii
PREFACE (1969) ix
TABLE OF CONTENTS xi
INTRODUCTION xvii
SELECTIVE BIBLIOGRAPHY xxi
CHRONOLOGICAL OUTLINExxvii

PART I

THE YOUTH OF VOLTAIRE (1694–1729)

EARLY YEARS 3
ŒDIPE, 1718 9
L'ÉPÎTRE À URANIE, 1722 13
VOLTAIRE IN ENGLAND, 1726–1729 21
AN ENGLISH LETTER BY VOLTAIRE, OCTOBER 1726 24
LA HENRIADE, 1728 28

PART II

VOLTAIRE'S MIDDLE PERIOD (1729–1753)

VOLTAIRE AS A HISTORIAN 32
L'HISTOIRE DE CHARLES XII, 1731 34
DISCOURS SUR L'HISTOIRE DE CHARLES XII 34
DEATH OF CHARLES XII 37
ZAÏRE, 1732 41
LETTRES PHILOSOPHIQUES, 1734 43
VOLTAIRE AT CIREY 77
LE TRAITÉ DE MÉTAPHYSIQUE, 1734 79
ALZIRE, 1736 99

 PAGE
LE MONDAIN, 1736 100

AU PRINCE ROYAL DE PRUSSE, 1736 106

A M. LÉVESQUE DE BURIGNY, 1738 111

A M. L'ABBÉ DU BOS, 1738 112

DISCOURS EN VERS SUR L'HOMME, 1738 116

LE FANATISME OU MAHOMET LE PROPHÈTE, 1741 131

MÉROPE, 1743 132

VOLTAIRE AT COURT 133

ZADIG, 1747 134

A M. DIDEROT, 1749 180

DES EMBELLISSEMENTS DE PARIS, 1750 182

DIALOGUE ENTRE UN PHILOSOPHE ET UN CONTRÔLEUR, 1751 . . 186

VOLTAIRE AND FREDERICK THE GREAT, 1750–1753 190

LE SIÈCLE DE LOUIS XIV, 1751 192

 INTRODUCTION 193

 LOUIS XIV GOUVERNE PAR LUI-MÊME 199

 GOUVERNEMENT INTÉRIEUR 200

MICROMÉGAS, 1752 201

LE POÈME SUR LA LOI NATURELLE, 1752 223

PART III

VOLTAIRE'S FINAL PERIOD (1753–1778)

A FAMOUS LETTER TO JEAN-JACQUES ROUSSEAU, 1755 . . . 241

A M. TRONCHIN, 1755 245

LE POÈME SUR LE DÉSASTRE DE LISBONNE, 1756 246

L'ESSAI SUR LES MŒURS, 1753–1756 258

 AVANT-PROPOS 259

 CAUSES DE LA CHUTE DE L'EMPIRE ROMAIN 260

 DE LA PUCELLE 265

 MŒURS, USAGES, COMMERCE, RICHESSES, VERS LES XIII^e ET XIV^e
 SIÈCLES 267

PAGE

RÉSUMÉ DE TOUTE CETTE HISTOIRE JUSQU'AU TEMPS OÙ COMMENCE LE
 BEAU SIÈCLE DE LOUIS XIV 272

CANDIDE, 1759 273

RELATION DE LA MALADIE, ETC., DU JÉSUITE BERTHIER . . . 325

VOLTAIRE AT FERNEY 329

L'ÉDUCATION DES FILLES 332

A SATIRE OF OPPONENTS OF INOCULATION 333

TRAITÉ SUR LA TOLÉRANCE, 1763 335

A M. BERTRAND, 1764 358

A PASSAGE ON SANITATION IN REFERENCE TO CEMETERIES . . 359

LE DICTIONNAIRE PHILOSOPHIQUE, 1764 360

 DIEU, DIEUX 360

 GOUVERNEMENT. TABLEAU DU GOUVERNEMENT ANGLAIS 363

 GUERRE 367

 HISTOIRE 373

 HOMME 375

 IDÉE 379

 LES IGNORANCES 380

 MORALE 381

 PROPRIÉTÉ 382

 QUESTION, TORTURE 383

 RELIGION 385

 THÉISME 391

 THÉISTE 393

A M. DAMILAVILLE, 1765 394

A M. DAMILAVILLE (SECOND LETTER), 1765 403

LE PHILOSOPHE IGNORANT, 1766 404

THE NEED OF PUBLIC HOSPITALS AND ASYLUMS 413

LA VOIX DU CURÉ SUR LE PROCÈS DES SERFS DU MONT-JURA . . 414

VOLTAIRE'S LAST YEARS 419

 VOLTAIRE AND RELIGION 420

 VOLTAIRE AND SHAKESPEARE 423

PAGE

Voltaire as a Dramatist 425

Voltaire's Attitude toward War 427

Voltaire's Final Trip to Paris 429

A M. le comte de Lally, 1778 431

Voltaire's Character 432

Voltaire's Influence 433

Appendix 435

Portrait of Mme du Châtelet by Largillière

INTRODUCTION

To many good people, Protestant and Catholic alike, the name of Voltaire has long been, and remains anathema, and it must be confessed that in his person and in his literary works there is much to offend good taste and to shock a truly reverent spirit. Yet because Voltaire lived, some parts of the world at least have enjoyed since his time a little more tolerance, a little more freedom of speech, of action, and of worship, and much more safety from imprisonment, torture, and violent death under the guise of judicial process. These are great things which we of the present owe, certainly not wholly, perhaps not even chiefly, to Voltaire; but it would be hard to find any one man who has done more than he to bring them into being.

Unfortunately, since the quieter days of the nineteenth century and of the early twentieth, it is hard to escape the feeling at times that mankind has gone now into violent retrogression and that the victory over the abuses against which Voltaire fought appears to have been less generally won than we might once have supposed. Fear still stalks the world, and we must read Voltaire today with a new knowledge of how contemporary his message still remains for suffering humanity.

Voltaire was a great fighter and he fought in the main on the right side. He endeavored to free the human spirit from all coercion of external circumstance and to let the light of reason play upon all abuses of tyranny, upon all beliefs that are contrary to justice, science, and common sense. His great weapon was ridicule. Because of this and because he excelled in using this trenchant weapon, he was much hated, for people hate and fear nothing so much as to be made ridiculous; and because ridicule and irony and sarcasm may be dangerous to the user as well as to the person against whom they are directed, Voltaire did not always, in the heat of conflict, escape the temptation to go too far. Many an obscenity, many a blasphemy,

may be thus explained, though not condoned. Much that is excessive may be accounted for also by the violence of attacks leveled against him or by the terrible character of tortures of rack and stake and wheel against which he revolted with every fibre of his being.

Voltaire's was an intense and impetuous spirit, yet an eminently practical one. He aimed primarily at results, and he was impatient of delay, when he saw that reform was needed. So it was impossible for his contemporaries to be neutral in their attitude toward him. He was loved or hated with an intensity which corresponded to his own. Posterity likewise has for the most part, until the last hundred years or so, been almost wholly partisan. Friends and enemies have continued in their books Voltaire's own battles, and even now it cannot be said that a fair and impartial comprehension of Voltaire or of his significance in the history of thought and of freedom has extended beyond a rather limited public of liberal and cultivated readers. One reason for this, among others, is doubtless the fact that the fifty-two octavo volumes of his complete works frighten away many a possible reader. Another is the evil tradition of his name with which many from childhood have been familiar. Yet the things for which Voltaire fought have been by no means completely accomplished. Organizations exist whose basis is religious intolerance and persecution. Although many have seen that religion and science need not of necessity remain at war, many more have no conception of the possibility of any religion which is not irrational. Many people today are as much shocked at teachings of modern science as were their ancestors at suggestions that the world was round and that it turned about the sun.

Voltaire still has something to say that the world has need to hear. For this reason a single volume of selections from his works should have its place for all those who read French literature. This volume differs from existing compilations of "morceaux choisis" in that the effort is made to preserve continuity as much as possible and to avoid the effect of "choppiness" which is so disagreeable and confusing. The basis of arrangement is chronological, and what usually serves as introduction or notes has been incorporated in the body of the text.

There are two parts of Voltaire's work, as is the case with nearly every writer at all voluminous: the ephemeral, written for the needs, real or supposed, of his day; the more enduring and permanent, which still in many cases has its value for us of the present. An endeavor has been made to select representative passages from the latter. It will be found also that these passages represent probably more truly Voltaire's cooler and more reasoned thought than others which are distorted by momentary necessities of the constant warfare in which he was engaged. Doubtless no reader at all familiar with Voltaire will be completely satisfied with the selections here given. In addition to the differences in individual preference, the reader is asked to consider also the difficulty of compressing into some four hundred pages the cream of many volumes of Voltaire's enormous work. The reader is not asked to admire Voltaire or to agree with his ideas, except in so far as admiration or agreement seem justified after reasonable and impartial consideration. One's first aim should be to understand, his next to be fair, his last to accept or reject, as reason, not prejudice, dictates.

SELECTIVE BIBLIOGRAPHY

More detailed information will be given in the text or in the Appendix when pertinent. Voltaire bibliography is so extensive and so constantly increasing that only a few general suggestions will be offered here.

1. GENERAL BIBLIOGRAPHY:
Gustave Lanson. *Manuel bibliographique de la littérature française moderne*, and *Supplément*. New edition, Paris, Hachette, 1921, or later reprint.
Jeanne Giraud. *Manuel de bibliographie littéraire pour les XVI^e, XVII^e et XVIII^e siècles français, 1921–1935*. Paris, J. Vrin, 1939.
——. *Manuel de bibliographie littéraire pour les XVI^e, XVII^e et XVIII^e siècles français, 1936–1945*. Paris, Nizet, 1956.
David C. Cabeen (and others). *A Critical Bibliography of French Literature*. Volume IV. *The Eighteenth Century* (Volume editors, George R. Havens and Donald F. Bond, with the aid of other collaborators). Syracuse University Press, 1951.
Richard A. Brooks (and others). *A Critical Bibliography of French Literature*. Volume IV, *Supplement, The Eighteenth Century*. Syracuse University Press, 1968. (This brings the Cabeen volume up-to-date.)
Mary-Margaret H. Barr, avec la collaboration de Frederick A. Spear. *Quarante années d'études voltairiennes: Bibliographie analytique des livres et articles sur Voltaire, 1926–1965*. Paris, Armand Colin, 1968. (In press.)
René Pomeau. "Etat présent des études voltairiennes," in *Travaux sur Voltaire et le dix-huitième siècle* (edited by Theodore Besterman). Genève, Institut et Musée Voltaire, Volume I, 183–200 (1955).
Richard A. Brooks. "Voltaire actuel: A Review of Recent Scholarship," in *Diderot Studies X*. Genève, Droz, 1968, pp. 187–200.

2. HISTORICAL BACKGROUND:
Casimir Stryienski. *Le Dix-huitième Siècle*. Paris, Hachette, 1923. (A very readable volume.)
E. Lavisse (and others). *Histoire de France*. Volume VIII (2 volumes). Paris, Hachette, 1908–11; Volume IX, 1911. (These volumes cover the end of the reign of Louis XIV, and the two reigns

of Louis XV and Louis XVI, the whole comprising the period from 1685 to 1789 up to the outbreak of the French Revolution. Done collaboratively by different authors, the volumes are detailed and authoritative.)

3. WORKS ON FRENCH LITERATURE:

Gustave Lanson. *Histoire de la littérature française.* Paris, Hachette, 1922, or later reprinting. (Excellent brief treatment at a mature level of thought; note especially frank modifications of opinion, indicating growth in understanding or appreciation as compared with earlier editions. These changes are to be found in the Notes or in the Appendix.) (For an indication of Lanson's unique place in scholarship regarding French literature, the student may consult George R. Havens, "Gustave Lanson Reconsidered," in the *Romanic Review*, XVII, 277–84, December, 1966.)

———. *Histoire illustrée de la littérature française.* Paris, Hachette, 1923, 2 vols. (Beautifully illustrated edition, with some illustrations in color.)

Joseph Bédier and Paul Hazard (and others). *Littérature française.* (Second edition under the direction of Pierre Martino) Paris, Larousse, 1948–49, 2 vols. (Beautifully illustrated edition with some illustrations in color and a revised text by different authors.)

William A. Nitze and E. Preston Dargan. *History of French Literature.* New York, Holt, Rinehart and Winston, Inc., 3rd ed., 1938. (Good discussion in English.)

4. STUDIES ON VOLTAIRE ALONE:

Gustave Lanson. *Voltaire.* Paris, Hachette. 1906 or later reprinting. (The edition of 1960 contains at the end a *Commentaire* by René Pomeau bringing the work up-to-date with the results of recent Voltaire scholarship since Lanson's time. The original text remains excellent, however, and offers the best treatment of the subject in brief space. Every student should read this one book at least. An excellent translation into English by Robert A. Wagoner appeared in 1966, published by John Wiley and Sons, Inc., of New York.)

John Morley. *Voltaire* (1872). London, Masmillan, 1913. (Still probably the best work on Voltaire of this extent in English in spite of its age.)

Georges Pellissier. *Voltaire philosophe.* Paris, Armand Colin, 1908. (Good presentation of Voltaire's ideas.)

Georges Ascoli. *Voltaire.* (A valuable series of articles in the *Revue des Cours et Conférences.* There are fourteen articles in all, appearing from July 15, 1924, to July 15, 1925.)

André Bellessort. *Essai sur Voltaire.* Paris, Perrin, 1926. (In-

teresting, sympathetic, and generally impartial, but accuracy of some facts difficult to check because few references are given.)

George R. Havens. *The Age of Ideas*. New York, Holt, Rinehart and Winston, Inc., 1955. (Paperback ed., without illustrations, but slightly revised, New York, The Free Press, Macmillan, 1965.) (A general treatment of the eighteenth century with four chapters on Voltaire, paperback edition, pp. 171–234.)

Virgil W. Topazio. *Voltaire: A Critical Study of his Major Works*. New York, Random House, 1967. (Paperback. Well informed. Not afraid to look with appreciation on Voltaire's serious poetry and dramatic works. Excellent brief bibliography. See Richard A. Brooks, "Voltaire actuel," in *Diderot Studies X*, Genève, Droz, 1968, pp. 189–90.)

Jean Sareil. *Voltaire et la Critique*. Englewood Cliffs, N. J., Prentice-Hall, Inc., 1966. (A series of 30 representative essays on Voltaire from the 18th century to the present day, 23 of them in French and 7 in English.)

William F. Bottiglia. *Voltaire: A Collection of Critical Essays*. Englewood Cliffs, N. J., Prentice-Hall, Inc., 1968. (Contains nine recent chapters or chapter-sections and one article on Voltaire, representing various aspects of his work, plus an extensive Introduction and an excellent Bibliography by the Editor.)

5. STUDIES INTENDED MORE ESPECIALLY FOR ADVANCED STUDENTS:

Gustave Desnoiresterres. *Voltaire et la société française au XVIII^e siècle*. Paris, Didier, 2nd ed., 1869–76, 8 vols. (Vol. 3, 1869; Vol. 1, 1871.) (Comprehensive and detailed source for the biography of Voltaire, superseded occasionally by later studies. Not primarily a discussion of his ideas, however. Each volume bears a further distinguishing title.)

Georges Bengesco. *Voltaire: Bibliographie de ses œuvres*. Paris, Vol. 1 (Rouveyre et Blond), Vols. 2, 3, and 4 (Perrin), 1882–90. 4 vols. (Detailed bibliographical description and account of the publication of Voltaire's individual and collected works.)

George R. Havens and Norman L. Torrey. *Voltaire's Catalogue of his Library at Ferney*, in *Studies on Voltaire and the Eighteenth Century*, edited by Theodore Besterman. Genève, Institut et Musée Voltaire, Vol. IX, 1959.

Bibliothèque de Voltaire. Catalogue des Livres. Moscow and Leningrad, Académie des Sciences, 1961. (Introductions and Commentaries by different authors are in Russian, except for brief summary of nine pages in French at the end. A manuscript translation in English is available in the Library of the Massachusetts Institute of Technology, Cambridge, Mass.)

William F. Bottiglia. "Voltaire's Private Library at Leningrad,"

in *Diderot Studies VIII*. Genève, Droz, 1966, pp. 269–79. (A comparative evaluation of the contributions made by the last two studies of the Voltaire Library.)

Norman L. Torrey. *Voltaire and the English Deists*. Yale University Press, 1930. (An excellent study of an important and difficult subject.)

——. *The Spirit of Voltaire*. New York, Columbia University Press, 1938; Oxford: The Marston Press, 1963. (A sympathetic interpretation of Voltaire's personality and thought.)

Jean-Raoul Carré. *Consistance de Voltaire: Le Philosophe*. Paris, Boivin, 1938. (See especially the final pages on Voltaire's attitude toward progress.)

André Delattre. *Voltaire l'impétueux*: essai présenté par René Pomeau. Paris, Mercure de France, 1957. (Lively and stimulating essay published after the regretted premature death of the original author.)

Will and Ariel Durant. *The Age of Voltaire*. *The Story of Civilization*, Vol. IX. New York, Simon and Schuster, 1965. (An immense panorama of the eighteenth century in England, France, and Germany with Voltaire as the central figure. Packed with information and very readable. Not surprisingly, a few minor errors remain.)

——. *Rousseau and Revolution*. *The Story of Civilization*, Vol. X. New York, Simon and Schuster, 1967. (Chapter V deals with "Voltaire Patriarch, 1758–78," and nine pages of Chapter XXXV present Voltaire's final years with a brief summing up of his influence. The same general comment applies as to the preceding title. All together a truly remarkable achievement.)

6. SOURCE MATERIAL:

Lettres de Mme de Graffigny sur un séjour auprès de Voltaire, ed. by Eugène Asse. Paris, Charpentier, 1883. (Vivid picture of life of Voltaire and Mme du Châtelet at Ciry in 1738.)

Les Lettres de la Marquise du Châtelet. Publiées par Theodore Besterman. Genève, Institut et Musée Voltaire, 2 vols., 1958. (Replaces, adds to, and corrects earlier edition by Eugène Asse of 1878.)

Longchamp et Wagnière. *Mémoires sur M. de Voltaire*. Paris, Aimé Martin, 1826, 2 vols. (Valuable testimony of two of Voltaire's secretaries, though subject to error at times in details.)

Colini. *Mon séjour auprès de Voltaire*, Paris, 1807. (Further testimony of a Voltaire secretary. Must be accepted at times with caution.)

Du Vernet. *Vie de Voltaire*. Genève, 1786. (Interesting and abounding in anecdote, but uncritical and filled with errors.)

Condorcet. *Vie de Voltaire*. Genève, 1787. (Reprinted in the

Œuvres complètes de Voltaire, Moland ed., Vol. I, Paris. Garnier Frères, 1883, pp. 187–292, mentioned below.) (Valuable, but at times overly sympathetic.)

Œuvres complètes de Voltaire, ed. by Louis Moland (though confusing because editor's name does not appear on title page, only at the end of the Preface, Vol. I, p. vii). Paris, Garnier Frères, 1877–85, 52 vols. (This is the essential general edition of Voltaire's works, though superseded by recent critical editions of a number of individual prose or poetic works and by the Besterman edition of *Voltaire's Correspondence*, listed below. Valuable documentary material especially in Volume I.)

Voltaire's Correspondence. Ed. by Theodore Besterman, Genève, Institut et Musée Voltaire, 1953–1965, 107 vols. (This immense achievement supersedes the previous publication of Voltaire's correspondence in the Moland edition or elsewhere.)

Theodore Besterman. *Lettres d'amour de Voltaire à sa nièce.* Paris, Plon, 1957.

———. Editor, *Studies on Voltaire and the Eighteenth Century* (Vol. I, 1955, bears a similar title in French). Genève, Institut et Musée Voltaire, 1955–. (The numerous and continuing volumes in this series contain many articles and monographs on Voltaire or the 18th century in general by various authors. It is a rich mine of recent important research.)

Bettmann Archive

Ferney: Château from the Front

CHRONOLOGICAL OUTLINE

HISTORY	LITERATURE	VOLTAIRE
1685, Revocation of Edict of Nantes	Fontenelle, *Pluralité des Mondes*, 1686.	
		Born Nov. 21, 1694, at Paris.
	Bayle, *Dictionnaire hist. et critique*, 1697. Fénelon, *Télémaque*, 1699.	
		Death of Mother, 1701. Enters Jesuit Collège Louis-le-Grand, 1704.
	Lesage, *Turcaret*, 1709. Crébillon père, *Rhadamiste et Zénobie*, 1711.	Leaves Louis-le-Grand, 1711.
1715, Death of Louis XIV. 1715–1723, Regency of Philippe d'Orléans. 1716–1720, The "System" of John Law (1671–1729).	Lesage, *Gil Blas*, 1715–1735.	In Holland, 1713.
		In Bastille, 1717–1718. *Œdipe*, 1718.
	Abbé Du Bos, *Réflexions sur la poésie et sur la peinture*, 1719. Montesquieu, *Lettres persanes*, 1721.	
		Death of Father, 1722. *L'Epître à Uranie*, 1722 (unpub.)

HISTORY	LITERATURE	VOLTAIRE
		In Holland, 1722.
		La Ligue, 1723.
1723, Louis XV declared of age.		
1723–1726, Ministry of Duc de Bourbon.		
		Quarrel with the Chevalier de Rohan-Chabot, 1725.
		In Bastille, April, 1726.
1726–1743, Ministry of the aged Cardinal Fleury.		Released and goes to England, May 1726.
	Marivaux, *Le Jeu de l'amour et du hasard*, 1730.	*La Henriade*, 1728. Back in France, 1729.
	Abbé Prévost, *Manon Lescaut*, 1731.	*Hist. de Charles* XII, 1731.
	Marivaux, *Marianne*, 1731–1741.	
	Destouches, *Le Glorieux*, 1732.	*Zaïre*, 1732.
1733–1735, War of Polish Succession.		Intimacy with Mme du Chatelet, 1733–1749.
		Lettres philosophiques, 1734.
		Traité de métaphysique, 1734 (unpub.)
	Montesquieu, *Considérations sur les Romains*, 1734.	Retires to Cirey, 1734.
	Marivaux, *Le Paysan parvenu*, 1735–36.	
	La Chaussée, *Le Préjugé à la mode*, 1735.	
		Le Mondain, 1736.
		Alzire, 1736.
		First letters to Frederick the Great, 1736.
	Piron, *La Métromanie*, 1738.	*Discours sur l'Homme*, 1738–1739.

HISTORY	LITERATURE	VOLTAIRE
		Éléments de New-ton, 1738.
		Part of *Siècle de Louis XIV*, 1739.
1741–1748, War of the Austrian Succession.	La Chaussée, *Mélanide*, 1741.	*Mahomet*, 1741.
1743, Death of Fleury.		*Mérope*, 1743.
1745–1764, Mme de Pompadour, royal favorite.	La Place, *Théâtre anglais*, 1745–1748.	Made Royal Historiographer, 1745.
		Member of French Academy, 1746.
	Vauvenargues, *Maximes*, 1746.	
	Gresset, *Le Méchant*, 1747.	*Zadig*, 1747.
	Montesquieu, *L'Esprit des Lois*, 1748.	
	Buffon, *Histoire naturelle*, Vols. I–III, 1749.	Death of Mme du Châtelet, 1749.
	Rousseau, *Discours sur les sciences et les arts*, 1750.	In Germany, 1750–1753.
	L'Encyclopédie, 1751–1780.	*Siècle de Louis XIV*, 1751.
		Micromégas, 1752.
		La Loi naturelle, 1752–56.
		Essai sur les mœurs, 1753–1756.
	Rousseau, *Discours sur l'inégalité*, 1755.	
1756–1763, Seven Years' War.		*Le Désastre de Lisbonne*, 1756.
	Diderot, *Le Fils naturel*, 1757; *Le Père de famille*, 1758.	
1758–1770, Choiseul, minister.	Rousseau, *Lettre sur les Spectacles*, 1758.	Buys Ferney, 1758.
	Helvétius, *De l'Esprit*, 1758.	

HISTORY	LITERATURE	VOLTAIRE
		Settles definitely at Ferney 1759. *Candide,* 1759.
	Palissot, *Les Philosophes,* 1760. Rousseau, *La Nouvelle Héloïse,* 1761; *Émile,* 1762; *Le Contrat social,* 1762.	
1764, Death of Mme de Pompadour.		*Traité de la tolérance,* 1763. *Dictionnaire philosophique,* 1764.
	Diderot, *Salons,* 1765–1767. Sedaine, *Le Philosophe sans le savoir,* 1765.	*Commentaire des Délits et des peines* of Beccaria, 1766. *Le phil. ignorant,* 1766. *L'Ingénu,* 1767.
1769–1774, Mme du Barry, royal favorite. 1770, Marriage of future Louis XVI to Marie Antoinette.	Ducis, *Hamlet,* 1769.	
	Ducis, *Roméo et Juliette,* 1772.	
1774, Death of Louis XV. 1774–1792, Louis XVI, grandson of Louis XV, king; guillotined 1793.	Beaumarchais, *Barbier de Séville,* 1775. Letourneur, Translation of Shakespeare, 1776–1782.	*Lettre à l'Académie sur Shakespeare,* 1776.
1778, Alliance of France and U. S.	Death of Rousseau, July 2, 1778.	Voltaire at Paris, Feb. 1778. Death at Paris, May 30, 1778.

HISTORY	LITERATURE	VOLTAIRE
	Rousseau, *Confessions*, 1782–1788.	
	Ducis, *Macbeth*, 1784.	Kehl edition of Voltaire's *Œuvres*, 1784–1790.
	Beaumarchais, *Mariage de Figaro*, 1784.	
	Bernardin de Saint-Pierre, *Paul et Virginie*, 1787.	
1789, Capture of Bastille.		
	Ducis, *Othello*, 1792.	

Statue of Voltaire by Houdon in the Théâtre-Français

SELECTIONS FROM VOLTAIRE

SELECTIONS FROM VOLTAIRE

PART I

THE YOUTH OF VOLTAIRE

(1694–1729)

It was on November 21, 1694, that François-Marie Arouet, who later changed his name to Voltaire, was born in Paris,[1] the son of François Arouet, a notary of distinction, and of Marguerite Daumard (or D'Aumard), a descendant of the lesser nobility of the old province of Poitou in west central France, whence also the Arouet family had originally sprung. Thus by his birth Voltaire was of the upper *bourgeoisie* or middle-class. His father was prosperous and had rather intimate contacts with clients from the nobility like the Saint-Simon, Sully, and Caumartin families, who looked upon him with the confidence and esteem due his ability and even held for him something more of friendship than was usual between noble and *roturier*. To the Arouet household came also friends, Châteauneuf, Rochebrune, the Abbé Gédoyn, who brought a literary culture, wit, and distinction not usual in *bourgeois* circles, and who helped to place Voltaire from the very beginning on the borderline of that noble class which he himself was finally to attain through his wit, his literary genius, and his extraordinary financial ability. On the one hand, practical hardheaded business sense was his heritage; on the other, an environment of literary culture surrounded him from the first. Both were to be strengthened by his education and experience.

[1] Gustave Desnoiresterres in his classic, *La Jeunesse de Voltaire* (Paris, 1867), pp. 1–5, has discussed convincingly the contradictions surrounding the date and place of Voltaire's birth.

The infant Arouet was a frail child at birth and his ill health con tinued throughout his life. It did not prevent him from living eighty-four years and doing more work than often falls to the most robust of men. When only seven years old, young François Arouet had the misfortune to lose his mother who died in 1701. More than most children, Voltaire, like Jean-Jacques Rousseau, had need of a mother's watchful care and training; both men, impulsive, passionate, temperamental—though in different ways—were to grow up without it. Without speculating as to whether Voltaire's mother could in any way have modified his career either for good or ill, it is at least evident that her premature death around the age of forty left the child early to himself to develop as his spirit and circumstances moved him. Certainly his father, a busy man of affairs, must have found it difficult to supervise closely his upbringing, and after three years more placed him in the Jesuit *collège* of Louis-le-Grand, where also Molière had studied, while yet the institution went under the old name of the collège de Clermont. The seven years that Voltaire spent here with the Jesuit fathers were of capital importance in developing his literary ability and taste.

It was in 1704 at the age of ten that young Arouet entered the Jesuit school; he was sixteen when he left it in 1711. Louis-le-Grand was a famous institution where sons of the nobility as well as commoners were to be found. Here again the boy was to make important contacts with those above him in station. The D'Argenson brothers, D'Argental, Cideville, were among those who remained his lifelong friends. Moreover, the Jesuits gave a distinctly literary stamp to their education, a circumstance not at all likely to displease a boy destined to be one of the foremost literary geniuses of his century. The Latin and Greek classics, particularly Latin, were of course the backbone of the curriculum. Arouet early manifested interest and ability in history and in poetry; his intense enthusiasm for the drama was encouraged by the amateur theatricals to which the fathers did not disdain to give a place of honor in their training. Even Voltaire's scepticism, perhaps developed early by the clash of an eager, penetrating, and headstrong intelligence with a too orthodox, although indulgent, environment, is said by legend to have manifested itself in these youthful days;

but the stories have an *après coup* sound,[2] there is no sure contemporary testimony, and it is now impossible to arrive at the truth. Certainly Voltaire's was never a reverent spirit, his intelligence was keen, his wit and his love of mockery have an almost diabolical cleverness. What more natural than that some traces of these qualities should manifest themselves while the boy was still at Louis-le-Grand? But how much or how little we can now never know. What we do know is that Arouet never lost his affection for some of his Jesuit instructors, the Père Porée, the Père Tournemine, and acknowledged great obligation to their patience, their literary taste, and their ability as teachers. In sum: a good, though not profound, classical education,[3] practice already in poetry and in the drama, interest in history and political institutions,[4] friendship with young nobles destined later to facilitate his rise to the top of the social ladder, perhaps also stimulus to try the edge of his sharp and irreverent wit against old and cherished beliefs which seemed to him of doubtful truth, these are what young Arouet, the son of the notary, gained at Louis-le-Grand. His stay there was one of the fundamentally important influences of his career. The result, as we shall see, was quite naturally far from what his father had wished.

One event that must be mentioned is Arouet's brief acquaintance with the extraordinary woman known as Ninon de l'Enclos, who died in 1705 at the age of eighty-five years. Ninon, famous, or infamous, for her numerous un-platonic love affairs, had been celebrated also for her intelligence, wit, and freedom of thought, and many were the famous men who at one time or another had graced her salon. The eleven-year-old Arouet [5] had won for himself, even in a small circle outside of the college, some fame for his precocity as a rhymer of verses and it is said that Ninon, who employed the senior Arouet as her notary, expressed a desire to see this infant prodigy. The aged woman, who produced upon the thoughtless boy the effect of a withered, wrinkled, and hideous

2 Desnoiresterres, I, 17–19. Cf. Abbé Du Vernet, *La Vie de Voltaire* (Geneva, 1786), p. 16.

3 A. Pierron, *Voltaire et ses maîtres,* Paris, 1866.

4 Even contemporary, an interest certainly not encouraged by the conservative fathers.

5 Voltaire's own narrative of this incident, as quoted by Desnoiresterres (I, 31–32), is in error, due to lapse of memory, by about two years.

mummy, had also known his mother, but it was the Abbé de Châteauneuf who introduced him to her presence and thus procured for him a legacy of 2000 francs to buy books and to encourage the development of his budding literary talents. By this incident the youthful Voltaire already joined hands with that *libertinage* of the seventeenth century, which was first of all freedom of thought, before being freedom of morals. It was Voltaire most of all, who was to remove from salon and study the free and independent thinking of the *libertins* of the preceding century, and to bring it out into the open as a powerful weapon to reshape society.

In 1711 at the age of sixteen Arouet left college eager for a literary career. When the question was raised as to what profession he wished to embrace, he said: "Je n'en veux pas d'autre [état] que celui d'homme de lettres." His father's practical business sense made him reply: "C'est l'état d'un homme qui veut être inutile à la société, à charge à ses parents, et qui veut mourir de faim." The boy was ultimately to prove his father in this particular case wrong on all three counts, but for the moment it was the parent who seemed to win the day. Young Arouet was set to the study of law. Like many another literary genius before and since, he was infinitely bored by legal intricacies and technicalities and paid them but passing attention. Instead, various dissipations drew him and he was shortly caught up by the charms of what was called the "Society of the Temple." Of this last more presently. Nevertheless, his contact with the law was not in vain. It developed his business instinct and helped to insure that, if he was to be a poet, he was not, as his father had feared, to "mourir de faim." The law also brought him in touch with a fellow student, that amiable loafer, Thieriot, who was likewise interested in letters and who was to be his lifelong, if rather purposeless, friend and correspondent.

The next important influence in Arouet's development was his association with the group of joyous freethinkers and distinguished *débauchés* known as the "Society of the Temple," since the Duc de Vendôme, about whom it was formed, was Grand Prior of the Knights of Malta. With this group also the Abbé de Châteauneuf had been his sponsor as early as about 1706, when the boy was

still at Louis-le-Grand and was free to attend their meetings only on holidays and during vacations. Not until 1711 when he was out of college, could he become a regular frequenter of their gatherings. Then the Abbé de Châteauneuf, who had died in 1708, was gone, but there was the Abbé de Chaulieu, who during the exile of Vendôme, presided; there were La Fare and Servien, and after the death of Louis XIV in 1715 the Duc de Vendôme, back from his banishment; there were new recruits also like Caumartin, the Chevalier d'Aydie, and the Président Hénault. It was a group of distinguished birth, many of them nominally churchmen, though they cherished of the Church only the liberal stipends which they received from it. In philosophy they were epicureans, in that lower sense of the term which puts pleasure and self-gratification as the ultimate goal of life, though they tempered their beliefs with just enough of a sort of mild stoicism to permit them to look upon the inevitable woes of life, their own or those of others, with sufficient indifference so that their tranquil enjoyment might be undisturbed. Sceptical, obscene often, pleasure-loving, stopping at nothing in their mockery of Church or State, they made of their suppers orgies of wit and debauch, which often left the *habitués* drunk under the table at the end. Arouet's frail constitution, which in the rest permitted him to vie with any one, balked at this last, and he would fain have introduced more moderation into their libations. But withal these men had cultivation and literary taste and they relished the poetic epigrams and satires and epistles at which the young poet was already beginning to try his hand. His tragedy of *Œdipe* was here first read and its author was respectful and deferential in his acceptance of suggestion and criticism from these noble arbiters of literary fame. His success here procured him also the *entrée* into the leading literary *salon* of the day, the Cour de Sceaux, at which the Duchesse du Maine presided as hostess. In short, the Temple schooled young Arouet in scintillating irreverence, obscenity of the cleverer, more graceful sort, a pleasure-loving epicureanism, and a scepticism which accepted in an intellectual way deism, but pushed religious orthodoxy completely aside. It helped besides to form definitely his literary taste, leaving him already at this early date

an incomparable writer of society verse, a master of wit, satire, and graceful *badinage*. In fact, the essential characteristics of the younger Voltaire are already manifest.

Meanwhile, the elder Arouet, hoping to put an end to this life of dangerous dissipation, judged it prudent to send his son to Holland with the French ambassador, the Marquis de Châteauneuf, brother of the Abbé, who had died. Hence in 1713 the youth is at The Hague. A first passing love affair with a certain Mlle Olympe Dunoyer, "Pimpette," seems to have left no permanent trace in his development, but of great importance was a later visit to this foreign country, small, it is true, but how different from the France of his day! Here, in 1722, Arouet found liberty of thought and of trade, a people free to profit by its own industry and hard work, a forerunner of that England which was to impress him so profoundly four years later.

Back in Paris, unwillingly combining his sojourn in the law office of Maître Allain with the more congenial society of Thieriot and the *habitués* of the Temple, Arouet went on his merry way. His tragedy of *Œdipe*, in which with the self-confidence of fool or genius the youthful author set out to vie with Sophocles and Corneille, had already been begun. The Comédie-Française was slow to accept the novelty of a play with no love plot, and meanwhile the young poet utilized submissively the criticisms of the Temple and of the Salon at Sceaux. In 1715 satirical verses directed against La Motte made prudent an exile at the château of Saint-Ange with M. de Caumartin. This was a most important sojourn, since M. de Caumartin was stocked with knowledge and anecdotes of the seventeenth century and aroused in Arouet an enthusiasm out of which was to come his *Henriade,* dealing with Henri IV, and his still more important *Siècle de Louis XIV*.

Another important, if less pleasing, experience, was to come to Arouet a little later. He was put into the Bastille by the Regent as punishment for a satirical poem, *Les J'ai vu,* which, as M. Lanson says, he might well have written, but, as it chanced, had not, and for the *Puero regnante,* which he had. Thus he was to know at first hand the uncertainties of the haphazard and uncontrolled tyranny of the old régime. More schooling for his visit to England and

more preparation for his coming attacks upon existing abuses.
During this first imprisonment in the Bastille (from May 16, 1717,
to April 11, 1718) this indefatigable worker had written over half
of an important new work, already perhaps begun at Saint-Ange.
This was the *Poème de la Ligue,* later to be known as *La Henriade.*
Henry IV, the popular predecessor of Louis XIII, seemed a very
model of tolerance and of business-like administration and hence a
valuable example for that eighteenth-century France which had not
yet succeeded in putting into practice either of those virtues. In
the Bastille, Arouet, writing between the lines of a book for lack of
paper, whiled away the dull hours of captivity working on what was
long to be considered, though it has now fallen into disfavor, the
great epic poem of France.

Finally, after nearly a year of imprisonment, Arouet was released
from the Bastille. He promptly paid his court to the Regent and
with witty politeness requested him to continue to provide his board,
if he wished, but not his lodging.

Œdipe (1718)

Following on the traces of Sophocles, Seneca, and Corneille, young
Arouet as early as his nineteenth year (1713) turned to the Œdipus
legend for the subject of his first play. Two years later he submitted
it, unsuccessfully, to the Comédie-Française. He read it to the group
of the Temple and to the frequenters of the Cour de Sceaux, accepting
respectfully suggestions and criticisms. The aristocratic interest and
support created by this species of collaboration were no doubt most
helpful in securing a revision of the judgment of the Comédie. Besides,
the poet had reluctantly added, through the insistence of the actors,
the extraneous and unconvincing love plot of Philoctète and Jocaste.

The tragedy was first played November 18, 1718, with great success.
It had the then considerable run of forty-five consecutive performances
and was published in book form the following year, with a dedication
to Madame, the Duchesse d'Orléans, mother of the Regent. This dedica-
tion has special interest, for in it the author signs himself by what was
henceforth to be his name, "Arouet de Voltaire," perhaps the anagram of
"Arovet l(e) i(eune)." (See Appendix.)

Plot: King Laïus of Thebes has been dead four years, slain on
the road in the company of Phorbas by an unknown assailant. Famine
and pestilence manifest the anger of the gods that his death has gone
unavenged. A monster, the Sphinx, has proposed each day a riddle

and then devoured those who, ever unsuccessfully, attempt its solution. The youthful Œdipe solves the riddle, removes the menace of the monster, and is rewarded by being made king and husband of Jocaste, the widow of Laïus. But the salvation of the people still depends upon the punishment of the assassin of Laïus. Suspicion accuses Philoctète of the murder. Philoctète and Jocaste have ever cherished a thwarted love. Œdipe in doubt resolves to bring Philoctète to trial. Jocaste, hoping to save him, urges his flight, but he refuses to throw suspicion upon his integrity and innocence. Œdipe awaits the verdict of the oracles of the gods. The surprising verdict is that Œdipe himself is guilty. Phorbas appears and recognizes Œdipe as the man who had killed Laïus. Œdipe, remembering a forgotten combat with an aged stranger, urges Jocaste to kill him, but she refuses, since his crime has been committed unwittingly. So Œdipe flees, urging that the throne be given to Philoctète. Œdipe, who had supposed himself to be the son of Polybe, now discovers that he was really the son of Jocaste—and of Laïus. The oracles which had led Jocaste to abandon him, the prophecies made to Œdipe himself, are now fulfilled. "Inceste et parricide, et pourtant vertueux," Œdipe puts out his own eyes in expiation of his unintended crimes. Jocaste kills herself.

In his use of horror caused by parricide and incest, but palliated by mistaken identity, Voltaire is undoubtedly influenced, not only by his classic models, but by his immediate predecessor and contemporary, the elder Crébillon, whose greatest success, *Rhadamiste et Zénobie*, dates from 1711. Voltaire's fourth act, which was especially impressive, followed closely that of Sophocles.

The enthusiastic reception accorded the play was increased by bold lines in which the audience saw references to the existing régime. These already forecast Voltaire's use of the drama, like every other form of literature, as a vehicle for satire and criticism of what he considered abuses.

"Qu'eussé-je été sans lui? rien que le fils d'un roi" (Moland, II, p. 65), is a patent thrust at royalty, as likewise:

"Un roi pour ses sujets est un dieu qu'on révère;

Pour Hercule et pour moi, c'est un homme ordinaire" (p. 78). Then there are the oft cited lines directed against the priesthood:

"Nos prêtres ne sont pas ce qu'un vain peuple pense,

Notre crédulité fait toute leur science" (p. 93).
Are the gods mute and deaf, cries Œdipe (p. 66)? Kings by mistake often punish the innocent (p. 79), and who should be more convinced of that than Voltaire so recently out of the Bastille? Oracles are not always reliable (pp. 79, 93), and the extension of the attack from pagan to Christian oracles and prophecies could be as easily made here as it had already been made for Fontenelle's *Histoire des oracles* (1687).

Of special interest are the appearance of crowds and processions, very rare in classic drama with its restricted number of characters (but cf. Racine's *Athalie*, first publicly performed at the Comédie-Française in 1716), and the stage direction (p. 110) calling for thunder and lightning.[6]

It is said that Voltaire, still a mischievous boy in spite of his twenty-four years, threatened the success of his own play by appearing on the stage as the bearer of the train of the High Priest.

1718–1726

Thus with *Œdipe*, Voltaire at twenty-four leaped forward as the leading French dramatist of his time. As though forecasting the important rôle England was to play in his life, the author sent a complimentary copy of his play to the King of England. By using this moment of success to make public his change of name, Voltaire avoided confusion with a poor scribbler named Roy (pron. Rwè), he put into the background his late unfortunate imprisonment in the Bastille, he gave himself a name which obscured his *bourgeois* origin and seemed to give him a rank comparable to that of the members of the noble circles in which he habitually moved. The change was to bring him, however, an insult, a new imprisonment, and even exile in England, before he finally earned the right to bear it unmolested.

Artémire (1720) was an unsuccessful tragedy played but eight times and *Mariamne* (1724) in its first form struggled through but a single representation. It is of interest to note, however, that Voltaire, even before his journey to England, where he came into contact with Shakespearean drama, put into action the *dénouement* of *Mariamne* in which the heroine drinks poison,[7] and only after its failure substituted, somewhat more successfully, the conventional *récit* of classic tragedy. In view of Voltaire's later pleas for more action upon the French stage, even this timid liberalism, appearing thus early, has its importance. Possibly his intimacy with the

6 John Dennis (1657–1734), the English critic, had invented a special device for producing stage thunder. After an unsuccessful performance of one of his own plays, a rival used his device, Dennis exclaiming angrily: "They have stolen my thunder."

7 Some wag in the audience raised a laugh by shouting: "La reine boit," this reference to Twelfth Night festivities giving the play its *coup de grâce*.

Englishman Bolingbroke may have encouraged him to this experiment, not entirely without the justification of Racine himself, whose Phèdre, though she takes the poison in the wings, dies on the stage and whose Atalide in *Bajazet* does actually kill herself in sight of the audience.

Voltaire's acquaintance with Henry Saint-John, Viscount Bolingbroke (1678–1751), deserves special mention. Bolingbroke, formerly Tory secretary of state of England, had been in exile in France since 1715. He had married in 1720 the Marquise de Villette, a Frenchwoman, and was now settled at La Source, the estate he had bought near Orléans. Here Voltaire, made famous by *Œdipe* as the brilliant young successor of Corneille and Racine, was made welcome in December, 1722, read his new poem of *La Ligue* (published in 1723), which was to become *La Henriade*, and went away enthusiastic, writing to his friend Thieriot: "Il faut que je vous fasse part de l'enchantement où je suis du voyage que j'ai fait à la Source, chez milord Bolingbroke et chez Mme de Villette. J'ai trouvé dans cet illustre Anglais toute l'érudition de son pays, et toute la politesse du nôtre. Je n'ai jamais entendu parler notre langue avec plus d'énergie et de justesse. Cet homme, qui a été toute sa vie plongé dans les plaisirs et dans les affaires, a trouvé pourtant le moyen de tout apprendre et de tout retenir. Il sait l'histoire des anciens Égyptiens comme celle d'Angleterre. Il possède Virgile comme Milton; il aime la poésie anglaise, la française et l'italienne; mais il les aime différemment, parce qu'il discerne parfaitement leurs différents génies." [8] Bolingbroke, with his direct experience of statecraft, his knowledge of history, his theories of the divided authorship of the Pentateuch, his deism, his knowledge of many languages and literatures, evidently fascinated and impressed the youthful Voltaire, who probably was influenced by him more than it is now possible exactly to determine.[9] At any rate, in 1724 the two men were together again, this time in Paris, and Bolingbroke absorbed Voltaire's attention, making him forget literary worries and labors. "Milord Bolingbroke me fait oublier et *Henri IV*, et

[8] Voltaire, *Œuvres* (Moland), XXXIII, 84.
[9] Cf. A. S. Hurn, *Voltaire et Bolingbroke,* Paris (Jouve), 1915. The subject deserves a more complete and definitive study. (See Appendix.)

Mariamne, et comédiens, et libraires." [10] When Bolingbroke returned to England, Voltaire was for the moment inconsolable and wrote that Paris seemed empty without him. Most important of all is the fact that in England a little later Voltaire spent some time at the house of his distinguished friend, who facilitated his meeting with many of the most celebrated personnages of the day, among them Pope and Swift.

This is the time to consider a poem by Voltaire called the *Épître à Uranie,* which, if not revised after the English journey, indicates the author's ideas during this period in regard to religion.

L'Épître à Uranie (1722?)

L'Épître à Uranie is also called *l'Épître à Julie* and has even a third title, the one used in Moland, *Le Pour et le Contre.* The poem is addressed to Mme de Rupelmonde, Voltaire's companion on a short trip to Holland in 1722, when the epistle is supposed to have been written. It appeared ten years later in 1732, anonymously, and probably only in manuscript. In 1738 the poem was printed, but was not officially admitted to the works of Voltaire until 1772. The work has special interest as showing the essentially complete development of Voltaire's deism at a period before his journey to England. From Professor Wade's studies, it appears certain that the present text does not differ in important respects from the original draft of 1722. The poem is in spirit an outgrowth of the influence of the Temple, and was in fact for a time after its publication attributed to the Abbé de Chaulieu, with whose poem *Le Déiste,* it has points of resemblance. Voltaire himself, to avoid persecution, asserted that Chaulieu was the author. (See Appendix.)

Tu le veux donc, belle Uranie,

Qu'érigé par ton ordre en Lucrèce nouveau,[11]

Devant toi, d'une main hardie,

Aux superstitions j'arrache le bandeau;

Que j'expose à tes yeux le dangereux tableau

Des mensonges sacrés dont la terre est remplie,

Et qu'enfin ma philosophie

10 Voltaire (Moland), XXXIII, 84 ("datée à tort de la Source," Foulet, *Corr. de Voltaire,* p. 31, n.).

11 The first nine lines in particular do indeed reëcho the spirit of Lucretius (about 98–55 B. C.), by whose *De rerum natura* Voltaire in his earlier period was particularly impressed.

T'apprenne à mépriser les horreurs du tombeau
 Et les terreurs de l'autre vie.
Ne crois point qu'enivré des erreurs de mes sens,
De ma religion blasphémateur profane,
Je veuille avec dépit dans mes égarements
Détruire en libertin [12] la loi qui les condamne.
Viens, pénètre avec moi, d'un pas respectueux,
 Les profondeurs du sanctuaire
Du Dieu qu'on nous annonce, et qu'on cache à nos yeux.
Je veux aimer ce Dieu, je cherche en lui mon père:
On me montre un tyran que nous devons haïr.[13]
Il créa les humains à lui-même semblables,
 Afin de les mieux avilir;
 Il nous donna des cœurs coupables,
 Pour avoir droit de nous punir;
 Il nous fit aimer le plaisir,
Pour nous mieux tourmenter par des maux effroyables,
Qu'un miracle éternel empêche de finir.
Il venait de créer un homme à son image:
 On l'en voit soudain repentir,
Comme si l'ouvrier n'avait pas dû sentir
 Les défauts de son propre ouvrage.
Aveugle en ses bienfaits, aveugle en son courroux,
A peine il nous fit naître, il va nous perdre tous.
Il ordonne à la mer de submerger le monde,
Ce monde qu'en six jours il forma du néant.
Peut-être qu'on verra sa sagesse profonde
Faire un autre univers plus pur, plus innocent:
 Non; il tire de la poussière
 Une race d'affreux brigands,

[12] *Libertin,* in the sense of free-thinker.
[13] From here on through the first half of the poem, Voltaire shows his scorn of orthodox theology with its original sin, eternal damnation, universal flood, creation in six days, and redemption. He expresses his usual contempt for the Old Testament Jews and refuses to believe the heathen lost for not having known Christianity.

D'esclaves sans honneur, et de cruels tyrans,
 Plus méchante que la première.
Que fera-t-il enfin, quels foudres dévorants
Vont sur ces malheureux lancer ses mains sévères?
Va-t-il dans le chaos plonger les éléments?
Écoutez; ô prodige! ô tendresse! ô mystères!
 Il venait de noyer les pères,
 Il va mourir pour les enfants.

Il est un peuple obscur, imbécile, volage,
Amateur insensé des superstitions,
Vaincu par ses voisins, rampant dans l'esclavage,
Et l'éternel mépris des autres nations:
Le fils de Dieu, Dieu même, oubliant sa puissance,
Se fait concitoyen de ce peuple odieux;
Dans les flancs d'une Juive il vient prendre naissance;
Il rampe sous sa mère, il souffre sous ses yeux
 Les infirmités de l'enfance.
Longtemps, vil ouvrier, le rabot à la main,[14]
Ses beaux jours sont perdus dans ce lâche exercice;
Il prêche enfin trois ans le peuple iduméen,
 Et périt du dernier supplice.[15]
Son sang du moins, le sang d'un Dieu mourant pour nous,
N'était-il pas d'un prix assez noble, assez rare,
 Pour suffire à parer les coups
 Que l'enfer jaloux nous prépare?
Quoi! Dieu voulut mourir pour le salut de tous,
 Et son trépas est inutile!
Quoi! l'on me vantera sa clémence facile,
Quand remontant au ciel il reprend son courroux,

14 Allusion to Jesus' trade of carpenter,
15 Obviously a very unsympathetic and inadequate portrayal of the life
of Christ, conditioned by the limitations of Voltaire's century. Contrast
it with the rational, but sympathetic, interpretation given by Renan, in
his *Vie de Jésus* (1863).

Quand sa main nous replonge aux éternels abîmes,
Et quand, par sa fureur effaçant ses bienfaits,
Ayant versé son sang pour expier nos crimes,
Il nous punit de ceux que nous n'avons point faits!
Ce Dieu poursuit encore, aveugle en sa colère,
Sur ses derniers enfants l'erreur d'un premier père;
Il en demande compte à cent peuples divers
 Assis dans la nuit du mensonge;
 Il punit au fond des enfers
L'ignorance invincible où lui-même il les plonge,
Lui qui veut éclairer et sauver l'univers!
 Amérique, vastes contrées,
Peuples que Dieu fit naître aux portes du soleil,
 Vous nations hyperborées,[16]
Que l'erreur entretient dans un si long sommeil,
Serez-vous pour jamais à sa fureur livrées
 Pour n'avoir pas su qu'autrefois,
Dans un autre hémisphère, au fond de la Syrie,
Le fils d'un charpentier, enfanté par Marie,
Renié par Céphas,[17] expira sur la croix?
Je ne reconnais point à cette indigne image[18]
 Le Dieu que je dois adorer:
 Je croirais le déshonorer
Par une telle insulte et par un tel hommage.

Entends, Dieu que j'implore, entends du haut des cieux
 Une voix plaintive et sincère.
Mon incrédulité ne doit pas te déplaire;
 Mon cœur est ouvert à tes yeux:

16 *Hyperborées,* of the far-north.
17 *Céphas,* Simon Peter, the apostle who denied Christ. Cf. John I, 42;
Mark XIV, 30, 66–72.
18 Voltaire's picture of the ridiculous lengths to which conventional
theology has often gone is hardly excessive.

L'insensé te blasphème, et moi, je te révère;
Je ne suis pas chrétien; [19] mais c'est pour t'aimer mieux.

Cependant quel objet se présente à ma vue!
Le voilà, c'est le Christ, puissant et glorieux.
 Auprès de lui dans une nue
L'étendard de sa mort, la croix brille à mes yeux.
Sous ses pieds triomphants la mort est abattue;
Des portes de l'enfer il sort victorieux:
Son règne est annoncé par la voix des oracles;
Son trône est cimenté par le sang des martyrs;
Tous les pas de ses saints sont autant de miracles;
Il leur promet des biens plus grands que leurs désirs;
Ses exemples sont saints, sa morale est divine;
Il console en secret les cœurs qu'il illumine;
Dans les plus grands malheurs il leur offre un appui;
Et si sur l'imposture il fonde sa doctrine,[20]
C'est un bonheur encor d'être trompé par lui.

Entre ces deux portraits, incertaine Uranie,
C'est à toi de chercher l'obscure vérité,
A toi, que la nature honora d'un génie
 Qui seul égale ta beauté.
Songe que du Très-Haut la sagesse éternelle
A gravé de sa main dans le fond de ton cœur
 La religion naturelle; [21]
Crois que de ton esprit la naïve candeur

[19] If Christianity involves acceptance of a theology similar to the above, then Voltaire does not accept it.

[20] Voltaire, like most of his eighteenth-century contemporaries, is unable to realize the application of the principle of relativity to religious and philosophical thought, which, like other things, also have a development and an evolution of their own. *Imposture* is therefore a very unsuitable word to apply to modes of thought and action which, if in many respects different from ours, are no less sincere.

[21] Cf. George R. Havens, "The Nature Doctrine of Voltaire," *Pub. Mod. Lang. Association,* December, 1925 (Vol. XL.).

Ne sera point l'objet de sa haine immortelle;
Crois que devant son trône, en tout temps, en tous lieux,
 Le cœur du juste est précieux; [22]
Crois qu'un bonze [23] modeste, un dervis charitable,
 Trouvent plutôt grâce à ses yeux
Qu'un janséniste [24] impitoyable,
 Ou qu'un pontife ambitieux.
Eh! qu'importe en effet sous quel titre on l'implore?
Tout hommage est reçu, mais aucun ne l'honore.
Un Dieu n'a pas besoin de nos soins assidus:
Si l'on peut l'offenser, c'est par des injustices;
 Il nous juge sur nos vertus,
 Et non pas sur nos sacrifices. [25]

 (Moland, IX, 358–362.)

In spite of brilliant successes in literature and society which were falling to the lot of the young Voltaire, there were, besides the failures of *Artémire* and *Mariamne,* two other incidents still more humiliating. In this same 1722, marked by the *Épître à Uranie,* Voltaire was assaulted and beaten by an army officer named Beauregard, whom the poet had accused of having played the spy and got him into the Bastille on false charges. Voltaire was in no way able to get satisfaction for this assault. The courts moved slowly, men in place were indifferent. Beauregard went away to the army, Voltaire talked boldly of a duel, but was probably not too displeased that no opportunity presented itself. The next affair was similar, but of much more consequence, since its ultimate effect was to send

22 The real standards by which any religion must be tested are ethical standards. This same ultimate test is again applied in the last three lines of the poem.
23 *Bonze,* a Buddhist priest. The same word is used in English.
24 Voltaire, generally hostile to the great Jansenist, Pascal, rarely misses an opportunity to vent his scorn also upon his successors of so much smaller calibre. Moreover, Voltaire's older brother, Armand, was a Jansenist of the most fanatical type, much to the disgust of Voltaire and also to that of his father, who is reported to have said of his two sons: "L'un est fou, l'autre est poète."
25 Cf. Micah, VI, 8: "What doth the Lord require of thee [not burnt offerings and sacrifices], but to do justly, and to love mercy, and to walk humbly with thy God?"

Voltaire on a most important exile to England. This time he had
the misfortune to be dealing with a noble, the Chevalier de Rohan-
Chabot, and to learn to his chagrin how superficial were the admira-
tion and favor he had been receiving from those who had never
ceased after all to consider their station infinitely above that of a
bourgeois poet, who might chance to have genius and wit and the
gift of being an amusing companion at salon or dinner party, but
who was none the less *bourgeois* after all and entitled to no rights
as compared to a titled member of the nobility.

Probably Voltaire's successes—he was never noted for modesty—
had gone to his head and led him to assume something of the self-
confident swagger too often characteristic of the nobles with whom
he had been associating. In any case, one night at the Opera the
Chevalier de Rohan-Chabot, a petty scion of a very distinguished
family, evidently decided to take him down with a little studied in-
solence. It was in December, 1725. The noble alluded cuttingly to
the poet's unauthorized change of name. "Monsieur de Voltaire,
Monsieur Arouet, comment vous appelez-vous?" Voltaire's precise
reply is not certainly known. Perhaps he said, as was reported by
the Abbé Du Vernet, who drew much of his information from Thie-
riot, that he did not dishonor a great name, and that he knew how to
honor the one he did bear; perhaps that he was beginning his line
and that the Chevalier de Chabot was bringing his to a close.
Marais, probably the best contemporary informant about the inci-
dent, did not know Voltaire's reply. Little doubt but that Voltaire's
wit did not leave him at a loss. There the matter stopped that even-
ing, but two days later at the Comédie-Française, the Chevalier re-
newed the quarrel in similar terms, Voltaire replying that he had
already made his answer at the Opera. The noble raised his cane,
saying that the poet deserved to be answered only with a beating.
Thereupon, the celebrated actress, Mlle Lecouvreur, conveniently
fainted and put an end to the quarrel for the time being. Two or
three days later Voltaire was told that the Duc de Sully was expect-
ing him at dinner. As Voltaire had often dined there, he went, sus-
pecting nothing. While at dinner, he was informed by a lackey
that some one was inquiring for him outside. He went down to the
door, where three lackeys suddenly began belaboring him over the

back and shoulders with rods, while the Chevalier de Rohan directed the affair from a neighboring carriage and called out, so it is said: "Ne frappez pas sur la tête, il en peut sortir quelque chose de bon." Onlookers exclaimed ironically: "Ah! le bon seigneur." Voltaire, smarting in body and in pride, justly indignant, expected immediate support and justice from the noble friends he had been frequenting during the last ten years. His disillusion was complete and immediate. The Duc de Sully, at whose house he had been, refused to intervene. The Prince de Conti, who at the appearance of *Œdipe* had placed the author between Corneille and Racine, remarked that the blows were "bien reçus et mal donnés." The Abbé de Caumartin, of the family with which Voltaire had been so intimate at Saint-Ange, said: "Nous serions bien malheureux si les poètes n'avaient pas d'épaules." Marais reports simply and brutally: "Le pauvre battu se montre, le plus qu'il peut, à la cour, à la ville, mais personne ne le plaint, et ceux qu'il croyait ses amis lui ont tourné le dos." Such actions were too common in that day to excite sympathy or surprise. Between noble and commoner was a great gulf fixed after all, and the former could do no wrong. Voltaire, seeing but one way to reëstablish himself and to assuage his wounded pride, began to take fencing lessons and thus to prepare himself for a duel. But Rohan-Chabot had no great reputation for courage. Besides he would not fight with a *bourgeois*, who if beaten by lackeys had only his just deserts. An order was given for Voltaire's arrest, and he was taken a second time to the Bastille during the night of April 17, 1726. While in the Bastille, Voltaire had English books brought to him by Thieriot. What they were is unfortunately not known, but as he was this time in prison only two weeks they could have meant little to him except to show which way his thoughts were now turning.[26] Shortly he received permission to exchange his imprisonment for exile and chose England. Early in May he was released, on the fifth he was at Calais, and sometime during the month he arrived in England. His stay in

26 Du Vernet (p. 61) says that Voltaire began the study "des langues vivantes," some months before while practicing fencing. Under the circumstances, this certainly must have meant English. Du Vernet's statement is probable enough. It is unfortunate that he is customarily so inaccurate that one hardly knows when to give him credence.

the country across the Channel is a very important period in his life. Perhaps he would have gone there anyhow, perhaps not. In any case, the Rohan-Chabot quarrel had far-reaching consequences.

VOLTAIRE IN ENGLAND (1726-1729) [27]

Since the Revocation in 1685 of the edict of religious toleration known as the Edict of Nantes,[28] hordes of Protestant refugees had found themelves obliged to flee for safety and peace outside of France. Some went to Holland and to Germany, some went to America, many went to England, where they found what seemed a very Mecca of political and religious freedom. Not slow to appreciate their new-found advantages, many of these Huguenots became journalists and set themselves the task of editing periodicals in which they informed the French public about the liberties of England. Gradually they began to discuss literature also, even Shakespeare, the "barbarian" Shakespeare, who up to the eighteenth century had been practically unknown in France. So in 1726, when Voltaire went to England, the country was already known in France as a land distinguished for political and religious liberty. Montesquieu, for example, had spoken admiringly of it in the *Lettres persanes* (1721).[29] The Swiss Béat de Muralt had published in 1725 *Lettres sur les Anglais et sur les Français*, which proved very popular. Bolingbroke had no doubt stimulated Voltaire's interest in this country so different from France, and it was most natural that he should decide to spend his exile there.

Voltaire, in spite of his recent humiliation, had influential sponsors to facilitate his introduction to English society. The English

[27] On Voltaire's English journey, the student may consult, besides general biographies, the following special works: Archibald Ballantyne, *Voltaire's Visit to England,* London, 1893 (Cf. the review by Texte, *Rev. d'Hist. litt.,* 1894) ; Churton Collins, *Voltaire, Montesquieu, and Rousseau in England,* London, 1908 ; Joseph Texte, *Jean-Jacques Rousseau et les origines du cosmopolitisme littéraire,* Paris, 1895 ; Gustave Lanson, critical edition of Voltaire's *Lettres philosophiques,* 2nd ed., Paris, 1915–17 ; Lucien Foulet, *Correspondance de Voltaire, 1726–1729,* Paris, 1913 ; F. Baldensperger, *La Chronologie du séjour de Voltaire en Angleterre et les Lettres philosophiques* (*Archiv für das Studium der neueren Sprachen und Literaturen,* 1913). (See Appendix.)

[28] The Edict of Nantes was promulgated by Henri IV in 1598.

[29] Letters 104, 136.

ambassador at Paris, Horace Walpole (1678–1747), wrote letters recommending him to Bubb Dodington and to the Minister of Foreign Affairs, Newcastle. Both were requested to aid Voltaire in the publication of his epic poem on Henry IV, which had appeared clandestinely in France as *La Ligue* in 1723 and 1724. Thus Voltaire was introduced to the Whig administration then in power. His intimacy with Bolingbroke insured his coming in contact with leading members of the Tory party. To be brought thus in touch with members of both political groups was an incalculable advantage for any one wishing to study English government and society. Moreover, his fame as a successful French dramatist and poet, coupled with the influence of Bolingbroke, made it possible for him to meet the leading English writers of the day. Voltaire met the philosopher, Samuel Clarke, the aged dramatist, Congreve, Swift, Pope, and Gay, the author of the *Beggars' Opera*. After a hurried and secret voyage back to France during the last days of July, 1726, in search of funds and perhaps also still occupied vainly with his project of a duel with Rohan-Chabot, Voltaire settled at Wandsworth, near London, in the home of a distinguished English merchant named Falkener, to whom *Zaïre* was later to be dedicated, much to the surprise of Voltaire's French contemporaries, who were not yet able to understand a dedication to a merchant, however brilliant he might be in ability and taste. Falkener later became ambassador to Constantinople. In relative seclusion at Wandsworth, Voltaire during the first weeks of his stay was able to give himself over particularly to reading and the study of English better than amid the social distractions of London. But Voltaire did not spend all his time in aristocratic circles. He lived for a time in a boarding house in London, came in contact with the numerous French refugees at the Rainbow Coffee House, wandered about the streets observing the populace, talked with Quakers about their beliefs and attended their services, above all he had a regular seat at the theater and attended frequently, the text of the play in his hand, improving in this way his rapidly acquired knowledge of the English language and getting in contact with this strange, free, interesting, if rather startling, English drama so different from French classic drama of the seventeenth century. To improve his

knowledge of English and to encourage Thieriot in his attempts
to learn the language, Voltaire often wrote to him in English.[30]
He even tried to induce him to translate into French the recently
appeared *Gulliver's Travels* by Swift. Thieriot, dilatory as usual,
let himself be distanced by the Abbé Desfontaines, who got out his
translation in 1727. Voltaire's *Essay on Epic Poetry* was first
published in English, doubtless revised by some English friend, as
likewise his *Essay on the Civil Wars in France.* The play *Brutus,*
dealing with the elder Brutus, not the younger, but influenced as to
form by Shakespeare, was begun in English at Wandsworth. The
Histoire de Charles XII was also begun during this fertile Eng-
lish period. Thus Voltaire spent his time, active and industri-
ous as throughout his life. He learned a great deal about English
government, literature, language, ideas, and customs. He covered
too broad a field for his knowledge not to appear at times super-
ficial, but he acquired with incredible rapidity a surprising amount
of sound knowledge nevertheless. Any one who could go into a
foreign country with little or no knowledge of the language to
begin with and in less than three years learn more than did Voltaire
would after all have good reason to be proud of his achievement.

In addition to his other work in England, Voltaire succeeded
brilliantly in carrying out his plan of publishing his poem on Henry
IV. The *Henriade* appeared in a magnificent subscription edition
in 1728, considerably revised and augmented, with the King and
the Queen, Bolingbroke, Pope, Swift, and most of the notables of
England among the subscribers. Later a popular edition was
published. The poem was a complete financial and literary success,
and helped Voltaire still further on his way toward an independent
fortune. In addition, Voltaire was already thinking of another
important literary enterprise. His impressions of England, written
down in letters to Thieriot, were to be used as the basis for a work
which was to make England known in France in a way that the
French refugees had been unable to accomplish. Thus were begun
the notes for the *Lettres philosophiques,* which were certainly not
the letters as originally written to Thieriot, but may indeed have
been begun in that way.

30 An English letter by Voltaire is given *infra*. (See Appendix also.)

When Voltaire returned to France is not exactly known. By March, 1729, we know positively by his correspondence that he was back in his native country. M. Lucien Foulet makes it seem very possible that he returned secretly in the fall of 1728,[31] but evidence to permit absolute proof is still lacking. So no positive conclusion is possible. In any case Voltaire's stay in England lasted from two years and a half to slightly less than three years.

VOLTAIRE'S CORRESPONDENCE

In giving selections from Voltaire's letters, it has seemed desirable to place them as nearly as possible in chronological order, so that they may best illuminate the rest of the text.

Voltaire's Correspondence is in many respects his most characteristic and important work. It comprises over ten thousand published letters, and others are from time to time coming to light and are being made accessible in periodical publications. Many others too have certainly been lost. Such a correspondence is an evidence of Voltaire's extraordinary activity and of the extent of his relations with nearly every important character among his contemporaries. Rulers like Frederick the Great and Catherine of Russia were glad to be numbered among his correspondents. Cabinet ministers like D'Argenson, Choiseul, and Necker, distinguished Englishmen like Bolingbroke, Hervey, Pope, and Swift, French men of letters like Diderot, Rousseau, Fontenelle, and Vauvenargues, actors like Lekain and Mlle Clairon, the Pope himself, cardinals of the Church, nearly every one of cultivation and influence, whatever his nationality, at some time or other exchanged letters with Voltaire, and many of them carried on a regular correspondence. Such a collection of letters written by one of the most marvelous stylists and letter writers of all time and extending from 1711 to 1778 is a remarkable record of the thought and personalities of the time. In it, moreover, Voltaire reveals himself more fully than anywhere else in his writings. Now gay, now serious, now respectful, now ironical, now bitter and angry, now impetuously enthusiastic, now bending all his efforts to helping some one in distress, Voltaire appears before us in all the manifold complexity of his many-sided personality. No selection of his works could therefore be complete without some examples of his letters, yet how inadequate they must be when we remember that in the Moland edition of his complete works the correspondence alone fills eighteen large octavo volumes! The letters here given must then be considered as only a slight sample. The student who wishes

31 L. Foulet, *Correspondance de Voltaire, 1726–1729* (Paris, 1913), pp. 270–80.

really to feel a personal acquaintance with Voltaire himself, to know him as he was with his many virtues and defects, must steep himself in the complete collection of his letters.

VOLTAIRE TO THIERIOT

(26 October, 1726.)

During his stay of between two and three years in England, Voltaire acquired a real mastery of English, so much so that he could write to his friend, Lord Bolingbroke: "Je vous avoue, mylord, qu'à mon retour d'Angleterre, où j'avais passé près de deux années dans une étude continuelle de votre langue, je me trouvai embarrassé lorsque je voulus composer une tragédie française. Je m'étais presque accoutumé à penser en anglais." [32] For this reason, it seems worth while to give as an example one of Voltaire's letters written in English. The manuscript of this letter has been somewhat corrected afterwards. Voltaire did not certainly in six months learn to write as good English as this, even though the first version of the *Essai sur la poésie épique* did appear in English in 1727. Of course it must quite properly have been read and somewhat revised by one of his English friends. Rarely is this not necessary for one writing in a foreign language, no matter how long and thoroughly he may have studied it. Voltaire's irregular spelling has been followed as of interest here.

. . . I intend to send you two or three poems of Mr. Pope, the best poet of England, and at present of all the world. I hope you are acquainted enough with the English tongue to be sensible of all the charms of his works. For my part I look on his poem call'd the *Essay upon criticism* as superior to the *Art of poetry* of Horace: and his *Rape of the lock*, la boucle de cheveux (that is a comical one), is in my opinion above the *Lutrin* of Despréaux; [33] I never saw so amiable an imagination, so gentle graces, so great varyety, so much wit. and so refined knowledge of the world as in this little performance.

Now, my dear Tiriot, after having fully answered to what you asked about English books, let me acquaint you with an

[32] Preface to *Brutus* (1731), *Œuvres* (Moland), II, 311.
[33] Boileau Despréaux (1636–1711), the great French critic, often referred to in the seventeenth and eighteenth centuries as Despréaux.

account of my for ever cursed fortune. I came again into England in the latter end of July [34] very much dissatisfied with my secret voiage into France both unsuccesful and expensive. I had about me onely some bills of exchange upon a Jew called Medina for the sum of about eight or nine thousand French livres rekoning all. At my coming to London, I found my . . . Jew was broken; I was without a penny, sick to death of a violent agüe, a stranger, alone, helpless, in the midst of a city wherein I was known to no body; my Lord and my Lady Bolingbroke were in the country; [35] I could not make bold to see our ambassador in so wretched a condition. I had never undergone such distress; but I am born to run through all the misfortunes of life. In these circumstances my star, that among all its direful influences pours allways on me some kind refreshment, sent to me an English gentleman unknown to me, who forced me to receive some money that I wanted. An other London citizen [36] that I had seen but once at Paris, carried me to his own country house, wherein I lead an obscure and charming life since that time, without going to London, and quite given over to the pleasures of indolence and of friendshipp. The true and generous affection of this man who sooths the bitterness of my life brings me to love you more and more. All the instances of friendshipp indear my friend Tiriot to me. I have seen often mylord and mylady Bolingbroke; I have found their affection still the same, even increased in proportion to my unhappiness; they offered me all, their money, their house; but I refused all, because they are lords, and I have accepted all from Mr. Faulknear, because he is a single [37] gentleman.

I had a mind at first to print our poor *Henry* at my own

34 See *supra,* p. 22.
35 At his country estate of Dawley.
36 Everard Falkener (1684–1758). Cf. *supra*, p. 22.
37 Falkener was unmarried, but Voltaire probably means here *plain, simple.*

expenses in London, but the loss of my money is a sad stop to my design: I question if I shall try the way of subscriptions by the favour of the court. I am weary of courts, my Thieriot; all that is king, or belongs to a king, frights my republican philosophy, I won't drink the least draught of slavery in the land of liberty.

I have written freely to the abbot Desfontaines,[38] it is true, and I will allwais do so, having no reason to lay myself under any restraint. I fear, I hope nothing from your country. All that I wish for, is to see you one day in London. I am entertaining myself with this pleasant hope; if it is but a dream, let me enjoy it, don't undeceive me, let me believe I shall have the pleasure to see you in London, drawing up the strong spirit of this unaccountable nation; you will translate [39] their thoughts better when you live among 'em. You will see a nation fond of their liberty, learned, witty, despising life and death, a nation of philosophers; not but that there are some fools in England, every country has its madmen; it may be French folly is pleasanter than English madness, but by God English wisdom and English honesty is above yours. One day I will acquaint you with the character of this strange people,[40] but 'tis time to put an end to my English talkativeness. I fear you will take this long epistle for one of those tedious English books that I have advised you not to translate. . . .

I have written so much about the death of my sister to those who had writ to me on this account that I had almost forgotten to speak to you of her. I have nothing to tell you on that accident but that you know my heart and my way of think-

38 The Abbé Desfontaines, a minor French hackwriter, journalist, and translator of the period, later one of Voltaire's enemies. He translated *Gulliver* in 1727.

39 Thieriot was anxious to translate some English work. Voltaire suggested Swift's *Gulliver*, but Thieriot let himself be forestalled by Desfontaines.

40 Perhaps a first hint that Voltaire is thinking of the future *Lettres philosophiques*.

ing. I have wept for her death, and I would be with her. Life is but a dream full of starts of folly and of fancied and true miseries. Death awakes us from this painful dream, and gives us either a better existence or no existence at all.[41] Farewell. Write often to me. Depend upon my exactness in answering you when I shall be fixed in London.

Write me some lines in English to show your improvement in your learning. . . .[42]

La Henriade (1723–1728).

La Henriade was Voltaire's attempt to endow France with a great epic poem and, so far as the eighteenth century was concerned, it was considered to have met with full success, for it was reprinted frequently down through the first quarter of the nineteenth century. Beuchot in an intentionally incomplete list [43] mentions twenty-eight editions of La Henriade down to 1826, besides translations, and that it was not merely carried along by Voltaire's other works published in complete sets is shown by the numerous critiques published during the same period. This vogue has not been justified by the opinion of posterity since the early years of the nineteenth century. La Henriade is dead, completely dead. But the work still has interest for the understanding of Voltaire's success and the spread of his ideas of tolerance and should not be passed over completely.

It was M. de Caumartin, intendant des finances, who interested Voltaire in Henry IV at Saint-Ange in 1715. During the eleven months of his first imprisonment in the Bastille (1717–1718), Voltaire whiled away monotonous hours by working on his poem. After his release, he hoped to have it printed by the royal presses and composed a dedication to the young king, Louis XV, in which his desire to point a moral is manifest. "Le dirai-je, sire? oui, la vérité me l'ordonne;

41 This appears to be a reminiscence of Shakespeare's monologue in Hamlet (Act III, scene 1), "To be, or not to be," which Voltaire, like several of his contemporaries, later translated. For a free, verse translation, cf. the Lettres philosophiques (1734), Letter XVIII, and for a much more literal translation, see the Appel à toutes les nations (1761). This latter translation is now given also in Moland in the Lettres philosophiques, but it is not anterior to 1761.

42 The complete text of this letter is to be found in Lucien Foulet, Correspondance de Voltaire (1726–1729), Paris, 1913, pp. 53–64. This edition by M. Foulet supersedes Moland's edition of the correspondence for the period of the English journey.

43 Moland, VIII, 4–8.

c'est une chose bien honteuse pour les rois que cet étonnement où nous sommes quand ils aiment sincèrement le bonheur de leurs peuples. Puissiez-vous un jour nous accoutumer à regarder en vous cette vertu comme un apanage inséparable de votre couronne! Ce fut cet amour véritable de Henri IV pour la France qui le fit enfin adorer de ses sujets." [44] Apparently the censorship objected to the lesson and the implied criticism of royalty, and withheld approval. Voltaire followed the usual custom, general under the *ancien régime*, of reading his work in the salons of the day, and thus stimulated interest. We have seen that he read it to Bolingbroke at La Source in 1722. The year following, the author succeeded in printing it secretly at Rouen with the false and humorous place-indication of "Genève, Chez Jean Mokpap." The poem bore the title of *La Ligue, ou Henri le Grand.* The first edition dates then from 1723.

When Voltaire went to England, the English ambassador, Walpole, in his letter of introduction to Dodington stated that the French author hoped to print his poem in England by subscription, since "on account of some bold strokes in it against persecution and the priests, [it] cannot be printed here" [in France].[45] In this enterprise, Voltaire, aided by his influential sponsors in both the Whig and the Tory parties and helped also by his own literary reputation, his extraordinary business ability, and his unsurpassed social graces, was fully successful. Practically every one of distinction in England, from the royal family down, subscribed to the *de luxe* quarto edition of 1728. The same year the author issued also a popular octavo edition. His epic was launched. It was a complete financial, as well as literary, success.

La Henriade narrates in ten cantos the civil war in which Henry of Navarre was successful in his struggle against the Catholic League and, after himself changing from Protestantism to Catholicism, became king of France under the title of Henry IV. The poem glorifies his legendary virtues of efficient administration, affection for his subjects, and religious tolerance. (It will be remembered that Henry IV brought about toleration of Protestants in France by his Edict of Nantes in 1598, which Louis XIV was unwisely to revoke in 1685.) The poem uses unconvincingly various supernatural "machines," the spirit of Discord, the spirit of Truth, Saint Louis, who appears in a vision. In spite of occasional spirited passages, the work as a whole now leaves us cold.

Of special interest are the lines expressing Voltaire's admiration for the England in which he then was. He refers to the traditional theory of the English government as divided into three separate powers, the executive, the legislative, and the judicial.

44 Moland, VIII, 3.
45 Foulet, *op. cit.,* p. 38.

En voyant l'Angleterre, en secret il [46] admire
Le changement heureux de ce puissant empire,
Où l'éternel abus de tant de sages lois
Fit longtemps le malheur et du peuple et des rois.
Sur ce sanglant théâtre où cent héros périrent,
Sur ce trône glissant d'où cent rois descendirent,
Une femme, à ses pieds, enchaînant les destins,
De l'éclat de son règne étonnait les humains :
C'était Élisabeth; elle dont la prudence
De l'Europe à son choix fit pencher la balance,
Et fit aimer son joug à l'Anglais indompté,
Qui ne peut ni servir, ni vivre en liberté.
Ses peuples sous son règne ont oublié leurs pertes;
De leurs troupeaux féconds leurs plaines sont couvertes,
Les guérets [47] de leurs blés, les mers de leurs vaisseaux;
Ils sont craints sur la terre, ils sont rois sur les eaux;
Leur flotte impérieuse, asservissant Neptune,
Des bouts de l'univers appelle la fortune :
Londres, jadis barbare, est le centre des arts,
Le magasin du monde, et le Temple de Mars.
Aux murs de Westminster on voit paraître ensemble
Trois pouvoirs étonnés du nœud qui les rassemble,
Les députés du peuple, et les grands, et le roi,
Divisés d'intérêt, réunis par la loi;
Tous trois membres sacrés de ce corps invincible,
Dangereux à lui-même, à ses voisins terrible.
Heureux lorsque le peuple, instruit dans son devoir,
Respecte, autant qu'il doit, le souverain pouvoir!
Plus heureux lorsqu'un roi, doux, juste, et politique,
Respecte, autant qu'il doit, la liberté publique!
«Ah! s'écria Bourbon [48], quand pourront les Français

46 Henry IV.
47 *Guérets*, cultivated fields.
48 Henry IV was the first of the Bourbon family to become king of France.

Réunir, comme vous, la gloire avec la paix ?
Quel exemple pour vous, monarques de la terre !
Une femme a fermé les portes de la guerre ;
Et, renvoyant chez vous la discorde et l'horreur,
D'un peuple qui l'adore elle a fait le bonheur."

(Moland, VIII, 54–55.)

Thus in the last lines of the poem the lesson is applied to France. Rulers should seek peace together with the welfare and the liberties of their peoples. Here, more clearly than in *Œdipe*, Voltaire uses his work as a vehicle for humanitarian propaganda, thus early showing the characteristic which was to distinguish him throughout his life, that of keeping constantly in view the practical purpose of securing needed reforms in contemporary society.

The characteristic phrase, "des prêtres menteurs," used later in translating freely the Hamlet monologue for the *Lettres philosophiques*, occurs in the *Henriade*.[49] There is also the expression, "prêtres trompeurs."[50] God is portrayed as good (p. 53), clement (p. 168), ready to save pagans as well as Christians, if they are true to "la loi de la nature" (p. 172), a father (p. 176), who desires to be loved (p. 172), not to damn men eternally (p. 176). The famous "note des damnés," giving the calculation that, according to orthodox beliefs, "à ne compter que 6,000 ans depuis la création, il y a déjà 300 fois 947 millions de damnés," was not added until 1746 (p. 175, n. 1).

[49] Moland, VIII, 153.
[50] *Ibid.*, p. 217.

PART II

VOLTAIRE'S MIDDLE PERIOD (1729–1753)

BACK from the important English journey by 1729, Voltaire threw himself once more into feverish literary activity. A play dealing with the elder *Brutus* (1730) shows in method of treatment some traces of the unclassical Shakespearean influence. It had in fact been begun in English at Wandsworth. The *Épître à Uranie* of 1722 now appears (1732), probably in manuscript, and causes scandal. Voltaire, with his customary *sans gêne*, lays it at the door of Chaulieu, who, no longer living, cannot be brought to book. The *Histoire de Charles XII* of 1731 marks Voltaire's entry into the field of history which he was to make preëminently his own. *Brutus* (1730), *La Mort de César* (1731–1736), *Ériphyle* (1732), were perhaps too English for the public; they did not succeed. Voltaire gave to the critics of his drama the best of all replies, a *chef-d'œuvre, Zaïre* (1732). Meanwhile he had been putting the final touches to his *Lettres philosophiques,* the most important tangible outcome of his stay in England. They appeared first, significantly enough, in England, translated into English, in 1733. The year following marked their first appearance in French. They at once caused trouble, were burned by order of the government, and sent Voltaire in flight to Lorraine.

VOLTAIRE AS A HISTORIAN

History was a very important part of Voltaire's literary work. His greatest historical works are three: *L'Histoire de Charles XII, roi de Suède* (1731), *Le Siècle de Louis XIV* (1751), and the *Essai sur les mœurs* (1756), a universal history of the development and

of the manners and customs of civilization. Other histories of less importance also came from his pen during the latter part of his life, in spite of the fact that he was constantly occupied with various other literary projects. In short, history was one of the subjects which most keenly interested Voltaire's mind. It was not, however, a narrative merely of dates and battles. Voltaire became increasingly interested in history as the record of the progress of civilization, the development of tolerance, the increase of prosperity and comfort, the encouragement of literature and art. He saw in history one of the most instructive subjects with which the human mind can concern itself, a record of the mistakes and virtues of the past by which mankind, if it is wise, may learn to guide itself more wisely in the future. Voltaire brought to the study of history great industry, an appreciation of the necessity of a careful study of documents, of oral sources where available, and of everything which could possibly throw light upon the truth. He saw that some documents are of more value than others, some more impartial, some better informed. He endeavored to free himself from bias and prejudice. Thus he is one of the founders of modern scientific study of history. Of course, he was not completely successful. His greatest lack was not erudition, of which he had much, but that impartiality for which he strove, but which his rationalistic predilections kept him in many cases from attaining. It is difficult for him to sympathize with the Church or to understand the Middle Ages. The Old Testament appears to him mainly as a record of cruelty, intolerance, obscenity, and superstition. There is an element of truth in Montesquieu's *boutade*: "Voltaire n'écrira jamais une bonne histoire. Il est comme les moines, qui n'écrivent pas pour le sujet qu'ils traitent, mais pour la gloire de leur ordre. Voltaire écrit pour son couvent." [1] Yet, when all is said, Voltaire, as a historian, had great qualities, which called forth the admiration of D'Argenson, Chesterfield, Gibbon, and many other distiguished contemporaries. For showing what use could be made of sources, for throwing his powerful influence in favor of studying history from the point of view of the development and

[1] Montesquieu, *Pensées diverses, Œuvres* (Laboulaye ed., 1875-1879), VII, 162.

progress of thought and of civilization, he deserves the lasting gratitude of mankind.[2]

L'Histoire de Charles XII (1731)

L'Histoire de Charles XII, roi de Suède, begun in England in 1727 or 1728, was published in 1731. It is the first of Voltaire's important historical works. In it, he is occupied mainly with the narrative of the hero's life and exploits, and has little of the philosophical attitude, which forms both the merit and the defect of his later historical works. This is partly to be explained as quite natural in a biography, partly by the fact that the author, still a young man, has not yet developed the point of view which was to distinguish him later. At the same time, there is a philosophical conclusion to be drawn from his work. It is that Charles XII, with all his great and dazzling qualities, which often elicit Voltaire's admiration, has by his wars brought about only one result : namely, the ruin of his country and people. Here is a warning for other kings who may seek glory in this way. It is doubtless one of the reasons why Napoleon spoke contemptuously of this work as he read it during his own fateful Russian campaign.

DISCOURS SUR L'HISTOIRE DE CHARLES XII

Il y a bien peu de souverains dont on dût écrire une histoire particulière. En vain la malignité ou la flatterie s'est exercée sur presque tous les princes : il n'y en a qu'un très petit nombre dont la mémoire se conserve ; et ce nombre serait encore plus petit si l'on ne se souvenait que de ceux qui ont été justes.

Les princes qui ont le plus de droit à l'immortalité sont ceux qui ont fait quelque bien aux hommes. Ainsi, tant que la France subsistera, on s'y souviendra de la tendresse que Louis XII avait pour son peuple ; on excusera les grandes fautes de François I[er] en faveur des arts et des sciences dont il a été le père ; on bénira la mémoire de Henri IV, qui conquit son héritage à force de vaincre et de pardonner ;

2 For an intelligent and sane appreciation of Voltaire as a historian, see Gustave Lanson, *Voltaire* (Grands Écrivains series), 2nd ed., 1910, Chap. VI. An interesting article on this subject by Albert Guérard appeared in *Scribner's Magazine*, November, 1924.

on louera la magnificence de Louis XIV, qui a protégé les arts, que François I^{er} avait fait naître.

Par une raison contraire, on garde le souvenir des mauvais princes, comme on se souvient des inondations, des incendies et des pestes.

Entre les tyrans et les bons rois sont les conquérants, mais plus approchants des premiers: ceux-ci ont une réputation éclatante, on est avide de connaître les moindres particularités de leur vie. Telle est la misérable faiblesse des hommes, qu'ils regardent avec admiration ceux qui ont fait du mal d'une manière brillante, et qu'ils parleront souvent plus volontiers du destructeur d'un empire que de celui qui l'a fondé.

Pour tous les autres princes, qui n'ont été illustres ni en paix ni en guerre, et qui n'ont été connus ni par de grands vices, ni par de grandes vertus, comme leur vie ne fournit aucun exemple ni à imiter ni à fuir, elle n'est pas digne qu'on s'en souvienne. . . .

On se serait donc donné bien de garde d'ajouter cette histoire particulière de Charles XII, roi de Suède, à la multitude des livres dont le public est accablé, si ce prince et son rival Pierre Alexiowitz,[3] beaucoup plus grand homme que lui, n'avaient été, du consentement de toute la terre, les personnages les plus singuliers qui eussent paru depuis plus de vingt siècles. Mais on n'a pas été déterminé seulement à donner cette vie par la petite satisfaction d'écrire des faits extraordinaires; on a pensé que cette lecture pourrait être utile à quelques princes, si ce livre leur tombe par hasard entre les mains. Certainement il n'y a point de souverain qui, en lisant la vie de Charles XII, ne doive être guéri de la folie des conquêtes. Car, où est le souverain qui pût dire:

[3] Peter the Great (1672–1725), Czar of Russia. By dint of hard work, remarkable organizing ability, study of foreign countries, extraordinary energy, indomitable will, and a despotism pushed to the point of cruelty, he established Russia as a powerful European state.

J'ai plus de courage et de vertus, une âme plus forte, un corps plus robuste; j'entends mieux la guerre, j'ai de meilleures troupes que Charles XII? Que si, avec tous ces avantages, et après tant de victoires, ce roi a été si malheureux, que devraient espérer les autres princes qui auraient la même ambition, avec moins de talents et de ressources?

On a composé cette histoire sur des récits de personnes connues, qui ont passé plusieurs années auprès de Charles XII et de Pierre le Grand, empereur de Moscovie, et qui, s'étant retirées dans un pays libre, longtemps après la mort de ces princes, n'avaient aucun intérêt de déguiser la vérité. . . . On n'a pas avancé un seul fait sur lequel on n'ait consulté des témoins oculaires et irréprochables. . . .

Si quelque prince et quelque ministre trouvaient dans cet ouvrage des vérités désagréables, qu'ils se souviennent qu'étant hommes publics ils doivent compte au public de leurs actions;[4] que c'est à ce prix qu'ils achètent leur grandeur; que l'histoire est un témoin et non un flatteur; et que le seul moyen d'obliger les hommes à dire du bien de nous, c'est d'en faire.

(Moland, XVI, 130–133.)

Charles XII, the son of Charles XI, was born at Stockholm in 1682. He defeated the King of Denmark at Copenhagen, and on November 30, 1700, when still only eighteen years old, defeated the Russians under Peter the Great at Narva. Augustus II of Poland fell before him at Riga, but Charles himself finally suffered defeat at the hands of Peter the Great at Pultava, on July 8, 1709. Charles passed the next six years in Turkey, but was unable to persuade the Sultan Achmet III to join him as an ally. In 1715 he returned to Sweden, made peace with the Czar of Russia, and started to capture Norway from Denmark. In the midst of this campaign, he was mysteriously killed in 1718 by a shot which struck him while he was inspecting the trenches. Some said it was fired by the enemy, some, by his own troops.

4 A liberal and "modern" point of view, in direct contrast to the theory of the "divine right of kings," then still the prevailing attitude of the governing powers.

Death of Charles XII

After his defeat at Pultava in 1709 and after six years in semi-captivity among the Turks, Charles returned to Sweden in 1715. Having made an alliance with his former enemy Peter the Great, he set out in 1718 to conquer Norway, then in the possession of Denmark.

Cependant Charles partit une seconde fois pour la conquête de la Norvège, au mois d'octobre 1718. Il avait si bien pris toutes ses mesures qu'il espérait se rendre maître en six mois de ce royaume. Il aima mieux aller conquérir des rochers au milieu des neiges et des glaces, dans l'âpreté de l'hiver, qui tue les animaux en Suède même où l'air est moins rigoureux, que d'aller reprendre ses belles provinces d'Allemagne des mains de ses ennemis : c'est qu'il espérait que sa nouvelle alliance avec le czar le mettrait bientôt en état de ressaisir toutes ces provinces ; bien plus, sa gloire était flattée d'enlever un royaume à son ennemi victorieux.

A l'embouchure du fleuve Tistedal, près de la manche de Danemark, entre les villes de Bahus et d'Anslo, est située Frédrickhall, place forte et importante, qu'on regardait comme la clef du royaume. Charles en forma le siège au mois de décembre. Le soldat, transi de froid, pouvait à peine remuer la terre endurcie sous la glace : c'était ouvrir la tranchée dans une espèce de roc ; mais les Suédois ne pouvaient se rebuter en voyant à leur tête un roi qui partageait leurs fatigues. Jamais Charles n'en essuya de plus grandes. Sa constitution, éprouvée par dix-huit ans de travaux pénibles, s'était fortifiée au point qu'il dormait en plein champ en Norvège, au cœur de l'hiver, sur de la paille ou sur une planche, enveloppé seulement d'un manteau, sans que sa santé en fût altérée. Plusieurs de ses soldats tombaient morts de froid dans leurs postes ; et les autres, presque gelés, voyant leur roi qui souffrait comme eux, n'osaient proférer une plainte. Ce fut quelque temps avant

cette expédition qu'ayant entendu parler en Scanie d'une
femme nommée Johns Dotter, qui avait vécu plusieurs mois
sans prendre d'autre nourriture que de l'eau, lui qui s'était
étudié toute sa vie à supporter les plus extrêmes rigueurs
que la nature humaine peut soutenir, voulut essayer encore
combien de temps il pourrait supporter la faim sans en
être abattu. Il passa cinq jours entiers sans manger ni
boire; le sixième, au matin, il courut deux lieues à cheval,
et descendit chez le prince de Hesse, son beau-frère, où il
mangea beaucoup, sans que ni une abstinence de cinq jours
l'eût abattu, ni qu'un grand repas, à la suite d'un si long
jeûne, l'incommodât.

Avec ce corps de fer, gouverné par une âme si hardie et
si inébranlable, dans quelque état qu'il pût être réduit, il
n'avait point de voisin auquel il ne fût redoutable.

Le 11 décembre, jour de Saint-André, il alla sur les neuf
heures du soir visiter la tranchée, et, ne trouvant pas la
parallèle assez avancée à son gré, il parut très mécontent.
M. Mégret, ingénieur français, qui conduisait le siège,
l'assura que la place serait prise dans huit jours. "Nous
verrons," dit le roi; et il continua de visiter les ouvrages
avec l'ingénieur. Il s'arrêta dans un endroit où le boyau
faisait un angle avec la parallèle; il se mit à genoux sur
le talus intérieur, et, appuyant ses coudes sur le parapet,
resta quelque temps à considérer les travailleurs, qui con-
tinuaient les tranchées à la lueur des étoiles.

Les moindres circonstances deviennent essentielles quand il
s'agit de la mort d'un homme tel que Charles XII; ainsi je
dois avertir que toute la conversation que tant d'écrivains ont
rapportée entre le roi et l'ingénieur Mégret est absolument
fausse. Voici ce que je sais de véritable sur cet événement.[5]

Le roi était exposé presque à demi corps à une batterie de

5 "Quoi que dise Voltaire par avance, le récit qu'il va faire n'est pas
véridique." (Note in Moland.)

canon pointée vis-à-vis l'angle où il était: il n'y avait alors auprès de sa personne que deux Français: l'un était M. Siquier, son aide de camp, homme de tête et d'exécution, qui s'était mis à son service en Turquie, et qui était particulièrement attaché au prince de Hesse; l'autre était cet ingénieur. Le canon tirait sur eux à cartouches; mais le roi, qui se découvrait davantage, était le plus exposé. A quelques pas derrière était le comte Schwerin, qui commandait la tranchée. Le comte Posse, capitaine aux gardes, et un aide de camp nommé Kaulbar, recevaient des ordres de lui. Siquier et Mégret virent dans ce moment le roi de Suède qui tombait sur le parapet en poussant un grand soupir: ils s'approchèrent; il était déjà mort. Une balle pesant une demi-livre l'avait atteint à la tempe droite, et avait fait un trou dans lequel on pouvait enfoncer trois doigts; sa tête était renversée sur le parapet, l'œil gauche était enfoncé, et le droit entièrement hors de son orbite. L'instant de sa blessure avait été celui de sa mort; cependant il avait eu la force, en expirant d'une manière si subite, de mettre, par un mouvement naturel, la main sur la garde de son épée, et était encore dans cette attitude.[6] A ce spectacle, Mégret, homme singulier et indifférent, ne dit autre chose, sinon: "Voilà la pièce finie, allons souper." Siquier court sur-le-champ avertir le comte Schwerin. Ils résolurent ensemble de dérober la connaissance de cette mort aux soldats, jusqu'à ce que le prince de Hesse en pût être informé. On enveloppa le corps d'un manteau gris: Siquier mit sa perruque et son chapeau sur la tête du roi; en cet état, on transporta Charles, sous

[6] Beuchot, the great editor and commentator of Voltaire, says: "Le procès-verbal de l'autopsie cadavérique, faite en 1746, établit que le coup qui avait traversé les deux tempes n'y avait laissé qu'une blessure longue de sept lignes et large de deux. Une *balle d'une demi-livre* eût laissé bien d'autres traces. Charles XII fut trouvé mort ayant la main droite sur la poignée de son épée à moitié tirée du fourreau: circonstance qui prouve que le roi a vu le coup qui le menaçait, et voulait se défendre. On croit que Siquier était l'instrument de Frédéric de Hesse, beau-frère de Charles XII." (Moland ed., XVI, 350, n. 3.)

le nom du capitaine Carlberg, au travers des troupes, qui voyaient passer leur roi mort sans se douter que ce fût lui.

Le prince ordonna à l'instant que personne ne sortît du camp, et fit garder tous les chemins de la Suède, afin d'avoir le temps de prendre ses mesures pour faire tomber la couronne sur la tête de sa femme; et pour en exclure le duc de Holstein, qui pouvait y prétendre.

Ainsi périt, à l'âge de trente-six ans et demi, Charles XII, roi de Suède, après avoir éprouvé ce que la prospérité a de plus grand, et ce que l'adversité a de plus cruel, sans avoir été amolli par l'une, ni ébranlé un moment par l'autre. Presque toutes ses actions, jusqu'à celles de sa vie privée et unie, ont été bien loin au delà du vraisemblable. C'est peut-être le seul de tous les hommes, et jusqu'ici le seul de tous les rois, qui ait vécu sans faiblesses; il a porté toutes les vertus des héros à un excès où elles sont aussi dangereuses que les vices opposés. Sa fermeté, devenue opiniâtreté, fit ses malheurs dans l'Ukraine,[7] et le retint cinq ans en Turquie; sa libéralité, dégénérant en profusion, a ruiné la Suède; son courage, poussé jusqu'à la témérité, a causé sa mort; sa justice a été quelquefois jusqu'à la cruauté, et, dans les dernières années, le maintien de son autorité approchait de la tyrannie. Ses grandes qualités, dont une seule eût pu immortaliser un autre prince, ont fait le malheur de son pays. Il n'attaqua jamais personne; mais il ne fut pas aussi prudent qu'implacable dans ses vengeances. Il a été le premier qui ait eu l'ambition d'être conquérant sans avoir l'envie d'agrandir ses États: il voulait gagner des empires pour les donner. Sa passion pour la gloire, pour la guerre, et pour la vengeance, l'empêcha d'être bon politique, qualité sans laquelle on n'a jamais vu de conquérant. Avant la bataille et après la victoire, il n'avait que de la modestie; après la défaite, que de la fermeté: dur pour les autres comme pour lui-même, comptant

[7] At the battle of Pultava in the Ukraine; see *supra*, p. 36.

pour rien la peine et la vie de ses sujets, aussi bien que la sienne; homme unique plutôt que grand homme; admirable plutôt qu'à imiter. Sa vie doit apprendre aux rois combien un gouvernement pacifique et heureux est au-dessus de tant de gloire.

(Moland, XVI, 348–351.)

Zaïre (1732)

After his recent dramatic setbacks, Voltaire sought once more to obtain a striking success. This time he succeeded. Thus far his tragedies, *Œdipe*, *Brutus*, *Ériphyle*, had not given the central place to love between the sexes. This shift of emphasis had been intentional with Voltaire, but had roused much objection both among actors and public. He now resolved to demonstrate that he was not unable to write a play dealing effectively with love. The result was *Zaïre*, struck off at white heat in twenty-two days, and first played August 13, 1732. It was a success, but signs of haste in composition were evident and there were many criticisms which Voltaire, much more amenable to suggestion than might be thought, hastened to take into account in his thorough revision. Henceforth the position of the play was established. It is generally considered Voltaire's best dramatic work. It continued to be played throughout the eighteenth century and was revived during the nineteenth, with Mounet-Sully and Sarah Bernhardt in the leading rôles.[8]

The student should read the complete text of the play, available in school editions edited by C. A. Eggert (Scott, Foresman, 1902) and by C. W. Cabeen (Heath, 1910), or in the *Classiques Larousse*.

Plot: The scene is in the harem of the Sultan Orosmane at Jerusalem about 1249 A.D. (Cabeen, p. xi). The heroine, Zaïre, is a young French woman captured during the Crusades and brought up in ignorance of her origin among the Mohammedans of Jerusalem. Orosmane, the Sultan, is in love with her and she with him. They are shortly to be married, since Orosmane for her sake is ready to give up his oriental customs and to make her his sole wife. Two years before, a Frenchman, Nérestan, had departed to secure the ransom of Zaïre and ten Christian knights. He now returns. Orosmane refuses to release Zaïre—who in any case does not now wish to return to France—or the aged Christian leader so long imprisoned by the Sar-

8 Cf. F. Sarcey, *Le théâtre de Voltaire,* and *Zaïre,* in *Quarante ans de Théâtre* (1900–1902), III, 279–304. A still more recent revival is reviewed in *Le Temps,* April 19, 1915.

acens, Lusignan. A recognition scene reveals that Nérestan and Zaïre are brother and sister, the children of Lusignan, who is horrified that Zaïre has been brought up a Mohammedan. After a short hesitation, Zaïre consents to become a Christian and be baptized. Lusignan dies. Orosmane suspects Nérestan of love for Zaïre and is jealous. Now the Sultan is shown an obscure letter from Nérestan requesting a secret interview with Zaïre. Night (of this eventful classic day) has now come. Orders are given to seize Nérestan. Zaïre approaches. Orosmane draws his dagger and kills her in the wings just off-stage. Nérestan appears and Orosmane learns that Nérestan and Zaïre are brother and sister. Orosmane releases the Christian prisoners and kills himself on the stage.

Zaïre has generally been considered Voltaire's version of Shakespeare's *Othello*, an opinion expressed in its most extreme form by Lounsbury.[9] Yet the resemblances are very slight, the differences profound. It is possible that *Othello* may have stimulated Voltaire to the creation of Orosmane, but, if so, that seems as far as the influence went. "N'est-ce pas plutôt le thème de *Bajazet* que Voltaire a repris et retourné?"[10] The author is indebted to English drama, undoubtedly to Shakespeare, for the impulse to put historical figures into his play. He himself says: "C'est au théâtre anglais que je dois la hardiesse que j'ai eue de mettre sur la scène les noms de nos rois et des anciennes familles du royaume."[11] For the rest, Voltaire has written a very classic, a very un-Shakespearean, tragedy.

Note that Zaïre, like Voltaire himself, is a *philosophe*. She says:

> «Je le vois trop: les soins qu'on prend de notre enfance
> Forment nos sentiments, nos mœurs, notre croyance.
> J'eusse été près du Gange esclave des faux dieux,
> Chrétienne dans Paris, musulmane en ces lieux.
> L'instruction fait tout. . . .» (Moland, II, 560.)

Thus religion is a matter of environment, an opinion beginning to be held by many of Voltaire's contemporaries, as well as by himself, but not psychologically true to the character and the time of Zaïre.

The play has many classic *clichés* or stock expressions: *ô ciel!*, *trépas*,

9 Cf. G. Lanson, *Hist. de la litt. fran.*, pp. 649–50; Jusserand, *Shakespeare en France*, 1898, pp. 203–04; T. R. Lounsbury, *Shakespeare and Voltaire*, 1902, pp. 78–93. These opinions have been modified by: H. Lion, *Les tragédies et les théories dramatiques de Voltaire*, 1895, pp. 71–87; E. J. Dubedout, "Shakespeare et Voltaire: Othello et Zaïre," *Mod. Phil.*, III, 305–16; G. Ascoli, "Voltaire," *Revue des Cours et conférences*, 15 juillet 1924, pp. 619–22; G. Lanson, *Esquisse d'une hist. de la tragédie fran.*, Columbia Univ. Press, 1920, p. 119; new ed., Paris, Champion, 1927.

10 Bédier et Hazard, *Hist. illustrée de la litt. fran.*, 1924, II, 75. See particularly Ascoli, cited in the preceding note.

11 Moland, II, 542.

feux (love), *flamme* (love), *appas, hymen* (marriage), *respectable ennemi, digne Français,* etc.

The recognition scene is an artificial and unconvincing device. How the cross, which serves to identify Zaïre, is preserved in a Moslem harem through all these years, Voltaire does not explain. The whole tragedy hangs upon the slender thread of Nérestan not being known to Orosmane as Zaïre's brother. Nevertheless the play has real merits. The struggle in Zaïre's mind between her love and her religion, constitutes a universal problem, which often occurs in life. Voltaire's affection for the great actress, Adrienne Lecouvreur (died in 1730), coupled with the striking story of Mlle Aïssé,[12] perhaps explain the convincing warmth and sincerity he has put into Zaïre's love. In any case the play is less abstract, more *vécue,* than is usual with Voltaire.

Lusignan is impressive. Voltaire himself played the rôle of this aged Christian in amateur performances (Moland, II, 534), and later, says Brunetière,[13] at Ferney. It must have been an interesting sight to see the aged Voltaire, his hands upraised, exclaim:

«Mon Dieu! j'ai combattu soixante ans pour ta gloire.»
(Moland, II, 578.)

Les Lettres Philosophiques (1734)

The *Lettres philosophiques* are Voltaire's first great work, and of all the enormous bulk of his writings none today preserves more vigor and freshness nor more deserves an attentive reading. The title *philosophiques* already announces Voltaire as a forerunner of the so-called "philosophic" movement which, with Diderot, D'Alembert, Grimm, D'Holbach, Voltaire himself, and many others, held the center of the stage shortly after the middle of the century. This title with its suggestion of unorthodoxy, radicalism, and reform was obnoxious to the authorities, and the title *Lettres anglaises* was often used in its place. The work was condemned and publicly burned, a circumstance which doubtless stimulated, rather than hindered, its circulation.

The *Lettres philosophiques* were, as M. Lanson says,[14] a bombshell thrown among the reading public of contemporary France. Nearly everything said in favor of England was an implied criticism of the author's native country. Here the generalized criticisms of *Œdipe* and the *Henriade* become specific and cutting. This little book, moreover, is Voltaire's first important work in prose. His characteristic prose style is already formed. The sentences are short, epigrammatic, full

12 Used later by the Abbé Prévost in his *Histoire d'une Grecque moderne* (1740).
13 F. Brunetière, *Époques du théâtre français* (1896), p. 258.
14 *Voltaire,* p. 52.

of life, with a wit and a biting irony that either amuse or sting. It was a work impossible to ignore. It had to be received either with delight or anger according to the point of view.

Moreover, it shows already present in Voltaire a kind of universality of interest eminently characteristic of him and of his encyclopedic century. Religion, government, commerce, vaccination, gravitation, Lord Bacon, Locke, Descartes, Newton, English tragedy (particularly Shakespeare), and English comedy are among the subjects treated briefly, even of necessity superficially, but with a verve and an ironic wit never surpassed; while the number of ideas that are sound, keen, penetrating, vastly exceeds those that may be criticized as partisan and erroneous.

The *Lettres philosophiques* were many times reprinted during the eighteenth century and were much read. They help make clear to us the unique position of England in furthering liberal religious and political ideas in the world. A new popular edition has recently appeared (Paris, Aveline, 1924), demonstrating in this concrete way the vitality of Voltaire's book. It is of special interest to note that the *Lettres philosophiques* had more influence than any other work in stimulating the intellectual life of Jean-Jacques Rousseau, who was to be Voltaire's great rival.[15] They were, of course, a most important result of Voltaire's English journey, recently terminated. The dates of composition given by Moland cannot be accepted as trustworthy. The main work of composition is placed by M. Lanson between the years 1729–1731, after Voltaire's return.[16] The work was first published in an English translation in 1733, the year before its appearance in France. The Moland text is a composite of the various editions from 1734 to 1784. The original text of 1734 is to be found, accompanied by most valuable notes and commentary, in M. Lanson's critical edition mentioned in the footnote below. This edition, which should certainly be consulted by the student, has been followed, except for modernization of the spelling, in the excerpts here given.

LETTRE I

Sur les quakers

J'ai cru que la doctrine et l'histoire d'un peuple si extra-ordinaire méritaient la curiosité d'un homme raisonnable. Pour m'en instruire, j'allai trouver un des plus célèbres

15 Cf. George R. Havens, "The Sources of Rousseau's Édouard Bomston," *Modern Philology*, July 1919, p. 126.

16 G. Lanson, *Lettres philosophiques*, édition critique, 2nd ed. Paris, 1915–1917, I, p. xxxviii.

quakers d'Angleterre, qui, après avoir été trente ans dans le commerce, avait su mettre des bornes à sa fortune et à ses désirs, et s'était retiré dans une campagne auprès de Londres. Je fus [17] le chercher dans sa retraite; c'était une maison petite, mais bien bâtie, pleine de propreté sans ornement. Le quaker était un vieillard frais qui n'avait jamais eu de maladie, parce qu'il n'avait jamais connu les passions ni l'intempérance; je n'ai point vu en ma vie d'air plus noble ni plus engageant que le sien. Il était vêtu, comme tous ceux de sa religion, d'un habit sans plis dans les côtés, et sans boutons sur les poches ni sur les manches, et portait un grand chapeau à bords rabattus comme nos ecclésiastiques. Il me reçut avec son chapeau sur la tête, et s'avança vers moi sans faire la moindre inclination de corps; mais il y avait plus de politesse dans l'air ouvert et humain de son visage qu'il n'y en a dans l'usage de tirer une jambe derrière l'autre, et de porter à la main ce qui est fait pour couvrir la tête. "Ami, me dit-il, je vois que tu es un étranger; si je puis t'être de quelque utilité, tu n'as qu'à parler.—Monsieur, lui dis-je, en me courbant le corps et en glissant un pied vers lui, selon notre coutume, je me flatte que ma juste curiosité ne vous déplaira pas, et que vous voudrez bien me faire l'honneur de m'instruire de votre religion.—Les gens de ton pays, me répondit-il, font trop de compliments et de révérences; mais je n'en ai encore vu aucun qui ait eu la même curiosité que toi. Entre, et dînons d'abord ensemble." Je fis encore quelques mauvais compliments, parce qu'on ne se défait pas de ses habitudes tout d'un coup; et, après un repas sain et frugal, qui commença et qui finit par une prière à Dieu, je me mis à interroger mon homme. Je débutai par la question que de bons catholiques ont faite plus d'une fois aux huguenots. "Mon cher monsieur, lui dis-je, êtes-vous baptisé?—Non, me répondit le quaker, et mes confrères ne le sont point.—

17 J'allai.

Comment, morbleu, repris-je, vous n'êtes donc pas chrétiens ?
—Mon fils, repartit-il d'un ton doux, ne jure point; nous
sommes chrétiens, et tâchons d'être bons chrétiens; mais nous
ne pensons pas que le christianisme consiste à jeter de
l'eau froide sur la tête avec un peu de sel.[18]—Eh! ventrebleu,
repris-je, outré de cette impiété, vous avez donc oublié que
Jésus-Christ fut baptisé par Jean?—Ami, point de jurements,
encore un coup, dit le bénin quaker. Le Christ reçut le
baptême de Jean, mais il ne baptisa jamais personne; nous
ne sommes pas les disciples de Jean, mais du Christ.—Hélas!
dis-je, comme vous seriez brûlé en pays d'inquisition, pauvre
homme. Eh pour l'amour de Dieu, que je vous baptise, et
que je vous fasse chrétien.—S'il ne fallait que cela pour
condescendre à ta faiblesse, nous le ferions volontiers,
repartit-il gravement: nous ne condamnons personne pour
user de la cérémonie du baptême, mais nous croyons que ceux
qui professent une religion toute sainte et toute spirituelle
doivent s'abstenir, autant qu'ils le peuvent, des cérémonies
judaïques.—En voici bien d'une autre,[19] m'écriai-je, des céré-
monies judaïques?—Oui, mon fils, continua-t-il, et si judaïques,
que plusieurs juifs encore aujourd'hui usent quelquefois du
baptême de Jean. Consulte l'antiquité, elle t'apprendra que
Jean ne fit que renouveler cette pratique, laquelle était en
usage longtemps avant lui parmi les Hébreux, comme le
pèlerinage de la Mecque l'était parmi les Ismaélites. Jésus
voulut bien recevoir le baptême de Jean, de même qu'il s'était
soumis à la circoncision; mais et la circoncision et le lavement
d'eau doivent être tous deux abolis par le baptême du Christ,
ce baptême de l'esprit, cette ablution de l'âme qui sauve les
hommes; aussi le précurseur Jean disait: "Je vous baptise
"à la vérité avec de l'eau, mais un autre viendra après moi,
"plus puissant que moi, et dont je ne suis pas digne de porter

18 Allusion to baptism. Salt was sometimes mingled with the holy
water.
19 *Here's another extraordinary idea!*

"les sandales; celui-là vous baptisera avec le feu et le Saint-
"Esprit." [20] Aussi le grand apôtre des Gentils, Paul, écrit aux
Corinthiens: *Le Christ ne m'a pas envoyé pour baptiser,
mais pour prêcher l'Évangile;* aussi ce même Paul ne
baptisa jamais avec de l'eau que deux personnes, encore fut-ce
malgré lui; il circoncit son disciple Timothée: les autres
apôtres circoncisaient aussi tous ceux qui voulaient. Es-tu
circoncis? ajouta-t-il. Je lui répondis que je n'avais pas
cet honneur.—Eh bien! dit-il, l'ami, tu es chrétien sans être
circoncis, et moi sans être baptisé."

Voilà comme mon saint homme abusait assez spécieuse-
ment de trois ou quatre passages de la sainte Écriture, qui
semblaient favoriser sa secte: mais il oubliait de la meilleure
foi du monde une centaine de passages qui l'écrasaient. Je
me gardai bien de lui rien contester; il n'y a rien à gagner
avec un enthousiaste: il ne faut point s'aviser de dire à un
homme les défauts de sa maîtresse, ni à un plaideur le faible
de sa cause, ni des raisons à un illuminé; ainsi je passai à
d'autres questions.

"A l'égard de la communion, lui dis-je, comment en usez-
vous?—Nous n'en usons point, dit-il.—Quoi! point de com-
munion?—Non, point d'autre que celle des cœurs." Alors
il me cita encore les Écritures. Il me fit un fort beau sermon
contre la communion, et me parla d'un ton inspiré pour me
prouver que les sacrements étaient tous d'invention humaine,
et que le mot de sacrement ne se trouvait pas une seule fois
dans l'Évangile. "Pardonne, dit-il, à mon ignorance, je ne
t'ai pas apporté la centième partie des preuves de ma religion;
mais tu peux les voir dans l'Exposition de notre foi par
Robert Barclay:[21] c'est un des meilleurs livres qui soient
jamais sortis de la main des hommes. Nos ennemis convien-
nent qu'il est très dangereux: cela prouve combien il est rai-

[20] Cf. Matthew III, 11; Mark I, 8; Luke III, 16; John I, 26–27.
[21] Robert Barclay (1648–1690), important expounder of the Quaker
faith.

sonnable." Je lui promis de lire ce livre, et mon quaker me crut déjà converti.

Ensuite il me rendit raison [22] en peu de mots de quelques singularités qui exposent cette secte au mépris des autres. "Avoue, dit-il, que tu as eu bien de la peine à t'empêcher de rire quand j'ai répondu à toutes tes civilités avec mon chapeau sur ma tête et en te tutoyant; cependant tu me parais trop instruit pour ignorer que du temps du Christ aucune nation ne tombait dans le ridicule de substituer le pluriel au singulier. On disait à César-Auguste: *Je t'aime, je te prie, je te remercie;* il ne souffrait pas même qu'on l'appelât Monsieur, *Dominus.* Ce ne fut que très longtemps après lui que les hommes s'avisèrent de se faire appeler *vous* au lieu de *tu,* comme s'ils étaient doubles, et d'usurper les titres impertinents de grandeur, d'éminence, de sainteté, que des vers de terre donnent à d'autres vers de terre, en les assurant qu'ils sont avec un profond respect, et une fausseté infâme, leurs très humbles et très obéissants serviteurs. C'est pour être plus sur nos gardes contre cet indigne commerce de mensonges et de flatteries que nous tutoyons également les rois et les savetiers, que nous ne saluons personne, n'ayant pour les hommes que de la charité, et du respect que pour les lois.

"Nous portons aussi un habit un peu différent des autres hommes, afin que ce soit pour nous un avertissement continuel de ne leur pas ressembler. Les autres portent les marques de leurs dignités, et nous celles de l'humilité chrétienne; nous fuyons les assemblées de plaisir, les spectacles, le jeu; car nous serions bien à plaindre de remplir de ces bagatelles des cœurs en qui Dieu doit habiter; nous ne faisons jamais de serments, pas même en justice; nous pensons que le nom du Très-Haut ne doit point être prostitué dans les débats misérables des hommes. Lorsqu'il faut que nous comparaissions

22 *Explained.*

devant les magistrats pour les affaires des autres (car nous
n'avons jamais de procès), nous affirmons la vérité par un
oui ou par un *non,* et les juges nous en croient sur notre
simple parole, tandis que tant de chrétiens se parjurent
sur l'Évangile. Nous n'allons jamais à la guerre: ce n'est
pas que nous craignions la mort, au contraire nous bénissons
le moment qui nous unit à l'Être des êtres; mais c'est que
nous ne sommes ni loups, ni tigres, ni dogues, mais hommes,
mais chrétiens. Notre Dieu, qui nous a ordonné d'aimer nos
ennemis et de souffrir sans murmure, ne veut pas sans doute
que nous passions la mer pour aller égorger nos frères, parce
que des meurtriers vêtus de rouge, avec un bonnet haut de
deux pieds, enrôlent des citoyens en faisant du bruit avec
deux petits bâtons sur une peau d'âne bien tendue. Et
lorsque, après des batailles gagnées, tout Londres brille d'illu-
minations, que le ciel est enflammé de fusées, que l'air
retentit du bruit des actions de grâces,[23] des cloches, des
orgues, des canons, nous gémissons en silence sur ces meurtres
qui causent la publique allégresse."

LETTRE II

Sur les quakers

Telle fut à peu près la conversation que j'eus avec cet
homme singulier; mais je fus bien plus surpris quand le
dimanche suivant il me mena à l'église des quakers. Ils ont
plusieurs chapelles à Londres: celle où j'allai est près de ce
fameux pilier qu'on appelle *le Monument.*[24] On était déjà
assemblé lorsque j'entrai avec mon conducteur. Il y avait
environ quatre cents hommes dans l'église, et trois cents
femmes: les femmes se cachaient le visage avec leur éventail;

[23] Services or celebrations of thanksgiving.
[24] Erected by Charles II to commemorate the great fire of 1666.

les hommes étaient couverts de leurs larges chapeaux; tous étaient assis, tous dans un profond silence. Je passai au milieu d'eux sans qu'un seul levât les yeux sur moi. Ce silence dura un quart d'heure. Enfin un d'eux se leva, ôta son chapeau, et, après quelques grimaces et quelques soupirs, débita, moitié avec la bouche, moitié avec le nez, un galimatias tiré de l'Évangile, à ce qu'il croyait, où ni lui ni personne n'entendait rien. Quand ce faiseur de contorsions eut fini son beau monologue, et que l'assemblée se fut séparée tout édifiée et toute stupide, je demandai à mon homme pourquoi les plus sages d'entre eux souffraient de pareilles sottises. "Nous sommes obligés de les tolérer, me dit-il, parce que nous ne pouvons pas savoir si un homme qui se lève pour parler sera inspiré par l'esprit ou par la folie; dans le doute, nous écoutons tout patiemment, nous permettons même aux femmes de parler. Deux ou trois de nos dévotes se trouvent souvent inspirées à la fois, et c'est alors qu'il se fait un beau bruit dans la maison du Seigneur.—Vous n'avez donc point de prêtres? lui dis-je.—Non, mon ami, dit le quaker, et nous nous en trouvons bien." Alors, ouvrant un livre de sa secte, il lut avec emphase ces paroles: "A Dieu ne plaise que nous osions ordonner à quelqu'un de recevoir le Saint-Esprit le dimanche à l'exclusion des autres fidèles! Grâce au ciel, nous sommes les seuls sur la terre qui n'ayons point de prêtres. Voudrais-tu nous ôter une distinction si heureuse? [25] pourquoi abandonnerions-nous notre enfant à des nourrices mercenaires, quand nous avons du lait à lui donner? Ces mercenaires domineraient bientôt dans la maison, et opprimeraient la mère et l'enfant. Dieu a dit: "Vous avez reçu *gratis*, donnez *gratis*." Irons-nous, après cette parole, marchander l'Évangile, vendre l'Esprit saint, et faire d'une assemblée de chrétiens une boutique de marchands? Nous ne donnons point d'argent à des hommes vêtus de noir pour

25 Cf. *Candide,* chap. XVIII, Eldorado.

assister nos pauvres, pour enterrer nos morts, pour prêcher
les fidèles; ces saints emplois nous sont trop chers pour
nous en décharger sur d'autres.

.

LETTRE IV

Sur les quakers

Environ ce temps [26] parut l'illustre Guillaume Penn, qui
établit la puissance des quakers en Amérique, et qui les
aurait rendus respectables en Europe, si les hommes pou-
vaient respecter la vertu sous des apparences ridicules.

.

Guillaume hérita de grands biens, parmi lesquels il se
trouvait des dettes de la couronne pour des avances faites
par le vice-amiral [27] dans des expéditions maritimes. Rien
n'était moins assuré alors que l'argent dû par le roi: Penn
fut obligé d'aller tutoyer Charles II et ses ministres plus
d'une fois pour son payement. Le gouvernement lui donna,
en 1680, au lieu d'argent, la propriété et la souveraineté d'une
province d'Amérique, au sud de Maryland: voilà un quaker
devenu souverain. Il partit pour ses nouveaux États avec
deux vaisseaux chargés de quakers qui le suivirent. On
appela dès lors le pays Pensylvanie, du nom de Penn; il y
fonda la ville de Philadelphie, qui est aujourd'hui très
florissante. Il commença par faire une ligue avec les
Américains ses voisins: c'est le seul traité entre ces peuples
et les chrétiens qui n'ait point été juré et qui n'ait point
été rompu. Le nouveau souverain fut aussi le législateur
de la Pensylvanie: il donna des lois très sages, dont aucune
n'a été changée depuis lui. La première est de ne maltraiter

26 About 1666. (Lanson ed., I, 51.)
27 His father.

personne au sujet de la religion, et de regarder comme
frères tous ceux qui croient un dieu.

A peine eut-il établi son gouvernement, que plusieurs
marchands de l'Amérique vinrent peupler cette colonie. Les
naturels du pays, au lieu de fuir dans les forêts, s'accoutu-
mèrent insensiblement avec les pacifiques quakers: autant
ils détestaient les autres chrétiens conquérants et destructeurs
de l'Amérique, autant ils aimaient ces nouveaux venus. En
peu de temps un grand nombre de ces prétendus sauvages,
charmés de la douceur de ces voisins, vinrent en foule de-
mander à Guillaume Penn de les recevoir au nombre de ses
vassaux. C'était un spectacle bien nouveau qu'un souverain
que tout le monde tutoyait, et à qui on parlait le chapeau sur
la tête, un gouvernement sans prêtres, un peuple sans armes,
des citoyens tous égaux, à la magistrature près,[28] et des voisins
sans jalousie.

Guillaume Penn pouvait se vanter d'avoir apporté sur la
terre l'âge d'or dont on parle tant, et qui n'a vraisemblable-
ment existé qu'en Pensylvanie.

.

Je ne puis deviner quel sera le sort de la religion des
quakers en Amérique; mais je vois qu'elle dépérit tous les
jours à Londres. Par tout pays, la religion dominante, quand
elle ne persécute point, engloutit à la longue toutes les autres.[29]
Les quakers ne peuvent être membres du parlement, ni
posséder aucun office, parce qu'il faudrait prêter serment, et
qu'ils ne veulent point jurer. Ils sont réduits à la nécessité
de gagner de l'argent par le commerce; leurs enfants, enrichis
par l'industrie de leurs pères, veulent jouir, avoir des
honneurs, des boutons et des manchettes; ils sont honteux
d'être appelés quakers, et se font protestants pour être à la
mode.

28 *Except the magistracy.*
29 Voltaire hints that the Catholic church in France would have noth-
ing to fear if it abandoned persecution.

LETTRE V

Sur la religion anglicane

C'est ici le pays des sectes. Un Anglais, comme homme libre, va au ciel par le chemin qui lui plaît.

Cependant, quoique chacun puisse ici servir Dieu à sa mode, leur véritable religion, celle où l'on fait fortune, est la secte des épiscopaux, appelée l'Église anglicane, ou l'Église par excellence. On ne peut avoir d'emploi, ni en Angleterre, ni en Irlande, sans être du nombre des fidèles anglicans; cette raison, qui est une excellente preuve, a converti tant de non-conformistes, qu'aujourd'hui il n'y a pas la vingtième partie de la nation qui soit hors du giron de l'Église dominante.

.

LETTRE VI

Sur les presbytériens

La religion anglicane ne s'étend qu'en Angleterre et en Irlande. Le presbytérianisme est la religion dominante en Écosse. Ce presbytérianisme n'est autre chose que le calvinisme pur, tel qu'il avait été établi en France et qu'il subsiste à Genève. Comme les prêtres de cette secte ne reçoivent de leurs églises que des gages très médiocres, et que par conséquent ils ne peuvent vivre dans le même luxe que les évêques, ils ont pris le parti naturel de crier contre des honneurs où ils ne peuvent atteindre.

.

Ces messieurs, qui ont aussi quelques églises en Angleterre, ont mis les airs graves et sévères à la mode en ce pays. C'est à eux qu'on doit la sanctification du dimanche dans les Trois-Royaumes; il est défendu ce jour-là de travailler et de se

divertir, ce qui est le double de la sévérité des églises catho-
liques; point d'opéra, point de comédies, point de concerts à
Londres le dimanche; les cartes même y sont si expressément
défendues, qu'il n'y a que les personnes de qualité, et ce qu'on
appelle les honnêtes gens, qui jouent ce jour-là. . . .

Quoique la secte épiscopale et la presbytérienne soient les
deux dominantes dans la Grande-Bretagne, toutes les autres y
sont bien venues et vivent assez bien ensemble, pendant que
la plupart de leurs prédicants se détestent réciproquement
avec presque autant de cordialité qu'un janséniste damne un
jésuite.

Entrez dans la bourse de Londres, cette place plus respec-
table que bien des cours, vous y voyez rassemblés les députés
de toutes les nations pour l'utilité des hommes.　Là le juif, le
mahométan, et le chrétien, traitent l'un avec l'autre comme
s'ils étaient de la même religion, et ne donnent le nom d'in-
fidèles qu'à ceux qui font banqueroute; là le presbytérien se
fie à l'anabaptiste, et l'anglican reçoit la promesse du quaker.

.

S'il n'y avait en Angleterre qu'une religion, le despotisme
serait à craindre; s'il y en avait deux, elles se couperaient la
gorge; mais il y en a trente, et elles vivent en paix heureuses.

.

LETTRE VIII

Sur le parlement

Les membres du parlement d'Angleterre aiment à se com-
parer aux anciens Romains autant qu'ils le peuvent.

Il n'y a pas longtemps que M. Shipping, dans la chambre
des communes, commença son discours par ces mots: "La
majesté du peuple anglais serait blessée, etc." La singularité
de l'expression causa un grand éclat de rire; mais, sans se

déconcerter, il répéta les mêmes paroles d'un air ferme, et on ne rit plus. J'avoue que je ne vois rien de commun entre la majesté du peuple anglais et celle du peuple romain, encore moins entre leurs gouvernements; il y a un sénat à Londres dont quelques membres sont soupçonnés, quoique à tort sans doute, de vendre leurs voix dans l'occasion, comme on faisait à Rome: voilà toute la ressemblance. D'ailleurs les deux nations me paraissent entièrement différentes, soit en bien, soit en mal. On n'a jamais connu chez les Romains la folie horrible des guerres de religion; cette abomination était réservée à des dévots prêcheurs d'humilité et de patience. Marius et Sylla, Pompée et César, Antoine et Auguste, ne se battaient point pour décider si le *flamen* [30] devait porter sa chemise par-dessus sa robe, ou sa robe par-dessus sa chemise, et si les poulets sacrés devaient manger et boire, ou bien manger seulement, pour qu'on prît les augures. Les Anglais se sont fait pendre réciproquement à leurs assises, et se sont détruits en bataille rangée pour des querelles de pareille espèce; la secte des épiscopaux et le presbytérianisme ont tourné pour un temps ces têtes sérieuses. Je m'imagine que pareille sottise ne leur arrivera plus; ils me paraissent devenir sages à leurs dépens, et je ne leur vois nulle envie de s'égorger dorénavant pour des syllogismes.

Voici une différence plus essentielle entre Rome et l'Angleterre, qui met tout l'avantage du côté de la dernière: c'est que le fruit des guerres civiles à Rome a été l'esclavage, et celui des troubles d'Angleterre, la liberté. La nation anglaise est la seule de la terre qui soit parvenue à régler le pouvoir des rois en leur résistant, et qui d'efforts en efforts ait enfin établi ce gouvernement sage où le prince, tout-puissant pour faire du bien, a les mains liées pour faire le mal; où les seigneurs sont grands sans insolence et sans vassaux, et où le peuple partage le gouvernement sans confusion.

[30] Roman priest devoted to the service of a particular god.

La chambre des pairs et celle des communes sont les arbitres de la nation, le roi est le surarbitre. Cette balance manquait aux Romains : les grands et le peuple étaient toujours en division à Rome, sans qu'il y eût un pouvoir mitoyen qui pût les accorder. Le sénat de Rome, qui avait l'injuste et punissable orgueil de ne vouloir rien partager avec les plébéiens, ne connaissait d'autre secret, pour les éloigner du gouvernement, que de les occuper toujours dans les guerres étrangères. Il regardait le peuple comme une bête féroce qu'il fallait lâcher sur leurs voisins de peur qu'elle ne dévorât ses maîtres; ainsi le plus grand défaut du gouvernement des Romains en fit des conquérants; c'est parce qu'ils étaient malheureux chez eux qu'ils devinrent les maîtres du monde, jusqu'à ce qu'enfin leurs divisions les rendirent esclaves.

Le gouvernement d'Angleterre n'est point fait pour un si grand éclat, ni pour une fin si funeste; son but n'est point la brillante folie de faire des conquêtes, mais d'empêcher que ses voisins n'en fassent; ce peuple n'est pas seulement jaloux de sa liberté, il l'est encore de celle des autres. Les Anglais étaient acharnés contre Louis XIV, uniquement parce qu'ils lui croyaient de l'ambition. Ils lui ont fait la guerre de gaieté de cœur assurément sans aucun intérêt.

Il en a coûté sans doute pour établir la liberté en Angleterre; c'est dans des mers de sang qu'on a noyé l'idole du pouvoir despotique; mais les Anglais ne croient point avoir acheté trop cher de bonnes lois. Les autres nations n'ont pas eu moins de troubles, n'ont pas versé moins de sang qu'eux; mais ce sang qu'elles ont répandu pour la cause de leur liberté n'a fait que cimenter leur servitude.

Ce qui devient une révolution en Angleterre n'est qu'une sédition dans les autres pays. Une ville prend les armes pour défendre ses privilèges, soit en Espagne, soit en Barbarie, soit en Turquie; aussitôt des soldats mercenaires la subjuguent, des bourreaux la punissent, et le reste de la nation baise

ses chaînes : les Français pensent que le gouvernement de cette île est plus orageux que la mer qui l'environne, et cela est vrai ; mais c'est quand le roi commence la tempête, c'est quand il veut se rendre le maître du vaisseau dont il n'est que le premier pilote. Les guerres civiles de France ont été plus longues, plus cruelles, plus fécondes en crimes, que celles d'Angleterre ; mais de toutes ces guerres civiles aucune n'a eu une liberté sage pour objet.

Dans les temps détestables de Charles IX [31] et de Henri III, [32] il s'agissait seulement de savoir si on serait l'esclave des Guises. [33] Pour la dernière guerre de Paris, elle ne mérite que des sifflets ; il me semble que je vois des écoliers qui se mutinent contre le préfet d'un collège, et qui finissent par être fouettés ; le cardinal de Retz, avec beaucoup d'esprit et de courage mal employés, rebelle sans aucun sujet, factieux sans dessein, chef de parti sans armée, cabalait pour cabaler, et semblait faire la guerre civile pour son plaisir. Le parlement ne savait ce qu'il voulait, ni ce qu'il ne voulait pas ; il levait des troupes par arrêt, il les cassait ; il menaçait, il demandait pardon ; il mettait à prix la tête du cardinal Mazarin, et ensuite venait le complimenter en cérémonie : nos guerres civiles sous Charles VI avaient été cruelles, celles de la Ligue furent abominables, celle de la Fronde fut ridicule.

Ce qu'on reproche le plus en France aux Anglais, c'est le supplice de Charles Ier, qui fut traité par ses vainqueurs comme il les eût traités s'il eût été heureux.

Après tout, regardez d'un côté Charles Ier vaincu en bataille rangée, prisonnier, jugé, condamné dans Westminster, et de l'autre l'empereur Henri VII empoisonné par son chapelain en communiant, Henri III assassiné par un moine,

31 Charles IX (1550–1574) (son of Henri II), king of France, 1560–1574.
32 Henri III (1551–1589), also son of Henri II, was king of France from 1574 to 1589.
33 The Guises, powerful French nobles during the sixteenth century, of whom Henri de Guise, rival of Henri III, was assassinated by the king's order in the château of Blois in 1588.

ministre de la rage de tout un parti, trente assassinats médités contre Henri IV, plusieurs exécutés, et le dernier privant enfin la France de ce grand roi. Pesez ces attentats, et jugez.

LETTRE IX

Sur le gouvernement

Ce mélange heureux dans le gouvernement d'Angleterre, ce concert entre les communes, les lords, et le roi, n'a pas toujours subsisté. L'Angleterre a été longtemps esclave; elle l'a été des Romains, des Saxons, des Danois, des Français. Guillaume le Conquérant surtout la gouverna avec un sceptre de fer; il disposait des biens et de la vie de ses nouveaux sujets, comme un monarque de l'Orient; il défendit, sous peine de mort, qu'aucun Anglais osât avoir du feu et de la lumière chez lui passé huit heures du soir, soit qu'il prétendît par là prévenir leurs assemblées nocturnes, soit qu'il voulût essayer, par une défense si bizarre, jusqu'où peut aller le pouvoir d'un homme sur d'autres hommes.

Il est vrai qu'avant et après Guillaume le Conquérant les Anglais ont eu des parlements; ils s'en vantent comme si ces assemblées, appelées alors parlements, composées de tyrans ecclésiastiques et de pillards nommés barons, avaient été les gardiens de la liberté et de la félicité publique.

Les barbares, qui des bords de la mer Baltique fondaient dans le reste de l'Europe, apportèrent avec eux l'usage de ces états ou parlements dont on fait tant de bruit, et qu'on connaît si peu. Les rois alors n'étaient point despotiques, cela est vrai : mais les peuples n'en gémissaient que plus dans une servitude misérable. Les chefs de ces sauvages qui avaient ravagé la France, l'Italie, l'Espagne, l'Angleterre, se firent monarques : leurs capitaines partagèrent entre eux les terres des vaincus : de là ces margraves, ces lairds, ces barons, ces

sous-tyrans qui disputaient souvent avec leur roi les dépouilles des peuples. C'étaient des oiseaux de proie combattant contre un aigle pour sucer le sang des colombes; chaque peuple avait cent tyrans au lieu d'un maître. Les prêtres se mirent bientôt de la partie. De tout temps le sort des Gaulois, des Germains, des insulaires d'Angleterre, avait été d'être gouvernés par leurs druides et par les chefs de leurs villages, ancienne espèce de barons, mais moins tyrans que leurs suc- cesseurs. Ces druides se disaient médiateurs entre la divinité et les hommes; ils faisaient des lois, ils excommuniaient, ils condamnaient à la mort. Les évêques succédèrent peu à peu à leur autorité temporelle dans le gouvernement goth et van- dale. Les papes se mirent à leur tête; et, avec des brefs, des bulles, et des moines, firent trembler les rois, les déposèrent, les firent assassiner, et tirèrent à eux tout l'argent qu'ils purent de l'Europe. L'imbécile Inas, l'un des tyrans de l'heptarchie d'Angleterre, fut le premier qui dans un pèleri- nage à Rome se soumit à payer le denier de saint Pierre (ce qui était environ un écu de notre monnaie) pour chaque maison de son territoire. Toute l'île suivit bientôt cet ex- emple: l'Angleterre devint petit à petit une province du pape, le saint-père y envoyait de temps en temps ses légats pour y lever des impôts exorbitants. Jean sans Terre fit enfin une cession en bonne forme de son royaume à Sa Sainteté, qui l'avait excommunié; et les barons, qui n'y trouvèrent pas leur compte, chassèrent ce misérable roi, et mirent à sa place Louis VIII, père de saint Louis, roi de France: mais ils se dégoû- tèrent bientôt de ce nouveau venu, et lui firent repasser la mer.

Tandis que les barons, les évêques, les papes, déchiraient ainsi l'Angleterre, où tous voulaient commander, le peuple, la plus nombreuse, la plus vertueuse même, et par conséquent la plus respectable partie des hommes, composée de ceux qui étudient les lois et les sciences, des négociants, des artisans,

en un mot de tout ce qui n'était point tyran; le peuple, dis-je, était regardé par eux comme des animaux au-dessous de l'homme; il s'en fallait bien [34] que les communes eussent alors part au gouvernement, c'étaient des vilains: leur travail, leur sang, appartenaient à leurs maîtres, qui s'appelaient nobles. Le plus grand nombre des hommes étaient en Europe ce qu'ils sont encore en plusieurs endroits du nord, serfs d'un seigneur, espèce de bétail qu'on vend et qu'on achète avec la terre. Il a fallu des siècles pour rendre justice à l'humanité, pour sentir qu'il était horrible que le grand nombre semât et que le petit nombre recueillît; et n'est-ce pas un bonheur pour le genre humain que l'autorité de ces petits brigands ait été éteinte en France par la puissance légitime de nos rois, et en Angleterre par la puissance légitime des rois et du peuple?

Heureusement, dans les secousses que les querelles des rois et des grands donnaient aux empires, les fers des nations se sont plus ou moins relâchés; la liberté est née en Angleterre des querelles des tyrans; les barons forcèrent Jean sans Terre et Henri III à accorder cette fameuse charte [35] dont le principal but était à la vérité de mettre les rois dans la dépendance des lords, mais dans laquelle le reste de la nation fut un peu favorisé, afin que dans l'occasion elle se rangeât du parti de ses prétendus protecteurs. Cette grande charte, qui est regardée comme l'origine sacrée des libertés anglaises, fait bien voir elle-même combien peu la liberté était connue. Le titre seul prouve que le roi se croyait absolu de droit, et que les barons et le clergé même ne le forçaient à se relâcher de ce droit prétendu que parce qu'ils étaient les plus forts.

Voici comme commence la grande charte: "Nous accordons de notre libre volonté les privilèges suivants aux archevêques, évêques, abbés, prieurs et barons de notre royaume, etc."

34 *The Commons were far from having a part in the government.*
35 The *Magna Charta* (1215).

Dans les articles de cette charte il n'est pas dit un mot de la chambre des communes, preuve qu'elle n'existait pas encore, ou qu'elle existait sans pouvoir. On y spécifie les hommes libres d'Angleterre; triste démonstration qu'il y en avait qui ne l'étaient pas. On voit par l'article 32 que ces hommes prétendus libres devaient des services à leur seigneur. Une telle liberté tenait encore beaucoup de l'esclavage.

Par l'article 21, le roi ordonne que ses officiers ne pourront dorénavant prendre de force les chevaux et les charrettes des hommes libres qu'en payant, et ce règlement parut au peuple une vraie liberté, parce qu'il ôtait une plus grande tyrannie.

Henri VII, usurpateur heureux et grand politique, qui faisait semblant d'aimer les barons, mais qui les haïssait et les craignait, s'avisa de procurer l'aliénation de leurs terres. Par là les vilains, qui, dans la suite, acquirent du bien par leurs travaux, achetèrent les châteaux des illustres pairs qui s'étaient ruinés par leurs folies. Peu à peu toutes les terres changèrent de maîtres.

La chambre des communes devint de jour en jour plus puissante, les familles des anciens pairs s'éteignirent avec le temps; et, comme il n'y a proprement que les pairs qui soient nobles en Angleterre dans la rigueur de la loi, il n'y aurait plus du tout de noblesse en ce pays-là, si les rois n'avaient pas créé de nouveaux barons de temps en temps, et conservé l'ordre des pairs qu'ils avaient tant craint autrefois, pour l'opposer à celui des communes devenu trop redoutable.

Tous ces nouveaux pairs, qui composent la chambre haute, reçoivent du roi leur titre et rien de plus; presque aucun d'eux n'a la terre dont il porte le nom: l'un est duc de Dorset, et n'a pas un pouce de terre en Dorsetshire; l'autre est comte d'un village, qui sait à peine où ce village est situé. Ils ont du pouvoir dans le parlement, non ailleurs.

Vous n'entendez point ici parler de haute, moyenne et

basse justice, ni du droit de chasser sur les terres d'un citoyen, lequel n'a pas la liberté de tirer un coup de fusil sur son propre champ.

Un homme, parce qu'il est noble ou parce qu'il est prêtre, n'est point ici exempt de payer certaines taxes; tous les impôts sont réglés par la chambre des communes, qui, n'étant que la seconde par son rang, est la première par son crédit.

Les seigneurs et les évêques peuvent bien rejeter le bill des communes, pour les taxes, mais il ne leur est pas permis d'y rien changer; il faut ou qu'ils le reçoivent ou qu'ils le rejettent sans restriction. Quand le bill est confirmé par les lords et approuvé par le roi, alors tout le monde paie; chacun donne, non selon sa qualité (ce qui est absurde), mais selon son revenu; il n'y a point de taille ni de capitation [36] arbitraire, mais une taxe réelle sur les terres; elles ont toutes été évaluées sous le fameux roi Guillaume III et mises au-dessous de leur prix.

La taxe subsiste toujours la même, quoique les revenus des terres aient augmenté; ainsi personne n'est foulé et personne ne se plaint. Le paysan n'a point les pieds meurtris par des sabots, il mange du pain blanc, il est bien vêtu, il ne craint point d'augmenter le nombre de ses bestiaux ni de couvrir son toit de tuiles, de peur que l'on ne hausse ses impôts l'année d'après. Il y a ici beaucoup de paysans qui ont environ deux cent mille francs de bien, et qui ne dédaignent pas de continuer à cultiver la terre qui les a enrichis et dans laquelle ils vivent libres.

LETTRE X

Sur le commerce

Le commerce qui a enrichi les citoyens en Angleterre, a contribué à les rendre libres, et cette liberté a étendu le com-

[36] Poll-tax.

merce à son tour; de là s'est formée la grandeur de l'état; c'est
le commerce qui a établi peu à peu les forces navales, par
qui les Anglais sont les maîtres des mers. Ils ont à présent
près de deux cents vaisseaux de guerre, la postérité apprendra
peut-être avec surprise qu'une petite île, qui n'a de soi-même
qu'un peu de plomb, de l'étain, de la terre à foulon,[37] et de la
laine grossière, est devenue par son commerce assez puissante
pour envoyer en 1723 [38] trois flottes à la fois en trois ex-
trémités du monde, l'une devant Gibraltar conquise et con-
servée par ses armes, l'autre à Portobello pour ôter au roi
d'Espagne la jouissance des trésors des Indes, et la troisième
dans la mer baltique pour empêcher les puissances du nord
de se battre.

Quand Louis XIV faisait trembler l'Italie, et que ses armées,
déjà maîtresses de la Savoie et du Piémont, étaient prêtes de
prendre Turin, il fallut que le prince Eugène marchât du fond
de l'Allemagne au secours du duc de Savoie; il n'avait point
d'argent, sans quoi on ne prend ni ne défend les villes; il eut
recours à des marchands anglais; en une demi-heure de temps,
on lui prêta cinq millions: avec cela il délivra Turin, battit
les Français, et écrivit à ceux qui avaient prêté cette somme
ce petit billet: "Messieurs, j'ai reçu votre argent, et je me
flatte de l'avoir employé à votre satisfaction."

Tout cela donne un juste orgueil à un marchand anglais et
fait qu'il ose se comparer, non sans quelque raison, à un
citoyen romain. Aussi le cadet d'un pair du royaume ne
dédaigne point le négoce. Milord Townshend, ministre d'État,
a un frère qui se contente d'être marchand dans la Cité.[39]
Dans le temps que milord Oxford gouvernait l'Angleterre, son
cadet était facteur à Alep, d'où il ne voulut pas revenir et où
il est mort.

[37] Fuller's earth.
[38] Lanson (ed. of *Lettres philosophiques,* I, 125–26) corrects this date
to June, 1726.
[39] Central and old part of London; the financial district.

Cette coutume, qui pourtant commence trop à se passer, paraît monstrueuse à des Allemands entêtés de leurs quartiers; [40] ils ne sauraient concevoir que le fils d'un pair d'Angleterre ne soit qu'un riche et puissant bourgeois, au lieu qu'en Allemagne tout est prince; on a vu jusqu'à trente altesses du même nom n'ayant pour tout bien que des armoiries et de l'orgueil.

En France est marquis qui veut; et quiconque arrive à Paris du fond d'une province avec de l'argent à dépenser, et un nom en *ac* ou en *ille*, peut dire: "Un homme comme moi, un homme de ma qualité," et mépriser souverainement un négociant. Le négociant entend lui-même parler si souvent avec dédain de sa profession, qu'il est assez sot pour en rougir; je ne sais pourtant lequel est le plus utile à un État, ou un seigneur bien poudré qui sait précisément à quelle heure le roi se lève, à quelle heure il se couche, et qui se donne des airs de grandeur en jouant le rôle d'esclave dans l'antichambre d'un ministre, ou un négociant qui enrichit son pays, donne de son cabinet des ordres à Surate [41] et au Caire, et contribue au bonheur du monde.[42]

LETTRE XI

Sur l'insertion de la petite vérole.[43]

.

Sur cent personnes dans le monde, soixante au moins ont la petite vérole; de ces soixante, dix en meurent dans les années les plus favorables et dix en conservent pour toujours de fâcheux restes. Voilà donc la cinquième partie des hommes

40 Degrees of noble blood.
41 City in the province of Bombay, India.
42 Cf. the ideas of this letter with the dignity of the merchant's calling as expressed by Sedaine in his play, *Le Philosophe sans le savoir* (1765). Note Voltaire's dedication of *Zaïre* to the English merchant Falkener with whom he had lived for a long time in England.
43 Voltaire himself nearly died of the smallpox in 1723.

que cette maladie tue ou enlaidit sûrement. De tous ceux qui sont inoculés en Turquie ou en Angleterre, aucun ne meurt, s'il n'est infirme et condamné à mort d'ailleurs; personne n'est marqué, aucun n'a la petite vérole une seconde fois, supposé que l'inoculation ait été parfaite. Il est donc certain que, si quelque ambassadrice française avait rapporté ce secret de Constantinople à Paris, elle aurait rendu un service éternel à la nation; le duc de Villequier, père du duc d'Aumont d'aujourd'hui, l'homme de France le mieux constitué et le plus sain, ne serait pas mort à la fleur de son âge; le Prince de Soubise, qui avait la santé la plus brillante, n'aurait pas été emporté à l'âge de vingt-cinq ans; Monseigneur, grand-père de Louis XV, n'aurait pas été enterré dans sa cinquantième année; vingt mille personnes mortes à Paris de la petite vérole en 1723,[44] vivraient encore. Quoi donc! est-ce que les Français n'aiment point la vie? est-ce que leurs femmes ne se soucient point de leur beauté? En vérité, nous sommes d'étranges gens! Peut-être dans dix ans prendra-t-on cette méthode anglaise, si les curés et les médecins le permettent, ou bien les Français, dans trois mois, se serviront de l'inoculation par fantaisie, si les Anglais s'en dégoûtent par inconstance.

J'apprends que depuis cent ans les Chinois sont dans cet usage; c'est un grand préjugé que l'exemple d'une nation qui passe pour être la plus sage et la mieux policée [45] de l'univers. Il est vrai que les Chinois s'y prennent d'une façon différente: ils ne font point d'incision, ils font prendre la petite vérole par le nez comme du tabac en poudre : cette façon est plus agréable, mais elle revient au même, et sert également à confirmer que, si on avait pratiqué l'inoculation en France, on aurait sauvé la vie à des milliers d'hommes.

• • • • • • • • • •

44 Year of a smallpox epidemic in France.
45 *Policée*, civilized, well regulated.

LETTRE XVIII

Sur la tragédie

Les Anglais avaient déjà un théâtre aussi bien que les Espagnols, quand les Français n'avaient que des tréteaux. Shakespeare, qui passait pour le Corneille des Anglais, fleurissait à peu près dans le temps de Lope de Véga; il créa le théâtre; il avait un génie plein de force et de fécondité, de naturel et de sublime, sans la moindre étincelle de bon goût et sans la moindre connaissance des règles. Je vais vous dire une chose hasardée, mais vraie; c'est que le mérite de cet auteur a perdu le théâtre anglais: il y a de si belles scènes, des morceaux si grands et si terribles répandus dans ses farces monstrueuses qu'on appelle tragédies, que ces pièces ont toujours été jouées avec un grand succès. Le temps, qui seul fait la réputation des hommes, rend à la fin leurs défauts respectables. La plupart des idées bizarres et gigantesques de cet auteur ont acquis au bout de deux cents ans le droit de passer pour sublimes; les auteurs modernes l'ont presque tous copié; mais ce qui réussissait dans Shakespeare est sifflé chez eux, et vous croyez bien que la vénération qu'on a pour cet ancien augmente à mesure que l'on méprise les modernes. On ne fait pas réflexion qu'il ne faudrait pas l'imiter, et le mauvais succès de ses copistes fait seulement qu'on le croit inimitable.

Vous savez que dans la tragédie du *More de Venise,* pièce très touchante, un mari étrangle sa femme sur le théâtre; et quand la pauvre femme est étranglée, elle s'écrie qu'elle meurt très injustement. Vous n'ignorez pas que, dans *Hamlet,* des fossoyeurs creusent une fosse en buvant, en chantant des vaudevilles, et en faisant sur les têtes de mort qu'ils rencontrent des plaisanteries convenables à gens de leur métier; mais, ce qui vous surprendra, c'est qu'on a imité ces sottises

sous le règne de Charles II, qui était celui de la politesse et l'âge d'or des beaux-arts. . . . On a laissé dans le *Jules César* de Shakespeare les plaisanteries des cordonniers et des savetiers romains introduits sur la scène avec Brutus et Cassius. . . .

Vous vous plaindrez sans doute que ceux qui, jusqu'à présent, vous ont parlé du théâtre anglais, et surtout de ce fameux Shakespeare, ne vous aient encore fait voir que ses erreurs, et que personne n'ait traduit aucun de ces endroits frappants qui demandent grâce pour toutes ses fautes. Je vous répondrai qu'il est bien aisé de rapporter en prose les erreurs d'un poète, mais très difficile de traduire ses beaux vers. Tous les grimauds qui s'érigent en critiques des écrivains célèbres compilent des volumes. J'aimerais mieux deux pages qui nous fissent connaître quelques beautés; car je maintiendrai toujours, avec les gens de bon goût, qu'il y a plus à profiter dans douze vers d'Homère et de Virgile que dans toutes les critiques qu'on a faites de ces deux grands hommes.

J'ai hasardé de traduire quelques morceaux des meilleurs poètes anglais: en voici un de Shakspeare. Faites grâce à la copie en faveur de l'original; et souvenez-vous toujours, quand vous voyez une traduction, que vous ne voyez qu'une faible estampe d'un beau tableau.

J'ai choisi le monologue de la tragédie d'*Hamlet*, qui est su de tout le monde et qui commence par ce vers:

To be, or not to be, that is the question.

C'est Hamlet, prince de Danemark, qui parle:

Demeure; il faut choisir, et passer à l'instant
De la vie à la mort, ou de l'être au néant.
Dieux justes! s'il en est, éclairez mon courage.
Faut-il vieillir courbé sous la main qui m'outrage,

Supporter ou finir mon malheur et mon sort?
Qui suis-je? qui m'arrête? et qu'est-ce que la mort?
C'est la fin de nos maux, c'est mon unique asile;
Après de longs transports, c'est un sommeil tranquille;
On s'endort, et tout meurt; mais un affreux réveil
Doit succéder peut-être aux douceurs du sommeil.
On nous menace, on dit que cette courte vie
De tourments éternels est aussitôt suivie.
O mort! moment fatal! affreuse éternité!
Tout cœur à ton seul nom se glace épouvanté.
Eh! qui pourrait sans toi supporter cette vie,
De nos prêtres menteurs bénir l'hypocrisie,
D'une indigne maîtresse encenser les erreurs,
Ramper sous un ministre, adorer ses hauteurs,
Et montrer les langueurs de son âme abattue
A des amis ingrats qui détournent la vue?
La mort serait trop douce en ces extrémités;
Mais le scrupule parle, et nous crie: "Arrêtez."
Il défend à nos mains cet heureux homicide,
Et d'un héros guerrier fait un chrétien timide, etc.

Ne croyez pas que j'aie rendu ici l'anglais mot pour mot;
malheur aux faiseurs de traductions littérales, qui, en traduisant chaque parole, énervent le sens! C'est bien là qu'on peut dire que la lettre tue, et que l'esprit vivifie.

Voici encore un passage d'un fameux tragique anglais, Dryden, poète du temps de Charles II, auteur plus fécond que judicieux, qui aurait une réputation sans mélange, s'il n'avait fait que la dixième partie de ses ouvrages, et dont le grand défaut est d'avoir voulu être universel.

Ce morceau commence ainsi:

When I consider life, 'tis all a cheat,
Yet fool'd by hope men favour the deceit.[46]

46 *Aureng Zebe,* IV, 1.

De desseins en regrets, et d'erreurs en désirs,
Les mortels insensés promènent leur folie
Dans des malheurs présents, dans l'espoir des plaisirs.
Nous ne vivons jamais, nous attendons la vie.
Demain, demain, dit-on, va combler tous nos vœux;
Demain vient, et nous laisse encor plus malheureux.
Quelle est l'erreur, hélas! du soin qui nous dévore?
Nul de nous ne voudrait recommencer son cours:
De nos premiers moments nous maudissons l'aurore,
Et de la nuit qui vient nous attendons encore
Ce qu'ont en vain promis les plus beaux de nos jours, etc.

C'est dans ces morceaux détachés que les tragiques anglais
ont jusqu'ici excellé; leurs pièces, presque toutes barbares,
dépourvues de bienséance, d'ordre, de vraisemblance, ont des
lueurs étonnantes au milieu de cette nuit. Le style est trop
ampoulé, trop hors de la nature, trop copié des écrivains
hébreux si remplis de l'enflure asiatique; mais aussi il faut
avouer que les échasses du style figuré, sur lesquelles la langue
anglaise est guindée, élèvent aussi l'esprit bien haut, quoique
par une marche irrégulière.

Le premier Anglais qui ait fait une pièce raisonnable et
écrite d'un bout à l'autre avec élégance, est l'illustre M. Ad-
dison. Son *Caton d'Utique* est un chef-d'œuvre pour la dic-
tion, et pour la beauté des vers. Le rôle de Caton est à mon
gré fort au-dessus de celui de Cornélie dans le *Pompée* de
Corneille: car Caton est grand sans enflure, et Cornélie qui
d'ailleurs n'est pas un personnage nécessaire, vise quelque-
fois au galimatias. Le Caton de M. Addison me paraît le
plus beau personnage qui soit sur aucun théâtre, mais les
autres rôles de la pièce n'y répondent pas, et cet ouvrage si
bien écrit est défiguré par une intrigue froide d'amour, qui
répand sur la pièce une langueur qui la tue.

La coutume d'introduire de l'amour à tort et à travers dans

les ouvrages dramatiques passa de Paris à Londres, vers l'an 1660, avec nos rubans et nos perruques. Les femmes, qui parent les spectacles, comme ici, ne veulent plus souffrir qu'on leur parle d'autre chose que d'amour. Le sage Addison eut la molle complaisance de plier la sévérité de son caractère aux mœurs de son temps, et gâta un chef-d'œuvre pour avoir voulu plaire.

Depuis lui les pièces sont devenues plus régulières, le peuple plus difficile, les auteurs plus corrects et moins hardis. J'ai vu des pièces nouvelles fort sages, mais froides. Il semble que les Anglais n'aient été faits jusqu'ici que pour produire des beautés irrégulières. Les monstres brillants de Shakespeare plaisent mille fois plus que la sagesse moderne. Le génie poétique des Anglais ressemble, jusqu'à présent, à un arbre touffu planté par la nature, jetant au hasard mille rameaux, et croissant inégalement et avec force : il meurt, si vous voulez forcer sa nature, et le tailler en arbre des jardins de Marly.

LETTRE XIX

Sur la comédie

Je ne sais comment le sage et ingénieux M. de Muralt dont nous avons les Lettres sur les Anglais et sur les Français,[47] s'est borné, en parlant de la comédie, à critiquer un comique nommé Shadwell. Cet auteur était assez méprisé de son temps ; il n'était point le poète des honnêtes gens : ses pièces goûtées pendant quelques représentations par le peuple, étaient dédaignées par tous les gens de bon goût et ressemblaient à tant de pièces que j'ai vues en France attirer la foule et révolter les lecteurs, et dont on a pu dire :

Tout Paris les condamne et tout Paris les court.

M. de Muralt aurait dû, ce semble, nous parler d'un auteur

[47] Published 1725. See *supra*, p. 21.

excellent qui vivait alors, c'était M. Wycherley qui fut long-
temps l'amant déclaré de la maîtresse la plus illustre de
Charles II. Cet homme qui passait sa vie dans le plus
grand monde, en connaissait parfaitement les vices et les
ridicules, et les peignait du pinceau le plus ferme et des
couleurs les plus vraies.

Il a fait un misanthrope [48] qu'il a imité de Molière. Tous
les traits de Wycherley sont plus forts et plus hardis que ceux
de notre misanthrope; mais aussi ils ont moins de finesse et
de bienséance. L'auteur anglais a corrigé le seul défaut qui
soit dans la pièce de Molière; ce défaut est le manque d'in-
trigue et d'intérêt. La pièce anglaise est intéressante, et l'in-
trigue en est ingénieuse: elle est trop hardie sans doute pour
nos mœurs.

.

Wycherley a encore tiré de Molière une pièce non moins
singulière et non moins hardie; c'est une espèce d'*École des
Femmes*.[49]

.

Un chevalier Van Brugh a fait des comédies encore plus
plaisantes, mais moins ingénieuses. Ce chevalier était un
homme de plaisir; par-dessus cela, poète et architecte. On
prétend qu'il écrivait comme il bâtissait, un peu grossière-
ment.

.

Celui de tous les Anglais qui a porté le plus loin la gloire du
théâtre comique est feu M. Congrève. Il n'a fait que peu de
pièces, mais toutes sont excellentes dans leur genre. Les
règles du théâtre y sont rigoureusement observées. Elles sont
pleines de caractères nuancés avec une extrême finesse; on n'y
essuie pas la moindre mauvaise plaisanterie; vous y voyez
partout le langage des honnêtes gens avec des actions de

48 *The Plain Dealer.*
49 *The Country Wife.*

fripon, ce qui prouve qu'il connaissait bien son monde, et qu'il vivait dans ce qu'on appelle la bonne compagnie. Il était infirme et presque mourant quand je l'ai connu; il avait un défaut, c'était de ne pas assez estimer son premier métier d'auteur, qui avait fait sa réputation et sa fortune. Il me parlait de ses ouvrages comme de bagatelles au-dessous de lui, et me dit à la première conversation de ne le voir que sur le pied d'un gentilhomme qui vivait très uniment;[50] je lui répondis que s'il avait eu le malheur de n'être qu'un gentilhomme comme un autre, je ne le serais jamais venu voir, et je fus très choqué de cette vanité si mal placée.

Ses pièces sont les plus spirituelles et les plus exactes; celles de Van Brugh, les plus gaies; et celles de Wycherley, les plus fortes.

Il est à remarquer qu'aucun de ces beaux esprits n'a mal parlé de Molière. Il n'y a que les mauvais auteurs anglais qui aient dit du mal de ce grand homme. . . .

Au reste, ne me demandez pas que j'entre ici dans le moindre détail de ces pièces anglaises dont je suis si grand partisan, ni que je vous rapporte un bon mot ou une plaisanterie des Wycherley et des Congrève; on ne rit point dans une traduction. Si vous voulez connaître la comédie anglaise, il n'y a d'autre moyen pour cela que d'aller à Londres, d'y rester trois ans, d'apprendre bien l'anglais, et de voir la comédie tous les jours. Je n'ai pas grand plaisir en lisant Plaute et Aristophane: pourquoi? c'est que je ne suis ni Grec ni Romain. La finesse des bons mots, l'allusion, l'à-propos, tout cela est perdu pour un étranger.

Il n'en est pas de même dans la tragédie. Il n'est question chez elle que de grandes passions et de sottises héroïques consacrées par de vieilles erreurs de fable ou d'histoire. Œdipe, Électre, appartiennent aux Espagnols, aux Anglais, et à nous, comme aux Grecs. Mais la bonne comédie est la peinture

50 Simplement.

parlante des ridicules d'une nation; et, si vous ne connaissez pas la nation à fond, vous ne pouvez juger de la peinture.

.

LETTRE XXII

Sur M. Pope et quelques autres poètes fameux

. . . La plaisanterie expliquée cesse d'être plaisanterie: tout commentateur de bons mots est un sot.

Voilà pourquoi on n'entendra jamais bien en France les livres de l'ingénieux docteur Swift, qu'on appelle le Rabelais d'Angleterre. Il a l'honneur d'être prêtre comme Rabelais, et de se moquer de tout, comme lui; mais on lui fait grand tort, selon mon petit sens, de l'appeler de ce nom. Rabelais dans son extravagant et inintelligible livre, a répandu une extrême gaieté et une plus grande impertinence; il a prodigué l'érudition, les ordures et l'ennui. Un bon conte de deux pages est acheté par des volumes de sottises: il n'y a que quelques personnes d'un goût bizarre qui se piquent d'entendre et d'estimer tout cet ouvrage. Le reste de la nation rit des plaisanteries de Rabelais et méprise le livre. On le regarde comme le premier des bouffons; on est fâché qu'un homme qui avait tant d'esprit en ait fait un si misérable usage, c'est un philosophe ivre qui n'a écrit que dans le temps de son ivresse.

M. Swift est Rabelais dans son bon sens, et vivant en bonne compagnie. Il n'a pas à la vérité la gaieté du premier, mais il a toute la finesse, la raison, le choix, le bon goût, qui manquent à notre curé de Meudon. Ses vers sont d'un goût singulier et presque inimitable; la bonne plaisanterie est son partage en vers et en prose; mais, pour le bien entendre, il faut faire un petit voyage dans son pays.

Vous pouvez plus aisément vous former quelque idée de M. Pope; c'est, je crois, le poète le plus élégant, le plus cor-

rect, et, ce qui est encore beaucoup, le plus harmonieux qu'ait eu l'Angleterre. Il a réduit les sifflements aigres de la trompette anglaise aux sons doux de la flûte. On peut le traduire, parce qu'il est extrêmement clair, et que ses sujets, pour la plupart, sont généraux et du ressort de toutes les nations.

On connaîtra bientôt en France son *Essai sur la Critique,* par la traduction en vers qu'en fait M. l'abbé du Resnel.[51]

Voici un morceau de son poème de *la Boucle de Cheveux,*[52] que je viens de traduire avec ma liberté ordinaire: car, encore une fois, je ne sais rien de pis que de traduire un poète mot pour mot.

Umbriel à l'instant, vieux gnome rechigné,
Va, d'une aile pesante et d'un air renfrogné,
Chercher, en murmurant, la caverne profonde
Où, loin des doux rayons que répand l'œil du monde,
La déesse aux vapeurs a choisi son séjour.
Les tristes aquilons y sifflent à l'entour,
Et le souffle malsain de leur aride haleine
Y porte aux environs la fièvre et la migraine.
Sur un riche sofa, derrière un paravent,
Loin des flambeaux, du bruit, des parleurs, et du vent,
La quinteuse déesse incessamment repose,
Le cœur gros de chagrins, sans en savoir la cause,
N'ayant pensé jamais, l'esprit toujours troublé,
L'œil chargé, le teint pâle, et l'hypocondre enflé.
La médisante Envie est assise auprès d'elle,
Vieux spectre féminin, décrépite pucelle,
Avec un air dévot déchirant son prochain,
Et chansonnant les gens l'Évangile à la main.
Sur un lit plein de fleurs, négligemment penchée,

<hr />

[51] This translation appeared in 1730. Voltaire evidently wrote this passage of his letter on Pope before that date.
[52] *The Rape of the Lock.*

Une jeune beauté non loin d'elle est couchée :
C'est l'Affectation, qui grasseye en parlant,
Écoute sans entendre, et lorgne en regardant,
Qui rougit sans pudeur, et rit de tout sans joie,
De cent maux différents prétend qu'elle est la proie
Et, pleine de santé sous le rouge et le fard,
Se plaint avec mollesse, et se pâme avec art.

Si vous lisiez ce morceau dans l'original, au lieu de le lire
dans cette faible traduction, vous le compareriez à la descrip-
tion de la Mollesse dans le *Lutrin*.[53]

.

LETTRE XXIII

Sur la considération qu'on doit aux gens de lettres

Ni en Angleterre ni en aucun pays du monde on ne trouve
des établissements en faveur des beaux-arts comme en France.
Il y a presque partout des universités ; mais c'est en France
seule qu'on trouve ces utiles encouragements pour l'astrono-
mie, pour toutes les parties des mathématiques, pour celles de
la médecine, pour les recherches de l'antiquité, pour la pein-
ture, la sculpture et l'architecture. Louis XIV s'est im-
mortalisé par toutes ces fondations, et cette immortalité ne
lui a pas coûté deux cent mille francs par an.

J'avoue que c'est un de mes étonnements que le parlement
d'Angleterre, qui s'est avisé de promettre vingt mille guinées
à celui qui ferait l'impossible découverte des longitudes, n'ait
jamais pensé à imiter Louis XIV dans sa magnificence envers
les arts.

Le mérite trouve à la vérité, en Angleterre, d'autres récom-

[53] By Boileau. In the Moland edition of Voltaire's Works (Vol. XXIV,
p. 225), is a passage in which Boileau's description of "la Mollesse" is
preferred to Pope.

penses plus honorables pour la nation; tel est le respect que
ce peuple a pour les talents, qu'un homme de mérite y fait
toujours fortune. M. Addison, en France, eût été de quelque
académie, et aurait pu obtenir, par le crédit de quelque femme,
une pension de douze cents livres, ou plutôt on lui aurait fait
des affaires, sous prétexte qu'on aurait aperçu dans sa tragédie
de *Caton* quelques traits contre le portier d'un homme en
place; en Angleterre, il a été secrétaire d'État. M. Newton
était intendant des monnaies du royaume; M. Congrève avait
une charge importante; M. Prior a été plénipotentiaire; le
docteur Swift est doyen d'Irlande, et y est beaucoup plus
considéré que le primat. Si la religion de M. Pope ne lui
permet pas d'avoir une place, elle n'empêche pas au moins
que sa traduction d'Homère ne lui ait valu deux cent mille
francs. J'ai vu longtemps en France l'auteur de *Rhada-
miste* [54] près de mourir de faim; le fils [55] d'un des plus grands
hommes que la France ait eus, et qui commençait à marcher
sur les traces de son père, était réduit à la misère sans M.
Fagon. Ce qui encourage le plus les arts en Angleterre, c'est
la considération où ils sont: le portrait du premier ministre
se trouve sur la cheminée de son cabinet; mais j'ai vu celui
de M. Pope dans vingt maisons.

M. Newton était honoré de son vivant, et l'a été après sa
mort comme il devait l'être. Les principaux de la nation se
sont disputé l'honneur de porter le poêle à son convoi. Entrez
à Westminster: ce ne sont pas les tombeaux des rois qu'on y
admire, ce sont les monuments que la reconnaissance de la
nation a érigés aux plus grands hommes qui ont contribué à
sa gloire; vous y voyez leurs statues comme on voyait dans
Athènes celles des Sophocle et des Platon; et je suis persuadé
que la seule vue de ces glorieux monuments a excité plus d'un
esprit et a formé plus d'un grand homme.

54 *Rhadamiste et Zénobie* (1711), tragedy by Crébillon père.
55 Louis Racine (1692–1763), son of Jean Racine.

On a même reproché aux Anglais d'avoir été trop loin dans les honneurs qu'ils rendent au simple mérite; on a trouvé à redire qu'ils aient enterré dans Westminster la célèbre comédienne Mlle Oldfield, à peu près avec les mêmes honneurs qu'on a rendus à M. Newton: quelques-uns ont prétendu qu'ils avaient affecté d'honorer à ce point la mémoire de cette actrice, afin de nous faire sentir davantage la barbare et lâche injustice qu'ils nous reprochent, d'avoir jeté à la voirie le corps de Mlle Lecouvreur.[56]

Mais je puis vous assurer que les Anglais, dans la pompe funèbre de Mlle Oldfield,[57] enterrée dans leur Saint-Denis, n'ont rien consulté que leur goût; ils sont bien loin d'attacher l'infamie à l'art des Sophocle et des Euripide, et de retrancher du corps de leurs citoyens ceux qui se dévouent à réciter devant eux des ouvrages dont leur nation se glorifie.

.

VOLTAIRE AT CIREY

Meanwhile, Voltaire had fallen in love with Mme du Châtelet, who in 1733 was twenty-seven years old, while Voltaire at thirty-nine still preserved his youthful verve and charm. Mme du Châtelet was married to an amiable, but commonplace, husband and, according to the free and easy custom of the time, she allowed him to go his own way and took for herself the same freedom. Hers was an ardent, passionate nature, which in a society with few scruples and easy morals loved with sincerity and abandon. She was not exactly pretty, but she was vivacious and attractive, in spite of the unfavorable, though not impartial, description by Mme du Deffand. Moreover, Mme du Châtelet was intelligent and, what is unusual for a society woman, a hard student, not only familiar with the languages, Latin, Italian, and later English, but absorbed in the most abstruse mathematical and scientific calcula-

[56] Famous French actress and friend of Voltaire, who was much affected by her sudden death in 1730.
[57] Celebrated English actress, who died in 1729.

tions, and deeply interested in Newton and the philosophy of Leibnitz.

The Du Châtelet family had a château at Cirey near the border of Lorraine. Thither, after the uproar caused by the *Lettres philosophiques,* Voltaire fled and established himself, directing much needed repairs, so that his apartment and that of Mme du Châtelet became, not only habitable, but even luxurious; though the same could not be said for the rest of the castle, as Mme de Graffigny was to find when she visited there in 1738. Mme du Châtelet, soon to become "la divine Émilie," shortly joined Voltaire, and the two remained in intimate friendship until the death of the lady fifteen years later in 1749.

The influence of Mme du Châtelet upon Voltaire was of great importance. First of all, she bent her energies to keep him from dangerous indiscretions. The licentious poem, *La Pucelle,* dealing in facetious fashion with Jeanne d'Arc, Mme du Châtelet endeavored to keep "sous cent clefs," and if she could not prevent its being read to delighted audiences of friends, she did delay its publication until after her death. The *Traité de métaphysique,* written for her benefit, she also kept from publication. It might have caused more scandal among the orthodox than even the *Lettres philosophiques.* It was Mme du Châtelet also who constantly interposed herself to prevent Voltaire from establishing himself with Frederick the Great in Prussia. During her lifetime she succeeded also in this, with the exception of a few short visits of little importance, but a year after her death we find Voltaire at Potsdam near Berlin. Then his visit in Germany, though it culminated in quarrel and disillusion, was most fruitful in ripening Voltaire's genius, but during these middle growing years it was doubtless better for him to be in retirement and hard study in Lorraine. Mme du Châtelet turned Voltaire's mind toward the study of natural science, which had indeed interested him in England, but which he would not now have pursued with the same intensity, had she not been at his elbow. His natural bent toward a "philosophical" treatment of history was still further increased by his desire to interest her in a branch of learning for which she had little esteem, as she thought it made up of insignificant dates and battles. Most important perhaps of all,

in this Lorraine retreat she offered him a place free from many
social distractions, off the main routes of travel, where he could
and did work indefatigably, like herself, and where he laid the
foundation of tremendous reading which was to bear fruit, particu-
larly in his *Siècle de Louis XIV* and in his *Essai sur les mœurs,*
but which was also to offer the background for much of his other
writing, whether of philosophy or of fiction. Both of them worked
like mad, bent over their desks until the small hours of the morn-
ing, sleeping sometimes but two or three or four hours, then up
and at work again with the same unconquerable persistency.[58]
Voltaire, in a brief conversation with their guest in 1738, Mme de
Graffigny, could not be prevailed upon to sit down, but exclaimed,
"que c'est une chose affreuse que le temps qu'on perd à parler;
qu'on ne devrait pas perdre une minute; que la plus grande dépense
que l'on puisse faire est celle du temps." [59] But there was time for
play also, of the same intense, energetic sort. "Nous avons compté
hier au soir que, dans les vingt-quatre heures, nous avons répété
et joué trente-trois actes, tant tragédies, opéras que comédies.
. . . Enfin, après souper, nous eûmes un sauteur qui passe par ici
et qui est assez adroit. Je vous dis que c'est une chose incroyable
que l'on puisse faire tant de choses en un jour." [60]

Le Traité de métaphysique (1734)

«Longchamp,[61] dans le chapitre XXV de ses *Mémoires* publiés en
1826, raconte que, chargé d'attiser le feu dans lequel on avait jeté des
papiers que Mme du Châtelet avait recommandé de brûler après sa
mort, il parvint à soustraire un cahier de papier à lettres, d'une
écriture fort menue. Ce cahier contenait le *Traité de métaphysique,*
qui fut imprimé pour la première fois dans les éditions de Kehl.[62]

«Cet ouvrage est d'autant plus précieux, disaient alors les éditeurs,
que n'ayant pas été destiné à l'impression, l'auteur a pu dire sa pensée

[58] Mme de Graffigny, *Lettres* (pub. by E. Asse, Paris, 1879), p. 229.
This vivid narrative of life at Cirey in 1738 should be read by any one
desiring detailed first-hand impressions.

[59] *Ibid.,* p. 230.

[60] *Ibid.,* pp. 207–208.

[61] One of Voltaire's secretaries.

[62] The Kehl edition of Voltaire's works (1784–1790), directed chiefly
by Beaumarchais, has formed the basis for later important editions such
as those of Beuchot and of Moland.

tout entière. Il renferme ses véritables opinions, et non pas seulement celles de ses opinions qu'il croyait pouvoir développer sans se compromettre. On y voit qu'il était fortement persuadé de l'existence d'un Être suprême, et même de l'immortalité de l'âme, mais sans se dissimuler les difficultés qui s'élèvent contre ces deux opinions, et qu'aucun philosophe n'a encore complètement résolues.» [63]

The *Traité de métaphysique* was written in 1734 for the private information of Mme du Châtelet but was not then published. It represents Voltaire's attempt at a systematic exposition of the essential elements of metaphysics at this date early after his visit to England. Although keenly interested all his life in metaphysical questions, Voltaire became increasingly sceptical of the possibility of solving them with certainty and indicated the speculative character of metaphysics by calling it "le roman de l'âme." [64] It has been pointed out that disgust with metaphysics is the very basis of *Candide*, Voltaire's great philosophical novel of 1759.[65] *Le philosophe ignorant* in 1766 indicates by its very title the tendency of the later Voltaire toward a more modest and prudent scepticism than in his earlier years. Yet even the *Traité de métaphysique*, in spite of its more confident title, is essentially cautious. "Rien de bien 'métaphysique' dans le Traité de 1734," says M. André Morize, "et le fond de la pensée de Voltaire est que l'homme n'est pas fait pour connaître la nature intime des choses, [et qu'] il peut seulement calculer, mesurer, peser et expérimenter.'" [66]

CHAPITRE II

.

Sommaire des raisons en faveur de l'existence de Dieu

Il y a deux manières de parvenir à la notion d'un être qui préside à l'univers. La plus naturelle et la plus parfaite pour les capacités communes est de considérer non seulement l'ordre qui est dans l'univers, mais la fin à laquelle chaque chose paraît se rapporter. On a composé sur cette seule idée beaucoup de gros livres, et tous ces gros livres ensemble ne contiennent rien de plus que cet argument-ci: Quand je

[63] Moland, XXII, 189, n. 1.
[64] Moland, XLVII, 177; L, 75.
[65] André Morize, *Candide,* édition critique, Paris, 1913, p. xxi.
[66] *Ibid.*

vois une montre dont l'aiguille marque les heures, je conclus qu'un être intelligent a arrangé les ressorts de cette machine, afin que l'aiguille marquât les heures. Ainsi, quand je vois les ressorts du corps humain, je conclus qu'un être intelligent a arrangé ces organes pour être reçus et nourris neuf mois dans la matrice; que les yeux sont donnés pour voir, les mains pour prendre, etc. Mais de ce seul argument je ne peux conclure autre chose, sinon qu'il est probable qu'un être intelligent et supérieur a préparé et façonné la matière avec habileté; mais je ne peux conclure de cela seul que cet être ait fait la matière avec rien, et qu'il soit infini en tout sens. J'ai beau chercher dans mon esprit la connexion de ces idées: "Il est probable que je suis l'ouvrage d'un être plus puissant que moi; donc cet être existe de toute éternité, donc il a créé tout, donc il est infini, etc." Je ne vois pas la chaîne qui mène droit à cette conclusion; je vois seulement qu'il y a quelque chose de plus puissant que moi, et rien de plus.

Le second argument est plus métaphysique, moins fait pour être saisi par les esprits grossiers, et conduit à des connnaissances bien plus vastes; en voici le précis:

J'existe, donc quelque chose existe. Si quelque chose existe, quelque chose a donc existé de toute éternité; car ce qui est, ou est par lui-même, ou a reçu son être d'un autre. S'il est par lui-même, il est nécessairement, il a toujours été nécessairement, et c'est Dieu; s'il a reçu son être d'un autre, et ce second d'un troisième, celui dont ce dernier a reçu son *être,* doit nécessairement être Dieu. Car vous ne pouvez concevoir qu'un être donne l'être à un autre, s'il n'a le pouvoir de créer; de plus, si vous dites qu'une chose reçoit, je ne dis pas la forme, mais son existence d'une autre chose, et celle-là d'une troisième, cette troisième d'une autre encore, et ainsi en remontant jusqu'à l'infini, vous dites une absurdité. Car tous ces êtres alors n'auront aucune cause de leur existence. Pris tous ensemble, ils n'ont aucune cause externe de leur

existence; pris chacun en particulier, ils n'en ont aucune interne: c'est-à-dire, pris tous ensemble, ils ne doivent leur existence à rien; pris chacun en particulier, aucun n'existe par soi-même: donc aucun ne peut exister nécessairement.

Je suis donc réduit à avouer qu'il y a un être qui existe nécessairement par lui-même de toute éternité, et qui est l'origine de tous les autres êtres. De là, il suit essentiellement que cet être est infini en durée, en immensité, en puissance; car qui peut le borner? Mais, me direz-vous, le monde matériel est précisément cet être que nous cherchons. Examinons de bonne foi si la chose est probable.

Si ce monde matériel est existant par lui-même d'une nécessité absolue, c'est une contradiction dans les termes que de supposer que la moindre partie de cet univers puisse être autrement qu'elle est; car, si elle est en ce moment d'une nécessité absolue, ce mot seul exclut toute autre manière d'être: or, certainement cette table sur laquelle j'écris, cette plume dont je me sers, n'ont pas toujours été ce qu'elles sont; ces pensées que je trace sur le papier n'existaient pas même il y a un moment: donc elles n'existent pas nécessairement. Or, si chaque partie n'existe pas d'une nécessité absolue, il est donc impossible que le tout existe par lui-même. Je produis du mouvement, donc le mouvement n'existait pas auparavant; donc le mouvement n'est pas essentiel à la matière; donc la matière le reçoit d'ailleurs; donc il y a un Dieu qui le lui donne. De même l'intelligence n'est pas essentielle à la matière, car un rocher ou du froment ne pensent point. De qui donc les parties de la matière qui pensent et qui sentent auront-elles reçu la sensation et la pensée? Ce ne peut être d'elles-mêmes, puisqu'elles sentent malgré elles; ce ne peut être de la matière en général, puisque la pensée et la sensation ne sont point de l'essence de la matière: elles ont donc reçu ces dons de la main d'un Être suprême, intelligent, infini, et la cause originaire de tous les êtres.

Voilà en peu de mots les preuves de l'existence d'un Dieu, et le précis de plusieurs volumes : précis que chaque lecteur peut étendre à son gré.

Voici avec autant de brièveté les objections qu'on peut faire à ce système.

Difficultés sur l'existence de Dieu

1° Si Dieu n'est pas ce monde matériel, il l'a créé (ou bien si vous voulez, il a donné à quelque autre être le pouvoir de le créer, ce qui revient au même) ; mais, en faisant ce monde, ou il l'a tiré du néant, ou il l'a tiré de son propre être divin. Il ne peut l'avoir tiré du néant, qui n'est rien ; il ne peut l'avoir tiré de soi, puisque ce monde en ce cas serait essentiellement partie de l'essence divine : donc je ne puis avoir d'idée de la création, donc je ne dois point admettre la création.

2° Dieu aurait fait ce monde ou nécessairement ou librement : s'il l'a fait par nécessité, il a dû toujours l'avoir fait, car cette nécessité est éternelle ; donc, en ce cas, le monde serait éternel, et créé, ce qui implique contradiction. Si Dieu l'a fait librement par pur choix, sans aucune raison antécédente, c'est encore une contradiction ; car c'est se contredire que de supposer l'Être infiniment sage faisant tout sans aucune raison qui le détermine, et l'Être infiniment puissant ayant passé une éternité sans faire le moindre usage de sa puissance.

3° S'il paraît à la plupart des hommes qu'un être intelligent a imprimé le sceau de la sagesse sur toute la nature, et que chaque chose semble être faite pour une certaine fin, il est encore plus vrai aux yeux des philosophes que tout se fait dans la nature par les lois éternelles, indépendantes et immuables des mathématiques ; la construction et la durée du corps humain sont une suite de l'équilibre des liqueurs et de la force des leviers. Plus on fait de découvertes dans la struc-

ture de l'univers, plus on le trouve arrangé, depuis les étoiles jusqu'au ciron, selon les lois mathématiques. Il est donc permis de croire que ces lois ayant opéré par leur nature, il en résulte des effets nécessaires que l'on prend pour les déterminations arbitraires d'un pouvoir intelligent. Par exemple, un champ produit de l'herbe, parce que telle est la nature de son terrain arrosé par la pluie, et non pas parce qu'il y a des chevaux qui ont besoin de foin et d'avoine; ainsi du reste.

4° Si l'arrangement des parties de ce monde, et tout ce qui se passe parmi les êtres qui ont la vie sentante et pensante, prouvait un Créateur et un maître, il prouverait encore mieux un être barbare: car, si l'on admet des causes finales, on sera obligé de dire que Dieu, infiniment sage et infiniment bon, a donné la vie à toutes les créatures pour être dévorées les unes par les autres. En effet, si l'on considère tous les animaux, on verra que chaque espèce a un instinct irrésistible qui la force à détruire une autre espèce. A l'égard des misères de l'homme, il y a de quoi faire des reproches à la Divinité pendant toute notre vie. On a beau nous dire que la sagesse et la bonté de Dieu ne sont point faites comme les nôtres; cet argument ne sera d'aucune force sur l'esprit de bien des gens, qui répondront qu'ils ne peuvent juger de la justice que par l'idée même qu'on suppose que Dieu leur en a donnée, que l'on ne peut mesurer qu'avec la mesure que l'on a, et qu'il est aussi impossible que nous ne croyions pas très barbare un être qui se conduirait comme un homme barbare, qu'il est impossible que nous ne pensions pas qu'un être quelconque a six pieds, quand nous l'avons mesuré avec une toise, et qu'il nous paraît avoir cette grandeur.

Si on nous réplique, ajouteront-ils, que notre mesure est fautive, on nous dira une chose qui semble impliquer contradiction: car c'est Dieu lui-même qui nous aura donné cette fausse idée; donc Dieu ne nous aura faits que pour nous trom-

per. Or, c'est dire qu'un être qui ne peut avoir que des perfections jette ses créatures dans l'erreur, qui est, à proprement parler, la seule imperfection ; c'est visiblement se contredire. Enfin, les matérialistes finiront par dire : Nous avons moins d'absurdités à dévorer dans le système de l'athéisme que dans celui du déisme : car, d'un côté il faut, à la vérité, que nous concevions éternel et infini ce monde que nous voyons ; mais, de l'autre, il faut que nous imaginions un autre être infini et éternel, et que nous y ajoutions la création, dont nous ne pouvons avoir d'idée. Il nous est donc plus facile, concluront-ils, de ne pas croire un Dieu que de le croire.

Réponse à ces objections

Les arguments contre la création se réduisent à montrer qu'il nous est impossible de la concevoir, c'est-à-dire d'en concevoir la manière, mais non pas qu'elle soit impossible en soi : car, pour que la création fût impossible, il faudrait d'abord prouver qu'il est impossible qu'il y ait un Dieu ; mais bien loin de prouver cette impossibilité, on est obligé de reconnaître qu'il est impossible qu'il n'existe pas. Cet argument, qu'il faut qu'il y ait hors de nous un être infini, éternel, immense, tout-puissant, libre, intelligent, et les ténèbres qui accompagnent cette lumière, ne servent qu'à montrer que cette lumière existe : car de cela même qu'un être infini nous est démontré, il nous est démontré aussi qu'il doit être impossible à un être fini de le comprendre.

Il me semble qu'on ne peut faire que des sophismes et dire des absurdités quand on veut s'efforcer de nier la nécessité d'un être existant par lui-même, ou lorsqu'on veut soutenir que la matière est cet être. Mais, lorsqu'il s'agit d'établir et de discuter les attributs de cet être, dont l'existence est démontrée, c'est tout autre chose.

Les maîtres dans l'art de raisonner, les Locke,[67] les Clarke,[68] nous disent : "Cet être est un être intelligent; car celui qui a tout produit doit avoir toutes les perfections qu'il a mises dans ce qu'il a produit, sans quoi l'effet serait plus parfait que la cause"; ou bien d'une autre manière : "Il y aurait dans l'effet une perfection qui n'aurait été produite par rien, ce qui est visiblement absurde. Donc, puisqu'il y a des êtres intelligents, et que la matière n'a pu se donner la faculté de penser, il faut que l'être existant par lui-même, que Dieu soit un être intelligent." Mais ne pourrait-on pas rétorquer cet argument et dire : "Il faut que Dieu soit matière," puisqu'il y a des êtres matériels; car, sans cela, la matière n'aura été produite par rien, et une cause aura produit un effet dont le principe n'était pas en elle?" On a cru éluder cet argument en glissant le mot de *perfection;* M. Clarke semble l'avoir prévenu, mais il n'a pas osé le mettre dans tout son jour; il se fait seulement cette objection : "On dira que Dieu a bien communiqué la divisibilité et la figure à la matière, quoiqu'il ne soit ni figuré ni divisible." Et il fait à cette objection une réponse très solide et très aisée, c'est que la divisibilité, la figure, sont des qualités négatives et des limitations; et que, quoiqu'une cause ne puisse communiquer à son effet aucune perfection qu'elle n'a pas, l'effet peut cependant avoir, et doit nécessairement avoir des limitations, des imperfections que la cause n'a pas. Mais qu'eût répondu M. Clarke à celui qui lui aurait dit : "La matière n'est point un être négatif, une limitation, une imperfection; c'est un être réel, positif, qui a ses attributs tout comme l'esprit; or, comment Dieu aura-t-il pu produire un être matériel, s'il n'est pas matériel?" Il faut donc, ou que

67 John Locke (1632–1704), English philosopher and author of the *Essay Concerning Human Understanding.* His rejection of belief in innate ideas and his placing the source of human knowledge in experience had much influence upon Voltaire.

68 Samuel Clarke (1675–1729), English theologian, author of a *Demonstration of the Being and Attributes of God.* Voltaire was only temporarily impressed by him. He influenced Rousseau more profoundly.

vous avouiez que la cause peut communiquer quelque chose de positif qu'elle n'a pas, ou que la matière n'a point de cause de son existence; ou enfin que vous souteniez que la matière est une pure négation et une limitation; ou bien, si ces trois parties sont absurdes, il faut que vous avouiez que l'existence des êtres intelligents ne prouve pas plus que l'être existant par lui-même est un être intelligent, que l'existence des êtres matériels ne prouve que l'être existant par lui-même est matière, car la chose est absolument semblable; on dira la même chose du mouvement. A l'égard du mot de *perfection*, on en abuse ici visiblement: car, qui osera dire que la matière est une imperfection, et la pensée une perfection? Je ne crois pas que personne ose décider ainsi de l'essence des choses. Et puis, que veut dire *perfection?* Est-ce perfection par rapport à Dieu, ou par rapport à nous?

Je sais que l'on peut dire que cette opinion ramènerait au spinosisme; [69] à cela je pourrais répondre que je n'y puis que faire,[70] et que mon raisonnement, s'il est bon, ne peut devenir mauvais par les conséquences qu'on en peut tirer. Mais, de plus, rien ne serait plus faux que cette conséquence: car cela prouverait seulement que notre intelligence ne ressemble pas plus à l'intelligence de Dieu que notre manière d'être étendu ne ressemble à la manière dont Dieu remplit l'espace. Dieu n'est point dans le cas des causes que nous connaissons: il a pu créer l'esprit et la matière, sans être ni matière, ni esprit; ni l'un ni l'autre ne dérivent de lui, mais sont créés par lui. Je ne connais pas le *quomodo*, il est vrai: j'aime mieux m'arrêter que de m'égarer; son existence m'est démontrée; mais pour ses attributs et son essence, il m'est, je crois, démontré que je ne suis pas fait pour les comprendre.

Dire que Dieu n'a pu faire ce monde ni nécessairement ni

69 *Spinosisme,* philosophical system of Spinoza (1632–1677), pantheistic philosopher.

70 *Je n'y puis que faire,* I cannot help it, I cannot do anything about it.

librement n'est qu'un sophisme qui tombe de lui-même dès qu'on a prouvé qu'il y a un Dieu, et que le monde n'est pas Dieu; et cette objection se réduit seulement à ceci: Je ne puis comprendre que Dieu ait créé l'univers plutôt dans un temps que dans un autre: donc il ne l'a pu créer. C'est comme si l'on disait: Je ne puis comprendre pourquoi un tel homme ou un tel cheval n'a pas existé mille ans auparavant: donc leur existence est impossible. De plus, la volonté libre de Dieu est une raison suffisante du temps dans lequel il a voulu créer le monde. Si Dieu existe, il est libre; et il ne le serait pas s'il était toujours déterminé par une raison suffisante, et si sa volonté ne lui en servait pas. D'ailleurs, cette raison suffisante serait-elle dans lui ou hors de lui? Si elle est hors de lui, il ne se détermine donc pas librement; si elle est en lui, qu'est-ce autre chose que sa volonté?

Les lois mathématiques sont immuables, il est vrai; mais il n'était pas nécessaire que telles lois fussent préférées à d'autres. Il n'était pas nécessaire que la terre fût placée où elle est; aucune loi mathématique ne peut agir par elle-même; aucune n'agit sans mouvement, le mouvement n'existe point par lui-même: donc il faut recourir à un premier moteur. J'avoue que les planètes, placées à telle distance du soleil, doivent parcourir leurs orbites selon les lois qu'elles observent, que même leur distance peut être réglée par la quantité de matière qu'elles renferment. Mais pourra-t-on dire qu'il était nécessaire qu'il y eût une telle quantité de matière dans chaque planète, qu'il y eût un certain nombre d'étoiles, que ce nombre ne peut être augmenté ni diminué, que sur la terre il est d'une nécessité absolue et inhérente dans la nature des choses qu'il y eût un certain nombre d'êtres? Non, sans doute, puisque ce nombre change tous les jours: donc toute la nature, depuis l'étoile la plus éloignée jusqu'à un brin d'herbe, doit être soumise à un premier moteur.

Quant à ce qu'on objecte, qu'un pré n'est pas essentielle-

ment fait pour des chevaux, etc., on ne peut conclure de là qu'il n'y ait point de cause finale, mais seulement que nous ne connaissons pas toutes les causes finales. Il faut ici surtout raisonner de bonne foi, et ne point chercher à se tromper soi-même; quand on voit une chose qui a toujours le même effet, qui n'a uniquement que cet effet, qui est composée d'une infinité d'organes, dans lesquels il y a une infinité de mouvements qui tous concourent à la même production, il me semble qu'on ne peut, sans une secrète répugnance, nier une cause finale. Le germe de tous les végétaux, de tous les animaux, est dans ce cas: ne faut-il pas être un peu hardi pour dire que tout cela ne se rapporte à aucune fin?

Je conviens qu'il n'y a point de démonstration proprement dite qui prouve que l'estomac est fait pour digérer, comme il n'y a point de démonstration qu'il fait jour; mais les matérialistes sont bien loin de pouvoir démontrer aussi que l'estomac n'est pas fait pour digérer. Qu'on juge seulement avec équité, comme on juge des choses dans le cours ordinaire, quelle est l'opinion la plus probable.

A l'égard des reproches d'injustice et de cruauté qu'on fait à Dieu, je réponds d'abord que, supposé qu'il y ait un mal moral (ce qui me paraît une chimère), ce mal moral est tout aussi impossible à expliquer dans le système de la matière que dans celui d'un Dieu. Je réponds ensuite que nous n'avons d'autres idées de la justice que celles que nous nous sommes formées de toute action utile à la société, et conformes aux lois établies par nous pour le bien commun: or, cette idée n'étant qu'une idée de relation d'homme à homme, elle ne peut avoir aucune analogie avec Dieu. Il est tout aussi absurde de dire de Dieu en ce sens que Dieu est juste ou injuste, que de dire: Dieu est bleu ou carré.

Il est donc insensé de reprocher à Dieu que les mouches soient mangées par les araignées, et que les hommes ne vivent que quatre-vingts ans, qu'ils abusent de leur liberté pour se

détruire les uns les autres, qu'ils aient des maladies, des passions cruelles, etc., car nous n'avons certainement aucune idée que les hommes et les mouches dussent être éternels. Pour bien assurer qu'une chose est mal, il faut voir en même temps qu'on pourrait mieux faire. Nous ne pouvons certainement juger qu'une machine est imparfaite que par l'idée de la perfection qui lui manque; nous ne pouvons, par exemple, juger que les trois côtés d'un triangle sont inégaux, si nous n'avons l'idée d'un triangle équilatéral; nous ne pouvons dire qu'une montre est mauvaise, si nous n'avons une idée distincte d'un certain nombre d'espaces égaux que l'aiguille de cette montre doit également parcourir. Mais qui aura une idée selon laquelle ce monde-ci déroge à la sagesse divine?

Dans l'opinion qu'il y a un Dieu il se trouve des difficultés; mais dans l'opinion contraire il y a des absurdités: et c'est ce qu'il faut examiner avec application, en faisant un précis de ce qu'un matérialiste est obligé de croire.

Conséquences nécessaires de l'opinion des matérialistes

Il faut qu'ils disent que le monde existe nécessairement et par lui-même, de sorte qu'il y aurait de la contradiction dans les termes à dire qu'une partie de la matière pourrait n'exister pas, ou pourrait exister autrement qu'elle est; il faut qu'ils disent que le monde matériel a en soi essentiellement la pensée et le sentiment, car il ne peut les acquérir, puisque en ce cas ils lui viendraient de rien; il ne peut les avoir d'ailleurs, puisqu'il est supposé être tout ce qui est. Il faut donc que cette pensée et ce sentiment lui soient inhérents comme l'étendue, la divisibilité, la capacité du mouvement, sont inhérentes à la matière; et il faut, avec cela, confesser qu'il n'y a qu'un petit nombre de parties qui aient ce sentiment et cette pensée essentielle au total du monde; que ces sentiments et ces pensées, quoique inhérents dans la matière, périssent cepen-

dant à chaque instant; ou bien il faudra avancer qu'il y a une âme du monde qui se répand dans les corps organisés, et alors il faudra que cette âme soit autre chose que le monde. Ainsi, de quelque côté que l'on se tourne, on ne trouve que des chimères qui se détruisent.

Les matérialistes doivent encore soutenir que le mouvement est essentiel à la matière. Ils sont par là réduits à dire que le mouvement n'a jamais pu ni ne pourra jamais augmenter ni diminuer; ils seront forcés d'avancer que cent mille hommes qui marchent à la fois, et cent coups de canon que l'on tire, ne produisent aucun mouvement nouveau dans la nature. Il faudra encore qu'ils assurent qu'il n'y a aucune liberté, et, par là, qu'ils détruisent tous les liens de la société, et qu'ils croient une fatalité tout aussi difficile à comprendre que la liberté, mais qu'eux-mêmes démentent dans la pratique. Qu'un lecteur équitable, ayant mûrement pesé le pour et le contre de l'existence d'un Dieu créateur, voie à présent de quel côté est la vraisemblance.

Après nous être ainsi traînés de doute en doute, et de conclusion en conclusion, jusqu'à pouvoir regarder cette proposition: *Il y a un Dieu,* comme la chose la plus vraisemblable que les hommes puissent penser, et après avoir vu que la proposition contraire est une des plus absurdes, il semble naturel de rechercher quelle relation il y a entre Dieu et nous; de voir si Dieu a établi des lois pour les êtres pensants, comme il y a des lois mécaniques pour les êtres matériels; d'examiner s'il y a une morale et ce qu'elle peut être; s'il y a une religion établie par Dieu même. Ces questions sont sans doute d'une importance à qui tout cède, et les recherches dans lesquelles nous amusons notre vie sont bien frivoles en comparaison; mais ces questions seront plus à leur place quand nous considérerons l'homme comme un **animal sociable.**

· · · · · · · · ·

In the following seven chapters, Voltaire holds with Locke that all our ideas come through sense impressions, denying therefore the reality of what Descartes called innate ideas, opposes Berkeley's contention that external matter does not really exist, discusses the soul, its nature and immortality, inclining toward the belief that it is material and mortal, but without positive conclusion, treats the question of freedom of the will, which he defines as "uniquement le pouvoir d'agir," a power which man certainly possesses, and finally concludes man to be naturally a social being, torn between selfish and altruistic impulses. This leads him to the final chapter, here reproduced, on virtue and vice.

CHAPITRE IX

De la vertu et du vice

Pour qu'une société subsistât, il fallait des lois, comme il faut des règles à chaque jeu. La plupart de ces lois semblent arbitraires : elles dépendent des intérêts, des passions, et des opinions de ceux qui les ont inventées, et de la nature du climat où les hommes se sont assemblés en société. Dans un pays chaud, où le vin rendrait furieux, on a jugé à propos de faire un crime d'en boire ; en d'autres climats plus froids, il y a de l'honneur à s'enivrer. Ici un homme doit se contenter d'une femme ; là il lui est permis d'en avoir autant qu'il peut en nourrir. . . . Chez les Romains, les pères eurent droit de vie et de mort sur leurs enfants. En Normandie, un père ne peut pas ôter seulement une obole de son bien au fils le plus désobéissant. Le nom de roi est sacré chez beaucoup de nations, et en abomination dans d'autres.

Mais tous ces peuples, qui se conduisent si différemment, se réunissent tous en ce point, qu'ils appellent *vertueux* ce qui est conforme aux lois qu'ils ont établies, et *criminel* ce qui leur est contraire. Ainsi, un homme qui s'opposera en Hollande au pouvoir arbitraire sera un homme très vertueux, et celui qui voudra établir en France un gouvernement républicain sera condamné au dernier supplice. Le même juif qui à Metz serait envoyé aux galères s'il avait deux

femmes, en aura quatre à Constantinople, et en sera plus estimé des musulmans.

La plupart des lois se contrarient si visiblement qu'il importe assez peu par quelles lois un État se gouverne; mais, ce qui importe beaucoup, c'est que les lois une fois établies soient exécutées. Ainsi, il n'est d'aucune conséquence qu'il y ait telles ou telles règles pour les jeux de dés et de cartes; mais on ne pourra jouer un seul moment si l'on ne suit pas à la rigueur ces règles arbitraires dont on sera convenu.

La vertu et le vice, le bien et le mal moral, est donc en tout pays ce qui est utile ou nuisible à la société; et dans tous les lieux et dans tous les temps, celui qui sacrifie le plus au public est celui qu'on appellera le plus vertueux. Il paraît donc que les bonnes actions ne sont autre chose que les actions dont nous retirons de l'avantage, et les crimes les actions qui nous sont contraires. La vertu est l'habitude de faire de ces choses qui plaisent aux hommes, et le vice l'habitude de faire des choses qui leur déplaisent.

Quoique ce qu'on appelle vertu dans un climat soit précisément ce qu'on appelle vice dans un autre, et que la plupart des règles du bien et du mal diffèrent comme les langages et les habillements, cependant il me paraît certain qu'il y a des lois naturelles dont les hommes sont obligés de convenir par tout l'univers, malgré qu'ils en aient.[71] Dieu n'a pas dit à la vérité aux hommes: Voici des lois que je vous donne de ma bouche, par lesquelles je veux que vous vous gouverniez; mais il a fait dans l'homme ce qu'il a fait dans beaucoup d'autres animaux: il a donné aux abeilles un instinct puissant par lequel elles travaillent et se nourrissent ensemble, et il a donné à l'homme certains sentiments dont il ne peut jamais se défaire, et qui sont les liens éternels et les premières lois de la société dans laquelle il a prévu que les hommes vivraient. La bienveillance pour notre espèce est née, par

71 *Malgré qu'ils en aient,* in spite of themselves.

exemple, avec nous, et agit toujours en nous, à moins qu'elle ne soit combattue par l'amour-propre, qui doit toujours l'emporter sur elle. Ainsi un homme est toujours porté à assister un autre homme quand il ne lui en coûte rien. Le sauvage le plus barbare, revenant du carnage, et dégouttant du sang des ennemis qu'il a mangés, s'attendrira à la vue des souffrances de son camarade, et lui donnera tous les secours qui dépendront de lui. . . .

Vous ne trouverez aucune nation dans laquelle il soit permis de manquer à sa parole, parce que la société ne peut pas subsister entre des gens qui se feraient gloire de se tromper les uns les autres.

Le larcin était en honneur à Sparte, parce que tous les biens étaient communs; mais, dès que vous avez établi le *tien* et le *mien*, il vous sera alors impossible de ne pas regarder le vol comme contraire à la société, et par conséquent comme injuste.

Il est si vrai que le bien de la société est la seule mesure du bien et du mal moral, que nous sommes forcés de changer, selon le besoin, toutes les idées que nous nous sommes formées du juste et de l'injuste.

.

Un frère qui tue son frère est un monstre; mais un frère qui n'aurait eu d'autres moyens de sauver sa patrie que de sacrifier son frère serait un homme divin.

Nous aimons tous la vérité, et nous en faisons une vertu parce qu'il est de notre intérêt de n'être pas trompés. Nous avons attaché d'autant plus d'infamie au mensonge que, de toutes les mauvaises actions, c'est la plus facile à cacher, et celle qui coûte le moins à commettre; mais dans combien d'occasions le mensonge ne devient-il pas une vertu héroïque! Quand il s'agit, par exemple, de sauver un ami, celui qui en ce cas dirait la vérité serait couvert d'opprobre: et nous ne mettons guère de différence entre un homme qui calomnierait un innocent et un frère qui, pouvant conserver la vie à son

frère par un mensonge, aimerait mieux l'abandonner en disant vrai. La mémoire de M. de Thou, qui eut le cou coupé pour n'avoir pas révélé la conspiration de Cinq-Mars, est en bénédiction chez les Français; s'il n'avait point menti, elle aurait été en horreur.

Mais, me dira-t-on, ce ne sera donc que par rapport à nous qu'il y aura du crime et de la vertu, du bien et du mal moral: il n'y aura donc point de bien en soi et indépendant de l'homme? Je demanderai à ceux qui font cette question s'il y a du froid et du chaud, du doux et de l'amer, de la bonne et de la mauvaise odeur autrement que par rapport à nous? N'est-il pas vrai qu'un homme qui prétendrait que la chaleur existe toute seule serait un raisonneur très ridicule? Pourquoi donc celui qui prétend que le bien moral existe indépendamment de nous raisonnerait-il mieux? Notre bien et notre mal physique n'ont d'existence que par rapport à nous: pourquoi notre bien et notre mal moral seraient-ils dans un autre cas? [72]

Les vues du Créateur, qui voulait que l'homme vécût en société, ne sont-elles pas suffisamment remplies? S'il y avait quelque loi tombée du ciel, qui eût enseigné aux humains la volonté de Dieu bien clairement, alors le bien moral ne serait autre chose que la conformité à cette loi. Quand Dieu aura dit aux hommes: "Je veux qu'il y ait tant de royaumes sur la terre, et pas une république. Je veux que les cadets aient tout le bien des pères et qu'on punisse de mort quiconque mangera des dindons ou du cochon": alors ces lois deviendront certainement la règle immuable du bien et du mal. Mais comme Dieu n'a pas daigné, que je sache, se mêler ainsi de notre conduite, il faut nous en tenir aux présents qu'il nous a faits. Ces présents sont la raison, l'amour-propre, la bienveillance pour notre espèce, les besoins, les

[72] Doctrine of the relativity of all things, doctrine dear to the eighteenth century in contrast to seventeenth-century absolutism.

passions, tous moyens par lesquels nous avons établi la société.

Bien des gens sont prêts ici à me dire : Si je trouve mon bien-être à déranger votre société, à tuer, à voler, à calomnier, je ne serai donc retenu par rien, et je pourrai m'abandonner sans scrupule à toutes mes passions ! Je n'ai autre chose à dire à ces gens-là, sinon que probablement ils seront pendus, ainsi que je ferai tuer les loups qui voudront enlever mes moutons ; c'est précisément pour eux que les lois sont faites, comme les tuiles ont été inventées contre la grêle et contre la pluie.

A l'égard des princes qui ont la force en main, et qui en abusent pour désoler le monde, qui envoient à la mort une partie des hommes et réduisent l'autre à la misère, c'est la faute des hommes s'ils souffrent ces ravages abominables, que souvent même ils honorent du nom de vertu ; ils n'ont à s'en prendre qu'à eux-mêmes,[73] aux mauvaises lois qu'ils ont faites, ou au peu de courage qui les empêche de faire exécuter de bonnes lois.

Tous ces princes qui ont fait tant de mal aux hommes sont les premiers à crier que Dieu a donné des règles du bien et du mal. Il n'y a aucun de ces fléaux de la terre qui ne fasse des actes solennels de religion ; et je ne vois pas qu'on gagne beaucoup à avoir de pareilles règles. C'est un malheur attaché à l'humanité que, malgré toute l'envie que nous avons de nous conserver, nous nous détruisons mutuellement avec fureur et avec folie. Presque tous les animaux se mangent les uns les autres, et dans l'espèce humaine les mâles s'exterminent par la guerre. Il semble encore que Dieu ait prévu cette calamité en faisant naître parmi nous plus de mâles que de femelles : en effet, les peuples qui semblent avoir songé de plus près aux intérêts de l'humanité, et qui tiennent des registres exacts des naissances et des morts, se sont aperçus

[73] They have only themselves to blame.

que, l'un portant l'autre, il naît tous les ans un douzième de mâles plus que de femelles.

De tout ceci il sera aisé de voir qu'il est très vraisemblable que tous ces meurtres et ces brigandages sont funestes à la société, sans intéresser en rien la Divinité. Dieu a mis les hommes et les animaux sur la terre : c'est à eux de s'y conduire de leur mieux. Malheur aux mouches qui tombent dans les filets de l'araignée ; malheur au taureau qui sera attaqué par un lion, et aux moutons qui seront rencontrés par les loups ! Mais si un mouton allait dire à un loup : "Tu manques au bien moral, et Dieu te punira" ; le loup lui répondrait : "Je fais mon bien physique, et il y a apparence que Dieu ne se soucie pas trop que je te mange ou non." Tout ce que le mouton avait de mieux à faire, c'était de ne pas trop s'écarter du berger et du chien qui pouvait le défendre.

Plût au ciel qu'en effet un Être suprême nous eût donné des lois, et nous eût proposé des peines et des récompenses ! qu'ils nous eût dit : "Ceci est vice en soi, ceci est vertu en soi." Mais nous sommes si loin d'avoir des règles du bien et du mal, que de tous ceux qui ont osé donner des lois aux hommes de la part de Dieu, il n'y en a pas un qui ait donné la dix-millième partie des règles dont nous avons besoin dans la conduite de la vie.

Si quelqu'un infère de tout ceci qu'il n'y a plus qu'à s'abandonner sans réserve à toutes les fureurs de ses désirs effrénés, et que, n'y ayant en soi ni vertu ni vice, il peut tout faire impunément, il faut d'abord que cet homme voie s'il a une armée de cent mille soldats bien affectionnés à son service ; encore risquera-t-il beaucoup en se déclarant ainsi l'ennemi du genre humain. Mais si cet homme n'est qu'un simple particulier, pour peu qu'il ait de raison, il verra qu'il a choisi un très mauvais parti, et qu'il sera puni infaillible-ment, soit par les châtiments si sagement inventés par les

hommes contre les ennemis de la société, soit par la seule
crainte du châtiment, laquelle est un supplice assez cruel par
elle-même. Il verra que la vie de ceux qui bravent les lois
est d'ordinaire la plus misérable. Il est moralement impos-
sible qu'un méchant homme ne soit pas reconnu; et dès
qu'il est seulement soupçonné, il doit s'apercevoir qu'il est
l'objet du mépris et de l'horreur. Or, Dieu nous a sagement
doués d'un orgueil qui ne peut jamais souffrir que les autres
hommes nous haïssent et nous méprisent; être méprisé de
ceux avec qui l'on vit est une chose que personne n'a jamais pu
et ne pourra jamais supporter. C'est peut-être le plus grand
frein que la nature ait mis aux injustices des hommes; c'est
par cette crainte mutuelle que Dieu a jugé à propos de les
lier. Ainsi tout homme raisonnable conclura qu'il est visible-
ment de son intérêt d'être honnête homme. La connaissance
qu'il aura du cœur humain, et la persuasion où il sera qu'il
n'y a en soi ni vertu ni vice, ne l'empêchera jamais d'être
bon citoyen et de remplir tous les devoirs de la vie. Aussi
remarque-t-on que les philosophes (qu'on baptise du nom
d'incrédules et de libertins) ont été dans tous les temps les
plus honnêtes gens du monde. Sans faire ici une liste de tous
les grands hommes de l'antiquité, on sait que La Mothe Le
Vayer,[74] précepteur du frère de Louis XIII, Bayle,[75] Locke,
Spinosa, milord Shaftesbury,[76] Collins,[77] etc., étaient des
hommes d'une vertu rigide; et ce n'est pas seulement la crainte
du mépris des hommes qui a fait leurs vertus, c'était le goût
de la vertu même. Un esprit droit est honnête homme par la
même raison que celui qui n'a point le goût dépravé préfère
d'excellent vin de Nuits à du vin de Brie, et des perdrix du

[74] La Mothe Le Vayer (1588–1672), liberal thinker of the seventeenth
century.

[75] Pierre Bayle (1647–1706), author of the *Dictionnaire historique et
critique*, an arsenal of rationalism upon which the eighteenth century
drew heavily.

[76] Shaftesbury (1671–1713), distinguished English philosopher.

[77] Anthony Collins (1676–1729), English deist, author of a *Discourse of
Free Thinking*.

Mans à de la chair de cheval. Une saine éducation perpétue ces
sentiments chez tous les hommes, et de là est venu ce sentiment
universel qu'on appelle *honneur,* dont les plus corrompus ne
peuvent se défaire, et qui est le pivot de la société. Ceux qui
auraient besoin du secours de la religion pour être honnêtes
gens seraient bien à plaindre; et il faudrait que ce fussent des
monstres de la société, s'ils ne trouvaient pas en eux-mêmes
les sentiments nécessaires à cette société, et s'ils étaient obligés
d'emprunter d'ailleurs ce qui doit se trouver dans notre nature.

(Moland, XXII, 193–202, 224–230.)

Alzire ou les Américains (1736).

Alzire, which Voltaire mentions in his correspondence as early as
1734, was first played January 27, 1736. It had great success and ran
twenty consecutive performances. Eighteenth-century critics, like La
Harpe and Geoffroy, have classed it with *Zaïre, Mahomet,* and *Mérope*
as one of Voltaire's four dramatic masterpieces. This classification is
doubtless just, if it be admitted that *Zaïre* and *Mérope* are the two best
and that the others come next in rank.

Plot: The scene is at Lima in Peru shortly after the Spanish
conquest. The old governor, Alvarez, kindly and tolerant, is turning
the power over to his fierce and cruel son, Gusman. Gusman loves a
native princess, Alzire, who in turn loves a chieftain of her own race,
Zamore, although she supposes him to have been dead for three years.
Alzire has embraced Christianity, and at the urge of her father,
Montèze, and of the old governor Alvarez, she reluctantly marries
Gusman. But now Zamore reappears, is jealously made captive by
Gusman and his soldiers, though not until he succeeds in mortally
wounding his ferocious and implacable enemy. As a result, Zamore
and Alzire, who is presumed to have encouraged him in his assassina-
tion, are to die. Gusman, in the face of death, becomes, however,
suddenly clement and forgiving in the true spirit of Christianity,
pardons both Zamore and Alzire, urges the two to marry, requests
Zamore to give up his pagan gods and become Christian, and himself
at length dies.

Voltaire himself stated the purpose of this play as follows: "On
a tâché dans cette tragédie, toute d'invention et d'une espèce assez
neuve, de faire voir combien le véritable esprit de religion l'emporte sur
les vertus de la nature. La religion . . . du chrétien véritable est de
regarder tous les hommes comme ses frères, de leur faire du bien et de

leur pardonner le mal." [78] The true spirit of Christianity, in contrast to the cruel treatment by Europeans of the Indians of America, consists in the brotherhood of man, the doing of good to others, and the forgiveness of injuries. Lion compares *Alzire* with Corneille's *Polyeucte*, which also centers around the subject of religion: "Le pinceau de Voltaire a donc lutté ici sans trop de désavantage avec celui de Corneille dans *Polyeucte*. L'opposition des mœurs chrétiennes en des âmes différemment possédées par la religion, est présentée non sans une réelle précision et un puissant relief." [79] But Voltaire hardly succeeds in portraying exotic manners and customs. His Indians are too civilized, too European. The play, in many ways too reminiscent of *Zaïre*, is filled, moreover, with improbabilities, mistaken identities, recognition scenes, and *coups de théâtre*. As usual with Voltaire, the great weakness is in the psychological motivation of character. Alzire's struggle between love, religion, and filial entreaty, in spite of flashes of power, is insufficiently portrayed. In this respect, the play is inferior to *Zaïre*. Gusman, a monster, a caricature, of ferocity and cruelty, becomes in an instant a very saint with only pardon and magnanimity in his soul. The reader feels here that the author but pulls the strings of his puppets to make the dénouement he wishes.

Yet, if the play possesses few qualities of permanent appeal, it meant something to Voltaire's own age. It was a not unsuccessful preachment of a tolerance and a humanity ever needed. It put forward eloquently the essence of the Christianity of Christ and taught that God is God of the whole world, not merely of Europe. Voltaire is ever contemporaneous, actual, never "au-dessus de la mêlée," as Racine, with his more generalized problems, may seem to be. It is unfortunate that Voltaire is unable to portray character in a way to give his drama the same permanence that Racine attained, but this shortcoming seems almost inherent in the *pièce à thèse*.

Le Mondain (1736)

In *Le Mondain* Voltaire, contrary to the position later held by Jean-Jacques Rousseau, showed himself favorable to the existence of luxury and opposed to the so-called simple state of "la pure nature," which he regards as in no sense idyllic but as rude and barbarous. The pleasantries at the expense of Adam, somewhat coarser in the first edition, are said to have been the cause of the persecutions Voltaire underwent in consequence of this poem. At the end of 1736 he took refuge in Holland but was back in the château of Cirey by March, 1737, so that his exile was of short duration. On the *Mondain* and

[78] Moland, III, 379.

[79] H. Lion, *Les Tragédies et les théories dramatiques de Voltaire,* 1895, p. 106.

the question of luxury, so much discussed in the eighteenth century, consult André Morize, *L'Apologie du luxe au XVIIIᵉ siècle: Le Mondain et ses sources,* Paris, 1909.

> Regrettera qui veut le bon vieux temps,
> Et l'âge d'or, et le règne d'Astrée,[80]
> Et les beaux jours de Saturne et de Rhée,[81]
> Et le jardin de nos premiers parents;
> Moi, je rends grâce à la nature sage,
> Qui, pour mon bien, m'a fait naître en cet âge
> Tant décrié par nos tristes frondeurs:
> Ce temps profane est tout fait pour mes mœurs.
> J'aime le luxe, et même la mollesse,
> Tous les plaisirs, les arts de toute espèce,[82]
> La propreté, le goût, les ornements:
> Tout honnête homme [83] a de tels sentiments.
> Il est bien doux pour mon cœur très immonde
> De voir ici l'abondance à la ronde,
> Mère des arts et des heureux travaux,
> Nous apporter, de sa source féconde,
> Et des besoins et des plaisirs nouveaux.
> L'or de la terre et les trésors de l'onde,
> Leurs habitants et les peuples de l'air,
> Tout sert au luxe, aux plaisirs de ce monde.
> O le bon temps que ce siècle de fer!
> Le superflu, chose très nécessaire,[84]

[80] *Astrœa,* the daughter of Jupiter and of Themis and goddess of justice. Her reign upon the earth is synonymous with the Golden Age, or with the time when all men were happy. Astrée was also the heroine of a five volume novel of the same name by Honoré d'Urfé published in 1607–27 and very influential in connection with the *précieux* movement.

[81] *Rhéa,* or *Rhea,* the same as Cybele, a daughter of Heaven, goddess of the Earth, wife of Saturn, and mother of Jupiter. Saturn and Rhea were supposed to have reigned over Latium, bringing peace and abundance and teaching men the arts of agriculture. Their reign was the Golden Age.

[82] See Mme de Graffigny's Letters for a description of the interior of Cirey, which shows Voltaire's love of the fine arts.

[83] Cultivated man.

[84] Two famous and expressive verses, often quoted.

A réuni l'un et l'autre hémisphère.

Voyez-vous pas ces agiles vaisseaux

Qui, du Texel,[85] de Londres, de Bordeaux,

S'en vont chercher, par un heureux échange,

De nouveaux biens, nés aux sources du Gange,

Tandis qu'au loin, vainqueurs des musulmans,[86]

Nos vins de France enivrent les sultans?

Quand la nature était dans son enfance,

Nos bons aïeux vivaient dans l'ignorance,

Ne connaissant ni le *tien* ni le *mien*.

Qu'auraient-ils pu connaître? ils n'avaient rien,

Ils étaient nus; et c'est chose très claire

Que qui n'a rien n'a nul partage à faire.

Sobres étaient. Ah! je le crois encor:

Martialo[87] n'est point du siècle d'or.

D'un bon vin frais ou la mousse ou la sève

Ne gratta point le triste gosier d'Ève;

La soie et l'or ne brillaient point chez eux,

Admirez-vous pour cela nos aïeux?

Il leur manquait l'industrie et l'aisance:

Est-ce vertu? c'était pure ignorance.

Quel idiot, s'il avait eu pour lors

Quelque bon lit, aurait couché dehors?

Mon cher Adam, mon gourmand, mon bon père,

Que faisais-tu dans les jardins d'Éden?

Travaillais-tu pour ce sot genre humain?

Caressais-tu madame Ève, ma mère?

Avouez-moi que vous aviez tous deux

Les ongles longs, un peu noirs et crasseux,

La chevelure un peu mal ordonnée,

[85] *Texel,* island in Holland, north of the Zuider Zee.
[86] "Vainqueurs des musulmans," because their quality was such that it captivated even the Mohammedans, whose religion forbids the use of alcoholic beverages.
[87] Author of the *Cuisinier français.*

Le teint bruni, la peau bise et tannée.

Sans propreté l'amour le plus heureux

N'est plus amour, c'est un besoin honteux.

Bientôt lassés de leur belle aventure,

Dessous un chêne ils soupent galamment

Avec de l'eau, du millet, et du gland;

Le repas fait, ils dorment sur la dure: [88]

Voilà l'état de la pure nature.

Or maintenant voulez-vous, mes amis,

Savoir un peu, dans nos jours tant maudits,

Soit à Paris, soit dans Londre, ou dans Rome,

Quel est le train des jours d'un honnête homme?

Entrez chez lui: la foule des beaux-arts,

Enfants du goût, se montre à vos regards.

De mille mains l'éclatante industrie

De ces dehors orna la symétrie.

L'heureux pinceau, le superbe dessin

Du doux Corrège [89] et du savant Poussin [90]

Sont encadrés dans l'or d'une bordure;

C'est Bouchardon [91] qui fit cette figure,

Et cet argent fut poli par Germain.[92]

Des Gobelins [93] l'aiguille et la teinture

Dans ces tapis surpassent la peinture.

Tous ces objets sont vingt fois répétés

Dans des trumeaux [94] tout brillants de clartés.

De ce salon je vois par la fenêtre,

Dans des jardins, des myrtes en berceaux; [95]

[88] On the bare ground.

[89] Correggio (1494–1534), famous Italian painter.

[90] Nicolas Poussin (1594–1665), leading French painter of the seventeenth century, who passed, however, much of his life in Italy.

[91] Bouchardon (1698–1762), celebrated French sculptor.

[92] Thomas Germain (1674–1748), excellent gold worker.

[93] The Gobelins, famous makers of tapestries, whose factory may still be visited in Paris.

[94] *Trumeaux,* pier-glasses, mirrors placed in a wall between windows.

[95] *Berceaux,* arbors.

Je vois jaillir les bondissantes eaux.

Mais du logis j'entends sortir le maître:

Un char commode, avec grâces orné,

Par deux chevaux rapidement traîné,

Paraît aux yeux une maison roulante,

Moitié dorée, et moitié transparente:

Nonchalamment je l'y vois promené;

De deux ressorts la liante souplesse

Sur le pavé le porte avec mollesse.[96]

Il court au bain: les parfums les plus doux

Rendent sa peau plus fraîche et plus polie.

Le plaisir presse; il vole au rendez-vous

Chez Camargo,[97] chez Gaussin,[98] chez Julie;

Il est comblé d'amour et de faveurs.

Il faut se rendre à ce palais magique [99]

Où les beaux vers, la danse, la musique,

L'art de tromper les yeux par les couleurs,

L'art plus heureux de séduire les cœurs,

De cent plaisirs font un plaisir unique.

Il va siffler quelque opéra nouveau,

Ou, malgré lui, court admirer Rameau.[1]

Allons souper. Que ces brillants services,

Que ces ragoûts ont pour moi de délices!

Qu'un cuisinier est un mortel divin!

Chloris, Églé, me versent de leur main

D'un vin d'Aï dont la mousse pressée,

De la bouteille avec force élancée,

Comme un éclair fait voler le bouchon;

[96] Voltaire would have been delighted with the modern automobile.
[97] Celebrated dancer at the Opera.
[98] Famous actress who had played the rôles of Zaïre and of Alzire at the Comédie-Française.
[99] The Opera, by whose scenic effects Voltaire was much charmed.
[1] Jean-Philippe Rameau (1683–1764), a celebrated French composer, with whom Voltaire collaborated in making various *divertissements* for the Court.

Il part, on rit; il frappe le plafond.
De ce vin frais l'écume petillante
De nos Français est l'image brillante.
Le lendemain donne d'autres désirs,
D'autres soupers, et de nouveaux plaisirs.

 Or maintenant, monsieur du Télémaque,[2]
Vantez-nous bien votre petite Ithaque,[3]
Votre Salente,[4] et vos murs malheureux,
Où vos Crétois, tristement vertueux,
Pauvres d'effet, et riches d'abstinence,
Manquent de tout pour avoir l'abondance:
J'admire fort votre style flatteur,
Et votre prose, encor qu'un peu traînante;
Mais, mon ami, je consens de grand cœur
D'être fessé dans vos murs de Salente,
Si je vais là pour chercher mon bonheur.
Et vous, jardin de ce premier bonhomme,
Jardin fameux par le diable et la pomme,
C'est bien en vain que, par l'orgueil séduits,
Huet,[5] Calmet,[6] dans leur savante audace,
Du paradis ont recherché la place:
Le paradis terrestre est où je suis.

 (Moland, X, 83–88.)

2 Télémaque, son of Ulysses, and hero of Fénelon's novel (1699) of the same name. In this novel, written for the instruction of Fénelon's pupil, the Duc de Bourgogne, who was heir to the throne of France after Louis XIV, the author endeavored to portray the ideal king. In his praise of nature and his glorification of the simple life, Fénelon anticipates Jean-Jacques Rousseau.

3 Ithaca, the island of Ulysses and Telemachus, off the west coast of Greece.

4 Salente, a country in Fénelon's novel.

5 Pierre-Daniel Huet (1630–1721), bishop of Avranches.

6 Dom Augustin Calmet (1672–1757), a learned Benedictine, an orthodox theologian, and the author of a Dictionary of the Bible, which was very popular in its day, but whose literalistic point of view often appears ridiculous now. Voltaire was acquainted with him and years later studied for three weeks in the library of the Benedictine monastery at Senones, where Calmet was. Needless to say, however, that Voltaire did not at all share his point of view.

AU PRINCE ROYAL DE PRUSSE

A Paris,[7] le 26 août (1736).

This letter marks the beginning of Voltaire's correspondence with Frederick.

Frederick the Great of Prussia was at this time twenty-four years old and had not yet ascended the throne. He became king four years later in 1740. He prided himself upon being a *philosophe*, but, as often happens, his ideas in this respect became more conservative and less liberal after the assumption of authority by himself. Frederick had begun the correspondence with Voltaire, most respectfully, on August 8 of the same year. During the years 1750 to 1753 Voltaire was Frederick's guest at Potsdam and helped him perfect his French style. Although at first all was enthusiasm and cordiality, there was soon a beginning of suspicion and hostility between these two men of difficult temper and finally there came an open break, after which Voltaire established himself in Switzerland. The correspondence between the two was not entirely broken off, however, during the rest of their lives, and each became able to appreciate the other's qualities while at the same time realizing that they were accompanied by striking defects. They were better fitted to be friends at a distance than together. In their acquaintance both had been actuated by motives of self-interest, each was accustomed to reign supreme in the midst of the admiration and the flattery of his companions, neither was able to make concessions. Voltaire would yield nothing of his independence, Frederick nothing of his absolute authority : there was therefore no way in which they could long remain together.

Monseigneur, il faudrait être insensible pour n'être pas infiniment touché de la lettre dont Votre Altesse royale a daigné m'honorer. Mon amour-propre en a été trop flatté; mais l'amour du genre humain, que j'ai toujours eu dans le cœur, et qui, j'ose dire, fait mon caractère, m'a donné un plaisir mille fois plus pur, quand j'ai vu qu'il y a dans le monde un prince qui pense en homme, un prince philosophe qui rendra les hommes heureux.

Souffrez que je vous dise qu'il n'y a point d'homme sur la terre qui ne doive des actions de grâces au soin que vous prenez de cultiver, par la saine philosophie, une âme née pour

[7] Beuchot thinks that this letter was probably written from Cirey rather than from Paris.

commander. Croyez qu'il n'y a eu de véritablement bons rois que ceux qui ont commencé comme vous pour s'instruire, par connaître les hommes, par aimer le vrai, par détester la persécution et la superstition. Il n'y a point de prince qui, en pensant ainsi, ne puisse ramener l'âge d'or dans ses États. Pourquoi si peu de rois recherchent-ils cet avantage? Vous le sentez, monseigneur: c'est que presque tous songent plus à la royauté qu'à l'humanité; vous faites précisément le contraire. Soyez sûr que, si un jour le tumulte des affaires et la méchanceté des hommes n'altèrent point un si divin caractère, vous serez adoré de vos peuples et chéri du monde entier. Les philosophes dignes de ce nom voleront dans vos États, et, comme les artisans célèbres viennent en foule dans le pays où leur art est plus favorisé, les hommes qui pensent viendront entourer votre trône.

L'illustre reine Christine [8] quitta son royaume pour aller chercher les arts; régnez, monseigneur, et que les arts viennent vous chercher.

Puissiez-vous n'être jamais dégoûté des sciences par les querelles des savants! Vous voyez, monseigneur, par les choses que vous daignez me mander, qu'ils sont hommes, pour la plupart, comme les courtisans mêmes. Ils sont quelquefois aussi avides, aussi intrigants, aussi faux, aussi cruels; et toute la différence qui est entre les pestes de cour et les pestes de l'école, c'est que ces derniers sont plus ridicules.

Il est bien triste pour l'humanité que ceux qui se disent les déclarateurs des commandements célestes, les interprètes de la Divinité, en un mot les théologiens, soient quelquefois les plus dangereux de tous; qu'il s'en trouve d'aussi pernicieux dans la société qu'obscurs dans leurs idées, et que leur âme soit

8 Christina (1626–1689), queen of Sweden and daughter of Gustavus Adolphus. In 1654 she abdicated the throne and spent her time in travel, particularly in France, in order, as Voltaire says, to "chercher les arts." A blot upon her memory is her cruel ordering of the assassination of her favorite Monaldeschi at Fontainebleau.

gonflée de fiel et d'orgueil, à proportion qu'elle est vide de
vérités. Ils voudraient troubler la terre pour un sophisme, et
intéresser tous les rois à venger par le fer et par le feu l'hon-
neur d'un argument *in ferio* ou *in barbara*.[9]

Tout être pensant qui n'est pas de leur avis est un athée,
et tout roi qui ne les favorise pas sera damné. Vous savez,
monseigneur, que le mieux qu'on puisse faire, c'est d'aban-
donner à eux-mêmes ces prétendus précepteurs et ces ennemis
réels du genre humain. Leurs paroles, quand elles sont
négligées, se perdent en l'air comme du vent; mais si le poids
de l'autorité s'en mêle, ce vent acquiert une force qui renverse
quelquefois le trône.

Je vois, monseigneur, avec la joie d'un cœur rempli d'amour
pour le bien public, la distance immense que vous mettez
entre les hommes qui cherchent en paix la vérité, et ceux qui
veulent faire la guerre pour des mots qu'ils n'entendent pas.
Je vois que les Newton, les Leibnitz,[10] les Bayle, les Locke,
ces âmes si élevées, si éclairées et si douces, sont ceux qui
nourrissent votre esprit, et que vous rejetez les autres
aliments prétendus, que vous trouveriez empoisonnés ou sans
substance.

Je ne saurais trop remercier Votre Altesse royale de la bonté
qu'elle a eue de m'envoyer le petit livre concernant M. Wolff.[11]
Je regarde ses idées métaphysiques comme des choses qui font
honneur à l'esprit humain. Ce sont des éclairs au milieu d'une
nuit profonde; c'est tout ce qu'on peut espérer, je crois, de la
métaphysique.[12] Il n'y a pas d'apparence que les premiers
principes des choses soient jamais bien connus. Les souris qui
habitent quelques petits trous d'un bâtiment immense ne

9 *In ferio* ou *in barbara*, terms of the medieval schoolmen to indicate
the forms of a syllogism in formal logic.

10 Leibnitz (1646–1716), German optimistic philosopher, later refuted
by Voltaire in his ironical novel *Candide*.

11 Christian von Wolff (1679–1754), German philosopher and follower
of Leibnitz, who had considerable influence for a time.

12 Voltaire shows his usual lack of confidence in the possibility of
arriving at metaphysical truth.

savent ni si ce bâtiment est éternel, ni quel en est l'architecte,
ni pourquoi cet architecte a bâti. Elles tâchent de conserver
leur vie, de peupler leurs trous, et de fuir les animaux destruc-
teurs qui les poursuivent. Nous sommes les souris, et le divin
architecte qui a bâti cet univers n'a pas encore, que je sache,
dit son secret à aucun de nous. Si quelqu'un peut prétendre
à deviner juste, c'est M. Wolff. On peut le combattre, mais
il faut l'estimer : sa philosophie est bien loin d'être pernicieuse ;
y a-t-il rien de plus beau et de plus vrai que de dire, comme il
fait, que les hommes doivent être justes, quand même ils
auraient le malheur d'être athées ?

La protection qu'il semble que vous donnez, monseigneur,
à ce savant homme, est une preuve de la justesse de votre
esprit et de l'humanité de vos sentiments.

Vous avez la bonté, monseigneur, de me promettre de m'en-
voyer le *Traité de Dieu, de l'âme, et du monde.*[13] Quel pré-
sent, monseigneur, et quel commerce ! L'héritier d'une mo-
narchie daigne, du sein de son palais, envoyer des instructions
à un solitaire ! Daignez me faire ce présent, monseigneur ; mon
amour extrême pour le vrai est la seule chose qui m'en rende
digne. La plupart des princes craignent d'entendre la
vérité, et ce sera vous qui l'enseignerez.

A l'égard des vers dont vous me parlez, vous pensez sur cet
art aussi sensément que sur tout le reste. Les vers qui n'ap-
prennent pas aux hommes des vérités neuves et touchantes ne
méritent guère d'être lus. Vous sentez qu'il n'y aurait rien
de plus méprisable que de passer sa vie à renfermer dans des
rimes des lieux communs usés, qui ne méritent pas le nom de
pensées. S'il y a quelque chose de plus vil, c'est de n'être
que poète satirique,[14] et de n'écrire que pour décrier les autres.
Ces poètes sont au Parnasse ce que sont dans les écoles ces

13 Translated from Wolff.
14 Allusion to Jean-Baptiste Rousseau (1671–1741), French lyric poet
of the first half of the eighteenth century, not to be confused with the
much more famous Jean-Jacques Rousseau (1712–1778). Voltaire came
to be an enemy of both of these authors.

docteurs qui ne savent que des mots, et qui cabalent contre ceux qui écrivent des choses.

Si *la Henriade* a pu ne pas déplaire à Votre Altesse royale, j'en dois rendre grâce à cet amour du vrai, à cette horreur que mon poème inspire pour les factieux, pour les persécuteurs, pour les superstitieux, pour les tyrans et pour les rebelles. C'est l'ouvrage d'un honnête homme : il devait trouver grâce devant un prince philosophe.

Vous m'ordonnez de vous envoyer mes autres ouvrages : je vous obéirai, monseigneur; vous serez mon juge, et vous me tiendrez lieu du public. Je vous soumettrai ce que j'ai hasardé en philosophie; vos lumières seront ma récompense : c'est un prix que peu de souverains peuvent donner. Je suis sûr de votre secret; votre vertu doit égaler vos connaissances.

Je regarderai comme un bonheur bien précieux celui de venir faire ma cour à Votre Altesse royale. On va à Rome pour voir des églises, des tableaux, des ruines et des bas-reliefs. Un prince tel que vous mérite bien mieux un voyage : c'est une rareté plus merveilleuse. Mais l'amitié, qui me retient dans la retraite où je suis, ne me permet pas d'en sortir.[15] Vous pensez sans doute, comme Julien,[16] ce grand homme si calomnié, qui disait que les amis doivent toujours être préférés aux rois.

Dans quelque coin du monde que j'achève ma vie, soyez sûr, monseigneur, que je ferai continuellement des vœux pour vous, c'est-à-dire pour le bonheur de tout un peuple. Mon cœur sera au rang de vos sujets; votre gloire me sera toujours chère. Je souhaiterai que vous ressembliez toujours à vous-même, et que les autres rois vous ressemblent. Je suis avec un profond respect, de Votre Altesse royale, le très humble, etc.

<div align="right">(Moland, XXXIV, 106–109.)</div>

15 Allusion to his friendship for Mme du Châtelet which held him at Cirey in Lorraine.

16 Julian the Apostate (331–363), Roman emperor (361–363), a favorite with Voltaire because of his edict of religious toleration.

A M. LÉVESQUE DE BURIGNY [17]

A Cirey, le 29 octobre (1738).

Je n'ai point reçu votre lettre, monsieur, comme un compliment; je sais trop combien vous aimez la vérité. Si vous n'aviez pas trouvé quelques morceaux dignes de votre attention dans les *Éléments de Newton*,[18] vous ne les auriez pas loués.

Cette philosophie a plus d'un droit sur vous: elle est la seule vraie, et M. votre frère de Pouilly est le premier en France qui l'ait connue. Je n'ai que le mérite d'avoir osé effleurer le premier, en public, ce qu'il eût approfondi s'il eût voulu.

Je ne sais si ma santé me permettra dorénavant de suivre ces études avec l'ardeur qu'elles méritent; mais il s'en faut bien qu'elles soient les seules qui doivent fixer un être pensant. Il y a des livres sur les droits les plus sacrés des hommes, des livres écrits par des citoyens aussi hardis que vertueux, où l'on apprend à donner des limites aux abus, et où l'on distingue continuellement la justice et l'usurpation, la religion et le fanatisme. Je lis ces livres avec un plaisir inexprimable; je les étudie, et j'en remercie l'auteur, quel qu'il soit.

Il y a quelques années, monsieur, que j'ai commencé une espèce d'histoire philosophique du siècle de Louis XIV; tout ce qui peut paraître important à la postérité doit y trouver sa place; tout ce qui n'a été important qu'en passant y sera omis. Les progrès des arts et de l'esprit humain tiendront dans cet ouvrage la place la plus honorable. Tout ce qui regarde la religion y sera traité sans controverse, et ce que le droit public a de plus intéressant pour la société s'y trouvera.

[17] Jean Lévesque de Burigny (1692–1785), minor author of philosophic tendencies, brother of Louis-Jean Lévesque de Pouilly (1691–1750), praised by Voltaire in the second paragraph of his letter as one of the first to explain in France Newton's *Principia*.

[18] Voltaire's *Éléments de la philosophie de Newton* are of this same year, 1738.

Une loi utile y sera préférée à des villes prises et rendues, à des batailles qui n'ont décidé de rien. On verra dans tout l'ouvrage le caractère d'un homme qui fait plus de cas d'un ministre qui fait croître deux épis de blé là où la terre n'en portait qu'un que d'un roi qui achète ou saccage une province.

Si vous aviez, monsieur, sur le règne de Louis XIV quelques anecdotes dignes des lecteurs philosophiques, je vous supplierais de m'en faire part. Quand on travaille pour la vérité on doit hardiment s'adresser à vous, et compter sur vos secours. Je suis, monsieur, avec les sentiments d'estime les plus respectueux, etc.

(Moland, XXXV, 25–26.)

A M. L'ABBÉ DU BOS [19]

A Cirey, le 30 octobre (1738).

The following letter is of special interest as showing the care with which Voltaire gathered information for use in his histories, and in this case particularly his industry and breadth of reading undertaken in the preparation of his *Siècle de Louis XIV*.

Il y a déjà longtemps, monsieur, que je vous suis attaché par la plus forte estime; je vais l'être par la reconnaissance. Je ne vous répéterai point ici que vos livres doivent être le bréviaire des gens de lettres, que vous êtes l'écrivain le plus utile et le plus judicieux que je connaisse; je suis si charmé de voir que vous êtes le plus obligeant que je suis tout occupé de cette dernière idée.

Il y a longtemps que j'ai assemblé quelques matériaux pour

[19] The Abbé Du Bos (final *s* pronounced) was born in 1670 and died in 1742. He was the author of important *Réflexions critiques sur la poésie et sur la peinture* (1719), which anticipated Montesquieu's theory of the influence of climate upon ideas and institutions. See M. Braunschvig, *l'Abbé Du Bos, rénovateur de la critique au dix-huitième siècle*, Toulouse, 1904, and A. Lombard, *l'Abbé Du Bos, un initiateur de la pensée moderne*, Paris, 1913. In 1734 Du Bos published his most important historical work; *Histoire critique de l'établissement de la monarchie française dans les Gaules*. Du Bos was one of the most influential of the secondary authors of his time.

faire l'histoire du siècle de Louis XIV. Ce n'est point simple-
ment la vie de ce prince que j'écris, ce ne sont point les annales
de son règne, c'est plutôt l'histoire de l'esprit humain, puisée
dans le siècle le plus glorieux à l'esprit humain.

Cet ouvrage est divisé en chapitres; il y en a vingt environ
destinés à l'histoire générale: ce sont vingt tableaux des
grands événements du temps. Les principaux personnages
sont sur le devant de la toile; la foule est dans l'enfoncement.
Malheur aux détails! la postérité les néglige tous: c'est une
vermine qui tue les grands ouvrages. Ce qui caractérise le
siècle, ce qui a causé des révolutions, ce qui sera important
dans cent années, c'est là ce que je veux écrire aujourd'hui.

Il y a un chapitre pour la vie privée de Louis XIV; deux
pour les grands changements faits dans la police du royaume,
dans le commerce, dans les finances; deux pour le gouverne-
ment ecclésiastique, dans lequel la révocation de l'Édit de
Nantes et l'affaire de la Régale [20] sont comprises; cinq ou six
pour l'histoire des arts, à commencer par Descartes et à finir
par Rameau.

Je n'ai d'autres mémoires, pour l'histoire générale, qu'en-
viron deux cents volumes de mémoires imprimés que tout
le monde connaît; il ne s'agit que de former un corps bien
proportionné de tous ces membres épars, et de peindre avec
des couleurs vraies, mais d'un trait, ce que Larrey, Limiers,
Lamberti, Roussel, etc., etc., falsifient et délayent dans des
volumes.

J'ai pour la vie privée de Louis XIV les *Mémoires du
marquis de Dangeau,* en quarante volumes, dont j'ai extrait
quarante pages; j'ai ce que j'ai entendu dire à de vieux
courtisans, valets grands seigneurs, et autres, et je rapporte
les faits dans lesquels ils s'accordent. J'abandonne le reste
aux faiseurs de conversations et d'anecdotes. J'ai un extrait

20 *La Régale,* a right possessed by the king to the revenues pertaining
to ecclesiastical posts during such time as they chanced to be vacant.

de la fameuse lettre du roi au sujet de M. de Barbésieux,[21] dont il marque tous les défauts auxquels il pardonne en faveur des services du père : ce qui caractérise Louis XIV bien mieux que les flatteries de Pellisson.[22]

Je suis assez instruit de l'aventure de l'*homme au masque de fer*,[23] mort à la Bastille. J'ai parlé à des gens qui l'ont servi.

Il y a une espèce de mémorial, écrit de la main de Louis XIV, qui doit être dans le cabinet de Louis XV. M. Hardion[24] le connaît sans doute ; mais je n'ose en demander communication.

Sur les affaires de l'Église, j'ai tout le fatras des injures de parti, et je tâcherai d'extraire une once de miel de l'absinthe des Jurieu, des Quesnel, des Doucin,[25] etc.

Pour le dedans du royaume, j'examine les mémoires des intendants, et les bons livres qu'on a sur cette matière. M. l'abbé de Saint-Pierre[26] a fait un journal politique de Louis XIV, que je voudrais bien qu'il me confiât. Je ne sais

21 Barbézieux (1668–1701), Minister of War in the Cabinet of Louis XIV. He lacked the ability and capacity for hard work shown by his father, Louvois, in the same post.

22 Pellisson (1624–1693), historiographer under Louis XIV.

23 The Man with the Iron Mask was imprisoned in the Fortress of Pignerol in 1679, later in the Bastille, where he died in 1703. He constantly wore a black velvet mask. It has been asserted that he was a twin brother of Louis XIV, but it has been shown that he was a certain Mattioli arrested on a charge of treason in Venetian territory by the order of Louis XIV.

24 Hardion, a member of the French Academy.

25 Jurieu (1637–1713), a Protestant theologian, famous for his disputes with Bossuet and with Bayle.

Quesnel (1634–1719), a Jansenist theologian, known for his disputes with the Archbishop of Paris, which were the cause of the famous papal Bull *Unigenitus*, by which in 1713 the Pope Clement XI condemned Jansenism. Not all of the clergy accepted the Bull and the struggle was prolonged throughout the first half of the eighteenth century.

Doucin, Jesuit priest, one of the makers of the Bull *Unigenitus*.

26 Abbé de Saint-Pierre (1658–1743), an author of many idealistic projects for the betterment of humanity, noted for his fine spirit and the lack of clearness and practicality of his various schemes for reform. His *Projet de paix perpétuelle* has been saved from oblivion by the fact that Jean-Jacques Rousseau, who once thought of making extracts of the best of the Abbé de Saint-Pierre's works, wrote a commentary on it, in which he pointed out its merits and defects.

s'il fera cet acte de *bienfaisance* [27] pour gagner le paradis.

A l'égard des arts et des sciences, il n'est question, je crois, que de tracer la marche de l'esprit humain en philosophie, en éloquence, en poésie, en critique; de marquer les progrès de la peinture, de la sculpture, de la musique, de l'orfèvrerie, des manufactures de tapisserie, de glaces, d'étoffes d'or, de l'horlogerie. Je ne veux que peindre, chemin faisant, les génies qui ont excellé dans ces parties. Dieu me préserve d'employer trois cents pages à l'histoire de Gassendi! [28] La vie est trop courte, le temps trop précieux, pour dire des choses inutiles.

En un mot, monsieur, vous voyez mon plan mieux que je ne pourrais vous le dessiner. Je ne me presse point d'élever mon bâtiment. . . . Voyez ce que vous pouvez faire pour moi, pour la vérité, pour un siècle qui vous compte parmi ses ornements.

A qui daignerez-vous communiquer vos lumières, si ce n'est à un homme qui aime sa patrie et la vérité, et qui ne cherche à écrire l'histoire ni en flatteur, ni en panégyriste, ni en gazetier, mais en philosophe? Celui qui a si bien débrouillé le chaos de l'origine des Français [29] m'aidera sans doute à répandre la lumière sur les plus beaux jours de la France. Songez, monsieur, que vous rendrez service à votre disciple et à votre admirateur.

Je serai toute ma vie, avec autant de reconnaissance que d'estime, etc.

(Moland, XXXV, 29–32.)

[27] The Abbé de Saint-Pierre was credited with having coined the word *bienfaisance,* which was so much in keeping with his character. Beuchot, however, states, on the authority of Palissot's Memoirs, that it was Balzac, the seventeenth-century letter writer, who first used it.

[28] *Gassendi* (1592–1655), a French seventeenth-century mathematician and philosopher. His point of view was that of the materialists. He was noted for his attacks upon Aristotelian philosophy and as one of the most distinguished of the *libertins* or free-thinkers of his time.

[29] An allusion to Du Bos' *Histoire critique de l'établissement de la monarchie française dans les Gaules* (1734), which Montesquieu endeavors to refute in his *Esprit des lois* (1748), Livre XXX, chap. xii–xxv.

Discours en vers sur l'Homme (1738–1739)

Pope's famous *Essay on Man* had already been published a few years before, the first three Epistles in 1733 and the fourth in the next year, 1734. A French translation by Silhouette appeared in 1736, one by the Abbé du Resnel in 1737, and another by De Seré in 1739. There were several reprintings of these different translations and the poem aroused much interest and discussion. Thus Pope had already turned men's thoughts in France, as well as in England, toward the possibility of treating in verse the philosophical subject of the nature of man. Voltaire had met Pope in England and was familiar with this, his latest and most important work, which he had begun to receive as early as 1733.[30] It appears then that Voltaire was stimulated by his reading of Pope to try his hand at a work similar in subject and in its optimistic point of view, but quite different in most of its details, more vivacious, witty, and interesting, though much less important, than the work of his predecessor.

The work seems not to have been begun before 1737;[31] it was published in sections chiefly during 1738–39. In subsequent reprintings, however, Voltaire according to his usual custom introduced many changes, so that the text of Moland, reproduced here, represents, not the poem as it was in 1738, but a composite of the years 1738 to 1756 inclusive.[32]

In 1738 Voltaire, still at Cirey, came temporarily to share something of Mme du Châtelet's intense interest in the optimistic philosophy of Leibnitz, which was moreover strengthened by that of Pope. Voltaire's *Discours* represent therefore his earlier, more optimistic attitude toward life. The great eternal problems of evil and suffering do not torment him as they will later. The Voltaire of the *Mondain*, enamoured of luxury, pleased with his success, well satisfied with life on the whole, in spite of temporary tribulations, is contented with a more facile solution of these great philosophical difficulties. After the death of Mme du Châtelet in 1749, his own break with Frederick the Great in 1753, and the terrible earthquake at Lisbonne in 1755, Voltaire rejects Optimism. *Le Poème sur le Désastre de Lisbonne* and the novel *Candide* represent quite another viewpoint than the one expressed here in the *Discours sur l'Homme*.

The content of the seven Discourses is thus summarized in Moland:

«Le premier prouve l'égalité des conditions, c'est-à-dire qu'il y a dans chaque profession une mesure de biens et de maux qui les rend toutes égales;

[30] Cf. Moland, XXXIII, 339; XXXIV, 29; XXXIV, 57. (See Appendix.)
[31] See Moland, XXXIV, 393. Cf. *ibid.*, IX, 378, and n.
[32] The present author plans to publish a critical edition of the *Discours sur l'Homme* with the necessary commentary. The reader may consult Arthur Hoffmann, *Voltaires Stellung zu Pope*, Königsberg, 1913.

Le second, que l'homme est libre,[33] et qu'ainsi c'est à lui à faire son bonheur;

Le troisième, que le plus grand obstacle au bonheur est l'envie;

Le quatrième, que, pour être heureux, il faut être modéré en tout;

Le cinquième, que le plaisir vient de Dieu;

Le sixième, que le bonheur parfait ne peut être le partage de l'homme en ce monde, et que l'homme n'a point à se plaindre de son état;

Le septième, que la vertu consiste à faire du bien à ses semblables, et non pas dans de vaines pratiques de mortification.» [34]

PREMIER DISCOURS

De l'égalité des conditions.

Tu vois, sage Ariston, d'un œil d'indifférence
La grandeur tyrannique et la fière opulence;
Tes yeux d'un faux éclat ne sont point abusés.
Ce monde est un grand bal, où des fous déguisés,
Sous les risibles noms d'Éminence et d' Altesse,
Pensent enfler leur être et hausser leur bassesse.
En vain des vanités l'appareil nous surprend:
Les mortels sont égaux; leur masque est différent.
Nos cinq sens imparfaits, donnés par la nature,
De nos biens, de nos maux sont la seule mesure.
Les rois en ont-ils six? et leur âme et leur corps
Sont-ils d'une autre espèce, ont-ils d'autres ressorts?
C'est du même limon que tous ont pris naissance;
Dans la même faiblesse ils traînent leur enfance;
Et le riche et le pauvre, et le faible et le fort,
Vont tous également des douleurs à la mort.

.

On dit qu'avant la boîte apportée à Pandore [35]
Nous étions tous égaux: nous le sommes encore;

[33] Free in the sense of having the philosophical attribute of Free Will. Cf. the introductory paragraphs to the *Traité de métaphysique* (*supra*).
[34] Moland, IX, 378.
[35] Pandora's box, in Greek mythology, the source of all the woes of mankind.

Avoir les mêmes droits à la félicité,
C'est pour nous la parfaite et seule égalité.

.

Ah! du destin d'autrui ne soyons point jaloux;
Gardons-nous de l'éclat qu'un faux dehors imprime.
Tous les cœurs sont cachés; tout homme est un abîme.
La joie est passagère, et le rire est trompeur.
Hélas! où donc chercher, où trouver le bonheur?
En tous lieux, en tous temps, dans toute la nature,
Nulle part tout entier, partout avec mesure,
Et partout passager, hors dans son seul auteur.

.

CINQUIÈME DISCOURS

Sur la nature du plaisir

Jusqu'à quand verrons-nous ce rêveur fanatique
Fermer le ciel au monde, et d'un ton despotique
Damnant le genre humain, qu'il prétend convertir,
Nous prêcher la vertu pour la faire haïr?
Sur les pas de Calvin,[36] ce fou sombre et sévère
Croit que Dieu, comme lui, n'agit qu'avec colère.
Je crois voir d'un tyran le ministre abhorré,
D'esclaves qu'il a faits tristement entouré,
Dictant d'un air hideux ses volontés sinistres.
Je cherche un roi plus doux, et de plus doux ministres.
Timon[37] se croit parfait depuis qu'il n'aime rien;
Il faut que l'on soit homme afin d'être chrétien.
Je suis homme, et d'un Dieu je chéris la clémence.
Mortels, venez à lui, mais par reconnaissance.
La nature, attentive à remplir vos désirs,

36 Jean Calvin (1509–1564), Protestant reformer and theologian, whose austerity is repulsive to Voltaire. Predestination was an important tenet of Calvinism. Voltaire is thinking also of Pascal.
37 Timon of Athens, famous Greek misanthrope of the fifth century B. C.

Vous appelle à ce Dieu par la voix des plaisirs.

Nul encor n'a chanté sa bonté tout entière:

Par le seul mouvement il conduit la matière;

Mais c'est par le plaisir qu'il conduit les humains.

.

Mortels, à vos plaisirs reconnaissez un Dieu.

Que dis-je? à vos plaisirs! c'est à la douleur même

Que je connais de Dieu la sagesse suprême.

Ce sentiment si prompt dans nos cœurs répandu,

Parmi tous nos dangers sentinelle assidu,

D'une voix salutaire incessamment nous crie:

"Ménagez, défendez, conservez votre vie."

Chez de sombres dévots l'amour-propre est damné;

C'est l'ennemi de l'homme, aux enfers il est né.

Vous vous trompez, ingrats; c'est un don de Dieu même.

Tout amour vient du ciel: Dieu nous chérit, il s'aime;

Nous nous aimons dans nous, dans nos biens, dans nos fils,

Dans nos concitoyens, surtout dans nos amis:

Cet amour nécessaire est l'âme de notre âme;

Notre esprit est porté sur ses ailes de flamme.

Oui, pour nous élever aux grandes actions,

Dieu nous a, par bonté, donné les passions:

Tout dangereux qu'il est, c'est un présent céleste;

L'usage en est heureux, si l'abus est funeste.

J'admire et ne plains point un cœur maître de soi,

Qui, tenant ses désirs enchaînés sous sa loi,

S'arrache au genre humain pour Dieu qui nous fit naître;

Se plaît à l'éviter plutôt qu'à le connaître;

Et, brûlant pour son Dieu d'un amour dévorant,

Fuit les plaisirs permis pour un plaisir plus grand.

Mais que, fier de ses croix, vain de ses abstinences,

Et surtout en secret lassé de ses souffrances,

Il condamne dans nous tout ce qu'il a quitté,

L'hymen, le nom de père, et la société:

On voit de cet orgueil la vanité profonde;
C'est moins l'ami de Dieu que l'ennemi du monde;
On lit dans ses chagrins les regrets des plaisirs.
Le ciel nous fit un cœur, il lui faut des désirs.

Usez, n'abusez point; le sage ainsi l'ordonne.
Je fuis également Épictète et Pétrone.[38]
L'abstinence ou l'excès ne fit jamais d'heureux.
 Je ne conclus donc pas, orateur dangereux,
Qu'il faut lâcher la bride aux passions humaines:
De ce coursier fougueux je veux tenir les rênes;
Je veux que ce torrent, par un heureux secours,
Sans inonder mes champs, les abreuve en son cours:
Vents, épurez les airs, et soufflez sans tempêtes;
Soleil, sans nous brûler, marche et luis sur nos têtes.
Dieu des êtres pensants, Dieu des cœurs fortunés,
Conservez les désirs que vous m'avez donnés,
Ce goût de l'amitié, cette ardeur pour l'étude,
Cet amour des beaux-arts et de la solitude:
Voilà mes passions; mon âme en tous les temps
Goûta de leurs attraits les plaisirs consolants.

SIXIÈME DISCOURS

Sur la nature de l'homme

"La voix de la vertu préside à tes concerts:
Elle m'appelle à toi par le charme des vers.
Ta grande étude est l'homme, et de ce labyrinthe
Le fil de la raison te fait chercher l'enceinte.
Montre l'homme à mes yeux: honteux de m'ignorer,
Dans mon être, dans moi, je cherche à pénétrer.

38 Epictetus and Petronius here represent, the one stoicism, the other the grosser forms of epicureanism.

Despréaux et Pascal en ont fait la satire;
Pope et le grand Leibnitz, moins enclins à médire,
Semblent dans leurs écrits prendre un sage milieu;
Ils descendent à l'homme, ils s'élèvent à Dieu:
Mais quelle épaisse nuit voile encor la nature!
Sois l'Œdipe nouveau de cette énigme obscure.
Chacun a dit son mot, on a longtemps rêvé;
Le vrai sens de l'énigme est-il enfin trouvé?

"Je sais bien qu'à souper, chez Laïs [39] ou Catulle,[40]
Cet examen profond passe pour ridicule:
Là, pour tout argument, quelques couplets malins
Exercent plaisamment nos cerveaux libertins.
Autre temps, autre étude; et la raison sévère
Trouve accès à son tour, et peut ne point déplaire.
Dans le fond de son cœur on se plaît à rentrer;
Nos yeux cherchent le jour, lent à nous éclairer.
Le grand monde est léger, inappliqué, volage;
Sa voix trouble et séduit: est-on seul, on est sage.
Je veux l'être; je veux m'élever avec toi
Des fanges de la terre au trône de son roi.
Montre-moi, si tu peux, cette chaîne invisible
Du monde des esprits et du monde sensible;
Cet ordre si caché de tant d'êtres divers,
Que Pope après Platon crut voir dans l'univers."

Vous me pressez en vain; cette vaste science,
Ou passe ma portée, ou me force au silence.
Mon esprit, resserré sous le compas français,
N'a point la liberté des Grecs et des Anglais.
Pope a droit de tout dire, et moi je dois me taire.
A Bourge [41] un bachelier peut percer ce mystère;
Je n'ai point mes degrés, et je ne prétends pas

[39] *Laïs,* celebrated Greek courtesan.
[40] *Catullus,* Roman poet of the first century B. C., who wrote often of passionate love.
[41] Bourges, city in central France, then the seat of a university.

Hasarder pour un mot de dangereux combats.
Écoutez seulement un récit véritable,
Que peut-être Fourmont [42] prendra pour une fable,
Et que je lus hier dans un livre chinois
Qu'un jésuite à Pékin traduisit autrefois.

　Un jour quelques souris se disaient l'une à l'autre:
"Que ce monde est charmant! quel empire est le nôtre!
Ce palais si superbe est élevé pour nous;
De toute éternité Dieu nous fit ces grands trous:
Vois-tu ces gras jambons sous cette voûte obscure?
Ils y furent créés des mains de la Nature;
Ces montagnes de lard, éternels aliments,
Sont pour nous en ces lieux jusqu'à la fin des temps.
Oui, nous sommes, grand Dieu, si l'on en croit nos sages,
Le chef-d'œuvre, la fin, le but de tes ouvrages.
Les chats sont dangereux et prompts à nous manger;
Mais c'est pour nous instruire et pour nous corriger."

　Plus loin, sur le duvet d'une herbe renaissante,
Près des bois, près des eaux, une troupe innocente
De canards nasillants, de dindons rengorgés,
De gros moutons bêlants, que leur laine a chargés,
Disait: "Tout est à nous, bois, prés, étangs, montagnes;
Le ciel pour nos besoins fait verdir les campagnes."
L'âne paissait [43] auprès, et, se mirant dans l'eau,
Il rendait grâce au ciel en se trouvant si beau:
"Pour les ânes, dit-il, le ciel a fait la terre;
L'homme est né mon esclave, il me panse, il me ferre,
Il m'étrille, il me lave, il prévient mes désirs,
Il bâtit mon sérail, il conduit mes plaisirs;
Respectueux témoin de ma noble tendresse,
Ministre de ma joie, il m'amène une ânesse;
Et je ris quand je vois cet esclave orgueilleux

[42] Famous scholar in Chinese history.
[43] grazed

Envier l'heureux don que j'ai reçu des cieux."

 L'homme vint, et cria : "Je suis puissant et sage ;
Cieux, terres, éléments, tout est pour mon usage :
L'Océan fut formé pour porter mes vaisseaux ;
Les vents sont mes courriers, les astres mes flambeaux.
Ce globe qui des nuits blanchit les sombres voiles
Croît, décroît, fuit, revient, et préside aux étoiles :
Moi, je préside à tout ; mon esprit éclairé
Dans les bornes du monde eût été trop serré :
Mais enfin, de ce monde et l'oracle et le maître,
Je ne suis point encor ce que je devrais être."
Quelques anges alors, qui là-haut dans les cieux
Règlent ces mouvements imparfaits à nos yeux,
En faisant tournoyer ces immenses planètes,
Disaient : "Pour nos plaisirs sans doute elles sont faites."
Puis de là sur la terre ils jetaient un coup d'œil :
Ils se moquaient de l'homme et de son sot orgueil.
Le Tien * les entendit ; il voulut que sur l'heure
On les fît assembler dans sa haute demeure,
Ange, homme, quadrupède, et ces êtres divers
Dont chacun forme un monde en ce vaste univers.
"Ouvrages de mes mains, enfants du même père,
Qui portez, leur dit-il, mon divin caractère,
Vous êtes nés pour moi, rien ne fut fait pour vous :
Je suis le centre unique où vous répondez tous.
Des destins et des temps connaissez le seul maître.
Rien n'est grand ni petit ; tout est ce qu'il doit être.
D'un parfait assemblage instruments imparfaits,
Dans votre rang placés demeurez satisfaits."
L'homme ne le fut point. Cette indocile espèce
Sera-t-elle occupée à murmurer sans cesse ?
Un vieux lettré chinois, qui toujours sur les bancs

 * "Dieu des Chinois." (Note de Voltaire).

Combattit la raison par de beaux arguments,
Plein de Confucius, et sa logique en tête,
Distinguant, concluant, présenta sa requête.
 "Pourquoi suis-je en un point resserré par le temps?
Mes jours devraient aller par delà vingt mille ans;
Ma taille pour le moins dût avoir cent coudées;
D'où vient que je ne puis, plus prompt que mes idées,
Voyager dans la lune, et réformer son cours?
Pourquoi faut-il dormir un grand tiers de mes jours? . .
—Tes pourquoi, dit le dieu, n'en finiraient jamais:
Bientôt tes questions vont être décidées:
Va chercher ta réponse aux pays des idées:
Pars." Un ange aussitôt l'emporte dans les airs,
Au sein du vide immense, où se meut l'univers.
A travers cent soleils entourés de planètes,
De lunes et d'anneaux, et de longues comètes.
Il entre dans un globe où d'immortelles mains
Du roi de la nature ont tracé les desseins,
Où l'œil peut contempler les images visibles
Et des mondes réels et des mondes possibles.
 Mon vieux lettré chercha, d'espérance animé,
Un monde fait pour lui, tel qu'il l'aurait formé.
Il cherchait vainement: l'ange lui fait connaître
Que rien de ce qu'il veut en effet ne peut être;
Que si l'homme eût été tel qu'on feint les géants,
Faisant la guerre au ciel, ou plutôt au bon sens,
S'il eût à vingt mille ans étendu sa carrière,
Ce petit amas d'eau, de sable, et de poussière,
N'eût jamais pu suffire à nourrir dans son sein
Ces énormes enfants d'un autre genre humain.
Le Chinois argumente: on le force à conclure
Que dans tout l'univers chaque être a sa mesure;
Que l'homme n'est point fait pour ces vastes désirs;

Que sa vie est bornée ainsi que ses plaisirs;
Que le travail, les maux, la mort sont nécessaires;
Et que, sans fatiguer par de lâches prières
La volonté d'un Dieu qui ne saurait changer,
On doit subir la loi qu'on ne peut corriger,
Voir la mort d'un œil ferme et d'une âme soumise.
Le lettré convaincu, non sans quelque surprise,
S'en retourne ici-bas ayant tout approuvé;
Mais il y murmura quand il fut arrivé:
Convertir un docteur est une œuvre impossible.

　　Matthieu Garo [44] chez nous eut l'esprit plus flexible;
Il loua Dieu de tout! Peut-être qu'autrefois
De longs ruisseaux de lait serpentaient dans nos bois;
La lune était plus grande, et la nuit moins obscure;
L'hiver se couronnait de fleurs et de verdure;
L'homme, ce roi du monde, et roi très fainéant,
Se contemplait à l'aise, admirait son néant,
Et, formé pour agir, se plaisait à rien faire.
Mais pour nous, fléchissons sous un sort tout contraire.
Contentons-nous des biens qui nous sont destinés,
Passagers comme nous, et comme nous bornés.
Sans rechercher en vain ce que peut notre maître,
Ce que fut notre monde, et ce qu'il devrait être,
Observons ce qu'il est, et recueillons le fruit
Des trésors qu'il renferme et des biens qu'il produit.
Si du Dieu qui nous fit l'éternelle puissance,
Eût à deux jours au plus borné notre existence,
Il nous aurait fait grâce; il faudrait consumer
Ces deux jours de la vie à lui plaire, à l'aimer.
Le temps est assez long pour quiconque en profite;
Qui travaille et qui pense en étend la limite.

[44] Garo, hero of La Fontaine's fable *Le Gland et la citrouille* (Book IX, 4).

On peut vivre beaucoup sans végéter longtemps;
Et je vais te prouver par mes raisonnements. . . .
Mais malheur à l'auteur qui veut toujours instruire!
Le secret d'ennuyer est celui de tout dire.

 C'est ainsi que ma muse avec simplicité
Sur des tons différents chantait la vérité,
Lorsque, de la nature éclaircissant les voiles,
Nos Français à Quito cherchaient d'autres étoiles;
Que Clairaut,[45] Maupertuis,[45] entourés de glaçons,
D'un secteur à lunette étonnaient les Lapons,[46]
Tandis que, d'une main stérilement vantée,
Le hardi Vaucanson,[47] rival de Prométhée,
Semblait, de la nature imitant les ressorts,
Prendre le feu des cieux pour animer les corps.

 Pour moi, loin des cités, sur les bords du Permesse [48]
Je suivais la nature,[49] et cherchais la sagesse;
Et des bords de la sphère où s'emporta Milton,
Et de ceux de l'abîme où pénétra Newton,
Je les voyais franchir leur carrière infinie;
Amant de tous les arts et de tout grand génie,[50]
Implacable ennemi du calomniateur,
Du fanatique absurde, et du vil délateur;
Ami sans artifice, auteur sans jalousie;
Adorateur d'un Dieu, mais sans hypocrisie;
Dans un corps languissant, de cent maux attaqué,
Gardant un esprit libre, à l'étude appliqué,
Et sachant qu'ici-bas la félicité pure
Ne fut jamais permise à l'humaine nature.

[45] Famous eighteenth-century mathematicians.
[46] Allusion to a scientific expedition to the North undertaken to measure a degree of longitude simultaneously with one to Quito.
[47] Vaucanson (1709–1782), famous maker of automata.
[48] Stream in Greece consecrated to the Muses.
[49] Note this Rousseauistic idea, found quite frequently in the eighteenth century before Rousseau as well as after.
[50] Voltaire gives an interesting, if somewhat idealized, portrait of himself.

SEPTIÈME DISCOURS

Sur la vraie vertu

Le nom de la vertu retentit sur la terre;
On l'entend au théâtre, au barreau, dans la chaire;
Jusqu'au milieu des cours il parvient quelquefois;
Il s'est même glissé dans les traités des rois.
C'est un beau mot sans doute, et qu'on se plaît d'entendre,
Facile à prononcer, difficile à comprendre:
On trompe, on est trompé. Je crois voir des jetons
Donnés, reçus, rendus, troqués par des fripons;
Ou bien ces faux billets, vains enfants du système
De ce fou d'Écossais [51] qui se dupa lui-même.

Qu'est-ce que la vertu? Le meilleur citoyen,
Brutus, se repentit d'être un homme de bien:
"La vertu, disait-il, est un nom sans substance."

L'école de Zénon,[52] dans sa fière ignorance,
Prit jadis pour vertu l'insensibilité.
Dans les champs levantins le derviche hébété,
L'œil au ciel, les bras hauts, et l'esprit en prières,
Du Seigneur en dansant invoque les lumières,
Et, tournant dans un cercle au nom de Mahomet,
Croit de la vertu même atteindre le sommet.

Les reins ceints d'un cordon, l'œil armé d'impudence,
Un ermite à sandale, engraissé d'ignorance,
Parlant du nez à Dieu, chante au dos d'un lutrin
Cent cantiques hébreux mis en mauvais latin.
Le ciel puisse bénir sa piété profonde!
Mais quel en est le fruit? quel bien fait-il au monde?
Malgré la sainteté de son auguste emploi,
C'est n'être bon à rien de n'être bon qu'à soi.

[51] Reference to John Law (usual French pronunciation, *Jean Lass*) (1671–1729) and his financial system, which produced so much speculation and finally went bankrupt under the Regency, following the death of Louis XIV in 1715.
[52] Zeno (fourth century B. C.), Greek stoic.

Quand l'ennemi divin des scribes et des prêtres
Chez Pilate autrefois fut traîné par des traîtres,
De cet air insolent qu'on nomme dignité,
Le Romain demanda : "Qu'est-ce que vérité?"
L'Homme-Dieu, qui pouvait l'instruire ou le confondre,
A ce juge orgueilleux dédaigna de répondre :
Son silence éloquent disait assez à tous
Que ce vrai tant cherché ne fut point fait pour nous.
Mais lorsque, pénétré d'une ardeur ingénue,
Un simple citoyen l'aborda dans la rue,
Et que, disciple sage, il prétendit savoir
Quel est l'état de l'homme, et quel est son devoir ;
Sur ce grand intérêt, sur ce point qui nous touche,
Celui qui savait tout ouvrit alors la bouche ;
Et dictant d'un seul mot ses décrets solennels :
"Aimez Dieu, lui dit-il, mais aimez les mortels."
Voilà l'homme et sa loi, c'est assez : le ciel même
A daigné tout nous dire en ordonnant qu'on aime.
Le monde est médisant, vain, léger, envieux ;
Le fuir est très bien fait, le servir encor mieux :
A sa famille, aux siens, je veux qu'on soit utile.
　　Où vas-tu loin de moi, fanatique indocile?
Pourquoi ce teint jauni, ces regards effarés,
Ces élans convulsifs, et ces pas égarés?
Contre un siècle indévot plein d'une sainte rage,
Tu cours chez ta béate à son cinquième étage :
Quelques saints possédés dans cet honnête lieu
Jurent, tordent les mains, en l'honneur du bon Dieu :
Sur leurs tréteaux montés, ils rendent des oracles,
Prédisent le passé, font cent autres miracles ;
L'aveugle y vient pour voir, et, des deux yeux privé,
Retourne aux Quinze-Vingts [53] marmottant son *Ave ;*

[53] *Quinze-Vingts,* asylum for the blind founded in Paris by Saint-Louis in 1260.

Le boiteux saute et tombe, et sa sainte famille
Le ramène en chantant, porté sur sa béquille;
Le sourd au front stupide écoute et n'entend rien;
D'aise alors tout pâmés, de pauvres gens de bien,
Qu'un sot voisin bénit, et qu'un fourbe seconde,
Aux filles du quartier prêchent la fin du monde.

Je sais que ce mystère a de nobles appas;
Les saints ont des plaisirs que je ne connais pas.
Les miracles sont bons; mais soulager son frère,[54]
Mais tirer son ami du sein de la misère,
Mais à ses ennemis pardonner leurs vertus,
C'est un plus grand miracle, et qui ne se fait plus.

Ce magistrat, dit-on, est sévère, inflexible,
Rien n'amollit jamais sa grande âme insensible.
J'entends: il fait haïr sa place et son pouvoir;
Il fait des malheureux par zèle et par devoir:
Mais l'a-t-on jamais vu, sans qu'on le sollicite,
Courir d'un air affable au-devant du mérite,
Le choisir dans la foule, et donner son appui
A l'honnête homme obscur qui se tait devant lui?
De quelques criminels il aura fait justice!
C'est peu d'être équitable, il faut rendre service;
Le juste est bienfaisant. On conte qu'autrefois
Le ministre odieux d'un de nos meilleurs rois
Lui disait en ces mots son avis despotique:
"Timante est en secret bien mauvais catholique,
On a trouvé chez lui la Bible de Calvin;
A ce funeste excès vous devez mettre un frein:
Il faut qu'on l'emprisonne, ou du moins qu'on l'exile.
—Comme vous, dit le roi, Timante m'est utile.
Vous m'apprenez assez quels sont ses attentats;
Il m'a donné son sang, et vous n'en parlez pas!"
De ce roi bienfaisant la prudence équitable

54 Voltaire's philosophy emphasizes the practical.

Peint mieux que vingt sermons la vertu véritable.

 Du nom de vertueux seriez-vous honoré,
Doux et discret Cyrus, en vous seul concentré,
Prêchant le sentiment, vous bornant à séduire,
Trop faible pour servir, trop paresseux pour nuire,
Honnête homme indolent, qui, dans un doux loisir,
Loin du mal et du bien, vivez pour le plaisir?
Non; je donne ce titre au cœur tendre et sublime
Qui soutient hardiment son ami qu'on opprime.
Il t'était dû sans doute, éloquent Pellisson,[55]
Qui défendis Fouquet du fond de ta prison.
Je te rends grâce, ô ciel, dont la bonté propice
M'accorda des amis dans les temps d'injustice,
Des amis courageux, dont la mâle vigueur
Repoussa les assauts du calomniateur,
Du fanatisme ardent, du ténébreux Zoïle,
Du ministre abusé par leur troupe imbécile,
Et des petits tyrans, bouffis de vanité,
Dont mon indépendance irritait la fierté.
Oui, pendant quarante ans poursuivi par l'envie,
Des amis vertueux ont consolé ma vie.
J'ai mérité leur zèle et leur fidélité;
J'ai fait quelques ingrats, et ne l'ai point été.

 Certain législateur [56] dont la plume féconde
Fit tant de vains projets pour le bien de ce monde,
Et qui depuis trente ans écrit pour des ingrats,
Vient de créer un mot qui manque à Vaugelas:
Ce mot est *bienfaisance:* il me plaît; il rassemble,
Si le cœur en est cru, bien des vertus ensemble.
Petits grammairiens, grands précepteurs des sots,
Qui pesez la parole et mesurez les mots,

55 Paul Pellisson (1624–1693), historian of the French Academy, shared
the disgrace of Fouquet, the patron of La Fontaine.
56 See *supra*, p. 115, n. 27.

Pareille expression vous semble hasardée;
Mais l'univers entier doit en chérir l'idée.

(Moland, IX, 378–83, 409–12, 414–24.)

Le Fanatisme ou Mahomet le Prophète (1741)

Although this play is always referred to as *Mahomet*, the title *Le Fanatisme* is the first and not the sub-title and indicates clearly Voltaire's purpose to expose the dangers of religious fanaticism. Mahomet himself, about whose sincerity there is uncertainty among historians, is undoubtedly exaggerated in the play as a monster of unscrupulous hypocrisy.

Plot: The play turns about the moment when Mahomet secures by stratagem his entry into Mecca, of which the sheik or "shérif," as Voltaire also calls him, is Zopire, the unswerving enemy of Mahomet and of his religion. Séide and Palmire, the slaves of Mahomet, are, unbeknown to themselves, son and daughter respectively of Zopire. He in turn is ignorant of the fact that his children are still living and does not recognize them as such. Moreover, Séide and Palmire are in love with each other, unaware of their relationship (a true Crébillon device). Both are devoted to Mahomet. Séide, whose character gave a new word to the French language,[57] is led by his religious enthusiasm to become the blind instrument of Mahomet and to kill Zopire. Mahomet then has Séide poisoned, hoping himself to win the love of Palmire. He is the victim of his own plot, however, when Palmire escapes him by committing suicide.

The play appears to have been composed between 1738 and 1740.[58] It was first played at Lille in April, 1741. The first performance at Paris took place on August 29, 1742. The play aroused so much hostility as a seeming attack upon religion in general that Voltaire reluctantly withdrew it after only three performances and compared his own difficulties with those experienced by Molière in connection with *Tartuffe*. Many thought, like Chesterfield,[59] that Voltaire was attacking Christianity under the guise of Mohammedanism. Certainly there is nothing in common between Mahomet, as he apears in the play, and Christ; but the so-called followers of Christianity who have spread their religion by the sword or by persecution or by unscrupulous playing upon human credulity are beyond a doubt deservedly attacked. Thus Mahomet condemns freedom of thought:

[57] *Séide*, admis à l'Académie en 1878, "celui qui a pour quelqu'un un dévouement fanatique." (*Dict. général.*)
[58] Moland, IV, 97, n. 2.
[59] Desnoiresterres, II, 338.

"Loin de moi les mortels assez audacieux
Pour juger par eux-mêmes, et pour voir par leurs yeux!
Quiconque ose penser n'est pas né pour me croire."

(Moland, III, 137.)

At the end of the play, however, Voltaire is careful to have Mahomet say that God is not responsible for the crimes he has committed in His name. Nothing in the play can be construed as directed against the simple Christianity of tolerance and brotherly love preached in *Alzire*, as in the Gospels; but the Christianity of intolerance, persecution, and obscurantism which Voltaire saw all about him and which has all too often existed in the world, both before and since, this so-called Christianity, certainly felt the weight of Voltaire's lash.

A strikingly amusing episode is the fact that Voltaire with characteristic cleverness dedicated his play to the Pope, received a cordial letter of acknowledgment directed by the Pope to his "dilecto filio" and conferring upon Voltaire his apostolic benediction. Thus he obtained the best of all possible proofs that those who cast doubt upon his orthodoxy were grievously in error. So Voltaire prepared the way, if not for the revival of *Mahomet* which was not again played until 1751, at least for his entry into the French Academy a few years later.

The scene in the fourth act [60] when Zopire pardons his children for having mortally wounded him is said to have been influenced by George Lillo's *London Merchant* (1731) (Act III, sc. 7), which became so popular in England and upon the Continent during the eighteenth century.

Mérope (1743)

Mérope, the last of Voltaire's four best plays, was first performed at Paris February 20, 1743, with a success even more striking than that of *Zaïre* eleven years before. It nearly or quite equals *Zaïre* in power and excellence. In this tragedy, written between 1736 and 1738, Voltaire abandons the "philosophic" and propagandistic themes of *Alzire* and *Mahomet* to take a subject with a purely human appeal.

Plot: Mérope is the widow of Cresphonte, the king of Messena in southwestern Greece, who has been slain by an unknown hand. Her son Égiste has been long absent and is now reported dead also. A youthful stranger appears. He freely admits having killed on the road an unknown assailant and evidence points to his having been the murderer of Égiste. He is charged with the crime and made prisoner. Polyphonte, now the unscrupulous and dreaded tyrant of Messena, aspires to become its recognized king. He proposes marriage to Mérope. After hesitation, she reluctantly pretends acceptance on condition that

[60] Moland, III, 153.

she be allowed to avenge the supposed murder of Égiste by herself killing the imprisoned stranger. At the dramatic moment when she attacks him with knife upraised, the old guardian of Égiste, Narbas, suddenly appears, saves the life of her intended victim, and reveals to her that she had been on the point of killing her own son, Égiste. In the most dramatic scene of the whole play, Polyphonte orders his soldiers to kill the young stranger, still supposed to be an assassin, when Mérope rushes forward, wraps him in her robe, and, holding back the soldiers, cries out: "Barbare! il est mon fils." (Act IV, sc. 2.) In the fifth act, Égiste is allowed to escape by his accomplice guards. Feeling the heroic blood of his ancestor Hercules surge in his veins, he dashes to the altar where the marriage of Mérope and of Polyphonte is being celebrated, seizes the sacrificial axe, and with it slays Polyphonte and his *confident*, Érox. Previously, it has been revealed that it is Polyphonte who had slain the king Cresphonte long before. The body of Polyphonte covered with a bloody robe is brought upon the stage within view of the spectators—a bold innovation doubtless suggested by the similar scene in Shakespeare's *Julius Cæsar*, which had so much impressed Voltaire in England.[61] Mérope's successful appeal to the people, which begins, "Guerriers, prêtres, amis, citoyens de Messène," is not unreminiscent of Antony's "Friends, Romans, countrymen." Égiste is recognized as king and the play ends with motherlove in the person of Mérope triumphant.

The theme of this play has had a long history dating from Euripides in Greece. It had several times been used in France, but Voltaire is chiefly indebted to an Italian author, Maffei, whose *Merope* dates from 1713 and had been played in Paris in Italian during 1717. Voltaire was also influenced by the *Merope* (1731) of the Englishman Jeffreys. (See Thomas E. Oliver, *The Merope of George Jeffreys as a Source of Voltaire's Mérope*, University of Illinois Press, 1927.) The student should, if possible, read the complete text of Voltaire's *Mérope* in Professor Oliver's edition (Century Co., 1925).

VOLTAIRE AT COURT

The "indiscretions" of the *Lettres philosophiques* and of the *Mondain* put behind him, *Mérope* a great dramatic success, Voltaire, tiring at length of the comparative seclusion of Cirey, yearned to resume his public career and to win favor at court. The King had

[61] "Avec quel ravissement je voyais Brutus tenant encore un poignard teint du sang de César, assembler le peuple romain et lui parler ainsi du haut de la tribune aux harangues. . . . Peut-être les Français ne souffriraient pas . . . que le corps sanglant de César y fût exposé aux yeux du peuple." Preface to *Brutus* (1731), *Œuvres*, (Moland), II, 316–17.

always shown himself cold and aloof, perhaps masking thus his embarrassment at Voltaire's wit and assurance; but the latter did not despair of winning him over, and set himself to gain the much coveted seat in the French Academy which had previously been refused him. He composed various court diversions, wrote a poem in honor of the conduct of Louis XV in war, paid court to the new favorite, Mme de Pompadour, and finally was rewarded by being made court historiographer with 2000 francs a year (1745). His dedication of *Mahomet* to the Pope brought him a much needed proof of orthodoxy and he was at length elected to the French Academy in 1746. At the end of the same year, Voltaire was made "Gentilhomme ordinaire de la Chambre du Roi," the functions of which rank he did not long fulfill; he obtained permission to sell the charge at a price of 60,000 livres, with the privilege of keeping the title. Truly it was necessary to have more will than Louis XV to refuse anything to such indomitable tenacity as was Voltaire's.

Mme du Châtelet loved the excitement of the gaming table. One day Voltaire saw her losing heavily and being fleeced, as he thought (probably correctly), by other players of more rank than honesty. He warned her in tones overheard by the other players, and it became necessary to flee in haste. Voltaire took refuge at Sceaux in the castle of the Duchesse du Maine, living in a darkened room and appearing only late at night when even the servants had retired. For a time he was thought by the public to have gone to Berlin. Here at Sceaux he is said to have composed and read several of his earlier *contes.*

Zadig ou la Destinée, Histoire orientale (1747)

In the middle of his career, after brilliant successes in poetry, drama, and the popularization in prose of new ideas, Voltaire takes cognizance of the increasing importance of the novel as a popular literary *genre* and decides to use it for purposes of his own. He will entertain and he will instruct. He will make of the novel, as he had already made of the drama, a vehicle of ideas. In fact, the ideas in their fictional sugar-coating will alone be important and there will be no attempt at realistic portrayal of individual life or character. Thus the "philosophic novel," or, more properly because of its brevity in the hands of Vol-

taire, the philosophic *conte*, already practiced by Fénelon, Montesquieu, and many lesser authors, receives its definite seal of approval from him who was at once to become the master of the *genre*.

In 1747 Voltaire wrote several such stories for the entertainment of the Duchesse du Maine at Sceaux, reading them to her at night when every one else had gone to bed. Though *Zadig* may have been written somewhat earlier, it has been placed by Longchamp in this period. 1747 is at any rate the year of publication.[62]

Desnoiresterres overstates when he says: "Disons que Voltaire, dans *Zadig*, n'y est que pour sa forme spirituelle et charmante. Le fond est emprunté à l'anglais Thomas Parnell." [63] As a matter of fact, the poem by Thomas Parnell (1679–1718), *The Hermit*, parallels in part only Voltaire's Chapter XX of the same name. The story is an old one and is to be found in the *Gesta Romanorum*,[64] an important thirteenth or fourteenth century manual of moralized stories for preachers, as also in the *Mille et un Jours* (1710). The influence of Ariosto, of Molière, and perhaps of Swift upon *Zadig* deserves special mention.

Moland exaggerates when he says of the novel's aim: "Zadig a pour objet de démontrer que la Providence nous conduit par des voies dont le secret lui appartient, et dont souvent s'indigne notre raison bornée et peu soumise," [65] but Voltaire is evidently more orthodox and optimistic here than he is to appear within a very few years, particularly in *Candide*. *Zadig* still shows us the earlier Voltaire. The turning point was to come in the '50's. Henceforth we are to have the later Voltaire, less satisfied with theoretical solutions to metaphysical questions, more vitally interested in practical problems of immediate social reforms.

A school edition of *Zadig, Micromégas, Le Monde comme il va, Jeannot et Colin*, and the *Histoire d'un bon Bramin* is available (ed. by Irving Babbitt, Heath, 1905). To it I am indebted for several notes which are here gratefully acknowledged.

[62] It was first called *Memnon,* not to be confused with a later and briefer story of this same name. In 1748 the novel appeared under its present name of *Zadig*, dedicated to the "Sultane Sheraa" (Mme de Pompadour) and containing in addition Chapters XII, XIII, and XVII. Other additions appeared in 1775 and in the posthumous Kehl edition.

[63] Desnoiresterres, III, 146, n. 1.

[64] See Tale LXXX, "Of the Cunning of the Devil, and of the Secret Judgments of God," trans. by Charles Swan, London, 1905, pp. 194–96. The subject had also been treated in France around the end of the fifteenth century (Moland, XXI, 86). On the whole interesting question of the numerous sources of the different chapters of *Zadig,* the student may consult, with caution, Wilhelm Seele, *Voltaire's Roman Zadig ou la Destinée. Eine Quellenforschung,* Leipzig, 1891. The student should consult also the excellent critical edition of *Zadig,* by M. Georges Ascoli, Paris, Hachette, 1929, 2 vols.

[65] Moland, XXI, p. iv.

CHAPITRE I

Le borgne

Du temps du roi Moabdar il y avait à Babylone un jeune homme nommé Zadig, né avec un beau naturel fortifié par l'éducation. Quoique riche et jeune, il savait modérer ses passions; il n'affectait rien; il ne voulait point toujours avoir raison, et savait respecter la faiblesse des hommes. On était étonné de voir qu'avec beaucoup d'esprit il n'insultât jamais par des railleries à ces propos si vagues, si rompus, si tumultueux, à ces médisances téméraires, à ces décisions ignorantes, à ces turlupinades [66] grossières, à ce vain bruit de paroles, qu'on appelait *conversation* dans Babylone. Il avait appris, dans le premier livre de Zoroastre, que l'amour-propre est un ballon gonflé de vent, dont il sort des tempêtes quand on lui a fait une piqûre. Zadig surtout ne se vantait pas de mépriser les femmes et de les subjuguer. Il était généreux; il ne craignait point d'obliger des ingrats, suivant ce grand précepte de Zoroastre: *Quand tu manges, donne à manger aux chiens, dussent-ils te mordre.* Il était aussi sage qu'on peut l'être; car il cherchait à vivre avec des sages. Instruit dans les sciences des anciens Chaldéens, il n'ignorait pas les principes physiques de la nature, tels qu'on les connaissait alors, et savait de la métaphysique [67] ce qu'on en a su dans tous les âges, c'est-à-dire fort peu de chose. Il était fermement persuadé que l'année était de trois cent soixante et cinq jours et un quart, malgré la nouvelle philosophie de son temps, et que le soleil était au centre du monde; et quand les principaux mages lui disaient, avec une hauteur insultante, qu'il avait de mauvais sentiments, et que c'était être ennemi de l'État que de croire que le soleil tournait sur lui-même, et que l'année

[66] *Turlupinades*, mauvaises plaisanteries; mauvais jeux de mots.
[67] Note here Voltaire's contempt for metaphysics, increasingly marked as he grows older.

avait douze mois, il se taisait sans colère et sans dédain.

Zadig, avec de grandes richesses, et par conséquent avec des amis, ayant de la santé, une figure aimable, un esprit juste et modéré, un cœur sincère et noble, crut qu'il pouvait être heureux. Il devait se marier à Sémire, que sa beauté, sa naissance et sa fortune rendaient le premier parti de Babylone. Il avait pour elle un attachement solide et vertueux, et Sémire l'aimait avec passion. Ils touchaient au moment fortuné qui allait les unir, lorsque, se promenant ensemble vers une porte de Babylone, sous les palmiers qui ornaient le rivage de l'Euphrate, ils virent venir à eux des hommes armés de sabres et de flèches. C'étaient les satellites du jeune Orcan, neveu d'un ministre, à qui les courtisans de son oncle avaient fait accroire que tout lui était permis. Il n'avait aucune des grâces ni des vertus de Zadig; mais, croyant valoir beaucoup mieux, il était désespéré de n'être pas préféré. Cette jalousie, qui ne venait que de sa vanité, lui fit penser qu'il aimait éperdument Sémire. Il voulait l'enlever. Les ravisseurs la saisirent, et dans les emportements de leur violence ils la blessèrent, et firent couler le sang d'une personne dont la vue aurait attendri les tigres du mont Imaüs.[68] Elle perçait le ciel de ses plaintes. Elle s'écriait: "Mon cher époux! on m'arrache à ce que j'adore." Elle n'était point occupée de son danger; elle ne pensait qu'à son cher Zadig. Celui-ci, dans le même temps, la défendait avec toute la force que donnent la valeur et l'amour. Aidé seulement de deux esclaves, il mit les ravisseurs en fuite, et ramena chez elle Sémire, évanouie et sanglante, qui en ouvrant les yeux vit son libérateur. Elle lui dit: "O Zadig! je vous aimais comme mon époux; je vous aime comme celui à qui je dois l'honneur et la vie." Jamais il n'y eut un cœur plus pénétré que celui de Sémire; jamais bouche plus ravissante

[68] *Imaüs,* ancient name of a chain of mountains in Central Asia, probably the modern Himalayas.

n'exprima des sentiments plus touchants par ces paroles de feu qu'inspirent le sentiment du plus grand des bienfaits et le transport le plus tendre de l'amour le plus légitime. Sa blessure était légère; elle guérit bientôt.

Zadig était blessé plus dangereusement; un coup de flèche reçu près de l'œil lui avait fait une plaie profonde. Sémire ne demandait aux dieux que la guérison de son amant. Ses yeux étaient nuit et jour baignés de larmes: elle attendait le moment où ceux de Zadig pourraient jouir de ses regards; mais un abcès survenu à l'œil blessé fit tout craindre. On envoya jusqu'à Memphis chercher le grand médecin Hermès, qui vint avec un nombreux cortège. Il visita le malade, et déclara qu'il perdrait l'œil; il prédit même le jour et l'heure où ce funeste accident devait arriver. "Si c'eût été l'œil droit, dit-il, je l'aurais guéri; mais les plaies de l'œil gauche sont incurables." Tout Babylone, en plaignant la destinée de Zadig, admira la profondeur de la science d'Hermès. Deux jours après, l'abcès perça de lui-même; Zadig fut guéri parfaitement. Hermès écrivit un livre où il lui prouva qu'il n'avait pas dû guérir. Zadig ne le lut point; mais, dès qu'il put sortir, il se prépara à rendre visite à celle qui faisait l'espérance du bonheur de sa vie, et pour qui seule il voulait avoir des yeux. Sémire était à la campagne depuis trois jours. Il apprit en chemin que cette belle dame, ayant déclaré hautement qu'elle avait une aversion insurmontable pour les borgnes, venait de se marier à Orcan la nuit même. A cette nouvelle il tomba sans connaissance; sa douleur le mit au bord du tombeau; il fut longtemps malade; mais enfin la raison l'emporta sur son affliction, et l'atrocité de ce qu'il éprouvait servit même à le consoler.

"Puisque j'ai essuyé, dit-il, un si cruel caprice d'une fille élevée à la cour, il faut que j'épouse une citoyenne." Il choisit Azora, la plus sage et la mieux née de la ville; il l'épousa, et vécut un mois avec elle dans les douceurs de l'union la plus tendre. Seulement il remarquait en elle un peu de légèreté,

et beaucoup de penchant à trouver toujours que les jeunes gens les mieux faits étaient ceux qui avaient le plus d'esprit et de vertu.

．　　　．　　　．　　　．　　　．　　　．　　　．　　　．　　　．

But after some time Zadig found himself obliged to separate from his wife Azora, "qui était devenue trop difficile à vivre" (Chap. III). A certain man "qu'on appelait l'*Envieux*, dans Babylone, voulut perdre Zadig, parce qu'on l'appelait *l'Heureux*" (Chap. IV). In this, however, he was this time unsuccessful, and a little later Zadig was made prime minister. Just and wise, Zadig fell in love with the Queen Astarté and she with him. Both were faithful to the King, but the Envieux this time successfully plotted their ruin, so that they were obliged to flee separately. Zadig sets out for Egypt.

CHAPITRE IX

La femme battue [69]

Zadig dirigeait sa route sur les étoiles. La constellation d'Orion et le brillant astre de Sirius le guidaient vers le port de Canope.[70] Il admirait ces vastes globes de lumière qui ne paraissent que de faibles étincelles à nos yeux, tandis que la terre, qui n'est en effet qu'un point imperceptible dans la nature, paraît à notre cupidité quelque chose de si grand et de si noble. Il se figurait alors les hommes tels qu'ils sont en effet, des insectes se dévorant les uns les autres sur un petit atome de boue.[71] Cette image vraie semblait anéantir ses malheurs, en lui retraçant le néant de son être et celui de Babylone. Son âme s'élançait jusque dans l'infini, et contemplait, détachée de ses sens, l'ordre immuable de l'univers. Mais lorsque ensuite, rendu à lui-même et rentrant dans son cœur, il pensait qu'Astarté était peut-être morte pour lui, l'univers disparaissaît à ses yeux, et il ne voyait dans la nature entière qu'Astarté mourante et Zadig infortuné.

69 Reminiscent of Molière's *Médecin malgré lui*, Act I, sc. 2.
70 *Canope*, city in lower Egypt on the banks of the Nile.
71 Favorite idea of Voltaire, "men are but insects on a ball of mud."

Comme il se livrait à ce flux et à ce reflux de philosophie sublime et de douleur accablante, il avançait vers les frontières de l'Égypte; et déjà son domestique fidèle était dans la première bourgade, où il lui cherchait un logement. Zadig cependant se promenait vers les jardins qui bordaient ce village. Il vit, non loin du grand chemin, une femme éplorée qui appelait le ciel et la terre à son secours, et un homme furieux qui la suivait. Elle était déjà atteinte par lui, elle embrassait ses genoux. Cet homme l'accablait de coups et de reproches. Il jugea, à la violence de l'Égyptien et aux pardons réitérés que lui demandait la dame, que l'un était un jaloux et l'autre une infidèle; mais quand il eut considéré cette femme, qui était d'une beauté touchante, et qui même ressemblait un peu à la malheureuse Astarté, il se sentit pénétré de compassion pour elle et d'horreur pour l'Égyptien. "Secourez-moi, s'écria-t-elle à Zadig avec des sanglots; tirez-moi des mains du plus barbare des hommes, sauvez-moi la vie."

A ces cris, Zadig courut se jeter entre elle et ce barbare. Il avait quelque connaissance de la langue égyptienne. Il lui dit en cette langue: "Si vous avez quelque humanité, je vous conjure de respecter la beauté et la faiblesse. Pouvez-vous outrager ainsi un chef-d'œuvre de la nature, qui est à vos pieds, et qui n'a pour sa défense que des larmes?— Ah! ah! lui dit cet emporté, tu l'aimes donc aussi! et c'est de toi qu'il faut que je me venge." En disant ces paroles, il laisse la dame, qu'il tenait d'une main par les cheveux, et, prenant sa lance, il veut en percer l'étranger. Celui-ci, qui était de sang-froid, évita aisément le coup d'un furieux. Il se saisit de la lance près du fer dont elle est armée. L'un veut la retirer, l'autre l'arracher. Elle se brise entre leurs mains. L'Égyptien tire son épée; Zadig s'arme de la sienne. Ils s'attaquent l'un l'autre. Celui-là porte cents coups précipités; celui-ci les pare avec adresse. La dame, assise sur un

gazon, rajuste sa coiffure et les regarde. L'Égyptien était plus robuste que son adversaire, Zadig était plus adroit. Celui-ci se battait en homme dont la tête conduisait le bras, et celui-là comme un emporté dont une colère aveugle guidait les mouvements au hasard. Zadig passe à lui, et le désarme; et tandis que l'Égyptien, devenu plus furieux, veut se jeter sur lui, il le saisit, le presse, le fait tomber en lui tenant l'épée sur la poitrine; il lui offre de lui donner la vie. L'Égyptien, hors de lui, tire son poignard; il en blesse Zadig dans le temps même que le vainqueur lui pardonnait. Zadig, indigné, lui plonge son épée dans le sein. L'Égyptien jette un cri horrible, et meurt en se débattant.

Zadig alors s'avança vers la dame, et lui dit d'une voix soumise: "Il m'a forcé de le tuer: je vous ai vengée; vous êtes délivrée de l'homme le plus violent que j'aie jamais vu. Que voulez-vous maintenant de moi, madame?—Que tu meures, scélérat, lui répondit-elle; que tu meures! tu as tué mon amant; je voudrais pouvoir déchirer ton cœur.—En vérité, madame, vous aviez là un étrange homme pour amant, lui répondit Zadig; il vous battait de toutes ses forces, et il voulait m'arracher la vie parce que vous m'avez conjuré de vous secourir.—Je voudrais qu'il me battît encore, reprit la dame en poussant des cris. Je le méritais bien, je lui avais donné de la jalousie. Plût au ciel qu'il me battît, et que tu fusses à sa place!" Zadig, plus surpris et plus en colère qu'il ne l'avait été de sa vie, lui dit: "Madame, toute belle que vous êtes, vous mériteriez que je vous battisse à mon tour, tant vous êtes extravagante; mais je n'en prendrai pas la peine." Là-dessus il remonta sur son chameau, et avança vers le bourg. A peine avait-il fait quelques pas qu'il se retourne au bruit que faisaient quatre courriers de Babylone. Ils venaient à toute bride. L'un d'eux, en voyant cette femme, s'écria: "C'est elle-même! elle ressemble au portrait qu'on nous en a fait." Ils ne s'embarrassèrent pas du mort, et se saisirent in-

continent de la dame. Elle ne cessait de crier à Zadig:
"Secourez-moi encore une fois, étranger généreux! je vous de-
mande pardon de m'être plainte de vous: secourez-moi, et je
suis à vous jusqu'au tombeau!" L'envie avait passé à Zadig
de se battre désormais pour elle. "A d'autres,[72] répondit-il,
vous ne m'y attraperez plus."

D'ailleurs il était blessé, son sang coulait, il avait besoin de
secours; et la vue des quatre Babyloniens, probablement en-
voyés par le roi Moabdar, le remplissait d'inquiétude. Il
s'avance en hâte vers le village, n'imaginant pas pourquoi
quatre courriers de Babylone venaient prendre cette Égyp-
tienne, mais encore plus étonné du caractère de cette dame.

CHAPITRE X

L'esclavage

Comme il entrait dans la bourgade égyptienne, il se vit
entouré par le peuple. Chacun criait: "Voilà celui qui a
enlevé la belle Missouf, et qui vient d'assassiner Clétofis!
—Messieurs, dit-il, Dieu me préserve d'enlever jamais votre
belle Missouf! elle est trop capricieuse; et, à l'égard de
Clétofis, je ne l'ai point assassiné; je me suis défendu seule-
ment contre lui. Il voulait me tuer, parce que je lui avais
demandé très humblement grâce pour la belle Missouf, qu'il
battait impitoyablement. Je suis un étranger qui vient cher-
cher un asile dans l'Égypte; et il n'y a pas d'apparence qu'en
venant demander votre protection j'aie commencé par enlever
une femme, et par assassiner un homme."

Les Égyptiens étaient alors justes et humains. Le peuple
conduisit Zadig à la maison de ville. On commença par le
faire panser de sa blessure, et ensuite on l'interrogea, lui et
son domestique séparément, pour savoir la vérité. On

[72] *A d'autres,* let others do it.

reconnut que Zadig n'était point un assassin; mais il était coupable du sang d'un homme: la loi le condamnait à être esclave. On vendit au profit de la bourgade ses deux chameaux; on distribua aux habitants tout l'or qu'il avait apporté; sa personne fut exposée en vente dans la place publique, ainsi que celle de son compagnon de voyage. Un marchand arabe, nommé Sétoc, y mit l'enchère; mais le valet, plus propre à la fatigue, fut vendu bien plus chèrement que le maître. On ne faisait pas de comparaison entre ces deux hommes. Zadig fut donc esclave subordonné à son valet: on les attacha ensemble avec une chaîne qu'on leur passa aux pieds, et en cet état ils suivirent le marchand arabe dans sa maison. Zadig, en chemin, consolait son domestique, et l'exhortait à la patience; mais, selon sa coutume, il faisait des réflexions sur la vie humaine. "Je vois, lui disait-il, que les malheurs de ma destinée se répandent sur la tienne. Tout m'a tourné jusqu'ici d'une façon bien étrange. J'ai été condamné à l'amende pour avoir vu passer une chienne; j'ai pensé être empalé pour un griffon; j'ai été envoyé au supplice parce que j'avais fait des vers à la louange du roi; j'ai été sur le point d'être étranglé parce que la reine avait des rubans jaunes, et me voici esclave avec toi parce qu'un brutal a battu sa maîtresse. Allons, ne perdons point courage; tout ceci finira peut-être; il faut bien que les marchands arabes aient des esclaves; et pourquoi ne le serais-je pas comme un autre, puisque je suis homme comme un autre? Ce marchand ne sera pas impitoyable; il faut qu'il traite bien ses esclaves, s'il en veut tirer des services." Il parlait ainsi, et dans le fond de son cœur il était occupé du sort de la reine de Babylone.

Sétoc, le marchand, partit deux jours après pour l'Arabie déserte avec ses esclaves et ses chameaux. Sa tribu habitait vers le désert d'Horeb. Le chemin fut long et pénible. Sétoc, dans la route, faisait bien plus de cas du valet que du

maître, parce que le premier chargeait bien mieux les chameaux; et toutes les petites distinctions furent pour lui.

Un chameau mourut à deux journées d'Horeb: on répartit sa charge sur le dos de chacun des serviteurs; Zadig en eut sa part. Sétoc se mit à rire en voyant tous ses esclaves marcher courbés. Zadig prit la liberté de lui en expliquer la raison, et lui apprit les lois de l'équilibre. Le marchand, étonné, commença à le regarder d'un autre œil. Zadig, voyant qu'il avait excité sa curiosité, la redoubla en lui apprenant beaucoup de choses qui n'étaient point étrangères à son commerce; les pesanteurs spécifiques des métaux et des denrées sous un volume égal; les propriétés de plusieurs animaux utiles: le moyen de rendre tels ceux qui ne l'étaient pas; enfin il lui parut un sage. Sétoc lui donna la préférence sur son camarade, qu'il avait tant estimé. Il le traita bien, et n'eut pas sujet de s'en repentir.

Arrivé dans sa tribu, Sétoc commença par redemander cinq cents onces d'argent à un Hébreu auquel il les avait prêtées en présence de deux témoins; mais ces deux témoins étaient morts, et l'Hébreu, ne pouvant être convaincu, s'appropriait l'argent du marchand, en remerciant Dieu de ce qu'il lui avait donné le moyen de tromper un Arabe. Sétoc confia sa peine à Zadig, qui était devenu son conseil. "En quel endroit, demanda Zadig, prêtâtes-vous vos cinq cents onces à cet infidèle?—Sur une large pierre, répondit le marchand, qui est auprès du mont Horeb.—Quel est le caractère de votre débiteur? dit Zadig.—Celui d'un fripon, reprit Sétoc.—Mais je vous demande si c'est un homme vif ou flegmatique, avisé ou imprudent.—C'est de tous les mauvais payeurs, dit Sétoc, le plus vif que je connaisse.—Eh bien! insista Zadig, permettez que je plaide votre cause devant le juge." En effet il cita l'Hébreu au tribunal, et il parla ainsi au juge: "Oreiller du trône d'équité, je viens redemander à cet homme, au nom de mon maître, cinq cents onces d'argent qu'il ne veut pas ren-

dre.—Avez-vous des témoins? dit le juge.—Non, ils sont morts; mais il reste une large pierre sur laquelle l'argent fut compté; et, s'il plaît à votre grandeur d'ordonner qu'on aille chercher la pierre, j'espère qu'elle portera témoignage; nous resterons ici, l'Hébreu et moi, en attendant que la pierre vienne; je l'enverrai chercher aux dépens de Sétoc, mon maître.—Très volontiers, répondit le juge"; et il se mit à expédier d'autres affaires.

A la fin de l'audience: "Eh bien! dit-il à Zadig, votre pierre n'est pas encore venue?" L'Hébreu, en riant, répondit: "Votre Grandeur resterait ici jusqu'à demain que la pierre ne serait pas encore arrivée; elle est à plus de six milles d'ici, et il faudrait quinze hommes pour la remuer.—Eh bien! s'écria Zadig, je vous avais bien dit que la pierre porterait témoignage; puisque cet homme sait où elle est, il avoue donc que c'est sur elle que l'argent fut compté." L'Hébreu, déconcerté, fut bientôt contraint de tout avouer. Le juge ordonna qu'il serait lié à la pierre, sans boire ni manger, jusqu'à ce qu'il eût rendu les cinq cents onces, qui furent bientôt payées.

L'esclave Zadig et la pierre furent en grande recommandation dans l'Arabie.

CHAPITRE XI

Le bûcher

Sétoc, enchanté, fit de son esclave son ami intime. Il ne pouvait pas plus se passer de lui qu'avait fait le roi de Babylone; et Zadig fut heureux que Sétoc n'eût point de femme. Il découvrait dans son maître un naturel porté au bien, beaucoup de droiture et de bon sens. Il fut fâché de voir qu'il adorait l'armée céleste, c'est-à-dire le soleil, la lune et les étoiles, selon l'ancien usage d'Arabie. Il lui en parlait quelquefois avec beaucoup de discrétion. Enfin il lui dit que

c'étaient des corps comme les autres, qui ne méritaient pas plus son hommage qu'un arbre ou un rocher. "Mais, disait Sétoc, ce sont des êtres éternels dont nous tirons tous nos avantages; ils animent la nature; ils règlent les saisons; ils sont d'ailleurs si loin de nous qu'on ne peut pas s'empêcher de les révérer.—Vous recevez plus d'avantages, répondit Zadig, des eaux de la mer Rouge, qui porte vos marchandises aux Indes. Pourquoi ne serait-elle pas aussi ancienne que les étoiles? Et si vous adorez ce qui est éloigné de vous, vous devez adorer la terre des Gangarides,[73] qui est aux extrémités du monde. —Non, disait Sétoc, les étoiles sont trop brillantes pour que je ne les adore pas." Le soir venu, Zadig alluma un grand nombre de flambeaux dans la tente où il devait souper avec Sétoc; et dès que son patron parut, il se jeta à genoux devant ces cires allumées, et leur dit: "Éternelles et brillantes clartés, soyez-moi toujours propices!" Ayant proféré ces paroles, il se mit à table sans regarder Sétoc. "Que faites-vous donc? lui dit Sétoc étonné.—Je fais comme vous, répondit Zadig; j'adore ces chandelles, et je néglige leur maître et le mien." Sétoc comprit le sens profond de cet apologue. La sagesse de son esclave entra dans son âme; il ne prodigua plus son encens aux créatures, et adora l'Être éternel qui les a faites.

Il y avait alors dans l'Arabie une coutume affreuse venue originairement de Scythie, et qui, s'étant établie dans les Indes par le crédit des brachmanes, menaçait d'envahir tout l'Orient. Lorsqu'un homme marié était mort, et que sa femme bien-aimée voulait être sainte, elle se brûlait en public sur le corps de son mari. C'était une fête solennelle qui s'appelait *le bûcher du veuvage*. La tribu dans laquelle il y avait eu le plus de femmes brûlées était la plus considérée. Un Arabe de la tribu de Sétoc étant mort, sa veuve, nommé *Almona,* qui était fort dévote, fit savoir le jour et l'heure où

[73] *Gangarides,* ancient name for people dwelling near the mouth of the Ganges.

elle se jetterait dans le feu au son des tambours et des trompettes. Zadig remontra à Sétoc combien cette horrible coutume était contraire au bien du genre humain; qu'on laissait brûler tous les jours de jeunes veuves qui pouvaient donner des enfants à l'État, ou du moins élever les leurs; et il le fit convenir qu'il fallait, si on pouvait, abolir un usage si barbare. Sétoc répondit: "Il y a plus de mille ans que les femmes sont en possession [74] de se brûler. Qui de nous osera changer une loi que le temps a consacrée? Y a-t-il rien de plus respectable qu'un ancien abus?—La raison est plus ancienne, reprit Zadig. Parlez aux chefs des tribus, et je vais trouver la jeune veuve."

Il se fit présenter à elle; et après s'être insinué dans son esprit par des louanges sur sa beauté, après lui avoir dit combien c'était dommage de mettre au feu tant de charmes, il la loua encore sur sa constance et son courage. "Vous aimiez donc prodigieusement votre mari? lui dit-il.—Moi? point du tout, répondit la dame arabe. C'était un brutal, un jaloux, un homme insupportable; mais je suis fermement résolue de me jeter sur son bûcher.—Il faut, dit Zadig, qu'il y ait apparemment un plaisir bien délicieux à être brûlée vive.—Ah! cela fait frémir la nature, dit la dame; mais il faut en passer par là. Je suis dévote; je serais perdue de réputation, et tout le monde se moquerait de moi si je ne me brûlais pas." Zadig, l'ayant fait convenir qu'elle se brûlait pour les autres et par vanité, lui parla longtemps d'une manière à lui faire aimer un peu la vie, et parvint même à lui inspirer quelque bienveillance pour celui qui lui parlait. "Que feriez-vous enfin, lui dit-il, si la vanité de vous brûler ne vous tenait pas? —Hélas! dit la dame, je crois que je vous prierais de m'épouser."

Zadig était trop rempli de l'idée d'Astarté pour ne pas éluder cette déclaration; mais il alla dans l'instant trouver

[74] *Être en possession de,* to have the right *or* privilege of.

les chefs des tribus, leur dit ce qui s'était passé, et leur conseilla de faire une loi par laquelle il ne serait permis à une veuve de se brûler qu'après avoir entretenu un jeune homme tête à tête pendant une heure entière. Depuis ce temps, aucune dame ne se brûla en Arabie. On eut au seul Zadig l'obligation d'avoir détruit en un jour une coutume si cruelle, qui durait depuis tant de siècles. Il était donc le bienfaiteur de l'Arabie.

CHAPITRE XII

Le souper

Sétoc, qui ne pouvait se séparer de cet homme en qui habitait la sagesse, le mena à la grande foire de Bassora, où devaient se rendre les plus grands négociants de la terre habitable. Ce fut pour Zadig une consolation sensible de voir tant d'hommes de diverses contrées réunis dans la même place. Il lui paraissait que l'univers était une grande famille qui se rassemblait à Bassora. Il se trouva à table, dès le second jour, avec un Égyptien, un Indien gangaride,[75] un habitant du Cathay, un Grec, un Celte, et plusieurs autres étrangers qui, dans leurs fréquents voyages vers le golfe Arabique, avaient appris assez d'arabe pour se faire entendre. L'Égyptien paraissait fort en colère. "Quel abominable pays que Bassora! disait-il; on m'y refuse mille onces d'or sur le meilleur effet [76] du monde.—Comment donc, dit Sétoc; sur quel effet vous a-t-on refusé cette somme?—Sur le corps de ma tante, répondit l'Égyptien; c'était la plus brave femme d'Égypte. Elle m'accompagnait toujours; elle est morte en chemin: j'en ai fait une des plus belles momies que nous ayons; et je trouverais dans mon pays tout ce que je voudrais en la mettant en gage. Il est bien étrange qu'on ne veuille pas

75 *Gangaride*, cf. *supra*, p. 146, n.
76 *Effet*, security.

seulement me donner ici mille onces d'or sur un effet si
solide." Tout en se courrouçant, il était prêt de manger d'une
excellente poule bouillie, quand l'Indien, le prenant par la
main, s'écria avec douleur : "Ah ! qu'allez-vous faire ?—Man-
ger de cette poule, dit l'homme à la momie.—Gardez-vous-en
bien, dit le Gangaride ; il se pourrait faire que l'âme de la dé-
funte fût passée dans le corps de cette poule, et vous ne vou-
driez pas vous exposer à manger votre tante. Faire cuire des
poules, c'est outrager manifestement la nature.—Que voulez-
vous dire avec votre nature et vos poules ? reprit le colérique
Égyptien ; nous adorons un bœuf, et nous en mangeons bien.—
Vous adorez un bœuf ! est-il possible ? dit l'homme du Gange.—
Il n'y a rien de si possible, repartit l'autre ; il y a cent trente-
cinq mille ans que nous en usons ainsi, et personne parmi
nous n'y trouve à redire.—Ah ! cent trente-cinq mille ans ! dit
l'Indien, ce compte est un peu exagéré ; il n'y en a que
quatre-vingt mille que l'Inde est peuplée, et assurément nous
sommes vos anciens ; et Brama [77] nous avait défendu de man-
ger des bœufs avant que vous vous fussiez avisés de les mettre
sur les autels et à la broche.—Voilà un plaisant animal que
votre Brama, pour le comparer à Apis,[78] dit l'Égyptien ; qu'a
donc fait votre Brama de si beau ?" Le bramin répondit :
"C'est lui qui a appris aux hommes à lire et à écrire, et à qui
toute la terre doit le jeu des échecs.—Vous vous trompez, dit
un Chaldéen qui était auprès de lui ; c'est le poisson Oannès à
qui on doit de si grands bienfaits, et il est juste de ne rendre
qu'à lui ses hommages. Tout le monde vous dira que c'était
un être divin, qu'il avait la queue dorée, avec une belle tête
d'homme, et qu'il sortait de l'eau pour venir prêcher à terre
trois heures par jour. Il eut plusieurs enfants qui furent tous
rois, comme chacun sait. J'ai son portrait chez moi, que je
révère comme je le dois. On peut manger du bœuf tant qu'on

[77] *Brama,* God of the ancient Hindus.
[78] *Apis,* sacred ox of Egypt, representation of divinity.

veut; mais c'est assurément une très grande impiété de faire cuire du poisson; d'ailleurs vous êtes tous deux d'une origine trop peu noble et trop récente pour me rien disputer. La nation égyptienne ne compte que cent trente-cinq mille ans, et les Indiens ne se vantent que de quatre-vingt mille, tandis que nous avons des almanachs de quatre mille siècles. Croyez-moi, renoncez à vos folies, et je vous donnerai à chacun un beau portrait d'Oannès."

L'homme de Cambalu,[79] prenant la parole, dit: "Je respecte fort les Égyptiens, les Chaldéens, les Grecs, les Celtes, Brama, le bœuf Apis, le beau poisson Oannès; mais peut-être que le Li ou le Tien,[80] comme on voudra l'appeler, vaut bien les bœufs et les poissons. Je ne dirai rien de mon pays; il est aussi grand que la terre d'Égypte, la Chaldée et les Indes ensemble. Je ne dispute pas d'antiquité, parce qu'il suffit d'être heureux, et que c'est fort peu de chose d'être ancien; mais, s'il fallait parler d'almanachs, je dirais que toute l'Asie prend les nôtres, et que nous en avions de fort bons avant qu'on sût l'arithmétique en Chaldée.—Vous êtes de grands ignorants tous tant que vous êtes! s'écria le Grec: est-ce que vous ne savez pas que le chaos est le père de tout, et que la forme et la matière ont mis le monde dans l'état où il est?

Ce Grec parla longtemps; mais il fut enfin interrompu par le Celte, qui, ayant beaucoup bu pendant qu'on disputait, se crut alors plus savant que tous les autres, et dit en jurant qu'il n'y avait que Teutath[81] et le gui de chêne qui valussent la peine qu'on en parlât; que, pour lui, il avait toujours du gui dans sa poche; que les Scythes, ses ancêtres, étaient les seules gens de bien qui eussent jamais été au monde; qu'ils avaient, à la vérité, quelquefois mangé des hommes, mais que cela n'empêchait pas qu'on ne dût avoir

79 *Cambalu*, Peking (Babbitt).

80 *Li Tien*, "Mots chinois qui signifient proprement: *li*, la lumière naturelle, la raison; et *Tien*, le ciel; et qui signifient aussi *Dieu*." (Note de Voltaire).

81 *Teutath*, Teutates, war god of Druidical religion (Babbitt).

beaucoup de respect pour sa nation; et qu'enfin, si quelqu'un parlait mal de Teutath, il lui apprendrait à vivre. La querelle s'échauffa pour lors, et Sétoc vit le moment où la table allait être ensanglantée. Zadig, qui avait gardé le silence pendant toute la dispute, se leva enfin: il s'adressa d'abord au Celte, comme au plus furieux; il lui dit qu'il avait raison, et lui demanda du gui; il loua le Grec sur son éloquence, et adoucit tous les esprits échauffés. Il ne dit que très peu de chose à l'homme du Cathay,[82] parce qu'il avait été le plus raisonnable de tous. Ensuite il leur dit: "Mes amis, vous alliez vous quereller pour rien, car vous êtes tous du même avis." A ce mot, ils se récrièrent tous. "N'est-il pas vrai, dit-il au Celte, que vous n'adorez pas ce gui, mais celui qui a fait le gui et le chêne?—Assurément, répondit le Celte.—Et vous, monsieur l'Égyptien, vous révérez apparemment dans un certain bœuf celui qui vous a donné les bœufs?—Oui, dit l'Égyptien.—Le poisson Oannès, continua-t-il, doit céder à celui qui a fait la mer et les poissons.—D'accord, dit le Chaldéen.—L'Indien, ajouta-t-il, et le Cathayen, reconnaissent comme vous un premier principe; je n'ai pas trop bien compris les choses admirables que le Grec a dites, mais je suis sûr qu'il admet aussi un Être supérieur, de qui la forme et la matière dépendent." Le Grec, qu'on admirait, dit que Zadig avait très bien pris sa pensée. "Vous êtes donc tous de même avis, répliqua Zadig, et il n'y a pas là de quoi se quereller." Tout le monde l'embrassa. Sétoc, après avoir vendu fort cher ses denrées, reconduisit son ami Zadig dans sa tribu. Zadig apprit en arrivant qu'on lui avait fait son procès en son absence, et qu'il allait être brûlé à petit feu.

• • • • • • • • • • •

The priests of Bassora are bitter against Zadig for having prevented widows from burning themselves after their husbands' death, for the

[82] *Cathay,* China. Voltaire has **great admiration for** Chinese religion and supposed tolerance.

jewels of the widows had formerly become the property of the priests, who now resolve to have Zadig burned. Almona, the widow, whom Zadig had persuaded not to burn herself, now succeeds in saving him. Sétoc, Zadig's master, "fut si charmé de l'habileté d'Almona, qu'il en fit sa femme" (Chap. XIII). Zadig, in the Island of Serendib, shows King Nabussan how to choose an honest treasurer, how to determine which of the wives of his harem truly loves him, and how to defend his country against the lack of patriotism and love of money of his priests. Zadig once more departs in search of news of Astarté.

CHAPITRE XVI

Le brigand

En arrivant aux frontières qui séparent l'Arabie Pétrée [83] de la Syrie, comme il passait près d'un château assez fort, des Arabes armés en sortirent. Il se vit entouré; on lui criait: "Tout ce que vous avez nous appartient, et votre personne appartient à notre maître." Zadig, pour réponse, tira son épée; son valet, qui avait du courage, en fit autant. Ils renversèrent morts les premiers Arabes qui mirent la main sur eux; le nombre redoubla: ils ne s'étonnèrent point et résolurent de périr en combattant. On voyait deux hommes se défendre contre une multitude; un tel combat ne pouvait durer longtemps. Le maître du château nommé Arbogad, ayant vu d'une fenêtre les prodiges de valeur que faisait Zadig, conçut de l'estime pour lui. Il descendit en hâte, et vint lui-même écarter ses gens, et délivrer les deux voyageurs. "Tout ce qui passe sur mes terres est à moi, dit-il, aussi bien que ce que je trouve sur les terres des autres; mais vous me paraissez un si brave homme, que je vous exempte de la loi commune." Il le fit entrer dans son château, ordonnant à ses gens de le bien traiter; et, le soir, Arbogad voulut souper avec Zadig.

Le seigneur du château était un de ces Arabes qu'on appelle

83 *Arabie Pétrée;* Arabia was divided by the ancient geographers into three parts: Arabia Felix, Arabia Deserta, and Arabia Petraea, the last division including the N. W. part of the country bordering on the Red Sea. (Babbitt.)

voleurs; mais il faisait quelquefois de bonnes actions parmi une foule de mauvaises; il volait avec une rapacité furieuse et donnait libéralement: intrépide dans l'action, assez doux dans le commerce, débauché à table, gai dans la débauche, et surtout plein de franchise. Zadig lui plut beaucoup; sa conversation, qui s'anima, fit durer le repas; enfin Arbogad lui dit: "Je vous conseille de vous enrôler sous moi, vous ne sauriez mieux faire; ce métier-ci n'est pas mauvais; vous pourrez un jour devenir ce que je suis.

—Puis-je vous demander, dit Zadig, depuis quel temps vous exercez cette noble profession?—Dès ma plus tendre jeunesse, reprit le seigneur. J'étais valet d'un Arabe assez habile; ma situation m'était insupportable. J'étais au désespoir de voir que, dans toute la terre qui appartient également aux hommes, la destinée ne m'eût pas réservé ma portion. Je confiai mes peines à un vieil Arabe, qui me dit: "Mon fils, ne désespérez pas; il y avait autrefois un "grain de sable qui se lamentait d'être un atome ignoré "dans les déserts; au bout de quelques années il devint dia- "mant, et il est à présent le plus bel ornement de la couronne "du roi des Indes." Ce discours me fit impression; j'étais le grain de sable, je résolus de devenir diamant. Je commençai par voler deux chevaux; je m'associai des camarades; je me mis en état de voler de petites caravanes: ainsi je fis cesser peu à peu la disproportion qui était d'abord entre les hommes et moi. J'eus ma part aux biens de ce monde, et je fus même dédommagé avec usure: on me considéra beaucoup: je devins seigneur brigand; j'acquis ce château par voie de fait. Le satrape de Syrie voulut m'en déposséder; mais j'étais déjà trop riche pour avoir rien à craindre; je donnai de l'argent au satrape, moyennant quoi je conservai ce château, et j'agrandis mes domaines; il me nomma même trésorier des tributs que l'Arabie Pétrée payait au roi des rois. Je fis ma charge de receveur, et point du tout celle de payeur.

"Le desterham de Babylone envoya ici, au nom du roi Moab-
dar, un petit satrape pour me faire étrangler. Cet homme
arriva avec son ordre: j'étais instruit de tout; je fis étrangler
en sa présence les quatre personnes qu'il avait amenées avec
lui pour serrer le lacet; après quoi je lui demandai ce que
pouvait lui valoir la commission de m'étrangler. Il me ré-
pondit que ses honoraires pouvaient aller à trois cents pièces
d'or. Je lui fis voir clair qu'il y aurait plus à gagner avec
moi. Je le fis sous-brigand; il est aujourd'hui un de mes meil-
leurs officiers, et des plus riches. Si vous m'en croyez, vous
réussirez comme lui. Jamais la saison de voler n'a été meil-
leure, depuis que Moabdar est tué, et que tout est en confusion
dans Babylone.

—Moabdar est tué! dit Zadig; et qu'est devenue la reine
Astarté?

—Je n'en sais rien, reprit Arbogad; tout ce que je sais, c'est
que Moabdar est devenu fou, qu'il a été tué, que Babylone
est un grand coupe-gorge, que tout l'empire est désolé, qu'il
y a de beaux coups à faire encore, et que pour ma part j'en
ai fait d'admirables.

—Mais la reine, dit Zadig; de grâce, ne savez-vous rien de la
destinée de la reine?

—On m'a parlé d'un prince d'Hyrcanie, reprit-il; elle est
probablement parmi ses concubines, si elle n'a pas été tuée dans
le tumulte; mais je suis plus curieux de butin que de nouvelles.
J'ai pris plusieurs femmes dans mes courses, je n'en garde
aucune; je les vends cher quand elles sont belles, sans m'in-
former de ce qu'elles sont. On n'achète point le rang; une
reine qui serait laide ne trouverait pas marchand: peut-être
ai-je vendu la reine Astarté, peut-être est-elle morte; mais peu
m'importe, et je pense que vous ne devez pas vous en soucier
plus que moi." En parlant ainsi, il buvait avec tant de
courage, il confondait tellement toutes les idées, que Zadig n'en
put tirer aucun éclaircissement.

Il restait interdit, accablé, immobile. Arbogad buvait tou-
jours, faisait des contes, répétait sans cesse qu'il était le plus
heureux de tous les hommes, exhortant Zadig à se rendre
aussi heureux que lui. Enfin doucement assoupi par les
fumées du vin, il alla dormir d'un sommeil tranquille. Zadig
passa la nuit dans l'agitation la plus violente. "Quoi, disait-il,
le roi est devenu fou! il est tué! Je ne puis m'empêcher de
le plaindre. L'empire est déchiré, et ce brigand est heureux:
ô fortune! ô destinée! un voleur est heureux, et ce que la
nature a fait de plus aimable a péri peut-être d'une manière
affreuse, ou vit dans un état pire que la mort. O Astarté!
qu'êtes-vous devenue?"

Dès le point du jour il interrogea tous ceux qu'il rencontrait
dans le château; mais tout le monde était occupé, personne
ne lui répondit: on avait fait pendant la nuit de nouvelles
conquêtes, on partageait les dépouilles. Tout ce qu'il put
obtenir dans cette confusion tumultueuse, ce fut la permission
de partir. Il en profita sans tarder, plus abîmé que jamais
dans ses réflexions douloureuses.

Zadig marchait inquiet, agité, l'esprit tout occupé de la
malheureuse Astarté, du roi de Babylone, de son fidèle Cador,
de l'heureux brigand Arbogad, de cette femme si capricieuse
que des Babyloniens avaient enlevée sur les confins de
l'Égypt, enfin de tous les contre-temps et de toutes les in-
fortunes qu'il avait éprouvés.

CHAPITRE XVII

Le pêcheur

A quelques lieues du château d'Arbogad, il se trouva sur le
bord d'une petite rivière, toujours déplorant sa destinée, et
se regardait comme le modèle du malheur. Il vit un pêcheur
couché sur la rive, tenant à peine d'une main languissante son
filet, qu'il semblait abandonner, et levant les yeux vers le ciel.

"Je suis certainement le plus malheureux de tous les hommes, disait le pêcheur. J'ai été, de l'aveu de tout le monde, le plus célèbre marchand de fromages à la crème dans Babylone, et j'ai été ruiné. J'avais la plus jolie femme qu'homme pût posséder, et j'en ai été trahi. Il me restait une chétive maison, je l'ai vue pillée et détruite. Réfugié dans une cabane, je n'ai de ressource que ma pêche, et je ne prends pas un poisson. O mon filet! je ne te jetterai plus dans l'eau, c'est à moi de m'y jeter." En disant ces mots il se lève, et s'avance dans l'attitude d'un homme qui allait se précipiter et finir sa vie.

"Eh quoi! se dit Zadig à lui-même, il y a donc des hommes aussi malheureux que moi!" L'ardeur de sauver la vie au pêcheur fut aussi prompte que cette réflexion. Il court à lui, il l'arrête, il l'interroge d'un air attendri et consolant. On prétend qu'on en est moins malheureux quand on ne l'est pas seul; mais, selon Zoroastre, ce n'est pas par malignité, c'est par besoin. On se sent alors entraîné vers un infortuné comme vers son semblable. La joie d'un homme heureux serait une insulte; mais deux malheureux sont comme deux arbrisseaux faibles qui, s'appuyant l'un sur l'autre, se fortifient contre l'orage.

"Pourquoi succombez-vous à vos malheurs? dit Zadig au pêcheur.

—C'est, répondit-il, parce que je n'y vois pas de ressource. J'ai été le plus considéré du village de Derlback auprès de Babylone, et je faisais, avec l'aide de ma femme, les meilleurs fromages à la crème de l'empire. La reine Astarté et le fameux ministre Zadig les aimaient passionnément. J'avais fourni à leurs maisons six cents fromages. J'allai un jour à la ville pour être payé; j'appris en arrivant dans Babylone que la reine et Zadig avaient disparu. Je courus chez le seigneur Zadig, que je n'avais jamais vu; je trouvai les archers du grand desterham, qui, munis d'un

papier royal, pillaient sa maison loyalement et avec ordre. Je
volai aux cuisines de la reine; quelques-uns des seigneurs de
la bouche [84] me dirent qu'elle était morte; d'autres dirent
qu'elle était en prison; d'autres prétendirent qu'elle avait pris
la fuite; mais tous m'assurèrent qu'on ne me payerait point
mes fromages. J'allai avec ma femme chez le seigneur Orcan,
qui était une de mes pratiques: nous lui demandâmes sa pro-
tection dans notre disgrâce. Il l'accorda à ma femme, et me
la refusa. Elle était plus blanche que ces fromages à la crème
qui commencèrent mon malheur; et l'éclat de la pourpre de
Tyr n'était pas plus brillant que l'incarnat qui animait cette
blancheur. C'est ce qui fit qu'Orcan la retint, et me chassa de
sa maison. J'écrivis à ma chère femme la lettre d'un dé-
sespéré. Elle dit au porteur: "Ah! ah! oui! je sais quel est
"l'homme qui m'écrit, j'en ai entendu parler: on dit qu'il fait
"des fromages à la crème excellents; qu'on m'en apporte et
"qu'on les lui paye."

"Dans mon malheur, je voulus m'adresser à la justice. Il
me restait six onces d'or: il fallut en donner deux onces à
l'homme de loi que je consultai, deux au procureur qui entre-
prit mon affaire, deux au secrétaire du premier juge. Quand
tout cela fut fait, mon procès n'était pas encore commencé, et
j'avais déjà dépensé plus d'argent que mes fromages et ma
femme ne valaient. Je retournai à mon village dans l'inten-
tion de vendre ma maison pour avoir ma femme.

"Ma maison valait bien soixante onces d'or; mais on me
voyait pauvre et pressé de vendre. Le premier à qui je
m'adressai m'en offrit trente onces; le second, vingt; et le
troisième, dix. J'étais prêt enfin de conclure, tant j'étais
aveuglé, lorsqu'un prince d'Hyrcanie vint à Babylone, et
ravagea tout sur son passage. Ma maison fut d'abord sac-
cagée, et ensuite brûlée.

"Ayant ainsi perdu mon argent, ma femme et ma maison, je

[84] *Seigneurs de la bouche,* lords of the (queen's) table.

me suis retiré dans ce pays où vous me voyez; j'ai tâché de subsister du métier de pêcheur. Les poissons se moquent de moi comme les hommes: je ne prends rien, je meurs de faim; et sans vous, auguste consolateur, j'allais mourir dans la rivière.»

Le pêcheur ne fit point ce récit tout de suite; car à tout moment Zadig, ému et transporté, lui disait: "Quoi! vous ne savez rien de la destinée de la reine?—Non, seigneur, répondait le pêcheur; mais je sais que la reine et Zadig ne m'ont point payé mes fromages à la crème, qu'on a pris ma femme, et que je suis au désespoir.—Je me flatte, dit Zadig, que vous ne perdrez pas tout votre argent. J'ai entendu parler de ce Zadig; il est honnête homme; et s'il retourne à Babylone, comme il l'espère, il vous donnera plus qu'il ne vous doit; mais pour votre femme, qui n'est pas si honnête, je vous conseille de ne pas chercher à la reprendre. Croyez-moi, allez à Babylone; j'y serai avant vous, parce que je suis à cheval, et que vous êtes à pied. Adressez-vous à l'illustre Cador; dites-lui que vous avez rencontré son ami; attendez-moi chez lui. Allez; peut-être ne serez-vous pas toujours malheureux. O puissant Orosmade![85] continua-t-il, vous vous servez de moi pour consoler cet homme; de qui vous servirez-vous pour me consoler?" En parlant ainsi il donnait au pêcheur la moitié de tout l'argent qu'il avait apporté d'Arabie, et le pêcheur, confondu et ravi, baisait les pieds de l'ami de Cador, et disait: "Vous êtes un ange sauveur."

Cependant Zadig demandait toujours des nouvelles, et versait des larmes. "Quoi! seigneur, s'écria le pêcheur, vous seriez donc aussi malheureux, vous qui faites du bien?—Plus malheureux que toi cent fois, répondait Zadig.—Mais comment se peut-il faire, disait le bonhomme, que celui qui donne soit plus à plaindre que celui qui reçoit?—C'est que ton plus grand malheur, reprit Zadig, était le besoin, et que je suis

[85] *Orosmade,* Supreme Divinity in religion of Zoroaster.

infortuné par le cœur.—Orcan vous aurait-il pris votre
femme? dit le pêcheur." Ce mot rappela dans l'esprit de
Zadig toutes ses aventures; il répétait la liste de ses infor-
tunes, à commencer depuis la chienne de la reine jusqu'à son
arrivée chez le brigand Arbogad. "Ah! dit-il au pêcheur,
Orcan mérite d'être puni. Mais d'ordinaire ce sont ces gens-là
qui sont les favoris de la destinée. Quoi qu'il en soit, va
chez le seigneur Cador, et attends-moi." Ils se séparèrent: le
pêcheur marcha en remerciant son destin, et Zadig courut en
accusant toujours le sien.

<div align="center">

CHAPITRE XVIII

Le basilic

</div>

Arrivé dans une belle prairie, il y vit plusieurs femmes qui
cherchaient quelque chose avec beaucoup d'application. Il
prit la liberté de s'approcher de l'une d'elles, et de lui de-
mander s'il pouvait avoir l'honneur de les aider dans leurs
recherches. "Gardez-vous-en bien, répondit la Syrienne; ce
que nous cherchons ne peut être touché que par des femmes.
—Voilà qui est bien étrange, dit Zadig; oserai-je vous prier de
m'apprendre ce que c'est qu'il n'est permis qu'aux femmes
de toucher?—C'est un basilic, dit-elle.—Un basilic, madame!
et pour quelle raison, s'il vous plaît, cherchez-vous un
basilic?—C'est pour notre seigneur et maître Ogul, dont
vous voyez le château sur le bord de cette rivière, au bout de
la prairie. Nous sommes ses très humbles esclaves; le seigneur
Ogul est malade; son médecin lui a ordonné de manger un
basilic cuit dans l'eau rose; et comme c'est un animal fort
rare, qui ne se laisse jamais prendre que par des femmes, le
seigneur Ogul a promis de choisir pour sa femme bien-aimée
celle de nous qui lui apporterait un basilic: laissez-moi cher-
cher, s'il vous plaît, car vous voyez ce qu'il m'en coûterait si
j'étais prévenue par mes compagnes."

Zadig laissa cette Syrienne et les autres chercher leur basilic, et continua de marcher dans la prairie. Quand il fut au bord d'un petit ruisseau, il y trouva une autre dame couchée sur le gazon, et qui ne cherchait rien. Sa taille paraissait majestueuse, mais son visage était couvert d'un voile. Elle était penchée vers le ruisseau; de profonds soupirs sortaient de sa bouche. Elle tenait en main une petite baguette, avec laquelle elle traçait des caractères sur un sable fin qui se trouvait entre le gazon et le ruisseau. Zadig eut la curiosité de voir ce que cette femme écrivait; il s'approcha, il vit la lettre Z, puis un A : il fut étonné; puis parut un D : il tressaillit. Jamais surprise ne fut égale à la sienne, quand il vit les deux dernières lettres de son nom. Il demeura quelque temps immobile; enfin rompant le silence d'une voix entrecoupée: "O généreuse dame! pardonnez à un étranger, à un infortuné, d'oser vous demander par quelle aventure étonnante se trouve ici le nom de *Zadig* tracé de votre main divine ?" A cette voix, à ces paroles, la dame releva son voile d'une main tremblante, regarda Zadig, jeta un cri d'attendrissement, de surprise et de joie, et, succombant sous tous les mouvements divers qui assaillaient à la fois son âme, elle tomba évanouie entre ses bras. C'était Astarté elle-même, c'était la reine de Babylone, c'était celle que Zadig adorait, et qu'il se reprochait d'adorer; c'était celle dont il avait tant pleuré et tant craint la destinée. Il fut un moment privé de l'usage de ses sens; et quand il eut attaché ses regards sur les yeux d'Astarté, qui se rouvraient avec une langueur mêlée de confusion et de tendresse: "O puissances immortelles! s'écria-t-il, qui présidez aux destins des faibles humains, me rendez-vous Astarté? En quel temps, en quels lieux, en quel état la revois-je !" Il se jeta à genoux devant Astarté, et il attacha son front à la poussière de ses pieds. La reine de Babylone le relève, et le fait asseoir auprès d'elle sur le bord de ce ruisseau; elle essuyait à plusieurs re-

prises ses yeux, dont les larmes recommençaient toujours à couler. Elle reprenait vingt fois des discours que ses gémissements interrompaient; elle l'interrogeait sur le hasard qui les rassemblait, et prévenait soudain ses réponses par d'autres questions. Elle entamait le récit de ses malheurs, et voulait savoir ceux de Zadig. Enfin tous deux ayant un peu apaisé le tumulte de leurs âmes, Zadig lui conta en peu de mots par quelle aventure il se trouvait dans cette prairie. "Mais, ô malheureuse et respectable reine! comment vous retrouvé-je en ce lieu écarté, vêtue en esclave et accompagnée d'autres femmes esclaves qui cherchent un basilic pour le faire cuire dans de l'eau rose par ordonnance du médecin?

—Pendant qu'elles cherchent leur basilic, dit la belle Astarté, je vais vous apprendre tout ce que j'ai souffert, et tout ce que je pardonne au Ciel depuis que je vous revois. Vous savez que le roi mon mari trouva mauvais que vous fussiez le plus aimable de tous les hommes; et ce fut pour cette raison qu'il prit une nuit la résolution de vous faire étrangler et de m'empoisonner. Vous savez comme le Ciel permit que mon petit muet m'avertît de l'ordre de Sa sublime Majesté. A peine le fidèle Cador vous eut-il forcé de m'obéir et de partir, qu'il osa entrer chez moi au milieu de la nuit par une issue secrète. Il m'enleva et me conduisit dans le temple d'Orosmade, où le mage, son frère, m'enferma dans une statue colossale dont la base touche aux fondements du temple, et dont la tête atteint la voûte. Je fus là comme ensevelie, mais servie par le mage, et ne manquant d'aucune chose nécessaire. Cependant, au point du jour, l'apothicaire de Sa Majesté entra dans ma chambre avec une potion mêlée de jusquiame,[86] d'opium, de ciguë, d'ellébore noire, et d'aconit; et un autre officier alla chez vous avec un lacet de soie bleue. On ne trouva personne. Cador, pour mieux tromper le roi, feignit de venir nous ac-

[86] *Jusquiame,* henbane. Cf. *infra,* p. 328 and n.

cuser tous deux. Il dit que vous aviez pris la route des Indes, et moi celle de Memphis: on envoya des satellites après vous et après moi.

"Les courriers qui me cherchaient ne me connaissaient pas. Je n'avais presque jamais montré mon visage qu'à vous seul, en présence et par ordre de mon époux. Ils coururent à ma poursuite, sur le portrait qu'on leur faisait de ma personne: une femme de la même taille que moi, et qui peut-être avait plus de charmes, s'offrit à leurs regards sur les frontières de l'Égypte. Elle était éplorée, errante; ils ne doutèrent pas que cette femme ne fût la reine de Babylone, ils la menèrent à Moabdar. Leur méprise fit entrer d'abord le roi dans une violente colère; mais bientôt, ayant considéré de plus près cette femme, il la trouva très belle, et fut consolé. On l'appelait Missouf. On m'a dit depuis que ce nom signifie en langue égyptienne *la belle capricieuse*. Elle l'était en effet; mais elle avait autant d'art que de caprice. Elle plut à Moabdar. Elle le subjugua au point de se faire déclarer sa femme. Alors son caractère se développa tout entier: elle se livra sans crainte à toutes les folies de son imagination. Elle voulut obliger le chef des mages, qui était vieux et goutteux, de danser devant elle; et sur le refus du mage, elle le persécuta violemment. Elle ordonna à son grand-écuyer de lui faire une tourte de confitures. Le grand-écuyer eut beau lui représenter qu'il n'était point pâtissier, il fallut qu'il fît la tourte; et on le chassa, parce qu'elle était trop brûlée. Elle donna la charge de grand-écuyer à son nain, et la place de chancelier à un page. C'est ainsi qu'elle gouverna Babylone. Tout le monde me regrettait. Le roi, qui avait été assez honnête homme jusqu'au moment où il avait voulu m'empoisonner et vous faire étrangler, semblait avoir noyé ses vertus dans l'amour prodigieux qu'il avait pour la belle capricieuse. Il vint au temple le grand jour du feu sacré. Je le vis implorer les dieux pour Missouf au pied

de la statue où j'étais renfermée. J'élevai la voix; je lui criai: "Les dieux refusent les vœux d'un roi devenu tyran, "qui a voulu faire mourir une femme raisonnable, pour "épouser une extravagante." Moabdar fut confondu de ces paroles au point que sa tête se troubla. L'oracle que j'avais rendu, et la tyrannie de Missouf, suffisaient pour lui faire perdre le jugement. Il devint fou en peu de jours.

"Sa folie, qui parut un châtiment du Ciel, fut le signal de la révolte. On se souleva, on courut aux armes. Babylone, si longtemps plongée dans une mollesse oisive, devint le théâtre d'une guerre civile affreuse. On me tira du creux de ma statue, et on me mit à la tête d'un parti. Cador courut à Memphis, pour vous ramener à Babylone. Le prince d'Hyrcanie, apprenant ces funestes nouvelles, revint avec son armée faire un troisième parti dans la Chaldée. Il attaqua le roi, qui courut au-devant de lui avec son extravagante Égyptienne. Moabdar mourut percé de coups. Missouf tomba aux mains du vainqueur. Mon malheur voulut que je fusse prise moi-même par un parti hyrcanien, et qu'on me menât devant le prince précisément dans le temps qu'on lui amenait Missouf. Vous serez flatté, sans doute, en apprenant que le prince me trouva plus belle que l'Égyptienne; mais vous serez fâché d'apprendre qu'il me destina à son sérail. Il me dit fort résolument que, dès qu'il aurait fini une expédition militaire qu'il allait exécuter, il viendrait à moi. Jugez de ma douleur. Mes liens avec Moabdar étaient rompus, je pouvais être à Zadig; et je tombais dans les chaînes de ce barbare! Je lui répondis avec toute la fierté que me donnaient mon rang et mes sentiments. J'avais toujours entendu dire que le Ciel attachait aux personnes de ma sorte un caractère de grandeur qui, d'un mot et d'un coup d'œil, faisait rentrer dans l'abaissement du plus profond respect les téméraires qui osaient s'en écarter. Je parlai en reine, mais je fus traitée en demoiselle suivante. L'Hyrcanien, sans daigner seulement m'adres-

ser la parole, dit à son eunuque noir que j'étais une imperti-
nente, mais qu'il me trouvait jolie. Il lui ordonna d'avoir
soin de moi et de me mettre au régime des favorites, afin de
me rafraîchir le teint, et de me rendre plus digne de ses
faveurs pour le jour où il aurait la commodité de m'en
honorer. Je lui dis que je me tuerais : il répliqua, en riant,
qu'on ne se tuait point, qu'il était fait à ces façons-là, et me
quitta comme un homme qui vient de mettre un perroquet
dans sa ménagerie. Quel état pour la première reine
de l'univers, et, je dirai plus, pour un cœur qui était à
Zadig !"

A ces paroles il se jeta à ses genoux, et les baigna de
larmes. Astarté le releva tendrement, et elle continua ainsi :
"Je me voyais au pouvoir d'un barbare, et rivale d'une folle
avec qui j'étais renfermée. Elle me raconta son aventure
d'Égypte. Je jugeai par les traits dont elle vous peignait, par
le temps, par le dromadaire sur lequel vous étiez monté, par
toutes les circonstances, que c'était Zadig qui avait combattu
pour elle. Je ne doutai pas que vous ne fussiez à Memphis ;
je pris la résolution de m'y retirer. "Belle Missouf, lui dis-je,
"vous êtes beaucoup plus plaisante que moi, vous divertirez
"bien mieux que moi le prince d'Hyrcanie. Facilitez-moi les
"moyens de me sauver ; vous régnerez seule ; vous me rendrez
"heureuse, en vous débarrassant d'une rivale." Missouf con-
certa avec moi les moyens de ma fuite. Je partis donc
secrètement avec une esclave égyptienne.

"J'étais déjà près de l'Arabie, lorsqu'un fameux voleur,
nommé Arbogad, m'enleva et me vendit à des marchands
qui m'ont amenée dans ce château, où demeure le seigneur
Ogul. Il m'a achetée sans savoir qui j'étais. C'est un homme
voluptueux qui ne cherche qu'à faire grande chère, et qui croit
que Dieu l'a mis au monde pour tenir table. Il est d'un
embonpoint excessif, qui est toujours prêt à le suffoquer. Son
médecin, qui n'a que peu de crédit auprès de lui quand il

digère bien, le gouverne despotiquement quand il a trop
mangé. Il lui a persuadé qu'il le guérirait avec un basilic
cuit dans de l'eau rose. Le seigneur Ogul a promis sa main à
celle de ses esclaves qui lui apporterait un basilic. Vous
voyez que je les laisse s'empresser à mériter cet honneur,
et je n'ai jamais eu moins d'envie de trouver ce basilic que
depuis que le ciel a permis que je vous revisse."

Alors Astarté et Zadig se dirent tout ce que des sentiments
longtemps retenus, tout ce que leurs malheurs et leurs
amours pouvaient inspirer aux cœurs les plus nobles et les
plus passionnés; et les génies qui président à l'amour por-
tèrent leurs paroles jusqu'à la sphère de Vénus.

Les femmes rentrèrent chez Ogul sans avoir rien trouvé.
Zadig se fit présenter à lui, et lui parla en ces termes: "Que
la santé immortelle descende du ciel pour avoir soin de tous
vos jours! Je suis médecin, j'ai accouru vers vous sur le
bruit de votre maladie, et je vous ai apporté un basilic cuit
dans de l'eau rose. Ce n'est pas que je prétende vous
épouser: je ne vous demande que la liberté d'une jeune
esclave de Babylone que vous avez depuis quelques jours; et
je consens de rester en esclavage à sa place, si je n'ai pas le
bonheur de guérir le magnifique seigneur Ogul."

La proposition fut acceptée. Astarté partit pour Babylone
avec le domestique de Zadig, en lui promettant de lui en-
voyer incessamment un courrier pour l'instruire de tout
ce qui se serait passé. Leurs adieux furent aussi tendres que
l'avait été leur reconnaissance. Le moment où l'on se
retrouve, et celui où l'on se sépare, sont les deux plus grandes
époques de la vie, comme dit le grand livre du Zend.[87] Zadig
aimait la reine autant qu'il le jurait, et la reine aimait Zadig
plus qu'elle ne le lui disait.

Cependant Zadig parla ainsi à Ogul: "Seigneur, on ne
mange point mon basilic, toute sa vertu doit entrer chez vous

[87] *Zend-Avesta,* original sacred book of the religion of Zoroaster.

par les pores. Je l'ai mis dans une petite outre bien enflée et couverte d'une peau fine : il faut que vous poussiez cette outre de toute votre force, et que je vous la renvoie à plusieurs reprises ; et en peu de jours de régime vous verrez ce que peut mon art." Ogul, dès le premier jour fut tout essoufflé, et crut qu'il mourrait de fatigue. Le second, il fut moins fatigué, et dormit mieux. En huit jours il recouvra toute la force, la santé, la légèreté, et la gaieté de ses plus brillantes années." Vous avez joué au ballon, et vous avez été sobre, lui dit Zadig : apprenez qu'il n'y a point de basilic dans la nature, qu'on se porte toujours bien avec de la sobriété et de l'exer-cice, et que l'art de faire subsister ensemble l'intempérance et la santé est un art aussi chimérique que la pierre philoso-phale, l'astrologie judiciaire, et la théologie des mages."

Le premier médecin d'Ogul, sentant combien cet homme était dangereux pour la médecine, s'unit avec l'apothicaire du corps [88] pour envoyer Zadig chercher des basilics dans l'autre monde. Ainsi, après avoir été toujours puni pour avoir bien fait, il était près de périr pour avoir guéri un seigneur gour-mand. On l'invita à un excellent dîner. Il devait être empoisonné au second service ; mais il reçut un courrier de la belle Astarté au premier. Il quitta la table et partit. Quand on est aimé d'une belle femme, dit le grand Zoroastre, on se tire toujours d'affaire dans ce monde.

CHAPITRE XIX

Les combats

La reine avait été reçue à Babylone avec les transports qu'on a toujours pour une belle princesse qui a été malheu-reuse. Babylone alors paraissait plus tranquille. Le prince d'Hyrcanie avait été tué dans un combat. Les Baby-

[88] *Apothicaire du corps,* cf. *supra,* p. 161, "apothicaire de Sa Majesté."

Ioniens, vainqueurs, déclarèrent qu'Astarté épouserait celui qu'on choisirait pour souverain. On ne voulut point que la première place du monde, qui serait celle de mari d'Astarté et de roi de Babylone, dépendît des intrigues et des cabales. On jura de reconnaître pour roi le plus vaillant et le plus sage. Une grande lice, bordée d'amphithéâtres magnifiquement ornés, fut formée à quelques lieues de la ville. Les combattants devaient s'y rendre armés de toutes pièces. Chacun d'eux avait derrière les amphithéâtres un appartement séparé, où il ne devait être vu ni connu de personne. Il fallait courir quatre lances. Ceux qui seraient assez heureux pour vaincre quatre chevaliers devaient combattre ensuite les uns contre les autres, de façon que celui qui resterait le dernier maître du camp serait proclamé le vainqueur des jeux. Il devait revenir quatre jours après avec les mêmes armes, et expliquer les énigmes proposées par les mages. S'il n'expliquait point les énigmes, il n'était point roi, et il fallait recommencer à courir des lances, jusqu'à ce qu'on trouvât un homme qui fût vainqueur dans ces deux combats: car on voulait absolument pour roi le plus vaillant et le plus sage. La reine, pendant tout ce temps, devait être étroitement gardée: on lui permettait seulement d'assister aux jeux, couverte d'un voile; mais on ne souffrait pas qu'elle parlât à aucun des prétendants, afin qu'il n'y eût ni faveur ni injustice.

Voilà ce qu'Astarté faisait savoir à son amant, espérant qu'il montrerait pour elle plus de valeur et d'esprit que personne. Il partit, et pria Vénus de fortifier son courage et d'éclairer son esprit. Il arriva sur le rivage de l'Euphrate la veille de ce grand jour. Il fit inscrire sa devise parmi celles des combattants, en cachant son visage et son nom, comme la loi l'ordonnait, et alla se reposer dans l'appartement qui lui échut par le sort. Son ami Cador, qui était revenu à Babylone, après l'avoir inutilement cherché en Égypte, fit porter dans sa loge

une armure complète que la reine lui envoyait. Il lui fit amener aussi de sa part le plus beau cheval de Perse. Zadig reconnut Astarté à ces présents : son courage et son amour en prirent de nouvelles forces et de nouvelles espérances.

Le lendemain, la reine étant venue se placer sous un dais de pierreries, et les amphithéâtres étant remplis de toutes les dames et de tous les ordres de Babylone, les combattants parurent dans le cirque. Chacun d'eux vint mettre sa devise aux pieds du grand mage. On tira au sort les devises ; celle de Zadig fut la dernière. Le premier qui s'avança était un seigneur très riche, nommé Itobad, fort vain, peu courageux, très maladroit, et sans esprit. Ses domestiques l'avaient persuadé qu'un homme comme lui devait être roi ; il leur avait répondu : "Un homme comme moi doit régner" ; ainsi on l'avait armé de pied en cap. Il portait une armure d'or émaillée de vert, un panache vert, une lance ornée de rubans verts. On s'aperçut d'abord, à la manière dont Itobad gouvernait son cheval, que ce n'était pas *un homme comme lui* à qui le Ciel réservait le sceptre de Babylone. Le premier chevalier qui courut contre lui le désarçonna ; le second le renversa sur la croupe de son cheval, les deux jambes en l'air et les bras étendus. Itobad se remit, mais de si mauvaise grâce que tout l'amphithéâtre se mit à rire. Un troisième ne daigna pas se servir de sa lance ; mais, en lui faisant une passe, il le prit par la jambe droite, et, lui faisant faire un demi-tour, il le fit tomber sur le sable : les écuyers des jeux accoururent à lui en riant, et le remirent en selle. Le quatrième combattant le prend par la jambe gauche, et le fait tomber de l'autre côté. On le conduisit avec des huées à sa loge, où il devait passer la nuit selon la loi ; et il disait en marchant à peine : "Quelle aventure pour un homme comme moi !"

Les autres chevaliers s'acquittèrent mieux de leur devoir. Il y en eut qui vainquirent deux combattants de suite ; quelques-uns allèrent jusqu'à trois. Il n'y eut que le prince

Otame qui en vainquit quatre. Enfin Zadig combattit à son tour : il désarçonna quatre cavaliers de suite avec toute la grâce possible. Il fallut donc voir qui serait vainqueur, d'Otame ou de Zadig. Le premier portait des armes bleues et or, avec un panache de même ; celles de Zadig étaient blanches. Tous les vœux se partageaient entre le chevalier bleu et le chevalier blanc. La reine, à qui le cœur palpitait, faisait des prières au Ciel pour la couleur blanche.

Les deux champions firent des passes et des voltes avec tant d'agilité, ils se donnèrent de si beaux coups de lance, ils étaient si fermes sur leurs arçons, que tout le monde, hors la reine, souhaitait qu'il y eût deux rois dans Babylone. Enfin, leurs chevaux étant lassés et leurs lances rompues, Zadig usa de cette adresse : il passe derrière le prince bleu, s'élance sur la croupe de son cheval, le prend par le milieu du corps, le jette à terre, se met en selle à sa place, et caracole autour d'Otame étendu sur la place. Tout l'amphithéâtre crie : "Victoire au cheval blanc !" Otame, indigné, se relève, tire son épée ; Zadig saute de cheval, le sabre à la main. Les voilà tous deux sur l'arène, livrant un nouveau combat, où la force et l'agilité triomphent tour à tour. Les plumes de leur casque, les clous de leurs brassards, les mailles de leur armure sautent au loin sous mille coups précipités. Ils frappent de pointe et de taille, à droite, à gauche, sur la tête, sur la poitrine ; ils reculent, ils avancent, ils se mesurent, ils se rejoignent, ils se saisissent, ils se replient comme des serpents, ils s'attaquent comme des lions ; le feu jaillit à tout moment des coups qu'ils se portent. Enfin Zadig, ayant un moment repris ses esprits, s'arrête, fait une feinte, passe sur Otame, le fait tomber, le désarme, et Otame s'écrie : "O chevalier blanc ! c'est vous qui devez régner sur Babylone." La reine était au comble de la joie. On reconduisit le chevalier bleu et le chevalier blanc chacun à leur loge, ainsi que tous les autres, selon ce qui était porté par la loi. Des muets vinrent les servir et leur apporter

à manger. On peut juger si le petit muet de la reine ne fut pas
celui qui servit Zadig. Ensuite on les laissa dormir seuls jus-
qu'au lendemain matin, temps où le vainqueur devait appor-
ter sa devise au grand mage, pour la confronter et se faire
reconnaître.

Zadig dormit, quoique amoureux, tant il était fatigué.
Itobad, qui était couché auprès de lui, ne dormit point. Il se
leva pendant la nuit, entra dans sa loge, prit les armes
blanches de Zadig avec sa devise, et mit son armure verte à la
place. Le point du jour étant venu, il alla fièrement au grand
mage déclarer qu'un homme comme lui était vainqueur. On
ne s'y attendait pas ; mais il fut proclamé pendant que Zadig
dormait encore. Astarté, surprise, et le désespoir dans le
cœur, s'en retourna dans Babylone. Tout l'amphithéâtre était
déjà presque vide, lorsque Zadig s'éveilla ; il chercha ses armes,
et ne trouva que cette armure verte. Il était obligé de s'en
couvrir, n'ayant rien autre chose auprès de lui. Étonné et
indigné, il les endosse avec fureur, il avance dans cet équi-
page.

Tout ce qui était encore sur l'amphithéâtre et dans le cirque
le reçut avec des huées. On l'entourait ; on lui insultait en
face. Jamais homme n'essuya des mortifications si humi-
liantes. La patience lui échappa ; il écarta à coups de sabre
la populace qui osait l'outrager ; mais il ne savait quel parti
prendre. Il ne pouvait voir la reine ; il ne pouvait réclamer
l'armure blanche qu'elle lui avait envoyée ; c'eût été la com-
promettre ; ainsi, tandis qu'elle était plongée dans la douleur,
il était pénétré de fureur et d'inquiétude. Il se promenait sur
les bords de l'Euphrate, persuadé que son étoile le destinait
à être malheureux sans ressource, repassant dans son esprit
toutes ses disgrâces depuis l'aventure de la femme qui haïs-
sait les borgnes, jusqu'à celle de son armure. "Voilà ce que
c'est, disait-il, de m'être éveillé trop tard ; si j'avais moins
dormi, je serais roi de Babylone, je posséderais Astarté. Les

sciences, les mœurs, le courage, n'ont donc jamais servi qu'à mon infortune." Il lui échappa enfin de murmurer contre la Providence, et il fut tenté de croire que tout était gouverné par une destinée cruelle qui opprimait les bons et qui faisait prospérer les chevaliers verts. Un de ses chagrins était de porter cette armure verte qui lui avait attiré tant de huées. Un marchand passa, il la lui vendit à vil prix, et prit du marchand une robe et un bonnet long. Dans cet équipage, il côtoyait l'Euphrate, rempli de désespoir, et accusant en secret la Providence qui le persécutait toujours.

CHAPITRE XX

L'ermite [89]

Il rencontra en marchant un ermite, dont la barbe blanche et vénérable lui descendait jusqu'à la ceinture. Il tenait en main un livre qu'il lisait attentivement. Zadig s'arrêta, et lui fit une profonde inclination. L'ermite le salua d'un air si noble et si doux, que Zadig eut la curiosité de l'entretenir. Il lui demanda quel livre il lisait. "C'est le livre des destinées, dit l'ermite; voulez-vous en lire quelque chose?" Il mit le livre dans les mains de Zadig, qui, tout instruit qu'il était dans plusieurs langues, ne put déchiffrer un seul caractère du livre. Cela redoubla encore sa curiosité. "Vous me paraissez bien chagrin, lui dit ce bon père—Hélas! que j'en ai sujet! dit Zadig.—Si vous permettez que je vous accompagne, repartit le vieillard, peut-être vous serai-je utile: j'ai quelquefois répandu des sentiments de consolation dans l'âme des malheureux." Zadig se sentit du respect pour l'air, pour la barbe, et pour le livre de l'ermite. Il lui trouva dans la conversation des lumières supérieures. L'ermite parlait de la destinée, de la justice, de la morale, du souverain bien, de la faiblesse

[89] See the introductory paragraphs on *Zadig, supra*, p. 135.

humaine, des vertus et des vices, avec une éloquence si vive et si touchante, que Zadig se sentit entraîné vers lui par un charme invincible. Il le pria avec instance de ne le point quitter, jusqu'à ce qu'ils fussent de retour à Babylone. "Je vous demande moi-même cette grâce, lui dit le vieillard ; jurez-moi par Orosmade que vous ne vous séparerez pas de moi d'ici à quelques jours, quelque chose que je fasse." Zadig jura, et ils partirent ensemble.

Les deux voyageurs arrivèrent le soir à un château superbe. L'ermite demanda l'hospitalité pour lui et pour le jeune homme qui l'accompagnait. Le portier, qu'on aurait pris pour un grand seigneur, les introduisit avec une espèce de bonté dédaigneuse. On les présenta à un principal domestique, qui leur fit voir les appartements magnifiques du maître. Ils furent admis à sa table au bas bout, sans que le seigneur du château les honorât d'un regard ; mais ils furent servis comme les autres avec délicatesse et profusion. On leur donna ensuite à laver dans un bassin d'or garni d'émeraudes et de rubis. On les mena coucher dans un bel appartement, et le lendemain matin un domestique leur apporta à chacun une pièce d'or, après quoi on les congédia.

"Le maître de la maison, dit Zadig en chemin, me paraît être un homme généreux, quoique un peu fier ; il exerce noblement l'hospitalité." En disant ces paroles, il aperçut qu'une espèce de poche très large que portait l'ermite paraissait tendue et enflée : il y vit le bassin d'or garni de pierreries, que celui-ci avait volé. Il n'osa d'abord en rien témoigner ; mais il était dans une étrange surprise.

Vers le midi, l'ermite se présenta à la porte d'une maison très petite, où logeait un riche avare ; il y demanda l'hospitalité pour quelques heures. Un vieux valet mal habillé le reçut d'un ton rude, et fit entrer l'ermite et Zadig dans l'écurie, où on leur donna quelques olives pourries, de mauvais pain et de la bière gâtée. L'ermite but et mangea d'un air

aussi content que la veille; puis s'adressant à ce vieux valet
qui les observait tous deux pour voir s'ils ne volaient rien, et
qui les pressait de partir, il lui donna les deux pièces d'or
qu'il avait reçues le matin, et le remercia de toutes ses atten-
tions. "Je vous prie, ajouta-t-il, faites-moi parler à votre
maître. "Le valet, étonné, introduisit les deux voyageurs:
"Magnifique seigneur, dit l'ermite, je ne puis que vous rendre
de très humbles grâces de la manière noble dont vous nous
avez reçus: daignez accepter ce bassin d'or comme un faible
gage de ma reconnaissance." L'avare fut près de tomber à la
renverse. L'ermite ne lui donna pas le temps de revenir de
son saisissement; il partit au plus vite avec son jeune voya-
geur. "Mon père, lui dit Zadig, qu'est-ce que tout ce que je
vois? Vous ne me paraissez ressembler en rien aux autres
hommes: vous volez un bassin d'or garni de pierreries à
un seigneur qui vous reçoit magnifiquement, et vous le don-
nez à un avare qui vous traite avec indignité.—Mon fils, répon-
dit le vieillard, cet homme magnifique, qui ne reçoit les
étrangers que par vanité et pour faire admirer ses richesses,
deviendra plus sage; l'avare apprendra à exercer l'hospi-
talité: ne vous étonnez de rien, et suivez-moi." Zadig ne savait
encore s'il avait affaire au plus fou ou au plus sage de tous
les hommes; mais l'ermite parlait avec tant d'ascendant que
Zadig, lié d'ailleurs par son serment, ne put s'empêcher de le
suivre.

Ils arrivèrent le soir à une maison agréablement bâtie,
mais simple, où rien ne sentait ni la prodigalité ni l'avarice.
Le maître était un philosophe retiré du monde, qui cultivait
en paix la sagesse et la vertu, et qui cependant ne s'ennuyait
pas. Il s'était plu à bâtir cette retraite dans laquelle il rece-
vait les étrangers avec une noblesse qui n'avait rien de l'os-
tentation. Il alla lui-même au-devant des deux voyageurs,
qu'il fit reposer d'abord dans un appartement commode.
Quelque temps après, il les vint prendre lui-même pour les in-

viter à un repas propre et bien entendu, pendant lequel il
parla avec discrétion des dernières révolutions de Babylone.
Il parut sincèrement attaché à la reine, et souhaita que Zadig
eût paru dans la lice pour disputer la couronne. "Mais les
hommes, ajouta-t-il, ne méritent pas d'avoir un roi comme
Zadig." Celui-ci rougissait, et sentait redoubler ses douleurs.
On convint dans la conversation que les choses de ce monde
n'allaient pas toujours au gré des plus sages. L'ermite sou-
tint toujours qu'on ne connaissait pas les voies de la Provi-
dence, et que les hommes avaient tort de juger d'un tout dont
ils n'apercevaient que la plus petite partie.

On parla des passions. "Ah! qu'elles sont funestes! disait
Zadig.—Ce sont les vents qui enflent les voiles du vaisseau,[90]
repartit l'ermite: elles le submergent quelquefois; mais sans
elles il ne pourrait voguer. La bile rend colère et malade;
mais sans la bile l'homme ne saurait vivre. Tout est dange-
reux ici-bas, et tout est nécessaire."

On parla de plaisir, et l'ermite prouva que c'est un présent
de la Divinité; "car, dit-il, l'homme ne peut se donner ni sen-
sation ni idées, il reçoit tout; la peine et le plaisir lui vien-
nent d'ailleurs comme son être."

Zadig admirait comment un homme qui avait fait des
choses si extravagantes pouvait raisonner si bien. Enfin,
après un entretien aussi instructif qu'agréable, l'hôte recon-
duisit ses deux voyageurs dans leur appartement, en bénissant
le Ciel qui lui avait envoyé deux hommes si sages et si ver-
tueux. Il leur offrit de l'argent d'une manière aisée et noble
qui ne pouvait déplaire. L'ermite le refusa et lui dit qu'il
prenait congé de lui, comptant partir pour Babylone avant le
jour. Leur séparation fut tendre, Zadig surtout se sentait
plein d'estime et d'inclination pour un homme si aimable.

Quand l'ermite et lui furent dans leur appartement, ils

90 Cf. Voltaire, *Cinquième Discours sur l'homme* (1739), Pope, *Essay on Man*, Epistle II, l. 108 (1733).

firent longtemps l'éloge de leur hôte. Le vieillard au point
du jour éveilla son camarade. "Il faut partir, dit-il; mais tan-
dis que tout le monde dort encore, je veux laisser à cet homme
un témoignage de mon estime et de mon affection." En disant
ces mots, il prit un flambeau, et mit le feu à la maison. Zadig,
épouvanté, jeta des cris, et voulut l'empêcher de commettre
une action si affreuse. L'ermite l'entraînait par une force
supérieure; la maison était enflammée. L'ermite, qui était
déjà assez loin avec son compagnon, la regardait brûler tran-
quillement. "Dieu merci! dit-il, voilà la maison de mon cher
hôte détruite de fond en comble! L'heureux homme!" A ces
mots Zadig fut tenté à la fois d'éclater de rire, de dire des
injures au révérend père, de le battre et de s'enfuir; mais il
ne fit rien de tout cela, et, toujours subjugué par l'ascendant
de l'ermite, il le suivit malgré lui à la dernière couchée.

Ce fut chez une veuve charitable et vertueuse qui avait un
neveu de quatorze ans, plein d'agréments et son unique es-
pérance. Elle fit du mieux qu'elle put les honneurs de sa
maison. Le lendemain, elle ordonna à son neveu d'accom-
pagner les voyageurs jusqu'à un pont qui, étant rompu depuis
peu, était devenu un passage dangereux. Le jeune homme,
empressé, marche au-devant d'eux. Quand ils furent sur le
pont: "Venez, dit l'ermite au jeune homme, il faut que je
marque ma reconnaissance à votre tante." Il le prend alors
par les cheveux et le jette dans la rivière. L'enfant tombe,
reparaît un moment sur l'eau, et est engouffré dans le torrent.
"O monstre! ô le plus scélérat de tous les hommes! s'écria
Zadig.—Vous m'aviez promis plus de patience, lui dit l'ermite
en l'interrompant; apprenez que sous les ruines de cette
maison où la Providence a mis le feu, le maître a trouvé un
trésor immense; apprenez que ce jeune homme dont la Provi-
dence a tordu le cou aurait assassiné sa tante dans un an, et
vous dans deux.—Qui te l'a dit, barbare? cria Zadig; et quand
tu aurais lu cet événement dans ton livre des destinées, t'est-il

permis de noyer un enfant qui ne t'a point fait de mal?"

Tandis que le Babylonien parlait, il aperçut que le vieillard n'avait plus de barbe, que son visage prenait les traits de la jeunesse. Son habit d'ermite disparut; quatre belles ailes couvraient un corps majestueux et resplendissant de lumière. "O envoyé du ciel! ô ange divin! s'écria Zadig en se prosternant, tu es donc descendu de l'empyrée pour apprendre à un faible mortel à se soumettre aux ordres éternels?—Les hommes, dit l'ange Jesrad, jugent de tout sans rien connaître: tu étais celui de tous les hommes qui méritait le plus d'être éclairé." Zadig lui demanda la permission de parler. "Je me défie de moi-même, dit-il; mais oserai-je te prier de m'éclaircir un doute: ne vaudrait-il pas mieux avoir corrigé cet enfant, et l'avoir rendu vertueux, que de le noyer?" Jesrad reprit: "S'il avait été vertueux, et s'il eût vécu, son destin était d'être assassiné lui-même avec la femme qu'il devait épouser, et le fils qui en devait naître.—Mais quoi! dit Zadig, il est donc nécessaire qu'il y ait des crimes et des malheurs? et les malheurs tombent sur les gens de bien!—Les méchants, répondit Jesrad, sont toujours malheureux: ils servent à éprouver un petit nombre de justes répandus sur la terre, et il n'y a point de mal dont il ne naisse un bien.—Mais, dit Zadig, s'il n'y avait que du bien, et point de mal?—Alors, reprit Jesrad, cette terre serait une autre terre, l'enchaînement des événements serait un autre ordre de sagesse; [91] et cet ordre, qui serait parfait, ne peut être que dans la demeure éternelle de l'Être suprême, de qui le mal ne peut approcher. Il a créé des millions de mondes, dont aucun ne peut ressembler à l'autre. Cette immense variété est un attribut de sa puissance immense. Il n'y a ni deux feuilles d'arbre sur la terre, ni deux globes dans les champs infinis du ciel, qui soient semblables, et tout ce que tu vois sur le petit atome

91 Cf. the optimistic philosophy of Pope and Leibnitz satirized a few years later in *Candide*.

où tu es né devait être dans sa place et dans son temps fixe, selon les ordres immuables de celui qui embrasse tout. Les hommes pensent que cet enfant qui vient de périr est tombé dans l'eau par hasard, que c'est par un même hasard que cette maison est brûlée; mais il n'y a point de hasard: tout est épreuve, ou punition, ou récompense, ou prévoyance. Souviens-toi de ce pêcheur qui se croyait le plus malheureux de tous les hommes. Orosmade t'a envoyé pour changer sa destinée. Faible mortel! cesse de disputer contre ce qu'il faut adorer.—Mais,[92] dit Zadig. . . . Comme il disait *mais*, l'ange prenait déjà son vol vers la dixième sphère. Zadig, à genoux, adora la Providence, et se soumit. L'ange lui cria du haut des airs: "Prends ton chemin vers Babylone."

CHAPITRE XXI

Les énigmes

Zadig, hors de lui-même, et comme un homme auprès de qui est tombé le tonnerre, marchait au hasard. Il entra dans Babylone le jour où ceux qui avaient combattu dans la lice étaient déjà assemblés dans le grand vestibule du palais pour expliquer les énigmes, et pour répondre aux questions du grand mage. Tous les chevaliers étaient arrivés, excepté l'armure verte. Dès que Zadig parut dans la ville, le peuple s'assembla autour de lui; les yeux ne se rassasiaient point de le voir, les bouches de le bénir, les cœurs de lui souhaiter l'empire. L'Envieux le vit passer, frémit et se détourna; le peuple le porta jusqu'au lieu de l'assemblée. La reine, à qui on apprit son arrivée, fut en proie à l'agitation de la crainte et de l'espérance; l'inquiétude la dévorait: elle ne pouvait comprendre, ni pourquoi Zadig était sans armes, ni comment Itobad portait l'armure blanche. Un murmure confus s'éleva

[92] This "philosophic *but*" of *Zadig* indicates that Voltaire even at this date is not wholly satisfied with Optimism.

à la vue de Zadig. On était surpris et charmé de le revoir; mais il n'était permis qu'aux chevaliers qui avaient combattu de paraître dans l'assemblée.

"J'ai combattu comme un autre, dit-il; mais un autre porte ici mes armes; et, en attendant que j'aie l'honneur de le prouver, je demande la permission de me présenter pour expliquer les énigmes." On alla aux voix: sa réputation de probité était encore si fortement imprimée dans les esprits qu'on ne balança pas à l'admettre.

Le grand mage proposa d'abord cette question: "Quelle est de toutes les choses du monde la plus longue et la plus courte, la plus prompte et la plus lente, la plus divisible et la plus étendue, la plus négligée et la plus regrettée, sans qui rien ne se peut faire, qui dévore tout ce qui est petit, et qui vivifie tout ce qui est grand?"

C'était à Itobad à parler. Il répondit qu'un homme comme lui n'entendait rien aux énigmes, et qu'il lui suffisait d'avoir vaincu à grands coups de lance. Les uns dirent que le mot de l'énigme était la fortune, d'autres la terre, d'autres la lumière. Zadig dit que c'était le temps: "Rien n'est plus long, ajouta-t-il, puisqu'il est la mesure de l'éternité; rien n'est plus court, puisqu'il manque à tous nos projets; rien n'est plus lent pour qui attend; rien de plus rapide pour qui jouit; il s'étend jusqu'à l'infini en grand; il se divise jusque dans l'infini en petit; tous les hommes le négligent, tous en regrettent la perte; rien ne se fait sans lui; il fait oublier tout ce qui est indigne de la postérité, et il immortalise les grandes choses." L'assemblée convint que Zadig avait raison.

On demanda ensuite: "Quelle est la chose qu'on reçoit sans remercier, dont on jouit sans savoir comment, qu'on donne aux autres quand on ne sait où l'on en est, et qu'on perd sans s'en apercevoir?"

Chacun dit son mot: Zadig devina seul que c'était la vie. Il expliqua toutes les autres énigmes avec la même facilité.

Itobad disait toujours que rien n'était plus aisé, et qu'il en serait venu à bout tout aussi facilement s'il avait voulu s'en donner la peine. On proposa des questions sur la justice, sur le souverain bien, sur l'art de régner. Les réponses de Zadig furent jugées les plus solides. "C'est bien dommage, disait-on, qu'un si bon esprit soit un si mauvais cavalier.

—Illustres seigneurs, dit Zadig, j'ai eu l'honneur de vaincre dans la lice. C'est à moi qu'appartient l'armure blanche. Le seigneur Itobad s'en empara pendant mon sommeil: il jugea apparemment qu'elle lui siérait mieux que la verte. Je suis prêt à lui prouver d'abord devant vous, avec ma robe et mon épée, contre toute cette belle armure blanche qu'il m'a prise, que c'est moi qui ai eu l'honneur de vaincre le brave Otame."

Itobad accepta le défi avec la plus grande confiance. Il ne doutait pas qu'étant casqué, cuirassé, brassardé, il ne vînt aisément à bout d'un champion en bonnet de nuit et en robe de chambre. Zadig tira son épée, en saluant la reine qui le regardait, pénétrée de joie et de crainte. Itobad tira la sienne, en ne saluant personne. Il s'avança sur Zadig comme un homme qui n'avait rien à craindre. Il était prêt à lui fendre la tête: Zadig sut parer le coup, en opposant ce qu'on appelle le fort de l'épée au faible de son adversaire, de façon que l'épée d'Itobad se rompit. Alors Zadig, saisissant son ennemi au corps, le renversa par terre, et lui portant la pointe de son épée au défaut de la cuirasse: "Laissez-vous désarmer, dit-il, ou je vous tue." Itobad, toujours surpris des disgrâces qui arrivaient à un homme comme lui, laissa faire Zadig, qui lui ôta paisiblement son magnifique casque, sa superbe cuirasse, ses beaux brassards, ses brillants cuissards; s'en revêtit, et courut dans cet équipage se jeter aux genoux d'Astarté. Cador prouva aisément que l'armure appartenait à Zadig. Il fut reconnu roi d'un consentement unanime, et surtout de celui d'Astarté, qui goûtait, après tant d'adversités, la douceur de voir son amant

digne aux yeux de l'univers d'être son époux. Itobad alla
se faire appeler monseigneur dans sa maison. Zadig fut roi,
et fut heureux. Il avait présent à l'esprit ce que lui avait
dit l'ange Jesrad. Il se souvenait même du grain de sable
devenu diamant. La reine et lui adorèrent la Providence.
Zadig laissa la belle capricieuse Missouf courir le monde. Il
envoya chercher le brigand Armogad, auquel il donna un
grade honorable dans son armée, avec promesse de l'avancer
aux premières dignités, s'il se comportait en vrai guerrier, et
de le faire pendre, s'il faisait le métier de brigand.

Sétoc fut appelé du fond de l'Arabie, avec la belle Almona,
pour être à la tête du commerce de Babylone. Cador fut
placé et chéri selon ses services; il fut l'ami du roi, et le roi
fut alors le seul monarque de la terre qui eût un ami. Le
petit muet ne fut pas oublié. On donna une belle maison au
pêcheur. Orcan fut condamné à lui payer une grosse somme,
et à lui rendre sa femme; mais le pêcheur, devenu sage, ne
prit que l'argent.

Ni la belle Sémire ne se consolait d'avoir cru que Zadig
serait borgne, ni Azora ne cessait de pleurer d'avoir voulu lui
couper le nez.[93] Il adoucit leurs douleurs par des présents.
L'Envieux mourut de rage et de honte. L'empire jouit de la
paix, de la gloire et de l'abondance; ce fut le plus beau siècle
de la terre: elle était gouvernée par la justice et par l'amour.
On bénissait Zadig, et Zadig bénissait le ciel.

(Moland, XXI, pp. 33–35, 54–64, 71–93.)

A M. DIDEROT

Juin (1749).

Denis Diderot (1713–1784) should be numbered with Montesquieu,
Voltaire, and Rousseau as one of the four greatest French literary
men of the eighteenth century. Dramatist, novelist, literary and art
critic, he most distinguished himself as editor in chief of the
Encyclopédie, a veritable arsenal of knowledge and of the liberal thought

93 See Chap. II of *Zadig*.

of the period. In 1749, however, Diderot was still not well known, and this letter probably marks the beginning of Voltaire's acquaintance with him.

The occasion of Voltaire's writing this letter was the receipt of Diderot's *Lettre sur les aveugles, à l'usage de ceux qui voient*, which appeared in 1749 and caused its author to be put in the prison of Vincennes, near the eastern edge of Paris, on the 24th of July. In this work, Diderot takes two blind men, one a Frenchman who had been operated upon for cataract by Réaumur, the other a blind English scientist named Saunderson, and uses them as his mouthpieces to attack religious orthodoxy. The argument of course, following Locke, is that all knowledge comes through the senses. Hence, if a blind man followed Descartes' line of argument, he would put his soul in his fingers. Therefore morality and metaphysics will be differently conceived by a blind man than by those who see, and must consequently be thought of as relative, not absolute. Proof of the existence of God through the argument of the marvelous order and harmony of the universe is here rejected. Saunderson, like the *bons athées* of Bayle, was good, though a sceptic. Hence Diderot would have us infer that orthodox religion is not necessary for virtue. The conclusion of the work is one of fatalism and irreligion. This is the reason that Voltaire does not accept it completely.

Je vous remercie, monsieur, du livre ingénieux et profond que vous avez eu la bonté de m'envoyer; je vous en présente un [94] qui n'est ni l'un ni l'autre, mais dans lequel vous verrez l'aventure de l'aveugle-né plus détaillé dans cette nouvelle édition que dans les précédentes. Je suis entièrement de votre avis sur ce que vous dites des jugements que formeraient, en pareil cas, des hommes ordinaires qui n'auraient que du bon sens, et des philosophes. Je suis fâché, que dans les exemples que vous citez, vous ayez oublié l'aveugle-né qui en recevant le don de la vue, voyait les hommes comme des arbres. [95]

J'ai lu avec un extrême plaisir votre livre, qui dit beaucoup, et qui fait entendre davantage. Il y a longtemps que je vous estime autant que je méprise les barbares stupides qui condamnent ce qu'ils n'entendent point, et les méchants qui

[94] *Les Éléments de la philosophie de Newton*, first published in 1738.
[95] After Jesus had healed a blind man, "he asked him if he saw ought. And he looked up, and said, I see men as trees, walking." Mark, viii, 23-24.

se joignent aux imbéciles pour proscrire ce qui les éclaire.

Mais je vous avoue que je ne suis point du tout de l'avis de Saunderson,[96] qui nie un Dieu parce qu'il est né aveugle. Je me trompe peut-être, mais j'aurais, à sa place, reconnu un être très intelligent qui m'aurait donné tant de suppléments de la vue; et, en apercevant par la pensée des rapports infinis dans toutes les choses, j'aurais soupçonné un ouvrier infiniment habile. Il est fort impertinent de prétendre deviner ce qu'il est, et pourquoi il a fait tout ce qui existe; mais il me paraît bien hardi de nier qu'il est.[97] Je désire passionnément de m'entretenir avec vous, soit que vous pensiez être un de. ses ouvrages, soit que vous pensiez être une portion nécessairement organisée d'une matière éternelle et nécessaire.[98] Quelque chose que vous soyez, vous êtes une partie bien estimable de ce grand tout que je ne connais pas. Je voudrais bien, avant mon départ pour Lunéville,[99] obtenir de vous, monsieur, que vous me fissiez l'honneur de faire un repas philosophique chez moi, avec quelques sages. Je n'ai pas l'honneur de l'être, mais j'ai une grande passion pour ceux qui le sont à la manière dont vous l'êtes. Comptez, monsieur, que je sens tout votre mérite, et c'est pour lui rendre encore plus de justice que je désire de vous voir et de vous assurer à quel point j'ai l'honneur d'être, etc.

(Moland, XXXVII, 22–23.)

Des Embellissements de Paris (1750)

Written in 1749 and published the year following, this brief essay shows us Voltaire, the partisan of modern progress, in one of those concrete and practical proposals, which become increasingly character-

[96] Nicholas Saunderson (1682–1739), an English mathematician who had been blind almost from birth.
[97] "La conviction constante et profonde de l'existence d'un Dieu est le motif pour lequel Voltaire fut appelé *cagot* par Diderot." Note in the Moland edition.
[98] Voltaire makes a tactful reference to Diderot's materialistic philosophy, with which he himself here takes issue.
[99] *Lunéville,* city between Nancy and Cirey in Lorraine.

istic of his later years. After the French Revolution, Napoleon I began
the beautification of Paris by the erection of new public buildings,
quays, bridges, and the laying out of new squares and streets. Louis-
Philippe during the period 1830–1848 continued a similar course on
a large scale, but it was left for Baron Haussmann (1809–1891), under
the reign of Napoleon III, to give modern Paris its characteristic ap-
pearance with its broad straight streets and avenues, permitting im-
mense and beautiful vistas and giving to important buildings proper
freedom and space to allow their architectual beauty to stand out.
Needless to say, many quaint and historical old streets and buildings
had to be sacrificed in the process, to the eternal regret of many lovers
of the past, but Voltaire like Baron Haussmann would not have
considered this inevitable sacrifice a price too high to pay for its
numerous advantages. Fortunately many old quarters of Paris still
linger little changed and give to the city its incomparable variety,
which is one of its greatest charms.

This essay shows us Voltaire as one of the early exponents of city
planning, which is in these days slowly beginning to come into its own.
His interest in sanitation is also worthy of note.

Un seul citoyen,[1] qui n'était pas fort riche, mais qui avait
une grande âme, fit à ses dépens la place des Victoires,[2] et
érigea par reconnaissance une statue à son roi. Il fit plus
que sept cent mille citoyens n'ont encore fait dans ce siècle.
Nous possédons dans Paris de quoi acheter des royaumes;
nous voyons tous les jours ce qui manque à notre ville, et
nous nous contentons de murmurer. On passe devant le
Louvre, et on gémit de voir cette façade, monument de la
grandeur de Louis XIV, du zèle de Colbert,[3] et du génie de
Perrault,[4] cachée par les bâtiments de Goths et de Vandales.[5]
Nous courons aux spectacles, et nous sommes indignés d'y
entrer d'une manière si incommode et si dégoûtante, d'y être
placés si mal à notre aise, de voir des salles si grossièrement
construites, des théâtres si mal entendus, et d'en sortir avec

1 Le maréchal de La Feuillade (1673–1725), (Note in Moland).
2 Near the Banque de France, northeast of the Palais Royal.
3 Jean-Baptiste Colbert (1619–1683), minister of finance under Louis
XIV.
4 Claude Perrault (1613–1688), celebrated architect.
5 Voltaire is characteristically classic in his contempt for the archi-
tecture of the Middle Ages, the Gothic, which since the Romantic move-
ment has become the object of universal admiration.

plus d'embarras et de peine qu'on n'y est entré. Nous rougissons, avec raison, de voir les marchés publics établis dans des rues étroites, étaler la malpropreté, répandre l'infection, et causer des désordres continuels. Nous n'avons que deux fontaines [6] dans le grand goût, et il s'en faut qu'elles soient avantageusement placées; toutes les autres sont dignes d'un village. Des quartiers immenses demandent des places publiques; et, tandis que l'arc de triomphe de la porte Saint-Denis et la statue équestre de Henri le Grand, ces deux ponts, ces deux quais superbes, ce Louvre, ces Tuileries, ces Champs-Élysées, égalent ou surpassent les beautés de l'ancienne Rome, le centre de la ville, obscur, resserré, hideux, représente le temps de la plus honteuse barbarie. Nous le disons sans cesse; mais jusqu'à quand le dirons-nous sans y remédier?

A qui appartient-il d'embellir la ville, sinon aux habitants qui jouissent dans son sein de tout ce que l'opulence et les plaisirs peuvent prodiguer aux hommes? . . . Il est temps que ceux qui sont à la tête de la plus opulente capitale de l'Europe la rendent la plus ·commode et la plus magnifique. . . . Il faut des marchés publics, des fontaines qui donnent en effet de l'eau, des carrefours réguliers, des salles de spectacle; il faut élargir les rues étroites et infectes,[7] découvrir les monuments [8] qu'on ne voit point, et en élever qu'on puisse voir. . . .

Que le corps de ville [9] demande seulement permission de mettre une taxe modérée et proportionnelle sur les habitants, ou sur les maisons, ou sur les denrées: cette taxe presque in-

[6] La fontaine des Innocents, et celle de la rue de Grenelle (Note in Moland). The former is a short distance southeast of the Halles Centrales, north of the Seine; the latter is a street on the left bank, south of the Boulevard Saint-Germain.

[7] Jean-Jacques Rousseau comments upon the ugliness of Paris in 1732. "En entrant par le faubourg Saint-Marceau, je ne vis que de petites rues sales et puantes, de vilaines maisons noires, l'air de la malpropreté, de la pauvreté, des mendiants, des charretiers, des ravaudeuses, des crieuses de tisane et de vieux chapeaux." (*Confessions*, Hachette, VIII, 113.)

[8] Public buildings.

[9] *Corps de ville*, corporation of the city.

sensible pour embellir notre ville sera, sans comparaison, moins
forte que celle que nous supportions pour voir périr nos com-
patriotes sur le Danube; que ce même Hôtel de Ville em-
prunte en rentes viagères, en rentes tournantes, quelques mil-
lions qui seront un fonds d'amortissement; qu'il fasse une
loterie bien combinée; qu'il emploie une somme fixe tous les
ans; que le roi daigne ensuite, quand ses affaires le permet-
tront, concourir à ces nobles travaux, en affectant à cette dé-
pense quelques parties des impôts extraordinaires que nous
avons payés pendant la guerre, et que tout cet argent soit
fidèlement économisé; que les projets soient reçus au concours;
que l'exécution soit au rabais: [10] il sera facile de démontrer
qu'on peut, en moins de dix ans, faire de Paris la merveille
du monde. . . .

Une pareille entreprise ferait la gloire de la nation, un hon-
neur immortel au corps de la ville de Paris, encouragerait tous
les arts, attirerait les étrangers des bouts de l'Europe, en-
richirait l'état, bien loin de l'appauvrir, accoutumerait au
travail mille indigents fainéants qui ne fondent actuellement
leur misérable vie que sur le métier infâme et punissable de
mendiants, et qui contribuent encore à déshonorer notre ville;
il en résulterait le bien de tout le monde, et plus d'une sorte
de bien. Voilà, sans contredit, l'effet de ces travaux qu'on
propose, que tous les citoyens souhaitent, et que tous les
citoyens négligent. Fasse le ciel qu'il se trouve quelque
homme assez zélé pour embrasser de tels projets, d'une âme
assez ferme pour les suivre, d'un esprit assez éclairé pour les
rédiger, et qu'il soit assez accrédité pour les faire réussir! Si
dans notre ville immense il ne se trouve personne qui s'en
charge; si on se contente d'en parler à table, de faire d'inu-
tiles souhaits, ou peut-être des plaisanteries impertinentes,
il faut pleurer sur les ruines de Jérusalem.

<div align="center">(Moland, XXIII, 297–298, 302, 304.)</div>

[10] Voltaire wants competitive bidding and special prices for this public
work of mutual benefit.

Dialogue entre un Philosophe et un Contrôleur Général des Finances (1751)

The following selection, which appeared in 1751, shows something of Voltaire's views on the necessity of a sound financial administration in the government with an equitable division of the burdens of taxation. It should be understood in the light of the fact that extravagance and a poor fiscal system constantly increased the public debt in the France of the *ancien régime*, while relative exemption from taxation of the "privileged classes," the nobles and the higher clergy—those best able to pay—made intolerable the burdens borne by the rest of the people, the middle class, and particularly the peasantry. The system of tax collection, which permitted the collectors, the *fermiers*, to make their profits from the difference between what they agreed to pay the government and what they were able to wrest from the people, was unusually vicious. These abuses in finance undoubtedly were a prime cause of the French Revolution which neither Turgot (1727–1781) nor Necker (1732–1804), when they became successively ministers of finance, were given sufficiently free rein to be able to avert.

Le Philosophe

Savez-vous qu'un ministre des finances peut faire beaucoup de bien, et par conséquent être un plus grand homme que vingt maréchaux de France?

Le Ministre

Je savais bien qu'un philosophe voudrait adoucir en moi la dureté qu'on reproche à ma place; mais je ne m'attendais pas qu'il voulût me donner de la vanité.

Le Philosophe

La vanité n'est pas tant un vice que vous le pensez. Si Louis XIV n'en avait pas eu un peu, son règne n'eût pas été si illustre. Le grand Colbert en avait; ayez celle de le surpasser. Vous êtes né dans un temps plus favorable que le sien. Il faut s'élever avec son siècle. . . .

A ces mots, le ministre apercevant que le philosophe avait quelques papiers, il voulut les voir: c'était un recueil de quel-

ques idées qui pouvaient fournir beaucoup de réflexions; le
ministre prit le papier et lut:

"La richesse d'un État consiste dans le nombre de ses habi-
tants et dans leur travail. . . . Ce n'est donc point l'argent
qui enrichit un royaume: c'est l'esprit; j'entends l'esprit qui
dirige le travail.

"Le commerce fait le même effet que le travail des mains;
il contribue à la douceur de ma vie. . . . La richesse consiste
donc dans le grand nombre d'hommes laborieux.

"Le but, le devoir d'un gouvernement sage est donc évidem-
ment la peuplade et le travail. . . .

"Le roi, qui est l'économe de la nation, donne des pensions
à des dames de la cour, et cet argent va aux marchands, aux
coiffeuses, et aux brodeuses. Mais pourquoi n'y a-t-il pas des
pensions attachées à l'encouragement de l'agriculture? Cet
argent retournerait de même à l'État, mais avec plus de
profit.[11]

"On sait que c'est un vice dans un gouvernement qu'il y ait
des mendiants. Il y en a de deux espèces: ceux qui vont en
guenilles d'un bout du royaume à l'autre arracher des pas-
sants par des cris lamentables de quoi aller au cabaret; et ceux
qui, vêtus d'habits uniformes,[12] vont mettre le peuple à con-
tribution au nom de Dieu, et reviennent souper chez eux dans
de grandes maisons où ils vivent à leur aise. . . . Il est bien
étrange que, dans un royaume qui a des terres incultes et des
colonies, on souffre des habitants qui ne peuplent ni ne
travaillent. Le meilleur gouvernement est celui où il y a le
moins d'hommes inutiles. D'où vient qu'il y a eu des peu-
ples[13] qui, ayant moins d'or et d'argent que nous, ont im-
mortalisé leur mémoire par des travaux que nous n'osons
imiter? Il est évident que leur administration valait mieux

11 The English traveler, Arthur Young, commented upon the bad state
of agriculture in France just before the French Revolution.
12 Voltaire seems to mean mendicant religious orders.
13 Voltaire doubtless has in mind, first the Romans, and secondly, per-
haps the English.

que la nôtre, puisqu'elle engageait plus d'hommes au travail.

"Les impôts sont nécessaires. La meilleure manière de les lever est celle qui facilite davantage le travail et le commerce. Un impôt arbitraire est vicieux. . . .

"Qu'est-ce qu'un impôt? c'est une certaine quantité de blé, de bestiaux, de denrées, que les possesseurs des terres doivent à ceux qui n'en ont point. L'argent n'est que la représentation de ces denrées. L'impôt n'est donc réellement que sur les riches; vous ne pouvez pas demander au pauvre une partie du pain qu'il gagne, et du lait que les mamelles de sa femme donnent à ses enfants. Ce n'est pas sur le pauvre, sur le manœuvre, qu'il faut imposer une taxe; il faut, en le faisant travailler, lui faire espérer d'être un jour assez heureux pour payer des taxes. . . .

"Le papier public est à l'argent ce que l'argent est aux denrées: une représentation, un gage d'échange. L'argent n'est utile que parce qu'il est plus aisé de payer un mouton avec un louis d'or que de donner pour un mouton quatre paires de bas. Il est de même plus aisé à un receveur de province d'envoyer au trésor royal quatre cent mille francs dans une lettre que de les faire voiturer à grands frais: donc une banque, un papier de crédit est utile. Un papier de crédit est dans le gouvernement d'un État, dans le commerce et dans la circulation, ce que les cabestans sont dans les carrières. Ils enlèvent des fardeaux que les hommes n'auraient pas pu remuer à bras. Un Écossais,[14] homme utile et dangereux, établit en France le papier de crédit: c'était un médecin qui donnait une dose d'émétique trop forte à des malades. Ils en eurent des convulsions; mais parce qu'on a pris d'un bon remède, doit-on y renoncer à jamais? Il est resté des débris de son système une compagnie des Indes qui donne de la jalousie aux étrangers, et qui peut faire la

14 John Law, the father of the "System," whose abuse caused so much inflation of the currency and speculation. Cf. *supra,* p. 127, n.

grandeur de la nation : donc ce système, contenu dans de justes bornes, aurait fait plus de bien qu'il n'a fait de mal.[15]

"Changer le prix des espèces,[16] c'est faire de la fausse monnaie ; répandre dans le public plus de papier de crédit que la masse et la circulation des espèces et des denrées ne le comportent, c'est encore faire de la fausse monnaie.

"Défendre la sortie des matières d'or et d'argent est un reste de barbarie et d'indigence : c'est à la fois vouloir ne pas payer ses dettes et perdre le commerce. C'est en effet ne pas vouloir payer, puisque, si la nation est débitrice, il faut qu'elle solde son compte avec l'étranger ; c'est perdre le commerce, puisque l'or et l'argent sont non seulement le prix des marchandises, mais sont marchandises eux-mêmes. L'Espagne a conservé, comme d'autres nations, cette ancienne loi, qui n'est qu'une ancienne misère. La seule ressource du gouvernement est qu'on viole toujours cette loi.

"Charger de taxes dans ses propres États les denrées de son pays, d'une province à une autre ;[17] rendre la Champagne ennemie de la Bourgogne, et la Guienne de la Bretagne, c'est encore un abus honteux et ridicule : c'est comme si je postais quelques-uns de mes domestiques dans une antichambre, pour arrêter et pour manger une partie de mon souper lorsqu'on me l'apporte. On a travaillé à corriger cet abus ; et, à la honte de l'esprit humain, on n'a pu y réussir."

Il y avait bien d'autres idées dans les papiers du philosophe ; le ministre les goûta ; il s'en procura une copie, et c'est le premier portefeuille d'un philosophe qu'on ait vu dans le portefeuille d'un ministre.

(Moland, XXIII, 501–06.)

15 "Alors la compagnie des Indes subsistait avec éclat, et donnait de grandes espérances." (Note de Voltaire.)

16 Reference to the scaling down of the currency which took place under the ministry of Fleury.

17 Duties were levied from province to province within the country. Cf. the situation in the American colonies before the Revolution.

VOLTAIRE AND FREDERICK THE GREAT (1750–1753)

A tragedy, *Sémiramis* (1748), reworked the subject of *Ériphyle* (1732), but with no striking success. The ghost, reminiscent both of the Greeks and of Shakespeare, had a hard time of it on the stage still encumbered according to the custom of the time with facetious spectators, who were not to be removed, through the efforts of the Count de Lauraguais, until 1759. The sentinel, seeing that there was too little space for the ghost to pass, cried out aloud: "Messieurs, place à l'ombre, s'il vous plaît, place à l'ombre." [18] Voltaire set out to rewrite the subjects of several of Crébillon's plays, (*Rome Sauvée, Oreste*) but they were received coolly. The King and Mme de Pompadour, and all of Voltaire's numerous rivals and enemies, were more and more inclined against him and in favor of Crébillon. A comedy, *Nanine* (1749), was drawn from Richardson's *Pamela*, but comedy was never Voltaire's forte. The atmosphere of the French court was less and less congenial to Voltaire. Then Mme du Châtelet died on September 10, 1749, at the court of Stanislas in Lorraine. Voltaire's last close tie with France was broken. Frederick's constant efforts to draw him to Berlin had never ceased, and now at length they were successful. Voltaire arrived at Potsdam July 10, 1750. He was to leave in a rage March 26, 1753.

But at first all was enthusiasm and enchantment at the court of this "roi philosophe." There was none of the timidity that Voltaire had known in the France of his day. All subjects could be discussed during the intimate suppers when Frederick gathered about him Voltaire, Maupertuis, La Mettrie, and other bold spirits, whom no scruples checked from expressing any opinion, however startling. Voltaire was in his element, witty and clever as ever, stored with enormous knowledge of history and anecdote, the fruits of his indefatigable reading during the years at Cirey and since, ready at repartee and impromptu verse, a prince of conversationalists. Whereas Mme du Châtelet had held Voltaire in check, Frederick stimulated him to greater lengths of boldness than he had ever gone. Frederick himself spoke and wrote French readily, even aspired to

18 Desnoiresterres, III, 204.

be a poet in this adopted language, and it was Voltaire's function to counsel him on the finer points of style and usage, after some lesser light had corrected grosser errors. At first, not too onerous a task, soon an intolerable bore.

There were other more important causes of difficulty. Frederick was despotic, hard, bound to have his own way; Voltaire was vain, jealous of Maupertuis, equally bent on gaining his ends, though of necessity by cleverness rather than by force. With two such obstinate wills clashing, sparks were bound to fly. There were always ready those who could fan the flame by rousing suspicion, reporting gossip, telling each of the other's criticisms. A lawsuit of Voltaire with a Jew Hirschel, the *Diatribe du Docteur Akakia* directed against Maupertuis, displeased the King, who, willing enough to permit freedom of discussion in private, wanted no tumultuous public controversies. On the first of January 1753, Voltaire gave up his decorations and his pension. They were returned to him, but at length on March 26 he obtained permission to depart. After stopping on the way at Leipzig, Gotha, and Cassel he reached Frankfort on June 1st. New and unexpected difficulties. He is arrested with his niece, Mme Denis, by one of Frederick's agents, Baron Freytag, and held prisoner until July 7, demand being made that he now return the king's decorations and especially "l'œuvre de poésie" of his Prussian Majesty. What designs of revenge by publication of these royal effusions Voltaire may have cherished, it is perhaps not too hard to guess. At any rate, he had to yield before superior force and, when his baggage arrived, gave up the contraband articles. At length he was out of the lion's den, justly indignant and raging at the arbitrary character of his imprisonment, the searching of his baggage, and the seizure of his money, though not without blame himself for his designs upon the king's *poésies.* After some hesitation as to where he should now turn, Paris being cold to him, Cirey desolate, he finally decides upon Switzerland. First he rents a house at Monrion near Lausanne, then he buys a castle at Saint-Jean near Geneva and christens it "Les Délices," next he gives up Monrion and rents instead for winter use a house in Lausanne itself; and finally in 1758 he buys Ferney just across the French border from Geneva, and shortly makes it his chief residence.

The stay in Prussia, despite its disagreeable outcome, had been very important in Voltaire's development. In the first place, he had not lacked leisure for literary work. There were not the distractions of the French court. His *Siècle de Louis XIV* appeared in 1751, *Micromégas*, a philosophic *conte*, in 1752, the *Poème sur la loi naturelle* was written in 1752 for the King of Prussia, the *Essai sur les Mœurs* was far enough along to appear in a spurious edition in 1753. These are all significant works. In the second place, contact upon something of an equal footing with a king brought Voltaire to a full realization of his powers. Henceforth he will give the full measure of his genius, he will deal on nearly equal terms with the crowned heads of Europe, but he will be careful to preserve his freedom. No more servitude at courts. He will make a court for himself at Ferney. He will reign in his own domain and his influence will extend throughout Europe. The great period of Voltaire's life begins as he touches sixty.

Le Siècle de Louis XIV (1751) [19]

Voltaire had barely finished his *Histoire de Charles XII* when his thoughts turned in 1732 toward writing a history of the reign of Louis XIV, in which the life and work of the king should not form the whole story but in which a very prominent part should be given to the characteristics of the period as a whole. Thus at this early date he was already turning toward a more philosophic conception of history. He writes: "Je suis las des histoires où il n'est question que des aventures d'un roi,[20] comme s'il existait seul ou que rien n'existât que par rapport à lui: en un mot, c'est encore plus d'un grand siècle que d'un grand roi que j'écris l'histoire"; and again: "Ce n'est point simplement les annales de son règne, c'est plutôt l'histoire de l'esprit humain puisée dans le siècle le plus glorieux à l'esprit humain." [21] Moreover, Voltaire, filled with admiration at the many qualities of the enlightened despot shown by Louis XIV, at his protection of men of letters, at the financial administration of Colbert, plans to use his history as an indirect satire and criticism of the contemporary administration of Louis XV. Thus, somewhat as in the *Lettres philosophiques* of 1734 England appears as a country whose religious

19 See the general statement above (pp. 32–34) as to Voltaire's histories. Cf. also, *supra,* pp. 111–115.
20 As in his own *Charles XII,* for instance.
21 Both passages cited by Lanson in his *Histoire de la littérature française* (1912), p. 704.

and political freedom are a lesson to eighteenth-century France, so likewise the reign of Louis XIV contrasts favorably in Voltaire's mind with that of his successor. By 1739 under the influence of these two main ideas, that of discreet satire of the existing régime and that of writing the history of *l'esprit humain* during this great period of the seventeenth century, Voltaire had some thirty chapters finished, or nearly so. Two of them were published during this year and were ordered suppressed by the government. So Voltaire let his work rest. In 1750, at Berlin, he set to work at it again, added nine chapters, changed the order of arrangement, and modified the work in order to show that a greater spirit of rationalism and hatred of religious superstition were the two things that the age of Louis XIV lacked. Thus its spirit became similar to that of the *Essai sur les Mœurs*, which was to follow shortly.

It was in 1751 that the *Siècle de Louis XIV* appeared.

Voltaire had had unusual opportunities for writing such a history. He had himself lived during the closing years of the great monarch's reign and had witnessed its decline. His wide acquaintance brought him much oral information from those in direct contact with affairs, like the Duc de Richelieu, the two D'Argenson, Mme de Maintenon, Lord Bolingbroke, Lord Peterborough, the Duchess of Marlborough, Caumartin, and many others. He had in his hands the still unpublished memoirs of Villars, Dangeau, and best of all of Saint-Simon. Even the memoirs of Louis XIV himself were communicated to him. He read two hundred volumes of printed memoirs. Finally, as royal historiographer since 1745, he had access to the state archives. He studied the authenticity of his documents, criticized the relative value of his sources, and endeavored with great care to establish the truth. His work has notable qualities, which made it deservedly popular in its time. True, it lacks much of the color and life which only the Romantic period could bring into the too analytical style of the eighteenth century; and true it is that Voltaire, for once too discreet, conceals from view many of the shortcomings of Louis' reign, which his documents could not have failed to reveal to him. Nevertheless, the work marks an epoch in the development of historical study.[22]

Introduction.—Ce n'est pas seulement la vie de Louis XIV qu'on prétend écrire; on se propose un plus grand objet. On veut essayer de peindre à la postérité, non les actions d'un seul homme, mais l'esprit des hommes dans le siècle le plus éclairé qui fût jamais.

[22] For the complete text of Voltaire's history, see: Émile Bourgeois, *Le Siècle de Louis XIV*, 5th ed., Paris, Hachette, 1910.

Tous les temps ont produit des héros et des politiques; tous les peuples ont éprouvé des révolutions; toutes les histoires sont presque égales pour qui ne veut mettre que des faits dans sa mémoire. Mais quiconque pense, et, ce qui est encore plus rare, quiconque a du goût, ne compte que quatre siècles dans l'histoire du monde. Ces quatre âges heureux sont ceux où les arts ont été perfectionnés, et qui, servant d'époque à la grandeur de l'esprit humain, sont l'exemple de la postérité.

Le premier de ces siècles, à qui la véritable gloire est attachée, est celui de Philippe et d'Alexandre, ou celui des Périclès, des Démosthène, des Aristote, des Platon, des Apelle, des Phidias, des Praxitèle; et cet honneur a été renfermé dans les limites de la Grèce: le reste de la terre alors connue était barbare.

Le second âge est celui de César et d'Auguste, désigné encore par les noms de Lucrèce, de Cicéron, de Tite-Live, de Virgile, d'Horace, d'Ovide, de Varron, de Vitruve.

Le troisième est celui qui suivit la prise de Constantinople par Mahomet II. Le lecteur peut se souvenir qu'on vit alors en Italie une famille de simples citoyens faire ce que devaient entreprendre les rois de l'Europe. Les Médicis appelèrent à Florence les savants, que les Turcs chassaient de la Grèce: c'était le temps de la gloire de l'Italie. Les beaux-arts y avaient déjà repris une vie nouvelle; les Italiens les honorèrent du nom de vertu, comme les premiers Grecs les avaient caractérisés du nom de sagesse. Tout tendait à la perfection.

Les arts, toujours transplantés de Grèce en Italie, se trouvaient dans un terrain favorable, où ils fructifiaient tout à coup. La France, l'Angleterre, l'Allemagne, l'Espagne, voulurent à leur tour avoir de ces fruits; mais ou ils ne vinrent point dans ces climats, ou bien ils dégénèrent trop vite.

François Ier encouragea des savants, mais qui ne furent que savants; il eut des architectes, mais il n'eut ni les Michel-Ange,

ni les Palladio; [23] il voulut en vain établir des écoles de pein-
ture : les peintres italiens qu'il appela ne firent point d'élèves
français. Quelques épigrammes et quelques contes libres
composaient toute notre poésie. Rabelais était notre seul livre
de prose à la mode, du temps de Henri II.

En un mot, les Italiens seuls avaient tout, si vous en ex-
ceptez la musique, qui n'était pas encore perfectionnée, et la
philosophie expérimentale, inconnue partout également, et
qu'enfin Galilée fit connaître.

Le quatrième siècle est celui qu'on nomme le siècle de
Louis XIV, et c'est peut-être celui des quatre qui approche
le plus de la perfection. Enrichi des découvertes des trois
autres, il a plus fait en certains genres que les trois ensemble.
Tous les arts, à la vérité, n'ont point été poussés plus loin que
sous les Médicis, sous les Auguste et les Alexandre ; mais la
raison humaine en général s'est perfectionnée. La saine
philosophie n'a été connue que dans ce temps, et il est vrai de
dire qu'à commencer depuis les dernières années du cardinal
de Richelieu jusqu'à celles qui ont suivi la mort de Louis XIV
il s'est fait, dans nos arts, dans nos esprits, dans nos mœurs,
comme dans notre gouvernement, une révolution générale qui
doit servir de marque éternelle à la véritable gloire de notre
patrie. Cette heureuse influence ne s'est pas même arrêtée en
France : elle s'est étendue en Angleterre ; elle a excité l'émula-
tion dont avait alors besoin cette nation spirituelle et hardie ;
elle a porté le goût en Allemagne, les sciences en Russie ; elle
a même ranimé l'Italie, qui languissait, et l'Europe a dû sa
politesse et l'esprit de société à la cour de Louis XIV.

Il ne faut pas croire que ces quatre siècles aient été exempts
de malheurs et de crimes. La perfection des arts cultivés par
des citoyens paisibles n'empêche pas les princes d'être am-

[23] Palladio (1518–1580), Italian architect, who succeeded Bramante and
Michelangelo in the construction of Saint Peter's at Rome.

bitieux, les peuples d'être séditieux, les prêtres et les moines d'être quelquefois remuants et fourbes. Tous les siècles se ressemblent par la méchanceté des hommes ; mais je ne connais que ces quatre âges distingués par les grands talents.

Avant le siècle que j'appelle de Louis XIV, et qui commence à peu près à l'établissement de l'Académie française,[24] les Italiens appelaient tous les ultramontains [25] du nom de barbares ; il faut avouer que les Français méritaient en quelque sorte cette injure. Leurs pères joignaient la galanterie romanesque des Maures à la grossièreté gothique.[26] Ils n'avaient presque aucun des arts aimables, ce qui prouve que les arts utiles étaient négligés : car lorsqu'on a perfectionné ce qui est nécessaire, on trouve bientôt le beau et l'agréable, et il n'est pas étonnant que la peinture, la sculpture, la poésie, l'éloquence, la philosophie, fussent presque inconnues à une nation qui, ayant des ports sur l'Océan et sur la Méditerranée, n'avait pourtant point de flotte, et qui, aimant le luxe à l'excès, avait à peine quelques manufactures grossières.

Les Juifs, les Génois, les Vénitiens, les Portugais, les Flamands, les Hollandais, les Anglais, firent tour à tour le commerce de la France, qui en ignorait les principes. Louis XIII, à son avènement à la couronne, n'avait pas un vaisseau ; Paris ne contenait pas quatre cent mille hommes, et n'était pas décoré de quatre beaux édifices ; les autres villes du royaume ressemblaient à ces bourgs qu'on voit au delà de la Loire. Toute la noblesse, cantonnée à la campagne dans des donjons entourés de fossés, opprimait ceux qui cultivent la terre. Les grands chemins étaient presque impraticables ; les villes

24 1635.

25 *Ultramontains,* beyond the mountains, across the Alps ; hence, from the Italian point of view, this would here mean France. From the French point of view, the term is sometimes used in the sense of favorable to the power of the Pope and the Italian church.

26 *Gothic* to the classic minds of the seventeenth and eighteenth centuries remained for a long time a term of reproach. Even Gothic architecture, so much admired from the time of Romanticism on, was considered a relic of barbarism. Cf. *supra,* p. 183, n.

étaient sans police, l'État sans argent, et le gouvernement presque toujours sans crédit parmi les nations étrangères.

On ne doit pas se dissimuler que, depuis la décadence de la famille de Charlemagne, la France avait langui plus ou moins dans cette faiblesse, parce qu'elle n'avait presque jamais joui d'un bon gouvernement.

Il faut pour qu'un État soit puissant, ou que le peuple ait une liberté fondée sur les lois, ou que l'autorité souveraine soit affermie sans contradiction. En France, les peuples furent esclaves jusque vers le temps de Philippe-Auguste; les seigneurs furent tyrans jusqu'à Louis XI, et les rois, toujours occupés à soutenir leur autorité contre leurs vassaux, n'eurent jamais ni le temps de songer au bonheur de leurs sujets, ni le pouvoir de les rendre heureux.

Louis XI fit beaucoup pour la puissance royale, mais rien pour la félicité et la gloire de la nation. François Ier fit naître le commerce, la navigation, les lettres, et tous les arts; mais il fut trop malheureux pour leur faire prendre racine en France, et tous périrent avec lui. Henri le Grand allait retirer la France des calamités et de la barbarie où trente ans de discorde l'avaient replongée, quand il fut assassiné dans sa capitale, au milieu du peuple dont il commençait à faire le bonheur. Le cardinal de Richelieu, occupé d'abaisser la maison d'Autriche, le calvinisme, et les grands, ne jouit point d'une puissance assez paisible pour réformer la nation; mais au moins il commença cet heureux ouvrage.

Ainsi, pendant neuf cents années, le génie des Français a été presque toujours rétréci sous un gouvernement gothique, au milieu des divisions et des guerres civiles, n'ayant ni lois ni coutumes fixes, changeant de deux siècles en deux siècles un langage toujours grossier; les nobles, sans discipline, ne connaissant que la guerre et l'oisiveté; les ecclésiastiques vivant dans le désordre et dans l'ignorance, et les peuples, sans industrie, croupissant dans leur misère.

Les Français n'eurent part, ni aux grandes découvertes ni aux inventions admirables des autres nations : l'imprimerie, la poudre, les glaces, les télescopes, le compas de proportion,[27] la machine pneumatique, le vrai système de l'univers, ne leur appartiennent point ; ils faisaient des tournois, pendant que les Portugais et les Espagnols découvraient et conquéraient de nouveaux mondes à l'orient et à l'occident du monde connu. Charles-Quint [28] prodiguait déjà en Europe les trésors du Mexique, avant que quelques sujets de François I[er] eussent découvert la contrée inculte du Canada ; [29] mais par le peu même que firent les Français dans le commencement du XVI[e] siècle, on vit de quoi ils sont capables quand ils sont conduits.

On se propose de montrer ce qu'ils ont été sous Louis XIV.

Il ne faut pas qu'on s'attende à trouver ici, plus que dans le tableau des siècles précédents, les détails immenses des guerres, des attaques de villes prises et reprises par les armes, données et rendues par des traités. Mille circonstances intéressantes pour les contemporains se perdent aux yeux de la postérité, et disparaissent pour ne laisser voir que les grands événements qui ont fixé la destinée des empires. Tout ce qui s'est fait ne mérite pas d'être écrit. On ne s'attachera, dans cette histoire, qu'à ce qui mérite l'attention de tous les temps, à ce qui peut peindre le génie et les mœurs des hommes, à ce qui peut servir d'instruction, et conseiller l'amour de la vertu, des arts, et de la patrie.

On a déjà vu ce qu'étaient et la France et les autres États de l'Europe avant la naissance de Louis XIV ; on décrira ici les grands événements politiques et militaires de son règne. Le gouvernement intérieur du royaume, objet plus important

27 Folding rule.
28 *Charles-Quint,* Charles V (1500–1558), king of Spain from 1516, emperor of Germany in 1519, rival of Francis I, and master of immense territories in Europe and the Americas. Wearied of his rule, he abdicated in 1555. He is the Don Carlos of Hugo's *Hernani.*
29 Voltaire customarily spoke of Canada in terms of depreciation as a cold barren country.

pour les peuples, sera traité à part. La vie privée de
Louis XIV, les particularités de sa cour et de son règne,
tiendront une grande place. D'autres articles seront pour
les arts, pour les sciences, pour les progrès de l'esprit humain
dans ce siècle. Enfin on parlera de l'Église, qui depuis si
longtemps est liée au gouvernement; qui tantôt l'inquiète et
tantôt le fortifie, et qui, instituée pour enseigner la morale,
se livre souvent à la politique et aux passions humaines.

(Moland, XIV, 155–159.)

LOUIS XIV GOUVERNE PAR LUI-MÊME

Mme de Motteville [30] nous apprend que la réputation de
Charles II, roi d'Angleterre, qui passait alors pour gouverner
par lui-même, inspira de l'émulation à Louis XIV. Si cela
est, il surpassa beaucoup son rival, et il mérita toute sa vie ce
qu'on avait dit d'abord de Charles.

Il commença par mettre de l'ordre dans les finances
dérangées par un long brigandage. La discipline fut
rétablie dans les troupes, comme l'ordre dans les finances.
La magnificence et la décence embellirent sa cour. Les
plaisirs même eurent de l'éclat et de la grandeur. Tous les
arts furent encouragés, et tous employés à la gloire du roi
et de la France.

Ce n'est pas ici le lieu de le représenter dans sa vie privée,
ni dans l'intérieur de son gouvernement; c'est ce que nous
ferons à part. Il suffit de dire que ses peuples, qui depuis
la mort de Henri le Grand n'avaient point vu de véritable roi,
et qui détestaient l'empire d'un premier ministre, furent
remplis d'admiration et d'espérance quand ils virent
Louis XIV faire à vingt-deux ans ce que Henri avait fait à
cinquante. Si Henri IV avait eu un premier ministre, il

30 Mme de Motteville (1621?–1689), author of valuable memoirs on
Anne of Austria.

eût été perdu, parce que la haine contre un particulier eût ranimé vingt factions trop puissantes. Si Louis XIII n'en avait pas eu, ce prince, dont un corps faible et malade énervait l'âme, eût succombé sous le poids. Louis XIV pouvait sans péril avoir ou n'avoir pas de premier ministre. Il ne restait pas la moindre trace des anciennes factions; il n'y avait plus en France qu'un maître et des sujets. Il montra d'abord qu'il ambitionnait toute sorte de gloire, et qu'il voulait être aussi considéré au dehors qu'absolu au dedans.

(Moland, XIV, 226-227.)

Gouvernement intérieur.—On doit cette justice aux hommes publics qui ont fait du bien à leur siècle, de regarder le point dont ils sont partis, pour mieux voir les changements qu'ils ont faits dans leur patrie. La postérité leur doit une éternelle reconnaissance des exemples qu'ils ont donnés, lors même qu'ils sont surpassés. Cette juste gloire est leur unique récompense. Il est certain que l'amour de cette gloire anima Louis XIV, lorsque, commençant à gouverner par lui-même, il voulut réformer son royaume, embellir sa cour, et perfectionner les arts.

Non seulement il s'imposa la loi de travailler régulièrement avec chacun de ses ministres, mais tout homme connu pouvait obtenir de lui une audience particulière, et tout citoyen avait la liberté de lui présenter des requêtes et des projets. Les placets étaient reçus d'abord par un maître des requêtes qui les rendait apostillés; ils furent dans la suite renvoyés aux bureaux des ministres. Les projets étaient examinés dans le conseil quand ils méritaient de l'être, et leurs auteurs furent admis plus d'une fois à discuter leurs propositions avec les ministres en présence du roi. Ainsi on vit entre le trône et la nation une correspondance qui subsista malgré le pouvoir absolu.

Louis XIV se forma et s'accoutuma lui-même au travail; et

ce travail était d'autant plus pénible qu'il était nouveau pour lui, et que la séduction des plaisirs pouvait aisément le distraire. Il écrivit les premières dépêches à ses ambassadeurs. Les lettres les plus importantes furent souvent depuis minutées de sa main, et il n'y en eut aucune écrite en son nom qu'il ne se fît lire.

(Moland, XIV, 497.)

Micromégas (1752)[31]

The editors of the Kehl edition of Voltaire's works wrote the following Avertissement on *Micromégas:*

«Ce roman peut être regardé comme une imitation d'un des voyages de Gulliver. Il contient plusieurs allusions. Le nain de Saturne est M. de Fontenelle. Malgré sa douceur, sa circonspection, sa philosophie, qui devait lui faire aimer celle de M. de Voltaire, il s'était lié avec les ennemis de ce grand homme, et avait paru partager, sinon leur haine, du moins leurs préventions. Il fut fort blessé du rôle qu'il jouait dans ce roman, et d'autant plus peut-être que la critique était juste, quoique sévère, et que les éloges qui s'y mêlaient y donnaient encore plus de poids. Le mot qui termine l'ouvrage n'adoucit point la blessure, et le bien qu'on dit du secrétaire de l'Académie de Paris ne consola point M. de Fontenelle des plaisanteries qu'on se permettait sur celui de l'Académie de Saturne» (Moland, XXI, p. xi).

Micromégas dates from 1752. Its boldness, as compared with *Zadig* for instance, gives evidence of the influence of his stay at Berlin with Frederick, which was to complete Voltaire's evolution and to help him cast off the comparative restraint which had still been his in France under the influence of Mme du Châtelet and under the constant threat of repressive measures by the French government. *Micromégas* attacks man's sense of importance as expressed in the anthropocentric theory of the Universe, and emphasizes the characteristically eighteenth-century idea of the relativity of all things. It belongs also to the *genre* of the "Extraordinary Voyage," [32] of which other notable examples are: Cyrano de Bergerac's (1619–1655) *Histoire comique des états de la lune* (1657) [33] and *Histoire comique des états du soleil* (1662), and Swift's *Gulliver's Travels* (1726), with which we know from Voltaire's correspondence that he became familiar in England.

31 *Micromégas*, from Gr. *mikròs,* small, and *mégas*, great, indicates that all size is relative.
32 Excellently treated in three recent volumes by Geoffroy Atkinson.
33 Cf. Edgar Allan Poe, *The Adventures of One Hans Pfaall.*

Fontenelle's *Pluralité des mondes* (1686) was also evidently in Voltaire's mind at this time.

Micromégas is written with characteristic Voltairean verve, brevity, and wit. Its satire is interesting and effective.

CHAPITRE PREMIER

Voyage d'un habitant du monde de l'étoile Sirius dans la planète de Saturne

Dans une de ces planètes qui tournent autour de l'étoile nommée Sirius, il y avait un jeune homme de beaucoup d'esprit, que j'ai eu l'honneur de connaître dans le dernier voyage qu'il fit sur notre petite fourmilière; il s'appelait Micromégas, nom qui convient fort à tous les grands. Il avait huit lieues de haut: j'entends par huit lieues, vingt-quatre mille pas géométriques de cinq pieds chacun.

Quelques géomètres, gens toujours utiles au public, prendront sur-le-champ la plume, et trouveront que, puisque M. Micromégas, habitant du pays de Sirius, a de la tête aux pieds vingt-quatre mille pas, qui font cent vingt mille pieds de roi, et que nous autres, citoyens de la terre, nous n'avons guère que cinq pieds, et que notre globe a neuf mille lieues de tour; ils trouveront, dis-je, qu'il faut absolument que le globe qui l'a produit ait au juste vingt-un millions six cent mille fois plus de circonférence que notre petite terre. Rien n'est plus simple et plus ordinaire dans la nature. Les États de quelques souverains d'Allemagne ou d'Italie, dont on peut faire le tour en une demi-heure, comparés à l'empire de Turquie, de Moscovie ou de la Chine, ne sont qu'une faible image des prodigieuses différences que la nature a mises dans tous les êtres.

La taille de Son Excellence étant de la hauteur que j'ai dite, tous nos sculpteurs et tous nos peintres conviendront sans peine que sa ceinture peut avoir cinquante mille pieds de

roi de tour; ce qui fait une très jolie proportion. Son nez étant le tiers de son beau visage, et son beau visage étant la septième partie de la hauteur de son beau corps, il faut avouer que le nez du Sirien a six mille trois cent trente-trois pieds de roi plus une fraction; ce qui était à démontrer.

Quant à son esprit, c'est un des plus cultivés que nous ayons; il sait beaucoup de choses; il en a inventé quelques-unes; il n'avait pas encore deux cent cinquante ans, et il étudiait, selon la coutume, au collège le plus célèbre de sa planète, lorsqu'il devina, par la force de son esprit, plus de cinquante propositions d'Euclide. C'est dix-huit de plus que Blaise Pascal, lequel, après en avoir deviné trente-deux en se jouant, à ce que dit sa sœur, devint depuis un géomètre assez médiocre, et un fort mauvais métaphysicien.[34] Vers les quatre cent cinquante ans, au sortir de l'enfance, il disséqua beaucoup de ces petits insectes qui n'ont pas cent pieds de diamètre, et qui se dérobent aux microscopes ordinaires; il en composa un livre fort curieux, mais qui lui fit quelques affaires.[35] Le mufti de son pays, grand vétillard et fort ignorant, trouva dans son livre des propositions suspectes, malsonnantes, téméraires, hérétiques, sentant l'hérésie, et le poursuivit vivement: il s'agissait de savoir si la forme substantielle des puces de Sirius était de même nature que celle des colimaçons. Micromégas se défendit avec esprit; il mit les femmes de son côté; le procès dura deux cent vingt ans. Enfin le mufti fit condamner le livre par des jurisconsultes qui ne l'avaient pas lu, et l'auteur eut ordre de ne paraître à la cour de huit cents années.

Il ne fut que médiocrement affligé d'être banni d'une cour qui n'était remplie que de tracasseries et de petitesses. Il fit une chanson fort plaisante contre le mufti, dont celui-ci ne s'embarrassa guère; et il se mit à voyager de planète en pla-

[34] Voltaire is by nature hostile to Pascal's mode of thought and therefore speaks of him here in derogatory terms.
[35] Caused him some difficulties.

nète, pour achever de se former *l'esprit et le cœur,* comme l'on dit. Ceux qui ne voyagent qu'en chaise de poste ou en berline seront sans doute étonnés des équipages de là-haut; car nous autres, sur notre petit tas de boue,[36] nous ne concevons rien au delà de nos usages. Notre voyageur connaissait merveilleusement les lois de la gravitation, et toutes les forces attractives et répulsives. Il s'en servait si à propos, que, tantôt à l'aide d'un rayon du soleil, tantôt par la commodité d'une comète, il allait de globe en globe, lui et les siens, comme un oiseau voltige de branche en branche. Il parcourut la voie lactée en peu de temps, et je suis obligé d'avouer qu'il ne vit jamais, à travers les étoiles dont elle est semée, ce beau ciel empyrée que l'illustre vicaire Derham[37] se vante d'avoir vu au bout de sa lunette. Ce n'est pas que je prétende que M. Derham ait mal vu, à Dieu ne plaise! mais Micromégas était sur les lieux, c'est un bon observateur, et je ne veux contredire personne. Micromégas, après avoir bien tourné, arriva dans le globe de Saturne. Quelque accoutumé qu'il fût à voir des choses nouvelles, il ne put d'abord, en voyant la petitesse du globe et de ses habitants, se défendre de ce sourire de supériorité qui échappe quelquefois aux plus sages. Car enfin Saturne n'est guère que neuf cents fois plus gros que la terre, et les citoyens de ce pays-là sont des nains qui n'ont que mille toises de haut ou environ. Il s'en moqua un peu d'abord avec ses gens, à peu près comme un musicien italien se met à rire de la musique de Lulli,[38] quand il vient en France. Mais, comme le Sirien avait un bon esprit, il comprit bien vite qu'un être pensant peut fort bien n'être pas ridicule pour n'avoir que six mille pieds de haut. Il se fami-

36 Voltaire likes to speak of the earth as a ball of mud. Cf. *Zadig,* Chap. IX, p. 139.

37 Derham (1657–1735), English vicar, author of various *naïvetés* on the harmony of the universe. Cf. Morize, *Candide,* p. xxiv.

38 Lulli (1633–1687), famous Florentine musician who introduced opera to Paris. A bitter dispute was waged during the 18th century over the merits of Italian versus French music.

liarisa avec les Saturniens, après les avoir étonnés. Il lia une étroite amitié avec le secrétaire de l'Académie de Saturne,[39] homme de beaucoup d'esprit, qui n'avait, à la vérité, rien inventé, mais qui rendait un fort bon compte des inventions des autres, et qui faisait passablement de petits vers et de grands calculs. Je rapporterai ici, pour la satisfaction des lecteurs, une conversation singulière que Micromégas eut un jour avec M. le secrétaire.

CHAPITRE II

Conversation de l'habitant de Sirius avec celui de Saturne

Après que Son Excellence se fut couchée, et que le secré- taire se fut approché de son visage : "Il faut avouer, dit Mi- cromégas, que la nature est bien variée.—Oui, dit le Saturnien ; la nature est comme un parterre dont les fleurs. . . .—Ah ! dit l'autre, laissez là votre parterre.—Elle est, reprit le secré- taire, comme une assemblée de blondes et de brunes, dont les parures. . . .—Eh ! qu'ai-je à faire de vos brunes ? dit l'autre. —Elle est donc comme une galerie de peintures dont les traits. . . .—Eh non ! dit le voyageur ; encore une fois ; la nature est comme la nature. Pourquoi lui chercher des comparai- sons ?—Pour vous plaire, répondit le secrétaire.—Je ne veux point qu'on me plaise, répondit le voyageur ; je veux qu'on m'instruise : commencez d'abord par me dire combien les hommes de votre globe ont de sens.—Nous en avons soixante et douze, dit l'académicien, et nous nous plaignons tous les jours du peu. Notre imagination va au delà de nos besoins : nous trouvons qu'avec nos soixante et douze sens, notre an- neau, nos cinq lunes, nous sommes trop bornés ; et malgré toute notre curiosité et le nombre assez grand de passions qui

[39] Fontenelle (1657–1757), author of the *Pluralité des mondes* (1686), etc. Cf. the satire of the above work at the beginning of Chap. II.

résultent de nos soixante et douze sens, nous avons tout le temps de nous ennuyer.—Je le crois bien, dit Micromégas; car dans notre globe nous avons près de mille sens, et il nous reste encore je ne sais quel désir vague, je ne sais quelle inquiétude, qui nous avertit sans cesse que nous sommes peu de chose, et qu'il y a des êtres beaucoup plus parfaits. J'ai un peu voyagé: j'ai vu des mortels fort au-dessous de nous; j'en ai vu de fort supérieurs: mais je n'en ai vu aucuns qui n'aient plus de désirs que de vrais besoins, et plus de besoins que de satisfaction.[40] J'arriverai peut-être un jour au pays où il ne manque rien; mais jusqu'à présent personne ne m'a donné de nouvelles positives de ce pays-là." Le Saturnien et le Sirien s'épuisèrent alors en conjectures; mais, après beaucoup de raisonnements fort ingénieux et fort incertains, il en fallut revenir aux faits. "Combien de temps vivez-vous? dit le Sirien.—Ah! bien peu, répliqua le petit homme de Saturne.—C'est tout comme chez nous, dit le Sirien: nous nous plaignons toujours du peu. Il faut que ce soit une loi universelle de la nature.—Hélas! nous ne vivons, dit le Saturnien, que cinq cents grandes révolutions du soleil. (Cela revient à quinze mille ans ou environ, à compter à notre manière.) Vous voyez bien que c'est mourir presque au moment que l'on est né; notre existence est un point, notre durée un instant, notre globe un atome. A peine a-t-on commencé à s'instruire un peu que la mort arrive avant qu'on ait de l'expérience. Pour moi, je n'ose faire aucuns projets; je me trouve comme une goutte d'eau dans un océan immense. Je suis honteux, surtout devant vous, de la figure ridicule que je fais dans ce monde."

Micromégas lui repartit: "Si vous n'étiez pas philosophe, je craindrais de vous affliger en vous apprenant que notre vie est sept cents fois plus longue que la vôtre; mais vous

[40] *Micromégas* turns about the central idea increasingly important throughout the 18th century that everything is *relative*.

savez trop bien que quand il faut rendre son corps aux élé-
ments, et ranimer la nature sous une autre forme, ce qui
s'appelle mourir ; quand ce moment de métamorphose est venu,
avoir vécu une éternité, ou avoir vécu un jour, c'est précisé-
ment la même chose. J'ai été dans des pays où l'on vit mille
fois plus longtemps que chez moi, et j'ai trouvé qu'on y mur-
murait encore. Mais il y a partout des gens de bon sens qui
savent prendre leur parti et remercier l'Auteur de la nature.
Il a répandu sur cet univers une profusion de variétés avec
une espèce d'uniformité admirable. Par exemple, tous les
êtres pensants sont différents, et tous se ressemblent au fond
par le don de la pensée et des désirs. La matière est partout
étendue ; mais elle a dans chaque globe des propriétés diverses.
Combien comptez-vous de ces propriétés diverses dans votre
matière ?—Si vous parlez de ces propriétés, dit le Saturnien,
sans lesquelles nous croyons que ce globe ne pourrait subsister
tel qu'il est, nous en comptons trois cents, comme l'étendue,
l'impénétrabilité, la mobilité, la gravitation, la divisibilité, et
le reste.—Apparemment, répliqua le voyageur, que ce petit
nombre suffit aux vues que le Créateur avait sur votre petite
habitation. J'admire en tout sa sagesse ; je vois partout des
différences, mais aussi partout des proportions. Votre globe
est petit, vos habitants le sont aussi ; vous avez peu de sen-
sations ; votre matière a peu de propriétés : tout cela est
l'ouvrage de la Providence. De quelle couleur est votre soleil
bien examiné ?—D'un blanc fort jaunâtre, dit le Saturnien ; et,
quand nous divisons un de ses rayons, nous trouvons qu'il
contient sept couleurs.—Notre soleil tire sur le rouge, dit le
Sirien, et nous avons trente-neuf couleurs primitives. Il n'y
a pas un soleil, parmi tous ceux dont j'ai approché, qui se
ressemble, comme chez vous il n'y a pas un visage qui ne soit
différent de tous les autres."

Après plusieurs questions de cette nature, il s'informa com-
bien de substances essentiellement différentes on comptait dans

Saturne. Il apprit qu'on n'en comptait qu'une trentaine, comme Dieu, l'espace, la matière, les êtres étendus qui sentent, les êtres étendus qui sentent et qui pensent, les êtres pensants qui n'ont point d'étendue; ceux qui se pénètrent, ceux qui ne se pénètrent pas, et le reste. Le Sirien, chez qui on en comptait trois cents, et qui en avait découvert trois mille autres dans ses voyages, étonna prodigieusement le philosophe de Saturne. Enfin, après s'être communiqué l'un à l'autre un peu de ce qu'ils savaient et beaucoup de ce qu'ils ne savaient pas, après avoir raisonné pendant une révolution du soleil, ils résolurent de faire ensemble un petit voyage philosophique.

CHAPITRE III

Voyage des deux habitants de Sirius et de Saturne

Nos deux philosophes étaient prêts à s'embarquer dans l'atmosphère de Saturne, avec une jolie provision d'instruments de mathématiques, lorsque la maîtresse du Saturnien, qui en eut des nouvelles, vint en larmes faire ses remontrances. C'était une jolie petite brune qui n'avait que six cent soixante toises, mais qui réparait par bien des agréments la petitesse de sa taille. "Ah! cruel, s'écria-t-elle, après t'avoir résisté quinze cents ans, lorsqu'enfin je commençais à me rendre, quand j'ai à peine passé cent ans entre tes bras, tu me quittes pour aller voyager avec un géant d'un autre monde; va, tu n'es qu'un curieux, tu n'as jamais eu d'amour: si tu étais un vrai Saturnien, tu serais fidèle. Où vas-tu courir? que veux-tu? nos cinq lunes sont moins errantes que toi, notre anneau est moins changeant. Voilà qui est fait, je n'aimerai jamais plus personne." Le philosophe l'embrassa, pleura avec elle, tout philosophe qu'il était, et la dame, après s'être pâmée, alla se consoler avec un petit-maître [41] du pays.

[41] *Petit-maître,* fop, dandy.

Cependant nos deux curieux partirent; ils sautèrent d'abord sur l'anneau, qu'ils trouvèrent assez plat, comme l'a fort bien deviné un illustre habitant [42] de notre petit globe; de là ils allèrent de lune en lune. Une comète passait tout auprès de la dernière; ils s'élancèrent sur elle avec leurs domestiques et leurs instruments. Quand ils eurent fait environ cent cinquante millions de lieues, ils rencontrèrent les satellites de Jupiter. Ils passèrent dans Jupiter même, et y restèrent une année, pendant laquelle ils apprirent de fort beaux secrets qui seraient actuellement sous presse sans messieurs les inquisiteurs, qui ont trouvé quelques propositions un peu dures. Mais j'en ai lu le manuscrit dans la bibliothèque de l'illustre archevêque de . . . , qui m'a laissé voir ses livres avec cette générosité et cette bonté qu'on ne saurait assez louer. Aussi je lui promets un long article dans la première édition qu'on fera de Moréri, et je n'oublierai pas surtout messieurs ses enfants, qui donnent une si grande espérance de perpétuer la race de leur illustre père.

Mais revenons à nos voyageurs. En sortant de Jupiter, ils traversèrent un espace d'environ cent millions de lieues, et ils côtoyèrent la planète de Mars, qui, comme on sait, est cinq fois plus petite que notre petit globe; ils virent deux lunes qui servent à cette planète, et qui ont échappé aux regards de nos astronomes. Je sais bien que le père Castel [43] écrira, et même assez plaisamment, contre l'existence de ces deux lunes; mais je m'en rapporte à ceux qui raisonnent par analogie. Ces bons philosophes-là savent combien il serait difficile que Mars, qui est si loin du soleil, se passât à moins de deux lunes. Quoi qu'il en soit, nos gens trouvèrent cela si petit, qu'ils craignirent de n'y pas trouver de quoi coucher, et ils passèrent leur chemin comme deux voyageurs qui dédaignent un mauvais cabaret de village, et poussent jusqu'à la ville voisine. Mais

[42] Huyghens (1629–1695), famous Dutch geometrician, astronomer, and physicist.
[43] Castel (1688–1757), learnèd French Jesuit.

le Sirien et son compagnon se repentirent bientôt. Ils allèrent longtemps et ne trouvèrent rien. Enfin ils aperçurent une petite lueur, c'était la terre; cela fit pitié à des gens qui venaient de Jupiter. Cependant, de peur de se repentir une seconde fois, ils résolurent de débarquer. Ils passèrent sur la queue de la comète, et, trouvant une aurore boréale toute prête, ils se mirent dedans, et arrivèrent à terre, sur le bord septentrional de la mer Baltique, le cinq juillet mil sept cent trente-sept, nouveau style.[44]

CHAPITRE IV

Ce qui leur arrive sur le globe de la terre

Après s'être reposés quelque temps, ils mangèrent à leur déjeuner deux montagnes, que leurs gens leur apprêtèrent assez proprement. Ensuite ils voulurent reconnaître le petit pays où ils étaient. Ils allèrent d'abord du nord au sud. Les pas ordinaires du Sirien et de ses gens étaient d'environ trente mille pieds de roi; le nain de Saturne, dont la taille n'était que de mille toises, suivait de loin en haletant; or il fallait qu'il fît environ douze pas, quand l'autre faisait une enjambée: figurez-vous (s'il est permis de faire de telles comparaisons) un très petit chien de manchon [45] qui suivrait un capitaine des gardes du roi de Prusse.[46]

Comme ces étrangers-là vont assez vite, ils eurent fait le tour du globe en trente-six heures; le soleil à la vérité, ou plutôt la terre, fait un pareil voyage en une journée; mais il faut songer qu'on va bien plus à son aise quand on tourne sur son axe que quand on marche sur ses pieds. Les voilà donc

44 Reference to the scientific expedition of Maupertuis, Clairaut, and others in 1736–1738 to measure a degree of longitude in Lapland. Cf. *Discours sur l'homme* (1738–1739), IV and VI.

Nouveau style, the change from the Julian to the Gregorian calendar added eleven days to the dates according to the *Old Style.*

45 *Chien de manchon,* lap dog.

46 Reference to the giant size of the King's bodyguard in Prussia.

revenus d'où ils étaient partis, après avoir vu cette mare, pres-
que imperceptible pour eux, qu'on nomme *la Méditerranée*,
et cet autre petit étang qui, sous le nom du *grand Océan*, en-
toure la taupinière.[47] Le nain n'en avait eu jamais qu'à mi-
jambe, et à peine l'autre avait-il mouillé son talon. Ils firent
tout ce qu'ils purent en allant et en revenant dessus et des-
sous pour tâcher d'apercevoir si ce globe était habité ou non.
Ils se baissèrent, ils se couchèrent, ils tâtèrent partout; mais
leurs yeux et leurs mains n'étant point proportionnés aux
petits êtres qui rampent ici, ils ne reçurent pas la moindre
sensation qui pût leur faire soupçonner que nous et nos con-
frères les autres habitants de ce globe avons l'honneur d'ex-
ister.

Le nain, qui jugeait quelquefois un peu trop vite, décida
d'abord qu'il n'y avait personne sur la terre. Sa première
raison était qu'il n'avait vu personne. Micromégas lui fit
sentir poliment que c'était raisonner assez mal: "Car, disait-
il, vous ne voyez pas avec vos petits yeux certaines étoiles de la
cinquantième grandeur que j'aperçois très distinctement;
concluez-vous de là que ces étoiles n'existent pas?—Mais, dit
le nain, j'ai bien tâté.—Mais, répondit l'autre, vous avez mal
senti.—Mais, dit le nain, ce globe-ci est si mal construit, cela
est si irrégulier et d'une forme qui me paraît si ridicule! tout
semble être ici dans le chaos: voyez-vous ces petits ruisseaux
dont aucun ne va de droit fil, ces étangs qui ne sont ni ronds,
ni carrés, ni ovales, ni sous aucune forme régulière; tous ces
petits grains pointus dont ce globe est hérissé, et qui m'ont
écorché les pieds? (Il voulait parler des montagnes.) Re-
marquez-vous encore la forme de tout le globe, comme il est
plat aux pôles,[48] comme il tourne autour du soleil d'une
manière gauche, de façon que les climats des pôles sont néces-

[47] *Taupinière*, mole-hill. Note the derogatory term. Cf. "ce petit
amas de boue," etc.
[48] This flattening at the poles was definitely proved by the expedition
of 1736–38 referred to above.

sairement incultes? En vérité, ce qui fait que je pense qu'il n'y a ici personne, c'est qu'il me paraît que des gens de bon sens ne voudraient pas y demeurer.—Eh bien! dit Micromégas, ce ne sont peut-être pas non plus des gens de bon sens qui l'habitent. Mais enfin il y a quelque apparence que ceci n'est pas fait pour rien. Tout vous paraît irrégulier ici, dites-vous, parce que tout est tiré au cordeau dans Saturne et dans Jupiter. Eh! c'est peut-être pour cette raison-là même qu'il y a ici un peu de confusion. Ne vous ai-je pas dit que dans mes voyages j'avais toujours remarqué de la variété?" Le Saturnien répliqua à toutes ces raisons. La dispute n'eût jamais fini, si par bonheur Micromégas, en s'échauffant à parler, n'eût cassé le fil de son collier de diamants. Les diamants tombèrent; c'étaient de jolis petits carats assez inégaux, dont les plus gros pesaient quatre cents livres, et les plus petits cinquante. Le nain en ramassa quelques-uns; il s'aperçut, en les approchant de ses yeux, que ces diamants, de la façon dont ils étaient taillés, étaient d'excellents microscopes. Il prit donc un petit microscope de cent soixante pieds de diamètre, qu'il appliqua à sa prunelle; et Micromégas en choisit un de deux mille cinq cents pieds. Ils étaient excellents; mais d'abord on ne vit rien par leur secours, il fallait s'ajuster. Enfin l'habitant de Saturne vit quelque chose d'imperceptible qui remuait entre deux eaux dans la mer Baltique: c'était une baleine. Il la prit avec le petit doigt fort adroitement; et, la mettant sur l'ongle de son pouce, il la fit voir au Sirien, qui se mit à rire pour la seconde fois de l'excès de petitesse dont étaient les habitants de notre globe. Le Saturnien, convaincu que notre monde est habité, s'imagina bien vite qu'il ne l'était que par des baleines, et comme il était grand raisonneur, il voulut deviner d'où un si petit atome tirait son origine, son mouvement, s'il avait des idées, une volonté, une liberté. Micromégas y fut fort embarrassé; il examina l'animal fort patiemment, et le résultat de l'examen fut qu'il n'y avait

pas moyen de croire qu'une âme fût logée là. Les deux voyageurs inclinaient donc à penser qu'il n'y a point d'esprit dans notre habitation, lorsqu'à l'aide du microscope ils aperçurent quelque chose d'aussi gros qu'une baleine qui flottait sur la mer Baltique. On sait que dans ce temps-là même une volée de philosophes revenait du cercle polaire,[49] sous lequel ils avaient été faire des observations dont personne ne s'était avisé jusqu'alors. Les gazettes dirent que leur vaisseau échoua aux côtes de Bothnie, et qu'ils eurent bien de la peine à se sauver : mais on ne sait jamais dans ce monde le dessous des cartes. Je vais raconter ingénument comme la chose se passa, sans y rien mettre du mien ; ce qui n'est pas un petit effort pour un historien.

CHAPITRE V

Expériences et raisonnements des deux voyageurs

Micromégas étendit la main tout doucement vers l'endroit où l'objet paraissait, et avançant deux doigts, et les retirant par la crainte de se tromper, puis les ouvrant et les serrant, il saisit fort adroitement le vaisseau qui portait ces messieurs, et le mit encore sur son ongle, sans le trop presser, de peur de l'écraser. "Voici un animal bien différent du premier, dit le nain de Saturne" ; le Sirien mit le prétendu animal dans le creux de sa main. Les passagers et les gens de l'équipage, qui s'étaient crus enlevés par un ouragan, et qui se croyaient sur une espèce de rocher, se mettent tous en mouvement ; les matelots prennent des tonneaux de vin, les jettent sur la main de Micromégas, et se précipitent après. Les géomètres prennent leurs quarts de cercle,[50] leurs secteurs, deux filles laponnes,[51] et descendent sur les doigts du Sirien. Ils en

[49] Cf. note on the expedition Maupertuis-Clairaut, *supra,* p. 210, n.
[50] *Quarts de cercle,* quadrants.
[51] The expedition brought back to Paris two Lapland maidens. Cf. 4th *Discours sur l'homme,* "et surtout deux Laponnes."

firent tant, qu'il sentit enfin remuer quelque chose qui lui chatouillait les doigts; c'était un bâton ferré qu'on lui enfonçait d'un pied dans l'index: il jugea, par ce picotement, qu'il était sorti quelque chose du petit animal qu'il tenait; mais il n'en soupçonna pas d'abord davantage. Le microscope, qui faisait à peine discerner une baleine et un vaisseau, n'avait point de prise sur un être aussi imperceptible que des hommes. Je ne prétends choquer ici la vanité de personne, mais je suis obligé de prier les importants de faire ici une petite remarque avec moi: c'est qu'en prenant la taille des hommes d'environ cinq pieds, nous ne faisons pas sur la terre une plus grande figure qu'en ferait sur une boule de dix pieds de tour un animal qui aurait à peu près la six cent-millième partie d'un pouce en hauteur. Figurez-vous une substance qui pourrait tenir la terre dans sa main, et qui aurait des organes en proportion des nôtres; et il se peut très bien faire qu'il y ait un grand nombre de ces substances: or concevez, je vous prie, ce qu'elles penseraient de ces batailles qui font gagner au vainqueur un village pour le perdre ensuite.

Je ne doute pas que si quelque capitaine des grands grenadiers lit jamais cet ouvrage, il ne hausse de deux grands pieds au moins les bonnets de sa troupe; mais je l'avertis qu'il aura beau faire, que lui et les siens ne seront jamais que des infiniment petits.

Quelle adresse merveilleuse ne fallut-il donc pas à notre philosophe de Sirius, pour apercevoir les atomes dont je viens de parler? Quand Leuwenhoek et Hartsoeker [52] virent les premiers ou crurent voir la graine dont nous sommes formés, ils ne firent pas, à beaucoup près, une si étonnante découverte. Quel plaisir sentit Micromégas en voyant remuer ces petites machines, en examinant tous leurs tours, en les suivant dans toutes leurs opérations! comme il s'écria! comme il mit avec

[52] *Leeuwenhoek* (1632–1723), Dutch naturalist, one of the most successful pioneers in the use of the microscope. Hartsoeker (1656–1725), Dutch physicist.

joie un de ses microscopes dans les mains de son compagnon de voyage! "Je les vois, disaient-ils tous deux à la fois; ne les voyez-vous pas qui portent des fardeaux, qui se baissent, qui se relèvent." En parlant ainsi, les mains leur tremblaient, par le plaisir de voir des objets si nouveaux, et par la crainte de les perdre. . . .

CHAPITRE VI

Ce qui leur arriva avec les hommes

Micromégas, bien meilleur observateur que son nain, vit clairement que les atomes se parlaient; et il le fit remarquer à son compagnon "Je n'ose plus ni croire ni nier, dit le nain; je n'ai plus d'opinion; il faut tâcher d'examiner ces insectes, nous raisonnerons après.—C'est fort bien dit," reprit Micromégas; et aussitôt il tira une paire de ciseaux dont il se coupa les ongles, et d'une rognure de l'ongle de son pouce il fit sur-le-champ une espèce de grande trompette parlante, comme un vaste entonnoir, dont il mit le tuyau dans son oreille. La circonférence de l'entonnoir enveloppait le vaisseau et tout l'équipage. La voix la plus faible entrait dans les fibres circulaires de l'ongle; de sorte que, grâce à son industrie,[53] le philosophe de là-haut entendit parfaitement le bourdonnement de nos insectes de là-bas. En peu d'heures il parvint à distinguer les paroles, et enfin à entendre le français. Le nain en fit autant, quoique avec plus de difficulté. L'étonnement des voyageurs redoublait à chaque instant. Ils entendaient des mites parler d'assez bon sens: ce jeu de la nature leur paraissait inexplicable. Vous croyez bien que le Sirien et son nain brûlaient d'impatience de lier conversation avec les atomes; le nain craignait que sa voix de tonnerre, et surtout celle de Micromégas, n'assourdît les mites sans en être entendue. Il fallait en diminuer la force. Ils se mirent dans

[53] *Industrie,* ingenuity.

la bouche des espèces de petits cure-dents, dont le bout fort effilé venait donner auprès du vaisseau. Le Sirien tenait le nain sur ses genoux, et le vaisseau avec l'équipage sur un ongle; il baissait la tête et parlait bas. Enfin, moyennant toutes ces précautions et bien d'autres encore, il commença ainsi son discours:

"Insectes invisibles, que la main du Créateur s'est plu à faire naître dans l'abîme de l'infiniment petit, je le remercie de ce qu'il a daigné me découvrir des secrets qui semblaient impénétrables. Peut-être ne daignerait-on pas vous regarder à ma cour; mais je ne méprise personne, et je vous offre ma protection."

Si jamais il y eut quelqu'un d'étonné, ce furent les gens qui entendirent ces paroles. Ils ne pouvaient deviner d'où elles partaient. L'aumônier du vaisseau récita les prières des exorcismes, les matelots jurèrent, et les philosophes du vaisseau firent des systèmes; [54] mais quelque système qu'ils fissent, ils ne purent jamais deviner qui leur parlait. Le nain de Saturne qui avait la voix plus douce que Micromégas, leur apprit alors en peu de mots à quelles espèces ils avaient affaire. Il leur raconta le voyage de Saturne, les mit au fait de ce qu'était M. Micromégas; et après les avoir plaints d'être si petits, il leur demanda s'ils avaient toujours été dans ce misérable état si voisin de l'anéantissement, ce qu'ils faisaient dans un globe qui paraissait appartenir à des baleines, s'ils étaient heureux, s'ils multipliaient, s'ils avaient une âme, et cent autres questions de cette nature.

Un raisonneur de la troupe, plus hardi que les autres, et choqué de ce qu'on doutait de son âme, observa l'interlocuteur avec des pinnules [55] braquées sur un quart de cercle, fit deux stations, et à la troisième il parla ainsi: "Vous croyez donc,

[54] Philosophical systems, of which Voltaire is never tired of making mock.
[55] Sight-vanes.

monsieur, parce que vous avez mille toises depuis la tête jusqu'aux pieds, que vous êtes un. . . . Mille toises! s'écria le nain: juste Ciel! d'où peut-il savoir ma hauteur? mille toises! il ne se trompe pas d'un pouce. Quoi! cet atome m'a mesuré! il est géomètre, il connaît ma grandeur; et moi, qui ne le vois qu'à travers un microscope, je ne connais pas encore la sienne!—Oui, je vous ai mesuré, dit le physicien, et je mesurerai bien encore votre grand compagnon." La proposition fut acceptée; Son Excellence se coucha de son long; car, s'il se fût tenu debout, sa tête eût été trop au-dessus des nuages. Nos philosophes, . . . par une suite de triangles liés ensemble, conclurent que ce qu'ils voyaient était en effet un jeune homme de cent vingt mille pieds de roi.

Alors Micromégas prononça ces paroles: "Je vois plus que jamais qu'il ne faut juger de rien sur sa grandeur apparente. O Dieu! qui avez donné une intelligence à des substances qui paraissent si méprisables; l'infiniment petit vous coûte aussi peu que l'infiniment grand; et s'il est possible qu'il y ait des êtres plus petits que ceux-ci, ils peuvent encore avoir un esprit supérieur à ceux de ces superbes animaux que j'ai vus dans le ciel, dont le pied seul couvrirait le globe où je suis descendu."

Un des philosophes lui répondit qu'il pouvait en toute sûreté croire qu'il est en effet des êtres intelligents beaucoup plus petits que l'homme. Il lui conta, non pas tout ce que Virgile a dit de fabuleux sur les abeilles, mais ce que Swammerdam [56] a découvert, et ce que Réaumur [57] a disséqué. Il lui apprit enfin qu'il y a des animaux qui sont pour les abeilles ce que les abeilles sont pour l'homme, ce que le Sirien lui-même était pour ces animaux si vastes dont il parlait, et ce que ces grands animaux sont pour d'autres substances

[56] *Swammerdam* (1637–1680), celebrated Dutch naturalist.
[57] *Réaumur* (1683–1757), French physicist and naturalist, inventor of the Réaumur thermometer.

devant lesquelles ils ne paraissent que comme des atomes. Peu à peu la conversation devint intéressante, et Micromégas parla ainsi :

CHAPITRE VII

Conversation avec les hommes

"O atomes intelligents, dans qui l'Être éternel s'est plu à manifester son adresse et sa puissance, vous devez, sans doute, goûter des joies bien pures sur votre globe ; car ayant si peu de matière, et paraissant tout esprit, vous devez passer votre vie à aimer et à penser ; c'est la véritable vie des esprits. Je n'ai vu nulle part le vrai bonheur, mais il est ici, sans doute." A ce discours, tous les philosophes secouèrent la tête ; et l'un d'eux, plus franc que les autres, avoua de bonne foi que, si l'on en excepte un petit nombre d'habitants fort peu considérés, tout le reste est un assemblage de fous, de méchants et de malheureux. "Nous avons plus de matière qu'il ne nous en faut, dit-il, pour faire beaucoup de mal, si le mal vient de la matière ; et trop d'esprit, si le mal vient de l'esprit. Savez-vous bien, par exemple, qu'à l'heure que je vous parle,[58] il y a cent mille fous de notre espèce, couverts de chapeaux, qui tuent cent mille autres animaux couverts d'un turban, ou qui sont massacrés par eux, et que, presque par toute la terre, c'est ainsi qu'on en use de temps immémorial ?"[59] Le Sirien frémit, et demanda quel pouvait être le sujet de ces horribles querelles entre de si chétifs animaux. "Il s'agit, dit le philosophe, de quelque tas de boue[60] grand comme votre talon. Ce n'est pas qu'aucun de ces millions d'hommes qui se font égorger prétende un fétu sur ce tas de boue. Il ne s'agit que de savoir s'il appartiendra à un certain homme qu'on nomme *Sultan*, ou à un autre qu'on nomme, je ne sais pourquoi, *César*.

[58] War between the Russians and Turks (1736–1739).
[59] Voltaire never misses a chance to show the folly of war.
[60] Cf. p. 204, n. The "tas de boue" here indicates the Crimea, not annexed to Russia till 1783.

Ni l'un ni l'autre n'a jamais vu ni ne verra jamais le petit coin de terre dont il s'agit; et presque aucun de ces animaux, qui s'égorgent mutuellement, n'a jamais vu l'animal pour lequel il s'égorge.

—Ah! malheureux! s'écria le Sirien avec indignation, peut-on concevoir cet excès de rage forcenée! Il me prend envie de faire trois pas, et d'écraser de trois coups de pied toute cette fourmilière d'assassins ridicules.

—Ne vous en donnez pas la peine, lui répondit-on; ils travaillent assez à leur ruine. Sachez qu'au bout de dix ans, il ne reste jamais la centième partie de ces misérables; sachez que, quand même ils n'auraient pas tiré l'épée, la faim, la fatigue, ou l'intempérance les emportent presque tous. D'ailleurs, ce n'est pas eux qu'il faut punir, ce sont ces barbares sédentaires qui du fond de leur cabinet ordonnent, dans le temps de leur digestion, le massacre d'un million d'hommes, et qui ensuite en font remercier Dieu solennellement."

Le voyageur se sentait ému de pitié pour la petite race humaine, dans laquelle il découvrait de si étonnants contrastes. "Puisque vous êtes du petit nombre des sages, dit-il à ces messieurs, et qu'apparemment vous ne tuez personne pour de l'argent, dites-moi, je vous en prie, à quoi vous vous occupez.—Nous disséquons des mouches, dit le philosophe, nous mesurons des lignes, nous assemblons des nombres; nous sommes d'accord sur deux ou trois points que nous entendons, et nous disputons sur deux ou trois mille que nous n'entendons pas."

Il prit aussitôt fantaisie au Sirien et au Saturnien d'interroger ces atomes pensants, pour savoir les choses dont ils convenaient. "Combien comptez-vous, dit celui-ci, de l'étoile de la Canicule [61] à la grande étoile des Gémeaux?" [62]

Ils repondirent tous à la fois: "Trente-deux degrés et demi.—Combien comptez-vous d'ici à la lune?—Soixante demi-diamètres de la terre en nombre rond.—Combien pèse votre air?" Il croyait les attraper, mais tous lui dirent que l'air pèse environ neuf cents fois moins qu'un pareil volume de l'eau la plus légère, et dix-neuf mille fois moins que l'or de ducat. Le petit nain de Saturne, étonné de leurs réponses, fut tenté de prendre pour des sorciers ces mêmes gens auxquels il avait refusé une âme un quart d'heure auparavant.

Enfin Micromégas leur dit: "Puisque vous savez si bien ce qui est hors de vous, sans doute vous savez encore mieux ce qui est en dedans. Dites-moi ce que c'est que votre âme, et comment vous formez vos idées. Les philosophes parlèrent tous à la fois comme auparavant; mais ils furent tous de différents avis. Le plus vieux citait Aristote, l'autre prononçait le nom de Descartes; celui-ci, de Malebranche; cet autre, de Leibnitz; cet autre, de Locke; un vieux péripatéticien [63] dit tout haut avec confiance: "L'âme est une entéléchie,[64] et une raison par qui elle a la puissance d'être ce qu'elle est. C'est ce que déclare expressément Aristote, page 633 de l'édition du Louvre. Il cita le passage. "Je n'entends pas trop bien le grec, dit le géant.—Ni moi non plus, dit la mite philosophique.—Pourquoi donc, reprit le Sirien, citez-vous un certain Aristote en grec?—C'est, répliqua le savant, qu'il faut bien citer ce qu'on ne comprend point du tout dans la langue qu'on entend le moins."

Le cartésien prit la parole, et dit: "L'âme est un esprit pur qui a reçu dans le ventre de sa mère toutes les idées métaphysiques, et qui, en sortant de là, est obligé d'aller à l'école, et d'apprendre tout de nouveau ce qu'elle a si bien su, et qu'elle ne saura plus.—Ce n'était donc pas la peine, répondit

63 *Peripatetic,* follower of Aristotle's philosophy.
64 *Entelechy,* Aristotelian term, *ultimate end,* or *perfection.*

l'animal de huit lieues, que ton âme fût si savante dans le
ventre de ta mère, pour être si ignorante quand tu aurais de
la barbe au menton. Mais qu'entends-tu par esprit?—Que me
demandez-vous là? dit le raisonneur, je n'en ai point d'idée;
on dit que ce n'est pas la matière.—Mais sais-tu au moins ce
que c'est que la matière?—Très bien, répondit l'homme. Par
exemple cette pierre est grise et d'une telle forme; elle a ses
trois dimensions; elle est pesante et divisible.—Eh bien! dit le
Sirien, cette chose qui te paraît être divisible, pesante, et
grise, me diras-tu bien ce que c'est? Tu vois quelques attri-
buts: mais le fond de la chose, le connais-tu?—Non, dit l'autre.
—Tu ne sais donc point ce que c'est que la matière."

Alors M. Micromégas, adressant la parole à un autre sage
qu'il tenait sur son pouce, lui demanda ce que c'était que son
âme, et ce qu'elle faisait. "Rien du tout, dit le philosophe
malebranchiste; c'est Dieu qui fait tout pour moi; je vois tout
en lui; je fais tout en lui: c'est lui qui fait tout sans que je
m'en mêle.—Autant vaudrait ne pas être, reprit le sage de
Sirius. Et toi, mon ami, dit-il à un Leibnitzien qui était là,
qu'est-ce que ton âme?—C'est, répondit le Leibnitzien, une
aiguille qui montre les heures pendant que mon corps caril-
lonne; ou bien, si vous voulez, c'est elle qui carillonne pen-
dant que mon corps montre l'heure; ou bien mon âme est le
miroir de l'univers, et mon corps est la bordure du miroir:
tout cela est clair."

Un petit partisan de Locke était là tout auprès, et quand
on lui eut enfin adressé la parole: "Je ne sais pas, disait-il,
comment je pense, mais je sais que je n'ai jamais pensé qu'à
l'occasion de mes sens. Qu'il y ait des substances immatéri-
elles et intelligentes, c'est de quoi je ne doute pas: mais qu'il
soit impossible à Dieu de communiquer la pensée à la matière,
c'est de quoi je doute fort. Je révère la puissance éternelle;
il ne m'appartient pas de la borner: je n'affirme rien; je me

contente de croire qu'il y a plus de choses possibles qu'on ne pense."

L'animal de Sirius sourit: il ne trouva pas celui-là le moins sage; et le nain de Saturne aurait embrassé le sectateur de Locke sans l'extrême disproportion.[65] Mais il y avait là, par malheur, un petit animalcule en bonnet carré qui coupa la parole à tous les animalcules philosophes; il dit qu'il savait tout le secret; que cela se trouvait dans la *Somme de saint Thomas;* [66] il regarda de haut en bas les deux habitants célestes, il leur soutint que leurs personnes, leurs mondes, leurs soleils, leurs étoiles, tout était fait uniquement pour l'homme. A ce discours, nos deux voyageurs se laissèrent aller l'un sur l'autre en étouffant de ce rire inextinguible qui, selon Homère, est le partage des dieux,[67] leurs épaules et leurs ventres allaient et venaient, et dans ces convulsions le vaisseau que le Sirien avait sur son ongle tomba dans une poche de la culotte du Saturnien. Ces deux bonnes gens le cherchèrent longtemps; enfin ils retrouvèrent l'équipage, et le rajustèrent fort proprement. Le Sirien reprit les petites mites; il leur parla encore avec beaucoup de bonté, quoiqu'il fût un peu fâché dans le fond du cœur de voir que les infiniment petits eussent un orgueil presque infiniment grand. Il leur promit de leur faire un beau livre de philosophie, écrit fort menu pour leur usage, et que, dans ce livre, ils verraient le bout des choses. Effectivement, il leur donna ce volume avant son départ: on le porta à Paris à l'Académie des sciences; mais, quand le vieux secrétaire l'eut ouvert, il ne vit rien qu'un livre tout blanc: [68] "Ah! dit-il, je m'en étais bien douté."

(Moland, XXI, 105–22.)

[65] Voltaire was influenced by Locke and looked upon his philosophy with more favor than on any other.

[66] The *Summa theologica* of Saint Thomas Aquinas (1225?–1274?), the authoritative statement of Catholic doctrine.

[67] This burst of Homeric laughter is directed against the anthropocentric idea of the Universe.

[68] One more thrust by Voltaire at philosophic systems and at metaphysics, "le roman de l'esprit."

Le Poème sur la Loi naturelle (1752–1756)

Although the *Poème sur la Loi naturelle* and the *Poème sur le Désastre de Lisbonne* were both published in 1756, the former was composed four years earlier. It was first called by Voltaire, *La Religion naturelle*, but this title, which to the orthodox seemed too much like an attack upon revealed religion, had to be abandoned. The *Poème sur la Loi naturelle* is addressed to Frederick the Great whose guest at Potsdam Voltaire was at that time (1752). The influence of Pope appears here as in the *Discours sur l'Homme* (1738–1739). (See Appendix.)

AVERTISSEMENT

DES ÉDITEURS DE KEHL [69]

L'objet du poème sur *la Loi naturelle* est d'établir l'existence d'une morale universelle et indépendante, non seulement de toute religion révélée, mais de tout système particulier sur la nature de l'Être suprême.

La tolérance des religions et l'absurdité de l'opinion qu'il peut exister une puissance spirituelle indépendante de la puissance civile sont des conséquences nécessaires de ce premier principe, conséquences que M. de Voltaire développe dans les deux dernières parties. En effet, s'il existe une morale indépendante de toute opinion spéculative, ces opinions deviennent indifférentes au bonheur des hommes, et dès lors cessent de pouvoir être l'objet de la législation. Ce n'est pas pour être instruits sur la métaphysique, mais pour s'assurer le libre exercice de leurs droits, que les hommes se sont réunis en société; et le droit de penser ce qu'on veut, et de faire tout ce qui n'est pas contraire au droit d'autrui, est aussi réel, aussi sacré que le droit de propriété.

.

[69] Name given to the important posthumous edition of Voltaire's complete works, published through the enterprise of Beaumarchais in 70 octavo vols., 1784–1790.

PREFACE

Ce faible essai fut composé à l'occasion d'une petite brochure qui parut en ce temps-là. Elle était intitulée *Du Souverain Bien,* et elle devait l'être *Du Souverain Mal.* On y prétendait qu'il n'y a ni vertu ni vice, et que les remords sont une faiblesse d'éducation qu'il faut étouffer. L'auteur du poème prétend que les remords nous sont aussi naturels que les autres affections de notre âme. Si la fougue d'une passion fait commettre une faute, la nature, rendue à elle-même, sent cette faute. La fille sauvage trouvée près de Châlons [70] avoua que dans sa colère elle avait donné à sa compagne un coup dont cette infortunée mourut entre ses bras. Dès qu'elle vit son sang couler, elle se repentit, elle pleura, elle étancha ce sang, elle mit des herbes sur la blessure. Ceux qui disent que ce retour d'humanité n'est qu'une branche de notre amour-propre font bien de l'honneur à l'amour-propre. Qu'on appelle la raison et les remords comme on voudra, ils existent, et ils sont les fondements de la loi naturelle.

EXORDE

O vous [71] dont les exploits, le règne, et les ouvrages,
Deviendront la leçon des héros et des sages,
Qui voyez d'un même œil les caprices du sort,
Le trône et la cabane, et la vie et la mort ;
Philosophe [72] intrépide, affermissez mon âme ;
Couvrez-moi des rayons de cette pure flamme

[70] See Chauncey B. Tinker, *Nature's Simple Plan,* Princeton Press, 1922, pp. 6–8.
[71] This poem is addressed to Frederick the Great of Prussia, whose guest at Potsdam Voltaire then was (1750–1753).
[72] Frederick was then looked upon as a king who was at the same time a *philosophe* in the eighteenth-century meaning of the term.

Qu'allume la raison, qu'éteint le préjugé.
Dans cette nuit d'erreur où le monde est plongé,
Apportons, s'il se peut, une faible lumière.
Nos premiers entretiens, notre étude première,
Étaient, je m'en souviens, Horace avec Boileau.
Vous y cherchiez le *vrai*, vous y goûtiez le *beau;*
Quelques traits échappés d'une utile morale
Dans leurs piquants écrits brillent par intervalle :
Mais Pope [73] approfondit ce qu'ils ont effleuré;
D'un esprit plus hardi, d'un pas plus assuré,
Il porta le flambeau dans l'abîme de l'être;
Et l'homme avec lui seul apprit à se connaître.
L'art quelquefois frivole et quelquefois divin,
L'art des vers est, dans Pope, utile au genre humain.
Que m'importe en effet que le flatteur d'Octave,
Parasite discret, non moins qu'adroit esclave,
Du lit de sa Glycère, ou de Ligurinus,
En prose mesurée insulte à Crispinus;
Que Boileau, répandant plus de sel que de grâce,
Veuille outrager Quinault, pense avilir le Tasse;
Qu'il peigne de Paris les tristes embarras,
Ou décrive en beaux vers un fort mauvais repas?
Il faut d'autres objets à votre intelligence.
 De l'esprit qui vous meut vous recherchez l'essence,
Son principe, sa fin, et surtout son devoir.
Voyons sur ce grand point ce qu'on a pu savoir,
Ce que l'erreur fait croire aux docteurs du vulgaire,
Et ce que vous inspire un Dieu qui vous éclaire.
Dans le fond de nos cœurs il faut chercher ses traits :
Si Dieu n'est pas dans nous, il n'exista jamais.
Ne pouvons-nous trouver l'auteur de notre vie
Qu'au labyrinthe obscur de la théologie?

[73] Pope's *Essay on Man* appeared in English in 1733–1734 and in French in 1736.

Origène [74] et Jean Scott [75] sont chez vous sans crédit:
La nature en sait plus qu'ils n'en ont jamais dit.
Écartons ces romans qu'on appelle systèmes;
Et pour nous élever descendons dans nous-mêmes.

PREMIÈRE PARTIE

*Dieu a donné aux hommes les idées de la justice, et la conscience pour
les avertir, comme il leur a donné tout ce qui leur est nécessaire.
C'est là cette loi naturelle sur laquelle la religion est fondée; c'est
le seul principe qu'on développe ici. L'on ne parle que de la loi
naturelle, et non de la religion et de ses augustes mystères.*

Soit qu'un Être inconnu, par lui seul existant,
Ait tiré depuis peu l'univers du néant;
Soit qu'il ait arrangé la matière éternelle;
Qu'elle nage en son sein, ou qu'il règne loin d'elle;
Que l'âme, ce flambeau souvent si ténébreux,
Ou soit un de nos sens ou subsiste sans eux;
Vous êtes sous la main de ce maître invisible.

Mais du haut de son trône, obscur, inaccessible,
Quel hommage, quel culte exige-t-il de vous?
De sa grandeur suprême indignement jaloux,
Des louanges, des vœux, flattent-ils sa puissance?
Est-ce le peuple altier conquérant de Byzance,[76]
Le tranquille Chinois, le Tartare indompté,
Qui connaît son essence, et suit sa volonté?
Différents dans leurs mœurs ainsi qu'en leur hommage,
Ils lui font tenir tous un différent langage:
Tous se sont donc trompés. Mais détournons les yeux
De cet impur amas d'imposteurs odieux;
Et, sans vouloir sonder d'un regard téméraire
De la loi des chrétiens l'ineffable mystère,

74 Origen (185?–254? A. D.), early theologian and one of the Fathers of
the Church.
75 Johannes Scotus Erigena (800?–877?), philosopher and theologian.
76 Byzantium, ancient name for Constantinople.

Sans expliquer en vain ce qui fut révélé,
Cherchons par la raison si Dieu n'a point parlé.
 La nature a fourni d'une main salutaire
Tout ce qui dans la vie à l'homme est nécessaire,
Les ressorts de son âme, et l'instinct de ses sens.
Le ciel à ses besoins soumet les éléments.
Dans les plis du cerveau la mémoire habitante
Y peint de la nature une image vivante.
Chaque objet de ses sens prévient la volonté;
Le son dans son oreille est par l'air apporté;
Sans efforts et sans soins son œil voit la lumière.
Sur son Dieu, sur sa fin, sur sa cause première,
L'homme est-il sans secours à l'erreur attaché?
Quoi! le monde est visible, et Dieu serait caché?
Quoi! le plus grand besoin que j'aie en ma misère
Est le seul qu'en effet je ne puis satisfaire?
Non; le Dieu qui m'a fait ne m'a point fait en vain:
Sur le front des mortels il mit son sceau divin.
Je ne puis ignorer ce qu'ordonna mon maître;
Il m'a donné sa loi, puisqu'il m'a donné l'être.
Sans doute il a parlé; mais c'est à l'univers:
Il n'a point de l'Égypte habité les déserts;
Delphes, Délos, Ammon,[77] ne sont pas ses asiles;
Il ne se cacha point aux antres des sibylles.
La morale uniforme en tout temps, en tout lieu,
A des siècles sans fin parle au nom de ce Dieu.
C'est la loi de Trajan, de Socrate, et la vôtre.
De ce culte éternel la nature est l'apôtre.
Le bon sens la reçoit, et les remords vengeurs,
Nés de la conscience, en sont les défenseurs;
Leur redoutable voix partout se fait entendre.
 Pensez-vous en effet que ce jeune Alexandre,
Aussi vaillant que vous, mais bien moins modéré,

[77] Sites of ancient temples, where oracles were given.

Teint du sang d'un ami trop inconsidéré,
Ait pour se repentir consulté des augures?
Ils auraient dans leurs eaux lavé ses mains impures;
Ils auraient à prix d'or absous bientôt le roi.
Sans eux, de la nature il écouta la loi:
Honteux, désespéré d'un moment de furie,
Il se jugea lui-même indigne de la vie.
Cette loi souveraine, à la Chine, au Japon,
Inspira Zoroastre, illumina Solon.
D'un bout du monde à l'autre elle parle, elle crie:
"Adore un Dieu, sois juste, et chéris ta patrie."
Ainsi le froid Lapon crut un Être éternel,
Il eut de la justice un instinct naturel;
Et le Nègre, vendu sur un lointain rivage,
Dans les Nègres encore aima sa noire image.
Jamais un parricide, un calomniateur,
N'a dit tranquillement dans le fond de son cœur:
"Qu'il est beau, qu'il est doux d'accabler l'innocence,
De déchirer le sein qui nous donna naissance!
Dieu juste, Dieu parfait, que le crime a d'appas!"
Voilà ce qu'on dirait, mortels, n'en doutez pas,
S'il n'était une loi terrible, universelle,
Que respecte le crime en s'élevant contre elle.
Est-ce nous qui créons ces profonds sentiments?
Avons-nous fait notre âme? avons-nous fait nos sens?
L'or qui naît au Pérou, l'or qui naît à la Chine,
Ont la même nature et la même origine:
L'artisan les façonne, et ne peut les former.
Ainsi l'Être éternel qui nous daigne animer
Jeta dans tous les cœurs une même semence.
Le ciel fit la vertu; l'homme en fit l'apparence.
Il peut la revêtir d'imposture et d'erreur,
Il ne peut la changer; son juge est dans son cœur.[78]

78 Conscience is the judge.

SECONDE PARTIE

Réponses aux objections contre les principes d'une morale universelle.
Preuve de cette vérité

J'entends avec Cardan [79] Spinosa qui murmure:
"Ces remords, me dit-il, ces cris de la nature,
Ne sont que l'habitude, et les illusions
Qu'un besoin mutuel inspire aux nations."
Raisonneur malheureux, ennemi de toi-même,
D'où nous vient ce besoin? pourquoi l'Être suprême
Mit-il dans notre cœur, à l'intérêt porté,
Un instinct qui nous lie à la société?
Les lois que nous faisons, fragiles, inconstantes,
Ouvrages d'un moment, sont partout différentes.
Jacob chez les Hébreux put épouser deux sœurs;
David, sans offenser la décence et les mœurs,
Flatta de cent beautés la tendresse importune;
Le pape au Vatican n'en peut posséder une.
Là, le père à son gré choisit son successeur;
Ici, l'heureux aîné de tout est possesseur.
Un Polaque à moustache, à la démarche altière,
Peut arrêter d'un mot sa république entière;
L'empereur ne peut rien sans ses chers électeurs.
L'Anglais a du crédit, le pape a des honneurs.
Usages, intérêts, cultes, lois, tout diffère.
Qu'on soit juste, il suffit; le reste est arbitraire.

Mais tandis qu'on admire et ce juste et ce beau,
Londre immole son roi par la main d'un bourreau; [80]
Du pape Borgia le bâtard sanguinaire [81]
Dans les bras de sa sœur assassine son frère;
Là, le froid Hollandais devient impétueux,
Il déchire en morceaux deux frères vertueux;

79 Cardan (1501–1576), Italian mathematician and philosopher.
80 Reference to the execution of Charles I in 1649.
81 The notorious Cæsar Borgia, brother of Lucretia Borgia.

Plus loin la Brinvilliers,[82] dévote avec tendresse,
Empoisonne son père en courant à confesse;
Sous le fer du méchant le juste est abattu.
Eh bien! conclurez-vous qu'il n'est point de vertu?
Quand des vents du midi les funestes haleines
De semences de mort ont inondé nos plaines,
Direz-vous que jamais le ciel en son courroux
Ne laissa la santé séjourner parmi nous?
Tous les divers fléaux dont le poids nous accable,
Du choc des éléments effet inévitable,
Des biens que nous goûtons corrompent la douceur;
Mais tout est passager, le crime et le malheur:
De nos désirs fougueux la tempête fatale
Laisse au fond de nos cœurs la règle et la morale.
C'est une source pure: en vain dans ses canaux
Les vents contagieux en ont troublé les eaux;
En vain sur sa surface une fange étrangère
Apporte en bouillonnant un limon qui l'altère;
L'homme le plus injuste et le moins policé
S'y contemple aisément quand l'orage est passé.
Tous ont reçu du ciel avec l'intelligence
Ce frein de la justice et de la conscience.
De la raison naissante elle est le premier fruit;
Dès qu'on la peut entendre, aussitôt elle instruit:
Contrepoids toujours prompt à rendre l'équilibre
Au cœur plein de désirs, asservi, mais né libre;
Arme que la nature a mise en notre main,
Qui combat l'intérêt par l'amour du prochain.
De Socrate, en un mot, c'est là l'heureux génie;
C'est là ce dieu secret qui dirigeait sa vie,
Ce dieu qui jusqu'au bout présidait à son sort
Quand il but sans pâlir la coupe de la mort.

82 Marie-Madeleine, Marquise de Brinvilliers (1630?–1676), notorious
poisoner. beheaded on the Place de Grève in Paris in 1676.

Quoi! cet esprit divin n'est-il que pour Socrate?
Tout mortel a le sien, qui jamais ne le flatte.
Néron, cinq ans entiers, fut soumis à ses lois;
Cinq ans, des corrupteurs il repoussa la voix.
Marc-Aurèle, appuyé sur la philosophie,
Porta ce joug heureux tout le temps de sa vie.
Julien,[83] s'égarant dans sa religion,
Infidèle à la foi, fidèle à la raison,
Scandale de l'Église, et des rois le modèle,
Ne s'écarta jamais de la loi naturelle.

On insiste, on me dit: "L'enfant dans son berceau
N'est point illuminé par ce divin flambeau;
C'est l'éducation qui forme ses pensées;
Par l'exemple d'autrui ses mœurs lui sont tracées;
Il n'a rien dans l'esprit, il n'a rien dans le cœur;
De ce qui l'environne il n'est qu'imitateur;
Il répète les noms de devoir, de justice;
Il agit en machine, et c'est par sa nourrice
Qu'il est juif ou païen, fidèle ou musulman,
Vêtu d'un justaucorps, ou bien d'un doliman."

Oui, de l'exemple en nous je sais quel est l'empire.
Il est des sentiments que l'habitude inspire.
Le langage, la mode et les opinions,
Tous les dehors de l'âme, et ses préventions,
Dans nos faibles esprits sont gravés par nos pères,
Du cachet des mortels impressions légères.
Mais les premiers ressorts sont faits d'une autre main;
Leur pouvoir est constant, leur principe est divin.
Il faut que l'enfant croisse, afin qu'il les exerce;
Il ne les connaît pas sous la main qui le berce.
Le moineau, dans l'instant qu'il a reçu le jour,
Sans plumes dans son nid, peut-il sentir l'amour?
Le renard en naissant va-t-il chercher sa proie?

[83] Julian the Apostate, Roman emperor from 361 to 363 A. D.

Les insectes changeants qui nous filent la soie,
Les essaims bourdonnants de ces filles du ciel
Qui pétrissent la cire et composent le miel,
Sitôt qu'ils sont éclos forment-ils leur ouvrage?
Tout mûrit par le temps, et s'accroît par l'usage.
Chaque être a son objet, et dans l'instant marqué
Il marche vers le but par le ciel indiqué.
De ce but, il est vrai, s'écartent nos caprices;
Le juste quelquefois commet des injustices;
On fuit le bien qu'on aime, on hait le mal qu'on fait:
De soi-même en tout temps quel cœur est satisfait?

 L'homme, on nous l'a tant dit, est une énigme obscure.
Mais en quoi l'est-il plus que toute la nature?
Avez-vous pénétré, philosophes nouveaux,
Cet instinct sûr et prompt qui sert les animaux?
Dans son germe impalpable avez-vous pu connaître
L'herbe qu'on foule aux pieds, et qui meurt pour renaître?
Sur ce vaste univers un grand voile est jeté;
Mais, dans les profondeurs de cette obscurité,
Si la raison nous luit, qu'avons-nous à nous plaindre?
Nous n'avons qu'un flambeau, gardons-nous de l'éteindre.

 Quand de l'immensité Dieu peupla les déserts,
Alluma des soleils, et souleva des mers:
"Demeurez, leur dit-il, dans vos bornes prescrites."
Tous les mondes naissants connurent leurs limites.
Il imposa des lois à Saturne, à Vénus,
Aux seize orbes divers dans nos cieux contenus,
Aux éléments unis dans leur utile guerre,
A la course des vents, aux flèches du tonnerre,
A l'animal qui pense, et né pour l'adorer,
Au ver qui nous attend, né pour nous dévorer.
Aurons-nous bien l'audace, en nos faibles cervelles,
D'ajouter nos décrets à ces lois immortelles?
Hélas! serait-ce à nous, fantômes d'un moment,

Dont l'être imperceptible est voisin du néant,
De nous mettre à côté du maître du tonnerre,
Et de donner en dieux des ordres à la terre?

TROISIÈME PARTIE

*Que les hommes, ayant pour la plupart défiguré, par les opinions qui
les divisent, le principe de la religion naturelle qui les unit, doivent
se supporter les uns les autres.*

L'univers est un temple où siège l'Éternel.
Là chaque homme à son gré veut bâtir un autel.
Chacun vante sa foi, ses saints et ses miracles,
Le sang de ses martyrs, la voix de ses oracles.
L'un pense, en se lavant cinq ou six fois par jour,
Que le ciel voit ses bains d'un regard plein d'amour,
Et qu'avec un prépuce on ne saurait lui plaire;
L'autre a du dieu Brama désarmé la colère,
Et, pour s'être abstenu de manger du lapin,
Voit le ciel entr'ouvert, et des plaisirs sans fin.
Tous traitent leurs voisins d'impurs et d'infidèles:
Des chrétiens divisés les infâmes querelles
Ont, au nom du Seigneur, apporté plus de maux,
Répandu plus de sang, creusé plus de tombeaux,
Que le prétexte vain d'une utile balance [84]
N'a désolé jamais l'Allemagne et la France.

Un doux inquisiteur, un crucifix en main,
Au feu, par charité, fait jeter son prochain,
Et, pleurant avec lui d'une fin si tragique,
Prend, pour s'en consoler, son argent qu'il s'applique;
Tandis que, de la grâce ardent à se toucher,
Le peuple, en louant Dieu, danse autour du bûcher.
On vit plus d'une fois, dans une sainte ivresse,

[84] Idea of the "balance of power," an equal number of nations in
alliance on each side, with the purpose of preserving an equilibrium, and
hence peace.

Plus d'un bon catholique, au sortir de la messe,
Courant sur son voisin pour l'honneur de la foi,
Lui crier : "Meurs, impie, ou pense comme moi."
Calvin et ses suppôts, guettés par la justice,
Dans Paris, en peinture, allèrent au supplice.
Servet [85] fut en personne immolé par Calvin.
Si Servet dans Genève eût été souverain,
Il eût, pour argument contre ses adversaires,
Fait serrer d'un lacet le cou des trinitaires.
Ainsi d'Arminius [86] les ennemis nouveaux
En Flandre étaient martyrs, en Hollande bourreaux.

D'où vient que, deux cents ans, cette pieuse rage
De nos aïeux grossiers fut l'horrible partage ?
C'est que de la nature on étouffa la voix ;
C'est qu'à sa loi sacrée on ajouta des lois ;
C'est que l'homme, amoureux de son sot esclavage,
Fit, dans ses préjugés, Dieu même à son image.
Nous l'avons fait injuste, emporté, vain, jaloux,
Séducteur, inconstant, barbare comme nous.

Enfin, grâce en nos jours à la philosophie,
Qui de l'Europe au moins éclaire une partie,
Les mortels, plus instruits, en sont moins inhumains ;
Le fer est émoussé, les bûchers sont éteints.
Mais si le fanatisme était encor le maître,
Que ces feux étouffés seraient prompts à renaître !
On s'est fait, il est vrai, le généreux effort
D'envoyer moins souvent ses frères à la mort ;
On brûle moins d'Hébreux dans les murs de Lisbonne ;
Et même le mouphti, qui rarement raisonne,
Ne dit plus aux chrétiens que le sultan soumet :
"Renonce au vin, barbare, et crois à Mahomet."

[85] Servetus (1511–1553), burned at the stake as a heretic.
[86] Arminius (1560–1609), Dutch Protestant theologian, who softened the Calvinistic doctrine of predestination. He was combatted by Gomar (1563–1641), a rigid Calvinist, born in the Flemish city of Bruges.

Mais du beau nom de chien ce mouphti nous honore;
Dans le fond des enfers il nous envoie encore.
Nous le lui rendons bien: nous damnons à la fois
Le peuple circoncis, vainqueur de tant de rois,
Londres, Berlin, Stockholm et Genève; et vous-même
Vous êtes, ô grand roi, compris dans l'anathème.
En vain, par des bienfaits signalant vos beaux jours,
A l'humaine raison vous donnez des secours,
Aux beaux-arts des palais, aux pauvres des asiles.
Vous peuplez les déserts, vous les rendez fertiles;
De fort savants esprits jurent sur leur salut
Que vous êtes sur terre un fils de Belzébut.[87]
 Les vertus des païens étaient, dit-on, des crimes.
Rigueur impitoyable! odieuses maximes!
Gazetier clandestin dont la plate âcreté
Damne le genre humain de pleine autorité.
Tu vois d'un œil ravi les mortels, tes semblables,
Pétris des mains de Dieu pour le plaisir des diables.
N'es-tu pas satisfait de condamner au feu
Nos meilleurs citoyens, Montaigne et Montesquieu?[88]
Penses-tu que Socrate et le juste Aristide,
Solon, qui fut des Grecs et l'exemple et le guide;
Penses-tu que Trajan, Marc-Aurèle, Titus,
Noms chéris, noms sacrés, que tu n'as jamais lus,
Aux fureurs des démons sont livrés en partage
Par le Dieu bienfaisant dont ils étaient l'image;
Et que tu seras, toi, de rayons couronné,
D'un chœur de chérubins au ciel environné,
Pour avoir quelque temps, chargé d'une besace,
Dormi dans l'ignorance et croupi dans la crasse?
Sois sauvé, j'y consens: mais l'immortel Newton,
Mais le savant Leibnitz, et le sage Addison,

[87] Beelzebub, prince of demons in the New Testament.
[88] Montesquieu's *Esprit des lois* had been prohibited in France as dangerous and radical.

Et ce Locke, en un mot, dont la main courageuse
A de l'esprit humain posé la borne heureuse ;
Ces esprits qui semblaient de Dieu même éclairés,
Dans des feux éternels seront-ils dévorés ?
Porte un arrêt plus doux, prends un ton plus modeste,
Ami ; ne préviens point le jugement céleste ;
Respecte ces mortels, pardonne à leur vertu :
Ils ne t'ont point damné, pourquoi les damnes-tu ?
A la religion discrètement fidèle,
Sois doux, compatissant, sage, indulgent, comme elle ;
Et sans noyer autrui songe à gagner le port :
La clémence a raison, et la colère a tort.
Dans nos jours passagers de peines, de misères,
Enfants du même Dieu, vivons au moins en frères ;
Aidons-nous l'un et l'autre à porter nos fardeaux :
Nous marchons tous courbés sous le poids de nos maux ;
Mille ennemis cruels assiègent notre vie,
Toujours par nous maudite, et toujours si chérie ;
Notre cœur égaré, sans guide et sans appui,
Est brûlé de désirs, ou glacé par l'ennui ;
Nul de nous n'a vécu sans connaître les larmes.
De la société les secourables charmes
Consolent nos douleurs, au moins quelques instants :
Remède encor trop faible à des maux si constants.
Ah ! n'empoisonnons pas la douceur qui nous reste.
Je crois voir des forçats dans un cachot funeste,
Se pouvant secourir, l'un sur l'autre acharnés,
Combattre avec les fers dont ils sont enchaînés.

QUATRIÈME PARTIE

*C'est au gouvernement à calmer les malheureuses disputes de l'école
qui troublent la société*

Oui, je l'entends souvent de votre bouche auguste,
Le premier des devoirs, sans doute, est d'être juste ;

Et le premier des biens est la paix de nos cœurs.

Comment avez-vous pu, parmi tant de docteurs,

Parmi ces différends que la dispute enfante,

Maintenir dans l'État une paix si constante?

D'où vient que les enfants de Calvin, de Luther,

Qu'on croit, delà des monts, bâtards de Lucifer,

Le grec et le romain, l'empesé quiétiste,

Le quakre au grand chapeau, le simple anabaptiste,

Qui jamais dans leur loi n'ont pu se réunir,

Sont tous, sans disputer, d'accord pour vous bénir?

C'est que vous êtes sage, et que vous êtes maître.

Si le dernier Valois,[89] hélas! avait su l'être,

Jamais un jacobin, guidé par son prieur,

De Judith [90] et d'Aod [91] fervent imitateur,

N'eût tenté dans Saint-Cloud sa funeste entreprise:

Mais Valois aiguisa le poignard de l'Église,

Ce poignard qui bientôt égorgea dans Paris,

Aux yeux de ses sujets, le plus grand des Henris.[92]

Voilà le fruit affreux des pieuses querelles.

Toutes les factions à la fin sont cruelles;

Pour peu qu'on les soutienne, on les voit tout oser:

Pour les anéantir, il les faut mépriser.

Qui conduit des soldats peut gouverner des prêtres.

Un roi [93] dont la grandeur éclipsa ses ancêtres

Crut pourtant, sur la foi d'un confesseur normand,

Jansénius à craindre, et Quesnel [94] important;

Du sceau de sa grandeur il chargea leurs sottises.

De la dispute alors cent cabales éprises,

[89] Henri III (1551–1589).

[90] Judith, heroine of the fourth book of the Apocrypha, which is commonly omitted from the King James Bible. Judith slew Holofernes with a sword while he was in a drunken sleep.

[91] *Aod*, English Ehud, second Judge of Israel. He slew Eglon, king of Moab, with a dagger. Cf. Judges, III, 15–30. Cf. also *infra*, p. 324.

[92] Henry IV (1553–1610), of whom Voltaire was always a great admirer and in whose honor he composed his epic, *La Henriade*, in 1728.

[93] Louis XIV.

[94] Quesnel (1634–1719), Jansenist theologian.

Cent bavards en fourrure, avocats, bacheliers,
Colporteurs, capucins, jésuites, cordeliers,
Troublèrent tout l'État par leurs doctes scrupules:
Le régent,[95] plus sensé, les rendit ridicules;
Dans la poussière alors on les vit tous rentrer.
 L'œil du maître suffit, il peut tout opérer.
L'heureux cultivateur des présents de Pomone,[96]
Des filles du printemps, des trésors de l'automne,
Maître de son terrain, ménage aux arbrisseaux
Les secours du soleil, de la terre et des eaux,
Par de légers appuis soutient leurs bras débiles,
Arrache impunément les plantes inutiles,
Et des arbres touffus dans son clos renfermés
Émonde les rameaux de la sève affamés;
Son docile terrain répond à sa culture:
Ministre industrieux des lois de la nature,
Il n'est pas traversé dans ses heureux desseins;
Un arbre qu'avec peine il planta de ses mains
Ne prétend pas le droit de se rendre stérile,
Et, du sol épuisé tirant un suc utile,
Ne va pas refuser à son maître affligé
Une part de ses fruits dont il est trop chargé;
Un jardinier voisin n'eut jamais la puissance
De diriger des dieux la maligne influence,
De maudire ses fruits pendants aux espaliers,
Et de sécher d'un mot sa vigne et ses figuiers.
Malheur aux nations dont les lois opposées
Embrouillent de l'État les rênes divisées!
Le sénat des Romains, ce conseil des vainqueurs,
Présidait aux autels, et gouvernait les mœurs,
Restreignait sagement le nombre des vestales,

95 Philippe d'Orléans (1674–1723) governed France as Regent during
the minority of Louis XV from 1715 to 1723. His rule was a period
of religious indifference which produced toleration.
96 Pomona, goddess of fruits and gardens.

D'un peuple extravagant réglaît les bacchanales.
Marc-Aurèle et Trajan mêlaient, au Champ de Mars,
Le bonnet de pontife au bandeau des Césars;
L'univers, reposant sous leur heureux génie,
Des guerres de l'école ignora la manie:
Ces grands législateurs, d'un saint zèle enivrés,
Ne combattirent point pour leurs poulets sacrés.
Rome, encore aujourd'hui conservant ces maximes,
Joint le trône à l'autel par des nœuds légitimes;
Ses citoyens en paix, sagement gouvernés,
Ne sont plus conquérants, et sont plus fortunés.
 Je ne demande pas que dans sa capitale
Un roi, portant en main la crosse épiscopale,
Au sortir du conseil allant en mission,
Donne au peuple contrit sa bénédiction;
Toute église a ses lois, tout peuple a son usage:
Mais je prétends qu'un roi, que son devoir engage
A maintenir la paix, l'ordre, la sûreté,
Ait sur tous ses sujets égale autorité.
Ils sont tous ses enfants: cette famille immense
Dans ses soins paternels a mis sa confiance.
Le marchand, l'ouvrier, le prêtre, le soldat,
Sont tous également les membres de l'État.[97]
De la religion l'appareil nécessaire
Confond aux yeux de Dieu le grand et le vulgaire;
Et les civiles lois, par un autre lien,
Ont confondu le prêtre avec le citoyen.
La loi dans tout État doit être universelle:
Les mortels, quels qu'ils soient, sont égaux devant elle.
Je n'en dirai pas plus sur ces points délicats.
Le ciel ne m'a point fait pour régir les États,
Pour conseiller les rois, pour enseigner les sages;

[97] Voltaire, like Montesquieu, believes in the separation of Church and State, a system now in force in modern France and established from the beginning in the federal government of the United States.

Mais, du port où je suis contemplant les orages,
Dans cette heureuse paix ou je finis mes jours,
Éclairé par vous-même, et plein de vos discours,
De vos nobles leçons salutaire interprète,
Mon esprit suit le vôtre, et ma voix vous répète.

 Que conclure à la fin de tous mes longs propos ?
C'est que les préjugés sont la raison des sots ;
Il ne faut pas pour eux se déclarer la guerre :
Le vrai nous vient du ciel, l'erreur vient de la terre ;
Et, parmi les chardons qu'on ne peut arracher,
Dans les sentiers secrets le sage doit marcher.
La paix enfin, la paix, que l'on trouble et qu'on aime,
Est d'un prix aussi grand que la vérité même.

PRIÈRE

 O Dieu qu'on méconnaît, ô Dieu que tout annonce,
Entends les derniers mots que ma bouche prononce ;
Si je me suis trompé, c'est en cherchant ta loi.
Mon cœur peut s'égarer, mais il est plein de toi.
Je vois sans m'alarmer l'éternité paraître ;
Et je ne puis penser qu'un Dieu qui m'a fait naître,
Qu'un Dieu qui sur mes jours versa tant de bienfaits,
Quand mes jours sont éteints me tourmente à jamais.

PART III

VOLTAIRE'S FINAL PERIOD (1753–1778)

AFTER his unhappy adventure at Frankfort in 1753, and after short stops at Strasbourg, Colmar, Lyons, Voltaire finally made his headquarters in and near Geneva. But Geneva was too much of a Protestant stronghold for him to feel quite free and tranquil. In 1755 he established himself at the neighboring château of Saint-Jean and christened it "Les Délices." This was to be his preferred residence until definitely supplanted by Ferney four years later.

A FAMOUS LETTER TO JEAN-JACQUES ROUSSEAU

30 août (1755)

This letter of Voltaire to Rousseau is deservedly famous as a most clever and witty reply to Rousseau's *Discours sur l'origine de l'inégalité parmi les hommes* (1755), which was one of the literary sensations of the day and which undoubtedly had much influence in fanning democratic aspirations into flame. Voltaire's letter is not, nor is it intended to be, a fair, unprejudiced estimate of the merits and defects of Rousseau's work. It is simply a polite and marvelously skilful ridiculing of Rousseau's attack upon society, for which purpose Voltaire uses intentional exaggeration and a *reductio ad absurdum* of its weakest and most extreme side. Voltaire, though himself attacking many of the abuses of his age, is too great an admirer of civilization and of luxury [98] and too great a believer in progress to sympathize with the position Rousseau here adopts. Besides, Voltaire has in many respects a rich man's natural conservatism regarding changes in the organization of society, while Rousseau, poor and willingly poor, looks toward a simpler and more democratic order, though he does not always base it upon the soundest arguments. Here, as often elsewhere, Voltaire and Rousseau usefully supplement and correct each other.

Rousseau's reply to Voltaire's letter is to be found, under date of September 10, in Moland, **XXXVIII,** **454–56.**

[98] Cf. *Le Mondain* (1736).

For brief selections from Rousseau's *Discours*, which should be read in connection with this letter, the student is referred to Christian Gauss, *Selections from the Works of Jean-Jacques Rousseau*, Princeton University Press, 1920, or to Albert Schinz, *Vie et Œuvres de J-J. Rousseau*, Boston, Heath, 1921.

J'ai reçu, monsieur, votre nouveau livre contre le genre humain; je vous en remercie. Vous plairez aux hommes, à qui vous dites leurs vérités, mais vous ne les corrigerez pas. On ne peut peindre avec des couleurs plus fortes les horreurs de la société humaine, dont notre ignorance et notre faiblesse se promettent tant de consolations. On n'a jamais employé tant d'esprit à vouloir nous rendre bêtes; il prend envie de marcher à quatre pattes,[99] quand on lit votre ouvrage. Cependant, comme il y a plus de soixante ans que j'en ai perdu l'habitude, je sens malheureusement qu'il m'est impossible de la reprendre, et je laisse cette allure naturelle à ceux qui en sont plus dignes que vous et moi. Je ne peux non plus m'embarquer pour aller trouver les sauvages du Canada : premièrement, parce que les maladies dont je suis accablé me retiennent auprès du plus grand médecin de l'Europe,[1] et que je ne trouverais pas les mêmes secours chez les Missouris; secondement, parce que la guerre est portée dans ces pays-là, et que les exemples de nos nations ont rendu les sauvages presque aussi méchants que nous. Je me borne à être un sauvage paisible dans la solitude que j'ai choisie auprès de votre patrie,[2] où vous devriez être.

Je conviens avec vous que les belles-lettres et les sciences ont causé quelquefois beaucoup de mal. Les ennemis du Tasse firent de sa vie un tissu de malheurs; ceux de Galilée le

[99] In 1760 Pallissot produced his comedy, *Les Philosophes,* in which Rousseau and his ideas were satirized by Crispin, who crept about the stage on all fours eating a lettuce leaf and thus represented the famous "state of nature."

[1] Tronchin (1709–1781), a very distinguished and successful Swiss physician.

[2] Voltaire was at *Les Délices* near Geneva, and Geneva was the birthplace of Rousseau.

firent gémir dans les prisons, à soixante et dix ans, pour avoir
connu le mouvement de la terre; et ce qu'il y a de plus hon-
teux, c'est qu'ils l'obligèrent à se rétracter. Dès que vos
amis [3] eurent commencé le *Dictionnaire encyclopédique,* ceux
qui osèrent être leurs rivaux les traitèrent de *déistes, d'athées,*
et même de *jansénistes.*

Si j'osais me compter parmi ceux dont les travaux n'ont eu
que la persécution pour récompense, je vous ferais voir des
gens acharnés à me perdre du jour que je donnai la tragédie
d'*Œdipe;* une bibliothèque de calomnies ridicules imprimées
contre moi; un prêtre ex-jésuite,[4] que j'avais sauvé du dernier
supplice, me payant par des libelles diffammatoires du service
que je lui avais rendu; un homme,[5] plus coupable encore, fai-
sant imprimer mon propre ouvrage du *Siècle de Louis XIV*
avec des *notes* dans lesquelles la plus crasse ignorance vomit
les plus infâmes impostures; un autre, qui vend à un libraire
quelques chapitres d'une prétendue *Histoire universelle,* sous
mon nom; le libraire assez avide pour imprimer ce tissu in-
forme de bévues, de fausses dates, de faits et de noms estro-
piés; et enfin des hommes assez lâches et assez méchants pour
m'imputer la publication de cette rapsodie. . . . Mais que
conclurai-je de toutes ces tribulations? Que je ne dois pas
me plaindre; que Pope, Descartes, Bayle, le Camoëns,[6] et cent
autres, ont essuyé les mêmes injustices, et de plus grandes;
que cette destinée est celle de presque tous ceux que l'amour
des lettres a trop séduits.

Avouez en effet, monsieur, que ce sont là de ces petits mal-
heurs particuliers dont à peine la société s'aperçoit. Qu'im-
porte au genre humain que quelques frelons pillent le miel de

3 Diderot and D'Alembert, editors of the *Encyclopédie.*
4 The Abbé Desfontaines, who became one of Voltaire's enemies during
the period between 1730 and 1740.
5 La Beaumelle, who brought out a pirated edition of Voltaire's history
with insulting notes. Cf. p. 258, below.
6 Camoëns (1525–1580), famous Portuguese epic poet, who celebrated
in the *Lusiadas* the voyages and discoveries of Vasco da Gama.

quelques abeilles. Les gens de lettres font grand bruit de toutes ces petites querelles, le reste du monde ou les ignore ou en rit.

De toutes les amertumes répandues sur la vie humaine, ce sont là les moins funestes. Les épines attachées à la littérature et à un peu de réputation ne sont que des fleurs en comparaison des autres maux qui, de tout temps, ont inondé la terre. Avouez que ni Cicéron, ni Varron,[7] ni Lucrèce,[8] ni Virgile, ni Horace, n'eurent la moindre part aux proscriptions.[9] Marius[10] était un ignorant; le barbare Sylla,[11] le crapuleux Antoine, l'imbécile Lépide, lisaient peu Platon et Sophocle; et pour ce tyran sans courage, Octave Cépias, surnommé si lâchement *Auguste*,[12] il ne fut un détestable assassin que dans le temps où il fut privé de la société des gens de lettres.

Avouez que Pétrarque et Boccace ne firent pas naître les troubles de l'Italie; avouez que le *badinage* de Marot[13] n'a pas produit la Saint-Barthélemy,[14] et que la tragédie du *Cid* ne causa pas les troubles de la Fronde.[15] Les grands crimes n'ont guère été commis que par de célèbres ignorants. Ce qui fait et fera toujours de ce monde une vallée de larmes, c'est l'insatiable cupidité et l'indomptable orgueil des hommes,

7 Varro (116–27 B. C.), Latin poet, famous for the encyclopedic character of his knowledge, a most remarkable scholar.

8 Lucretius (95–51 B. C.), Roman poet and materialistic philosopher, author of *De rerum natura*.

9 *Proscriptions,* assassinations by order of a successful dictator of persons considered to be dangerous to the government or to its power.

10 Marius (156–86 B. C.), famous Roman general and rival of Sylla.

11 Sylla (136–80 B. C.), Roman general, consul, and dictator, the successful rival of Marius. He caused his enemies to be put to death by "proscriptions."

12 Antony, Lepidus, and Octavius, members of the second triumvirate formed in 43 B. C. Octavius Augustus became later emperor.

13 Marot (1495–1544), court poet to Francis I.

14 The Massacre of Saint-Bartholomew, terrible massacre of French Protestants by Catholics August 23, 1572, carried out with the consent of the weak king Charles IX. Some account of it is given in Mérimée's novel, *Chronique du règne de Charles IX* (1829).

15 *La Fronde,* name given to a civil war and struggle against Cardinal Mazarin, successor to Richelieu and minister of Louis XIV during his minority. It took place during the years 1648–1653.

depuis Thomas Kouli-kan,[16] qui ne savait pas lire, jusqu'à un commis de la douane, qui ne sait que chiffrer. Les lettres nourrissent l'âme, la rectifient, la consolent; elles vous servent, monsieur, dans le temps que vous écrivez contre elles; vous êtes comme Achille, qui s'emporte contre la gloire, et comme le père Malebranche,[17] dont l'imagination brillante écrivait contre l'imagination.

Si quelqu'un doit se plaindre des lettres, c'est moi, puisque, dans tous les temps et dans tous les lieux, elles ont servi à me persécuter; mais il faut les aimer malgré l'abus qu'on en fait, comme il faut aimer la société dont tant d'hommes méchants corrompent les douceurs; comme il faut aimer sa patrie, quelques injustices qu'on y essuie; comme il faut aimer et servir l'Être suprême, malgré les superstitions et le fanatisme qui déshonorent si souvent son culte.

M. Chappuis m'apprend que votre santé est bien mauvaise; il faudrait la venir rétablir dans l'air natal, jouir de la liberté, boire avec moi du lait de nos vaches, et brouter nos herbes.[18]

Je suis très philosophiquement et avec la plus tendre estime, etc.

(Moland, XXXVIII, 446–450.)

A M. Tronchin, de Lyon.

Délices, 24 novembre (1755).

Tronchin of Lyons was a member of the same family as the more famous Théodore Tronchin, the Swiss doctor, who has been previously mentioned.

[16] Kouli-kan, a Persian usurper during the eighteenth century.

[17] Malebranche (1638–1715), author of *De la recherche de la vérité* (1674–1675). He rejected the idea of innate ideas and conceived of every thing as part of God. Voltaire discusses him in the *Dictionnaire philosophique* under the head, "Tout en Dieu."

[18] Thus at the end Voltaire most politely and cleverly insinuates that Rousseau at Paris is sick and needs to come out to Voltaire's country place. where he is leading the life of a simple savage: i. e., Rousseau, Voltaire hints, is not following his own theories whereas the latter really is doing so, though he is making no public parade about it.

Voltaire writes him about the terrible earthquake at Lisbon, which took place on November 1, 1755, and destroyed the greater part of the city. A tidal wave followed and wrecked the shipping in the river Tagus. Next, fire broke out and completed the work of destruction. Between 30,000 and 40,000 people are said to have lost their lives, and the property damage has been estimated at about $100,000,000.

Voilà, monsieur, une physique bien cruelle. On sera bien embarrassé à deviner comment les lois du mouvement opèrent des désastres si effroyables dans *le meilleur des mondes possibles;* [19] cent mille fourmis, notre prochain, écrasées tout d'un coup dans notre fourmilière, et la moitié périssant sans doute dans des angoisses inexprimables, au milieu des débris dont on ne peut les tirer, des familles ruinées aux bouts de l'Europe, la fortune de cent commerçants de votre patrie abimée dans les ruines de Lisbonne. Quel triste jeu de hasard que le jeu de la vie humaine! Que diront les prédicateurs, surtout si le palais de l'Inquisition est resté debout? Je me flatte qu'au moins les révérends pères inquisiteurs auront été écrasés comme les autres. Cela devrait apprendre aux hommes à ne point persécuter les hommes: car, tandis que quelques sacrés coquins brûlent quelques fanatiques, la terre engloutit les uns et les autres. Je crois que nos montagnes nous sauvent des tremblements de terre.

(Moland, XXXVIII, 511.)

*Le Poème sur le Désastre de Lisbonne
en 1755,
ou Examen de cet Axiome: Tout est bien*
(1756)

The Lisbon catastrophe was the occasion of Voltaire's poem, but it is not probable that this disaster alone was the cause of the abandonment of Optimism evident here and in the novel *Candide* (1759).

19 Allusion to a much quoted phrase of the followers of the optimistic philosophy of Leibnitz and of Pope. Voltaire ridicules it with telling effect in *Candide.*

Since the *Discours sur l'Homme* (1738) and the novel *Zadig* (1747),[20] an increase in pessimism, as M. Morize has pointed out,[21] may be noted in Voltaire even before the earthquake. *Micromégas*, which closes with a blank page instead of an explanation of the riddle of the universe, suggests that the facile explanations of Pope and Leibnitz no longer completely satisfy. The death of Mme du Châtelet in 1749, the bitter disillusionment due to the quarrel and break with Frederick, the increasing age of Voltaire himself, these are three factors to be reckoned with in explaining his change of viewpoint. The disaster at Lisbon appears as the climax, the occasion, which seals the change, rather than the first cause of it. In any case it marks a significant moment in Voltaire's career and stands therefore at a turning point in his thought. It was the occasion also for a very long letter from his former admirer, now shortly to be his greatest rival, Jean-Jacques Rousseau, who objected to Voltaire's poem as an attack upon Providence as well as upon the Optimism of Pope. The result was an exchange of letters, the last the two were to write on a friendly basis, and this was followed in 1759 by the appearance of *Candide*, which Rousseau always considered Voltaire's satirical reply to the defense of Providence made by the great Genevan in his letter.[22] (See Appendix.)

PRÉFACE

Si jamais la question du mal physique a mérité l'attention de tous les hommes, c'est dans ces événements funestes qui nous rappellent à la contemplation de notre faible nature; comme les pestes générales qui ont enlevé le quart des hommes dans le monde connu, le tremblement de terre qui engloutit quatre cent mille personnes à la Chine en 1699, celui de Lima et de Collao, et en dernier lieu celui du Portugal, et du royaume de Fez. L'axiome *Tout est bien* paraît un peu étrange à ceux qui sont les témoins de ces désastres. Tout est arrangé, tout est ordonné, sans doute, par la Providence; mais il n'est que trop sensible que tout, depuis longtemps, n'est pas arrangé pour notre bien-être présent.

[20] It should not be forgotten that some parts of *Zadig* were not added until many years later.

[21] A. Morize, *Candide, édition critique* (1913), pp. xxxix–xl. M. Morize notes the pessimism of the *Essai sur les Mœurs* (1753–56).

[22] Cf. Rousseau, *Confessions* (Hachette), VIII, 307–08, 387–89; *Correspondance* (Hachette), X, 122–34.

Lorsque l'illustre Pope donna son *Essai sur l'homme,* et qu'il développa dans ses vers immortels les systèmes de Leibnitz, du lord Shaftesbury, et du lord Bolingbroke, une foule de théologiens de toutes les communions attaqua ce système. On se révoltait contre cet axiome nouveau, que *tout est bien,* que *l'homme jouit de la seule mesure du bonheur dont son être soit susceptible,* etc. Il y a toujours un sens dans lequel on peut condamner un écrit, et un sens dans lequel on peut l'approuver. Il serait bien plus raisonnable de ne faire attention qu'aux beautés utiles d'un ouvrage, et de n'y point chercher un sens odieux: mais c'est une des imperfections de notre nature, d'interpréter malignement tout ce qui peut être interprété, et de vouloir décrier tout ce qui a eu du succès.

On crut donc voir dans cette proposition, *Tout est bien,* le renversement du fondement des idées reçues. "Si tout est bien, disait-on, il est donc faux que la nature humaine soit déchue. Si l'ordre général exige que tout soit comme il est, la nature humaine n'a donc pas été corrompue; elle n'a donc pas eu besoin de rédempteur. Si ce monde, tel qu'il est, est le meilleur des mondes possibles, on ne peut donc pas espérer un avenir plus heureux. Si tous les maux dont nous sommes accablés sont un bien général, toutes les nations policées ont donc eu tort de rechercher l'origine du mal physique et du mal moral. Si un homme mangé par les bêtes féroces fait le bien-être de ces bêtes et contribue à l'ordre du monde, si les malheurs de tous les particuliers ne sont que la suite de cet ordre général et nécessaire, nous ne sommes donc que des roues qui servent à faire jouer la grande machine; nous ne sommes pas plus précieux aux yeux de Dieu que les animaux qui nous dévorent."

Voilà les conclusions qu'on tirait du poème de M. Pope; et ces conclusions mêmes augmentaient encore la célébrité et le succès de l'ouvrage. Mais on devait l'envisager sous un autre

aspect: il fallait considérer le respect pour la Divinité, la résignation qu'on doit à ses ordres suprêmes, la saine morale, la tolérance, qui sont l'âme de cet excellent écrit. C'est ce que le public a fait; et l'ouvrage, ayant été traduit par des hommes dignes de le traduire, a triomphé d'autant plus des critiques qu'elles roulaient sur des matières plus délicates.

C'est le propre des censures violentes d'accréditer les opinions qu'elles attaquent. On crie contre un livre parce qu'il réussit, on lui impute des erreurs: qu'arrive-t-il? les hommes, révoltés contre ces cris, prennent pour des vérités les erreurs mêmes que ces critiques ont cru apercevoir. La censure élève des fantômes pour les combattre, et les lecteurs indignés embrassent ces fantômes.

Les critiques ont dit: "Leibnitz, Pope, enseignent le fatalisme"; et les partisans de Leibnitz et de Pope ont dit: "Si Leibnitz et Pope enseignent le fatalisme, ils ont donc raison, et c'est à cette fatalité invincible qu'il faut croire."

Pope avait dit *Tout est bien* en un sens qui était très recevable; et ils le disent aujourd'hui en un sens qui peut être combattu.

L'auteur du poème sur *le Désastre de Lisbonne* ne combat point l'illustre Pope, qu'il a toujours admiré et aimé; il pense comme lui sur presque tous les points: mais, pénétré des malheurs des hommes, il s'élève contre les abus qu'on peut faire du nouvel axiome, *Tout est bien*. Il adopte cette triste et plus ancienne vérité reconnue de tous les hommes, *qu'il y a du mal sur la terre;* il avoue que le mot *Tout est bien*, pris dans un sens absolu et sans l'espérance d'un avenir, n'est qu'une insulte aux douleurs de notre vie.

Si, lorsque Lisbonne, Méquinez, Tétuan, et tant d'autres villes, furent englouties avec un si grand nombre de leurs habitants au mois de novembre, 1755, des philosophes avaient crié aux malheureux qui échappaient à peine des ruines: "Tout est bien; les héritiers des morts augmenteront leurs

fortunes; les maçons gagneront de l'argent à rebâtir des maisons; les bêtes se nourriront des cadavres enterrés dans les débris: c'est l'effet nécessaire des causes nécessaires; votre mal particulier n'est rien, vous contribuez au bien général"; un tel discours certainement eût été aussi cruel que le tremblement de terre a été funeste. Et voilà ce que dit l'auteur du poème sur *le Désastre de Lisbonne*.

Il avoue donc avec toute la terre qu'il y a du mal sur la terre, ainsi que du bien; il avoue qu'aucun philosophe n'a pu jamais expliquer l'origine du mal moral et du mal physique; il avoue que Bayle,[23] le plus grand dialectitien qui ait jamais écrit, n'a fait qu'apprendre à douter, et qu'il se combat lui-même; il avoue qu'il y a autant de faiblesse dans les lumières de l'homme que de misères dans sa vie. Il expose tous les systèmes en peu de mots. Il dit que la révélation seule peut dénouer ce grand nœud, que tous les philosophes ont embrouillé; il dit que l'espérance d'un développement de notre être, dans un nouvel ordre de choses, peut seule consoler des malheurs présents, et que la bonté de la Providence est le seul asile auquel l'homme puisse recourir dans les ténèbres de sa raison, et dans les calamités de sa nature faible et mortelle.

P. S. Il est toujours malheureusement nécessaire d'avertir qu'il faut distinguer les objections que se fait un auteur de ses réponses aux objections, et ne pas prendre ce qu'il réfute pour ce qu'il adopte.

O malheureux mortels! ô terre déplorable!
O de tous les fléaux assemblage effroyable!
D'inutiles douleurs éternel entretien!
Philosophes trompés qui criez: "Tout est bien";

23 Pierre Bayle (1647–1706), author of a *Dictionnaire historique et critique*, 1697, which was an arsenal of rational and skeptical thought drawn upon liberally by all the leaders of the eighteenth century.

Accourez, contemplez ces ruines affreuses,
Ces débris, ces lambeaux, ces cendres malheureuses,
Ces femmes, ces enfants l'un sur l'autre entassés,
Sous ces marbres rompus ces membres dispersés;
Cent mille infortunés que la terre dévore,
Qui, sanglants, déchirés, et palpitants encore,
Enterrés sous leurs toits, terminent sans secours
Dans l'horreur des tourments leurs lamentables jours!
Aux cris demi-formés de leurs voix expirantes,
Au spectacle effrayant de leurs cendres fumantes,
Direz-vous: "C'est l'effet des éternelles lois
Qui d'un Dieu libre et bon nécessitent le choix?"
Direz-vous, en voyant cet amas de victimes:
"Dieu s'est vengé, leur mort est le prix de leurs crimes?" [24]
Quel crime, quelle faute ont commis ces enfants
Sur le sein maternel écrasés et sanglants?
Lisbonne, qui n'est plus, eut-elle plus de vices
Que Londres, que Paris, plongés dans les délices?
Lisbonne est abîmée, et l'on danse à Paris.

Tranquilles spectateurs, intrépides esprits,
De vos frères mourants contemplant les naufrages,
Vous recherchez en paix les causes des orages:
Mais du sort ennemi quand vous sentez les coups,
Devenus plus humains, vous pleurez comme nous.
Croyez-moi, quand la terre entr'ouvre ses abîmes,
Ma plainte est innocente et mes cris légitimes.
Partout environnés des cruautés du sort,
Des fureurs des méchants, des pièges de la mort,
De tous les éléments éprouvant les atteintes,
Compagnons de nos maux, permettez-nous les plaintes.
C'est l'orgueil, dites-vous, l'orgueil séditieux,

[24] Cf. John ix, 2–3. "Who did sin, this man, or his parents, that he was born blind?" etc.

Qui prétend qu'étant mal, nous pouvions être mieux.
Allez interroger les rivages du Tage; [25]
Fouillez dans les débris de ce sanglant ravage;
Demandez aux mourants, dans ce séjour d'effroi,
Si c'est l'orgueil qui crie: "O ciel, secourez-moi!
O ciel, ayez pitié de l'humaine misère!"
"Tout est bien, dites-vous, et tout est nécessaire."
Quoi! l'univers entier, sans ce gouffre infernal,
Sans engloutir Lisbonne, eût-il été plus mal?
Êtes-vous assurés que la cause éternelle
Qui fait tout, qui sait tout, qui créa tout pour elle,
Ne pouvait nous jeter dans ces tristes climats
Sans former des volcans allumés sous nos pas?
Borneriez-vous ainsi la suprême puissance?
Lui défendriez-vous d'exercer sa clémence?
L'éternel artisan n'a-t-il pas dans ses mains
Des moyens infinis tout prêts pour ses desseins?
Je désire humblement, sans offenser mon maître,
Que ce gouffre enflammé de soufre et de salpêtre
Eût allumé ses feux dans le fond des déserts.
Je respecte mon Dieu, mais j'aime l'univers.
Quand l'homme ose gémir d'un fléau si terrible,
Il n'est point orgueilleux, hélas! il est sensible. [26]

Les tristes habitants de ces bords désolés
Dans l'horreur des tourments seraient-ils consolés
Si quelqu'un leur disait: "Tombez, mourez tranquilles;
Pour le bonheur du monde on détruit vos asiles:
D'autres mains vont bâtir vos palais embrasés,
D'autres peuples naîtront dans vos murs écrasés:
Le Nord va s'enrichir de vos pertes fatales;
Tous vos maux sont un bien dans les lois générales;
Dieu vous voit du même œil que les vils vermisseaux

25 *Tagus,* Spanish and Portuguese river which enters the Atlantic at Lisbon.
26 *Sensible,* sympathetic.

Dont vous serez la proie au fond de vos tombeaux.»
A des infortunés quel horrible langage!
Cruels, à mes douleurs n'ajoutez point l'outrage.

Non, ne présentez plus à mon cœur agité
Ces immuables lois de la nécessité,
Cette chaîne des corps, des esprits et des mondes.
O rêves des savants! ô chimères profondes!
Dieu tient en main la chaîne, et n'est point enchaîné:[27]
Par son choix bienfaisant tout est déterminé:
Il est libre, il est juste, il n'est point implacable.
Pourquoi donc souffrons-nous sous un maître équitable?
Voilà le nœud fatal qu'il fallait délier.
Guérirez-vous nos maux en osant les nier?
Tous les peuples, tremblant sous une main divine,
Du mal que vous niez ont cherché l'origine.
Si l'éternelle loi qui meut les éléments
Fait tomber les rochers sous les efforts des vents,
Si les chênes touffus par la foudre s'embrasent,
Ils ne ressentent point les coups qui les écrasent:
Mais je vis, mais je sens, mais mon cœur opprimé
Demande des secours au Dieu qui l'a formé.

Enfants du Tout-Puissant, mais nés dans la misère,
Nous étendons les mains vers notre commun père.
Le vase, on le sait bien, ne dit point au potier:
"Pourquoi suis-je si vil, si faible, et si grossier?"
Il n'a point la parole, il n'a point la pensée;
Cette urne en se formant qui tombe fracassée,
De la main du potier ne reçut point un cœur
Qui désirât les biens et sentît son malheur.
"Ce malheur, dites-vous, est le bien d'un autre être."
De mon corps tout sanglant mille insectes vont naître;
Quand la mort met le comble aux maux que j'ai soufferts,

[27] Voltaire here rejects the idea of an absentee God, bound irrevocably by general laws. Contrast the *Traité de métaphysique*, Chap. IX, p. 97, *supra*.

Le beau soulagement d'être mangé des vers!
Tristes calculateurs des misères humaines,
Ne me consolez point, vous aigrissez mes peines;
Et je ne vois en vous que l'effort impuissant
D'un fier infortuné qui feint d'être content.

Je ne suis du grand *tout* qu'une faible partie:
Oui; mais les animaux condamnés à la vie,
Tous les êtres sentants, nés sous la même loi,
Vivent dans la douleur, et meurent comme moi.

Le vautour, acharné sur sa timide proie,
De ses membres sanglants se repaît avec joie;
Tout semble bien pour lui: mais bientôt à son tour
Une aigle au bec tranchant dévore le vautour;
L'homme d'un plomb mortel atteint cette aigle altière:
Et l'homme aux champs de Mars couché sur la poussière,
Sanglant, percé de coups, sur un tas de mourants,
Sert d'aliment affreux aux oiseaux dévorants.
Ainsi du monde entier tous les membres gémissent;
Nés tous pour les tourments, l'un par l'autre ils périssent:
Et vous composerez dans ce chaos fatal
Des malheurs de chaque être un bonheur général!
Quel bonheur! ô mortel et faible et misérable,
Vous criez: "Tout est bien," d'une voix lamentable;
L'univers vous dément, et votre propre cœur
Cent fois de votre esprit a réfuté l'erreur.

Éléments, animaux, humains, tout est en guerre.
Il le faut avouer, le *mal* est sur la terre:
Son principe secret ne nous est point connu.
De l'auteur de tout bien le mal est-il venu?
Est-ce le noir Typhon,[28] le barbare Arimane,[29]
Dont la loi tyrannique à souffrir nous condamne?
Mon esprit n'admet point ces monstres odieux

28 "Principe du mal chez les Égyptiens." (Note de Voltaire.)
29 "Principe du mal chez les Perses." (Note de Voltaire.)

Dont le monde en tremblant fit autrefois des dieux.

Mais comment concevoir un Dieu, la bonté même,
Qui prodigua ses biens à ses enfants qu'il aime,
Et qui versa sur eux les maux à pleines mains?
Quel œil peut pénétrer dans ses profonds desseins?
De l'Être tout parfait le mal ne pouvait naître;
Il ne vient point d'autrui, puisque Dieu seul est maître:
Il existe pourtant. O tristes vérités!
O mélange étonnant de contrariétés!
Un Dieu vint consoler notre race affligée;
Il visita la terre, et ne l'a point changée!
Un sophiste arrogant nous dit qu'il ne l'a pu:
"Il le pouvait, dit l'autre, et ne l'a point voulu:
Il le voudra, sans doute"; et, tandis qu'on raisonne,
Des foudres souterrains engloutissent Lisbonne,
Et de trente cités dispersent les débris,
Des bords sanglants du Tage à la mer de Cadix.

Ou l'homme est né coupable, et Dieu punit sa race,[30]
Ou ce maître absolu de l'être et de l'espace,
Sans courroux, sans pitié, tranquille, indifférent,
De ses premiers décrets suit l'éternel torrent;
Ou la matière informe, à son maître rebelle,
Porte en soi des défauts *nécessaires* comme elle;
Ou bien Dieu nous éprouve, et ce séjour mortel
N'est qu'un passage étroit vers un monde éternel.
Nous essuyons ici des douleurs passagères:
Le trépas est un bien qui finit nos misères.
Mais quand nous sortirons de ce passage affreux,
Qui de nous prétendra mériter d'être heureux?

Quelque parti qu'on prenne, on doit frémir, sans doute.
Il n'est rien qu'on connaisse, et rien qu'on ne redoute.
La nature est muette, on l'interroge en vain;

[30] Voltaire here enumerates the various current explanations of the origin of Evil in the world.

On a besoin d'un Dieu qui parle au genre humain.
Il n'appartient qu'à lui d'expliquer son ouvrage,
De consoler le faible, et d'éclairer le sage.
L'homme, au doute, à l'erreur, abandonné sans lui,
Cherche en vain des roseaux qui lui servent d'appui.
Leibnitz ne m'apprend point par quels nœuds invisibles,
Dans le mieux ordonné des univers possibles,
Un désordre éternel, un chaos de malheurs,
Mêle à nos vains plaisirs de réelles douleurs,
Ni pourquoi l'innocent, ainsi que le coupable,
Subit également ce mal inévitable.
Je ne conçois pas plus comment tout serait bien :
Je suis comme un docteur ; [31] hélas ! je ne sais rien.
 Platon dit qu'autrefois l'homme avait eu des ailes,
Un corps impénétrable aux atteintes mortelles ;
La douleur, le trépas, n'approchaient point de lui.
De cet état brillant qu'il diffère aujourd'hui !
Il rampe, il souffre, il meurt ; tout ce qui naît expire ;
De la destruction la nature est l'empire.
Un faible composé de nerfs et d'ossements
Ne peut être insensible au choc des éléments ;
Ce mélange de sang, de liqueurs et de poudre,
Puisqu'il fut assemblé, fut fait pour se dissoudre ;
Et le sentiment prompt de ces nerfs délicats
Fut soumis aux douleurs, ministres du trépas :
C'est là ce que m'apprend la voix de la nature.
J'abandonne Platon, je rejette Épicure.
Bayle en sait plus qu'eux tous ; je vais le consulter :
La balance à la main, Bayle enseigne à douter ;
Assez sage, assez grand pour être sans système,
Il les a tous détruits, et se combat lui-même :
Semblable à cet aveugle en butte aux Philistins,
Qui tomba sous les murs abattus par ses mains.

31 *Docteur,* learned man, scholar.

Que peut donc de l'esprit la plus vaste étendue?
Rien: le livre du sort se ferme à notre vue.
L'homme, étranger à soi, de l'homme est ignoré.
Que suis-je, où suis-je, où vais-je, et d'où suis-je tiré? [32]
Atomes tourmentés sur cet amas de boue, [33]
Que la mort engloutit, et dont le sort se joue,
Mais atomes pensants, atomes dont les yeux,
Guidés par la pensée, ont mesuré les cieux;
Au sein de l'infini nous élançons notre être,
Sans pouvoir un moment nous voir et nous connaître.
Ce monde, ce théâtre et d'orgueil et d'erreur,
Est plein d'infortunés qui parlent de bonheur.
Tout se plaint, tout gémit en cherchant le bien-être:
Nul ne voudrait mourir, nul ne voudrait renaître.
Quelquefois, dans nos jours consacrés aux douleurs,
Par la main du plaisir nous essuyons nos pleurs;
Mais le plaisir s'envole, et passe comme une ombre;
Nos chagrins, nos regrets, nos pertes, sont sans nombre.
Le passé n'est pour nous qu'un triste souvenir;
Le présent est affreux, s'il n'est point d'avenir,
Si la nuit du tombeau détruit l'être qui pense.
Un jour tout sera bien, voilà notre espérance;
Tout est bien aujourd'hui, voilà l'illusion.
Les sages me trompaient, et Dieu seul a raison.
Humble dans mes soupirs, soumis dans ma souffrance,
Je ne m'élève point contre la Providence.
Sur un ton moins lugubre on me vit autrefois
Chanter des doux plaisirs les séduisantes lois: [34]
D'autres temps, d'autres mœurs: instruit par la vieillesse,

[32] In his *Remarques sur les Pensées de M. Pascal,* VI, Voltaire had expressed a quite different view, but that was twenty-three years ago, and at this moment Voltaire, older, sadder, parallels Pascal's attitude.
[33] Voltaire often refers to the world as a mass of mud. Cf. *Traité sur la tolérance,* Chap. XXIII. Cf. *infra,* p. 357.
[34] Voltaire himself contrasts his present with his former opinions. Age has made him more conscious of man's infirmities.

Des humains égarés partageant la faiblesse,
Dans une épaisse nuit cherchant à m'éclairer,
Je ne sais que souffrir, et non pas murmurer.

Un calife autrefois, à son heure dernière,
Au Dieu qu'il adorait dit pour toute prière:
"Je t'apporte, ô seul roi, seul être illimité,
Tout ce que tu n'as pas dans ton immensité,
Les défauts, les regrets, les maux, et l'ignorance."
Mais il pouvait encore ajouter l'*espérance*.

L'Essai sur les Mœurs (1753-1756)

As early as 1740, Voltaire, anxious to convert Mme du Châtelet to
an appreciation of the value of history, began to fill notebooks with
the results of his multifarious historical studies and threw into them
a little of everything which chanced to interest him at the moment,
science, history, philosophy, literature. The *Mercure de France* pub-
lished some fragments of this "histoire de l'esprit humain" in 1745-1746,
and a part dealing with the Crusades in 1750-1751. In 1753, two
volumes appeared suddenly under Voltaire's name, but apparently
without his consent, under the title, *Abrégé de l'Histoire universelle
depuis Charlemagne jusqu' à Charles-Quint*. Voltaire complained that
this edition was filled with numerous and most ridiculous errors and
published a third volume in 1754 in order to show the true character
of the work. In 1756 an authentic edition appeared under the title,
*Essai sur l'Histoire générale et sur les Mœurs et l'Esprit des nations.
depuis Charlemagne jusqu' à nos jours*, including with it the three
volumes of the *Siècle de Louis XIV*, making seven in all. The final
title, *Essai sur les Mœurs et l'Esprit des nations*, was not given it
until 1769.

In this broader and more difficult subject, Voltaire could not of
course document himself so completely nor go often directly to the
sources, as he had done in the *Siècle de Louis XIV*, but he endeavored
to choose good secondary authorities and succeeded well for his time.
The work has much the same merits and defects as the *Siècle de Louis
XIV*, due allowance being made for the greater difficulty of this
enormous task. Its broader subject, its wide interests, its philosophi-
cal attitude gave it even greater influence. Hume, Robertson. Gibbon,
the greatest eighteenth-century historians, recognized Voltaire as a
master, and the remarkable development of historical studies during
the nineteenth century owes much both directly and indirectly to
Voltaire's pioneer work, in which he aimed to show Mme du Châtelet

that history could be *philosophical*, and tried at the same time to correct and complete the work of "l'illustre Bossuet," whose own *Histoire universelle* (1681) with its emphasis upon Providence and upon the Church was in such contrast to Voltaire's general attitude of somewhat narrow rationalism.

Avant-Propos.—Vous [35] voulez enfin surmonter le dégoût que vous cause l'Histoire moderne, depuis la décadence de l'empire romain, et prendre une idée générale des nations qui habitent et qui désolent la terre. Vous ne cherchez dans cette immensité que ce qui mérite d'être connu de vous; l'esprit, les mœurs, les usages des nations principales, appuyés des faits qu'il n'est pas permis d'ignorer. Le but de ce travail n'est pas de savoir en quelle année un prince indigne d'être connu succéda à un prince barbare chez une nation grossière. Si l'on pouvait avoir le malheur de mettre dans sa tête la suite chronologique de toutes les dynasties, on ne saurait que des mots. Autant il faut connaître les grandes actions des souverains qui ont rendu leurs peuples meilleurs et plus heureux, autant on peut ignorer le vulgaire des rois, qui ne pourrait que charger la mémoire. A quoi vous serviraient les détails de tant de petits intérêts qui ne subsistent plus aujourd'hui, de tant de familles éteintes qui se sont disputé des provinces englouties ensuite dans de grands royaumes? Presque chaque ville a aujourd'hui son histoire vraie ou fausse, plus ample, plus détaillée que celle d'Alexandre. Les seules annales d'un ordre monastique contiennent plus de volumes que celle de l'empire romain.

Dans tous ces recueils immenses qu'on ne peut embrasser, il faut se borner et choisir. C'est un vaste magasin où vous prendrez ce qui est à votre usage.

L'illustre Bossuet, qui dans son Discours sur une partie de l'Histoire universelle en a saisi le véritable esprit, au moins

[35] Mme du Châtelet, whom Voltaire seeks to interest in his new method of treating history as the story of the development of civilization and of thought.

dans ce qu'il dit de l'empire romain, s'est arrêté à Charle-
magne. C'est en commençant à cette époque que votre des-
sein est de vous faire un tableau du monde; mais il faudra
souvent remonter à des temps antérieurs. Cet éloquent
écrivain, en disant un mot des Arabes, qui fondèrent un si
puissant empire et une religion si florissante, n'en parle que
comme d'un déluge de barbares. Il paraît avoir écrit unique-
ment pour insinuer que tout a été fait dans le monde pour
la nation juive; que si Dieu donna l'empire de l'Asie aux
Babyloniens, ce fut pour punir les Juifs; si Dieu fit régner
Cyrus, ce fut pour les venger; si Dieu envoya les Romains,
ce fut encore pour châtier les Juifs. Cela peut être; mais
les grandeurs de Cyrus et des Romains ont encore d'autres
causes; et Bossuet même ne les a pas omises en parlant de
l'esprit des nations.

Il eût été à souhaiter qu'il n'eût pas oublié entièrement les
anciens peuples de l'Orient, comme les Indiens et les Chinois,
qui ont été si considérables avant que les autres nations fussent
formées.

Nourris de productions de leurs terres, vêtus de leurs
étoffes, amusés par les jeux qu'ils ont inventés, instruits
même par leurs anciennes fables morales, pourquoi
négligerions-nous de connaître l'esprit de ces nations, chez
qui les commerçants de notre Europe ont voyagé dès qu'ils
ont pu trouver un chemin jusqu'à elles?

<div align="right">(Moland, XI, 157–158.)</div>

Causes de la chute de l'empire romain.[36]—Si quelqu'un
avait pu raffermir l'empire, ou du moins retarder sa chute,
c'était l'empereur Julien.[37] Il n'était point un soldat de

[36] Voltaire, like Montesquieu before him in his *Causes de la Grandeur
et Décadence des Romains* (1734) and like Gibbon after him in his
Decline and Fall of the Roman Empire (1776–88), interests himself in
the absorbing causes of a great nation's weakness and decline.
[37] See *supra*, p. 231, n.

fortune, comme les Dioclétien et les Théodose.[38] Né dans la
pourpre, élu par les armées, chéri des soldats, il n'avait point
de factions à craindre; on le regardait, depuis ses victoires
en Allemagne, comme le plus grand capitaine de son siècle.
Nul empereur ne fut plus équitable et ne rendit la justice plus
impartialement, non pas même Marc-Aurèle.[39] Nul philoso-
phe ne fut plus sobre et plus continent. Il régnait donc
par les lois, par la valeur, et par l'exemple. Si sa carrière
eût été plus longue, il est à présumer que l'empire eût moins
chancelé après sa mort.

Deux fléaux détruisirent enfin ce grand colosse: les barbares,
et les disputes de religion.

Quant aux barbares, il est aussi difficile de se faire une
idée nette de leurs incursions que de leur origine. Procope,
Jornandès,[40] nous ont débité des fables que tous nos auteurs
copient. Mais le moyen de croire que les Huns, venus du nord
de la Chine, aient passé les Palus-Méotides[41] à gué et à la
suite d'une biche, et qu'ils aient chassé devant eux, comme des
troupeaux de moutons, des nations belliqueuses qui habitaient
les pays aujourd'hui nommés la Crimée, une partie de la
Pologne, l'Ukraine, la Moldavie, la Valachie? Ces peuples
robustes et guerriers, tels qu'ils le sont encore aujourd'hui,
étaient connus des Romains sous le nom général de Goths.
Comment ces Goths s'enfuirent-ils sur les bords du Danube,
dès qu'ils virent paraître les Huns? Comment demandèrent-
ils à mains jointes que les Romains daignassent les recevoir?
et comment, dès qu'ils furent passés, ravagèrent-ils tout
jusqu'aux portes de Constantinople à main armée?

Tout cela ressemble à des contes d'Hérodote, et à d'autres
contes non moins vantés. Il est bien plus vraisemblable que

[38] Roman emperors.
[39] Marcus Aurelius, Roman emperor from 161 to 180, particularly
distinguished for his virtue and stoic philosophy.
[40] Byzantine and Gothic historians of the sixth century.
[41] Ancient name for the Sea of Azov, south of Russia and opening
into the northern part of the Black Sea.

tous ces peuples coururent au pillage les uns après les autres. Les Romains avaient volé les nations; les Goths et les Huns vinrent voler les Romains.

Mais pourquoi les Romains ne les exterminèrent-ils pas, comme Marius avait exterminé les Cimbres? C'est qu'il ne se trouvait point de Marius; c'est que les mœurs étaient changées; c'est que l'empire était partagé entre les ariens et les athanasiens. On ne s'occupait que de deux objets, les courses du cirque et les trois hypostases.[42] L'empire romain avait alors plus de moines que de soldats, et ces moines couraient en troupes de ville en ville pour soutenir ou pour détruire la consubstantialité du Verbe.[43] Il y en avait soixante et dix mille en Égypte.

Le christianisme ouvrait le ciel, mais il perdait l'empire: car non seulement les sectes nées dans son sein se combattaient avec le délire des querelles théologiques, mais toutes combattaient encore l'ancienne religion de l'empire; religion fausse, religion ridicule sans doute, mais sous laquelle Rome avait marché de victoire en victoire pendant dix siècles.

Les descendants des Scipion étant devenus des controversistes, les évêchés étant plus brigués que ne l'avaient été les couronnes triomphales, la considération personnelle ayant passé des Hortensius et des Cicéron aux Cyrille, aux Grégoire, aux Ambroise,[44] tout fut perdu; et si l'on doit s'étonner de quelque chose, c'est que l'empire romain ait subsisté encore un peu de temps.

Théodose, qu'on appelle le grand Théodose, paya un tribut

[42] *Ariens*, followers of the heresy of Arius (280–336), who combatted the unity and *consubstantiality* in three persons of the Trinity and maintained that the *Verbe* (the Greek, *logos*) was inferior to God the Father, regarding the *Word* personified in Christ as essentially perfect, but denying his deity.

Athanasiens, opponents of the Arians and successful in having their doctrine condemned as heretical at the Council of Nicæa.

Les trois hypostases, the three persons of the Trinity.

[43] The *Verbe*, the Greek *Logos*, the English *Word* of *John* i, 14; "And the Word was made flesh, and dwelt among us."

[44] That is to say, from the celebrated political orators of Rome to the Church fathers.

au superbe Alaric, sous le nom de pension du trésor impérial. Alaric mit Rome à contribution la première fois qu'il parut devant les murs, et la seconde il la mit au pillage. Tel était alors l'avilissement de l'empire de Rome que ce Goth dédaigna d'être roi de Rome, tandis que le misérable empereur d'Occident, Honorius, tremblait dans Ravenne, où il s'était réfugié.

Alaric se donna le plaisir de créer dans Rome un empereur nommé Attale, qui venait recevoir ses ordres dans son antichambre. . . . Après Alaric vint Attila, qui ravageait tout, de la Chine jusqu'à la Gaule. Il était si grand, et les empereurs Théodose et Valentinien III si petits, que la princesse Honoria, sœur de Valentinien III, lui proposa de l'épouser. . . .

Lorsque Attila eut détruit la ville d'Aquilée, Léon, évêque de Rome, vint mettre à ses pieds tout l'or qu'il avait pu recueillir des Romains pour racheter du pillage les environs de cette ville, dans laquelle l'empereur Valentinien III était caché. L'accord étant conclu, les moines ne manquèrent pas d'écrire que le pape Léon avait fait trembler Attila; qu'il était venu à ce Hun avec un air et un ton de maître; qu'il était accompagné de saint Pierre et de saint Paul, armés tous deux d'épées flamboyantes, qui étaient visiblement les deux glaives de l'Église de Rome. Cette manière d'écrire l'histoire a duré, chez les chrétiens, jusqu'au XVI⁰ siècle sans interruption.

Bientôt après, des déluges de barbares inondèrent de tous côtés ce qui était échappé aux mains d'Attila.

Que faisaient cependant les empereurs? ils assemblaient des conciles. C'était tantôt pour l'ancienne querelle des partisans d'Athanase, tantôt pour les donatistes; [45] et ces disputes agitaient l'Afrique quand le Vandale Genseric la

[45] *Donatistes,* followers of Donatus, bishop of Carthage, who claimed to be the only direct successors of the apostles, and held therefore that the orthodox Catholic church was without authority (4th century, A. D.).

subjugua. C'était d'ailleurs pour les arguments de Nestorius et de Cyrille, pour les subtilités d'Eutychès; et la plupart des articles de foi se décidaient quelquefois à grands coups de bâton, comme il arriva sous Théodose II, dans un concile convoqué par lui à Éphèse, concile qu'on appelle encore aujourd'hui le *brigandage*. Enfin, pour bien connaître l'esprit de ce malheureux temps, souvenons-nous qu'un moine ayant été rebuté un jour par Théodose II, qu'il importunait, le moine excommunia l'empereur; et que ce César fut obligé de se faire relever de l'excommunication par le patriarche de Constantinople.

Pendant ces troubles mêmes, les Francs envahissaient la Gaule; les Visigoths s'emparaient de l'Espagne; les Ostrogoths, sous Théodose, dominaient en Italie, bientôt après chassés par les Lombards. L'empire romain, du temps de Clovis, n'existait plus que dans la Grèce, l'Asie Mineure et dans l'Égypte; tout le reste était la proie des barbares. Scythes, Vandales et Francs, se firent chrétiens pour mieux gouverner les provinces chrétiennes assujetties par eux; car il ne faut pas croire que ces barbares fussent sans politique; ils en avaient beaucoup, et en ce point tous les hommes sont à peu près égaux. L'intérêt rendit donc chrétiens ces déprédateurs; mais ils n'en furent que plus inhumains. Le jésuite Daniel, historien français, qui déguise tant de choses, n'ose dissimuler que Clovis fut beaucoup plus sanguinaire, et se souilla de plus grands crimes après son baptême que tandis qu'il était païen. Et ces crimes n'étaient pas de ces forfaits héroïques qui éblouissent l'imbécillité humaine: c'étaient des vols et des parricides. Il suborna un prince de Cologne qui assassina son père; après quoi il fit massacrer le fils; il tua un roitelet de Cambrai qui lui montrait ses trésors. Un citoyen moins coupable eût été traîné au supplice, et Clovis fonda une monarchie.

(Moland, XI, 241–244.)

De la Pucelle.[46]—Un gentilhomme des frontières de Lorraine, nommé Baudricourt, crut trouver dans une jeune servante d'un cabaret de Vaucouleurs un personnage propre à jouer le rôle de guerrière et d'inspirée. Cette Jeanne d'Arc, que le vulgaire croit une bergère, était en effet une jeune servante d'hôtellerie, "robuste, montant chevaux à poil, comme dit Monstrelet, et faisant autres apertises [47] que jeunes filles n'ont point accoutumé de faire." On la fit passer pour une bergère de dix-huit ans. Il est cependant avéré, par sa propre confession, qu'elle avait alors vingt-sept années.[48] Elle eut assez de courage et assez d'esprit pour se charger de cette entreprise, qui devint héroïque. On la mena devant le roi à Bourges. Elle fut examinée . . . par une partie des docteurs de l'université et quelques conseillers du parlement, qui ne balancèrent pas à la déclarer inspirée; soit qu'elle les trompât, soit qu'ils fussent eux-mêmes assez habiles pour entrer dans cet artifice: le vulgaire le crut, et ce fut assez.

(1429.) Les Anglais assiégeaient alors la ville d'Orléans, la seule ressource de Charles,[49] et étaient prêts de s'en rendre maîtres. Cette fille guerrière, vêtue en homme, conduite par d'habiles capitaines, entreprend de jeter du secours dans la place. Elle parle aux soldats de la part de Dieu, et leur inspire ce courage d'enthousiasme qu'ont tous les hommes qui croient voir la Divinité combattre pour eux. Elle marche à leur tête et délivre Orléans, bat les Anglais, prédit à Charles qu'elle le fera sacrer dans Reims, et accomplit sa promesse l'épée à la main. Elle assista au sacre, tenant l'étendard avec lequel elle avait combattu.

[46] *La Pucelle,* name given to Jeanne d'Arc, the Maid of Orleans. It would be interesting to know what comment Voltaire would have made on the canonization of Joan of Arc. Cf. Bernard Shaw's *Saint Joan.*
[47] *Apertises,* actes d'adresse (obsolete).
[48] Though Voltaire finds it difficult to sympathize with the mystical and this first paragraph shows some of his limitations in that respect, yet in the third he makes a conscious effort to be fair and to understand the point of view of Jeanne d'Arc and of her contemporaries and in the main succeeds.
[49] Charles VII (1403–1461), king of France.

(1429.) Ces victoires rapides d'une fille, les apparences d'un miracle, le sacre du roi qui rendait sa personne plus vénérable, allaient bientôt rétablir le roi légitime et chasser l'étranger; mais l'instrument de ces merveilles, Jeanne d'Arc, fut blessée et prise en défendant Compiègne. Un homme tel que le Prince Noir [50] eût honoré et respecté son courage. Le régent Betford [51] crut nécessaire de la flétrir pour ranimer les Anglais. Elle avait feint un miracle, Betford feignit de la croire sorcière. Mon but est toujours d'observer l'esprit du temps; c'est lui qui dirige les grands événements du monde. L'université de Paris présenta requête contre Jeanne d'Arc, l'accusant d'hérésie et de magie. Ou l'université pensait ce que le régent voulait qu'on crût; ou si elle ne le pensait pas, elle commettait une lâcheté détestable. Cette héroïne, digne du miracle qu'elle avait feint,[52] fut jugée à Rouen par Cauchon, évêque de Beauvais, cinq autres évêques français, un seul évêque d'Angleterre, assistés d'un moine dominicain, vicaire de l'Inquisition, et par des docteurs de l'université. Elle fut qualifiée de "superstieuse, devineresse du diable, blasphémeresse en Dieu et en ses saints et saintes, errant par moult de fors [53] en la foi de Christ." Comme telle, elle fut condamnée à jeûner au pain et à l'eau dans une prison perpétuelle. Elle fit à ses juges une réponse digne d'une mémoire éternelle. Interrogée pourquoi elle avait osé assister au sacre de Charles avec son étendard, elle répondit: "Il est juste que qui a eu part au travail en ait à l'honneur."

(1431.) Enfin, accusée d'avoir repris une fois l'habit d'homme, qu'on lui avait laissé exprès pour la tenter, ses

50 The Black Prince, Edward, Prince of Wales, the son of Edward III of England, distinguished himself against the French in the battles of Crécy (1346) and Poitiers (1356). He wore black armor.

51 The Duke of Bedford (1389–1435), regent of France on behalf of his nephew, Henry VI, during the period after the battle of Azincourt when the English were masters of a large part of France.

52 Voltaire is unable to understand that Jeanne could be sincere.

53 *Errant par moult de fors en*, etc., "wandering far from the faith of Christ." Cf. the modern use of the intensifying particle *par* in the phrase *par trop*.

juges, qui n'étaient pas assurément en droit de la juger, puisqu'elle était prisonnière de guerre, la déclarèrent hérétique relapse, et firent mourir par le feu celle qui, ayant sauvé son roi, aurait eu des autels dans les temps héroïques, où les hommes en élevaient à leurs libérateurs. Charles VII rétablit depuis sa mémoire, assez honorée par son supplice même.

Ce n'est pas assez de la cruauté pour porter les hommes à de telles exécutions, il faut encore ce fanatisme composé de superstition et d'ignorance, qui a été la maladie de presque tous les siècles. Quelque temps auparavant, les Anglais condamnèrent la princesse de Glocester à faire amende honorable [54] dans l'église de Saint-Paul, et une de ses amies à être brûlée vive, sous prétexte de je ne sais quel sortilège employé contre la vie du roi. On avait brûlé le baron de Cobham en qualité d'hérétique; et en Bretagne on fit mourir par le même supplice le maréchal de Retz,[55] accusé de magie, et d'avoir égorgé des enfants pour faire avec leur sang de prétendus enchantements.

Que les citoyens d'une ville immense, où les arts, les plaisirs et la paix règnent aujourd'hui, où la raison même commence à s'introduire, comparent les temps, et qu'ils se plaignent s'ils l'osent. C'est une réflexion qu'il faut faire presque à chaque page de cette histoire.

(Moland, XII, 48–50.)

Mœurs, usages, commerce, richesses, vers les XIII[e] *et XIV*[e] *siècles.*—Je voudrais découvrir quelle était alors la société des hommes, comment on vivait dans l'intérieur des familles, quels arts étaient cultivés, plutôt que de répéter tant de malheurs et tant de combats, funestes objets de l'histoire, et lieux communs de la méchanceté humaine.

[54] *Amende honorable,* public confession and repentance for a fault.
[55] Gilles de Rais or Retz (1404–1440), sometimes considered the original of the Blue Beard story.

Vers la fin du XIII^e siècle et dans le commencement du XIV^e, il me semble qu'on commençait en Italie, malgré tant de dissensions, à sortir de cette grossièreté dont la rouille avait couvert l'Europe depuis la chute de l'empire romain. Les arts nécessaires n'avaient point péri. Les artisans et les marchands, que leur obscurité dérobe à la fureur ambitieux des grands, sont des fourmis qui se creusent des habitations en silence, tandis que les aigles et les vautours se déchirent.

On trouva même dans ces siècles grossiers des inventions utiles, fruits de ce génie de mécanique que la nature donne à certains hommes, très indépendamment de la philosophie. Le secret, par exemple, de secourir la vue affaiblie des vieillards par des lunettes qu'on nomme *besicles* est de la fin du XIII^e siècle. Ce beau secret fut trouvé par Alexandre Spina.[56] Les machines qui agissent par le secours du vent sont connues en Italie dans le même temps. La Flamma, qui vivait au XIV^e siècle, en parle, et avant lui on n'en parle point. Mais c'est un art connu longtemps auparavant chez les Grecs et chez les Arabes: il en est parlé dans des poètes arabes du VII^e siècle. Le faïence, qu'on faisait principalement à Faenza, tenait lieu de porcelaine. On connaissait depuis longtemps l'usage des vitres, mais il était fort rare: c'était un luxe que de s'en servir. Cet art, porté en Angleterre par les Français vers l'an 1180, y fut regardé comme une grande magnificence.

Les Vénitiens eurent seuls, au XIII^e siècle, le secret des miroirs de cristal. Il y avait en Italie quelques horloges à roues: celle de Bologne était fameuse. La merveille plus utile de la boussole était due au seul hasard, et les vues des hommes n'étaient point encore assez étendues pour qu'on fît usage de cette découverte. L'invention du papier fait avec du linge pilé et bouilli est du commencement du XIV^e siècle.

56 Beuchot comments: "Quelques personnes font à Spina honneur de l'invention des lunettes, qu'on attribue plus généralement à *Salvino degli Armati.*

Cortusius, historien de Padoue, parle d'un certain *Pax* qui en établit à Padoue la première manufacture plus d'un siècle avant l'invention de l'imprimerie. C'est ainsi que les arts utiles se sont peu à peu établis, et la plupart par des inventeurs ignorés.

Il s'en fallait beaucoup que le reste de l'Europe eût des villes telles que Venise, Gênes, Bologne, Sienne, Pise, Florence. Presque toutes les maisons dans les villes de France, d'Allemagne, d'Angleterre, étaient couvertes de chaume. Il en était même ainsi en Italie dans les villes moins riches, comme Alexandrie de la paille, Nice [57] de la paille, etc.

Quoique les forêts eussent couvert tant de terrains demeurés longtemps sans culture, cependant on ne savait pas encore se garantir du froid à l'aide de ces cheminées qui sont aujourd'hui dans tous nos appartements un secours et un ornement. Une famille entière s'assemblait au milieu d'une salle commune enfumée, autour d'un large foyer rond dont le tuyau allait percer le plafond.

La Flamma se plaint au XIV[e] siècle, selon l'usage des auteurs peu judicieux, que la frugale simplicité a fait place au luxe; [58] il regrette le temps de Frédéric Barberousse [59] et de Frédéric II,[60] lorsque dans Milan, capitale de la Lombardie, on ne mangeait de la viande que trois fois par semaine. Le vin alors était rare, la bougie était inconnue, et la chandelle un luxe. On se servait, dit-il, chez les meilleurs citoyens de morceaux de bois sec allumés pour s'éclairer; on ne mangeait de la viande chaude que trois fois par semaine; les chemises étaient de serge, et non de linge; la dot des bourgeoises les plus considérables était de cent livres tout au plus. Les choses

[57] Up to 1860 Nice was part of Italy, but since that time it has remained French.

[58] Voltaire, as is usual with him, defends luxury against frugality. Cf. his poem, *Le Mondain*. Cf. also his letter on *Commerce* in the *Lettres philosophiques,* and his article *Luxe* in the *Dictionnaire philosophique.*

[59] Frederick Barbarossa, German emperor (1152-1190). He made many incursions into Italy.

[60] Frederick II (1194-1250), grandson of Barbarossa, was born and lived in Italy.

ont bien changées, ajoute-t-il : on porte à présent du linge ; les femmes se couvrent d'étoffes de soie, et même il y entre quelquefois de l'or et de l'argent ; elles ont jusqu'à deux milles livres de dot, et ornent même leurs oreilles de pendants d'or. Cependant ce luxe dont il se plaint était encore loin à quelques égards de ce qui est aujourd'hui le nécessaire des peuples riches et industrieux.

Le linge de table était très rare en Angleterre. Le vin ne s'y vendait que chez les apothicaires comme un cordial. Toutes les maisons des particuliers étaient d'un bois grossier, recouvert d'une espèce de mortier qu'on appelle torchis, les portes basses et étroites, les fenêtres petites et presque sans jour. Se faire traîner en charrette dans les rues de Paris, à peine pavées et couvertes de fange, était un luxe ; et ce luxe fut défendu par Philippe le Bel [61] aux bourgeoises. On connaît ce règlement fait sous Charles VI : [62] *Nemo audeat dare præter duo fercula cum potagio;* "que personne n'ose donner plus de deux plats avec le potage."

Un seul trait suffira pour faire connaître la disette d'argent en Écosse, et même en Angleterre, aussi bien que la rusticité de ces temps-là, appelée simplicité. On lit dans les actes publics que quand les rois d'Écosse venaient à Londres, la cour d'Angleterre leur assignait trente schellings par jour, douze pains, douze gâteaux, et trente bouteilles de vin.

Cependant il y eut toujours chez les seigneurs de fiefs, et chez les principaux prélats, toute la magnificence que le temps permettait. Elle devait nécessairement s'introduire chez les possesseurs des grandes terres. Dès longtemps auparavant les évêques ne marchaient qu'avec un nombre prodigieux de domestiques et de chevaux. Un concile de Latran, tenu en 1179, sous Alexandre III, [63] leur reproche que souvent on était

61 Philippe le Bel (1268–1314), king of France.
62 Charles VI (1368–1422), king of France.
63 Alexandre III, Pope from 1159 to 1181. Lateran, palace and church in Rome.

obligé de vendre les vases d'or et d'argent dans les églises des monastères, pour les recevoir et pour les défrayer dans leurs visites. Le cortège des archevêques fut réduit, par les canons de ces conciles, à cinquante chevaux, celui des évêques à trente, celui des cardinaux à vingt-cinq; car un cardinal qui n'avait pas d'évêché, et qui par conséquent n'avait point de terres, ne pouvait pas avoir le luxe d'un évêque. Cette magnificence des prélats était plus odieuse alors qu'aujourd'hui, parce qu'il n'y avait point d'état mitoyen entre les grands et les petits, entre les riches et les pauvres. Le commerce et l'industrie n'ont pu former qu'avec le temps cet état mitoyen qui fait la richesse d'une nation. La vaisselle d'argent était presque inconnue dans la plupart des villes. Mussus, écrivain lombard du XIVe siècle, regarde comme un grand luxe les fourchettes, les cuillers, et les tasses d'argent.

Un père de famille, dit-il, qui a neuf à dix personnes à nourrir, avec deux chevaux, est obligé de dépenser par an jusqu'à trois cents florins d'or. C'était tout au plus deux mille livres de la monnaie de France courante de nos jours.

L'argent était donc très rare en beaucoup d'endroits d'Italie, et bien plus en France aux XIIe, XIIIe et XIVe siècles. Les Florentins, les Lombards, qui faisaient seuls le commerce en France et en Angleterre, les Juifs, leurs courtiers, étaient en possession de tirer des Français et des Anglais vingt pour cent par an pour l'intérêt ordinaire du prêt. Le haut intérêt de l'argent est la marque infaillible de la pauvreté publique.

Le roi Charles V amassa quelques trésors par son économie, par la sage administration de ses domaines (alors le plus grand revenu des rois), et par des impôts inventés sous Philippe de Valois,[64] qui, quoique faibles, firent beaucoup murmurer un peuple pauvre. Son ministre, le cardinal de La Grange, ne s'était que trop enrichi. Mais tous ces trésors furent dissipés dans d'autres pays. Le cardinal porta les

[64] Philippe de Valois (1293–1350), king of France.

siens dans Avignon; le duc d'Anjou, frère de Charles V, alla perdre ceux du roi dans sa malheureuse expédition d'Italie. La France resta dans la misère jusqu'aux derniers temps de Charles VII.

Il n'en était pas ainsi dans les belles villes commerçantes de l'Italie: on y vivait avec commodité, avec opulence; ce n'était que dans leur sein qu'on jouissait des douceurs de la vie. Les richesses et la liberté y excitèrent enfin le génie, comme elles élevèrent le courage.

(Moland, XII, 53–57.)

Résumé de toute cette histoire jusqu'au temps où commence le beau siècle de Louis XIV.—J'ai parcouru ce vaste théâtre des révolutions depuis Charlemagne, et même en remontant souvent beaucoup plus haut, jusqu'au temps de Louis XIV. Quel sera le fruit de ce travail? quel profit tirera-t-on de l'histoire? On y a vu les faits et les mœurs; voyons quel avantage nous produira la connaissance des uns et des autres.

Un lecteur sage s'apercevra aisément qu'il ne doit croire que les grands événements qui ont quelque vraisemblance, et regarder en pitié toutes les fables dont le fanatisme, l'esprit romanesque, et la crédulité, ont chargé dans tous les temps la scène du monde. . . .

Chez toutes les nations l'histoire est défigurée par la fable, jusqu'à ce qu'enfin la philosophie vienne éclairer les hommes; et lorsque enfin la philosophie arrive au milieu de ces ténèbres, elle trouve les esprits si aveuglés par des siècles d'erreurs qu'elle peut à peine les détromper; elle trouve des cérémonies, des faits, des monuments, établis pour constater des mensonges. . . .

Les monuments ne prouvent les faits que quand ces faits vraisemblables nous sont transmis par des contemporains éclairés. . . .

La plupart des monuments, quand ils sont érigés longtemps

après l'action, ne prouvent que des erreurs consacrées; il faut même quelquefois se défier des médailles frappées dans le temps d'un événement. Nous avons vu les Anglais, trompés par une fausse nouvelle, graver sur l'exergue d'une médaille: [65] *A l'amiral Vernon,*[66] *vainqueur de Cathagène;* et à peine cette médaille fut-elle frappée qu'on apprit que l'amiral Vernon avait levé le siège. Si une nation dans laquelle il y a tant de philosophes [67] a pu hasarder de tromper ainsi la postérité, que devons-nous penser des peuples et des temples abandonnés à la grossière ignorance?

Croyons les événements attestés par les registres publics, par le consentement des auteurs contemporains, vivant dans une capitale, éclairés les uns par les autres, et écrivant sous les yeux des principaux de la nation. Mais pour ces petits faits obscurs et romanesques, écrits par des hommes obscurs dans le fond de quelque province ignorante et barbare; pour ces contes chargés de circonstances absurdes; pour ces prodiges qui déshonorent l'histoire au lieu de l'embellir, renvoyons-les à Voragine, au jésuite Caussin, à Maimbourg,[68] et à leurs semblables.

(Moland, XIII, 173–175.)

Candide ou l'Optimisme
traduit de l'allemand de M. le docteur Ralph
(1759)

Candide was written during the last half of 1758 and published in February 1759. It became immediately so popular that there appeared twenty editions in the year 1759 alone,[69] and during the

[65] *L'exergue d'une médaille,* the space near the outer edge left free for the inscription.

[66] Vernon, an English admiral, was repulsed before Cartagena, a seaport city on the northern coast of Colombia, in 1741.

[67] During the eighteenth century the English had a special reputation as *philosophes.* "Les Anglais pensent profondément," was a common remark in France.

[68] Jacobus de Voragine, author of the Golden Legend; Caussin (1583–1651), Jesuit theologian and historian. Maimbourg (1610–1686) historian of the Crusades.

[69] R. Pomeau, *Candide* (1959), p. 75.

rest of the century there were many more. It was at once condemned and ordered destroyed at Geneva (March 2, 1759) and three years later an Italian translation was put on the Index at Rome.

Candide represents the highest achievement of Voltaire, and doubtless of any one, in the *genre* of the philosophical novel, in which ideas take precedence over character portrayal. In this case, as is evident from the sub-title, it is the Optimism of Pope and of Leibnitz that Voltaire is holding up to most clever and effective mockery. Voltaire knew Pope better than he did Leibnitz, but the phraseology of Leibnitz and of his followers offered the better opportunity for satire. The combination of the thought of Pope and the philosophical expressions of Leibnitz form the basis for his attack.

In England Voltaire had become familiar with Pope and had even re-echoed his *Essay on Man* in the *Discours sur l'Homme* (1738). Then through his correspondence with Frederick the Great begun in 1736 and through the vivid enthusiasm of Mme du Châtelet at Cirey, he became perforce somewhat acquainted with the German Optimism of Leibnitz (1646–1716) and of his follower Wolff (1679–1754), but he never took very kindly to its heavy and unconvincing terminology, its monads, its "pre-established harmony," its "best of all possible worlds," its principle of continuity, its "sufficient reasons," etc. With his passionate desire for clearness and common-sense he often reacted impatiently against it even in the earlier period when still strongly influenced by Mme du Châtelet. At length after her death (1749), came the disillusionment of the three years spent in Germany, where the Leibnitzian philosophy, actually weakened by Wolff, sounded to Voltaire like a recrudescence of the scholastic jargon of the Middle Ages. Moreover, Pope and Leibnitz had become popular and were much read and discussed in France. To cap the climax, Voltaire, the author of the *Discours sur l'Homme*, is himself cited as an optimist. He is now anything but that, in the technical Pope-Leibnitzian sense. His immense reading of the wickedness and folly of mankind entailed by his preparation for the *Essai sur les Mœurs* had made it still more impossible for him to cling to the easy optimism of earlier years. Finally, the earthquake at Lisbon (1755) was partly the occasion, though as we have seen not the cause, of *Candide*.

In this novel, moreover, Voltaire makes mock of the wild and improbable stories of adventure, shipwreck, capture by pirates, reunion and recognition of long separated characters, which had been so popular since the days of Gomberville and of La Calprenède in the first half of the seventeenth century.[70] (See Appendix.)

[70] An admirable critical edition of *Candide* with notes and introduction has been written by M. André Morize (Hachette, 1913). Its text, except for minor variations of spelling and for needful omissions (slight changes being given generally without indication), has been here followed and to it the reader is referred for a more complete development.

A spurious Second Part of *Candide*, attributed to Thorel de Campi-gneulles, appeared in 1761 and was often reprinted (Moland XXI, p. xii.)

CHAPITRE PREMIER

Comment Candide fut élevé dans un beau château, et comment il fut chassé d'icelui

Il y avait en Westphalie, dans le château de M. le baron de Thunder-ten-tronckh, un jeune garçon à qui la nature avait donné les mœurs les plus douces. Sa physionomie annonçait son âme. Il avait le jugement assez droit, avec l'esprit le plus simple; c'est, je crois, pour cette raison qu'on le nommait *Candide*. Les anciens domestiques de la maison soupçonnaient qu'il était fils de la sœur de monsieur le baron, et d'un bon et honnête gentilhomme du voisinage, que cette demoiselle ne voulut jamais épouser, parce qu'il n'avait pu prouver que soixante et onze quartiers,[71] et que le reste de son arbre généalogique avait été perdu par l'injure du temps.

Monsieur le baron était un des plus puissants seigneurs de la Westphalie, car son château avait une porte et des fenêtres. Sa grande salle même était ornée d'une tapisserie. Tous les chiens de ses basses-cours composaient une meute dans le besoin; ses palefreniers étaient ses piqueurs; le vicaire du village était son grand aumônier. Ils l'appelaient tous Mon-seigneur, et ils riaient quand il faisait des contes.

Madame la baronne, qui pesait environ trois cent cinquante livres, s'attirait par là une très grande considération, et faisait les honneurs de la maison avec une dignité qui la rendait encore plus respectable. Sa fille Cunégonde, âgée de dix-sept ans, était haute en couleur, fraîche, grasse, appétissante. Le

of what has been given above. It is perhaps unnecessary to add that neither the cursory summary just given nor Voltaire's treatment of the Leibnitzian philosophy does it justice. The student should consult a manual such as Thilly's *History of Philosophy* (Holt, 1914), pp. 364–81.

[71] *Quartiers,* "chaque degré de descendance, dans une famille noble" (Petit Larousse).

fils du baron paraissait en tout digne de son père. Le précepteur Pangloss [72] était l'oracle de la maison, et le petit Candide écoutait ses leçons avec toute la bonne foi de son âge et de son caractère.

Pangloss enseignait la métaphysico-théologo-cosmolo-nigologie. Il prouvait admirablement qu'il n'y a point d'effet sans cause, et que, dans ce meilleur des mondes possibles,[73] le château de monseigneur le baron était le plus beau des châteaux, et madame la meilleure des baronnes possibles.

"Il est démontré, disait-il, que les choses ne peuvent être autrement, car tout étant fait pour une fin, tout est nécessairement pour la meilleure fin. Remarquez bien que les nez ont été faits pour porter des lunettes; aussi avons-nous des lunettes. Les jambes sont visiblement instituées pour être chaussées, et nous avons des chausses. Les pierres ont été formées pour être taillées et pour en faire des châteaux; aussi monseigneur a un très beau château: le plus grand baron de la province doit être le mieux logé; et les cochons étant faits pour être mangés, nous mangeons du porc toute l'année: par conséquent, ceux qui ont avancé que tout est bien, ont dit une sottise; il fallait dire que tout est au mieux."

Candide écoutait attentivement, et croyait innocemment; car il trouvait mademoiselle Cunégonde extrêmement belle, quoiqu'il ne prît jamais la hardiesse de le lui dire. Il concluait qu'après le bonheur d'être né baron de Thunder-ten-tronckh, le second degré de bonheur était d'être mademoiselle Cunégonde; le troisième, de la voir tous les jours; et le quatrième, d'entendre maître Pangloss, le plus grand philosophe de la province, et par conséquent de toute la terre.

Un jour Cunégonde . . . rencontra Candide en revenant au

[72] Pan=all, glossa=tongue; Pangloss, all-tongue, "wind-bag."
[73] Ce meilleur des mondes possibles, phrase of the philosophy of Optimism. Since God is good, he must have created the world as good as possible. If the world has defects, those defects must be necessary or they would not be there. This world is therefore the best of all possible worlds.

château, et rougit: Candide rougit aussi. Elle lui dit bon-
jour d'une voix entrecoupée; et Candide lui parla sans savoir
ce qu'il disait. Le lendemain, après le dîner, comme on sortait
de table, Cunégonde et Candide se trouvèrent derrière un
paravent; Cunégonde laissa tomber son mouchoir, Candide le
ramassa; elle lui prit innocemment la main, le jeune homme
baisa innocemment la main de la jeune demoiselle avec une
vivacité, une sensibilité, une grâce toute particulière; leurs
bouches se rencontrèrent, leurs yeux s'enflammèrent, leurs
genoux tremblèrent, M. le baron de Thunder-ten-tronckh passa
auprès du paravent, et, voyant cette cause et cet effet, chassa
Candide du château à grands coups de pied; Cunégonde
s'évanouit; elle fut souffletée par madame la baronne dès
qu'elle fut revenue à elle-même; et tout fut consterné dans le
plus beau et le plus agréable des châteaux possibles.

CHAPITRE II

Ce que devint Candide parmi les Bulgares

Candide, chassé du paradis terrestre, marcha longtemps
sans savoir où, pleurant, levant les yeux au ciel, les tournant
souvent vers le plus beau des châteaux, qui renfermait la plus
belle des baronnettes; il se coucha sans souper au milieu des
champs entre deux sillons; la neige tombait à gros flocons.
Candide, tout transi, se traîna le lendemain vers la ville
voisine, qui s'appelle *Waldberghoff-trarbk-dikdorff*, n'ayant
point d'argent, mourant de faim et de lassitude. Il s'arrêta
tristement à la porte d'un cabaret. Deux hommes habillés de
bleu le remarquèrent: "Camarade, dit l'un, voilà un jeune
homme très bien fait, et qui a la taille requise." Ils s'avan-
cèrent vers Candide, et le prièrent à dîner très civilement.
"Messieurs, leur dit Candide avec une modestie charmante,
vous me faites beaucoup d'honneur, mais je n'ai pas de quoi

payer mon écot.—Ah! monsieur, lui dit un des bleus, les personnes de votre figure et de votre mérite ne payent jamais rien: n'avez-vous pas cinq pieds cinq pouces de haut?—Oui, messieurs, c'est ma taille, dit-il en faisant la révérence.—Ah! monsieur, mettez-vous à table; non seulement nous vous défraierons, mais nous ne souffrirons jamais qu'un homme comme vous manque d'argent; les hommes ne sont faits que pour se secourir les uns les autres.—Vous avez raison, dit Candide; c'est ce que M. Pangloss m'a toujours dit, et je vois bien que tout est au mieux." On le prie d'accepter quelques écus, il les prend et veut faire son billet; [74] on n'en veut point, on se met à table. "N'aimez-vous pas tendrement . . . ?—Oh! oui, répond-il, j'aime tendrement mademoiselle Cunégonde.—Non, dit l'un de ces messieurs, nous vous demandons si vous n'aimez pas tendrement le roi des Bulgares?—Point du tout, dit-il, car je ne l'ai jamais vu.—Comment! c'est le plus charmant des rois, et il faut boire à sa santé.—Oh! très volontiers, messieurs"; et il boit. "C'en est assez, lui dit-on, vous voilà l'appui, le soutien, le défenseur, le héros des Bulgares; votre fortune est faite, et votre gloire est assurée." On lui met sur-le-champ les fers aux pieds, et on le mène au régiment. On le fait tourner à droite, à gauche, hausser la baguette, remettre la baguette, coucher en joue, tirer, doubler le pas, et on lui donne trente coups de bâton; le lendemain, il fait l'exercice un peu moins mal, et il ne reçoit que vingt coups; le surlendemain, on ne lui en donne que dix, et il est regardé par ses camarades comme un prodige.

Candide, tout stupéfait, ne démêlait pas encore trop bien comment il était un héros. Il s'avisa un beau jour de printemps de s'aller promener, marchant tout droit devant lui, croyant que c'était un privilège de l'espèce humaine, comme de l'espèce animale, de se servir de ses jambes à son plaisir. Il n'eut pas fait deux lieues, que voilà quatre autres héros de

[74] *Faire son billet,* give his note.

six pieds qui l'atteignent, qui le lient, qui le mènent dans un cachot. On lui demanda juridiquement ce qu'il aimait le mieux d'être fustigé trente-six fois par tout le régiment, ou de recevoir à la fois douze balles de plomb dans la cervelle. Il eut beau dire que les volontés sont libres, et qu'il ne voulait ni l'un ni l'autre, il fallut faire un choix ; il se détermina, en vertu du don de Dieu qu'on nomme *liberté*,[75] à passer trente-six fois par les baguettes, il essuya deux promenades. Le régiment était composé de deux mille hommes. Cela lui composa quatre mille coups de baguettes, qui . . . lui découvrirent les muscles et les nerfs. Comme on allait procéder à la troisième course, Candide n'en pouvant plus, demanda en grâce qu'on voulût bien avoir la bonté de lui casser la tête ; il obtint cette faveur ; on lui bande les yeux ; on le fait mettre à genoux. Le roi des Bulgares passe dans ce moment, s'informe du crime du patient ; et comme ce roi avait un grand génie, il comprit, par tout ce qu'il apprit de Candide, que c'était un jeune métaphysicien fort ignorant des choses de ce monde, et il lui accorda sa grâce avec une clémence qui sera louée dans tous les journaux et dans tous les siècles. Un brave chirurgien guérit Candide en trois semaines avec les émollients enseignés par Dioscoride.[76] Il avait déjà un peu de peau, et pouvait marcher, quand le roi des Bulgares livra bataille au roi des Abares.

CHAPITRE III

Comment Candide se sauva d'entre les Bulgares, et ce qu'il devint

Rien n'était si beau, si leste, si brillant, si bien ordonné que les deux armées. Les trompettes, les fifres, les hautbois, les tambours, les canons, formaient une harmonie telle qu'il n'y

75 *Liberté*, Free Will.
76 *Dioscoride*, Greek physician of the first century, A. D.

en eut jamais en enfer. Les canons renversèrent d'abord à peu près six mille hommes de chaque côté; ensuite la mousqueterie ôta du meilleur des mondes environ neuf à dix mille coquins qui en infectaient la surface. La baïonnette fut aussi la raison suffisante [77] de la mort de quelques milliers d'hommes. Le tout pouvait bien se monter à une trentaine de mille âmes. Candide, qui tremblait comme un philosophe, se cacha du mieux qu'il put pendant cette boucherie héroïque.

Enfin, tandis que les deux rois faisaient chanter des *Te Deum,* chacun dans son camp, il prit le parti d'aller raisonner ailleurs des effets et des causes. Il passa par-dessus des tas de morts et de mourants, et gagna d'abord un village voisin; il était en cendres: c'était un village abare que les Bulgares avaient brûlé, selon les lois du droit public. Ici des vieillards criblés de coups regardaient mourir leurs femmes égorgées, qui tenaient leurs enfants à leurs mamelles sanglantes; là des filles éventrées . . . rendaient les derniers soupirs; d'autres à demi brûlées criaient qu'on achevât de leur donner la mort. Des cervelles étaient répandues sur la terre à côté de bras et de jambes coupés.[78]

Candide s'enfuit au plus vite dans un autre village: il appartenait à des Bulgares, et les héros abares l'avaient traité de même. Candide, toujours marchant sur des membres palpitants, ou à travers des ruines, arriva enfin hors du théâtre de la guerre, portant quelques petites provisions dans son bissac, et n'oubliant jamais mademoiselle Cunégonde. Ses provisions lui manquèrent quand il fut en Hollande; mais ayant entendu dire que tout le monde était riche dans ce pays-là, et qu'on y était chrétien, il ne douta pas qu'on ne le traitât aussi bien qu'il l'avait été dans le château de M. le baron,

[77] *La raison suffisante,* term in the Leibnitzian philosophy which Voltaire uses jocularly as a synonym of *cause.*
[78] "*Candide* est écrit pendant la guerre de Sept Ans (1756–1763), et la correspondance de 1757–1758 est pleine des 'horreurs de la guerre.' " (Note by M. Morize).

avant qu'il en eût été chassé pour les beaux yeux de made-
moiselle Cunégonde.

Il demanda l'aumône à plusieurs graves personnages, qui lui
répondirent tous que, s'il continuait à faire ce métier, on l'en-
fermerait dans une maison de correction pour lui apprendre
à vivre.

Il s'adressa ensuite à un homme qui venait de parler tout
seul une heure de suite sur la charité dans une grande assem-
blée. Cet orateur le regardant de travers lui dit : "Que venez-
vous faire ici ? y êtes-vous pour la bonne cause?—Il n'y a
point d'effet sans cause, répondit modestement Candide; tout
est enchaîné nécessairement, et arrangé pour le mieux. Il a
fallu que je fusse chassé d'auprès de mademoiselle Cunégonde,
que j'aie passé par les baguettes, et il faut que je demande
mon pain, jusqu'à ce que je puisse en gagner; tout cela ne
pouvait être autrement.—Mon ami, lui dit l'orateur, croyez-
vous que le pape soit l'antéchrist?—Je ne l'avais pas encore
entendu dire, répondit Candide; mais qu'il le soit ou qu'il ne
le soit pas, je manque de pain.—Tu ne mérites pas d'en man-
ger, dit l'autre : va, coquin, va, misérable, ne m'approche de ta
vie." La femme de l'orateur ayant mis la tête à la fenêtre, et
avisant un homme qui doutait que le pape fût l'antéchrist, lui
répandit sur le chef un plein. . . . O ciel! à quel excès se
porte le zèle de la religion dans les dames!

Un homme qui n'avait point été baptisé, un bon anabap-
tiste,[79] nommé Jacques, vit la manière cruelle et ignominieuse
dont on traitait ainsi un de ses frères, un être à deux pieds,
sans plumes, qui avait une âme; il l'amena chez lui, le nettoya,
lui donna du pain et de la bière, lui fit présent de deux florins,
et voulut même lui apprendre à travailler dans ses manufac-
tures aux étoffes de Perse qu'on fabrique en Hollande. Can-
dide, se prosternant presque devant lui, s'écriait : "Maître

[79] *Anabaptiste,* Anabaptist, name given to a sixteenth century Prot-
estant sect which rejected the validity of infant baptism and required
rebaptism of their adherents.

Pangloss me l'avait bien dit que tout est au mieux dans ce monde, car je suis infiniment plus touché de votre extrême générosité que de la dureté de ce monsieur à manteau noir, et de madame son épouse."

Le lendemain, en se promenant, il rencontra un gueux tout couvert de pustules, les yeux morts, le bout du nez rongé, la bouche de travers, les dents noires, et parlant de la gorge, tourmenté d'une toux violente, et crachant une dent à chaque effort.

CHAPITRE IV

Comment Candide rencontra son ancien maître de philosophie, le docteur Pangloss, et ce qui en advint

Candide, plus ému encore de compassion que d'horreur, donna à cet épouvantable gueux les deux florins qu'il avait reçus de son honnête anabaptiste Jacques. Le fantôme le regarda fixement, versa des larmes, et sauta à son cou. Candide effrayé recule. "Hélas! dit le misérable à l'autre misérable, ne reconnaissez-vous plus votre cher Pangloss?—Qu'entends-je? vous, mon cher maître! vous, dans cet état horrible! Quel malheur vous est-il donc arrivé? pourquoi n'êtes-vous plus dans le plus beau des châteaux? qu'est devenue mademoiselle Cunégonde, la perle des filles, le chef-d'œuvre de la nature?—Je n'en peux plus," dit Pangloss. Aussitôt Candide le mène dans l'étable de l'anabaptiste, où il lui fit manger un peu de pain; et quand Pangloss fut refait: "Eh bien! lui dit-il, Cunégonde?—Elle est morte," reprit l'autre. Candide s'évanouit à ce mot: son ami rappela ses sens avec un peu de mauvais vinaigre qui se trouva par hasard dans l'étable. Candide rouvre les yeux. "Cunégonde est morte! Ah! meilleur des mondes, où êtes-vous? Mais de quelle maladie est-elle morte; ne serait-ce point de m'avoir vu chasser du beau château de monsieur son père à grands coups de pied?—Non, dit Pangloss,

elle a été éventrée par des soldats bulgares . . . ; ils ont cassé
la tête à monsieur le baron qui voulait la défendre; madame la
baronne a été coupée en morceaux; mon pauvre pupille traité
précisément comme sa sœur; et quant au château, il n'est pas
resté pierre sur pierre, pas une grange, pas un mouton, pas un
canard, pas un arbre; mais nous avons été bien vengés, car les
Abares en ont fait autant dans une baronnie voisine qui ap-
partenait à un seigneur bulgare."

A ce discours, Candide s'évanouit encore; mais revenu à
soi, et ayant dit tout ce qu'il devait dire, il s'enquit de la
cause et de l'effet, et de la raison suffisante qui avait mis Pan-
gloss dans un si piteux état. "Hélas! dit l'autre, c'est
l'amour: l'amour, le consolateur du genre humain, le conser-
vateur de l'univers, l'âme de tous les êtres sensibles, le tendre
amour.—Hélas! dit Candide, je l'ai connu cet amour, ce souve-
rain des cœurs, cette âme de notre âme; il ne m'a jamais valu
qu'un baiser et vingt coups de pied."

.

"Mais il faut vous faire guérir.—Et comment le puis-je? dit
Pangloss; je n'ai pas le sou, mon ami, et dans toute l'étendue
de ce globe on ne peut ni se faire saigner, ni prendre un lave-
ment [80] sans payer, ou sans qu'il y ait quelqu'un qui paye pour
nous."

Ce dernier discours détermina Candide; il alla se jeter aux
pieds de son charitable anabaptiste Jacques, et lui fit une pein-
ture si touchante de l'état où son ami était réduit, que le bon-
homme n'hésita pas à recueillir le docteur Pangloss; il le fit
guérir à ses dépens. Pangloss, dans la cure, ne perdit qu'un
œil et une oreille. Il écrivait bien, et savait parfaitement l'a-
rithmétique. L'anabaptiste Jacques en fit son teneur de livres.
Au bout de deux mois, étant obligé d'aller à Lisbonne pour les
affaires de son commerce, il mena dans son vaisseau ses deux
philosophes. Pangloss lui expliqua comment tout était on ne

[80] *Lavement,* purging.

peut mieux. Jacques n'était pas de cet avis. "Il faut bien, disait-il, que les hommes aient un peu corrompu la nature, car ils ne sont pas nés loups, et ils sont devenus loups.[81] Dieu ne leur a donné ni canons de vingt-quatre, ni baïonnettes, et ils se sont fait des baïonnettes et des canons pour se détruire. Je pourrais mettre en ligne de compte les banqueroutes, et la justice qui s'empare des biens des banqueroutiers pour en frustrer les créanciers.—Tout cela était indispensable, répliquait le docteur borgne, et les malheurs particuliers font le bien général; de sorte que plus il y a de malheurs particuliers, et plus tout est bien." Tandis qu'il raisonnait, l'air s'obscurcit, les vents soufflèrent des quatre coins du monde, et le vaisseau fut assailli de la plus horrible tempête, à la vue du port de Lisbonne.

CHAPITRE V

Tempête, naufrage, tremblement de terre, et ce qui advint du docteur Pangloss, de Candide, et de l'anabaptiste Jacques

La moitié des passagers affaiblis, expirants de ces angoisses inconcevables que le roulis d'un vaisseau porte dans les nerfs et dans toutes les humeurs du corps agitées en sens contraires, n'avait pas même la force de s'inquiéter du danger. L'autre moitié jetait des cris et faisait des prières; les voiles étaient déchirées, les mâts brisés, le vaisseau entr'ouvert. Travaillait qui pouvait, personne ne s'entendait, personne ne commandait. L'anabaptiste aidait un peu à la manœuvre; il était sur le tillac: un matelot furieux le frappe rudement et l'étend sur les planches; mais du coup qu'il lui donna, il eut lui-même une si violente secousse, qu'il tomba hors du vaisseau, la tête la première. Il restait suspendu et accroché à une partie de

81 Cf. J.-J. Rousseau, *Discours sur les sciences et les arts* (1750). *Discours sur l'inégalité* (1755).

mât rompu. Le bon Jacques court à son secours, l'aide à remonter, et de l'effort qu'il fit, il est précipité dans la mer à la vue du matelot, qui le laissa périr sans daigner seulement le regarder. Candide approche, voit son bienfaiteur qui reparaît un moment, et qui est englouti pour jamais. Il veut se jeter après lui dans la mer; le philosophe Pangloss l'en empêche, en lui prouvant que la rade de Lisbonne avait été formée exprès pour que cet anabaptiste s'y noyât. Tandis qu'il le prouvait *a priori,* le vaisseau s'entr'ouvre, tout périt à la réserve de Pangloss, de Candide, et de ce brutal de matelot qui avait noyé le vertueux anabaptiste; le coquin nagea heureusement jusqu'au rivage, où Pangloss et Candide furent portés sur une planche.

Quand ils furent revenus un peu à eux, ils marchèrent vers Lisbonne; il leur restait quelque argent, avec lequel ils espéraient se sauver de la faim après avoir échappé à la tempête.

A peine ont-ils mis le pied dans la ville, en pleurant la mort de leur bienfaiteur, qu'ils sentent la terre trembler sous leurs pas;[82] la mer s'élève en bouillonnant dans le port, et brise les vaisseaux qui sont à l'ancre. Des tourbillons de flamme et de cendres couvrent les rues et les places publiques; les maisons s'écroulent, les toits sont renversés sur les fondements, et les fondements se dispersent; trente mille habitants de tout âge et de tout sexe sont écrasés sous des ruines. Le matelot disait en sifflant et en jurant: "Il y aura quelque chose à gagner ici.—Quelle peut être la raison suffisante de ce phénomène? disait Pangloss.—Voici le dernier jour du monde," s'écriait Candide. Le matelot court incontinent au milieu des débris, affronte la mort pour trouver de l'argent, en trouve, s'en empare, s'enivre. . . . Pangloss le tirait cependant par la manche: "Mon ami, lui disait-il, cela n'est pas bien; vous manquez à la raison universelle, vous prenez mal votre temps.—

[82] Cf. *Le Poème sur le Désastre de Lisbonne* (1756).

Tête et sang, répondit l'autre, je suis matelot et né à Batavia; j'ai marché quatre fois sur le crucifix dans quatre voyages au Japon; tu as bien trouvé ton homme avec ta raison universelle!"

Quelques éclats de pierre avaient blessé Candide; il était étendu dans la rue et couvert de débris. Il disait à Pangloss: "Hélas! procure-moi un peu de vin et d'huile; je me meurs. —Ce tremblement de terre n'est pas une chose nouvelle, répondit Pangloss; la ville de Lima éprouva les mêmes secousses en Amérique l'année passée; mêmes causes, mêmes effets; il y a certainement une traînée de soufre sous terre depuis Lima jusqu'à Lisbonne.—Rien n'est plus probable, dit Candide; mais, pour Dieu, un peu d'huile et de vin.—Comment probable? répliqua le philosophe; je soutiens que la chose est démontrée." Candide perdit connaissance, et Pangloss lui apporta un peu d'eau d'une fontaine voisine.

Le lendemain, ayant trouvé quelques provisions de bouche en se glissant à travers des décombres, ils réparèrent un peu leurs forces. Ensuite ils travaillèrent comme les autres à soulager les habitants échappés à la mort. Quelques citoyens, secourus par eux, leur donnèrent un aussi bon dîner qu'on le pouvait dans un tel désastre: il est vrai que le repas était triste; les convives arrosaient leur pain de leurs larmes; mais Pangloss les consola, en les assurant que les choses ne pouvaient être autrement; "car, dit-il, tout ceci est ce qu'il y a de mieux; car, s'il y a un volcan à Lisbonne, il ne pouvait être ailleurs; car il est impossible que les choses ne soient pas où elles sont; car tout est bien."

Un petit homme noir, familier de l'Inquisition, lequel était à côté de lui, prit poliment la parole et dit: "Apparemment que monsieur ne croit pas au péché originel; car, si tout est au mieux, il n'y a donc eu ni chute ni punition.

—Je demande très humblement pardon à votre excellence, répondit Pangloss encore plus poliment, car la chute de

l'homme et la malédiction entraient nécessairement dans le meilleur des mondes possibles.—Monsieur ne croit donc pas à la liberté? dit le familier.—Votre excellence m'excusera, dit Pangloss; la liberté peut subsister avec la nécessité absolue, car il était nécessaire que nous fussions libres; car enfin la volonté déterminée. . . .» Pangloss était au milieu de sa phrase, quand le familier fit un signe de tête à son estafier qui lui servait à boire du vin de Porto ou d'Oporto.

CHAPITRE VI

Comment on fit un bel auto-da-fé [83] *pour empêcher les tremblements de terre, et comment Candide fut fessé*

Après le tremblement de terre qui avait détruit les trois quarts de Lisbonne, les sages du pays n'avaient pas trouvé un moyen plus efficace pour prévenir une ruine totale que de donner au peuple un bel auto-da-fé; il était décidé par l'université de Coïmbre que le spectacle de quelques personnes brûlées à petit feu, en grande cérémonie, est un secret infaillible pour empêcher la terre de trembler.

On avait en conséquence saisi un Biscayen convaincu d'avoir épousé sa commère, et deux Portugais qui, en mangeant un poulet, en avaient arraché le lard: [84] on vint lier après le dîner le docteur Pangloss et son disciple Candide, l'un pour avoir parlé, et l'autre pour l'avoir écouté avec un air d'approbation: tous deux furent menés séparément dans des appartements d'une extrême fraîcheur, dans lesquels on n'était jamais incommodé du soleil: huit jours après ils furent tous deux revêtus d'un san-benito, [85] et on orna leurs têtes de mitres de papier: la mitre et le san-benito de Candide étaient peints de flammes renversées, et de diables qui n'avaient ni queues ni

[83] *Auto-da-fé*, burning at the stake under the auspices of the Inquisition.
[84] "C'est-à-dire: qui avaient judaïsé." (Note by Morize).
[85] *San-Benito*, casaque de couleur jaune, dont les inquisiteurs revêtaient ceux qu'on allait brûler. (Petit Larousse.)

griffes; mais les diables de Pangloss portaient griffes et queues, et les flammes étaient droites.[86] Ils marchèrent en procession ainsi vêtus, et entendirent un sermon très pathétique, suivi d'une belle musique en faux-bourdon. Candide fut fessé en cadence, pendant qu'on chantait; le Biscayen et les deux hommes qui n'avaient point voulu manger de lard furent brûlés, et Pangloss fut pendu, quoique ce ne soit pas la coutume. Le même jour la terre trembla de nouveau avec un fracas épouvantable.

Candide épouvanté, interdit, éperdu, tout sanglant, tout palpitant, se disait à lui-même: "Si c'est ici le meilleur des mondes possibles, que sont donc les autres? Passe encore si je n'étais que fessé; je l'ai été chez les Bulgares; mais, ô mon cher Pangloss! le plus grand des philosophes, faut-il vous avoir vu pendre, sans que je sache pourquoi! O mon cher anabaptiste! le meilleur des hommes, faut-il que vous ayez été noyé dans le port! O mademoiselle Cunégonde! la perle des filles, faut-il qu'on vous ait éventrée!"

Il s'en retournait, se soutenant à peine, prêché, fessé, absous, et béni, lorsqu'une vieille l'aborda, et lui dit: "Mon fils, prenez courage, suivez-moi."

CHAPITRE VII

Comment une vieille prit soin de Candide, et comment il retrouva ce qu'il aimait

Candide ne prit point courage, mais il suivit la vieille dans une masure: elle lui donna un pot de pommade pour se frotter, lui laissa à manger et à boire; elle lui montra un petit lit assez propre; il y avait auprès du lit un habit complet. "Mangez, buvez, dormez, lui dit-elle, et que Notre-

[86] "Remarquez que le costume de Pangloss, arrêté *pour avoir parlé,* porte des *flammes droites,* tandis que celui de Candide, qui a seulement *écouté avec un air d'approbation,* est *peint de flammes renversées.*" (Note by Morize.)

Dame d'Atocha, monseigneur saint Antoine de Padoue, et
monseigneur saint Jacques de Compostelle prennent soin de
vous : je reviendrai demain." Candide, toujours étonné de tout
ce qu'il avait vu, de tout ce qu'il avait souffert, et encore plus
de la charité de la vieille, voulut lui baiser la main. "Ce n'est
pas ma main qu'il faut baiser, dit la vieille; je reviendrai
demain. Frottez-vous de pommade, mangez et dormez."

Candide, malgré tant de malheurs, mangea et dormit. Le
lendemain la vieille lui apporte à déjeuner, visite son dos, le
frotte elle-même d'une autre pommade; elle lui apporte en-
suite à dîner : elle revient sur le soir et apporte à souper. Le
surlendemain elle fit encore les mêmes cérémonies. "Qui êtes-
vous? lui disait toujours Candide; qui vous a inspiré tant de
bonté? quelles grâces puis-je vous rendre?" La bonne femme
ne répondait jamais rien; elle revint sur le soir, et n'apporta
point à souper : "Venez avec moi, dit-elle, et ne dites mot."
Elle le prend sous le bras, et marche avec lui dans la campagne
environ un quart de mille : ils arrivent à une maison isolée,
entourée de jardins et de canaux. La vieille frappe à une
petite porte. On ouvre; elle mène Candide, par un escalier
dérobé, dans un cabinet doré, le laisse sur un canapé de
brocart, referme la porte, et s'en va. Candide croyait rêver,
et regardait toute sa vie comme un songe funeste, et le moment
présent comme un songe agréable.

La vieille reparut bientôt; elle soutenait avec peine une
femme tremblante, d'une taille majestueuse, brillante de
pierreries, et couverte d'un voile. "Otez ce voile," dit la vieille
à Candide. Le jeune homme approche; il lève le voile d'une
main timide. Quel moment! quelle surprise![87] il croit voir
mademoiselle Cunégonde; il la voyait en effet, c'était elle-
même. La force lui manque, il ne peut proférer une parole,
il tombe à ses pieds. Cunégonde tombe sur le canapé. La
vieille les accable d'eaux spiritueuses, ils reprennent leurs

[87] "Voltaire reprend ici et renouvelle une page de *Zadig* (Moland, xxi,
77)." (Note by Morize.) Cf. *supra*, p. 160.

sens, ils se parlent: ce sont d'abord des mots entrecoupés, des demandes et des réponses qui se croisent, des soupirs, des larmes, des cris. La vieille leur recommande de faire moins de bruit, et les laisse en liberté. "Quoi! c'est vous, lui dit Candide, vous vivez! je vous retrouve en Portugal! On ne vous a point éventrée, comme le philosophe Pangloss me l'avait assuré?—Si fait, dit la belle Cunégonde; mais on ne meurt pas toujours de cet accident.—Mais votre père et votre mère ont-ils été tués?—Il n'est que trop vrai, dit Cunégonde en pleurant.—Et votre frère?—Mon frère a été tué aussi.—Et pourquoi êtes-vous en Portugal? et comment avez-vous su que j'y étais? et par quelle étrange aventure m'avez-vous fait conduire dans cette maison?—Je vous dirai tout cela, répliqua la dame, mais il faut auparavant que vous m'appreniez tout ce qui vous est arrivé depuis le baiser innocent que vous me donnâtes, et les coups de pied que vous reçûtes."

Candide lui obéit avec un profond respect; et quoiqu'il fût interdit, quoique sa voix fût faible et tremblante, quoique l'échine lui fît encore un peu mal, il lui raconta de la manière la plus naïve tout ce qu'il avait éprouvé depuis le moment de leur séparation. Cunégonde levait les yeux au ciel; elle donna des larmes à la mort du bon anabaptiste et de Pangloss; après quoi elle parla en ces termes à Candide, qui ne perdait pas une parole, et qui la dévorait des yeux.

CHAPITRE VIII

Histoire de Cunégonde

"J'étais dans mon lit et je dormais profondément, quand il plut au ciel d'envoyer les Bulgares dans notre beau château de Thunder-ten-tronckh; ils égorgèrent mon père et mon frère, et coupèrent ma mère par morceaux. Un grand Bulgare, haut de six pieds, voyant qu'à ce spectacle j'avais perdu con-

naissance, m'attaqua, cela me fit revenir, je repris mes sens, je criai, je me débattis, je mordis, j'égratignai, je voulais arracher les yeux à ce grand Bulgare, ne sachant pas que tout ce qui arrivait dans le château de mon père était une chose d'usage : le brutal me donna un coup de couteau dans le flanc gauche dont je porte encore la marque. . . . Mais continuons. —Continuez," dit Candide.

Elle reprit ainsi le fil de son histoire : "Un capitaine bulgare entra ; il me vit toute sanglante, et le soldat ne se dérangeait pas. Le capitaine se mit en colère du peu de respect que lui témoignait ce brutal, et le tua sur mon corps. Ensuite il me fit panser et m'emmena prisonnière de guerre dans son quartier. Je blanchissais le peu de chemises qu'il avait, je faisais sa cuisine ; il me trouvait fort jolie, il faut l'avouer ; et je ne nierai pas qu'il ne fût très bien fait, et qu'il n'eût la peau blanche et douce ; d'ailleurs peu d'esprit, peu de philosophie : on voyait bien qu'il n'avait pas été élevé par le docteur Pangloss. Au bout de trois mois, ayant perdu tout son argent, et s'étant dégoûté de moi, il me vendit à un juif nommé don Issachar, qui trafiquait en Hollande et en Portugal, et qui aimait passionnément les femmes. Ce juif s'attacha beaucoup à ma personne. . . . Pour m'apprivoiser, il me mena dans cette maison de campagne que vous voyez. J'avais cru jusque-là qu'il n'y avait rien sur la terre de si beau que le château de Thunder-ten-tronckh : j'ai été détrompée.

"Le grand inquisiteur m'aperçut un jour à la messe ; il me lorgna beaucoup, et me fit dire qu'il avait à me parler pour des affaires secrètes. Je fus conduite à son palais ; je lui appris ma naissance ; il me représenta combien il était au-dessous de mon rang d'appartenir à un Israélite. On proposa de sa part à don Issachar de me céder à monseigneur. Don Issachar, qui est le banquier de la cour, et homme de crédit, n'en voulut rien faire. L'inquisiteur le menaça d'un auto-da-fé. . . .

"Enfin, pour détourner le fléau des tremblements de terre, et pour intimider don Issachar, il plut à monseigneur l'inquisiteur de célébrer un auto-da-fé. Il me fit l'honneur de m'y inviter. Je fus très bien placée; on servit aux dames des rafraîchissements entre la messe et l'exécution. Je fus, à la vérité, saisie d'horreur en voyant brûler ces deux juifs et cet honnête Biscayen qui avait épousé sa commère: mais quelle fut ma surprise, mon effroi, mon trouble, quand je vis dans un san-benito, et sous une mitre, une figure qui ressemblait à celle de Pangloss! Je me frottai les yeux, je regardai attentivement, je le vis pendre; je tombai en faiblesse. A peine reprenais-je mes sens, que je vous vis dépouillé; ce fut là le comble de l'horreur, de la consternation, de la douleur, du désespoir. . . . Cette vue redoubla tous les sentiments qui m'accablaient, qui me dévoraient. Je m'écriai, je voulus dire: Arrêtez, barbares! mais la voix me manqua, et mes cris auraient été inutiles. Quand vous eûtes été bien fessé: "Comment se peut-il faire, disais-je, que l'aimable Candide et le sage Pangloss se trouvent à Lisbonne, l'un pour recevoir cent coups de fouet, et l'autre pour être pendu par l'ordre de monseigneur l'inquisiteur, dont je suis la bien-aimée? Pangloss m'a donc bien cruellement trompée, quand il me disait que tout va le mieux du monde!"

"Agitée, éperdue, tantôt hors de moi-même, et tantôt prête de mourir de faiblesse, j'avais la tête remplie du massacre de mon père, de ma mère, de mon frère, de l'insolence de mon vilain soldat bulgare, du coup de couteau qu'il me donna, de ma servitude, de mon métier de cuisinière, de mon capitaine bulgare, de mon vilain don Issachar, de mon abominable inquisiteur, de la pendaison du docteur Pangloss, de ce grand *miserere* en faux-bourdon pendant lequel on vous fessait, et surtout du baiser que je vous avais donné derrière un paravent, le jour que je vous avais vu pour la dernière fois. Je louai Dieu, qui vous ramenait à moi par tant d'épreuves. Je

recommandai à ma vieille d'avoir soin de vous, et de vous amener ici dès qu'elle le pourrait. Elle a très bien exécuté ma commission; j'ai goûté le plaisir inexprimable de vous revoir, de vous entendre, de vous parler. Vous devez avoir une faim dévorante; j'ai grand appétit, commençons par souper."

Les voilà qui se mettent tous deux à table; et, après le souper, ils se replacent sur ce beau canapé dont on a déjà parlé: ils y étaient quand le signor don Issachar, l'un des maîtres de la maison, arriva. C'était le jour du sabbat. Il venait expliquer son tendre amour.

Summary of Chapters IX–XV:

Candide in an encounter is forced to kill the Jew and the Grand Inquisitor With Cunégonde and "la vieille" he flees to Cadiz and there embarks for Paraguay. On the voyage the old woman narrates her extraordinary misfortunes in order to show that she has fared even worse than the others. They land in Buenos Aires and call upon the Governor, Don Fernando d'Ibaraa y Figueora y Mascarenes y Lampourdos y Souza, who forthwith insists that he will marry Cunégonde. Candide, pursued for murder of the Grand Inquisitor, flees in haste to Paraguay in company of his halfbreed servant, Cacambo. In Paraguay he finds the Jesuit commandant is Cunégonde's brother, who has escaped death after all. They are on excellent terms until Candide mentions his desire to marry Cunégonde, whereupon the Jesuit refuses to accept such a derogation in her rank; they quarrel, and Candide runs him through with his sword, leaves him for dead, and disguised in the ex-Baron's Jesuit garb, again flees with Cacambo, this time to the wilderness. This brings us to Chapter XVI.

.

Ces réflexions solides engagèrent Candide à quitter la prairie, et à s'enfoncer dans un bois. Il y soupa avec Cacambo; et tous deux, après avoir maudit l'inquisiteur de Portugal, le gouverneur de Buenos-Aires, et le baron, s'endormirent sur de la mousse. A leur réveil, ils sentirent qu'ils ne pouvaient remuer; la raison en était que pendant la nuit, les Oreillons, habitants du pays, les avaient garrottés avec des cordes d'écorce d'arbre. Ils étaient entourés d'une cinquantaine d'Oreillons tout nus, armés de flèches, de massues et de

haches de caillou: les uns faisaient bouillir une grande chaudière; les autres préparaient des broches, et tous criaient: "C'est un jésuite, c'est un jésuite; nous serons vengés, et nous ferons bonne chère: mangeons du jésuite, mangeons du jésuite."

Candide, apercevant la chaudière et les broches, s'écria: "Nous allons certainement être rôtis ou bouillis. Ah! que dirait maître Pangloss, s'il voyait comme la pure nature est faite? Tout est bien: soit, mais j'avoue qu'il est bien cruel d'avoir perdu mademoiselle Cunégonde, et d'être mis à la broche par des Oreillons." Cacambo ne perdait jamais la tête. "Ne désespérez de rien, dit-il au désolé Candide; j'entends un peu le jargon de ces peuples, je vais leur parler.—Ne manquez pas, dit Candide, de leur représenter quelle est l'inhumanité affreuse de faire cuire des hommes, et combien cela est peu chrétien."

"Messieurs, dit Cacambo, vous comptez donc manger aujourd'hui un jésuite; c'est très bien fait; rien n'est plus juste que de traiter ainsi ses ennemis. En effet le droit naturel nous enseigne à tuer notre prochain, et c'est ainsi qu'on en agit dans toute la terre. Si nous n'usons pas du droit de le manger, c'est que nous avons d'ailleurs de quoi faire bonne chère; mais vous n'avez pas les mêmes ressources que nous: certainement il vaut mieux manger ses ennemis que d'abandonner aux corbeaux et aux corneilles le fruit de sa victoire. Mais, messieurs, vous ne voudriez pas manger vos amis. Vous croyez aller mettre un jésuite en broche, et c'est votre défenseur, c'est l'ennemi de vos ennemis que vous aller rôtir. Pour moi, je suis né dans votre pays; monsieur, que vous voyez, est mon maître, et, bien loin d'être jésuite, il vient de tuer un jésuite, il en porte les dépouilles; voilà le sujet de votre méprise. Pour vérifier ce que je vous dis, prenez sa robe, portez-la à la première barrière du royaume de los padres; informez-vous si mon maître n'a pas tué un officier

jésuite. Il vous faudra peu de temps; vous pourrez toujours nous manger, si vous trouvez que je vous ai menti. Mais, si je vous ai dit la vérité, vous connaissez trop les principes du droit public, les mœurs, et les lois, pour ne nous pas faire grâce.»

Les Oreillons trouvèrent ce discours très raisonnable; ils députèrent deux notables pour aller en diligence s'informer de la vérité; les deux députés s'acquittèrent de leur commission en gens d'esprit, et revinrent bientôt apporter de bonnes nouvelles. Les Oreillons délièrent leurs deux prisonniers, leur firent toutes sortes de civilités, leur donnèrent des rafraîchissements, et les reconduisirent jusqu'aux confins de leurs États, en criant avec allégresse: "Il n'est point jésuite. il n'est point jésuite.»

Candide ne se lassait point d'admirer le sujet de sa délivrance. "Quel peuple! disait-il, quels hommes! quelles mœurs! si je n'avais pas eu le bonheur de donner un grand coup d'épée au travers du corps du frère de mademoiselle Cunégonde, j'étais mangé sans rémission. Mais, après tout, la pure nature est bonne, puisque ces gens-ci, au lieu de me manger, m'ont fait mille honnêtetés, dès qu'ils ont su que je n'étais pas jésuite.» [88]

CHAPITRE XVII

Arrivée de Candide et de son valet au pays d'Eldorado,[89] et ce qu'ils y virent

Quand ils furent aux frontières des Oreillons: "Vous voyez, dit Cacambo à Candide, que cet hémisphère-ci ne vaut pas mieux que l'autre; croyez-moi, retournons en Europe par le

[88] On this episode and the following one of El Dorado see George R. Havens, "The Nature Doctrine of Voltaire," *Pub. Mod. Lang. Assoc.,* December, 1925 (Vol. XL).

[89] For the numerous and interesting sources of Voltaire's documentation for the episode of El Dorado, novels, voyage literature, etc., see André Morize, *Candide* (1913), notes to the chapters in question.

plus court chemin.—Comment y retourner, dit Candide; et où aller? Si je vais dans mon pays, les Bulgares et les Abares y égorgent tout; si je retourne en Portugal, j'y suis brûlé; si nous restons dans ce pays-ci, nous risquons à tout moment d'être mis en broche. Mais comment se résoudre à quitter la partie du monde que mademoiselle Cunégonde habite?

—Tournons vers la Cayenne, dit Cacambo, nous y trouverons des Français qui vont par tout le monde; ils pourront nous aider. Dieu aura peut-être pitié de nous.»

Il n'était pas facile d'aller à la Cayenne: ils savaient bien à peu près de quel côté il fallait marcher; mais des montagnes, des fleuves, des précipices, des brigands, des sauvages, étaient partout de terribles obstacles. Leurs chevaux moururent de fatigue; leurs provisions furent consumées, ils se nourrirent un mois entier de fruits sauvages, et se trouvèrent enfin auprès d'une petite rivière bordée de cocotiers qui soutinrent leur vie et leurs espérances.

Cacambo, qui donnait toujours d'aussi bons conseils que la vieille, dit à Candide: «Nous n'en pouvons plus, nous avons assez marché, j'aperçois un canot vide sur le rivage, emplissons-le de cocos, jetons-nous dans cette petite barque, laissons-nous aller au courant; une rivière mène toujours à quelque endroit habité. Si nous ne trouvons pas des choses agréables, nous trouverons du moins des choses nouvelles. —Allons, dit Candide, recommandons-nous à la Providence.»

Ils voguèrent quelques lieues entre des bords, tantôt fleuris, tantôt arides, tantôt unis, tantôt escarpés. La rivière s'élargissait toujours; enfin elle se perdait sous une voûte de rochers épouvantables qui s'élevaient jusqu'au ciel. Les deux voyageurs eurent la hardiesse de s'abandonner aux flots sous cette voûte. Le fleuve resserré en cet endroit les porta avec une rapidité et un bruit horrible. Au bout de vingt-quatre heures ils revirent le jour; mais leur canot se fracassa contre les écueils; il fallut se traîner de rocher en rocher pendant une

lieue entière; enfin ils découvrirent un horizon immense bordé de montagnes inaccessibles. Le pays était cultivé pour le plaisir comme pour le besoin; partout l'utile était agréable: les chemins étaient couverts ou plutôt ornés de voitures d'une forme et d'une matière brillantes, portant des hommes et des femmes d'une beauté singulière, traînés rapidement par de gros moutons rouges qui surpassaient en vitesse les plus beaux chevaux d'Andalousie, de Tétuan et de Méquinez.

"Voilà pourtant, dit Candide, un pays qui vaut mieux que la Westphalie." Il mit pied à terre avec Cacambo auprès du premier village qu'il rencontra. Quelques enfants du village, couverts de brocarts d'or tout déchirés, jouaient au palet [90] à l'entrée du bourg; nos deux hommes de l'autre monde s'amusèrent à les regarder: leurs palets étaient d'assez larges pièces rondes, jaunes, rouges, vertes, qui jetaient un éclat singulier. Il prit envie aux voyageurs d'en ramasser quelques-uns; c'était de l'or, c'étaient des émeraudes, des rubis, dont le moindre aurait été le plus grand ornement du trône du Mogol. "Sans doute, dit Cacambo, ces enfants sont les fils du roi du pays qui jouent au petit palet." Le magister du village parut dans ce moment pour les faire rentrer à l'école. "Voilà, dit Candide, le précepteur de la famille royale."

Les petits gueux quittèrent aussitôt le jeu, en laissant à terre leurs palets, et tout ce qui avait servi à leurs divertissements. Candide les ramasse, court au précepteur et les lui présente humblement, lui faisant entendre par signes que leurs altesses royales avaient oublié leur or et leurs pierreries. Le magister du village, en souriant, les jeta par terre, regarda un moment la figure de Candide avec beaucoup de surprise, et continua son chemin.

Les voyageurs ne manquèrent pas de ramasser l'or, les rubis et les émeraudes. "Où sommes-nous? s'écria Candide. Il faut

[90] *Palet* "pierre plate et ronde ou disque de métal qu'on jette le plus près possible du but marqué." (Petit Larousse.)

que les enfants des rois de ce pays soient bien élevés, puisqu'on leur apprend à mépriser l'or et les pierreries." Cacambo était aussi surpris que Candide. Ils approchèrent enfin de la première maison du village; elle était bâtie comme un palais d'Europe. Une foule de monde s'empressait à la porte, et encore plus dans le logis: une musique très agréable se faisait entendre, et une odeur délicieuse de cuisine se faisait sentir. Cacambo s'approcha de la porte et entendit qu'on parlait péruvien; c'était sa langue maternelle; car tout le monde sait que Cacambo était né au Tucuman, dans un village où l'on ne connaissait que cette langue. "Je vous servirai d'interprète, dit-il à Candide; entrons, c'est ici un cabaret."

Aussitôt deux garçons et deux filles de l'hôtellerie, vêtus de drap d'or, et les cheveux renoués avec des rubans, les invitent à se mettre à la table de l'hôte. On servit quatre potages garnis chacun de deux perroquets, un contour bouilli qui pesait deux cents livres, deux singes rôtis d'un goût excellent, trois cents colibris dans un plat, et six cents oiseaux-mouches dans un autre; des ragoûts exquis, des pâtisseries délicieuses; le tout dans des plats d'une espèce de cristal de roche. Les garçons et les filles de l'hôtellerie versaient plusieurs liqueurs faites de cannes de sucre.

Les convives étaient pour la plupart des marchands et des voituriers, tous d'une politesse extrême, qui firent quelques questions à Cacambo avec la discrétion la plus circonspecte, et qui répondirent aux siennes d'une manière à le satisfaire.

Quand le repas fut fini, Cacambo crut, ainsi que Candide, bien payer son écot, en jetant sur la table de l'hôte deux de ces larges pièces d'or qu'il avait ramassées; l'hôte et l'hôtesse éclatèrent de rire, et se tinrent longtemps les côtés. Enfin ils se remirent. "Messieurs, dit l'hôte, nous voyons bien que vous êtes des étrangers; nous ne sommes pas accoutumés à en voir. Pardonnez-nous si nous nous sommes mis à rire quand vous nous avez offert en payement les cailloux de nos grands che-

mins. Vous n'avez pas sans doute de la monnaie du pays, mais il n'est pas nécessaire d'en avoir pour dîner ici. Toutes les hôtelleries établies pour la commodité du commerce sont payées par le gouvernement. Vous avez fait mauvaise chère ici, parce que c'est un pauvre village, mais partout ailleurs vous serez reçus comme vous méritez de l'être." Cacambo expliquait à Candide tous les discours de l'hôte, et Candide les écoutait avec la même admiration et le même égarement que son ami Cacambo les rendait. "Quel est donc ce pays, disaient-ils l'un et l'autre, inconnu à tout le reste de la terre, et où toute la nature est d'une espèce si différente de la nôtre ? C'est probablement le pays où tout va bien : car il faut absolument qu'il y en ait un de cette espèce. Et, quoi qu'en dît maître Pangloss, je me suis souvent aperçu que tout allait assez mal en Westphalie."

CHAPITRE XVIII

Ce qu'ils virent dans le pays d'Eldorado

Cacambo témoigna à son hôte toute sa curiosité ; l'hôte lui dit : "Je suis fort ignorant, et je m'en trouve bien ; mais nous avons ici un vieillard retiré de la cour qui est le plus savant homme du royaume, et le plus communicatif." Aussitôt il mène Cacambo chez le vieillard. Candide ne jouait plus que le second personnage, et accompagnait son valet. Ils entrèrent dans une maison fort simple, car la porte n'était que d'argent, et les lambris des appartements n'étaient que d'or, mais travaillés avec tant de goût, que les plus riches lambris ne l'effaçaient pas. L'antichambre n'était à la vérité incrustée que de rubis et d'émeraudes, mais l'ordre dans lequel tout était arrangé réparait bien cette extrême simplicité.[91]

[91] Note that this, which at first sight seems like a glorification of "la simple nature" in the manner of Fénelon (*Télémaque*) or of Montesquieu (the Troglodytes in the *Lettres persanes*), is really more in the spirit of the *Mondain* with its delight in Luxury.

Le vieillard reçut les deux étrangers sur un sofa matelassé de plumes de colibri, et leur fit présenter des liqueurs dans des vases de diamant ; après quoi il satisfit à leur curiosité en ces termes :

"Je suis âgé de cent soixante et douze ans, et j'ai appris de feu mon père, écuyer du roi, les étonnantes révolutions du Pérou dont il avait été témoin. Le royaume où nous sommes est l'ancienne patrie des Incas, qui en sortirent très imprudemment pour aller subjuguer une partie du monde, et qui furent enfin détruits par les Espagnols.

"Les princes de leur famille qui restèrent dans leur pays natal furent plus sages ; ils ordonnèrent, du consentement de la nation, qu'aucun habitant ne sortirait jamais de notre petit royaume ; et c'est ce qui nous a conservé notre innocence et notre félicité. Les Espagnols ont eu une connaissance confuse de ce pays, ils l'ont appelé *Eldorado,* et un Anglais, nommé le chevalier Raleigh, en a même approché il y a environ cent années ; mais, comme nous sommes entourés de rochers inabordables et de précipices, nous avons toujours été jusqu'à présent à l'abri de la rapacité des nations de l'Europe, qui ont une fureur inconcevable pour les cailloux et pour la fange de notre terre, et qui, pour en avoir, nous tueraient tous jusqu'au dernier."

La conversation fut longue ; elle roula sur la forme du gouvernement, sur les mœurs, sur les femmes, sur les spectacles publics, sur les arts. Enfin Candide, qui avait toujours du goût pour la métaphysique, fit demander par Cacambo si dans le pays il y avait une religion.

Le vieillard rougit un peu. "Comment donc ! dit-il, en pouvez-vous douter ? Est-ce que vous nous prenez pour des ingrats ?" Cacambo demanda humblement quelle était la religion d'Eldorado. Le vieillard rougit encore. "Est-ce qu'il peut y avoir deux religions ? dit-il. Nous avons, je crois, la religion de tout le monde ; nous adorons Dieu du soir jusqu'au

matin.—N'adorez-vous qu'un seul Dieu? dit Cacambo, qui servait toujours d'interprète aux doutes de Candide.—Apparemment, dit le vieillard, qu'il n'y en a ni deux, ni trois, ni quatre. Je vous avoue que les gens de votre monde font des questions bien singulières.» Candide ne se lassait pas de faire interroger ce bon vieillard; il voulut savoir comment on priait Dieu dans Eldorado. "Nous ne le prions point, dit le bon et respectable sage; nous n'avons rien à lui demander, il nous a donné tout ce qu'il nous faut; nous le remercions sans cesse.» Candide eut la curiosité de voir des prêtres; il fit demander où ils étaient. Le bon vieillard sourit. "Mes amis, dit-il, nous sommes tous prêtres; le roi et tous les chefs de famille chantent des cantiques d'actions de grâces solennellement tous les matins, et cinq ou six mille musiciens les accompagnent.— Quoi! vous n'avez point de moines qui enseignent, qui disputent, qui gouvernent, qui cabalent, et qui font brûler les gens qui ne sont pas de leur avis?—Il faudrait que nous fussions fous, dit le vieillard; nous sommes tous ici du même avis, et nous n'entendons pas ce que vous voulez dire avec vos moines.» Candide à tous ces discours demeurait en extase, et disait en lui-même: "Ceci est bien différent de la Westphalie et du château de monsieur le baron: si notre ami Pangloss avait vu Eldorado, il n'aurait plus dit que le château de Thunder-ten-tronckh était ce qu'il y avait de mieux sur la terre; et il est certain qu'il faut voyager.»

Après cette longue conversation, le bon vieillard fit atteler un carrosse à six moutons, et donna douze de ses domestiques aux deux voyageurs pour les conduire à la cour.—Excusez-moi, leur dit-il, si mon âge me prive de l'honneur de vous accompagner. Le roi vous recevra d'une manière dont vous ne serez pas mécontents, et vous pardonnerez sans doute aux usages du pays, s'il y en a quelques-uns qui vous déplaisent.»

Candide et Cacambo montent en carrosse; les six moutons volaient, et en moins de quatre heures on arriva au palais du

roi, situé à un bout de la capitale. Le portail était de deux cent vingt pieds de haut, et de cent de large; il est impossible d'exprimer quelle en était la matière. On voit assez quelle supériorité prodigieuse elle devait avoir sur ces cailloux et sur ce sable que nous nommons or et pierreries.

Vingt membres de la garde reçurent Candide et Cacambo à la descente du carrosse, les conduisirent aux bains, les vêtirent de robes d'un tissu de duvet de colibri; après quoi les grands officiers et les grandes officières de la couronne les menèrent à l'appartement de sa majesté au milieu de deux files, chacune de mille musiciens, selon l'usage ordinaire. Quand ils approchèrent de la salle du trône, Cacambo demanda à un grand officier comment il fallait s'y prendre pour saluer sa majesté: si on se jetait à genoux ou ventre à terre; si on mettait les mains sur la tête; si on léchait la poussière de la salle: en un mot, quelle était la cérémonie. "L'usage, dit le grand officier, est d'embrasser le roi et de le baiser des deux côtés." Candide et Cacambo sautèrent au cou de sa majesté, qui les reçut avec toute la grâce imaginable, et qui les pria poliment à souper.

En attendant on leur fit voir la ville, les édifices publics élevés jusqu'aux nues, les marchés ornés de mille colonnes, les fontaines d'eau pure, les fontaines d'eau rose, celles de liqueurs de cannes de sucre qui coulaient continuellement dans de grandes places pavées d'une espèce de pierreries qui répandaient une odeur semblable à celle du girofle [92] et de la cannelle. [93] Candide demanda à voir la cour de justice, le parlement; on lui dit qu'il n'y en avait point, et qu'on ne plaidait jamais. Il s'informa s'il y avait des prisons, et on lui dit que non. Ce qui le surprit davantage, et qui lui fit le plus de plaisir, ce fut le palais des sciences, dans lequel il vit une galerie de deux mille pas, toute pleine d'instruments de mathématiques et de physique. [94]

[92] *Girofle,* clove.
[93] *Cannelle,* cinnamon.
[94] This suggests Voltaire's "cabinet de physique" at Cirey.

Après avoir parcouru toute l'après-dînée à peu près la millième partie de la ville, on les ramena chez le roi. Candide se mit à table entre sa majesté, son valet Cacambo, et plusieurs dames. Jamais on ne fit meilleure chère, et jamais on n'eut plus d'esprit à souper qu'en eut sa majesté. Cacambo expliquait les bons mots du roi à Candide, et quoique traduits, ils paraissaient toujours des bons mots. De tout ce qui étonnait Candide, ce n'était pas ce qui l'étonna le moins.

Ils passèrent un mois dans cet hospice. Candide ne cessait de dire à Cacambo: "Il est vrai, mon ami, encore une fois, que le château où je suis né ne vaut pas le pays où nous sommes; mais enfin mademoiselle Cunégonde n'y est pas, et vous avez sans doute quelque maîtresse en Europe. Si nous restons ici, nous n'y serons que comme les autres; au lieu que si nous retournons dans notre monde, seulement avec douze moutons chargés de cailloux d'Eldorado, nous serons plus riches que tous les rois ensemble, nous n'aurons plus d'inquisiteurs à craindre, et nous pourrons aisément reprendre mademoiselle Cunégonde."

Ce discours plut à Cacambo; on aime tant à courir, à se faire valoir chez les siens, à faire parade de ce qu'on a vu dans ses voyages, que les deux heureux résolurent de ne plus l'être, et de demander leur congé à sa majesté.

"Vous faites une sottise, leur dit le roi: je sais bien que mon pays est peu de chose; mais, quand on est passablement quelque part, il faut y rester. Je n'ai pas assurément le droit de retenir des étrangers; c'est une tyrannie qui n'est ni dans nos mœurs ni dans nos lois; tous les hommes sont libres; partez quand vous voudrez, mais la sortie est bien difficile. Il est impossible de remonter la rivière rapide sur laquelle vous êtes arrivés par miracle, et qui court sous des voûtes de rochers. Les montagnes qui entourent tout mon royaume ont dix mille pieds de hauteur, et sont droites comme des murailles: elles occupent chacune en largeur un espace de

plus de dix lieues; on ne peut en descendre que par des précipices. Cependant, puisque vous voulez absolument partir, je vais donner ordre aux intendants des machines d'en faire une qui puisse vous transporter commodément. Quand on vous aura conduits au revers des montagnes, personne ne pourra vous accompagner; car mes sujets ont fait vœu de ne jamais sortir de leur enceinte, et ils sont trop sages pour rompre leur vœu. Demandez-moi d'ailleurs tout ce qu'il vous plaira.—Nous ne demandons à votre majesté, dit Cacambo, que quelques moutons chargés de vivres, de cailloux, et de la boue du pays." Le roi rit: "Je ne conçois pas, dit-il, quel goût vos gens d'Europe ont pour notre boue jaune; mais emportez-en tant que vous voudrez, et grand bien vous fasse."

Il donna l'ordre sur-le-champ à ses ingénieurs de faire une machine pour guinder ces deux hommes extraordinaires hors du royaume. Trois mille bons physiciens y travaillèrent; elle fut prête au bout de quinze jours, et ne coûta pas plus de vingt millions de livres sterling, monnaie du pays. On mit sur la machine Candide et Cacambo; il y avait deux grands moutons rouges sellés et bridés pour leur servir de monture quand ils auraient franchi les montagnes, vingt moutons de bât chargés de vivres, trente qui portaient des présents de ce que le pays a de plus curieux, et cinquante chargés d'or, de pierreries, et de diamants. Le roi embrassa tendrement les deux vagabonds.

Ce fut un beau spectacle que leur départ, et la manière ingénieuse dont ils furent hissés eux et leurs moutons au haut des montagnes. Les physiciens prirent congé d'eux après les avoir mis en sûreté, et Candide n'eut plus d'autre désir et d'autre objet que d'aller présenter ses moutons à mademoiselle Cunégonde. "Nous avons, dit-il, de quoi payer le gouverneur de Buenos-Aires, si mademoiselle Cunégonde peut être mise à prix. Marchons vers la Cayenne, embarquons-nous, et nous verrons ensuite quel royaume nous pourrons acheter."

CHAPITRE XIX

Ce qui leur arriva à Surinam, et comment Candide
fit connaissance avec Martin

La première journée de nos deux voyageurs fut assez agré-
able. Ils étaient encouragés par l'idée de se voir possesseurs
de plus de trésors que l'Asie, l'Europe et l'Afrique n'en
pouvaient rassembler. Candide transporté écrivit le nom de
Cunégonde sur les arbres. A la seconde journée deux de leurs
moutons s'enfoncèrent dans des marais, et y furent abîmés
avec leurs charges; deux autres moutons moururent de
fatigue quelques jours après; sept ou huit périrent ensuite de
faim dans un désert; d'autres tombèrent au bout de quelques
jours dans des précipices. Enfin, après cent jours de marche,
il ne leur resta que deux moutons. Candide dit à Cacambo:
"Mon ami, vous voyez comme les richesses de ce monde sont
périssables; il n'y a rien de solide que la vertu, et le bonheur
de revoir mademoiselle Cunégonde.—Je l'avoue, dit Cacambo;
mais il nous reste encore deux moutons avec plus de trésors que
n'en aura jamais le roi d'Espagne; et je vois de loin une
ville que je soupçonne être Surinam, appartenant aux Hol-
landais. Nous sommes au bout de nos peines et au commence-
ment de notre félicité."

En approchant de la ville, ils rencontrèrent un nègre étendu
par terre, n'ayant plus que la moitié de son habit, c'est-à-dire
d'un caleçon de toile bleue; il manquait à ce pauvre homme la
jambe gauche et la main droite. "Eh, mon Dieu! lui dit Can-
dide en hollandais, que fais-tu là, mon ami, dans l'état horrible
où je te vois?—J'attends mon maître, M. Vanderdendur, le
fameux négociant, répondit le nègre.—Est-ce M. Vanderden-
dur, dit Candide, qui t'a traité ainsi?—Oui, monsieur, dit le
nègre, c'est l'usage. On nous donne un caleçon de toile pour
tout vêtement, deux fois l'année. Quand nous travaillons aux

sucreries, et que la meule nous attrape le doigt, on nous coupe la main ; quand nous voulons nous enfuir, on nous coupe la jambe : je me suis trouvé dans les deux cas. C'est à ce prix que vous mangez du sucre en Europe. Cependant, lorsque ma mère me vendit dix écus patagons sur la côte de Guinée, elle me disait : "Mon cher enfant, bénis nos fétiches, adore-les toujours, ils te feront vivre heureux ; tu as l'honneur d'être esclave de nos seigneurs les blancs, et tu fais par là la fortune de ton père et de ta mère." Hélas ! je ne sais pas si j'ai fait leur fortune, mais ils n'ont pas fait la mienne. Les chiens, les singes et les perroquets sont mille fois moins malheureux que nous : les fétiches hollandais qui m'ont converti me disent tous les dimanches que nous sommes tous enfants d'Adam, blancs et noirs. Je ne suis pas généalogiste ; mais si ces prêcheurs disent vrai, nous sommes tous cousins issus de germain. Or vous m'avouerez qu'on ne peut pas en user avec ses parents d'une manière plus horrible.

—O Pangloss ! s'écria Candide, tu n'avais pas deviné cette abomination : c'en est fait, il faudra qu'à la fin je renonce à ton optimisme !—Qu'est-ce qu'optimisme ? disait Cacambo. —Hélas ! dit Candide, c'est la rage de soutenir que tout est bien quand on est mal" ; et il versait des larmes en regardant son nègre ; et en pleurant, il entra dans Surinam.

La première chose dont ils s'informent, c'est s'il n'y a point au port quelque vaisseau qu'on pût envoyer à Buenos-Aires. Celui à qui ils s'adressèrent était justement un patron espagnol qui s'offrit à faire avec eux un marché honnête. Il leur donna rendez-vous dans un cabaret. Candide et le fidèle Cacambo allèrent l'y attendre avec leurs deux moutons.

Candide, qui avait le cœur sur les lèvres, conta à l'Espagnol toutes ses aventures, et lui avoua qu'il voulait enlever mademoiselle Cunégonde. "Je me garderai bien de vous passer à Buenos-Aires, dit le patron : je serais pendu, et vous

aussi; la belle Cunégonde est la favorite de monseigneur." Ce
fut un coup de foudre pour Candide, il pleura longtemps; enfin
il tira à part Cacambo. "Voici, mon cher ami, lui dit-il, ce
qu'il faut que tu fasses. Nous avons chacun dans nos poches
pour cinq ou six millions de diamants, tu es plus habile que
moi; va prendre mademoiselle Cunégonde à Buenos-Aires.
Si le gouverneur fait quelques difficultés, donne-lui un million :
s'il ne se rend pas, donne-lui-en deux; tu n'as point tué d'in-
quisiteur, on ne se défiera point de toi. J'équiperai un autre
vaisseau, j'irai t'attendre à Venise : c'est un pays libre où l'on
n'a rien à craindre ni des Bulgares, ni des Abares, ni des juifs,
ni des inquisiteurs." Cacambo applaudit à cette sage résolu-
tion. Il était au désespoir de se séparer d'un bon maître de-
venu son ami intime; mais le plaisir de lui être utile l'em-
porta sur la douleur de le quitter. Ils s'embrassèrent en
versant des larmes : Candide lui recommanda de ne point ou-
blier la bonne vieille. Cacambo partit dès le jour même :
c'était un très bon homme que ce Cacambo.

Candide resta encore quelque temps à Surinam, et attendit
qu'un autre patron voulût le mener en Italie, lui et les deux
moutons qui lui restaient. Il prit des domestiques, et acheta
tout ce qui lui était nécessaire pour un long voyage; enfin
M. Vanderdendur, maître d'un gros vaisseau, vint se présenter
à lui. "Combien voulez-vous ? demanda-t-il à cet homme, pour
me mener en droiture à Venise, moi, mes gens, mon bagage, et
les deux moutons que voilà ?" Le patron s'accorda à dix mille
piastres : [95] Candide n'hésita pas.

"Oh! oh! dit à part soi le prudent Vanderdendur, cet
étranger donne dix mille piastres tout d'un coup ! Il faut
qu'il soit bien riche." Puis revenant un moment après, il
signifia qu'il ne pouvait partir à moins de vingt mille. "Eh
bien, vous les aurez," dit Candide.

"Ouais, se dit tout bas le marchand, cet homme donne vingt

[95] The Spanish *piaster* was worth about one dollar.

mille piastres aussi aisément que dix mille." Il revint encore, et dit qu'il ne pouvait le conduire à Venise à moins de trente mille piastres. "Vous en aurez donc trente mille," répondit Candide.

"Oh! oh! se dit encore le marchand hollandais, trente mille piastres ne coûtent rien à cet homme-ci; sans doute les deux moutons portent des trésors immenses; n'insistons pas davantage: faisons-nous d'abord payer les trente mille piastres, et puis nous verrons." Candide vendit deux petits diamants, dont le moindre valait plus que tout l'argent que demandait le patron. Il le paya d'avance. Les deux moutons furent embarqués. Candide suivait dans un petit bateau pour joindre le vaisseau à la rade; le patron prend son temps, met à la voile, démarre; le vent le favorise. Candide éperdu et stupéfait le perd bientôt de vue. "Hélas! cria-t-il, voilà un tour digne de l'Ancien Monde." Il retourne au rivage, abîmé dans la douleur; car enfin il avait perdu de quoi faire la fortune de vingt monarques.

Il se transporte chez le juge hollandais; et, comme il était un peu troublé, il frappe rudement à la porte; il entre, expose son aventure, et crie un peu plus haut qu'il ne convenait. Le juge commença par lui faire payer dix mille piastres pour le bruit qu'il avait fait: ensuite il l'écouta patiemment, lui promit d'examiner son affaire sitôt que le marchand serait revenu, et se fit payer dix mille autres piastres pour les frais de l'audience.

Ce procédé acheva de désespérer Candide: il avait à la vérité essuyé des malheurs mille fois plus douloureux; mais le sang froid du juge et celui du patron dont il était volé, alluma sa bile, et le plongea dans une noire mélancolie. La méchanceté des hommes se présentait à son esprit dans toute sa laideur, il ne se nourrissait que d'idées tristes. Enfin un vaisseau français étant sur le point de partir pour Bordeaux, comme il n'avait plus de moutons chargés de diamants à em-

barquer, il loua une chambre du vaisseau à juste prix, et fit signifier dans la ville qu'il payerait le passage, la nourriture, et donnerait deux mille piastres à un honnête homme qui voudrait faire le voyage avec lui, à condition que cet homme serait le plus dégoûté de son état, et le plus malheureux de la province.

Il se présenta une foule de prétendants qu'une flotte n'aurait pu contenir. Candide voulant choisir entre les plus apparents, il distingua une vingtaine de personnes qui lui paraissaient assez sociables, et qui toutes prétendaient mériter la préférence. Il les assembla dans son cabaret, et leur donna à souper, à condition que chacun ferait serment de raconter fidèlement son histoire, promettant de choisir celui qui lui paraîtrait le plus à plaindre et le plus mécontent de son état à plus juste titre, et de donner aux autres quelques gratifications.

La séance dura jusqu'à quatre heures du matin. Candide, en écoutant toutes leurs aventures, se ressouvenait de ce que lui avait dit la vieille en allant à Buenos-Aires, et de la gageure qu'elle avait faite, qu'il n'y avait personne sur le vaisseau à qui il ne fût arrivé de très grands malheurs. Il songeait à Pangloss à chaque aventure qu'on lui contait. "Ce Pangloss, disait-il, serait bien embarrassé à démontrer son système. Je voudrais qu'il fût ici. Certainement si tout va bien, c'est dans Eldorado, et non pas dans le reste de la terre." Enfin il se détermina en faveur d'un pauvre savant qui avait travaillé dix ans pour les libraires à Amsterdam. Il jugea qu'il n'y avait point de métier au monde dont on dût être plus dégoûté.

Ce savant, d'ailleurs, qui était un bon homme, avait été volé par sa femme, battu par son fils, et abandonné de sa fille, qui s'était fait enlever par un Portugais. Il venait d'être privé d'un petit emploi duquel il subsistait; et les prédicants de Surinam le persécutaient, parce qu'ils le prenaient pour un

socinien.[96] Il faut avouer que les autres étaient pour le moins aussi malheureux que lui ; mais Candide espérait que le savant le désennuierait dans le voyage. Tous ses autres rivaux trouvèrent que Candide leur faisait une grande injustice ; mais il les apaisa en leur donnant à chacun cent piastres.

CHAPITRE XX

De ce qui arriva sur mer à Candide et à Martin

Le vieux savant, qui s'appelait Martin, s'embarqua donc pour Bordeaux avec Candide. L'un et l'autre avaient beaucoup vu et beaucoup souffert ; et quand le vaisseau aurait dû faire voile de Surinam au Japon par le cap de Bonne-Espérance, ils auraient eu de quoi s'entretenir du mal moral et du mal physique pendant tout le voyage.

Cependant Candide avait un grand avantage sur Martin, c'est qu'il espérait toujours revoir mademoiselle Cunégonde, et que Martin n'avait rien à espérer ; de plus il avait de l'or et des diamants ; et, quoiqu'il eût perdu cent gros moutons rouges chargés des plus grands trésors de la terre, quoiqu'il eût toujours sur le cœur la friponnerie du patron hollandais ; cependant, quand il songeait à ce qui lui restait dans ses poches, et quand il parlait de Cunégonde, surtout sur la fin du repas, il penchait alors pour le système de Pangloss.

« Mais vous, monsieur Martin, dit-il au savant, que pensez-vous de tout cela ? quelle est votre idée sur le mal moral et le mal physique ?—Monsieur, répondit Martin, mes prêtres m'ont accusé d'être socinien ; mais la vérité du fait est que je suis manichéen.[97]—Vous vous moquez de moi, dit Candide ; il n'y a plus de manichéens dans le monde.—Il y a moi, dit

96 *Socinian*, follower of Socinus (Lelio Sozini, 1525–1562), an Italian Protestant, whose antitrinitarian doctrines are opposed to the deity of Christ. Cf. the modern Unitarians.

97 *Manichean*, a believer in two opposing principles, spirits of Good and of Evil, as God and the Devil.

Martin: je ne sais qu'y faire; mais je ne peux penser autrement.—Il faut que vous ayez le diable au corps, dit Candide. —Il se mêle si fort des affaires de ce monde, dit Martin, qu'il pourrait bien être dans mon corps, comme partout ailleurs: mais je vous avoue qu'en jetant la vue sur ce globe, ou plutôt sur ce globule, je pense que Dieu l'a abandonné à quelque être malfaisant; j'en excepte toujours Eldorado. Je n'ai guère vu de ville qui ne désirât la ruine de la ville voisine, point de famille qui ne voulût exterminer quelque autre famille. Partout les faibles ont en exécration les puissants devant lesquels ils rampent, et les puissants les traitent comme des troupeaux dont on vend la laine et la chair. Un million d'assassins enrégimentés, courant d'un bout de l'Europe à l'autre, exerce le meurtre et le brigandage avec discipline pour gagner son pain, parce qu'il n'a pas de métier plus honnête; et dans les villes qui paraissent jouir de la paix, et où les arts fleurissent, les hommes sont dévorés de plus d'envie, de soins et d'inquiétudes qu'une ville assiégée n'éprouve de fléaux. Les chagrins secrets sont encore plus cruels que les misères publiques. En un mot j'en ai tant vu et tant éprouvé que je suis manichéen.

—Il y a pourtant du bon, répliquait Candide.—Cela peut être, disait Martin: mais je ne le connais pas."

Au milieu de cette dispute, on entendit un bruit de canon. Le bruit redouble de moment en moment. Chacun prend sa lunette. On aperçoit deux vaisseaux qui combattaient à la distance d'environ trois milles; le vent les amena l'un et l'autre si près du vaisseau français, qu'on eut le plaisir de voir le combat tout à son aise. Enfin l'un des deux vaisseaux lâcha à l'autre une bordée si bas et si juste qu'il le coula à fond. Candide et Martin aperçurent distinctement une centaine d'hommes sur le tillac du vaisseau qui s'enfonçait; ils levaient tous les mains au ciel, et jetaient des clameurs effroyables: en un moment tout fut englouti.

"Eh bien! dit Martin, voilà comme les hommes se traitent les uns les autres.—Il est vrai, dit Candide, qu'il y a quelque chose de diabolique dans cette affaire." En parlant ainsi, il aperçut je ne sais quoi d'un rouge éclatant, qui nageait auprès de son vaisseau. On détacha la chaloupe pour voir ce que ce pouvait être; c'était un de ses moutons. Candide eut plus de joie de retrouver ce mouton, qu'il n'avait été affligé d'en perdre cent, tous chargés de gros diamants d'Eldorado.

Le capitaine français aperçut bientôt que le capitaine du vaisseau submergeant était espagnol, et que celui du vaisseau submergé était un pirate hollandais; c'était celui-là même qui avait volé Candide. Les richesses immenses dont ce scélérat s'était emparé furent ensevelies avec lui dans la mer, et il n'y eut qu'un mouton de sauvé. "Vous voyez, dit Candide à Martin, que le crime est puni quelquefois; ce coquin de patron hollandais a eu le sort qu'il méritait.—Oui, dit Martin, mais fallait-il que les passagers qui étaient sur son vaisseau périssent aussi? Dieu a puni ce fripon, le diable a noyé les autres."

Cependant le vaisseau français et l'espagnol continuèrent leur route, et Candide continua ses conversations avec Martin. Ils disputèrent quinze jours de suite, et au bout de quinze jours, ils étaient aussi avancés que le premier. Mais enfin ils parlaient, ils se communiquaient des idées, ils se consolaient. Candide caressait son mouton. "Puisque je t'ai retrouvé, dit-il, je pourrai bien retrouver Cunégonde."

Summary of Chapters XXI–XXVI:

Candide and Martin, always arguing about metaphysics and the meaning of life, arrive at Bordeaux, visit Paris, which offers opportunity for extended satire of contemporary society, make a brief stop in England, and then at length reach Venice. Here there is a discussion of various literary topics, in which many famous authors from Homer to Milton are severely criticized. Finally they chance upon Cacambo, now a slave, and learn that Cunégonde is in Constantinople, whither they depart in search of her.

CHAPITRE XXVII

Voyage de Candide à Constantinople

Le fidèle Cacambo avait déjà obtenu du patron turc qui allait reconduire le sultan Achmet à Constantinople qu'il recevrait Candide et Martin sur son bord. L'un et l'autre s'y rendirent après s'être prosternés devant sa misérable Hautesse. Candide, chemin faisant, disait à Martin : "Voilà pourtant six rois détrônés avec qui nous avons soupé ! et encore dans ces six rois il y en a un à qui j'ai fait l'aumône. Peut-être y a-t-il beaucoup d'autres princes plus infortunés. Pour moi, je n'ai perdu que cent moutons, et je vole dans les bras de Cunégonde. Mon cher Martin, encore une fois, Pangloss avait raison, tout est bien.—Je le souhaite, dit Martin.—Mais, dit Candide, voilà une aventure bien peu vraisemblable que nous avons eue à Venise. On n'avait jamais vu ni ouï conter que six rois détrônés soupassent ensemble au cabaret.—Cela n'est pas plus extraordinaire, dit Martin, que la plupart des choses qui nous sont arrivées. Il est très commun que des rois soient détrônés ; et à l'égard de l'honneur que nous avons eu de souper avec eux, c'est une bagatelle qui ne mérite pas notre attention."

A peine Candide fut-il dans le vaisseau, qu'il sauta au cou de son ancien valet, de son ami Cacambo. "Eh bien, lui dit-il, que fait Cunégonde ? est-elle toujours un prodige de beauté ? m'aime-t-elle toujours ? comment se porte-t-elle ? Tu lui as, sans doute, acheté un palais à Constantinople ?

—Mon cher maître, répondit Cacambo, Cunégonde lave les écuelles sur le bord de la Propontide, chez un prince qui a très peu d'écuelles ; elle est esclave dans la maison d'un ancien souverain, nommé Ragotski, à qui le grand-turc donne trois écus par jour dans son asile ; mais, ce qui est bien plus triste, c'est qu'elle a perdu sa beauté, et qu'elle est devenue

horriblement laide.—Ah! belle ou laide, dit Candide, je suis honnête homme, et mon devoir est de l'aimer toujours. Mais comment peut-elle être réduite à un état si abject avec les cinq ou six millions que tu avais apportés?—Bon, dit Cacambo, ne m'en a-t-il pas fallu donner deux millions au señor don Fernando d'Ibaraa y Figueora y Mascarenes y Lampourdos, y Souza, gouverneur de Buenos-Aires, pour avoir la permission de reprendre mademoiselle Cunégonde, et un pirate ne nous a-t-il pas bravement dépouillés de tout le reste? Ce pirate ne nous a-t-il pas menés au cap de Matapan, à Milo, à Nicarie, à Samos, à Petra, aux Dardanelles, à Marmora, à Scutari? Cunégonde et la vieille servent chez ce prince dont je vous ai parlé, et moi je suis esclave du sultan détrôné.—Que d'épouvantables calamités enchaînées les unes aux autres! dit Candide. Mais, après tout, j'ai encore quelques diamants; je délivrerai aisément Cunégonde. C'est bien dommage qu'elle soit devenue si laide.

Ensuite, se tournant vers Martin: "Que pensez-vous, dit-il, qui soit le plus à plaindre, de l'empereur Achmet, de l'empereur Ivan, du roi Charles-Édouard,[98] ou de moi.—Je n'en sais rien, dit Martin; il faudrait que je fusse dans vos cœurs pour le savoir.—Ah! dit Candide, si Pangloss était ici, il le saurait, et nous l'apprendrait.—Je ne sais, dit Martin, avec quelles balances votre Pangloss aurait pu peser les infortunes des hommes, et apprécier leurs douleurs. Tout ce que je présume, c'est qu'il y a des millions d'hommes sur la terre cent fois plus à plaindre que le roi Charles-Édouard, l'empereur Ivan, et le sultan Achmet.—Cela pourrait bien être," dit Candide.

On arriva en peu de jours sur le canal de la mer Noire. Candide commença par racheter Cacambo fort cher; et, sans

[98] Dethroned monarchs with whom Candide has supped in the preceding chapter.

perdre de temps, il se jeta dans une galère, avec ses compagnons, pour aller sur le rivage de la Propontide chercher Cunégonde, quelque laide qu'elle pût être.

Il y avait dans la chiourme deux forçats qui ramaient fort mal, et à qui le levanti patron [99] appliquait de temps en temps quelques coups de nerf de bœuf sur leurs épaules nues; Candide, par un mouvement naturel, les regarda plus attentivement que les autres galériens, et s'approcha d'eux avec pitié. Quelques traits de leurs visages défigurés lui parurent avoir un peu de ressemblance avec Pangloss et avec ce malheureux jésuite, ce baron, ce frère de mademoiselle Cunégonde. Cette idée l'émut et l'attrista. Il les considéra encore plus attentivement. "En vérité, dit-il à Cacambo, si je n'avais pas vu pendre maître Pangloss, et si je n'avais pas eu le malheur de tuer le baron, je croirais que ce sont eux qui rament dans cette galère."

Au nom du baron et de Pangloss les deux forçats poussèrent un grand cri, s'arrêtèrent sur leur banc, et laissèrent tomber leurs rames. Le levanti patron accourait sur eux, et les coups de nerf de bœuf redoublaient. "Arrêtez! arrêtez! seigneur, s'écria Candide; je vous donnerai tant d'argent que vous voudrez.—Quoi! c'est Candide, disait l'un des forçats.—Quoi! c'est Candide; disait l'autre.—Est-ce un songe? dit Candide; veillé-je? suis-je dans cette galère? Est-ce là monsieur le baron, que j'ai tué? est-ce là maître Pangloss, que j'ai vu pendre?

—C'est nous-mêmes, c'est nous-mêmes, répondaient-ils.—Quoi! c'est là ce grand philosophe? disait Martin.—Eh! monsieur le levanti patron, dit Candide, combien voulez-vous d'argent pour la rançon de M. de Thunder-ten-tronckh, un des premiers barons de l'empire, et de M. Pangloss, le plus profond

[99] "Nom qu'on donne aux soldats des galères turques." (Note by Morize.)

métaphysicien d'Allemagne?—Chien de chrétien, répondit le levanti patron, puisque ces deux chiens de forçats chrétiens sont des barons et des métaphysiciens, ce qui est sans doute une grande dignité dans leur pays, tu m'en donneras cinquante mille sequins.[1]—Vous les aurez, monsieur; ramenez-moi comme un éclair à Constantinople, et vous serez payé sur-le-champ. Mais non, menez-moi chez mademoiselle Cunégonde." Le levanti patron, sur la première offre de Candide, avait déjà tourné la proue vers la ville, et il faisait ramer plus vite qu'un oiseau ne fend les airs.

Candide embrassa cent fois le baron et Pangloss. "Et comment ne vous ai-je pas tué, mon cher baron? et mon cher Pangloss, comment êtes-vous en vie, après avoir été pendu? et pourquoi êtes-vous tous deux aux galères en Turquie?—Est-il bien vrai que ma chère sœur soit dans ce pays? disait le baron.—Oui, répondait Cacambo.—Je revois donc mon cher Candide," s'écriait Pangloss. Candide leur présentait Martin et Cacambo. Ils s'embrassaient tous; ils parlaient tous à la fois. La galère volait, ils étaient déjà dans le port. On fit venir un juif, à qui Candide vendit pour cinquante mille sequins un diamant de la valeur de cent mille, et qui lui jura par Abraham qu'il n'en pouvait donner davantage. Il paya incontinent la rançon du baron et de Pangloss. Celui-ci se jeta aux pieds de son libérateur et les baigna de larmes; l'autre le remercia par un signe de tête, et lui promit de lui rendre cet argent à la première occasion. "Mais est-il bien possible que ma sœur soit en Turquie? disait-il.—Rien n'est si possible, reprit Cacambo, puisqu'elle écure la vaisselle chez un prince de Transylvanie.[2]" On fit aussitôt venir deux juifs; Candide vendit encore des diamants; et ils repartirent tous dans une autre galère pour aller délivrer Cunégonde.

[1] *Sequin*, Venetian gold coin of different values, current especially in the Levant.
[2] *Transylvania*, formerly eastern Hungary, now western Roumania.

CHAPITRE XXVIII

Ce qui arriva à Candide, à Cunégonde, à Pangloss,
à Martin, etc.

"Pardon, encore une fois, dit Candide au baron, pardon, mon
révérend père, de vous avoir donné un grand coup d'épée au
travers du corps.—N'en parlons plus, dit le baron; je fus un
peu trop vif, je l'avoue; mais puisque vous voulez savoir par
quel hasard vous m'avez vu aux galères, je vous dirai qu'après
avoir été guéri de ma blessure par le frère apothicaire du
collège, je fus attaqué et enlevé par un parti espagnol; on me
mit en prison à Buenos-Aires dans le temps que ma sœur
venait d'en partir. Je demandai à retourner à Rome auprès
du père général. Je fus nommé pour aller servir d'aumônier
à Constantinople auprès de monsieur l'ambassadeur de
France. Il n'y avait pas huit jours que j'étais entré en fonc-
tion, quand je trouvai sur le soir un jeune icoglan [3] très bien
fait. Il faisait fort chaud: le jeune homme voulut se baigner;
je pris cette occasion de me baigner aussi. Je ne savais pas
que ce fût un crime capital pour un chrétien d'être trouvé tout
nu avec un jeune musulman. Un cadi me fit donner cent
coups de bâton sous la plante des pieds, et me condamna aux
galères. Je ne crois pas qu'on ait fait une plus horrible in-
justice. Mais je voudrais bien savoir pourquoi ma sœur est
dans la cuisine d'un souverain de Transylvanie réfugié chez
les Turcs.

—Mais vous, mon cher Pangloss, dit Candide, comment se
peut-il que je vous revoie?—Il est vrai, dit Pangloss, que vous
m'avez vu pendre; je devais naturellement être brûlé; mais
vous vous souvenez qu'il plut à verse lorsqu'on allait me
cuire: l'orage fut si violent qu'on désespéra d'allumer le feu;
je fus pendu, parce qu'on ne put mieux faire: un chirurgien

[3] *Icoglan*, an officer of the Sultan's palace.

acheta mon corps, m'emporta chez lui, et me disséqua. Il me fit d'abord une incision cruciale depuis le nombril jusqu'à la clavicule. On ne pouvait pas avoir été plus mal pendu que je l'avais été. L'exécuteur des hautes œuvres de la Sainte Inquisition, lequel était sous-diacre, brûlait à la vérité les gens à merveille, mais il n'était pas accoutumé à pendre: la corde était mouillée et glissa mal, elle fut nouée; enfin je respirais encore. L'incision cruciale me fit jeter un si grand cri, que mon chirurgien tomba à la renverse; et croyant qu'il disséquait le diable, il s'enfuit en mourant de peur, et tomba encore sur l'escalier en fuyant. Sa femme accourut au bruit d'un cabinet voisin: elle me vit sur la table étendu avec mon incision cruciale; elle eut encore plus de peur que son mari, s'enfuit et tomba sur lui. Quand ils furent un peu revenus à eux, j'entendis la chirurgienne qui disait au chirurgien: "Mon bon, de quoi vous avisez-vous aussi de disséquer un hérétique? ne savez-vous pas que le diable est toujours dans le corps de ces gens-là? je vais vite chercher un prêtre pour l'exorciser." Je frémis à ce propos, et je ramassai le peu de forces qui me restaient pour crier: "Ayez pitié de moi!" Enfin le barbier portugais s'enhardit: il recousit ma peau, sa femme même eut soin de moi: je fus sur pied au bout de quinze jours. Le barbier me trouva une condition, et me fit laquais d'un chevalier de Malte qui allait à Venise: mais mon maître n'ayant pas de quoi me payer, je me mis au service d'un marchand vénitien, et je le suivis à Constantinople.

"Un jour il me prit fantaisie d'entrer dans une mosquée; il n'y avait qu'un vieux iman [4] et une jeune dévote très jolie qui disait patenôtres; elle avait un beau bouquet de tulipes, de roses, d'anémones, de renoncules, d'hyacinthes, et d'oreilles d'ours; [5] elle laissa tomber son bouquet; je le ramassai, et je le lui remis avec un empressement très respectueux. Je fus si

4 *Iman,* Mohammedan priest.
5 *Renoncules,* sort of buttercup. *Oreilles d'ours,* an early spring flower, *auricula* (a yellow primrose).

longtemps à le lui remettre que l'iman se mit en colère, et voy-
ant que j'étais chrétien, il cria à l'aide. On me mena chez le
cadi, qui me fit donner cent coups de latte sur la plante des
pieds, et m'envoya aux galères. Je fus enchaîné précisément
dans la même galère et au même banc que monsieur le baron.
Il y avait dans cette galère quatre jeunes gens de Marseille,
cinq prêtres napolitains, et deux moines de Corfou, qui nous
dirent que de pareilles aventures arrivaient tous les jours.
Monsieur le baron prétendait qu'il avait essuyé une plus
grande injustice que moi. . . . Nous disputions sans cesse, et
nous recevions vingt coups de nerf de bœuf par jour, lorsque
l'enchaînement [6] des événements de cet univers vous a conduit
dans notre galère, et que vous nous avez rachetés.

—Et bien! mon cher Pangloss, lui dit Candide, quand vous
avez été pendu, disséqué, roué de coups, et que vous avez
ramé aux galères, avez-vous toujours pensé que tout allait le
mieux du monde?—Je suis toujours de mon premier senti-
ment, répondit Pangloss; car enfin je suis philosophe; il ne me
convient pas de me dédire, Leibnitz ne pouvant pas avoir tort,
et l'harmonie préétablie étant d'ailleurs la plus belle chose
du monde, aussi bien que le plein et la matière subtile."

CHAPITRE XXIX

Comment Candide retrouva Cunégonde et la vieille

Pendant que Candide, le baron, Pangloss, Martin et Ca-
cambo contaient leurs aventures, qu'ils raisonnaient sur les
événements contingents ou non contingents de cet univers,
qu'ils disputaient sur les effets et les causes, sur le mal moral
et sur le mal physique, sur la liberté et la nécessité, sur les
consolations que l'on peut éprouver lorsqu'on est aux galères
en Turquie, ils abordèrent sur le rivage de la Propontide, à

[6] From the Leibnitzian philosophy, which held that all events were
closely dependent upon each other, "enchaînés" or "liés."

la maison du prince de Transylvanie. Les premiers objets qui se présentèrent furent Cunégonde et la vieille, qui étendaient des serviettes sur des ficelles pour les faire sécher.

Le baron pâlit à cette vue. Le tendre amant Candide en voyant sa belle Cunégonde rembrunie, les yeux éraillés, les joues ridées, les bras rouges et écaillés, recula trois pas, saisi d'horreur, et avança ensuite par bon procédé. Elle embrassa Candide et son frère; on embrassa la vieille; Candide les racheta toutes deux.

Il y avait une petite métairie dans le voisinage; la vieille proposa à Candide de s'en accommoder, en attendant que toute la troupe eût une meilleure destinée. Cunégonde ne savait pas qu'elle était enlaidie, personne ne l'en avait avertie: elle fit souvenir Candide de ses promesses avec un ton si absolu, que le bon Candide n'osa pas la refuser. Il signifia donc au baron qu'il allait se marier avec sa sœur. "Je ne souffrirai jamais, dit le baron, une telle bassesse de sa part, et une telle insolence de la vôtre; cette infamie ne me sera jamais reprochée: les enfants de ma sœur ne pourraient entrer dans les chapitres d'Allemagne. Non, jamais ma sœur n'épousera qu'un baron de l'empire." Cunégonde se jeta à ses pieds et les baigna de larmes; il fut inflexible. "Maître fou, lui dit Candide, je t'ai réchappé des galères, j'ai payé ta rançon, j'ai payé celle de ta sœur; elle lavait ici des écuelles, elle est laide, j'ai la bonté d'en faire ma femme; et tu prétends encore t'y opposer! je te retuerais si j'en croyais ma colère.—Tu peux me tuer encore, dit le baron, mais tu n'épouseras pas ma sœur de mon vivant."

CHAPITRE XXX

Conclusion

Candide, dans le fond de son cœur, n'avait aucune envie d'épouser Cunégonde; mais l'impertinence extrême du baron

le déterminait à conclure le mariage, et Cunégonde le pressait si vivement qu'il ne pouvait s'en dédire. Il consulta Pangloss, Martin, et le fidèle Cacambo. Pangloss fit un beau mémoire par lequel il prouvait que le baron n'avait nul droit sur sa sœur, et qu'elle pouvait, selon toutes les lois de l'empire, épouser Candide de la main gauche.[7] Martin conclut à jeter le baron dans la mer. Cacambo décida qu'il fallait le rendre au levanti patron, et le remettre aux galères, après quoi on l'enverrait à Rome au père général par le premier vaisseau. L'avis fut trouvé fort bon: la vieille l'approuva; on n'en dit rien à sa sœur; la chose fut exécutée pour quelque argent, et on eut le plaisir d'attraper un jésuite et de punir l'orgueil d'un baron allemand.

Il était tout naturel d'imaginer qu'après tant de désastres, Candide marié avec sa maîtresse, et vivant avec le philosophe Pangloss, le philosophe Martin, le prudent Cacambo, et la vieille, ayant d'ailleurs rapporté tant de diamants de la patrie des anciens Incas, mènerait la vie du monde la plus agréable; mais il fut tant friponné par les juifs, qu'il ne lui resta plus rien que sa petite métairie; sa femme devenant tous les jours plus laide devint acariâtre et insupportable; la vieille était infirme, et fut encore de plus mauvaise humeur que Cunégonde. Cacambo, qui travaillait au jardin, et qui allait vendre des légumes à Constantinople, était excédé de travail et maudissait sa destinée. Pangloss était au désespoir de ne pas briller dans quelque université d'Allemagne. Pour Martin, il était fermement persuadé qu'on est également mal partout; il prenait les choses en patience. Candide, Martin, et Pangloss disputaient quelquefois de métaphysique et de morale. On voyait souvent passer sous les fenêtres de la métairie des bateaux chargés d'effendis, de bachas, de cadis,[8] qu'on

[7] *Épouser de la main gauche,* a morganatic marriage, in which the parties being of unequal rank, the higher does not transmit his or her rank to the other or to the children.

[8] *Effendi* or *efendi,* Turkish title for civil officers, priests, and scholars.

envoyait en exil à Lemnos, à Mytilène, à Erzeroum; on voyait venir d'autres cadis, d'autres bachas, d'autres effendis, qui prenaient la place des expulsés, et qui étaient expulsés à leur tour; on voyait des têtes proprement empaillées [9] qu'on allait présenter à la sublime Porte. Ces spectacles faisaient redoubler les dissertations; et quand on ne disputait pas, l'ennui était si excessif, que la vieille osa un jour leur dire: "Je voudrais savoir lequel est le pire, ou d'être attaquée cent fois par des pirates nègres, de passer par les baguettes chez les Bulgares, d'être fouetté et pendu dans un auto-da-fé, d'être disséqué, de ramer aux galères, d'éprouver enfin toutes les misères par lesquelles nous avons tous passé, ou bien de rester ici à ne rien faire?—C'est une grande question," dit Candide.

Ce discours fit naître de nouvelles réflexions, et Martin surtout conclut que l'homme était né pour vivre dans les convulsions de l'inquiétude, ou dans la léthargie de l'ennui. Candide n'en convenait pas; mais il n'assurait rien. Pangloss avouait qu'il avait toujours horriblement souffert; mais ayant soutenu une fois que tout allait à merveille, il le soutenait toujours, et n'en croyait rien.

.

Il y avait dans le voisinage un derviche très fameux qui passait pour le meilleur philosophe de la Turquie; ils allèrent le consulter; Pangloss porta la parole, et lui dit: "Maître, nous venons vous prier de nous dire pourquoi un aussi étrange animal que l'homme a été formé.

—De quoi te mêles-tu? lui dit le derviche; est-ce là ton affaire?—Mais, mon révérend père, dit Candide, il y a horri-

Bacha or *pacha*, military chief or governor of a province. *Cadi*, a Mohammedan judge possessing both civil and religious functions.

9 "Si un gouverneur ambitieux forme des projets, . . . le Grand Seigneur demande sa tête. A moins que le Grand Seigneur ne marque expressément qu'il veut avoir la tête du bacha, on ne la coupe point: s'il l'exige, elle lui est apportée, et si c'est de loin, on en tire auparavant la cervelle, et *on la remplit de foin*." (Note by Morize.)

blement de mal sur la terre.—Qu'importe, dit le derviche, qu'il y ait du mal ou du bien? quand sa Hautesse envoie un vaisseau en Egypte, s'embarrasse-t-elle si les souris qui sont dans le vaisseau sont à leur aise ou non?—Que faut-il donc faire? dit Pangloss.—Te taire, dit le derviche.—Je me flattais, dit Pangloss, de raisonner un peu avec vous des effets et des causes, du meilleur des mondes possibles, de l'origine du mal, de la nature de l'âme, et de l'harmonie préétablie." Le derviche, à ces mots, leur ferma la porte au nez.

Pendant cette conversation, la nouvelle s'était répandue qu'on venait d'étrangler à Constantinople deux vizirs [10] du banc et le mufti,[11] et qu'on avait empalé plusieurs de leurs amis. Cette catastrophe faisait partout un grand bruit pendant quelques heures. Pangloss, Candide et Martin, en retournant à la petite métairie, rencontrèrent un bon vieillard qui prenait le frais à sa porte sous un berceau d'orangers. Pangloss, qui était aussi curieux que raisonneur, lui demanda comment se nommait le mufti qu'on venait d'étrangler. "Je n'en sais rien, répondit le bonhomme, et je n'ai jamais su le nom d'aucun mufti ni d'aucun vizir. J'ignore absolument l'aventure dont vous me parlez; je présume qu'en général ceux qui se mêlent des affaires publiques périssent quelquefois misérablement, et qu'ils le méritent; mais je ne m'informe jamais de ce qu'on fait à Constantinople; je me contente d'y envoyer vendre les fruits du jardin que je cultive." Ayant dit ces mots, il fit entrer les étrangers dans sa maison; ses deux filles et ses deux fils leur présentèrent plusieurs sortes de sorbets qu'ils faisaient eux-mêmes, du kaïmak piqué d'écorces de cédrat [12] confit, des oranges, des citrons, des limons, des ananas, des pistaches, du café de Moka qui n'était point mêlé avec le mauvais café de Batavia et des îles. Après quoi les

10 *Vizir,* high officer, or minister, of a Mohammedan prince.
11 *Mufti,* a member of the Mohammedan priesthood, here the head of the Church.
12 *Cédrat,* citron tree.

deux filles de ce bon musulman parfumèrent les barbes de Candide, de Pangloss et de Martin.

"Vous devez avoir, dit Candide au Turc, une vaste et magnifique terre?—Je n'ai que vingt arpents, répondit le Turc; je les cultive avec mes enfants; le travail éloigne de nous trois grands maux, l'ennui, le vice et le besoin."

Candide en retournant dans sa métairie fit de profondes réflexions sur le discours du Turc. Il dit à Pangloss et à Martin : "Ce bon vieillard me paraît s'être fait un sort bien préférable à celui des six rois avec qui nous avons eu l'honneur de souper.—Les grandeurs, dit Pangloss, sont fort dangereuses, selon le rapport de tous les philosophes; car enfin Églon, roi des Moabites, fut assassiné par Aod; Absalon fut pendu par les cheveux et percé de trois dards; le roi Nadab, fils de Jéroboam, fut tué par Baasa; le roi Éla, par Zambri; Ochosias, par Jéhu; Athalie, par Joïada; les rois Joachim, Jéchonias, Sédécias,[13] furent esclaves. Vous savez comment périrent Crésus, Astyage, Darius, Denis de Syracuse, Pyrrhus, Persée, Annibal, Jugurtha, Arioviste, César, Pompée, Néron, Othon, Vitellius, Domitien, Richard II d'Angleterre, Édouard II, Henri VI, Richard III, Marie Stuart, Charles Ier, les trois Henri de France, l'empereur Henri IV? Vous savez. . . .—Je sais aussi, dit Candide, qu'il faut cultiver notre jardin.—Vous avez raison, dit Pangloss; car, quand l'homme fut mis dans le jardin d'Éden, il y fut mis *ut operaretur eum,* pour qu'il travaillât; ce qui prouve que l'homme n'est pas né pour le repos.—Travaillons sans raisonner, dit Martin, c'est le seul moyen de rendre la vie supportable."

Toute la petite société entra dans ce louable dessein, chacun se mit à exercer ses talents. La petite terre rapporta beaucoup. Cunégonde était, à la vérité, bien laide; mais elle de-

13 *Sédécias* is Zedekiah. These names above are all taken from the Old Testament, particularly the Books of Kings.

vint une excellente pâtissière; Paquette [14] broda; la vieille eut soin du linge. Il n'y eut pas jusqu'à frère Giroflée [14] qui ne rendît service; il fut un très bon menuisier, et même devint honnête homme; et Pangloss disait quelquefois à Candide: "Tous les événements sont enchaînés dans le meilleur des mondes possibles; car enfin si vous n'aviez pas été chassé d'un beau château à grands coups de pied pour l'amour de mademoiselle Cunégonde, si vous n'aviez pas été mis à l'Inquisition, si vous n'aviez pas couru l'Amérique à pied, si vous n'aviez pas donné un bon coup d'épée au baron, si vous n'aviez pas perdu tous vos moutons du bon pays d'Eldorado, vous ne mangeriez pas ici des cédrats confits et des pistaches. —Cela est bien dit, répondit Candide, mais il faut cultiver notre jardin." [15]

Relation de la Maladie, de la Confession, de la Mort, et de L'Apparition du Jésuite Berthier (1759–1760)

This satire of one of Voltaire's enemies, the Jesuit Berthier, is an excellent example of Voltaire's wit, so keen and cutting under the appearance of straightforward innocence and frankness. The device of supposing the death of some one who actually lived for many years more recalls the very similar hoax perpetrated by Swift in England during the years 1708–1709 against the popular astrologer and almanach maker, John Partridge. Swift used the name Isaac Bickerstaff, later adopted by Steele in the *Tatler*, predicted the death of Partridge for eleven o'clock at night on March 29, 1708, then on the following day announced most circumstantially the supposed death, while the very much alive Partridge endeavored vigorously to prove that he was not, as Swift gravely claimed, a base imposter who had assumed the name of the late lamented Partridge. That Voltaire, who had in his

[14] Paquette and Giroflée, met earlier in the story, have finally rejoined the others on Candide's farm.

[15] The book ends with a note of encouragement. Work is the great consoler, and by work many of the evils of the world can be gradually eliminated. This was the aim toward which Voltaire kept bending his energies. Moreover, in the literal sense, Voltaire at this time was experiencing at Ferney the joys of developing his own farm, and frequently comments on it in his letters. "Tout ce que nous avons de mieux à faire sur la terre, c'est de la cultiver," he writes in this same year, 1759 (XL, 80) (cited by Morize).

library Swift's account of the hoax, remembered it many years later is shown by a letter to Frederick of Sept. 5, 1752. There appears then no doubt of Swift's influence here.

Ce fut le 12 octobre 1759 que frère Berthier alla, pour son malheur, de Paris à Versailles avec frère Coutu, qui l'accompagne ordinairement. Berthier avait mis dans la voiture quelques exemplaires du *Journal de Trévoux*,[16] pour les présenter à ses protecteurs et protectrices; comme à la femme de chambre de madame la nourrice, à un officier de bouche,[17] à un des garçons apothicaires du roi, et à plusieurs autres seigneurs qui font cas des talents. Berthier sentit en chemin quelques nausées; sa tête s'appesantit: il eut de fréquents bâillements. "Je ne sais ce que j'ai, dit-il à Coutu, je n'ai jamais tant bâillé.—Mon révérend père, répondit frère Coutu, ce n'est qu'un rendu.—Comment! que voulez-vous dire avec votre rendu? dit frère Berthier.—C'est, dit frère Coutu, que je bâille aussi, et je ne sais pourquoi, car je n'ai rien lu de la journée, et vous ne m'avez point parlé depuis que je suis en route avec vous." Frère Coutu, en disant ces mots, bâilla plus que jamais. Berthier répliqua par des bâillements qui ne finissaient point. Le cocher se retourna, et les voyant ainsi bâiller, se mit à bâiller aussi; le mal gagna tous les passants: on bâilla dans toutes les maisons voisines. Tant la seule présence d'un savant a quelquefois d'influence sur les hommes!

Cependant une petite sueur froide s'empara de Berthier. "Je ne sais ce que j'ai, dit-il, je me sens à la glace.—Je le crois bien, dit le frère compagnon.—Comment, vous le croyez bien! dit Berthier; qu'entendez-vous par là?—C'est que je suis gelé aussi, dit Coutu.—Je m'endors, dit Berthier.—Je n'en suis pas surpris, dit l'autre.—Pourquoi cela? dit

16 The *Journal de Trévoux* was published by the Jesuits from 1701 to 1775 It was directed against the *Philosophes* and hence quite naturally falls here under Voltaire's satire.
17 One of those who attended upon the King's table or was in some way connected with his commissary department.

Berthier.—C'est que je m'endors aussi," dit le compagnon. Les voilà saisis tous deux d'une affection soporifique et léthargique, et en cet état ils s'arrêtèrent devant la porte des coches [18] de Versailles. Le cocher, en leur ouvrant la portière, voulut les tirer de ce profond sommeil; il n'en put venir à bout: on appela du secours. Le compagnon, qui était plus robuste que frère Berthier, donna enfin quelques signes de vie; mais Berthier était plus froid que jamais. Quelques médecins de la cour, qui revenaient de dîner, passèrent auprès de la chaise; [19] on les pria de donner un coup d'œil au malade: l'un d'eux, lui ayant tâté le pouls, s'en alla en disant qu'il ne se mêlait plus de médecine depuis qu'il était à la cour. Un autre, l'ayant considéré plus attentivement, déclara que le mal venait de la vésicule du fiel, [20] qui était toujours trop pleine; un troisième assura que le tout provenait de la cervelle, qui était trop vide.

Pendant qu'ils raisonnaient, le patient empirait, les convulsions commençaient à donner des signes funestes, et déjà les trois doigts dont on tient la plume étaient tout retirés, lorsqu'un médecin principal, qui avait étudié sous Mead [21] et sous Boerhaave, [22] et qui en savait plus que les autres, ouvrit la bouche de Berthier avec un biberon, et, ayant attentivement réfléchi sur l'odeur qui s'en exhalait, prononça qu'il était empoisonné.

A ce mot tout le monde se récria. "Oui, messieurs, continua-t-il, il est empoisonné; il n'y a qu'à tâter sa peau, pour voir que les exhalaisons d'un poison froid se sont insinuées par les pores; et je maintiens que ce poison est pire

[18] Name given to the place where the stage coaches to Versailles then stopped.

[19] *Chaise*, here a carriage.

[20] *Vésicule du fiel*, gall bladder. An allusion doubtless to Berthier's caustic attacks upon his adversaries.

[21] Richard Mead (1673–1754), a famous doctor often praised by Voltaire.

[22] Boerhaave (1668–1738), a celebrated Dutch chemist and doctor of European reputation.

qu'un mélange de ciguë, d'ellébore noire, d'opium, de sola-
num, et de jusquiame.[23] Cocher, n'auriez-vous point mis dans
votre voiture quelque paquet pour nos apothicaires?—Non,
monsieur, répondit le cocher; voilà l'unique ballot que j'y ai
placé par ordre du révérend père." Alors il fouilla dans le
coffre, et en tira deux douzaines d'exemplaires du *Journal de
Trévoux.* "Eh bien, messieurs, avais-je tort?" dit ce grand
médecin.

Tous les assistants admirèrent sa prodigieuse sagacité;
chacun reconnut l'origine du mal: on brûla sur-le-champ sous
le nez du patient le paquet pernicieux, et les particules
pesantes s'étant atténuées par l'action du feu, Berthier fut
un peu soulagé; mais comme le mal avait fait de grands
progrès, et que la tête était attaquée, le danger subsistait
toujours. Le médecin imagina de lui faire avaler une page
de l'*Encyclopédie* [24] dans du vin blanc, pour remettre en
mouvement les humeurs de la bile épaissie: il en résulta une
évacuation copieuse; mais la tête était toujours horriblement
pesante, les vertiges continuaient, le peu de paroles qu'il
pouvait articuler n'avaient aucun sens: il resta deux heures
dans cet état, après quoi on fut obligé de le faire confesser.

Deux prêtres se promenaient alors dans la rue des Récol-
lets: on s'adressa à eux. Le premier refusa: "Je ne veux
point, dit-il, me charger de l'âme d'un jésuite, cela est trop
scabreux: je ne veux avoir à faire à ces gens-là, ni pour
les affaires de ce monde, ni pour celles de l'autre. Confessera
un jésuite qui voudra, ce ne sera pas moi." Le second ne fut
pas si difficile. "J'entreprendrai cette opération, dit-il; on
peut tirer parti de tout."

In his confession, Berthier is made to admit that he has read, not
merely *des livres ennuyeux*, among them his own, but also *de mauvais*

23 Poison hemlock, hellebore, opium, and two species of night-shade.
24 *L'Encyclopédie* of Diderot and D'Alembert (1751–1772), the great
organ of the *philosophic* movement and hence the enemy of the Jesuit
Journal de Trévoux and of Berthier.

livres, which are enumerated; that, as editor of the *Journal de Trévoux*, pride and avarice have made him slander his adversaries and endanger the souls of the *nearly fifty persons* who read his periodical every month; and that he should try "d'avoir autant de religion que ceux que vous accusez d'être sans religion." Hereupon Brother Coutu runs up breathless and warns Berthier that he has just confessed to a Jansenist, editor of a rival publication, *Les Nouvelles ecclésiastiques.* Berthier, wild with rage, throws all reserve to the winds and covers both sects with his invective."

"Ne devons-nous pas avouer que dans ce siècle, l'égout des siècles, nous sommes tous deux les plus vils insectes de tous les insectes qui bourdonnent au milieu de la fange de ce bourbier?" Voilà ce que la force de la vérité arrachait de la bouche de frère Berthier. . . . "J'avoue, dit-il, qu'il y a bien des pauvretés dans mon *Journal de Trévoux;* mais il faut excuser la faiblesse humaine.—Ah! mon révérend père, vous êtes un saint, dit frère Coutu; vous êtes le premier auteur qui ait jamais avoué qu'il était ennuyeux; allez, mourez en paix; moquez-vous des *Nouvelles ecclésiastiques;* mourez, mon révérend père, et soyez sûr que vous ferez des miracles."

Ainsi passa de cette vie à l'autre frère Berthier, le 12 octobre, à cinq heures et demie du soir.

(Moland, XXIV, 95–101.)

VOLTAIRE AT FERNEY (1759–1778)

With Voltaire's definite establishment at Ferney in 1759—he had bought the property the year before—begins his final and most characteristic period. Located just a short drive from Geneva across the French border, Ferney offered Voltaire safety from persecution. He was just outside of Switzerland, and too far from Paris to be disturbed. Moreover, if danger should manifest itself in France, a half hour would put him across the frontier in Switzerland, where he could return to "Les Délices." His practical shrewdness and his wealth had thus served him well.

Voltaire found Ferney a poverty stricken hamlet of fifty people. He developed it into a prosperous community of twelve hundred, encouraging particularly the clock-making industry and receiving

orders from all over Europe. Catherine of Russia was among the
customers of Ferney. Here Voltaire was a real "seigneur de vil-
lage," [25] different from most, however, in that he interested himself
intensely in the welfare of his subjects and had besides the practi-
cal business sense to develop their prosperity. With enthusiasm he
directed agriculture and stock-raising, and laid out landscape gar-
dens around the château. No detail was too small to escape the
attention of this young-old man, whose alert step, barely supported
by a cane, piercing eye, and salty speech soon became familiar over
all his little domain.[26] Following his own precept in *Candide,* he
cultivated his *jardin* and found it an unceasing delight. He was
not, as some have thought, devoid of appreciation of nature. Who
could be at Ferney? Walking out upon the terrace overlooking
miles of country beyond Geneva to Mont Blanc, he exclaimed to an
English visitor: "It is a beautiful prospect." [27] In 1761, to the
scandal of the orthodox, he tore down without authorization the
existing church which obstructed his view, and built a new one which
still stands and bears this inscription: "Deo erexit Voltaire."
But the Pope sent relics for the new Church and all was well. Vol-
taire boasted that there were many churches erected to the Virgin
and to various apostles and saints but that his was unique in being
dedicated to God alone.

Safe at Ferney, Voltaire set himself more than ever to act di-
rectly upon his century and secure needed reforms. His age, his
genius, his prestige made him the recognized chief of the "philoso-
phic" movement, though he did not hesitate to attack his own allies,
when like D'Holbach they went to the extreme of atheism. The
short pamphlet was his favorite weapon. Clever, witty, infinitely
varied, it could be written in a few hours and read perhaps in as
many minutes. Voltaire becomes a journalist of genius and works
through the journalist's court of appeal, public opinion. He was
the first to use public opinion in this way on a large scale, a fore-
runner of modern journalism, which for good or ill, through truth

25 Cf. F. Caussy, *Voltaire seigneur de village,* 1912.
26 Including the neighboring estate of Tournay, Voltaire had a ter-
ritory about a mile square.
27 To Sherlock (In *Lettres de Mme de Graffigny,* p. 429). "Il
prononçait ces mots assez bien."

or propaganda, controls the world. His "petits pâtés," his "roga-tons," went over all Europe under all sorts of names, real or false, except his own, for Voltaire lies like a trooper, denying authorship, assuming airs of injured innocence, which deceive no one—nor are they seriously intended to do so—but add spice and amusement to life, and keep Europe on the *qui vive*. Beside the moral seriousness of Rousseau, who signs his name to all his works, however dangerous to him personally, Voltaire's mendacity and trickiness appear here of a lower order—and they are. Voltaire has no desire to be a mar-tyr; he seeks only to attain results and to survive and enjoy them as long as possible. Like Rabelais, he is ready to go "jusqu'au feu, *exclusivement.*" Yet it should be said that Voltaire considers him-self at war and uses the age old privilege of war, deceit, which is but the franker name for strategy. Moreover, the moral issue is rendered less keen, because his various "noms de plume" are not to be taken seriously; they merely relieve the government of the in-creasingly awkward task of persecution. Who could fail to recog-nize the inevitable mark of Voltaire's hand, his inimitable style? Fi-nally, if Voltaire be considered a moral coward for not having signed these inflammatory pamphlets, it should at least be said that, had he sought primarily safety and tranquillity, he could most easily have had them. He needed only to remain silent. That is the pru-dent method most of us all too often follow when abuses demand that we speak out.

To his honor Voltaire bent his untiring energies to securing jus-tice in several cases where it seemed particularly to have miscarried, notably in those of Calas, Sirven, and La Barre. In the Calas case, Voltaire spent three years of constant thought and effort. He wrote to all his friends in power and, where necessary, wrote time and time again. No difficulty could discourage him. His will was in-domitable, his perseverance unceasing. He secured at length the re-sult sought, a retrial at Paris, vindication and reparation for the surviving members of the stricken family. It has been said, in the effort to depreciate Voltaire's efforts in this and similar cases, that he worked only for self-aggrandizement and glory. To this the ex-cellent answer has been made, that if this is so, it is unfortunate that more people do not seek their glory by the same means.

L'Éducation des Filles (1761)

This brief dialogue work shows Voltaire's belief in the right of girls to an education which develops the mind in freedom and allows them to choose their husbands without being made to submit to the arbitrary decisions of their parents in a matter which so much concerns their happiness. It may be compared with the much longer and more complete *Traité de l'éducation des filles* (1687) by Fénelon.

Sophronie

J'ai une forte inclination pour Éraste, mais j'ai étudié son caractère; il a trop contredit mon inclination: je veux être heureuse; je ne le serais pas avec lui; j'épouserai Ariste, que j'estime, et que j'espère aimer.

Mélinde

Vous êtes bien raisonnable pour votre âge. Il n'y a guère de filles que la crainte d'un avenir fâcheux empêche de jouir d'un présent agréable. Comment pouvez-vous avoir un tel empire sur vous-même?

Sophronie

Ce peu que j'ai de raison, je le dois à l'éducation que m'a donnée ma mère. Elle ne m'a point élevée dans un couvent, parce que ce n'était pas dans un couvent que j'étais destinée à vivre.[28] Je plains les filles dont les mères ont confié la première jeunesse à des religieuses, comme elles ont laissé le soin de leur première enfance à des nourrices étrangères.[29] J'entends dire que dans ces couvents, comme dans la plupart des collèges où les jeunes gens sont élevés, on n'apprend guère que ce qu'il faut oublier pour toute sa vie; on ensevelit dans la stupidité les premiers de vos beaux jours. Vous ne sortez guère de votre prison que pour être promise à un inconnu qui vient vous épier à la grille; quel qu'il soit, vous le regardez comme un libérateur, et, fût-il un singe, vous vous croyez trop heureuse: vous vous donnez à lui sans le connaître; vous vivez

28 Diderot's novel, *La Religieuse,* an attack upon compulsory convent life, was composed in 1760, though not published till 1796.
29 Rousseau, whose *Nouvelle Héloïse* dates from 1761, opposes putting children out to nurse.

avec lui sans l'aimer. C'est un marché qu'on a fait sans vous, et bientôt après les deux parties se repentent.

Ma mère m'a crue digne de penser de moi-même, et de choisir un jour un époux moi-même. Si j'étais née pour gagner ma vie, elle m'aurait appris à réussir dans les ouvrages convenables à mon sexe; mais, née pour vivre dans la société, elle m'a fait instruire de bonne heure dans tout ce qui regarde la société; elle a formé mon esprit, en me faisant craindre les écueils du bel esprit; elle m'a menée à tous les spectacles choisis qui peuvent inspirer le goût sans corrompre les mœurs, où l'on étale encore plus les dangers des passions que leurs charmes, où la bienséance règne, où l'on apprend à penser et à s'exprimer. La tragédie m'a paru souvent l'école de la grandeur d'âme; la comédie, l'école des bien-séances; et j'ose dire que ces instructions, qu'on ne regarde que comme des amusements m'ont été plus utiles que les livres.[30] Enfin, ma mère m'a toujours regardée comme un être pensant dont il fallait cultiver l'âme, et non comme une poupée qu'on ajuste, qu'on montre, et qu'on renferme le moment d'après.

(Moland, XXIV, 286–287.)

A SATIRE OF OPPONENTS OF INOCULATION (1763)

Voltaire, who nearly died of smallpox in 1723, had reason to be interested in inoculation and advocated it vigorously as early as 1734 in Letter XI of the *Lettres philosophiques*. (Cf. above, pp. 64–65.)

On June 8, 1763, at the request of Omer de Fleury, the Parlement of Paris rendered a decision to the effect that the Sorbonne faculty of theology and the faculty of medicine should advise as to the expediency of inoculation, and that, meanwhile, inoculation should be prohibited within the jurisdiction of the Parlement, all persons already inoculated to be quarantined until six weeks after their complete cure.[31]

[30] Voltaire, in sharp contrast to Rousseau in his *Lettre à D'Alembert sur les spectacles* (1758), admires the theater passionately and even believes in its value from the standpoint of moral education, as teaching what weaknesses to avoid in life. Rousseau, however, believes that the passions and weaknesses are in general condoned or made agreeable by the theater, so that the spectator tends to excuse them.

[31] This is a résumé of Beuchot's note in Moland, XXIV, 467.

Omer de Fleury, étant entré, ont dit: [32]

Messieurs,

Comme je suis chargé, *par état* (page 3), de vous proposer des thèses de médecine, et qu'il s'agit de dissiper des nuages qui affaiblissent la sécurité, et de souhaiter une solution à des craintes, votre sagesse qui préside à vos démarches assurera un nouveau poids à ce que votre autorité pourra régler sur le fait de l'inoculation qui se présente naturellement sous deux aspects.

Et comme dans la petite vérole ordinaire (page 4) on s'en remet ordinairement à la prudence des malades et des médecins, vous sentez bien que dans l'inoculation, où la tête est beaucoup plus libre, il ne faut s'en remettre à la prudence de personne.

Mais, comme ce qui peut intéresser la religion ne regarde en aucune manière le bien public (page 3), et que le bien public ne regarde pas la religion, il faut consulter la Sorbonne qui, *par état*, est chargée de décider quand un chrétien doit être saigné et purgé; et la Faculté de médecine chargée, *par état*, de savoir si l'inoculation est permise par le droit canon.

Ainsi, messieurs, vous qui êtes les meilleurs médecins et les meilleurs théologiens de l'Europe, vous devez rendre un arrêt sur la petite vérole, ainsi que vous en avez rendu sur les catégories d'Aristote, sur la circulation du sang, sur l'émétique, et sur le quinquina.

On sait que vous vous entendez, *par état*, à toutes ces choses comme en finances.

Puisque l'inoculation, messieurs, réussit dans toutes les nations voisines qui l'ont essayée; puisqu'elle a sauvé la vie à des étrangers qui raisonnent, il est juste que vous proscriviez cette pratique, attendu qu'elle n'est pas enregistrée; et pour y parvenir, vous emploierez les décisions

[32] This was the legal formula used for decisions of the Parlement.

de la Sorbonne, qui vous dira que saint Augustin n'a pas connu l'inoculation, et la Faculté de Paris, qui est toujours de l'avis des médecins étrangers.

Surtout, messieurs, ne donnez point un temps fixe aux salutaires et sacrées Facultés pour décider, parce que l'insertion utile de la petite vérole sera toujours proscrite en attendant. . . .

Nous espérons que vous ordonnerez peine de mort (que les Facultés de médecine ont ordonnée quelquefois dans de moindres cas) contre les enfants de nos princes,[33] inoculés sans votre permission, et contre quiconque révoquera en doute votre sagesse et votre impartialité reconnues.

(Moland, XXIV, 467–468.)

Traité sur la Tolérance (1763)

Voltaire's *Traité sur la tolérance* appeared in 1763 as part of his courageous and persistent warfare in favor of rehabilitating the memory of Jean Calas,[34] a Protestant merchant of Toulouse, who had been put to death with torture on a charge of having murdered his son to prevent his conversion to Catholicism.[35] This treatise is one of Voltaire's most important works, which in an age of race-riots and of organizations formed to perpetuate bitter religious disputes, still has its

[33] Louis-Philippe of Orleans, who died in 1785, had his son and daughter inoculated as early as 1756, by the famous doctor Tronchin, and this example had been imitated by others of royal blood.

[34] The final *s* in *Calas* is generally pronounced.

[35] The Calas affair is still a matter of dispute between Catholics and Protestants. Efforts to prove his innocence or guilt still appear from time to time, but an absolutely impartial study free from any *parti pris* of whatever sort is much to be desired. The most complete and convincing study thus far is that of Athanase Coquerel fils, *Jean Calas et sa famille*, 2nd ed., Paris, 1869, which supports the innocence of Calas; but inevitably the fact that the author was a Protestant *pasteur* throws some doubt, however undeserved, upon his conclusions. The Abbé Salvan in his *Histoire du procès de Jean Calas*, Toulouse, 1863, endeavors to refute Coquerel. Likewise Théophile Huc in *Le Procès Calas* (*Le Correspondant*, Feb. 25, 1855) and Léopold Labat in *Le drame de la rue des Filatiers* (*1761*). *Jean Calas, son procès*, (Toulouse, 1910) believe Calas was guilty. The weakness of these last three writers is that they base their argument upon the evidence brought out at the trial in Toulouse, but ignore that of the important retrial at Paris. One thing at least seems beyond question: namely, that Calas did not at Toulouse have an entirely fair and unprejudiced trial. Feeling ran too high for that.

lesson for us of the present, even though we have of course in general made much progress beyond eighteenth-century practice. The work is soberly written, clear as everything in Voltaire always is, but with little of the wit and less of the irony so characteristic of the *Lettres philosophiques*, written when Voltaire was thirty years younger. Neither is irreverence prominent. The book is, as it should be, tolerant in tone. Hence, it is the more convincing and satisfactory.

CHAPITRE I

HISTOIRE ABRÉGÉE DE LA MORT DE JEAN CALAS

Le meurtre de Calas, commis dans Toulouse avec le glaive de la justice, le 9 mars 1762, est un des plus singuliers événements qui méritent l'attention de notre âge et de la postérité. On oublie bientôt cette foule de morts qui a péri dans des batailles sans nombre, non seulement parce que c'est la fatalité inévitable de la guerre, mais parce que ceux qui meurent par le sort des armes pouvaient aussi donner la mort à leurs ennemis, et n'ont point péri sans se défendre. Là où le danger et l'avantage sont égaux, l'étonnement cesse, et la pitié même s'affaiblit; mais si un père de famille innocent est livré aux mains de l'erreur, ou de la passion, ou du fanatisme; si l'accusé n'a de défense que sa vertu; si les arbitres de sa vie n'ont à risquer en l'égorgeant que de se tromper; s'ils peuvent tuer impunément par un arrêt, alors le cri public s'élève, chacun craint pour soi-même, on voit que personne n'est en sûreté de sa vie devant un tribunal érigé pour veiller sur la vie des citoyens, et toutes les voix se réunissent pour demander vengeance.

Il s'agissait, dans cette étrange affaire, de religion, de suicide, de parricide; il s'agissait de savoir si un père et une mère avaient étranglé leur fils pour plaire à Dieu, si un frère avait étranglé son frère, si un ami avait étranglé son ami, et si les juges avaient à se reprocher d'avoir fait mourir

sur la roue [36] un père innocent, ou d'avoir épargné une mère, un frère, un ami coupables.[37]

Jean Calas, âgé de soixante et huit ans, exerçait la profession de négociant à Toulouse depuis plus de quarante années, et était reconnu de tous ceux qui ont vécu avec lui pour un bon père. Il était protestant, ainsi que sa femme et tous ses enfants, excepté un, qui avait abjuré l'hérésie, et à qui le père faisait une petite pension. Il paraissait si éloigné de cet absurde fanatisme qui rompt tous les liens de la société qu'il approuva la conversion de son fils Louis Calas, et qu'il avait depuis trente ans chez lui une servante zélée catholique, laquelle avait élevé tous ses enfants.

Un des fils de Jean Calas, nommé Marc-Antoine, était un homme de lettres: il passait pour un esprit inquiet, sombre, et violent. Ce jeune homme, ne pouvant réussir ni à entrer dans le négoce, auquel il n'était pas propre, ni à être reçu avocat, parce qu'il fallait des certificats de catholicité [38] qu'il ne put obtenir, résolut de finir sa vie, et fit pressentir ce dessein à un de ses amis; il se confirma dans sa résolution par la lecture de tout ce qu'on a jamais écrit sur le suicide.

Enfin, un jour, ayant perdu son argent au jeu, il choisit ce jour-là même pour exécuter son dessein. Un ami de sa famille et le sien, nommé Lavaisse, jeune homme de dix-neuf ans, connu par la candeur et la douceur de ses mœurs, fils d'un avocat célèbre de Toulouse, était arrivé de Bordeaux

[36] Punishment in which, after the arms and legs had been broken by being struck with an iron bar, the victim was stretched out on a horizontal wheel and left to die.

[37] Voltaire argues that all who were present at the Calas house that night must have been either guilty or innocent, that if a crime was committed they must all have been accomplices, hence that the court was wrong in punishing one and releasing the others, but rather that all should have been punished or else all released.

[38] Since Louis XIV's revocation in 1685 of the act of toleration known as the Edict of Nantes, Protestantism was illegal in France. In order therefore to enter the learned professions licensed by the state, it was necessary to have a certificate signed by a priest and testifying that the applicant was a Catholic.

la veille; [39] il soupa par hasard chez les Calas. Le père, la mère, Marc-Antoine leur fils aîné, Pierre leur second fils, mangèrent ensemble. Après le souper on se retira dans un petit salon: Marc-Antoine disparut; enfin, lorsque le jeune Lavaisse voulut partir, Pierre Calas et lui, étant descendus, trouvèrent en bas, auprès du magasin, Marc-Antoine en chemise, pendu à une porte, et son habit plié sur le comptoir; sa chemise n'était pas seulement dérangée; ses cheveux étaient bien peignés: il n'avait sur son corps aucune plaie, aucune meurtrissure.

On passe ici tous les détails dont les avocats ont rendu compte: on ne décrira point la douleur et le désespoir du père et de la mère; leurs cris furent entendus des voisins. Lavaisse et Pierre Calas, hors d'eux-mêmes, coururent chercher des chirurgiens et la justice.

Pendant qu'ils s'acquittaient de ce devoir, pendant que le père et la mère étaient dans les sanglots et dans les larmes, le peuple de Toulouse s'attroupe autour de la maison. Ce peuple est superstitieux et emporté; il regarde comme des monstres ses frères qui ne sont pas de la même religion que lui. C'est à Toulouse qu'on remercia Dieu solennellement de la mort de Henri III, et qu'on fit serment d'égorger le premier qui parlerait de reconnaître le grand, le bon Henri IV. Cette ville solennise encore tous les ans, [40] par une procession et par des feux de joie, le jour où elle massacra quatre mille citoyens hérétiques, il y a deux siècles. En vain six arrêts du conseil ont défendu cette odieuse fête, les Toulousains l'ont toujours célébrée comme les jeux floraux.

Quelque fanatique de la populace s'écria que Jean Calas avait pendu son propre fils Marc-Antoine. Ce cri, répété, fut unanime en un moment; d'autres ajoutèrent que le mort devait le lendemain faire abjuration; que sa famille et le

39 12 octobre 1761 (Note de Voltaire).
40 Celebration in memory of the victory of the Catholics over the Protestants won in May, 1562.

jeune Lavaisse l'avaient étranglé par haine contre la religion
catholique: le moment d'après on n'en douta plus; toute
la ville fut persuadée que c'est un point de religion chez
les protestants qu'un père et une mère doivent assassiner
leur fils dès qu'il veut se convertir.

Les esprits une fois émus ne s'arrêtent point. On imagina
que les protestants du Languedoc s'étaient assemblés la veille;
qu'ils avaient choisi, à la pluralité des voix, un bourreau de
la secte; que le choix était tombé sur le jeune Lavaisse; que
ce jeune homme, en vingt-quatre heures, avait reçu la nouvelle
de son élection, et était arrivé de Bordeaux pour aider Jean
Calas, sa femme, et leur fils Pierre, à étrangler un ami, un
fils, un frère.

Le sieur David, capitoul [41] de Toulouse, excité par ces
rumeurs et voulant se faire valoir par une prompte exécu-
tion, fit une procédure contre les règles et les ordonnances.
La famille Calas, la servante catholique, Lavaisse, furent
mis aux fers.

On publia un monitoire non moins vicieux que la pro-
cédure. On alla plus loin: Marc-Antoine était mort cal-
viniste, et s'il avait attenté sur lui-même, il devait être
traîné sur la claie; [42] on l'inhuma avec la plus grande pompe
dans l'église Saint-Étienne, malgré le curé, qui protestait
contre cette profanation.[43]

Il y a, dans le Languedoc, quatre confréries de pénitents,
la blanche, la bleue, la grise, et la noire. Les confrères
portent un long capuce, avec un masque de drap percé de
deux trous pour laisser la vue libre: ils ont voulu engager
M. le duc de Fitz-James, commandant de la province, à

[41] *Capitoul,* name given formerly to the municipal magistrates of
Toulouse.

[42] *Traîner sur la claie.* In order to increase the infamy of suicide,
the naked body of the person who had killed himself was thus dragged
through the streets.

[43] According to a note in the Moland edition of Voltaire, there was
no such protest on the part of the priest. On the contrary.

entrer dans leur corps, et il les a refusés. Les confrères blancs firent à Marc-Antoine Calas un service solennel, comme à un martyr. Jamais aucune Église ne célébra la fête d'un martyr véritable avec plus de pompe; mais cette pompe fut terrible. On avait élevé au-dessus d'un magnifique catafalque un squelette qu'on faisait mouvoir, et qui représentait Marc-Antoine Calas, tenant d'une main une palme, et de l'autre la plume dont il devait signer l'abjuration de l'hérésie, et qui écrivait en effet l'arrêt de mort de son père.

Alors il ne manqua plus au malheureux qui avait attenté sur soi-même que la canonisation : tout le peuple le regardait comme un saint; quelques-uns l'invoquaient, d'autres allaient prier sur sa tombe, d'autres lui demandaient des miracles, d'autres racontaient ceux qu'il avait faits. Un moine lui arracha quelques dents pour avoir des reliques durables. Une dévote, un peu sourde, dit qu'elle avait entendu le son des cloches. Un prêtre apoplectique fut guéri après avoir pris de l'émétique. On dressa des verbaux de ces prodiges. Celui qui écrit cette relation possède une attestation qu'un jeune homme de Toulouse est devenu fou pour avoir prié plusieurs nuits sur le tombeau du nouveau saint, et pour n'avoir pu obtenir un miracle qu'il implorait.

Quelques magistrats étaient de la confrérie des pénitents blancs. Dès ce moment la mort de Jean Calas parut infaillible.

Ce qui surtout prépara son supplice, ce fut l'approche de cette fête singulière que les Toulaisains célèbrent tous les ans en mémoire d'un massacre de quatre mille huguenots; l'année 1762 était l'année séculaire. On dressait dans la ville l'appareil de cette solennité : cela même allumait encore l'imagination échauffée du peuple; on disait publiquement que l'échafaud sur lequel on rouerait les Calas serait le plus grand ornement de la fête; on disait que la Providence amenait elle-même ces victimes pour être sacrifiées à notre

sainte religion. Vingt personnes ont entendu ces discours, et de plus violents encore. Et c'est de nos jours! et c'est dans un temps où la philosophie a fait tant de progrès! et c'est lorsque cent académies écrivent pour inspirer la douceur des mœurs! Il semble que le fanatisme, indigné depuis peu des succès de la raison, se débatte sous elle avec plus de rage.

Treize juges s'assemblèrent tous les jours pour terminer le procès. On n'avait, on ne pouvait avoir aucune preuve contre la famille; mais la religion trompée tenait lieu de preuve. Six juges persistèrent longtemps à condamner Jean Calas, son fils, et Lavaisse, à la roue, et la femme de Jean Calas au bûcher. Sept autres plus modérés voulaient au moins qu'on examinât. Les débats furent réitérés et longs. Un des juges, convaincu de l'innocence des accusés et de l'impossibilité du crime, parla vivement en leur faveur: il opposa le zèle de l'humanité au zèle de la sévérité; il devint l'avocat public des Calas dans toutes les maisons de Toulouse, où les cris continuels de la religion abusée demandaient le sang de ces infortunés. Un autre juge, connu par sa violence, parlait dans la ville avec autant d'emportement contre les Calas que le premier montrait d'empressement à les défendre. Enfin l'éclat fut si grand qu'ils furent obligés de se récuser l'un et l'autre; ils se retirèrent à la campagne.

Mais, par un malheur étrange, le juge favorable aux Calas eut la délicatesse de persister dans sa récusation, et l'autre revint donner sa voix contre ceux qu'il ne devait point juger: ce fut cette voix qui forma la condamnation à la roue, car il n'y eut que huit voix contre cinq, un des six juges opposés ayant à la fin, après bien des contestations, passé au parti le plus sévère.

Il semble que, quand il s'agit d'un parricide et de livrer un père de famille au plus affreux supplice, le jugement devrait être unanime, parce que les preuves d'un crime si inouï devraient être d'une évidence sensible à tout le monde:

le moindre doute dans un cas pareil doit suffire pour faire trembler un juge qui va signer un arrêt de mort. La faiblesse de notre raison et l'insuffisance de nos lois se font sentir tous les jours; mais dans quelle occasion en découvre-t-on mieux la misère que quand la prépondérance d'une seule voix fait rouer un citoyen? Il fallait, dans Athènes, cinquante voix au delà de la moitié pour oser prononcer un jugement de mort. Qu'en résulte-t-il? Ce que nous savons très inutilement, que les Grecs étaient plus sages et plus humains que nous.

Il paraissait impossible que Jean Calas, vieillard de soixante-huit ans, qui avait depuis longtemps les jambes enflées et faibles, eût seul étranglé et pendu un fils âgé de vingt-huit ans, qui était d'une force au-dessus de l'ordinaire; il fallait absolument qu'il eût été assisté dans cette exécution par sa femme, par son fils Pierre Calas, par Lavaisse, et par la servante. Ils ne s'étaient pas quittés un seul moment le soir de cette fatale aventure. Mais cette supposition était encore aussi absurde que l'autre: car comment une servante zélée catholique aurait-elle pu souffrir que des huguenots assassinassent un jeune homme élevé par elle pour le punir d'aimer la religion de cette servante? Comment Lavaisse serait-il venu exprès de Bordeaux pour étrangler son ami dont il ignorait la conversion prétendue? Comment une mère tendre aurait-elle mis les mains sur son fils? Comment tous ensemble auraient-ils pu étrangler un jeune homme aussi robuste qu'eux tous, sans un combat long et violent, sans des cris affreux qui auraient appelé tout le voisinage, sans des coups réitérés, sans des meurtrissures, sans des habits déchirés?

Il était évident que, si le parricide avait pu être commis, tous les accusés étaient également coupables, parce qu'ils ne s'étaient pas quittés d'un moment; il était évident qu'ils

ne l'étaient pas; il était évident que le père seul ne pouvait l'être; et cependant l'arrêt condamna ce père seul à expirer sur la roue.

Le motif de l'arrêt était aussi inconcevable que tout le reste. Les juges qui étaient décidés pour le supplice de Jean Calas persuadèrent aux autres que ce vieillard faible ne pourrait résister aux tourments, et qu'il avouerait sous les coups des bourreaux son crime et celui de ses complices. Ils furent confondus, quand ce vieillard, en mourant sur la roue, prit Dieu à témoin de son innocence, et le conjura de pardonner à ses juges.

Ils furent obligés de rendre un second arrêt contradictoire avec le premier, d'élargir la mère, son fils Pierre, le jeune Lavaisse, et la servante; mais un des conseillers leur ayant fait sentir que cet arrêt démentait l'autre, qu'ils se condamnaient eux-mêmes, que tous les accusés ayant toujours été ensemble dans le temps qu'on supposait le parricide, l'élargissement de tous les survivants prouvait invinciblement l'innocence du père de famille exécuté, ils prirent alors le parti de bannir Pierre Calas son fils. Ce bannissement semblait aussi inconséquent, aussi absurde que tout le reste: car Pierre Calas était coupable ou innocent du parricide; s'il était coupable, il fallait le rouer comme son père; s'il était innocent, il ne fallait pas le bannir. Mais les juges, effrayés du supplice du père et de la piété attendrissante avec laquelle il était mort, imaginèrent de sauver leur honneur en laissant croire qu'ils faisaient grâce au fils, comme si ce n'eût pas été une prévarication nouvelle de faire grâce; et ils crurent que le bannissement de ce jeune homme pauvre et sans appui, étant sans conséquence, n'était pas une grande injustice, après celle qu'ils avaient eu le malheur de commettre.

On commença par menacer Pierre Calas, dans son cachot,

de le traiter comme son père s'il n'abjurait pas sa religion. C'est ce que ce jeune homme atteste par serment.

Pierre Calas, en sortant de la ville, rencontra un abbé convertisseur qui le fit rentrer dans Toulouse; on l'enferma dans un couvent de dominicains, et là on le contraignit à remplir toutes les fonctions de la catholicité: c'était en partie ce qu'on voulait, c'était le prix du sang de son père; et la religion, qu'on avait cru venger, semblait satisfaite.

On enleva les filles à la mère; elles furent enfermées dans un couvent. Cette femme, presque arrosée du sang de son mari, ayant tenu son fils aîné mort entre ses bras, voyant l'autre banni, privée de ses filles, dépouillée de tout son bien, était seule dans le monde, sans pain, sans espérance, et mourante de l'excès de son malheur. Quelques personnes, ayant examiné mûrement toutes les circonstances de cette aventure horrible, en furent si frappées qu'elles firent presser la dame Calas, retirée dans une solitude, d'oser venir demander justice au pied du trône. Elle ne pouvait pas alors se soutenir, elle s'éteignait; et d'ailleurs, étant née Anglaise, transplantée dans une province de France dès son jeune âge, le nom seul de la ville de Paris l'effrayait. Elle s'imaginait que la capitale du royaume devait être encore plus barbare que celle du Languedoc. Enfin le devoir de venger la mémoire de son mari l'emporta sur sa faiblesse. Elle arriva à Paris prête d'expirer. Elle fut étonnée d'y trouver de l'accueil, des secours, et des larmes.

La raison l'emporte à Paris sur le fanatisme, quelque grand qu'il puisse être, au lieu qu'en province le fanatisme l'emporte presque toujours sur la raison.

M. de Beaumont, célèbre avocat du parlement de Paris,[44] prit d'abord sa défense, et dressa une consultation qui fut signée de quinze avocats. M. Loiseau, non moins éloquent,

[44] *Parlement* in France before the Revolution in 1789 signified, not a legislative body, but a court of justice.

composa un mémoire en faveur de la famille. M. Mariette, avocat au conseil, dressa une requête juridique qui portait la conviction dans tous les esprits.

Ces trois généreux défenseurs des lois et de l'innocence abandonnèrent à la veuve le profit des éditions de leurs plaidoyers. Paris et l'Europe entière s'émurent de pitié, et demandèrent justice avec cette femme infortunée. L'arrêt fut prononcé par tout le public longtemps avant qu'il pût être signé par le conseil.

La pitié pénétra jusqu'au ministère, malgré le torrent continuel des affaires, qui souvent exclut la pitié, et malgré l'habitude de voir des malheureux, qui peut endurcir le cœur encore davantage. On rendit les filles à la mère. On les vit toutes les trois, couvertes d'un crêpe et baignées de larmes, en faire répandre à leurs juges.

Cependant cette famille eut encore quelques ennemis, car il s'agissait de religion. Plusieurs personnes, qu'on appelle en France *dévotes*,[45] dirent hautement qu'il valait mieux laisser rouer un vieux calviniste innocent que d'exposer huit conseillers de Languedoc à convenir qu'ils s'étaient trompés: on se servit même de cette expression: "Il y a plus de magistrats que de Calas"; et on inférait de là que la famille Calas devait être immolée à l'honneur de la magistrature. On ne songeait pas que l'honneur des juges consiste, comme celui des autres hommes, à réparer leurs fautes. On ne croit pas en France que le pape, assisté de ses cardinaux, soit infaillible: on pourrait croire de même que huit juges de Toulouse ne le sont pas. Tout le reste des gens sensés et désintéressés disaient que l'arrêt de Toulouse serait cassé dans toute l'Europe, quand même des considérations particulières empêcheraient qu'il fût cassé dans le conseil.

Tel était l'état de cette étonnante aventure, lorsqu'elle a

45 *Dévots,* the orthodox church party.

fait naître à des personnes impartiales, mais sensibles,[46] le dessein de présenter au public quelques réflexions sur la tolérance, sur l'indulgence, sur la commisération. . . .

Ou les juges de Toulouse, entraînés par le fanatisme de la populace, ont fait rouer un père de famille innocent, ce qui est sans exemple; ou ce père de famille et sa femme ont étranglé leur fils aîné, aidés dans ce parricide par un autre fils et par un ami, ce qui n'est pas dans la nature. Dans l'un ou dans l'autre cas, l'abus de la religion la plus sainte a produit un grand crime. Il est donc de l'intérêt du genre humain d'examiner si la religion doit être charitable ou barbare. . . .

CHAPITRE IV

SI LA TOLÉRANCE EST DANGEREUSE, ET CHEZ QUELS PEUPLES ELLE EST ADMISE

Quelques-uns ont dit que si l'on usait d'une indulgence paternelle envers nos frères errants qui prient Dieu en mauvais français,[47] ce serait leur mettre les armes à la main; . . . mais il me semble que ce n'est pas raisonner conséquemment que de dire: "Ces hommes se sont soulevés quand je leur ai fait du mal: donc ils se soulèveront quand je leur ferai du bien."

J'oserais prendre la liberté d'inviter ceux qui sont à la tête du gouvernement, et ceux qui sont destinés aux grandes places, à vouloir bien examiner mûrement si l'on doit craindre en effet que la douceur produise les mêmes révoltes que la cruauté a fait naître; si ce qui est arrivé dans certaines circonstances doit arriver dans d'autres; si les temps, l'opinion, les mœurs, sont toujours les mêmes. . . .

46 *Sensible,* sensitive to emotion, here *sympathetic.*
47 That is to say, the Protestants, who use French instead of Latin and whose religious speech is molded upon Biblical forms.

La fureur qu'inspirent l'esprit dogmatique et l'abus de la religion chrétienne mal entendue a répandu autant de sang, a produit autant de désastres, en Allemagne, en Angleterre, et même en Hollande, qu'en France : cependant aujourd'hui la différence des religions ne cause aucun trouble dans ces États ; le juif, le catholique, le grec, le luthérien, le calviniste, l'anabaptiste, le socinien, le mennonite, le morave, et tant d'autres, vivent en frères dans ces contrées, et contribuent également au bien de la société.

On ne craint plus en Hollande que les disputes d'un Gomar sur la prédestination fassent trancher la tête au grand pensionnaire.[48] On ne craint plus à Londres que les querelles des presbytériens et des épiscopaux, pour une liturgie et pour un surplis, répandent le sang d'un roi sur un échafaud. . . .

Notre continent entier nous prouve qu'il ne faut ni annoncer ni exercer l'intolérance.

Jetez les yeux sur l'autre hémisphère ; voyez la Caroline, dont le sage Locke fut le législateur : [49] il suffit de sept pères de famille pour établir un culte public approuvé par la loi ; cette liberté n'a fait naître aucun désordre. Dieu nous préserve de citer cet exemple pour engager la France à l'imiter ! on ne le rapporte que pour faire voir que l'excès le plus grand où puisse aller la tolérance n'a pas été suivi de la plus légère dissension ; mais ce qui est très utile et très bon dans une colonie naissante n'est pas convenable dans un ancien royaume.

Que dirons-nous des primitifs, que l'on a nommés *quakers* par dérision, et qui, avec des usages peut-être ridicules, ont été si vertueux et ont enseigné inutilement la paix au reste des hommes ? Ils sont en Pensylvanie au nombre de cent mille ; la discorde, la controverse, sont ignorées dans l'heureuse patrie qu'ils se sont faite, et le nom seul de leur ville de Philadelphie, qui leur rappelle à tout moment que les hommes sont frères,

[48] Gomar was a Protestant theologian of the most rigid Calvinistic school. He was born at Bruges in 1563 and died in 1641. The Grand Pensioner Barnevelt, his opponent, was beheaded in 1619. Cf. p. 234, n.
[49] John Locke's constitution for North Carolina.

est l'exemple et la honte des peuples qui ne connaissent pas
encore la tolérance . . .

CHAPITRE V

COMMENT LA TOLÉRANCE PEUT ÊTRE ADMISE

. . . L'Allemagne serait un désert couvert des ossements
des Catholiques, évangéliques, réformés, anabaptistes, égorgés
les uns par les autres, si la paix de Westphalie n'avait pas
procuré enfin la liberté de conscience.

Nous avons des juifs à Bordeaux, à Metz, en Alsace; nous
avons des luthériens, des molinistes, des jansénistes: ne pou-
vons-nous pas souffrir et contenir des calvinistes à peu près
aux mêmes conditions que les Catholiques sont tolérés à
Londres? Plus il y a de sectes, moins chacune est dange-
reuse; [50] la multiplicité les affaiblit; toutes sont réprimées par
de justes lois qui défendent les assemblées tumultueuses, les
injures, les séditions, et qui sont toujours en vigueur par la
force coactive. . . .

Voltaire continues by arguing for a return of the Protestants to
France under a régime of protection by law, if not with the same priv-
ileges as Catholics.

CHAPITRE VI

SI L'INTOLÉRANCE EST DE DROIT NATUREL ET DE
DROIT HUMAIN

Le droit naturel est celui que la nature indique à tous les
hommes. . . .

[50] A favorite idea with Voltaire. Cf. the *Lettres philosophiques,*
Lettre VI. James Madison, it seems, was fond of quoting from the
Lettres philosophiques: "S'il n'y avait en Angleterre qu'une religion,
son despotisme serait à craindre; s'il y en avait deux, elles se couperaient

Le droit humain ne peut être fondé en aucun cas que sur ce droit de nature ; et le grand principe, le principe universel de l'un et de l'autre, est, dans toute la terre : "Ne fais pas ce que tu ne voudrais pas qu'on te fît." Or on ne voit pas comment, suivant ce principe, un homme pourrait dire à un autre : "Crois ce que je crois, et ce que tu ne peux croire, ou tu périras." C'est ce qu'on dit en Portugal, en Espagne, à Goa. On se contente à présent, dans quelques autres pays, de dire : "Crois, ou je t'abhorre ; crois, ou je te ferai tout le mal que je pourrai ; monstre, tu n'as pas ma religion, tu n'as donc point de religion : il faut que tu sois en horreur à tes voisins, à ta ville, à ta province."

. . . Le droit de l'intolérance est donc absurde et barbare : c'est le droit des tigres, et il est bien horrible, car les tigres ne déchirent que pour manger, et nous nous sommes exterminés pour des paragraphes.

.

CHAPITRE X

DU DANGER DES FAUSSES LÉGENDES ET DE LA PERSÉCUTION

. . . Je le dis avec horreur, mais avec vérité : c'est nous, chrétiens, c'est nous qui avons été persécuteurs, bourreaux, assassins ! Et de qui ? de nos frères. C'est nous qui avons détruit cent villes, le crucifix ou la Bible à la main, et qui n'avons cessé de répandre le sang et d'allumer des bûchers, depuis le règne de Constantin jusqu'aux fureurs des canni-

la gorge ; mais il y en a trente, et elles vivent en paix, heureuses." Cf. George R. Havens, "James Madison et la pensée française," *Rev. de litt. comparée* (1923), pp. 604–15. Such ideas expressed in France as well as in England aided the setting up in America of the principle of religious toleration. Both Madison and Jefferson, who were so influential upon the newly formed United States, were very familiar with eighteenth-century French thought, and did not fail to draw inspiration from it as well as from the English and American traditions.

bales qui habitaient les Cévennes:[51] fureurs qui, grâces au
ciel, ne subsistent plus aujourd'hui. . . .

Serons-nous toujours les derniers à embrasser les opinions
saines des autres nations? Elles se sont corrigées; quand
nous corrigerons-nous? Il a fallu soixante ans pour nous
faire adopter ce que Newton avait démontré; nous commen-
çons à peine à oser sauver la vie à nos enfants par l'inocula-
tion;[52] nous ne pratiquons que depuis très peu de temps
les vrais principes de l'agriculture; quand commencerons-
nous à pratiquer les vrais principes de l'humanité? et de quel
front pouvons-nous reprocher aux païens d'avoir fait des
martyrs, tandis que nous avons été coupables de la même
cruauté dans les mêmes circonstances? . . .

S'il se trouvait quelqu'un assez dépourvu de bonne foi, ou
assez fanatique, pour me dire ici: Pourquoi venez-vous dé-
velopper nos erreurs et nos fautes? pourquoi détruire nos
faux miracles et nos fausses légendes? Elles sont l'aliment
de la piété de plusieurs personnes; il y a des erreurs néces-
saires; n'arrachez pas du corps un ulcère invétéré qui en-
traînerait avec lui la destruction du corps: voici ce que je lui
répondrais.

Tous ces faux miracles par lesquels vous ébranlez la foi
qu'on doit aux véritables, toutes ces légendes absurdes que
vous ajoutez aux vérités de l'Évangile, éteignent la religion
dans les cœurs: trop de personnes qui veulent s'instruire, et
qui n'ont pas le temps de s'instruire assez, disent: Les
maîtres de ma religion m'ont trompé, il n'y a donc point de
religion; il vaut mieux se jeter dans les bras de la nature que
dans ceux de l'erreur; j'aime mieux dépendre de la loi natu-
relle que des inventions des hommes. D'autres ont le mal-

51 Allusion to the Protestant *Camisards,* so called from their shirts
(dial., *camisos*). who after the Revocation of the Edict of Nantes
waged a fierce war of resistance in the Cévennes mountains under the
leadership of Jean Cavalier.
52 Cf. *Lettres philosophiques,* Lettre XI, *supra,* p. 64.

heur d'aller encore plus loin : ils voient que l'imposture leur
a mis un frein, et ils ne veulent pas même du frein de la
vérité, ils penchent vers l'athéisme ; on devient dépravé parce
que d'autres ont été fourbes et cruels. . . .

CHAPITRE XI

ABUS DE L'INTOLÉRANCE

Mais quoi ! sera-t-il permis à chaque citoyen de ne croire
que sa raison, et de penser ce que cette raison éclairée ou
trompée lui dictera ? Il le faut bien,[53] pourvu qu'il ne
trouble point l'ordre : car il ne dépend pas de l'homme de
croire ou de ne pas croire, mais il dépend de lui de respecter
les usages de sa patrie ; et si vous disiez que c'est un crime de
ne pas croire à la religion dominante, vous accuseriez donc
vous-mêmes les premiers chrétiens vos pères, et vous justifi-
erez ceux que vous accusez de les avoir livrés aux supplices.

Vous répondez que la différence est grande, que toutes les
religions sont les ouvrages des hommes, et que l'Église catho-
lique, apostolique et romaine, est seule l'ouvrage de Dieu.
Mais en bonne foi, parce que notre religion est divine doit-
elle régner par la haine, par les fureurs, par les exils, par
l'enlèvement des biens, les prisons, les tortures, les meurtres,
et par les actions de grâces rendues à Dieu pour ces meurtres ?
Plus la religion chrétienne est divine, moins il appartient à
l'homme de la commander ; si Dieu l'a faite, Dieu la soutien-
dra sans vous. Vous savez que l'intolérance ne produit que
des hypocrites ou des rebelles ; quelle funeste alternative !
Enfin voudriez-vous soutenir par des bourreaux la religion
d'un Dieu que des bourreaux ont fait périr, et qui n'a prêché
que la douceur et la patience ? . . .

[53] Voyez l'excellente Lettre de Locke sur la tolérance. (Note de
Voltaire.)

CHAPITRE XII
SI L'INTOLÉRANCE FUT DE DROIT DIVIN DANS LE JUDAÏSME, ET SI ELLE FUT TOUJOURS MISE EN PRATIQUE

... L'Écriture nous apprend donc que non seulement Dieu tolérait tous les autres peuples, mais qu'il en avait un soin paternel : et nous osons être intolérants !

.

CHAPITRE XIV
SI L'INTOLÉRANCE A ÉTÉ ENSEIGNÉE PAR JÉSUS-CHRIST

Voyons maintenant si Jésus-Christ a établi des lois sanguinaires, s'il a ordonné l'intolérance, s'il fit bâtir les cachots de l'Inquisition, s'il institua les bourreaux des *auto-da-fé*.[54]

Il n'y a, si je ne me trompe, que peu de passages dans les Évangiles dont l'esprit persécuteur ait pu inférer que l'intolérance, la contrainte, sont légitimes. . . . Ces exemples n'ont pas le moindre rapport aux persécutions sur le dogme. Il faut que l'esprit d'intolérance soit appuyé sur de bien mauvaises raisons, puisqu'il cherche partout les plus vains prétextes.

Presque tout le reste des paroles et des actions de Jésus-Christ prêche la douceur, la patience, l'indulgence. C'est le père de famille qui reçoit l'enfant prodigue ; c'est l'ouvrier qui vient à la dernière heure, et qui est payé comme les autres ; c'est le samaritain charitable ; lui-même justifie ses disciples de ne pas jeûner ; il pardonne à la pécheresse ; il se contente de recommander la fidélité à la femme adultère ; il daigne même condescendre à l'innocente joie des convives de Cana, qui, étant déjà échauffés de vin, en demandent encore : il veut bien faire un miracle en leur faveur, il change pour eux l'eau en vin.

[54] Burning of heretics in Spain and Portugal.

Il n'éclate pas même contre Judas, qui doit le trahir; il ordonne à Pierre de ne se jamais servir de l'épée; il réprimande les enfants de Zébédée, qui, à l'exemple d'Élie, voulaient faire descendre le feu du ciel sur une ville qui n'avait pas voulu le loger.

Enfin il meurt victime de l'envie. Si l'on ose comparer le sacré avec le profane, et un Dieu avec un homme, sa mort, humainement parlant, a beaucoup de rapport avec celle de Socrate.[55] Le philosophe grec périt par la haine des sophistes, des prêtres, et des premiers du peuple: le législateur des chrétiens succomba sous la haine des scribes, des pharisiens, et des prêtres. Socrate pouvait éviter la mort, et il ne le voulut pas: Jésus-Christ s'offrit volontairement. Le philosophe grec pardonna non seulement à ses calomniateurs et à ses juges iniques, mais il les pria de traiter un jour ses enfants comme lui-même, s'ils étaient assez heureux pour mériter leur haine comme lui: le législateur des chrétiens, infiniment supérieur, pria son père de pardonner à ses ennemis. . . .

Je demande à présent si c'est la tolérance ou l'intolérance qui est de droit divin? Si vous voulez ressembler à Jésus-Christ, soyez martyrs, et non pas bourreaux.

.

CHAPITRE XX

S'IL EST UTILE D'ENTRETENIR LE PEUPLE DANS LA SUPERSTITION

Telle est la faiblesse du genre humain, et telle est sa perversité, qu'il vaut mieux sans doute pour lui d'être subjugué

[55] In 1762, the year before Voltaire's *Traité sur la tolérance*, Rousseau in the part of *Emile* known as the *Profession de foi du Vicaire savoyard* had also compared Jesus and Socrates, and from a similar point of view. It is there that he wrote the famous sentence: "Oui, si la vie et la mort de Socrate sont d'un sage, la vie et la mort de Jésus sont d'un Dieu." Voltaire had written upon the margin of some parts of the *Vicaire savoyard:* "bon," "très bon," etc. It is possible that Rousseau's book may have led Voltaire to make his comparison, but if so, it did not influence him in details.

par toutes les superstitions possibles, pourvu qu'elles ne soient point meurtrières, que de vivre sans religion. L'homme a toujours eu besoin d'un frein, et quoiqu'il fût ridicule de sacrifier aux faunes, aux sylvains, aux naïades, il était bien plus raisonnable et plus utile d'adorer ces images fantastiques de la Divinité que de se livrer à l'athéisme. Un athée qui serait raisonneur, violent et puissant, serait un fléau aussi funeste qu'un superstitieux sanguinaire.

Quand les hommes n'ont pas de notions saines de la Divinité, les idées fausses y suppléent, comme dans les temps malheureux on trafique avec de la mauvaise monnaie, quand on n'en a pas de bonne. Le païen craignait de commettre un crime, de peur d'être puni par les faux dieux; le Malabare craint d'être puni par sa pagode. Partout où il y a une société établie, une religion est nécessaire; les lois veillent sur les crimes connus, et la religion sur les crimes secrets.

Mais lorsqu'une fois les hommes sont parvenus à embrasser une religion pure et sainte, la superstition devient non seulement inutile, mais très dangereuse. On ne doit pas chercher à nourrir de gland ceux que Dieu daigne nourrir de pain.

La superstition est à la religion ce que l'astrologie est à l'astronomie, la fille très folle d'une mère très sage. Ces deux filles ont longtemps subjugué toute la terre. . . . Chaque jour la raison pénètre en France, dans les boutiques des marchands comme dans les hôtels des seigneurs. Il faut donc cultiver les fruits de cette raison, d'autant plus qu'il est impossible de les empêcher d'éclore. . . .

CHAPITRE XXI

VERTU VAUT MIEUX QUE SCIENCE

Moins de dogmes, moins de disputes; et moins de disputes, moins de malheurs: si cela n'est pas vrai, j'ai tort.

La religion est instituée pour nous rendre heureux dans cette vie et dans l'autre. Que faut-il pour être heureux dans la vie à venir ? être juste.

Pour être heureux dans celle-ci, autant que le permet la misère de notre nature, que faut-il ? être indulgent.

Ce serait le comble de la folie de prétendre amener tous les hommes à penser d'une manière uniforme sur la métaphysique. On pourrait beaucoup plus aisément subjuguer l'univers entier par les armes que subjuguer tous les esprits d'une seule ville. . . .

Qu'y a-t-il en effet de plus fou et de plus horrible que de dire aux hommes: "Mes amis, ce n'est pas assez d'être des sujets fidèles, des enfants soumis, des pères tendres, des voisins équitables, de pratiquer toutes les vertus, de cultiver l'amitié, de fuir l'ingratitude, d'adorer Jésus-Christ en paix: il faut encore que vous sachiez comment on est engendré de toute éternité; et si vous ne savez pas distinguer l'*omousion* dans l'hypostase,[56] nous vous dénonçons que vous serez brûlés à jamais; et, en attendant, nous allons commencer par vous égorger." . . .

CHAPITRE XXII

DE LA TOLÉRANCE UNIVERSELLE

Il ne faut pas un grand art, une éloquence bien recherchée, pour prouver que des chrétiens doivent se tolérer les uns les autres. Je vais plus loin: je vous dis qu'il faut regarder tous les hommes comme nos frères. Quoi! mon frère le Turc? mon frère le Chinois? le Juif? le Siamois? Oui, sans doute; ne sommes-nous pas tous enfants du même père, et créatures du même Dieu? . . .

O sectateurs d'un Dieu clément! si vous aviez un cœur

[56] The unity of the Trinity.

cruel; si, en adorant celui dont toute la loi consistait en ces
paroles: "Aimez Dieu et votre prochain," vous aviez sur-
chargé cette loi pure et sainte de sophismes et de disputes
incompréhensibles; si vous aviez allumé la discorde, tantôt
pour un mot nouveau, tantôt pour une seule lettre de
l'alphabet; si vous aviez attaché des peines éternelles à
l'omission de quelques paroles, de quelques cérémonies que
d'autres peuples ne pouvaient connaître, je vous dirais, en
répandant des larmes sur le genre humain: "Transportez-
vous avec moi au jour où tous les hommes seront jugés, et
où Dieu rendra à chacun selon ses œuvres."

"Je vois tous les morts des siècles passés et du nôtre com-
paraître en sa présence. Êtes-vous bien sûrs que notre
Créateur et notre Père dira au sage et vertueux Confucius, au
législateur Solon, à Pythagore, à Zaleucus,[57] à Socrate, à
Platon, aux divins Antonins, au bon Trajan, à Titus, les délices
du genre humain, à Épictète, à tant d'autres hommes, les
modèles des hommes: Allez, monstres, allez subir des
châtiments infinis en intensité et en durée; que votre supplice
soit éternel comme moi! Et vous, mes bien aimés, Jean
Châtel, Ravaillac,[58] Damiens,[59] Cartouche,[60] etc., qui êtes
morts avec les formules prescrites, partagez à jamais à ma
droite mon empire et ma félicité."

Vous reculez d'horreur à ces paroles; et, après qu'elles
me sont échappées, je n'ai plus rien à vous dire.[61]

[57] Zaleucus, philosopher and legislator in Italy during the seventh
century B. C.
[58] Jean Châtel (1575–1594) attempted to assassinate the French king
Henry IV, who was finally assassinated in 1610 by Ravaillac (1578–1610).
[59] Damiens (1714–1757) endeavored to assassinate Louis XV.
[60] Cartouche (1693–1721), notorious leader of a band of robbers. His
real name was Louis-Dominique Bourguignon. He was put to death on
the wheel in the Place de Grève in Paris in 1721.
[61] By stopping here and omitting the following *Prière à Dieu*, the
Haldeman-Julius "Little Blue Book," Voltaire, *Toleration* (pub. at
Girard, Kansas), gives a false impression of Voltaire's real attitude,
which does him more honor than if he had closed with a sharp attack,
however deserved.

CHAPITRE XXIII

PRIÈRE A DIEU

Ce n'est donc plus aux hommes que je m'adresse; c'est à toi, Dieu de tous les êtres, de tous les mondes, et de tous les temps: s'il est permis à de faibles créatures perdues dans l'immensité, et imperceptibles au reste de l'univers, d'oser te demander quelque chose, à toi qui as tout donné, à toi dont les décrets sont immuables comme éternels, daigne regarder en pitié les erreurs attachées à notre nature; que ces erreurs ne fassent point nos calamités. Tu ne nous as point donné un cœur pour nous haïr, et des mains pour nous égorger; fais que nous nous aidions mutuellement à supporter le fardeau d'une vie pénible et passagère; que les petites différences entre les vêtements qui couvrent nos débiles corps, entre tous nos langages insuffisants, entre tous nos usages ridicules, entre toutes nos lois imparfaites, entre toutes nos opinions insensées, entre toutes nos conditions si disproportionnées à nos yeux, et si égales devant toi; que toutes ces petites nuances qui distinguent les atomes appelés *hommes* ne soient pas des signaux de haine et de persécution; que ceux qui allument des cierges en plein midi pour te célébrer supportent ceux qui se contentent de la lumière de ton soleil; que ceux qui couvrent leur robe d'une toile blanche pour dire qu'il faut t'aimer ne détestent pas ceux qui disent la même chose sous un manteau de laine noire; qu'il soit égal de t'adorer dans un jargon formé d'une ancienne langue, ou dans un jargon plus nouveau; que ceux dont l'habit est teint en rouge ou en violet, qui dominent sur une petite parcelle d'un petit tas de la boue de ce monde, et qui possèdent quelques fragments arrondis d'un certain métal, jouissent sans orgueil de ce qu'ils appellent *grandeur* et *richesse,* et que les autres les voient sans envie: car tu sais qu'il n'y a

dans ces vanités ni de quoi envier, ni de quoi s'enorgueillir.

Puissent tous les hommes se souvenir qu'ils sont frères! qu'ils aient en horreur la tyrannie exercée sur les âmes, comme ils ont en exécration le brigandage qui ravit par la force le fruit du travail et de l'industrie paisible! Si les fléaux de la guerre sont inévitables, ne nous haïssons pas, ne nous déchirons pas les uns les autres dans le sein de la paix, et employons l'instant de notre existence à bénir également en mille langages divers, depuis Siam jusqu'à la Californie, ta bonté qui nous a donné cet instant.

(Moland, XXV, 18-108.)

A M. BERTRAND [62]

8 janvier (1764).

Je ne cesserai, mon cher monsieur, de prêcher la tolérance sur les toits, malgré les plaintes de vos prêtres et les clameurs des nôtres, tant qu'on ne cessera pas de persécuter. Les progrès de la raison sont lents, les racines des préjugés sont profondes. Je ne verrai pas sans doute les fruits de mes efforts, mais ce seront des semences qui peut-être germeront un jour.

Vous ne trouverez pas, mon cher ami, que la plaisanterie convienne dans les matières graves. Nous autres Français nous sommes gais; les Suisses sont plus sérieux. Dans le charmant pays de Vaud,[63] qui inspire la joie, la gravité serait-elle l'effet du gouvernement? Comptez que rien n'est plus efficace pour écraser la superstition que le ridicule dont on la couvre. Je ne la confonds point avec la religion,[64]

[62] Bertrand, minister of a church at Berne in Switzerland.
[63] *Pays de Vaud*, a Swiss canton bordering on Lake Geneva and including the city of Lausanne on the north shore of the lake. It is a very beautiful country and was a favorite region for Rousseau, who placed there his characters in the *Nouvelle Héloïse*. Cf. Letter XVII and *Confessions* (Hachette ed.), VIII, 107.
[64] Note that Voltaire most carefully distinguishes between religion and superstition. Note also his declaration of the policy of ridicule, weapon which he used with such effect and to the infinite scandal of the orthodox in all churches.

mon cher philosophe. Celle-là est l'objet de la sottise et de l'orgueil, celle-ci est dictée par la sagesse et la raison. La première a toujours produit le trouble et la guerre; la dernière maintient l'union et la paix. Mon ami Jean-Jacques ne veut point de comédie,[65] et vous ne voulez pas être amusé par des plaisanteries innocentes. Malgré votre sérieux, je vous aime bien tendrement.

(Moland, XLIII, 79–80.)

A PASSAGE ON SANITATION IN REFERENCE TO CEMETERIES (1764)

This passage is taken from the so-called *Préface de Catherine Vadé pour les Contes de Guillaume Vadé*, the latter being a fictitious name. There did actually exist, however, a certain Jean-Joseph Vadé (1720–1757), a poet and author of farces.

Cette corruption de tant de corps qu'on ensevelit à Paris dans les églises, ou auprès des églises, infecte nécessairement l'air. . . .

Cette ridicule et odieuse coutume de paver les églises de morts cause dans Paris tous les ans des maladies épidémiques, et il n'y a point de défunt qui ne contribue plus ou moins à empester sa patrie. Les Grecs et les Romains étaient bien plus sages que nous: leur sépulture était hors des villes; et il y a même aujourd'hui plusieurs pays en Europe où cette salutaire coutume est établie. . . . Les générations deviendraient utiles les unes aux autres par ce prudent établissement; les villes seraient plus saines, les terres plus fécondes. En vérité, je ne puis m'empêcher de dire qu'on manque de police pour les vivants et pour les morts.

(Moland, X, 5.)

[65] Jean-Jacques Rousseau had published in 1758 his *Lettre à D'Alembert sur les spectacles*, in which he opposed the proposal to establish a theater in his native city of Geneva, a proposal which had first been made, probably at the instigation of Voltaire, in D'Alembert's article *Genève* of the *Encyclopédie*. Voltaire was too great an enthusiast in regard to drama not to feel Rousseau's attitude as almost a personal affront.

Le Dictionnaire Philosophique (1764)

The *Dictionnaire philosophique* first appeared in 1764, but it was far from the four large octavo volumes which we now find in Voltaire's works under this title. It was then a single octavo volume with the significant title, *Dictionnaire philosophique portatif*. Thus, in contrast to the bulky *Dictionnaire historique encyclopédique*, which since 1751 had been slowly appearing under the direction of Diderot, Voltaire aimed to make a book which would be short, clear, and easily readable. According to Voltaire's secretary Colini, the idea of such a work dated from 1752 and was the result of an evening's conversation with Frederick the Great. After its first appearance in 1764, other articles were added during succeeding years. In 1769 it filled two octavo volumes under the title of *La Raison par alphabet*. Finally, the editors of the posthumous Kehl edition gathered numerous scattered articles into the work which we now know. The Moland edition gives the date of each article in this collection.

The *Dictionnaire philosophique* is one of Voltaire's most significant works. The government considered it radical and dangerous, and therefore ordered it publicly burned in 1765. It shared this honor with Rousseau's *Émile* (1762) and with many another worthy and valuable book of the time. But governments and established bodies are inclined by nature to be conservative. What to one age appears most radical, becomes in the next axiomatic and matter of course. Yet much in the *Dictionnaire philosophique* has for us an interest other than historical. It is said to be one of the books still most in demand in the public reading rooms of France, an interesting evidence of its continuing influence; and a new English translation of a part of it appeared in 1924. (See Appendix.)

DIEU, DIEUX [66]

De la nécessité de croire un Être suprême.—Le grand objet, le grand intérêt, ce me semble, n'est pas d'argumenter en métaphysique, mais de peser s'il faut, pour le bien commun de nous autres animaux misérables et pensants, admettre un Dieu rémunérateur et vengeur, qui nous serve à la fois de frein et de consolation, ou rejeter cette idée en nous abandonnant à nos calamités sans espérances, et à nos crimes sans remords. . . .

[66] This article appeared in 1771 as part of the *Questions sur l'Encyclopédie.*

Je vous dis: Continuez à cultiver la vertu, à être bienfai-
sant, à regarder toute superstition avec horreur ou avec
pitié; mais adorez avec moi le dessein qui se manifeste dans
toute la nature, et par conséquent l'auteur de ce dessein, la
cause primordiale et finale de tout; [67] espérez avec moi que
notre monade [68] qui raisonne sur le grand Être éternel pourra
être heureuse par ce grand Être même. Il n'y a point là
de contradiction. Vous ne m'en démontrerez pas l'im-
possibilité; de même que je ne puis vous démontrer mathé-
matiquement que la chose est ainsi. Nous ne raisonnons
guère en métaphysique que sur des probabilités; nous nageons
tous dans une mer dont nous n'avons jamais vu le rivage.
Malheur à ceux qui se battent en nageant! Abordera qui
pourra; mais celui qui me crie: Vous nagez en vain, il n'y
a point de port, me décourage et m'ôte toutes mes forces.

De quoi s'agit-il dans notre dispute? de consoler notre
malheureuse existence. Qui la console? vous, ou moi?

Vous avouez vous-même, dans quelques endroits de votre
ouvrage,[69] que la croyance d'un Dieu a retenu quelques
hommes sur le bord du crime: cet aveu me suffit. Quand
cette opinion n'aurait prévenu que dix assassinats, dix
calomnies, dix jugements iniques sur la terre, je tiens que la
terre entière doit l'embrasser.

La religion, dites-vous, a produit des milliasses de for-
faits; dites la superstition, [70] qui règne sur notre triste

[67] Voltaire's favorite argument in proof of the existence of God is
the "argument from design," that the universe is ordered in accordance
with a harmonious purpose which indicates a mind, a creator, behind
it. This argument may have been strengthened in Voltaire by his
reading of Samuel Clarke (1675–1729), the English philosopher and
theologian, author of the *Being and Attributes of God*, though in general
Voltaire turns away from Clarke as too metaphysical for his taste.

[68] According to Leibnitz, the *monade* was the original, indivisible sub-
stance of which all beings were composed. Here, perhaps soul.

[69] *Le système de la nature* (1770), materialistic work by the Baron
d'Holbach (1723–1789), whom Voltaire here aims to refute.

[70] Note how careful Voltaire is to distinguish between true religion
and superstition. He does not confuse the two except when he is at a
white heat of rage because of some atrocious abuse which he is
combating. Cf. p. 422, below.

globe; elle est la plus cruelle ennemie de l'adoration pure qu'on doit à l'Être suprême. Détestons ce monstre qui a toujours déchiré le sein de sa mère : ceux qui le combattent sont les bienfaiteurs du genre humain; c'est un serpent qui entoure la religion de ses replis : il faut lui écraser la tête sans blesser celle qu'il infecte et qu'il dévore.

Vous craignez "qu'en adorant Dieu on ne redevienne bientôt superstitieux et fanatique"; mais n'est-il pas à craindre qu'en le niant on ne s'abandonne aux passions les plus atroces et aux crimes les plus affreux? Entre ces deux excès, n'y a-t-il pas un milieu très raisonnable? Où est l'asile entre ces deux écueils? le voici : Dieu, et des lois sages.

Vous affirmez qu'il n'y a qu'un pas de l'adoration à la superstition. Il y a l'infini pour les esprits bien faits : et ils sont aujourd'hui en grand nombre; ils sont à la tête des nations, ils influent sur les mœurs publiques; et d'année en année le fanatisme, qui couvrait la terre, se voit enlever ses détestables usurpations.

Je répondrai encore un mot à vos paroles de la page 223. "Si l'on présume des rapports entre l'homme et cet être incroyable, il faudra lui élever des autels, lui faire des présents, etc; si l'on ne conçoit rien à cet être, il faudra s'en rapporter à des prêtres qui . . . etc. . . , etc., » Le grand mal de s'assembler aux temps des moissons pour remercier Dieu du pain qu'il nous a donné! Qui vous dit de faire des présents à Dieu? l'idée en est ridicule; mais où est le mal de charger un citoyen, qu'on appellera *vieillard* ou *prêtre,* de rendre des actions de grâces à la Divinité au nom des autres citoyens, . . . pourvu que dans une paroisse ce prêtre ne soit pas un fripon volant dans la poche des pénitents qu'il confesse, et employant cet argent à séduire les petites filles qu'il catéchise. . . . Ces derniers cas sont

rares. L'état du sacerdoce est un frein qui force à la bien-séance.

Un sot prêtre excite le mépris; un mauvais prêtre inspire l'horreur; un bon prêtre, doux, pieux, sans superstition, charitable, tolérant, est un homme qu'on doit chérir et respecter. Vous craignez l'abus, et moi aussi. Unissons-nous pour le prévenir; mais ne condamnons pas l'usage quand il est utile à la société, quand il n'est pas perverti par le fanatisme, ou par la méchanceté frauduleuse. . . .

Le plus bel hommage, à mon gré, qu'on puisse rendre à Dieu, c'est de prendre sa défense sans colère; comme le plus indigne portrait qu'on puisse faire de lui est de le peindre vindicatif et furieux. Il est la vérité même: la vérité est sans passions. C'est être disciple de Dieu que de l'annoncer d'un cœur doux et d'un esprit inaltérable.

<div style="text-align:right">(Moland, XVIII, 376, 377, 378–379.)</div>

<div style="text-align:center">GOUVERNEMENT [71]</div>

Tableau du gouvernement anglais.—La France et l'Angleterre ayant donc été administrées si longtemps sur les mêmes principes, ou plutôt sans aucun principe, et seulement par des usages tout semblables, d'où vient qu'enfin ces deux gouvernements sont devenus aussi différents que ceux de Maroc et de Venise?

N'est-ce point que, l'Angleterre étant une île, le roi n'a pas besoin d'entretenir continuellement une forte armée de terre, qui serait plutôt employée contre la nation que contre les étrangers?

N'est-ce point qu'en général les Anglais ont dans l'esprit quelque chose de plus ferme, de plus réfléchi, de plus opiniâtre, que quelques autres peuples?

[71] 1771–1774.

N'est-ce point par cette raison que, s'étant toujours plaints de la cour de Rome, ils en ont entièrement secoué le joug honteux, tandis qu'un peuple plus léger l'a porté en affectant d'en rire, et en dansant avec ses chaînes?

La situation de leur pays, qui leur a rendu la navigation nécessaire, ne leur a-t-elle pas donné aussi des mœurs plus dures?

Cette dureté de mœurs, qui a fait de leur île le théâtre de tant de sanglantes tragédies, n'a-t-elle pas contribué aussi à leur inspirer une franchise généreuse?

N'est-ce pas ce mélange de leurs qualités contraires qui a fait couler tant de sang royal dans les combats et sur les échafauds, et qui n'a jamais permis qu'ils employassent le poison dans leurs troubles civils, tandis qu'ailleurs, sous un gouvernement sacerdotal, le poison était une arme si commune?

L'amour de la liberté n'est-il pas devenu leur caractère dominant, à mesure qu'ils ont été plus éclairés et plus riches? Tous les citoyens ne peuvent être également puissants, mais ils peuvent tous être également libres; et c'est ce que les Anglais ont obtenu enfin par leur constance.

Être libre, c'est ne dépendre que des lois. Les Anglais ont donc aimé les lois, comme les pères aiment leurs enfants parce qu'ils les ont faits, ou qu'ils ont cru les faire.

Un tel gouvernement n'a pu être établi que très tard, parce qu'il a fallu longtemps combattre des puissances respectées: la puissance du pape, la plus terrible de toutes, puisqu'elle était fondée sur le préjugé et sur l'ignorance; la puissance royale, toujours prête à se déborder, et qu'il fallait contenir dans ses bornes; la puissance du baronnage, qui était une anarchie; la puissance des évêques, qui, mêlant toujours le profane au sacré, voulurent l'emporter sur le baronnage et sur les rois.

Peu à peu la chambre des communes est devenue la digue qui arrête tous ces torrents.

La chambre des communes est véritablement la nation, puisque le roi, qui est le chef, n'agit que pour lui, et pour ce qu'on appelle *sa prérogative;* puisque les pairs ne sont en parlement que pour eux; puisque les évêques n'y sont de même que pour eux; mais la chambre des communes y est pour le peuple, puisque chaque membre est député du peuple. Or ce peuple est au roi comme environ huit millions sont à l'unité. Il est aux pairs et aux évêques comme huit millions sont à deux cents tout au plus. Et les huit millions de citoyens libres sont représentés par la chambre basse.

De cet établissement, en comparaison duquel la république de Platon n'est qu'un rêve ridicule, et qui semblerait inventé par Locke, par Newton, par Halley,[72] ou par Archimède,[73] il est né des abus affreux, et qui font frémir la nature humaine. Les frottements inévitables de cette vaste machine l'ont presque détruite du temps de Fairfax et de Cromwell.[74] Le fanatisme absurde s'était introduit dans ce grand édifice comme un feu dévorant qui consume un beau bâtiment qui n'est que de bois.

Il a été rebâti de pierre du temps de Guillaume d'Orange.[75] La philosophie a détruit le fanatisme, qui ébranle les États les plus fermes. Il est à croire qu'une constitution qui a réglé les droits du roi, des nobles, et du peuple, et dans laquelle chacun trouve sa sûreté, durera autant que les choses humaines peuvent durer.

Il est à croire aussi que tous les États qui ne sont pas fondés sur de tels principes éprouveront des révolutions.[76]

[72] Halley (1656–1742), English astronomer.

[73] Archimedes (287–212 b. c.), Greek mathematician and scientist.

[74] Thomas Fairfax (1612–1671), English general who took part in the Revolution with Cromwell against Charles I.

[75] William III (1650–1702), formerly Prince of Orange, reigned over England from 1689 to 1702.

[76] Note that Voltaire believes revolutions are in store for all absolute monarchies.

Voici à quoi la législation anglaise est enfin parvenue : à remettre chaque homme dans tous les droits de la nature,[77] dont ils sont dépouillés dans presque toutes les monarchies. Ces droits sont : liberté entière de sa personne, de ses biens ; de parler à la nation par l'organe de sa plume ; de ne pouvoir être jugé en matière criminelle que par un *jury* formé d'hommes indépendants ; de ne pouvoir être jugé en aucun cas que suivant les termes précis de la loi ; de professer en paix quelque religion qu'on veuille, en renonçant aux emplois dont les seuls anglicans peuvent être pourvus. Cela s'appellent des prérogatives. Et en effet, c'est une très grande et très heureuse prérogative par-dessus tant de nations, d'être sûr en vous couchant que vous vous réveillerez le lendemain avec la même fortune que vous possédiez la veille ; que vous ne serez pas enlevé des bras de votre femme, de vos enfants, au milieu de la nuit, pour être conduit dans un donjon ou dans un désert ; que vous aurez, en sortant du sommeil, le pouvoir de publier tout ce que vous pensez ; que si vous êtes accusé, soit pour avoir mal agi, ou mal parlé, ou mal écrit, vous ne serez jugé que suivant la loi. Cette prérogative s'étend sur tout ce qui aborde en Angleterre. Un étranger y jouit de la même liberté de ses biens et de sa personne : et s'il est accusé, il peut demander que la moitié des jurés soit composée d'étrangers.

J'ose dire que si on assemblait le genre humain pour faire des lois, c'est ainsi qu'on les ferait pour sa sûreté. Pourquoi donc ne sont-elles pas suivies dans les autres pays ? N'est-ce pas demander pourquoi les cocos mûrissent aux Indes et ne réussissent point à Rome ? Vous répondez que ces cocos n'ont pas toujours mûri en Angleterre ; qu'ils n'y ont été cultivés que depuis peu de temps ; que la Suède en a élevé à son ex-

[77] The argument from so-called *natural rights* is characteristic of most of the political theory of the eighteenth century. A *state of nature* was imagined or believed in as a state antedating society and in which man had his natural rights, later lost.

emple pendant quelques années, et qu'ils n'ont pas réussi ; que vous pourriez faire venir de ces fruits dans d'autres provinces, par exemple en Bosnie, en Servie. Essayez donc d'en planter.

Et surtout, pauvre homme, si vous êtes bacha, effendi ou mollah, ne soyez pas assez imbécilement barbare pour resserrer les chaînes de votre nation. Songez que plus vous appesantirez le joug, plus vos enfants, qui ne seront pas tous bachas, seront esclaves. Quoi! malheureux, pour le plaisir d'être tyran subalterne pendant quelques jours, vous exposez toute votre postérité à gémir dans les fers! Oh, qu'il est aujourd'hui de distance entre un Anglais et un Bosniaque!
(Moland, XIX, 294-297.)

GUERRE [78]

Tous les animaux sont perpétuellement en guerre ; chaque espèce est née pour en dévorer une autre. Il n'y a pas jusqu'aux moutons et aux colombes qui n'avalent une quantité prodigieuse d'animaux imperceptibles. Les mâles de la même espèce se font la guerre pour des femelles, comme Ménélas et Pâris. L'air, la terre et les eaux, sont des champs de destruction.

Il semble que Dieu ayant donné la raison aux hommes, cette raison doive les avertir de ne pas s'avilir à imiter les animaux, surtout quand la nature ne leur a donné ni armes pour tuer leurs semblables, ni instinct qui les porte à sucer leur sang.

Cependant la guerre meurtrière est tellement le partage affreux de l'homme qu'excepté deux ou trois nations il n'en est point que leurs anciennes histoires ne représentent armées les unes contre les autres. Vers le Canada *homme* et *guerrier* sont synonymes, et nous avons vu que dans notre hémisphère *voleur* et *soldat* étaient même chose. Manichéens,[79] voilà votre excuse.

[78] This article dates from 1764, but many changes and additions were made in 1771 and a few others in the posthumous Kehl edition.
[79] *Manichéens,* cf. *supra,* p. 310, n.

Le plus déterminé des flatteurs conviendra sans peine que la guerre traîne toujours à sa suite la peste et la famine, pour peu qu'il ait vu les hôpitaux des armées d'Allemagne, et qu'il ait passé dans quelques villages où il se sera fait quelque grand exploit de guerre.

C'est sans doute un très bel art que celui qui désole les campagnes, détruit les habitations, et fait périr, année commune, quarante mille hommes sur cent mille. Cette invention fut d'abord cultivée par des nations assemblées pour leur bien commun; par exemple, la diète des Grecs déclara à la diète de la Phrygie et des peuples voisins qu'elle allait partir sur un millier de barques de pêcheurs pour aller les exterminer si elle pouvait.

Le peuple romain assemblé jugeait qu'il était de son intérêt d'aller se battre avant moisson contre le peuple de Veïes, ou contre les Volsques. Et quelques années après, tous les Romains, étant en colère contre tous les Carthaginois, se battirent longtemps sur mer et sur terre. Il n'en est pas de même aujourd'hui.

Un généalogiste prouve à un prince qu'il descend en droite ligne d'un comte dont les parents avaient fait un pacte de famille, il y a trois ou quatre cents ans, avec une maison dont la mémoire même ne subsiste plus. Cette maison avait des prétentions éloignées sur une province dont le dernier possesseur est mort d'apoplexie; le prince et son conseil voient son droit évident. Cette province, qui est à quelques centaines de lieues de lui, a beau protester qu'elle ne le connaît pas, qu'elle n'a nulle envie d'être gouvernée par lui; que, pour donner des lois aux gens, il faut au moins avoir leur consentement: ces discours ne parviennent pas seulement [80] aux oreilles du prince, dont le droit est incontestable. Il trouve incontinent un grand nombre d'hommes qui n'ont rien à perdre; il les habille d'un gros drap bleu à cent dix sous

80 *Seulement,* even.

l'aune, borde leurs chapeaux avec du gros fil blanc, les fait tourner à droite et à gauche, et marche à la gloire.

Les autres princes qui entendent parler de cette équipée y prennent part, chacun selon son pouvoir, et couvrent une petite étendue de pays de plus de meurtriers mercenaires que Gengiskan,[81] Tamerlan,[82] Bajazet,[83] n'en traînèrent à leur suite.

Des peuples assez éloignés entendent dire qu'on va se battre, et qu'il y a cinq ou six sous par jour à gagner pour eux s'ils veulent être de la partie: ils se divisent aussitôt en deux bandes comme des moissonneurs, et vont vendre leurs services à quiconque veut les employer.

Ces multitudes s'acharnent les unes contre les autres, non seulement sans avoir aucun intérêt au procès, mais sans savoir même de quoi il s'agit.

On voit à la fois cinq ou six puissances belligérantes, tantôt trois contre trois, tantôt deux contre quatre, tantôt une contre cinq, se détestant toutes également les unes les autres, s'unissant et s'attaquant tour à tour; toutes d'accord en un seul point, celui de faire tout le mal possible.

Le merveilleux de cette entreprise infernale, c'est que chaque chef des meurtriers fait bénir ses drapeaux et invoque Dieu solennellement avant d'aller exterminer son prochain. Si un chef n'a eu que le bonheur de faire égorger deux ou trois mille hommes, il n'en remercie point Dieu; mais lorsqu'il y en a eu environ dix mille d'exterminés par le feu et par le fer, et que, pour comble de grâce, quelque ville a été détruite de fond en comble, alors on chante à quatre parties une chanson assez longue, composée dans une langue inconnue à tous ceux qui ont combattu, et de plus toute farcie

[81] Gengis-khan (1162?–1227), Tartar conqueror and founder of the first Mogol empire.

[82] Tamerlane (1336–1405), Tartar conqueror, victor over Bajazet.

[83] Bajazet (1347–1403), sultan of the Turks, vanquished by Tamerlane and taken prisoner in 1402.

de barbarismes. La même chanson sert pour les mariages et
pour les naissances, ainsi que pour les meurtres : ce qui n'est
pas pardonnable, surtout dans la nation la plus renommée
pour les chansons nouvelles.

La religion naturelle a mille fois empêché des citoyens de
commettre des crimes. Une âme bien née n'en a pas la
volonté ; une âme tendre s'en effraye ; elle se représente un
Dieu juste et vengeur. Mais la religion artificielle encourage
à toutes les cruautés qu'on exerce de compagnie, conjurations,
séditions, brigandages, embuscades, surprises de villes, pil-
lages, meurtres. Chacun marche gaiement au crime sous la
bannière de son saint.

On paye partout un certain nombre de harangueurs pour
célébrer ces journées meurtrières ; les uns sont vêtus d'un
long justaucorps noir, chargé d'un manteau écourté ; les
autres ont une chemise par-dessus une robe ; quelques-uns
portent deux pendants d'étoffe bigarrée par-dessus leur
chemise. Tous parlent longtemps ; ils citent ce qui s'est fait
jadis en Palestine, à propos d'un combat en Vétéravie.

Le reste de l'année, ces gens-là déclament contre les vices.
Ils prouvent en trois points et par antithèses que les dames
qui étendent légèrement un peu de carmin sur leurs joues
fraîches seront l'objet éternel des vengeances éternelles de
l'Éternel ; que *Polyeucte* et *Athalie* sont les ouvrages du
démon ; qu'un homme qui fait servir sur sa table pour deux
cents écus de marée un jour de carême fait immanquablement
son salut, et qu'un pauvre homme qui mange pour deux
sous et demi de mouton va pour jamais à tous les diables.

De cinq ou six mille déclamations de cette espèce, il y en
a trois ou quatre, tout au plus, composées par un Gaulois
nommé Massillon,[84] qu'un honnête homme peut lire sans
dégoût ; mais dans tous ces discours, à peine en trouverez-
vous deux où l'orateur ose dire quelques mots contre ce

[84] Massillon (1663–1742). celebrated French preacher.

fléau et ce crime de la guerre, qui contient tous les fléaux et tous les crimes. Les malheureux harangueurs parlent sans cesse contre l'amour, qui est la seule consolation du genre humain, et la seule manière de le réparer; ils ne disent rien des efforts abominables que nous faisons pour le détruire.

Vous avez fait un bien mauvais sermon sur l'impureté, ô Bourdaloue![85] mais aucun sur ces meurtres variés en tant de façons, sur ces rapines, sur ces brigandages, sur cette rage universelle qui désole le monde. Tous les vices réunis de tous les âges et de tous les lieux n'égaleront jamais les maux que produit une seule campagne.

Misérables médecins des âmes, vous criez pendant cinq quarts d'heure sur quelques piqûres d'épingle, et vous ne dites rien sur la maladie qui nous déchire en mille morceaux! Philosophes moralistes, brûlez tous vos livres. Tant que le caprice de quelques hommes fera loyalement égorger des milliers de nos frères, la partie du genre humain consacrée à l'héroïsme sera ce qu'il y a de plus affreux dans la nature entière.

Que deviennent et que m'importent l'humanité, la bienfaisance, la modestie, la tempérance, la douceur, la sagesse, la piété, tandis qu'une demi-livre de plomb tirée de six cents pas me fracasse le corps, et que je meurs à vingt ans dans des tourments inexprimables, au milieu de cinq ou six mille mourants, tandis que mes yeux, qui s'ouvrent pour la dernière fois, voient la ville où je suis né détruite par le fer et par la flamme, et que les derniers sons qu'entendent mes oreilles sont les cris des femmes et des enfants expirants sous des ruines, le tout pour les prétendus intérêts d'un homme que nous ne connaissons pas?

Ce qu'il y a de pis, c'est que la guerre est un fléau inévitable. Si l'on y prend garde, tous les hommes ont adoré

<hr />

[85] Bourdaloue (1632–1704), celebrated French preacher of the seventeenth century, contemporary with Bossuet and his rival in fame during his lifetime.

le dieu Mars; Sabaoth chez les Juifs signifie le Dieu des armes; mais Minerve chez Homère appelle Mars un dieu furieux, insensé, infernal.

Le célèbre Montesquieu, qui passait pour humain, a pourtant dit qu'il est juste de porter le fer et la flamme chez ses voisins, dans la crainte qu'ils ne fassent trop bien leurs affaires. Si c'est là l'esprit des lois, c'est celui des lois de Borgia et de Machiavel. Si malheureusement il a dit vrai, il faut écrire contre cette vérité, quoiqu'elle soit prouvée par les faits.

Voici ce que dit Montesquieu: [86]

"Entre les sociétés le droit de la défense naturelle entraîne quelquefois la nécessité d'attaquer, lorsqu'un peuple voit qu'une longue paix mettrait un autre en état de le détruire, et que l'attaque est dans ce moment le seul moyen d'empêcher cette destruction."

Comment l'attaque en pleine paix peut-elle être le seul moyen d'empêcher cette destruction? Il faut donc que vous soyez sûr que ce voisin vous détruira s'il devient puissant. Pour en être sûr, il faut qu'il ait fait déjà les préparatifs de votre perte. En ce cas, c'est lui qui commence la guerre, ce n'est pas vous; votre supposition est fausse et contradictoire.

S'il y eut jamais une guerre évidemment injuste, c'est celle que vous proposez; c'est d'aller tuer votre prochain, de peur que votre prochain (qui ne vous attaque pas) ne soit en état de vous attaquer: c'est-à-dire qu'il faut que vous hasardiez de ruiner votre pays dans l'espérance de ruiner sans raison celui d'un autre; cela n'est assurément ni honnête ni utile, car on n'est jamais sûr du succès, vous le savez bien.

Si votre voisin devient trop puissant pendant la paix, qui vous empêche de vous rendre puissant comme lui? S'il a fait des alliances, faites-en de votre côté. Si, ayant moins de religieux, il en a plus de manufacturiers et de soldats,

[86] *Esprit des lois,* livre X, chapitre ii (Note de Voltaire).

imitez-le dans cette sage économie. S'il exerce mieux ses matelots, exercez les vôtres; tout cela est très juste. Mais d'exposer votre peuple à la plus horrible misère, dans l'idée si souvent chimérique d'accabler votre cher frère le sérénissime prince limitrophe! ce n'était pas à un président honoraire d'une compagnie pacifique à vous donner un tel conseil.

(Moland, XIX, 318–322.)

HISTOIRE [87]

De l'utilité de l'histoire. Cet avantage consiste surtout dans la comparaison qu'un homme d'État, un citoyen peut faire des lois et des mœurs étrangères avec celles de son pays: c'est ce qui excite l'émulation des nations modernes dans les arts, dans l'agriculture, dans le commerce.

Les grandes fautes passées servent beaucoup en tout genre; on ne saurait trop remettre devant les yeux les crimes et les malheurs. On peut, quoi qu'on en dise, prévenir les uns et les autres; l'histoire du tyran Christiern peut empêcher une nation de confier le pouvoir absolu à un tyran; et le désastre de Charles XII [88] devant Pultava avertit un général de ne pas s'enfoncer dans l'Ukraine sans avoir des vivres.

C'est pour avoir lu les détails des batailles de Crécy, de Poitiers, d'Azincourt, de Saint-Quentin, de Gravelines,[89] etc., que le célèbre maréchal de Saxe [90] se déterminait à chercher, autant qu'il pouvait, des affaires de poste.[91]

Les exemples font un grand effet sur l'esprit d'un prince

[87] 1765–1771.

[88] *Christiern,* Christian II, called the Cruel, was king of Denmark and Norway in 1513 and of Sweden in 1520. Gustav Vasa dethroned him in 1523, and he died a captive in 1559.

Le désastre de Charles XII. Defeat of Charles XII, king of Sweden (1682–1718), by Peter the Great of Russia at Pultowa, July 8, 1709. See Voltaire's *Histoire de Charles XII,* Book IV.

[89] Battles lost by the French, the first three to England in 1346, 1356, and 1415; the last two to Spain in 1557 and 1558.

[90] *Le maréchal de Saxe* (1696–1750), French general, who won the battles of Fontenoy in 1745, Raucoux in 1746, and Lawfeld in 1747.

[91] Outpost skirmishes.

qui lit avec attention. Il verra que Henri IV n'entreprit sa grande guerre, qui devait changer le système de l'Europe, qu'après s'être assuré du nerf de la guerre pour la pouvoir soutenir plusieurs années sans aucun nouveau secours de finances.

Il verra que la reine Élisabeth,[92] par les seules ressources du commerce et d'une sage économie, résista au puissant Philippe II, et que de cent vaisseaux qu'elle mit en mer contre la flotte invincible, les trois quarts étaient fournis par les villes commerçantes d'Angleterre.

La France non entamée sous Louis XIV, après neuf ans de la guerre la plus malheureuse, montrera évidemment l'utilité des places frontières qu'il construisit. En vain l'auteur des causes de la chute de l'empire romain [93] blâme-t-il Justinien [94] d'avoir eu la même politique; il ne devait blâmer que les empereurs qui négligèrent ces places frontières, et qui ouvrirent les portes de l'empire aux barbares.

Un avantage que l'histoire moderne a sur l'ancienne est d'apprendre à tous les potentats que depuis le XVe siècle on s'est toujours réuni contre une puissance trop prépondérante. Ce système d'équilibre [95] a toujours été inconnu des anciens, et c'est la raison des succès du peuple romain, qui, ayant formé une milice supérieure à celle des autres peuples, les subjugua l'un après l'autre, du Tibre jusqu'à l'Euphrate. . . .

Certitude de l'histoire.—Toute certitude qui n'est pas démonstration mathématique n'est qu'une extrême probabilité: il n'y a pas d'autre certitude historique.

Quand Marc-Paul [96] parla le premier, mais le seul, de la

92 Reference to the so-called "Invincible Armada" sent in 1588 by Philip II of Spain against Queen Elizabeth of England.
93 Montesquieu. *Causes de la grandeur et de la décadence des Romains* (1734), Chapter XX.
94 Justinian the Great, Byzantine emperor from 527 to 565.
95 The "Balance of Power" as a principle of European diplomacy.
96 Marco Polo (1254–1324). Venetian traveler, one of the first to visit the Far-East and to write an account of his travels.

grandeur et de la population de la Chine, il ne fut pas cru, et il ne put exiger de croyance. Les Portugais qui entrèrent dans ce vaste empire plusieurs siècles après commencèrent à rendre la chose probable. Elle est aujourd'hui certaine, de cette certitude qui naît de la déposition unanime de mille témoins oculaires de différentes nations, sans que personne ait réclamé contre leur témoignage.

Si deux ou trois historiens seulement avaient écrit l'aventure du roi Charles XII,[97] qui, s'obstinant à rester dans les États du sultan son bienfaiteur, malgré lui, se battit avec ses domestiques contre une armée de janissaires et de Tartares, j'aurais suspendu mon jugement; mais ayant parlé à plusieurs témoins oculaires, et n'ayant jamais entendu révoquer cette action en doute, il a bien fallu la croire; parce qu'après tout, si elle n'est ni sage ni ordinaire, elle n'est contraire ni aux lois de la nature ni au caractère du héros. . . .

<div align="right">(Moland, XIX, 356, 357, 358.)</div>

HOMME

L'homme est-il né méchant?[98]—Ne paraît-il pas démontré que l'homme n'est point né pervers et enfant du diable? Si telle était sa nature, il commettrait des noirceurs, des barbaries sitôt qu'il pourrait marcher; il se servirait du premier

[97] Charles XII, etc. See Voltaire's *Histoire de Charles XII*, Book VI.
[98] Voltaire here in 1771 attacks the theological doctrine of "original sin," according to which man, apart from divine grace, is inevitably predestined to perdition. Voltaire holds on the contrary that man is a bundle both of good and of evil tendencies which are developed preponderantly in one direction or the other by the environment in which he lives. In this theory Voltaire resembles closely Rousseau, whose idea of "natural goodness" and of the ruin wrought by "society" expresses the same idea. Cf. George R. Havens, "The Theory of Natural Goodness in Rousseau's *Nouvelle Héloïse*," (*Mod. Lang. Notes*, XXXVI, 385–94), "The Theory of Natural Goodness in Rousseau's *Confessions*," (*ibid.*, XXXVIII, 257–66), and three articles in the *Revue d'Histoire littéraire de la France* on the same subject as expressed in Rousseau's complete works (Oct.–Dec., 1924, Jan.–March, 1925, and March–June, 1925).

couteau qu'il trouverait pour blesser quiconque lui déplairait. Il ressemblerait nécessairement aux petits louveteaux, aux petits renards, qui mordent dès qu'ils le peuvent.

Au contraire, il est par toute la terre du naturel des agneaux tant qu'il est enfant. Pourquoi donc, et comment devient-il si souvent loup et renard? N'est-ce pas que, n'étant né ni bon ni méchant, l'éducation, l'exemple, le gouvernement, dans lequel il se trouve jeté, l'occasion enfin, le déterminent à la vertu ou au crime?

Peut-être la nature humaine ne pouvait-elle être autrement. L'homme ne pouvait avoir toujours des pensées fausses, ni toujours des pensées vraies, des affections toujours douces, ni toujours cruelles.

Il paraît démontré que la femme vaut mieux que l'homme; vous voyez cent *frères ennemis* contre une *Clytemnestre*.[99]

Il y a des professions qui rendent nécessairement l'âme impitoyable: celle de soldat, celle de boucher, d'archer, de geôlier, et tous les métiers qui sont fondés sur le malheur d'autrui.

L'archer, le satellite, le geôlier, par exemple, ne sont heureux qu'autant qu'ils font de misérables. Ils sont, il est vrai, nécessaires contre les malfaiteurs, et par là utiles à la société; mais sur mille mâles de cette espèce, il n'y en a pas un qui agisse par le motif du bien public, et qui même connaisse qu'il est un bien public.

C'est surtout une chose curieuse de les entendre parler de leurs prouesses, comme ils comptent le nombre de leurs victimes, leurs ruses pour les attraper, les maux qu'ils leur ont fait souffrir, et l'argent qui leur en est revenu. . . .

Les femmes, sans cesse occupées de l'éducation de leurs enfants et renfermées dans leurs soins domestiques, sont exclues de toutes ces professions qui pervertissent la nature

[99] Clytemnestra, wife of Agamemnon, mother of Orestes and Electra. She killed her husband and was killed by her son.

humaine, et qui la rendent atroce. Elles sont partout moins barbares que les hommes. . . .

Il paraît donc que nos coutumes, nos usages, ont rendu l'espèce mâle très méchante.

Si cette vérité était générale et sans exception, cette espèce serait plus horrible que ne l'est à nos yeux celle des araignées, des loups et des fouines. Mais heureusement les professions qui endurcissent le cœur et le remplissent de passions odieuses sont très rares. Observez que, dans une nation d'environ vingt millions de têtes, il y a tout au plus deux cent mille soldats. Ce n'est qu'un soldat par deux cents individus. Ces deux cent mille soldats sont tenus dans la discipline la plus sévère. Il y a parmi eux de très honnêtes gens qui reviennent dans leur village achever leur vieillesse en bons pères et en bons maris.

Les autres métiers dangereux aux mœurs sont en petit nombre.

Les laboureurs, les artisans, les artistes, sont trop occupés pour se livrer souvent au crime.

La terre portera toujours des méchants détestables. Les livres en exagéreront toujours le nombre, qui, bien que trop grand, est moindre qu'on ne le dit.

Si le genre humain avait été sous l'empire du diable, il n'y aurait plus personne sur la terre.

Consolons-nous; on a vu, on verra toujours de belles âmes depuis Pékin jusqu'à La Rochelle; et, quoi qu'en disent des licenciés et des bacheliers, les Titus, les Trajan, les Antonins, et Pierre Bayle, ont été de fort honnêtes gens.

De l'homme dans l'état de pure nature.—Que serait l'homme dans l'état qu'on nomme de *pure nature?* Un animal fort au-dessous des premiers Iroquois qu'on trouva dans le nord de l'Amérique.

Il serait très inférieur à ces Iroquois, puisque ceux-ci sa-

vaient allumer du feu et se faire des flèches. Il fallut des siècles pour parvenir à ces deux arts.

L'homme abandonné à la pure nature n'aurait pour tout langage que quelques sons mal articulés; l'espèce serait réduite à un très petit nombre par la difficulté de la nourriture et par le défaut des secours, du moins dans nos tristes climats. Il n'aurait pas plus de connaissance de Dieu et de l'âme que des mathématiques; ses idées seraient renfermées dans le soin de se nourrir. L'espèce des castors serait très préférable.

C'est alors que l'homme ne serait précisément qu'un enfant robuste; et on a vu beaucoup d'hommes qui ne sont pas fort au-dessus de cet état.

Les Lapons, les Samoyèdes,[1] les habitants du Kamtschatka, les Cafres, les Hottentots, sont, à l'égard de l'homme en l'état de pure nature, ce qu'étaient autrefois les cours de Cyrus et de Sémiramis en comparaison des habitants des Cévennes. Et cependant ces habitants du Kamtschatka et ces Hottentots de nos jours, si supérieurs à l'homme entièrement sauvage, sont des animaux qui vivent six mois de l'année dans des cavernes, où ils mangent à pleines mains la vermine dont ils sont mangés.

En général l'espèce humaine n'est pas de deux ou trois degrés plus civilisée que les gens du Kamtschatka. La multitude des bêtes brutes appelées *hommes,* comparée avec le petit nombre de ceux qui pensent, est au moins dans la proportion de cent à un chez beaucoup de nations. . . .

Entre les hommes à pur instinct et les hommes de génie flotte ce nombre immense occupé uniquement de subsister. . . .

Cependant plus de la moitié de la terre habitable est encore peuplée d'animaux à deux pieds qui vivent dans cet horrible état qui approche de la pure nature, ayant à peine le vivre et le vêtir, jouissant à peine du don de la parole,

[1] Inhabitants of the Steppes of Siberia.

s'apercevant à peine qu'ils sont malheureux, vivant et mourant sans presque le savoir.[2]

Réflexion générale sur l'homme.[3]—Il faut vingt ans pour mener l'homme de l'état de plante où il est dans le ventre de sa mère, et de l'état de pur animal, qui est le partage de sa première enfance, jusqu'à celui où la maturité de la raison commence à poindre. Il a fallu trente siècles pour connaître un peu sa structure. Il faudrait l'éternité pour connaître quelque chose de son âme. Il ne faut qu'un instant pour le tuer.

(Moland, XIX, 381, 382, 383, 384, 385.)

IDÉE [4]

Comment tout est-il action de Dieu?—Il n'y a dans la nature qu'un principe universel, éternel, et agissant; il ne peut en exister deux: car ils seraient semblables ou différents. S'ils sont différents, ils se détruisent l'un l'autre; s'ils sont semblables, c'est comme s'il n'y en avait qu'un. L'unité de dessein dans le grand tout infiniment varié annonce un seul principe; ce principe doit agir sur tout être, ou il n'est plus principe universel.

S'il agit sur tout être, il agit sur tous les modes de tout être. Il n'y a donc pas un seul mouvement, un seul mode, une seule idée qui ne soit l'effet immédiat d'une cause universelle toujours présente.

La matière de l'univers appartient donc à Dieu tout autant que les idées, et les idées tout autant que la matière.

[2] From the foregoing, it is evident that Voltaire is under no illusions regarding the *State of Pure Nature* so much admired by a certain school of thinkers in the eighteenth century. Cf. his poem of *Le Mondain* for an expression of the same point of view. Cf. also his witty letter to Rousseau in which he acknowledged the receipt of the latter's *Discours sur l'inégalité.*

[3] 1774.

[4] 1769.

Dire que quelque chose est hors de lui, ce serait dire qu'il y a quelque chose hors du grand tout. Dieu étant le principe universel de toutes les choses, toutes existent donc en lui et par lui.[5]

(Moland, XIX, 399.)

LES IGNORANCES [6]

J'ignore comment j'ai été formé, et comment je suis né. J'ai ignoré absolument pendant le quart de ma vie les raisons de tout ce que j'ai vu, entendu et senti; et je n'ai été qu'un perroquet sifflé par d'autres perroquets.

Quand j'ai regardé autour de moi et dans moi, j'ai conçu que quelque chose existe de toute éternité; puisqu'il y a des êtres qui sont actuellement, j'ai conclu qu'il y a un être nécessaire et nécessairement éternel. Ainsi, le premier pas que j'ai fait pour sortir de mon ignorance a franchi les bornes de tous les siècles.

Mais quand j'ai voulu marcher dans cette carrière infinie ouverte devant moi, je n'ai pu ni trouver un seul sentier, ni découvrir pleinement un seul objet; et du saut que j'ai fait pour contempler l'éternité, je suis retombé dans l'abîme de mon ignorance.

J'ai vu ce qu'on appelle *de la matière* depuis l'étoile Sirius, et depuis celles de la *voie lactée,* aussi éloignées de Sirius que cet astre l'est de nous, jusqu'au dernier atome qu'on peut apercevoir avec le microscope, et j'ignore ce que c'est que la matière.

La lumière qui m'a fait voir tous ces êtres m'est inconnue: je peux, avec le secours du prisme, anatomiser cette lumière, et la diviser en sept faisceaux de rayons; mais je ne peux di-

5 This passage is a commentary on the Biblical statement from Paul's sermon at Athens: "For in him we live, and move, and have our being." *Acts,* xvii, 28.
6 1765.

viser ces faisceaux; j'ignore de quoi ils sont composés. La lumière tient de la matière, puisqu'elle a un mouvement et qu'elle frappe les objets; mais elle ne tend point vers un centre comme tous les autres corps: au contraire, elle s'échappe invinciblement du centre, tandis que toute matière pèse vers son centre. La lumière paraît pénétrable et la matière est impénétrable. Cette lumière est-elle matière? ne l'est-elle pas? qu'est-elle? de quelles innombrables propriétés peut-elle être revêtue? je l'ignore.

Cette substance si brillante, si rapide et si inconnue, et ces autres substances qui nagent dans l'immensité de l'espace, sont-elles éternelles comme elles semblent infinies? Je n'en sais rien. Un être nécessaire, souverainement intelligent, les a-t-il créées de rien, ou les a-t-il arrangées? a-t-il produit cet ordre dans le temps ou avant le temps? Hélas! qu'est-ce que ce temps même dont je parle? je ne puis le définir. O Dieu! il faut que tu m'instruises, car je ne suis éclairé ni par les ténèbres des autres hommes, ni par les miennes. . . .

O atomes d'un jour! ô mes compagnons dans l'infinie petitesse, nés comme moi pour tout souffrir et pour tout ignorer, y en a-t-il parmi vous d'assez fous pour croire savoir tout cela? Non, il n'y en a point; non, dans le fond de votre cœur vous sentez votre néant comme je rends justice au mien. Mais vous êtes assez orgueilleux pour vouloir qu'on embrasse vos vains systèmes; ne pouvant être les tyrans de nos corps, vous prétendez être les tyrans de nos âmes.[7]

(Moland, XIX, 424, 425, 427.)

MORALE [8]

Bavards prédicateurs, extravagants controversistes, tâchez de vous souvenir que votre maître n'a jamais annoncé que le

[7] The above selections show a side of Voltaire too often overlooked. Here he is neither flippant nor superficial. Like Pascal, he is overwhelmed by man's infinite ignorance.

[8] The first paragraph is of 1771, the second of 1766.

sacrement était le signe visible d'une chose invisible; il n'a
jamais admis quatre vertus cardinales et trois théologales; il
n'a jamais examiné si sa mère était venue au monde maculée
ou immaculée; il n'a jamais dit que les petits enfants qui
mouraient sans baptême seraient damnés. Cessez de lui faire
dire des choses auxquelles il ne pensa point. Il a dit, selon la
vérité aussi ancienne que le monde: Aimez Dieu et votre pro-
chain. Tenez-vous-en là, misérables ergoteurs; prêchez la mo-
rale, et rien de plus. Mais observez-la cette morale: que les
tribunaux ne retentissent plus de vos procès; n'arrachez plus
par la griffe d'un procureur un peu de farine à la bouche de la
veuve et de l'orphelin; ne disputez plus un petit bénéfice avec
la même fureur qu'on disputa la papauté dans le grand
schisme d'Occident. Moines, ne mettez plus (autant qu'il
est en vous) l'univers à contribution; et alors nous pourrons
vous croire. . . .

La morale n'est point dans la superstition, elle n'est point
dans les cérémonies, elle n'a rien de commun avec les dogmes.
On ne peut trop répéter que tous les dogmes sont différents, et
que la morale est la même chez tous les hommes qui font
usage de leur raison. La morale vient donc de Dieu comme
la lumière. Nos superstitions ne sont que ténèbres. Lecteur,
réfléchissez: étendez cette vérité; tirez vos conséquences.

(Moland, XX, 111, 112.)

PROPRIÉTÉ[9]

Liberty and property, c'est le cri anglais. Il vaut mieux
que *Saint George et mon droit, Saint Denys et Mont-joie:*[10]
c'est le cri de la nature.[11]

[9] 1771.
[10] Ancient battle cries of the French knights during the Middle Ages
in their warfare, particularly against the English.
[11] Voltaire has a landowner's natural conservatism and appreciation
of the value of private property as a stimulus to labor. Rousseau, on
the other hand, uninterested in wealth or property, with little at stake
to make him wish to perpetuate the existing social order, is more

De la Suisse à la Chine les paysans possèdent des terres en propre. Le droit seul de conquête a pu, dans quelques pays, dépouiller les hommes d'un droit si naturel. . . .

Il est certain que le possesseur d'un terrain cultivera beaucoup mieux son héritage que celui d'autrui. L'esprit de propriété double la force de l'homme. On travaille pour soi et pour sa famille avec plus de vigueur et de plaisir que pour un maître. L'esclave qui est dans la puissance d'un autre a peu d'inclination pour le mariage. Il craint souvent même de faire des esclaves comme lui. Son industrie est étouffée, son âme abrutie; et ses forces ne s'exercent jamais dans toute leur élasticité. Le possesseur, au contraire, désire une femme qui partage son bonheur, et des enfants qui l'aident dans son travail. Son épouse et ses fils font ses richesses. Le terrain de ce cultivateur peut devenir dix fois plus fertile qu'auparavant sous les mains d'une famille laborieuse. Le commerce général sera augmenté; le trésor du prince en profitera; la campagne fournira plus de soldats. C'est donc évidemment l'avantage du prince.[12]

(Moland, XX, 291, 292.)

QUESTION, TORTURE [13]

J'ai toujours présumé que la question, la torture avait été inventée par des voleurs, qui, étant entrés chez un avare

conscious of the abuses of private property than of its possible advantages. Note his famous sentence in the *Discours sur l'inégalité* (1755): "Le premier qui, ayant enclos un terrain, s'avisa de dire: *Ceci est à moi,* et trouva des gens assez simples pour le croire, fut le vrai fondateur de la société civile."

[12] Voltaire is interested in seeing the serfs given their freedom. As he is predominantly practical, rather than theoretical, he endeavors to show how their freedom would be advantageous to the king and to the nobles, knowing that they have the power to bring about this reform once they see that it is to their personal advantage.

[13] 1771. The use of torture was one of the great evils of judicial procedure up to the time of the French Revolution. The horrible cruelties thus practiced on innocent as well as guilty must be understood in order to appreciate the important service performed in our behalf by those who, like Voltaire, attacked it upon every occasion in season and out.

et ne trouvant point son trésor, lui firent souffrir mille tour-
ments jusqu'à ce qu'il le découvrît.

On a dit souvent que la question était un moyen de sauver
un coupable robuste, et de perdre un innocent trop faible; [14]
que chez les Athéniens on ne donnait la question que dans
les crimes d'État; que les Romains n'appliquèrent jamais à
la torture un citoyen romain pour savoir son secret;

Que le tribunal abominable de l'Inquisition renouvela ce
supplice, et que par conséquent il doit être en horreur à toute
la terre;

Qu'il est aussi absurde d'infliger la torture pour parvenir
à la connaissance d'un crime, qu'il était absurde d'ordonner
autrefois le duel pour juger un coupable: car souvent le
coupable était vainqueur, et souvent le coupable vigoureux et
opiniâtre résiste à la question, tandis que l'innocent débile y
succombe;

Que cependant le duel était appelé *le jugement de Dieu,*
et qu'il ne manque plus que d'appeler la torture *le jugement
de Dieu;*

Que la torture est un supplice plus long et plus douloureux
que la mort; qu'ainsi on punit l'accusé avant d'être certain
de son crime, et qu'on le punit plus cruellement qu'en le
faisant mourir;

Que mille exemples funestes ont dû désabuser les légis-
lateurs de cet usage affreux;

Que cet usage est aboli dans plusieurs pays de l'Europe, et
qu'on voit moins de grands crimes dans ces pays que dans le
nôtre, où la torture est pratiquée.

On demande après cela pourquoi la torture est toujours

14 Cf. the statement of La Bruyère upon which Voltaire's seem to be
modeled: "La question est une invention merveilleuse et tout à fait
sûre pour perdre un innocent qui a la complexion faible, et sauver un
coupable qui est né robuste," *Les Caractères,* chap. xiv. Cf. Cervantes,
Don Quijote, Part I, ch xxii. Montaigne in the *Essais,* Book II, chap.
v, had written: "C'est une dangereuse invention que celle des gehennes,
et semble que ce soit plutost un essay de patience que de vérité," etc.

admise chez les Français, qui passent pour un peuple doux et agréable.

On répond que cet affreux usage subsiste encore parce qu'il est établi; on avoue qu'il y a beaucoup de personnes douces et agréables en France, mais on nie que le peuple soit humain. . . .

(Moland, XX, 313, 314.)

RELIGION [15]

Je méditais cette nuit; j'étais absorbé dans la contemplation de la nature; j'admirais l'immensité, le cours, les rapports de ces globes infinis que le vulgaire ne sait pas admirer.

J'admirais encore plus l'intelligence qui préside à ces vastes ressorts. Je me disais: "Il faut être aveugle pour n'être pas ébloui de ce spectacle; il faut être stupide pour n'en pas reconnaître l'auteur; il faut être fou pour ne pas l'adorer. Quel tribut d'adoration dois-je lui rendre? Ce tribut ne doit-il pas être le même dans toute l'étendue de l'espace, puisque c'est le même pouvoir suprême qui règne également dans cette étendue? Un être pensant qui habite dans une étoile de la voie lactée ne lui doit-il pas le même hommage que l'être pensant sur ce petit globe où nous sommes? La lumière est uniforme pour l'astre de Sirius et pour nous; la morale doit être uniforme. Si un animal sentant et pensant dans Sirius est né d'un père et d'une mère tendres qui aient été occupés de son bonheur, il leur doit autant d'amour et de soins que nous en devons ici à nos parents. Si quelqu'un dans la voie lactée voit un indigent estropié, s'il peut le soulager et s'il ne le fait pas, il est coupable envers tous les globes. Le cœur a partout les mêmes devoirs: sur les marches du trône de Dieu, s'il a un trône; et au fond de l'abîme, s'il est un abîme."

[15] 1771.

J'étais plongé dans ces idées, quand un de ces génies qui remplissent les intermondes descendit vers moi. Je reconnus cette même créature aérienne qui m'avait apparu autrefois pour m'apprendre combien les jugements de Dieu diffèrent des nôtres, et combien une bonne action est préférable à la controverse.

Il me transporta dans un désert tout couvert d'ossements entassés; et entre ces monceaux de morts il y avait des allées d'arbres toujours verts, et au bout de chaque allée un grand homme d'un aspect auguste, qui regardait avec compassion ces tristes restes.

"Hélas! mon archange, lui dis-je, où m'avez-vous mené?

—A la désolation, me répondit-il.

—Et qui sont ces beaux patriarches que je vois immobiles et attendris au bout de ces allées vertes, et qui semblent pleurer sur cette foule innombrable de morts?

—Tu le sauras, pauvre créature humaine, me répliqua le génie des intermondes; mais auparavant il faut que tu pleures."

Il commença par le premier amas.

"Ceux-ci, dit-il, sont les vingt-trois mille Juifs qui dansèrent devant un veau,[16] avec les vingt-quatre mille qui furent tués sur des filles madianites.[17] Le nombre des massacrés pour des délits ou des méprises pareilles se monte à près de trois cent mille.

"Aux allées suivantes sont les charniers des chrétiens égorgés les uns par les autres pour des disputes métaphysiques. Ils sont divisés en plusieurs monceaux de quatre siècles chacun. Un seul aurait monté jusqu'au ciel; il a fallu les partager.

[16] While Moses was on Mount Sinaï, the Israelites danced before a Golden Calf. As a punishment, the Levites slew that day three thousand men (*Exodus*, xxxii, 1–28.). Voltaire's twenty-three thousand seems to be a great exaggeration.

[17] Seemingly a reference to *Numbers*, xxxi, which does not, however, give the number mentioned by Voltaire.

—Quoi! m'écriai-je, des frères ont traité ainsi leurs frères, et j'ai le malheur d'être dans cette confrérie!

—Voici, dit l'esprit, les douze millions d'Américains tués dans leur patrie parce qu'ils n'avaient pas été baptisés.

—Eh, mon Dieu! que ne laissiez-vous ces ossements affreux se dessécher dans l'hémisphère où leurs corps naquirent, et où ils furent livrés à tant de trépas différents? Pourquoi réunir ici tous ces monuments abominables de la barbarie et du fanatisme?

—Pour t'instruire." . . .

Un peu au-delà de ces piles de morts nous trouvâmes d'autres piles: c'étaient des sacs d'or et d'argent, et chacune avait son étiquette: "Substance des hérétiques massacrés au XVIIIᵉ siècle, au XVIIᵉ, au XVIᵉ," et ainsi en remontant: "Or et argent des Américains égorgés, etc., etc." Et toutes ces piles étaient surmontées de croix, de mitres, de crosses, de tiares enrichies de pierreries.

"Quoi! mon génie, ce fut donc pour avoir ces richesses qu'on accumula ces morts?

—Oui, mon fils."

Je versai des larmes; et quand j'eus mérité par ma douleur qu'il me menât au bout des allées vertes, il m'y conduisit.

"Contemple, me dit-il, les héros de l'humanité qui ont été les bienfaiteurs de la terre, et qui se sont tous réunis à bannir du monde, autant qu'ils l'ont pu, la violence et la rapine. Interroge-les."

Voltaire now speaks with Numa Pompilius, legendary king of early Rome and supposed to have cultivated in his people peace and a religion free from superstition, Pythagoras, Zoroaster, Zaleucus, Thales, Anaximander, "et tous les sages qui avaient cherché la vérité et pratiqué la vertu." Finally he meets Socrates, with whom he converses for some time.

"Après avoir joui quelque temps de l'entretien de Socrate, je m'avançai avec mon guide dans un bosquet situé au-

dessus des bocages où tous les sages de l'antiquité semblaient
goûter un doux repos.

Je vis un homme d'une figure douce et simple, qui me parut
âgé d'environ trente-cinq ans. Il jetait de loin des regards
de compassion sur ces amas d'ossements blanchis, à travers
desquels on m'avait fait passer pour arriver à la demeure des
sages. Je fus étonné de lui trouver les pieds enflés et san-
glants, les mains de même, le flanc percé, et les côtes écorchées
de coups de fouet.

"Eh, bon Dieu! lui dis-je, est-il possible qu'un juste, un
sage soit dans cet état? Je viens d'en voir un qui a été
traité d'une manière bien odieuse; mais il n'y a pas de com-
paraison entre son supplice [18] et le vôtre. De mauvais prêtres
et de mauvais juges l'ont empoisonné: est-ce aussi par des
prêtres et par des juges que vous avez été assassiné si cruelle-
ment?"

Il me répondit *oui* avec beaucoup d'affabilité.

"Et qui étaient donc ces monstres?

—C'étaient des hypocrites.

—Ah! c'est tout dire; je comprends par ce seul mot qu'ils
durent vous condamner au dernier supplice. Vous leur aviez
donc prouvé, comme Socrate, que la Lune n'était pas une
déesse, et que Mercure n'était pas un dieu?

—Non, il n'était pas question de ces planètes. Mes compa-
triotes ne savaient point du tout ce que c'est qu'une planète;
ils étaient tous de francs ignorants. Leurs superstitions
étaient toutes différentes de celles des Grecs.

—Vous voulûtes donc leur enseigner une nouvelle reli-
gion?

—Point du tout; je leur disais simplement: "Aimez Dieu
"de tout votre cœur, et votre prochain comme vous-même, car
"c'est là tout l'homme." Jugez si ce précepte n'est pas aussi
ancien que l'univers; jugez si je leur apportais un culte

[18] Socrates' drinking of the poison hemlock.

nouveau. Je ne cessais de leur dire que j'étais venu non pour abolir la loi, mais pour l'accomplir; j'avais observé tous leurs rites; circoncis comme ils l'étaient tous, baptisé comme l'étaient les plus zélés d'entre eux, je payais comme eux le corban; [19] je faisais comme eux la pâque, en mangeant debout un agneau cuit dans des laitues. Moi et mes amis, nous allions prier dans le temple; mes amis même fréquentèrent ce temple après ma mort; en un mot, j'accomplis toutes leurs lois sans en excepter une.

—Quoi! ces misérables n'avaient pas même à vous reprocher de vous être écarté de leurs lois?

—Non sans doute.

—Pourquoi donc vous ont-ils mis dans l'état où je vous vois?

—Que voulez-vous que je vous dise? ils étaient fort orgueilleux et intéressés. Ils virent que je les connaissais; ils surent que je les faisais connaître aux citoyens; ils étaient les plus forts; ils m'ôtèrent la vie: et leurs semblables en feront toujours autant, s'ils le peuvent, à quiconque leur aura trop rendu justice.

—Mais, ne dîtes-vous, ne fîtes-vous rien qui pût leur servir de prétexte?

—Tout sert de prétexte aux méchants.

—Ne leur dîtes-vous pas une fois que vous étiez venu apporter le glaive et non la paix?

—C'est une erreur de copiste; je leur dis que j'apportais la paix et non le glaive. Je n'ai jamais rien écrit; on a pu changer ce que j'avais dit sans mauvaise intention.

—Vous n'avez donc contribué en rien par vos discours, ou mal rendus, ou mal interprétés, à ces monceaux affreux d'ossements que j'ai vus sur ma route en venant vous consulter?

[19] An Aramaic word meaning "a consecrated gift." The word occurs in *Mark* vii, 11.

—Je n'ai vu qu'avec horreur ceux qui se sont rendus coupables de tous ces meurtres.

—Et ces monuments de puissance et de richesse, d'orgueil et d'avarice, ces trésors, ces ornements, ces signes de grandeur, que j'ai vus accumulés sur la route en cherchant la sagesse, viennent-ils de vous?

—Cela est impossible; j'ai vécu, moi et les miens, dans la pauvreté et dans la bassesse: ma grandeur n'était que dans la vertu."

J'étais près de le supplier de vouloir bien me dire au juste qui il était. Mon guide m'avertit de n'en rien faire. Il me dit que je n'étais pas fait pour comprendre ces mystères sublimes. Je le conjurai seulement de m'apprendre en quoi consistait la vraie religion.

"Ne vous l'ai-je pas déjà dit? Aimez Dieu, et votre prochain comme vous-même.

—Quoi! en aimant Dieu on pourrait manger gras le vendredi?

—J'ai toujours mangé ce qu'on m'a donné: car j'étais trop pauvre pour donner à dîner à personne.

—En aimant Dieu, en étant juste, ne pourrait-on pas être assez prudent pour ne point confier toutes les aventures de sa vie à un inconnu?

—C'est ainsi que j'en ai toujours usé.

—Ne pourrai-je, en faisant du bien, me dispenser d'aller en pèlerinage à Saint-Jacques de Compostelle?[20]

—Je n'ai jamais été dans ce pays-là.

—Faudrait-il me confiner dans une retraite avec des sots?

—Pour moi, j'ai toujours fait de petits voyages de ville en ville.

—Me faudrait-il prendre parti pour l'Église grecque ou pour la latine?

[20] Santiago de Compostela, a famous place of pilgrimage in the northwest corner of Spain.

—Je ne fis aucune différence entre le Juif et le Samaritain quand je fus au monde.

—Eh bien, s'il est ainsi, je vous prends pour mon seul maître."

Alors il me fit un signe de tête qui me remplit de consolation. La vision disparut, et la bonne conscience me resta.[21]

(Moland, XX, 342, 343, 344, 346, 347, 348.)

THÉISME [22]

Le théisme est une religion répandue dans toutes les religions; c'est un métal qui s'allie avec tous les autres, et dont les veines s'étendent sous terre aux quatre coins du monde. Cette mine est plus à découvert, plus travaillée à la Chine; partout ailleurs elle est cachée, et le secret n'est que dans les mains des adeptes.

Il n'y a point de pays où il y ait plus de ces adeptes qu'en Angleterre. Il y avait, au dernier siècle, beaucoup d'athées en ce pays-là, comme en France et en Italie. Ce que le chancelier Bacon avait dit se trouve vrai à la lettre, qu'un peu de philosophie rend un homme athée, et que beaucoup de philosophie mène à la connaissance d'un Dieu. Lorsqu'on croyait, avec Épicure, que le hasard fait tout, ou, avec Aristote, et même avec plusieurs anciens théologiens, que rien ne naît que par corruption, et qu'avec de la matière et du mouvement le monde va tout seul, alors on pouvait ne pas croire à la Providence. Mais depuis qu'on entrevoit la nature, que les anciens ne voyaient point du tout; depuis qu'on s'est aperçu que tout est organisé, que tout a son germe; depuis qu'on a

[21] This interesting article shows Voltaire under an aspect less generally known. There are two Voltaires, the one calm, reflective, appreciative of a sane, sincere, non-persecuting religion which emphasizes good conduct rather than dogma, the other bitter, violent, blasphemous often, and unfair, fighting atrocious abuses with the same unscrupulous fierceness with which they fought back. Without the abuses which called it forth, the latter spirit would probably have been but slightly prominent in Voltaire.

[22] This article had been printed as early as 1742 under the title *Déisme*.

bien su qu'un champignon est l'ouvrage d'une sagesse infinie aussi bien que tous les mondes; alors ceux qui pensent ont adoré, là où leurs devanciers avaient blasphémé. Les physiciens sont devenus les hérauts de la Providence : un catéchiste annonce Dieu à des enfants, et un Newton le démontre aux sages.

Bien des gens demandent si le théisme, considéré à part, et sans aucune autre cérémonie religieuse, est en effet une religion? La réponse est aisée : celui qui ne reconnaît qu'un Dieu créateur, celui qui ne considère en Dieu qu'un être infiniment puissant, et qui ne voit dans ses créatures que des machines admirables, n'est pas plus religieux envers lui qu'un Européen qui admirerait le roi de la Chine n'est pour cela sujet de ce prince. Mais celui qui pense que Dieu a daigné mettre un rapport entre lui et les hommes, qu'il les a faits libres, capables du bien et du mal, et qu'il leur a donné à tous ce bon sens qui est l'instinct de l'homme, et sur lequel est fondée la loi naturelle, celui-là sans doute a une religion, et une religion beaucoup meilleure que toutes les sectes qui sont hors de notre Église : [23] car toutes ces sectes sont fausses, et la loi naturelle est vraie. Notre religion révélée n'est même et ne pouvait être que cette loi naturelle perfectionnée. Ainsi le théisme est le bon sens qui n'est pas encore instruit de la révélation, et les autres religions sont le bon sens perverti par la superstition.

Toutes les sectes sont différentes, parce qu'elles viennent des hommes; la morale est partout la même, parce qu'elle vient de Dieu.

On demande pourquoi, de cinq ou six cents sectes, il n'y en a guère eu qui n'aient fait répandre du sang, et que les théistes, qui sont partout si nombreux, n'ont jamais causé le moindre

[23] Here and in the following sentence, Voltaire prudently pays his respects to revelation and to the orthodox Church in a way which most eighteenth-century writers found necessary at one time or another, in order not to be too much molested by the established powers.

tumulte? C'est que ce sont des philosophes. Or des philosophes peuvent faire de mauvais raisonnements, mais ils ne font jamais d'intrigues. Aussi ceux qui persécutent un philosophe, sous prétexte que ses opinions peuvent être dangereuses au public, sont aussi absurdes que ceux qui craindraient que l'étude de l'algèbre ne fît enchérir le pain au marché; il faut plaindre un être pensant qui s'égare; le persécuter est insensé et horrible.[24] Nous sommes tous frères; si quelqu'un de mes frères, plein du respect et de l'amour filial, animé de la charité la plus fraternelle, ne salue pas notre père commun avec les mêmes cérémonies que moi, dois-je l'égorger et lui arracher le cœur?

Qu'est-ce qu'un vrai théiste? C'est celui qui dit à Dieu: *Je vous adore, et je vous sers;* c'est celui qui dit au Turc, au Chinois, à l'Indien, et au Russe: *Je vous aime.*[25] . . .

(Moland, XX, 505–507.)

THÉISTE [26]

Le théiste est un homme fermement persuadé de l'existence d'un Être suprême aussi bon que puissant, qui a formé tous les êtres étendus, végétants, sentants, et réfléchissants; qui perpétue leur espèce, qui punit sans cruauté les crimes, et récompense avec bonté les actions vertueuses.

Le théiste ne sait pas comment Dieu punit, comment il favorise, comment il pardonne: car il n'est pas assez téméraire pour se flatter de connaître comment Dieu agit; mais il sait

24 Voltaire doubtless is over-optimistic about the tolerance of the philosophic party to which he belonged. His own antipathy to Rousseau in later years is well known, and it manifested itself by pamphlets and attacks which amounted to persecution. Liberals may be just as intolerant of conservatives, as conservatives of liberals. Sainte-Beuve relates how a meeting in behalf of tolerance during the first half of the nineteenth century broke up in a fight. Human weaknesses are not easily vanquished by reason.

25 Voltaire but restates once again the Golden Rule. This paragraph was not added till 1756.

26 1765.

que Dieu agit, et qu'il est juste. Les difficultés contre la Providence ne l'ébranlent point dans sa foi, parce qu'elles ne sont que de grandes difficultés, et non pas des preuves; il est soumis à cette Providence, quoiqu'il n'en aperçoive que quelques effets et quelques dehors; et, jugeant des choses qu'il ne voit pas par les choses qu'il voit, il pense que cette Providence s'étend dans tous les lieux et dans tous les siècles.

Réuni dans ce principe avec le reste de l'univers, il n'embrasse aucune des sectes qui toutes se contredisent. Sa religion est la plus ancienne et la plus étendue: car l'adoration simple d'un Dieu a précédé tous les systèmes du monde. Il parle une langue que tous les peuples entendent, pendant qu'ils ne s'entendent pas entre eux. Il a des frères depuis Pékin jusqu'à la Cayenne, et il compte tous les sages pour ses frères. Il croit que la religion ne consiste ni dans les opinions d'une métaphysique inintelligible, ni dans de vains appareils, mais dans l'adoration et dans la justice. Faire le bien, voilà son culte; être soumis à Dieu, voilà sa doctrine. Le mahométan lui crie: "Prends garde à toi, si tu ne fait pas le pèlerinage de la Mecque!—Malheur à toi, lui dit un récollet,[27] si tu ne fais pas un voyage à Notre-Dame de Lorette."[28] Il rit de Lorette et de la Mecque; mais il secourt l'indigent et il défend l'opprimé.

(Moland, XX, 507–508.)

A M. DAMILAVILLE

Au château de Ferney, 1er mars (1765).

Damilaville (1721–1768) was one of the minor writers of the eighteenth century and an intimate friend of Voltaire, Diderot, D'Alembert, and other members of the philosophic party. During the latter part

27 *Un récollet.* Nom de religieux réformés de l'ordre de Saint-François, ainsi nommés de ce que, par esprit de récollection, ils demandèrent au pape Clément VII, en 1531, la permission de se retirer dans des couvents particuliers, pour y observer à la lettre la règle de leur patriarche. (Littré)

28 *Loreto*, celebrated place of pilgrimage in the province of Ancona near the east or Adriatic coast of Italy.

of Voltaire's life, while he was waging his hottest fight against super-
stition and intolerance, the two men were in very close correspondence
in regard to the progress and the plans of the campaign. Perhaps
there is no one to whom Voltaire writes more frequently at this time.
The following long letter is given because of the details on the cases of
Calas, on account of whom the *Traité sur la tolérance* was written, and
of Sirven,[29] whom the Parlement de Toulouse—the same that had con-
demned Calas—had sentenced to death in 1764 on a charge of having
killed his daughter to prevent her from changing from Protestantism
to Catholicism. Sirven had escaped by flight and thus saved his life.
Voltaire, after five years of effort, at length secured his vindication also.

J'ai dévoré, mon cher ami, le nouveau Mémoire de M. de
Beaumont [30] sur l'innocence des Calas; je l'ai admiré, j'ai
répandu des larmes, mais il ne m'a rien appris; il y a long-
temps que j'étais convaincu; et j'avais eu le bonheur de four-
nir les premières preuves.

Vous voulez savoir comment cette réclamation de toute
l'Europe contre le meurtre juridique du malheureux Calas,
roué à Toulouse, a pu venir d'un petit coin de terre ignoré, [31]
entre les Alpes et le mont Jura, à cent lieues du théâtre où se
passa cette scène épouvantable.

Rien ne fera peut-être mieux voir la chaîne insensible qui lie
tous les événements de ce malheureux monde.

Sur la fin de mars 1762, un voyageur qui avait passé par le
Languedoc,[32] et qui vint dans ma retraite à deux lieues de
Genève, m'apprit le supplice de Calas, et m'assura qu'il était
innocent. Je lui répondis que son crime n'était pas vrai-
semblable, mais qu'il était moins vraisemblable encore que des
juges eussent, sans aucun intérêt, fait périr un innocent par
le supplice de la roue.

J'appris le lendemain qu'un des enfants de ce malheureux

[29] Sirven, pronounced as though ending in -*in*.
[30] Beaumont, a lawyer and member of the Parlement de Paris, who
defended the Calas family in the second trial, in which they were
vindicated.
[31] That is, from Ferney, Voltaire's final home.
[32] Languedoc, the name of an ancient province of France bordering
upon the Mediterranean and west of the Rhone. Its capital was
Toulouse.

père s'était réfugié en Suisse, assez près de ma chaumière. Sa fuite me fit présumer que la famille était coupable. Cependant je fis réflexion que le père avait été condamné au supplice comme ayant seul assassiné son fils pour la religion, et que ce père était mort âgé de soixante-neuf ans. Je ne me souviens pas d'avoir jamais lu qu'aucun vieillard eût été possédé d'un si horrible fanatisme. J'avais toujours remarqué que cette rage n'attaquait d'ordinaire que la jeunesse, dont l'imagination ardente, tumultueuse, et faible, s'enflamme par la superstition. Les fanatiques des Cévennes [33] étaient des fous de vingt à trente ans, stylés à prophétiser dès l'enfance. Presque tous les convulsionnaires [34] que j'avais vus à Paris en très grand nombre étaient de petites filles et de jeunes garçons. Les vieillards chez les moines sont moins emportés, et moins susceptibles des fureurs du zèle que ceux qui sortent du noviciat. Les fameux assassins, armés par le fanatisme, ont tous été de jeunes gens, de même que tous ceux qui ont prétendu être possédés; jamais on n'a vu exorciser un vieillard. Cette idée me fit douter d'un crime qui d'ailleurs n'est guère dans la nature. J'en ignorais les circonstances.

Je fis venir le jeune Calas chez moi. Je m'attendais à voir un énergumène tel que son pays en a produit quelquefois. Je vis un enfant simple, ingénu, de la physionomie la plus douce et la plus intéressante, et qui, en me parlant, faisait des efforts inutiles pour retenir ses larmes. Il me dit qu'il était à Nîmes en apprentissage chez un fabricant, lorsque la voix publique lui avait appris qu'on allait condamner dans Toulouse toute sa famille au supplice; que presque tout le Languedoc la croyait coupable, et que, pour se dérober à des opprobres si affreux, il était venu se cacher en Suisse.

Je lui demandai si son père et sa mère étaient d'un carac-

33 Cf. *supra*, p. 350, n.
34 *Convulsionnaires*, Jansenist fanatics of the eighteenth century, who went into convulsions during their religious fervor.

tère violent: il me dit qu'ils n'avaient jamais battu un seul
de leurs enfants, et qu'il n'y avait point de parents plus in-
dulgents et plus tendres.

J'avoue qu'il ne m'en fallut pas davantage pour présumer
fortement l'innocence de la famille. Je pris de nouvelles
informations de deux négociants de Genève, d'une probité
reconnue, qui avaient logé à Toulouse chez Calas. Ils me
confirmèrent dans mon opinion. Loin de croire la famille
Calas fanatique et parricide, je crus voir que c'étaient des
fanatiques qui l'avaient accusée et perdue. Je savais depuis
longtemps de quoi l'esprit de parti et la calomnie sont ca-
pables.

Mais quel fut mon étonnement lorsqu'ayant écrit en Lan-
guedoc sur cette étrange aventure, catholiques et protestants
me répondirent qu'il ne fallait pas douter du crime des Calas!
Je ne me rebutai point. Je pris la liberté d'écrire à ceux
mêmes qui avaient gouverné la province, à des commandants
de provinces voisines, à des ministres d'État: tous me con-
seillèrent unanimement de ne me point mêler d'une si mau-
vaise affaire; tout le monde me condamna, et je persistai:
voici le parti que je pris.

La veuve de Calas, à qui, pour comble de malheur et d'ou-
trage, on avait enlevé ses filles, était retirée dans une solitude
où elle se nourrissait de ses larmes, et où elle attendait la
mort. Je ne m'informai point si elle était attachée ou non
à la religion protestante, mais seulement si elle croyait un
Dieu rémunérateur de la vertu et vengeur des crimes. Je
lui fis demander si elle signerait au nom de ce Dieu que son
mari était mort innocent; elle n'hésita pas. Je n'hésitai pas
non plus. Je priai M. Mariette [35] de prendre au conseil du
roi sa défense. Il fallait tirer Mme Calas de sa retraite, et
lui faire entreprendre le voyage de Paris.

[35] *M. Mariette,* one of the lawyers who defended the Calas.

On vit alors que s'il y a de grands crimes sur la terre, il
y a autant de vertus; et que si la superstition produit d'hor-
ribles malheurs, la philosophie les répare.

Une dame dont la générosité égale la haute naissance,[36]
qui était alors à Genève pour faire inoculer ses filles,[37] fut
la première qui secourut cette famille infortunée. Des Fran-
çais retirés en ce pays la secondèrent; des Anglais qui voyage-
aient se signalèrent; et, comme le dit M. de Beaumont, il y
eut un combat de générosité entre ces deux nations, à qui
secourrait le mieux la vertu si cruellement opprimée.

Le reste, qui le sait mieux que vous? qui a servi l'innocence
avec un zèle plus constant et plus intrépide? combien n'avez-
vous pas encouragé la voix des orateurs, qui a été entendue
de toute la France et de l'Europe attentive? Nous avons
vu renouveler les temps où Cicéron justifiait, devant une as-
semblée de législateurs, Amerinus accusé de parricide.[38]
Quelques personnes, qu'on appelle *dévotes,* se sont élevées
contre les Calas; mais, pour la première fois depuis l'établisse-
ment du fanatisme, la voix des sages les a fait taire.

La raison remporte donc de grandes victoires parmi nous!
Mais croiriez-vous, mon cher ami, que la famille des Calas, si
bien secourue, si bien vengée, n'était pas la seule alors que
la religion accusât d'un parricide, n'était pas la seule im-
molée aux fureurs du préjugé? Il y a une plus malheureuse
encore, parce qu'éprouvant les mêmes horreurs elle n'a pas eu
les mêmes consolations; elle n'a point trouvé des Mariette,
des Beaumont,[39] et des Loiseau.[40]

36 The Duchess d'Enville.
37 Inoculation or vaccination against smallpox was beginning to be
practiced, timidly, and Voltaire in the *Lettres philosophiques* had been
one of the early champions of the practice. Tronchin, the celebrated
Swiss doctor, was one of those who used this method with his patients,
and it was perhaps on that account that the Duchess had brought her
children to Geneva.
38 Cf. Cicero's oration for Sextius Roscius Amerinus.
39 Damilaville adds a note that Beaumont is preparing to take up the de-
fense of the Sirven also.
40 Another of the lawyers who had defended the Calas family.

Il semble qu'il y ait dans le Languedoc une furie infernale amenée autrefois par les inquisiteurs à la suite de Simon de Montfort,[41] et que depuis ce temps elle secoue quelquefois son flambeau.

Un feudiste de Castres, nommé Sirven, avait trois filles. Comme la religion de cette famille est la prétendue réformée,[42] on enlève, entre les bras de sa femme, la plus jeune de leurs filles. On la met dans un couvent, on la fouette pour lui mieux apprendre son catéchisme; elle devient folle; elle va se jeter dans un puits, à une lieue de la maison de son père. Aussitôt les zélés ne doutent pas que le père, la mère, et les sœurs, n'aient noyé cette enfant. Il passait pour constant, chez les catholiques de la province, qu'un des points capitaux de la religion protestante est que les pères et mères sont tenus de pendre, d'égorger ou de noyer tous leurs enfants qu'ils soupçonneront avoir quelque penchant pour la religion romaine. C'était précisément le temps où les Calas étaient aux fers, et où l'on dressait leur échafaud.

L'aventure de la fille noyée parvient incontinent à Toulouse. Voilà un nouvel exemple, s'écrie-t-on, d'un père et d'une mère parricides. La fureur publique s'en augmente; on roue Calas, et on décrète Sirven, sa femme, et ses filles. Sirven, épouvanté, n'a que le temps de fuir avec toute sa famille malade. Ils marchent à pied, dénués de tout secours, à travers des montagnes escarpées, alors couvertes de neige. Une de ses filles accouche parmi les glaçons; et, mourante, elle emporte son enfant mourant dans ses bras: ils prennent enfin leur chemin vers la Suisse.

Le même hasard qui m'amena les enfants de Calas veut encore que les Sirven s'adressent à moi. Figurez-vous, mon ami,

[41] Simon de Montfort, leader of the crusade against the Albigenses in 1209, whom he suppressed with great cruelty. He was killed at the siege of Toulouse in 1218.

[42] Name given by the Catholics to Protestantism, which called itself a "reformed religion." The Catholics quite naturally added the qualifying word "prétendue."

quatre moutons que des bouchers accusent d'avoir mangé un agneau: voilà ce que je vis. Il m'est impossible de vous peindre tant d'innocence et tant de malheurs. Que devais-je faire, et qu'eussiez-vous fait à ma place? Faut-il s'en tenir à gémir sur la nature humaine? Je prends la liberté d'écrire à monsieur le premier président de Languedoc, homme vertueux et sage; mais il n'était point à Toulouse. Je fais présenter par un de vos amis un placet à monsieur le vice-chancelier. Pendant ce temps-là, on exécute vers Castres, en effigie, le père, la mère, les deux filles; leur bien est confisqué, dévasté, il n'en reste plus rien.

Voilà toute une famille honnête, innocente, vertueuse, livrée à l'opprobre et à la mendicité chez les étrangers: ils trouvent de la pitié, sans doute; mais qu'il est dur d'être jusqu'au tombeau un objet de pitié! On me répond enfin qu'on pourra leur obtenir des lettres de grâce. Je crus d'abord que c'était de leurs juges qu'on me parlait, et que ces lettres étaient pour eux. Vous croyez bien que la famille aimerait mieux mendier son pain de porte en porte, et expirer de misère, que de demander une grâce qui supposerait un crime trop horrible pour être graciable. Mais aussi comment obtenir justice? comment s'aller remettre en prison dans sa patrie, où la moitié du peuple dit encore que le meurtre de Calas était juste? Ira-t-on une seconde fois demander une évocation au conseil? tentera-t-on d'émouvoir la pitié publique, que l'infortune des Calas a peut-être épuisée, et qui se lassera d'avoir des accusations de parricide à réfuter, des condamnés à réhabiliter, et des juges à confondre?

Ces deux événements tragiques, arrivés coup sur coup, ne sont-ils pas, mon ami, des preuves de cette fatalité inévitable à laquelle notre misérable espèce est soumise? Vérité terrible, tant enseignée dans Homère et dans Sophocle; mais vérité utile, puisqu'elle nous apprend à nous résigner et à savoir souffrir.

Vous dirai-je que, tandis que le désastre étonnant des Calas et des Sirven affligeait ma sensibilité, un homme, dont vous devinerez l'état [43] à ses discours, me reprocha l'intérêt que je prenais à deux familles qui m'étaient étrangères? "De quoi vous mêlez-vous? me dit-il; laissez les morts ensevelir leurs morts." [44] Je lui répondis: "J'ai trouvé dans mes déserts l'Israélite baigné dans son sang, souffrez que je répande un peu d'huile et de vin sur ses blessures: vous êtes lévite, laissez-moi être Samaritain." [45]

Il est vrai que pour prix de mes peines on m'a bien traité en Samaritain; on a fait un libelle diffamatoire sous le nom d'*Instruction pastorale* et de *Mandement;* mais il faut oublier, c'est un jésuite qui l'a composé. Le malheureux ne savait pas alors que je donnais un asile à un jésuite.[46] Pouvais-je mieux prouver que nous devons regarder nos ennemis comme nos frères?

Vos passions sont l'amour de la vérité, l'humanité, la haine de la calomnie. La conformité de nos caractères a produit notre amitié. J'ai passé ma vie à chercher, à publier cette vérité que j'aime. Quel autre des historiens modernes a défendu la mémoire d'un grand prince [47] contre les impostures atroces de je ne sais quel écrivain [48] qu'on peut appeler le *calomniateur des rois, des ministres, et des grands capitaines,* et qui cependant aujourd'hui ne peut trouver un lecteur?

Je n'ai donc fait, dans les horribles désastres des Calas et

43 Beuchot says: "C'était sans doute un prêtre."

44 *Matthew* viii, 22: "Let the dead bury their dead."

45 *Luke* x, 34. Although the Bible was not doubtless for Voltaire a "livre de chevet" as it was for Rousseau during his later years, yet constantly recurring references prove Voltaire's familiarity with it. Moreover, he uses it, not merely in attacking parts of the Old Testament, which are now judged unethical in the light of the higher law of the New Testament, but shows appreciation and sympathy with the spirit of Christ and of the Golden Rule.

46 Le père Adam was with Voltaire at Ferney for a long period of years. They used to play chess together.

47 The Duc d'Orléans, regent during the minority of Louis XV.

48 La Beaumelle, who had brought out a pirated edition of *Le Siècle de Louis XIV.*

des Sirven,[49] que ce que font tous les hommes; j'ai suivi mon penchant. Celui d'un philosophe n'est pas de plaindre les malheureux, c'est de les servir.

Je sais avec quel fureur le fanatisme s'élève contre la philosophie. Elle a deux filles qu'il voudrait faire périr comme Calas, ce sont la *Vérité* et la *Tolérance;* tandis que la philosophie ne veut que désarmer les enfants du fanatisme, le *Mensonge* et la *Persécution.*

Des gens qui ne raisonnent pas ont voulu décréditer ceux qui raisonnent : ils ont confondu le philosophe avec le sophiste; ils se sont bien trompés. Le vrai philosophe peut quelquefois s'irriter contre la calomnie, qui le poursuit lui-même; il peut couvrir d'un éternel mépris le vil mercenaire qui outrage deux fois par mois [50] la raison, le bon goût, et la vertu; il peut même livrer, en passant, au ridicule ceux qui insultent à la littérature dans le sanctuaire où ils auraient dû l'honorer; [51] mais il ne connaît ni les cabales, ni les sourdes pratiques, ni la vengeance. Il sait, comme le sage de Montbar,[52] comme celui de Voré,[53] rendre la terre plus fertile, et ses habitants plus heureux. Le vrai philosophe défriche les champs incultes, augmente le nombre des charrues, et par conséquent des habitants; occupe le pauvre et l'enrichit; encourage les mariages, établit l'orphelin; ne murmure point contre des impôts nécessaires, et met le cultivateur en état

49 For an authoritative study of the Sirven case, see E. Galland, *L'affaire Sirven,* Mazamet, 1910.

50 Fréron (1718–1776), another of Voltaire's enemies. He was editor of a periodical, the *Année littéraire,* which appeared three times, not twice, a month.

51 Lefranc de Pompignan (1709–1784), who in 1760 on his reception into the French Academy attacked the *philosophes* and thus drew upon himself several *ripostes* from Voltaire.

52 Buffon (1707–1788), the great French naturalist and one of the greatest writers of the eighteenth century, was born and lived in his *château* at Montbard.

53 Helvétius (1715–1771), author of *De l'esprit* (1758) and of *De l'homme* (1772). He belonged to the philosophic party and was a friend of Voltaire, though the latter disagreed with many of his more radical ideas.

de les payer avec allégresse. Il n'attend rien des hommes, et il leur fait tout le bien dont il est capable. Il a l'hypocrite en horreur, mais il plaint le superstitieux; enfin il sait être ami.[54]

Je m'aperçois que je fais votre portrait, et qu'il n'y manquerait rien si vous étiez assez heureux pour habiter la campagne.

(Moland, XLIII, 473–479.)

A M. DAMILAVILLE

17 mars (1765).

Selections from Voltaire's correspondence would be by no means complete, if at least one of the little "billets" were not included which he was constantly addressing to the "brothers" of the philosophic party in order to encourage them in their fight against superstition and all its evil effects, intolerance, bigotry, and persecution; for it is superstition that he really designates by "l'infâme" in the famous phrase, "écrasez l'infâme," and not religion, unless by religion be meant an intolerant and persecuting church-hierarchy. Voltaire himself specifically says that it is *superstition* that he means by the "infamous thing" which he seeks to crush, as we may see by consulting other parts of his correspondence.[55] Doubtless his meaning in this respect shifts somewhat from time to time according to what for the moment seems to him the most typical manifestation of superstition, but it is impossible to read his works without seeing how appreciative he is of religion when it is sincere, tolerant, non-persecuting, putting little emphasis upon dogma and much upon good conduct; nor can we fail to see how many acts of justice and mercy—along with the opposite, like most human beings—he performed during the course of his life, and under conditions which were often difficult and generally dangerous. His love for humanity was sincere and potent. By his fruits in this respect he must be judged.

[54] Voltaire is doubtless drawing an ideal portrait of his life at Ferney, where he had developed an abandoned waste, encouraged agriculture, the manufacture of watches and clocks, and founded a pottery industry. His *Commentaires sur Corneille* had been sold in 1764 for the benefit of Mlle Corneille, supposed to be a direct descendant of the great dramatist, and Voltaire had also given the closest attention to her education and adopted her into his household.

Having thus sketched his own life, he suddenly perceives that it is not perhaps in the best of taste to refer to himself in this way, even by implication, and suddenly, with cleverness and grace, he applies it to his friend, Damilaville, to whom he is writing.

[55] See *Œuvres*, XLII, 293 (1762), XLV, 507, note 3.

Mon cher frère, vous devez avoir reçu la consultation de Tronchin; mais je tremble que vous ne soyez malade en dépit de la consultation. Je fais des vœux à l'Être des êtres pour votre santé. Félicitons-nous tous deux de la justice rendue aux Calas, et du triomphe de la raison sur le fanatisme.

J'ai cent lettres à répondre; en voici une pour M. de Beaumont, et une pour Mme Calas; une que je vous supplie aussi de vouloir bien faire tenir par la petite poste, pour M. de Chimène.[56]

On est enivré à Genève, comme à Paris, du gain de notre procès. Voilà un beau moment dans les fastes de la raison, qui ne sont pas le plus gros livre que nous ayons. Ma santé s'affaiblit beaucoup; mais mon tendre attachement pour vous se fortifie tous les jours. Ma lettre est écourtée, mes sentiments ne le sont pas.

Écr. l'inf . . . , mon cher frère, *écr. l'inf* . . . , et dites à frère Protagoras:[57] *Écr. l'inf* . . . le matin, et *écr. l'inf* . . . le soir.

(Moland XLIII 492–493.)

Le Philosophe ignorant (1766)

Le Philosophe ignorant probably appeared the latter part of December 1766. It is of particular interest as representing the greater caution of the later Voltaire regarding metaphysical questions. In that respect, the very title is most significant. It should be contrasted with the *Traité de métaphysique* written thirty-two years earlier.

PREMIÈRE QUESTION

Qui es-tu? d'où viens-tu? que fais-tu? que deviendras-tu? C'est une question qu'on doit faire à tous les êtres de l'univers, mais à laquelle nul ne nous répond. Je demande aux plantes quelle vertu les fait croître, et comment le même ter-

56 The Marquis de Ximenès.
57 Nickname for D'Alembert.

rain produit des fruits si divers. Ces êtres insensibles et muets, quoique enrichis d'une faculté divine, me laissent à mon ignorance et à mes vaines conjectures.

J'interroge cette foule d'animaux différents, qui tous ont le mouvement et le communiquent, qui jouissent des mêmes sensations que moi, qui ont une mesure d'idées et de mémoire avec toutes les passions. Ils savent encore moins que moi ce qu'ils sont, pourquoi ils sont, et ce qu'ils deviennent.

Je soupçonne, j'ai même lieu de croire que les planètes qui roulent autour des soleils innombrables qui remplissent l'espace sont peuplées d'êtres sensibles et pensants;[58] mais une barrière éternelle nous sépare, et aucun de ces habitants des autres globes ne s'est communiqué à nous.

Monsieur le prieur, dans le *Spectacle de la nature*,[59] a dit à monsieur le chevalier que les astres étaient faits pour la terre, et la terre, ainsi que les animaux, pour l'homme. Mais comme le petit globe de la terre roule avec les autres planètes autour du soleil; comme les mouvements réguliers et proportionnels des astres peuvent éternellement subsister sans qu'il y ait des hommes; comme il y a sur notre petite planète infiniment plus d'animaux que de mes semblables, j'ai pensé que monsieur le prieur avait un peu trop d'amour-propre en se flattant que tout avait été fait pour lui; j'ai vu que l'homme, pendant sa vie, est dévoré par tous les animaux s'il est sans défense, et que tous le dévorent encore après sa mort. Ainsi j'ai eu de la peine à concevoir que monsieur le prieur et monsieur le chevalier fussent les rois de la nature. Esclave de tout ce qui m'environne, au lieu d'être roi, resserré dans un point, et entouré de l'immensité,[60] je commence par me chercher moi-même.

[58] Cf. Fontenelle, *Pluralité des mondes* (1686), "Que la lune est une terre habitée," "Que les autres planètes sont habitées aussi," (2ᵉ and 3ᵉ "Soirs").

[59] By the Abbé Pluche, 1732, an influential secondary work.

[60] Voltaire is here again close to the spirit of Pascal in his appreciation of the mystery of the universe and of life.

II.—NOTRE FAIBLESSE

Je suis un faible animal; je n'ai en naissant ni force, ni connaissance, ni instinct; je ne peux même me traîner à la mamelle de ma mère, comme font tous les quadrupèdes; je n'acquiers quelques idées que comme j'acquiers un peu de force, quand mes organes commencent à se développer.[61] Cette force augmente en moi jusqu'au temps où, ne pouvant plus s'accroître, elle diminue chaque jour. Ce pouvoir de concevoir des idées s'augmente de même jusqu'à son terme, et ensuite s'évanouit insensiblement par degrés.

Quelle est cette mécanique qui accroît de moment en moment les forces de mes membres jusqu'à la borne prescrite? Je l'ignore; et ceux qui ont passé leur vie à chercher cette cause n'en savent pas plus que moi.

Quel est cet autre pouvoir qui fait entrer des images dans mon cerveau, qui les conserve dans ma mémoire? Ceux qui sont payés pour le savoir l'ont inutilement cherché; nous sommes tous dans la même ignorance des premiers principes où nous étions dans notre berceau.

III.—COMMENT PUIS-JE PENSER?

Les livres faits depuis deux mille ans m'ont-ils appris quelque chose? Il nous vient quelquefois des envies de savoir comment nous pensons, quoiqu'il nous prenne rarement l'envie de savoir comment nous digérons, comment nous marchons. J'ai interrogé ma raison, je lui ai demandé ce qu'elle est: cette question l'a toujours confondue.

J'ai essayé de découvrir par elle si les mêmes ressorts qui me font digérer, qui me font marcher, sont ceux par lesquels j'ai des idées. Je n'ai jamais pu concevoir comment et pour-

61 As usual, Voltaire, opposed to the "innate ideas" of Descartes, agrees with Locke that all ideas come through the senses.

quoi ces idées s'enfuyaient quand la faim faisait languir mon
corps, et comment elles renaissaient quand j'avais mangé.[62]

J'ai vu une si grande différence entre des pensées et la nour-
riture, sans laquelle je ne penserais point, que j'ai cru qu'il
y avait en moi une substance qui raisonnait, et une autre sub-
stance qui digérait. Cependant, en cherchant toujours à me
prouver que nous sommes deux, j'ai senti grossièrement que
je suis un seul; [63] et cette contradiction m'a toujours fait une
extrême peine. . . .

.

VII.—L'EXPÉRIENCE

Ne mêlons jamais l'Écriture sainte dans nos disputes philo-
sophiques: ce sont des choses trop hétérogènes, et qui n'ont
aucun rapport. Il ne s'agit ici que d'examiner ce que nous
pouvons savoir par nous-mêmes, et cela se réduit à bien peu
de chose. Il faut avoir renoncé au sens commun pour ne pas
convenir que nous ne savons rien au monde que par l'expéri-
ence; et certainement si nous ne parvenons que par l'expéri-
ence, et par une suite de tâtonnements et de longues réflexions,
à nous donner quelques idées faibles et légères du corps, de
l'espace, du temps, de l'infini, de Dieu même, ce n'est pas la
peine que l'Auteur de la nature mette ces idées dans la cer-
velle de tous les fœtus, afin qu'il n'y ait ensuite qu'un très
petit nombre d'hommes qui en fassent usage. . . .

VIII.—SUBSTANCE

Ne pouvant avoir aucune notion que par expérience, il est
impossible que nous puissions jamais savoir ce que c'est que la
matière. Nous touchons, nous voyons les propriétés de cette

[62] Cf. the behavioristic schools of modern psychology.

[63] Voltaire feels himself in a dilemma between *dualism*, spirit versus
matter, on the one hand, and, on the other, *materialism*, which maintains
that there is but one substance, matter.

substance; mais ce mot même *substance, ce qui est dessous,* nous avertit assez que ce dessous nous sera inconnu à jamais: quelque chose que nous découvrions de ses apparences, il restera toujours ce dessous à découvrir. Par la même raison, nous ne saurons jamais par nous-mêmes ce que c'est qu'esprit. C'est un mot qui originairement signifie *souffle,* et dont nous nous sommes servis pour tâcher d'exprimer vaguement et grossièrement ce qui nous donne des pensées. Mais quand même, par un prodige qui n'est pas à supposer, nous aurions quelque légère idée de la substance de cet esprit, nous ne serions pas plus avancés; nous ne pourrions jamais deviner comment cette substance reçoit des sentiments et des pensées. Nous savons bien que nous avons un peu d'intelligence, mais comment l'avons-nous? C'est le secret de la nature, elle ne l'a dit à nul mortel. . . .

.

XIII.—SUIS-JE LIBRE? [64]

. . . Cependant cette question sur la liberté de l'homme m'intéressa vivement; je lus des *Scolastiques,* je fus comme eux dans les ténèbres; je lus Locke,[65] et j'aperçus des traits de lumière; je lus le *Traité* de Collins,[66] qui me parut *Locke* perfectionné; et je n'ai jamais rien lu depuis qui m'ait donné un nouveau degré de connaissance. Voici ce que ma faible raison a conçu, aidée de ces deux grands hommes, les seuls, à mon avis, qui se soient entendus eux-mêmes en écrivant sur cette matière, et les seuls qui se soient fait entendre aux autres.

[64] Free in the sense of possessing freedom of the will.
[65] John Locke's *Essay Concerning the Human Understanding* first appeared in 1690.
[66] Anthony Collins (1676–1729), well known English deist. Voltaire refers here to his *Inquiry Concerning Human Liberty* (1715), and perhaps also to his *Liberty and Necessity* (1729). Collins takes the determinist standpoint.

Il n'y a rien sans cause.[67] Un effet sans cause n'est qu'une parole absurde. Toutes les fois que je veux, ce ne peut être qu'en vertu de mon jugement bon ou mauvais; ce jugement est nécessaire, donc ma volonté l'est aussi. En effet, il serait bien singulier que toute la nature, tous les astres obéissent à des lois éternelles, et qu'il y eût un petit animal haut de cinq pieds qui, au mépris de ces lois, pût agir toujours comme il lui plairait au seul gré de son caprice. Il agirait au hasard, et on sait que le hasard n'est rien. Nous avons inventé ce mot pour exprimer l'effet connu de toute cause inconnue.

Mes idées entrent nécessairement dans mon cerveau; comment ma volonté, qui en dépend, serait-elle à la fois nécessitée, et absolument libre? Je sens en mille occasions que cette volonté ne peut rien; ainsi, quand la maladie m'accable, quand la passion me transporte, quand mon juge-ment ne peut atteindre aux objets qu'on me présente, etc., je dois donc penser que les lois de la nature étant toujours les mêmes, ma volonté n'est pas plus libre dans les choses qui me paraissent les plus indifférentes que dans celles où je me sens soumis à une force invincible.

Être véritablement libre, c'est pouvoir. Quand je peux faire ce que je veux, voilà ma liberté; mais je veux nécessaire-ment ce que je veux; autrement je voudrais sans raison, sans cause, ce qui est impossible. Ma liberté consiste à marcher quand je veux marcher et que je n'ai point la goutte.

Ma liberté consiste à ne point faire une mauvaise action quand mon esprit se la représente nécessairement mauvaise; à subjuguer une passion quand mon esprit m'en fait sentir le danger, et que l'horreur de cette action combat puissam-ment mon désir. Nous pouvons réprimer nos passions, comme je l'ai déjà annoncé nombre XI, mais alors nous ne sommes pas plus libres en réprimant nos désirs qu'en nous laissant en-

[67] Collins had made this unwarranted assumption, which practically settles in advance the point at issue, and Voltaire evidently followed him.

traîner à nos penchants: car, dans l'un et l'autre cas, nous suivons irrésistiblement notre dernière idée, et cette dernière idée est nécessaire; donc je fais nécessairement ce qu'elle me dicte. Il est étrange que les hommes ne soient pas contents de cette mesure de liberté, c'est-à-dire du pouvoir qu'ils ont reçu de la nature de faire en plusieurs cas ce qu'ils veulent; les astres ne l'ont pas: nous la possédons, et notre orgueil nous fait croire quelquefois que nous en possédons encore plus. Nous nous figurons que nous avons le don incompréhensible et absurde de vouloir, sans autre raison, sans autre motif que celui de vouloir. . . .

L'ignorant qui pense ainsi n'a pas toujours pensé de même, mais il est enfin contraint de se rendre.[68]

XIV.—TOUT EST-IL ÉTERNEL?

. . . Je me sens subjugué par cette maxime de toute l'antiquité: "Rien ne vient du néant, rien ne peut retourner au néant." Cet axiome porte en lui une force si terrible qu'il enchaîne tout mon entendement sans que je puisse me débattre contre lui. Aucun philosophe ne s'en est écarté; aucun législateur, quel qu'il soit, ne l'a contesté. . . . Il faut bien que la matière soit éternelle, puisqu'elle existe; si elle était hier, elle était auparavant. Je n'aperçois aucune vraisemblance qu'elle ait commencé à être, aucune cause pour laquelle elle n'ait pas été, aucune cause pour laquelle elle ait reçu l'existence dans un temps plutôt que dans un autre. . . .

XV.—INTELLIGENCE

Mais, en apercevant l'ordre, l'artifice prodigieux, les lois mécaniques et géométriques qui règnent dans l'univers, les

[68] With praiseworthy candor, Voltaire admits his change of view. His earlier attitude is to be found particularly in his *Traité de métaphysique* and his *Discours sur l'Homme*. Likewise in his earlier correspondence with Frederick the Great, Voltaire had opposed determinism, while Frederick defended it.

moyens, les fins innombrables de toutes choses, je suis saisi d'admiration et de respect. Je juge incontinent que si les ouvrages des hommes, les miens même, me forcent à reconnaître en nous une intelligence, je dois en reconnaître une bien supérieurement agissante dans la multitude de tant d'ouvrages. J'admets cette intelligence suprême sans craindre que jamais on puisse me faire changer d'opinion. Rien n'ébranle en moi cet axiome: "Tout ouvrage démontre un ouvrier."

XVI.—ÉTERNITÉ

Cette intelligence est-elle éternelle? Sans doute, car soit que j'aie admis ou rejeté l'éternité de la matière, je ne peux rejeter l'existence éternelle de son artisan suprême; et il est évident que, s'il existe aujourd'hui, il a existé toujours. . . .

.

XXIII.—UN SEUL ARTISAN SUPRÊME

Une grande partie des hommes, voyant le mal physique et le mal moral répandus sur ce globe, imagina deux êtres puissants, dont l'un produisait tout le bien, et l'autre tout le mal. S'ils existaient, ils seraient nécessaires; ils seraient éternels, indépendants, ils occuperaient tout l'espace; ils existeraient donc dans le même lieu; ils se pénétreraient donc l'un l'autre: cela est absurde. L'idée de ces deux puissances ennemis ne peut tirer son origine que des exemples qui nous frappent sur la terre; nous y voyons des hommes doux et des hommes féroces, des animaux utiles et des animaux nuisibles, de bons maîtres et des tyrans. On imagina ainsi deux pouvoirs contraires qui présidaient à la nature; ce n'est qu'un roman asiatique. Il y a dans toute la nature une unité de dessein manifeste; les lois du mouvement et de la pesanteur sont invariables; il est impossible que deux artisans suprêmes, entièrement contraires l'un à l'autre, aient suivi les mêmes lois. Cela seul,

à mon avis, renverse le système manichéen,[69] et l'on n'a pas besoin de gros volumes pour le combattre. . . .

Déjà convaincu que, ne connaissant pas ce que je suis, je ne puis connaître ce qu'est mon auteur, mon ignorance m'accable à chaque instant, et je me console en réfléchissant sans cesse qu'il n'importe pas que je sache si mon maître est ou non dans l'étendue, pourvu que je ne fasse rien contre la conscience qu'il m'a donnée. De tous les systèmes que les hommes ont inventés sur la Divinité, quel sera donc celui que j'embrasserai? Aucun, sinon celui de l'adorer. . . .

XXIX.—DE LOCKE

Après tant de courses malheureuses, fatigué, harassé, honteux d'avoir cherché tant de vérités, et d'avoir trouvé tant de chimères, je suis revenu à Locke, comme l'enfant prodigue qui retourne chez son père; je me suis rejeté entre les bras d'un homme modeste, qui ne feint jamais de savoir ce qu'il ne sait pas; qui, à la vérité, ne possède pas des richesses immenses, mais dont les fonds sont bien assurés, et qui jouit du bien le plus solide sans aucune ostentation. Il me confirme dans l'opinion que j'ai toujours eue, que rien n'entre dans notre entendement que par nos sens. . . .

XXXVIII.—MORALE UNIVERSELLE

La morale me paraît tellement universelle, tellement calculée par l'Être universel qui nous a formés, tellement destinée à servir de contre-poids à nos passions funestes, et à soulager les peines inévitables de cette courte vie, que, depuis Zoroastre jusqu'au lord Shaftesbury, je vois tous les philosophes enseigner la même morale, quoiqu'ils aient tous des idées différentes sur les principes des choses. Nous avons vu que

69 Cf. *supra*, pp. 310, 367.

Hobbes, Spinosa, et Bayle lui-même, qui ont ou nié les premiers principes, ou qui en ont douté, ont cependant recommandé fortement la justice et toutes les vertus.

Chaque nation eut des rites religieux particuliers, et très souvent d'absurdes et de révoltantes opinions en métaphysique, en théologie; mais s'agit-il de savoir s'il faut être juste, tout l'univers est d'accord. . . .

.

LVI.—COMMENCEMENT DE LA RAISON

Je vois qu'aujourd'hui, dans ce siècle qui est l'aurore de la raison, quelques têtes de cette hydre du fanatisme renaissent encore. Il paraît que leur poison est moins mortel, et leurs gueules moins dévorantes. Le sang n'a pas coulé pour la grâce versatile,[70] comme il coula si longtemps pour les indulgences plénières qu'on vendait au marché; mais le monstre subsiste encore: quiconque recherchera la vérité risquera d'être persécuté. Faut-il rester oisif dans les ténèbres? ou faut-il allumer un flambeau auquel l'envie et la calomnie rallumeront leurs torches? Pour moi, je crois que la vérité ne doit pas plus se cacher devant ces monstres que l'on ne doit s'abstenir de prendre de la nourriture dans la crainte d'être empoisonné.

(Moland, XXVI, 47–95.)

THE NEED OF PUBLIC HOSPITALS AND ASYLUMS (1767)

This passage is taken from a *Fragment des Instructions pour le Prince royal de * * **. In this work one prince gives his counsel to another. The supposed speaker is doubtless Frederick of Prussia addressing the twenty-three-year-old royal prince, Frederick William.

Ne souffrez pas chez vous la mendicité. C'est une infamie qu'on n'a pu encore détruire en Angleterre, en France, et dans une partie de l'Allemagne. Je crois qu'il y a en Eu-

[70] *Grâce versatile, gratia versatilis,* converting grace. Cf. also *Dictionnaire philosophique,* article *Grâce* (Moland, XIX.).

rope plus de quatre cent mille malheureux, indignes du nom
d'hommes, qui font un métier de l'oisiveté et de la gueuserie.
Quand une fois ils ont embrassé cet abominable genre de vie,
ils ne sont plus bons à rien; ils ne méritent pas même la terre
où ils devraient être ensevelis. Je n'ai point vu cet opprobre
de la nature humaine toléré en Hollande, en Suède, en Dane-
mark; il ne l'est pas même en Pologne. La Russie n'a point
de troupes de gueux établis sur les grands chemins pour ran-
çonner les passants. Il faut punir sans pitié les mendiants
qui osent se faire craindre, et secourir les pauvres avec la
plus scrupuleuse attention. Les hôpitaux de Lyon et d'Am-
sterdam sont des modèles; ceux de Paris sont indignement
administrés. Le gouvernement municipal de chaque ville
doit seul avoir le soin de ses pauvres et de ses malades. C'est
ainsi qu'on en use dans Lyon et dans Amsterdam. Tous ceux
que la nature afflige y sont secourus; tous ceux à qui elle
laisse la liberté des membres y sont forcés à un travail utile.
Il faut surtout commencer à Lyon par l'administration de
l'hôpital pour arriver aux honneurs municipaux de l'Hôtel
de Ville : c'est là le grand secret. L'Hôtel de Ville de Paris
n'a pas des institutions si sages, il s'en faut beaucoup; le
corps de ville [71] y est ruiné, il est sans pouvoir et sans crédit.

Les hôpitaux de Rome sont riches, mais ils ne semblent
destinés que pour recevoir des pèlerins étrangers. C'est un
charlatanisme qui attire des gueux d'Espagne, de Bavière,
d'Autriche, et qui ne sert qu'à encourager le nombre pro-
digieux des mendiants d'Italie. Tout respire à Rome l'osten-
tation et la pauvreté, la superstition et l'arlequinade.

(Moland, XXVI, 447–448.)

La Voix du Curé sur le Procès des Serfs du Mont-Jura (1772)

This is the fifth plea of Voltaire in favor of the freeing of the serfs
of Mont-Jura, who were owned by the monks of Saint-Claude only a

[71] Cf. *supra*, p. 184, n.

few miles removed from Ferney. In 1775 Voltaire drew up an *Extrait d'un Mémoire pour l'entière abolition de la servitude en France,* thus extending his plan. His interest in humanity was ever keen, his projects usually practical and directed to the elimination of concrete abuses.

ARTICLE I

Le jour de Saint-Louis 1772 je pris possession de ma cure. Plusieurs de mes paroissiens vinrent en troupe me demander mes secours en versant des larmes. Je leur dis que ma cure appartient à des moines qui me donnent une pension de quatre cents francs, . . . et que je la partagerais volontiers avec mes amis. Leur syndic,[72] portant la parole, me répondit ainsi :

"Nous sommes prêts nous-mêmes à mettre à vos pieds le peu qui nous reste, et à travailler de nos mains pour subvenir à vos besoins. Nous venons seulement demander votre appui pour sortir de l'esclavage injuste sous lequel nous gémissons dans ces déserts que nous avons défrichés.

—Comment! que voulez-vous dire, mes enfants? Quel esclavage? Est-ce qu'il y a des esclaves en France?

—Oui, monsieur, reprit le syndic; nous sommes esclaves des mêmes moines sécularisés qui vous donnent quatre cents francs pour desservir votre cure, et qui recueillent le fruit de vos travaux et des nôtres. Ces moines, devenus chanoines, se sont faits nos souverains, et nous sommes leurs serfs nommés mainmortables. Secourez-nous au nom de ce roi qui ne fit la guerre que pour délivrer des esclaves chrétiens, et dont nous célébrons aujourd'hui la fête." [73]

Je leur demandai ce que signifiait ce mot étrange d'esclaves mainmortables.

"Lorsque autrefois, me dit le syndic, nos maîtres n'étaient pas contents des dépouilles dont ils s'emparaient dans nos

72 Leader, spokesman, mayor.
73 Louis IX or Saint-Louis (1215-1270), who took part in the seventh and eighth Crusades to liberate the Holy Land from the Sultan of Egypt.

chaumières après notre mort, ils nous faisaient déterrer; on coupait la main droite à nos cadavres, et on la leur présentait en cérémonie comme une indemnité de l'argent qu'ils n'avaient pu ravir à notre indigence, et comme un exemple terrible qui avertissait les enfants de ne jamais toucher aux effets de leurs pères, qui devaient être la proie des moines nos souverains.»

Je frémissais, et il continua ainsi:

«Nous sommes esclaves dans nos biens et dans nos personnes. Si nous demeurons dans la maison de nos pères et mères, si nous y tenons avec nos femmes un ménage séparé, tout le bien appartient aux moines à la mort de nos parents. On nous chasse du logis paternel, nous demandons l'aumône à la porte de la maison où nous sommes nés. Non seulement on nous refuse cette aumône; mais nos maîtres ont le droit de ne payer ni les remèdes fournis à nos parents, ni les derniers bouillons qu'on leur a donnés. Ainsi, dans nos maladies, nul marchand n'ose nous vendre un linceul à crédit; nul boucher n'ose nous fournir un peu de viande; l'apothicaire craint de nous donner une médecine qui pourrait nous rendre la vie. Nous mourons abandonnés de tous les hommes, et nous n'emportons dans le sépulcre que l'assurance de laisser des enfants dans la misère et dans l'esclavage.

«Si un étranger, ignorant ces usages, a le malheur de venir habiter un an et un jour dans cette contrée barbare, il devient esclave des moines ainsi que nous. Qu'il acquière ensuite une fortune dans un autre pays, cette fortune appartient à ces mêmes moines; ils la revendiquent au bout de l'univers, et ce droit s'appelle le droit de poursuite.[74] . . .

«Nous sommes des bêtes de somme: les moines nous chargent pendant que nous vivons; ils vendent notre peau quand nous sommes morts, et jettent le corps à la voirie.»

[74] Abolished in 1778.

Je m'écriai: "Tout cela n'est pas possible, mes chers paroissiens! Ne vous jouez pas de ma simplicité; nous sommes dans le pays de la franchise; nos rois, nos premiers pontifes, ont aboli depuis longtemps l'esclavage; c'est calomnier des religieux de supposer qu'ils aient des serfs. Au contraire, nous avons des pères de la Merci qui recueillent des aumônes, et qui passent les mers pour aller délivrer nos frères lorsqu'on les a faits serfs à Maroc, à Tunis, ou chez les Algériens.

—Eh bien, s'écria un vieillard de la troupe, qu'ils viennent donc nous délivrer! . . .

Passant à tout moment de la surprise à l'indignation, je vis enfin qu'un très petit nombre de moines avait réussi insensiblement à réduire à l'esclavage douze mille citoyens, douze mille serviteurs du roi, douze mille hommes nécessaires à l'État, auxquels ils avaient vendu solennellement la propriété des mêmes terrains dans lesquels ils les enchaînent aujourd'hui. Chaque ligne me remplissait d'effroi et de douleur, et je suis bien persuadé que nos juges, ainsi que tous les lecteurs, auront éprouvé les mêmes sentiments que moi.

"Quoi! disais-je en moi-même, des moines ont vendu à des hommes libres des terrains immenses dont ils s'étaient emparés par de fausses chartres, et ensuite ils auront fait des esclaves de ces hommes libres, en abusant de leur ignorance, en intimidant leurs consciences, en les faisant trembler sous le joug de l'Inquisition lorsque la Franche-Comté, si mal nommée Franche, appartenait à l'Espagne! Ah! c'était plutôt à ces colons qui achetèrent ces terrains à imposer la mainmorte aux moines; c'était aux propriétaires incontestables que ce droit de mainmorte appartenait: car enfin tout moine est mainmortable par sa nature; il n'a rien sur la terre, son seul bien est dans le ciel, et la terre appartient à ceux qui l'ont achetée."

ARTICLE II

Ému et troublé dans toutes les puissances de mon âme, je crus voir, pendant la nuit, Jésus-Christ lui-même, suivi de quelques-uns de ses apôtres. Tout son extérieur annonçait l'humilité et la pauvreté; mais il nourrissait cinq mille hommes[75] dans un désert avec quelques pains et quelques poissons. Je crus voir dans un autre désert quelques moines et leur abbé, possédant cent mille livres de rente, et enchaînant douze mille hommes au lieu de les nourrir.

Il me parut que Jésus se transporta dans un moment, quoique à pied, du désert de Génézareth à celui de Saint-Claude; il demanda aux moines pourquoi ils étaient si riches et pourquoi ils enchaînaient ces douze mille Gaulois. Un des moines (c'était le cellérier)[76] répondit: "Seigneur, c'est parce que nous les avons faits chrétiens; nous leur avons ouvert le ciel, et nous leur avons pris la terre."

Jésus-Christ repartit en ces mots: "Je ne croyais pas être venu sur cette terre, y avoir enduré la pauvreté, les travaux et la faim, pratiqué constamment l'humilité et le désintéressement, uniquement pour enrichir des moines aux dépens des hommes.

—Oh! répliqua le cellérier, les choses sont bien changées depuis vous et vos premiers disciples. Vous étiez l'Église souffrante, et nous sommes l'Église triomphante. Il est juste que les triomphateurs soient des seigneurs opulents. Vous paraissez étonné que nous ayons cent mille livres de rente et des esclaves; que diriez-vous donc si vous saviez qu'il y a des abbayes qui en ont deux et trois fois davantage sans avoir de meilleurs titres que nous?"

A ces mots je m'écriai: "N'y aura-t-il plus de frein sur la terre? L'heureux accablera-t-il toujours l'infortuné?"

Le tonnerre gronda, et la vision disparut.

[75] *Matthew* xiv, 21; *Mark* vi, 44; *Luke* ix, 14; *John* vi, 10.
[76] *Cellérier,* monk in charge of the food supply of the monastery.

ARTICLE III

. . . "Ces moines n'établirent insensiblement la mainmorte
qu'en disant, sur la fin du XVIe siècle, aux colons grossiers:
Si vous voulez vous préserver de l'hérésie, soyez nos esclaves
au nom de Dieu; mais les colons, plus instruits, leur disent
aujourd'hui: C'est au nom de Dieu que nous sommes
libres." . . .

"Il faudra donc plaider; il faudra que ceux qui devraient
édifier scandalisent; il faudra que les tribunaux retentissent
toujours des procès des moines! Et quel procès que celui-ci!
d'un côté, trois mille familles utiles qui composent au moins
douze mille têtes, redemandent avec larmes, et leurs titres à
la main, la liberté qu'ils ont payée, la propriété de leurs
déserts et de leurs tanières qu'on leur a vendus, et dont ils
représentent la quittance; enfin des droits qui sont incontes-
tables dans tous les tribunaux de la terre.

"De l'autre côté sont vingt hommes inutiles, qui disent pour
toute raison: Ces trois mille familles sont nos esclaves, parce
que nous avons eu autrefois dans ces montagnes quelques
faussaires, et même des faussaires maladroits.

"Si notre religion, qui commença par ne point connaître les
moines, et qui, sitôt qu'ils parurent, leur défendit toute pro-
priété, qui leur fit une loi de la charité et de l'indigence; si
cette religion, qui ne crie de nos jours que dans le ciel en
faveur des opprimés, se tait dans les montagnes et dans les
abîmes du mont Jura, ô justice sainte! ô sœur de cette reli-
gion! faites entendre votre voix souveraine; dictez vos arrêts,
quand l'Évangile est oublié, quand on foule aux pieds la na-
ture!"

(Moland, XXVIII, 567–568, 571–575.)

VOLTAIRE'S LAST YEARS

Voltaire's extraordinary activity did not lessen with increasing
age. Into his home at Ferney he received young Mlle Corneille, a

supposed direct descendant of the great dramatist, and set about teaching her and preparing her a *dot* that she might make a "good" marriage. To this end, he wrote and published for her benefit his *Commentaires sur Corneille* (1764), whose tendency toward severity showed at least that in dramatic criticism Voltaire did not limit his opposition to the foreigner Shakespeare. At this same time he was leaving no stone unturned in the interest of the unfortunate Calas family. Next came the Sirven case, more difficult because of less striking injustice—Sirven had prudently fled from the jurisdiction of Toulouse. La Barre, the seventeen-year-old lad who had failed in reverence toward a passing procession of the Blessed Sacrament, accused also of having sung ribald songs and of possessing works by Voltaire, was beheaded (1766), after torture. The sentence decreeing that his tongue should be cut out was commuted. Again Voltaire's indignation flamed, this time without avail. The pitiable condition of the serfs of Mont Jura engaged his attention; likewise, as we shall see, the case of General Lally, who had been put to death on an exaggerated charge of treason. Voltaire never lost, what by most people is so easily lost with increasing age; namely, the capacity to wax hotly indignant over abuses and to demand with effective insistence their reform. Hence he welcomed the appearance in 1764 of the Italian Beccaria's important treatise *On Crimes and Punishments,* which did so much to correct the excessively cruel and antiquated judicial procedure of the time,[77] and himself wrote a commentary on it two years later.[78]

VOLTAIRE AND RELIGION

His warfare against the "infâme" continued, if anything, more hotly than ever. The *Examen important de milord Bolingbroke* and the *Questions de Zapata* came in 1767, the former filled with more

[77] With its practical assumption of the guilt of the accused, its use of partial or "fractional" bits of circumstantial "proof" added together to make a whole proof, its denial of the right of advice of counsel, and its use of torture even before conviction in order to get evidence and force confessions.

[78] An edition of the *Traité des délits et des peines* in the Bibliothèque Nationale has on its title page "Philadelphie, 1766," and is accompanied by a "Commentaire . . . par un Avocat de Province (Voltaire)." If the indicated place of publication is authentic, this edition is an evidence of the early influence in America both of Beccaria and Voltaire.

than usual hostility toward Jesus, as well as toward the Old Testament and the "christicoles," the latter work raising embarrassing questions against a literal interpretation of many scriptural passages, as well as hitting in passing at the infallibility of the Pope. The *Défense de mon oncle* and the *Dîner du comte de Boulainvilliers* of the same year are not dissimilar in spirit. *La Bible enfin expliquée* of 1776 utilized the daily Bible readings begun—with not too pious intent—nearly thirty years before with Mme du Châtelet at Cirey and amplified by the plunge into theological literature at the monastery of Senones [79] with his friend Dom Calmet, himself a learned, though naïve, commentator of the Bible. Needless to say, the spirit of Voltaire is as far as possible from that of the pious priest. In the works above mentioned, Voltaire discusses the authorship of the so-called Mosaic Pentateuch, pounces with delight upon contradictions or improbabilities in the Biblical books, rejects the miraculous and the supernatural, opposes the idea of revelation and attacks everything in the Old Testament which in the light of higher modern standards must be judged primitive and unethical.

Voltaire's learning was broad, but superficial; whatever appreciation of the relativity of moral standards he had was here inoperative because not yet accepted by the church which he was combatting; irreverance, an often repulsive mockery, a seeming lack of some of the finer subtleties are here to the fore. This is the Voltaire who has gone down to history as the *bête noire* of reverent spirits in church or out. Yet his work had to be done. His very violence was necessary in order to get him a hearing. Who would have listened then to a calm, reverent, balanced treatment of these questions, free from the spice of wit and mockery with which Voltaire compelled an audience, even while he roused the most violent antagonisms? The inadequacies of his Biblical criticism are the outcome of the naïve literalness and irrationalism of his opponents. To them, he gave, as Renan said, a "réponse mauvaise en soi, mais accommodée à ce qu'il s'agit de combattre; réponse arriérée à une science arriérée." [80] The destructive part of Voltaire's criticism

[79] Voltaire's Biblical criticism was fortified and made more serious by contact with the scholarship of the Protestant pastors of Geneva.
[80] Cited in Moland, I, p. lviii.

has either been accepted or else proved false by all well trained and impartial students of the Bible and of comparative religion. There is now among most leaders of modern thought less fear of the rational than there was in Voltaire's time; the supernatural and the miraculous no longer appear as necessary evidences of the divine; revelation itself, working through human channels, becomes psychologically intelligible, when interpreted in broader and less literal terms; ethical criteria alone appear the convincing proof of Christ's divinity. The advance guard of liberal theological thought no longer needs Voltaire's work, but, as M. Lanson has said, "sans Voltaire, Renan était impossible. Il a fallu nier avec colère avant de pouvoir nier avec sympathie." [81] Religion too, the modern student has learned, may be studied rationally, provided it be approached, as all subjects must be for sound results, with intelligent sympathy.

But the work of Voltaire in one sense is not yet complete. The great public at large is in general divided between two extremes; on the one hand a well-meaning but uncritical religious belief, on the other an equally unintelligent and perhaps more barren hostility. The latter have followed only the narrower side of Voltaire without seeing that there are also in his work many passages which show a broader, more appreciative viewpoint; the former are quite unconscious of the fact that many questions now so vehemently discussed were settled by Voltaire a hundred and fifty years ago. The struggle of Voltaire and the Church was the struggle to discover whether the Christian faith could not only survive, but be invigorated, by the untrammeled examination of that faith and its great historic documents, a struggle which, seemingly finished at least in its main outlines during the closing years of the nineteenth century, is only beginning to reach down in its effects to the public at large. To understand Voltaire and to do him justice, religion must not be identified solely with any church; it should be thought of rather as an ideal, toward which our human and imperfect churches, along also with many other social movements outside of the churches, only slowly strive.[82]

81 G. Lanson, *Hist. de la litt. fr.* (1912), p. 772.
82 With a similar thought, Diderot wrote: "Quand il y aurait un

Voltaire's religion, in the sense that he may be said to have had one, was not mystical. It had little of the spirit of reverence and worship. It must be said too that he shows little interest in what may be called the problems of individual morality or character in the deeper sense. He has none of the consciousness of sin, so characteristic of his great contemporary, Jean-Jacques Rousseau, and that not because he was in any general sense better, but because such questions did not trouble him. Voltaire engages in none of the soul-searching of a Pascal. Voltaire does not appear dissatisfied with himself or deeply conscious of limitations. His is the spirit of the man of action; introspection and self-judgment are not for him. It is on the practical side of the amelioration of social conditions that he truly distinguished himself. In this he has hardly been surpassed by any one in ardor or in the ability to sustain that ardor in spite of long and discouraging opposition. If he appears in some respects conservative, his age and his great wealth make it surprising that he was not more so. Besides, his action is strictly limited by the practical knowledge of what he can reasonably hope to accomplish. Voltaire worked for the immediate, more than for the distant, future and aimed always at results. As for his belief in God, it was deistic [83] and in general abstract. He felt God necessary, creator of the physical order of the universe. At times, however, he goes farther and finds in Him the sanction of the universal moral law summed up in the Golden Rule which he is fond of quoting as the essence of Christ's teaching. It is in this sense that Voltaire is said to have had a "christianisme dépouillé" [84] of dogma and reduced to the essential.

VOLTAIRE AND SHAKESPEARE

The Shakespeare question increased in prominence in Voltaire's later years. His *Appel à toutes les nations* of 1761 was a manifesto against the growing popularity of the English dramatist. Even

Christ, je vous assure que Voltaire serait sauvé." Cited in Moland, I, p. xxxvii.

[83] "Son intention était d'y former une espèce de société de philosophes pensant comme lui, c'est-à-dire de purs déistes." Wagnière, I, 90.

[84] F. Caussy, in *Le Correspondant* (1914), p. 1140. (See Appendix.)

from the first years after his return from England, Voltaire had
considered Shakespeare a strange mingling of genius and bar-
barism,[85] but he had thought him interesting and worthy of
imitation in certain respects. The French might well learn for
instance to treat historical subjects and to put more action upon the
stage without for all that giving over the technique of Racine. Now
in his later years Voltaire feels that the popularity of Shakespeare
has grown dangerously great. Classic drama as represented by
Racine and himself is thus endangered by the revolutionary admira-
tion of the younger generation. Good taste itself is threatened by
an invasion of barbarism, and the literary patriotism of the old
warrior that Voltaire is rises up in violent, and even unfair, protest.
He himself feels guilty for having done so much to introduce
Shakespeare to the French. He therefore changes the emphasis
from good qualities to defects, and, in his anger losing all restraint,
breaks forth into most unjust and ridiculous invective. So comes
the famous *Lettre à l'Académie Française* of 1776 which Voltaire
caused to be read for him before that distinguished company at
Paris by his friend D'Alembert. It was a protest, an ineffective
protest, against Letourneur's translation of Shakespeare which
had appeared the same year. Voltaire stresses Shakespeare's oc-
casional obscenities, dragging them into undue prominence, ridi-
cules breaches of the unities of time and place, objects to the
mingling of tragic and of comic elements, and ridicules also the
presence of characters taken from common life, unsuitable therefore
in his opinion to appear before the most polished court of the day.
The tradition of court etiquette handed down from the age of Louis
XIV blinded Voltaire to the possibility of a freer drama, less
bound by conventional rules, closer to the great throbbing un-
checked course of life itself. His classic background, reinforced
by very similar opinions in Pope's circle in England, was too
strong for him to shake it off. By one of those strange ironies that
fate seems to enjoy, it was Ducis, "le bonhomme Ducis," the enthu-
siastic, though timid, adapter of Shakespeare, who was to fall
heir to Voltaire's seat in the French Academy, the very body be-

[85] Cf. the Preface to *Brutus* (1731), the *Essai sur la poésie épique*
(1733), and the *Lettres philosophiques* (1734).

fore which Voltaire's ineffectual effort to stem the tide first appeared.

VOLTAIRE AS A DRAMATIST [86]

Throughout all his long life Voltaire remained from first to last a dramatist. In 1718 at the age of twenty-four he saw his *Œdipe* produced at the Théâtre-Français; in 1778 at eighty-four, only two months before his death, he listened to the sixth performance of his new tragedy *Irène* and saw his bust crowned in the center of the stage amid enthusiastic applause. Even after his death, one more tragedy written, but not quite completed, during his last months, *Agathocle,* was given the honor of a public performance and was received with the respect due a last, though quite naturally not distinguished, work of a great man who had gone. A list containing only his more important dramatic works arouses wonder at the activity of this man, who, as we now know, has even greater titles to fame elsewhere.

A LIST OF VOLTAIRE'S CHIEF PLAYS [87]

Œdipe, 1718. Influence of Sophocles, Corneille, Crébillon, and *galanterie* "à la Quinault."

Mariamne, 1724. First tried with unsuccessful dénouement in action instead of *récit.*

L'Indiscret, comédie, 1725.

Brutus, 1730. Play without love, influenced by Shakespeare.

Ériphyle, 1732. Pale reflection of Shakespearean ghost.

Zaïre, 1732. Slight influence of *Othello;* more, of Racine's *Bajazet.* Characters from French history encouraged by Shakespeare. Love interest again, after failure of *Brutus* and *Ériphyle.*

Adélaïde du Guesclin, 1734. Also characters from French history. Love predominant as in *Zaïre.*

La Mort de César, privately performed in 1735. Influence of

[86] Cf. Henri Lion, *Les Tragédies et les théories dramatiques de Voltaire,* Paris, 1895; Gustave Lanson, *Esquisse d'une histoire de la tragédie française,* Columbia Press, 1920.
[87] The dates given, unless the play was not acted, are those of the first public, or (if specified) private, performance.

first half of Shakespeare's *Julius Cæsar* up to Cæsar's death.

Alzire ou les Américains, 1736. Attempt at exotic (Peru at the time of the Incas). Humanitarian propaganda. Love.

L'Enfant prodigue, comédie, 1736.

Mahomet, 1741. First fully "philosophic" play with attack upon religious fanaticism.

Mérope, 1743. Influence of Italian Maffei. Mother love.

La Prude, comédie, privately played, 1747. Influence of Wycherley's *Plain Dealer*.

Sémiramis, 1748. Reworks own play *Ériphyle* on subject treated by Crébillon. Ghost influenced by Greeks and by Shakespeare.

Nanine, comédie, 1748. Influence of Richardson's *Pamela*. Moralizing element and attacks upon prejudices of rank.

Oreste, 1750. Another competitor with Crébillon.

Catilina ou Rome sauvée, 1752. A third rival of Crébillon. Historical reconstitution of Roman life, strong portrayal of Cicero but weak in Catiline. Roman senate and crowds.

L'Orphelin de la Chine, 1755. Chinese exoticism instead of classic background. Unreal, but interesting, innovation.

L'Écossaise, comédie, 1760. Attack upon enemy Fréron.

Tancrède, 1760. Age of chivalry. Clearing of stage in 1759 permits more spectacle and scenic effects. *Vers croisés*. Suggests somewhat romanticism of *Hernani*. Played fifty-nine times at Théâtre-Français between 1825 and 1855.

Jules-César, 1764. Not played. Translation of Shakespeare.

Héraclius, 1764. Not played. Translation of Calderón.

Olympie, 1764. More spectacular than *Tancrède*. Processions, duel, crowd, funeral pyre (though latter not staged till 1780).

Le Triumvirat, 1767. A weak rival of Crébillon. Storm on stage, heroine cast upon cliffs, a tent for local color. Influence of Opera here as elsewhere upon spectacular element.

Les Scythes, 1767. Rousseauistic glorification of country over city and state of nature over civilization. *Drame bourgeois*. Woods, grass, plains, cabins, altar, rustic characters. Russian exoticism in honor of Catherine II, but weak play.

Les Guèbres ou la Tolérance, 1769. Never played, but much read. Return to philosophic propaganda.

Atrée et Thyeste, 1772. Final weak attempt to rival Crébillon.

Les Lois de Minos, 1773. Not played. Even bolder treatment of theme of tolerance than in *Les Guèbres.* Characters puppets. Spectacle.

Don Pèdre, roi de Castille, 1775. Not played. Attack upon the French *parlements.*

Irène, 1778. Back to tragedy of love and unities of place and time. Good considering author's age, but not of permanent value.

Voltaire, true representative of a transition period, pointed the way toward many interesting dramatic reforms, some of which have been noted above. Influenced by Shakespeare and English drama, he favors more action upon the French stage, though clinging in general to the unities. Shakespeare encourages him also to introduce characters from French history (*Zaïre, Adélaïde du Guesclin*) or the age of French chivalry (*Tancrède*). His own taste for history leads him to broaden the scope of tragedy and—not entirely without Racinian precedent—to seek the exotic (*Alzire, Mahomet, l'Orphelin de la Chine, les Scythes*). His local color is neither thorough-going nor accurate, but it is an interesting forerunner of Romanticism. In his later years Voltaire favors greater emphasis upon stage effects—impossible until the stage was cleared of spectators in 1759—and even changes of scene. *Tancrède* and *Olympie* go farthest in this direction. The influence of the actress Mlle Clairon and of the actor Lekain lead him away from his favorite *déclamation chantante* to greater naturalness of diction and more pantomime. To a greater extent than ever before, author, actor, and stage manager can really collaborate in obtaining the effects sought. Thus, though Voltaire has often truly been called but a pale reflection of Racine, though little of his dramatic work remains of permanent value, yet he contributed in many ways to prepare the way for Romanticism and for the freer, more colorful drama of modern times.

VOLTAIRE'S ATTITUDE TOWARD WAR

One of Voltaire's most characteristic traits is his bitter hostility toward war, an attitude which links him close to modern attacks

SELECTIONS FROM VOLTAIRE

upon the same evil. Appeals to reason, all the resources of his cutting irony and keen wit, he uses in his war against war. As early as 1734, we have seen him in his first Letter on the Quakers of the *Lettres philosophiques* put into the mouth of his spokesman the reason for Quaker opposition to war. "Nous n'allons jamais à la guerre; ce n'est pas que nous craignions la mort, . . . c'est que nous ne sommes ni loups, ni tigres, ni dogues, mais hommes, mais chrétiens. Notre Dieu qui nous a ordonné d'aimer nos ennemis et de souffrir sans murmure, ne veut pas sans doute que nous passions la mer pour aller égorger nos frères, parce que des meurtriers vêtus de rouge avec un bonnet haut de deux pieds, enrôlent des citoyens en faisant du bruit avec deux petits bâtons sur une peau d'âne bien tendue." Thus the method of ridicule, resumed most effectively twenty-five years later in *Candide*. More grave and solemn is Voltaire, when in 1748 he asks eloquently why the Church, instead of blessing war, has not raised its voice in insistent protest. "Quelle voix chargée d'annoncer la vertu s'est jamais élevée contre ce crime si grand et si universel; contre cette rage destructive qui change en bêtes féroces des hommes nés pour vivre en frères; contre ces dépradations atroces, contre ces cruautés qui font de la terre un séjour de brigandage, un horrible et vaste tombeau?" [88] In the *Siècle de Louis XIV,* Voltaire attacks the financial fallacy that countries may become rich through war. "C'est la guerre qui appauvrit nécessairement le trésor public, à moins que les dépouilles des vaincus ne le remplissent. Depuis les anciens Romains, je ne connais aucune nation qui se soit enrichie par des victoires. . . . Parmi les nations de l'Europe, la guerre, au bout de quelques années, rend le vainqueur presque aussi malheureux que le vaincu. C'est un gouffre où tous les canaux de l'abondance s'engloutissent." [89] The long attack in the *Dictionnaire philosophique* under the article *Guerre* has already been given in the text and need not be repeated. War results, writes Voltaire in 1761 to the Duchesse de Saxe-Gotha, only in "la misère des peuples: il y a seulement, de part et d'autre, cinq ou six cents personnes qui font des fortunes immenses à fournir le nécessaire et le superflu

[88] Moland, XXIII, 250.
[89] Moland, XIV, 525-26.

aux meurtriers enrégimentés." [90] War is motivated, Voltaire writes in *Dieu et les Hommes* (1769), only by national selfishness which drives men in mass to grab the property of others. "Pourquoi est-on en guerre depuis si longtemps; et pourquoi commet-on ce crime sans aucun remords? On fait la guerre uniquement pour moissonner les blés que d'autres ont semés, pour avoir leurs moutons, leurs chevaux, leurs bœufs, leurs vaches, et leurs petits meubles: c'est à quoi tout se réduit, car c'est là le seul principe de toutes les richesses." [91]

The piquancy of these attacks is heightened by the fact that Voltaire had made much of his own fortune by speculation in furnishing war supplies. It is a characteristic Voltairean inconsistency. One could admire him more were his hands clean in this respect. Yet we cannot for all that question the sincerity of his invective. Voltaire hated war, hated it with all the intensity of his impetuous nature, hated it with the natural shrinking from physical hurt often characteristic of the man of books, hated it with all the antipathy due to his sense of its irrational and inhuman character, hated it with every fibre of his being. The significant thing is that, though his practical and rather unscrupulous common sense led him to accept war contracts as a profitable method of increasing his wealth, he nevertheless did not cease his attacks upon the war system. Few have been able to be thus inconsistent in so good a cause.

VOLTAIRE'S FINAL TRIP TO PARIS

But Voltaire's life was nearing its close, though his vigor continued without perceptible abatement. He wore no glasses, his eyes were bright and piercing, he walked rapidly about his estate, "d'un maintien droit, élevé, . . . d'une démarche ferme et même leste encore." [92] This marvelous organism might still have gone on for years, it seems, had he not unwisely yielded to the entreaties of his niece, Mme Denis, and of friends to come to Paris, now that the

[90] Moland, XLI, 382.
[91] Moland, XXVIII, 130.
[92] Mme Suard, in *Lettres de Mme de Graffigny* (éd. by E. Asse, Paris, 1879), pp. 376–77, 382, 393, 403.

reign of Louis XV was over. He left Ferney in his coach February 5, 1778, never to return. On the way he was active and jovial, reading, dictating to his secretary, talking, sleeping. As he entered Paris and was stopped by the customs asking if he was bringing in any contraband, he replied gaily: "Il n'y a que moi." He reached Paris the afternoon of the 10th, and was immediately besieged by a host of admirers and by the idly curious, was acclaimed in the streets as the savior of the Calas family, plunged into consultations over the staging of his latest play, *Irène,* in short was smothered in roses, as he himself put it. Tronchin, the famous doctor, objected: "On ne transplante pas un arbre de quatre-vingt-quatre ans, à moins qu'on ne veuille le faire périr." [93] Voltaire broke down, took to his bed, was bled, recovered temporarily, plunged again into the maelstrom. Benjamin Franklin brought his grandson to him for his blessing, which Voltaire gave, putting his hand on the boy's head and uttering in English the words, "God and Liberty." Voltaire attends the production of *Irène* at which his bust on the stage is enthusiastically crowned with laurel, is received by the Masonic lodge of the Neuf Sœurs and insists upon kissing with respect the apron of "Frère Helvétius," again meets Franklin at the Académie des Sciences on April 29, whereupon the audience insists upon the two world figures embracing in their presence while they acclaim them as Sophocles and Solon, consents to direct the work of the Academy on the Dictionary and takes for himself the letter A. But it was all too much, as Tronchin had said. Voltaire sustained himself with great quantities of coffee, was bled again, finally had to take to his bed, and died the night of May 30, 1778, less than five weeks before the death of his great rival, Rousseau. During his last days he was tormented by priests endeavoring to extract a confession and renunciation of past attacks upon the Church. To insure burial in consecrated ground, Voltaire wrote and signed a statement "qu'il voulait mourir dans la religion catholique, où il était né, qu'il demandait pardon à Dieu et à l'Église, s'il avait pu les offenser"; [94] he refused to ac-

[93] Cited by Strauss, *Voltaire* (Lesigne trans., Paris, 1913), p. 286.
[94] Wagnière, *Mémoires,* I, 132.

knowledge the divinity of Christ.[95] What seems his most authentic expression of his last opinions had been dictated to his secretary, Wagnière, at the time of his first illness on February 28: "Je meurs en adorant Dieu, en aimant mes amis, en ne haïssant pas mes ennemis, et en détestant la superstition." [96] Voltaire's body was buried in haste and by stealth at the Abbaye de Scellières near Troyes in Champagne under the jurisdiction of his nephew, the conseiller Mignot, barely in advance of an order from the Bishop of Troyes refusing burial. In 1791 his body and that of Rousseau were transferred with enthusiastic honors to the Panthéon at Paris.

A M. LE COMTE DE LALLY

26 mai (1778)

This is Voltaire's last letter, written four days before his death and addressed to Lally-Tollendal, the son of General Lally, an Irish Jacobite who had been in the service of the French in India. The French Government had charged him with having sold Pondicherry to the English and threw him into the Bastille as a traitor. On May 6, 1766, at the age of sixty-four, he was gagged, handcuffed, and beheaded. Voltaire from the first believed in his innocence and set about his vindication. On May 26, 1778, when Voltaire was on his death bed, Louis XVI publicly vindicated the memory of General Lally.

"M. de Voltaire était au lit de mort quand on lui fit part de cet événement; il sembla se ranimer pour écrire ce billet, qui peut être regardé comme le dernier soupir de ce grand homme; il retomba, après l'avoir écrit, dans l'accablement dont il n'est plus sorti, et expira le 30 de mai 1778, âgé de quatre-vingt-quatre ans et quelques mois." (Note in Moland, L, 397.)

Le mourant ressuscite en apprenant cette grande nouvelle; il embrasse bien tendrement M. de Lally; il voit que le roi est le défenseur de la justice: il mourra content.[97]

(Moland, L, 397.)

95 *Ibid.*, I, 160–61.
96 *Ibid.*, I, pp. 13 ff. (See Appendix.)
97 "Cela ne lui suffit pas; on attachait par ses ordres à la tapisserie un papier sur lequel il faisait écrire: "Le 26 mai l'assassinat juridique commis par Pasquier (conseiller au parlement) en la personne de Lally a été vengé par le conseil du roi." (Note in Moland, cited from La Harpe, *Correspondance littéraire*, II, 242.)
"There have been few men with whom the ruling passion of hatred of tyranny, oppression, injustice, has been so strong in death: and better

432 SELECTIONS FROM VOLTAIRE

VOLTAIRE'S CHARACTER

In what precedes there has already been given, it seems, suffi-
cient to form a general estimate of Voltaire's character, which is
so contradictory in its tendencies that there is infinite room for
partisanship both for and against. Opinions are bound to vary
according to the personal bias of the reader, according to whether
one emphasizes his great qualities or his very grave shortcomings.
"Il a tant de bonnes qualités," said Mme de Graffigny, "que c'est
une pitié de lui voir des faiblesses si misérables." [98] It is of great
significance—if no man is a hero to his valet—that all three of
his secretaries speak well of him. Longchamp mentions his "ex-
trême vivacité de caractère, qui éclatait par occasion et se calmait
presque au même instant. Je vis de plus en plus dans la suite
qu'autant ses vivacités étaient passagères, et pour ainsi dire, super-
ficielles, autant son indulgence et sa bonté étaient des qualités solides
et durables." [99] Colini, though discharged by Voltaire for cause,
testifies: "A ces vivacités près, Voltaire était bon et bienfai-
sant." [1] Wagnière is constant in his admiration: "Ce vieillard
respectable, qui était passionné pour le bien public." [2] John
Moore visited Ferney in 1776 and observed: "Considéré comme
maître, Voltaire se présente à Genève sous un jour très favorable.
Il est affable, humain et généreux envers ses vassaux et ses do-
mestiques. Il aime à les voir prospérer, et s'intéresse à leurs af-
faires avec le zèle d'un vrai patriarche." [3] Mme Suard attempts a
balanced judgment: "En adorant le génie et l'âme passionnée de
Voltaire pour les intérêts de ses semblables, je ne prétends pas ap-
prouver les excès où l'a souvent entraîné la violence de ses pas-
sions. Je ne le considère point comme un modèle de vertu dans
sa vie, quoique remplie d'actions nobles et généreuses, je l'envisage

men, who, in their last hours, have found it impossible to think of any
soul but their own." S. G. Tallentyre (pseud. for Evelyn Beatrice
Hall), *Voltaire in His Letters*, N. Y. and London, 1919, pp. 269–70.
 [98] Mme de Graffigny, *Lettres*, p. 102.
 [99] Longchamp et Wagnière, *Mémoires*, II, 136.
 [1] Colini, *Mon séjour auprès de Voltaire* (1807), p. 182.
 [2] Wagnière, *Mémoires*, I, 91.
 [3] In Mme de Graffigny, *Lettres*, p. 449.

encore moins comme un exemple de sagesse dans tous ses ou-
vrages." [4] Chabanon explains that "il fut toute sa vie un enfant
indiscipliné, esclave de ses passions, et n'ayant jamais eu le projet
de les réprimer," yet "peu d'hommes, dans le cours de leur vie,
ont fait autant de bien que Voltaire. Il faut avoir vécu avec lui
pour savoir tout celui qu'il opérait, sans faste et sans éclat." [5]
Quite similarly Grimm wrote: "Quant au bon vieux patriarche,
vous savez, madame, que c'est un enfant. Il a soixante-douze ans,
mais il en aurait cent qu'il serait enfant. Quand on le gronde, il
boude; et puis il est fâché d'avoir boudé et puis il ne sait comment
faire pour se défâcher. Mais je pardonne volontiers ces petits
torts à un homme qui a fait toute sa vie la guerre au fanatisme
et à qui la famille Calas doit le peu de justice qu'elle a obtenu." [6]
We should not too easily ignore such contemporary testimonies with
their seemingly just mingling of praise for his great qualities and
blame for his defects. Few men are perfect. We must take Vol-
taire as we find him and not prolong uselessly the polemics of
the eighteenth century. He remains a singularly important and
interesting figure, who did much good and some harm to the world.
It is not now a difficult task to separate the wheat from the chaff.

VOLTAIRE'S INFLUENCE

M. Lanson has written an excellent brief chapter on the in-
fluence of Voltaire.[7] His popularity in France during the nine-
teenth century, as shown by new editions or reprintings of his
works, was enormous. Whenever liberalism was militant, there
Voltaire was to the fore. During periods of reaction or conserva-
tism, his popularity temporarily waned. With Montesquieu and
Rousseau, he prepared the way for the French Revolution and it
was no accident that the two latter were especially honored at that
tragic but fruitful time. He above all stimulated anti-clericalism
in France and created the type of the rather narrow scepticism
typified by Homais in Flaubert's *Madame Bovary,* an unintelligent

4 Moland, I, 374.
5 In *Lettres de Mme de Graffigny,* p. 364.
6 Grimm, *Correspondance* (Garnier, 1882), XVI, 437.
7 G. Lanson, *Voltaire* (1906), Chap. XI.

scepticism quite unlike the fiery, passionate doubts of Voltaire himself, who was never indifferent, but always up in arms to correct abuses. Much of his spirit, less the active urge for reform, has passed into a man like Anatole France. His Biblical criticism has been superseded by that of Renan, Loisy, Sabatier, and the modern liberal school of theologians.

In America, he was read and quoted by Madison. Jefferson had many of the same points of view, tempered by the greater moderation which was in the English tradition. Franklin appears to have been a deist not greatly different from Voltaire in many respects, but of course calmer, more self-contained. Voltaire undoubtedly contributed to the insistence of the shapers of the government of the United States upon the separation of Church and State; but many other factors were also at work in the same direction, the question has not been studied in detail, and it is impossible at present to give positive conclusions. Lincoln read Voltaire in his youth and was doubtless influenced by him in his opposition to dogma and orthodoxy, though he remained sympathetic with the aims and general influence of the Church. Robert Ingersoll (1833–1899) in his popular lectures on Voltaire himself, on the "Mistakes of Moses," etc., continued most closely, though superficially, the narrower side of Voltaire's Biblical criticism with its unsympathetic mockery. Ingersoll may thus have helped somewhat in causing the abandonment of certain untenable theological positions, but, if at all influential now, reaches only the more uninformed public to whom such ideas are still new. Much of Voltaire's work for reform in the direction of tolerance, freedom of thought, rationalism, and common sense, has been done or out-grown; some, however, has still reached only a small part of society and remains, with such corrections and additions as time has shown to be necessary, potentially applicable.

APPENDIX

Page 9. Voltaire's Change of Name.

Another, and very plausible, suggestion as to the origin of the name *Voltaire* is that it was composed by young Arouet's inverting the syllables of *Airvault*, a village in the western French province of Poitou where some of Voltaire's relatives owned property. A slight change of spelling further concealed the source of the new name about which Voltaire remained persistently impenetrable. (For this ingenious explanation, as well as a discussion of numerous other theories, see Ira O. Wade, "Voltaire's Name," *Pub. Mod. Lang. Assoc. of America*, June, 1929.)

Page 10. Voltaire's Tragedy, *Œdipe*.

An unpublished Master's thesis, *The Œdipe of Voltaire*, by Edward A. Miller, completed in 1939, is deposited in the Library of Brown University. This thesis establishes the important fact that Voltaire's provocative lines on kings and priests were already to be found in the original edition of the play in 1719. (See pp. 38, 39, and 45 of Mr. Miller's manuscript.)

Pages 12–13. Voltaire and Bolingbroke.

In an article, "Bolingbroke and Voltaire—A Fictitious Influence" (*Pub. Mod. Lang. Assoc. of America*, Sept., 1927), Professor Norman L. Torrey questions the importance of Bolingbroke in the development of Voltaire's ideas. Fernand Baldensperger ("Voltaire anglophile avant l'Angleterre," *Revue de litt. comparée*, jan.-mars, 1929, pp. 33–34) adopts a middle ground: "Bolingbroke . . . en imposait surtout par une personnalité qui, au gré de Voltaire, 'valait mieux que ses livres.' "

Page 13. The *Epître à Uranie*.

"*L'Epître à Uranie*, adressée à une marquise réelle," writes Garat, "fut bientôt dans la mémoire et dans la bouche de toutes les femmes et de tous les hommes qui respiraient et professaient dans le monde l'indépendance de la pensée. Cette épître était un cri de guerre plus qu'un combat; mais dès que la guerre fut déclarée par un tel manifeste, il fallut la soutenir par des batailles." (Dominique-Joseph Garat, *Mémoires historiques sur la vie de M. Suard*, Paris, 1820, 2 vols., I, 201.)

An important study of the *Epître à Uranie* by Professor Ira O. Wade appeared in the *Publications of the Mod. Lang. Assoc. of America* for December, 1932. The manuscript copy of the *Epître* now in the Public Library at Leningrad seems to be the first extant. There is evidence to show that it was probably taken from Voltaire himself when he was imprisoned briefly in the Bastille in 1726. This manuscript copy, though not an original in Voltaire's hand, appears therefore to precede the author's journey to England. Since this version does not vary in ideas from those presented later, it offers significant evidence in favor of the conclusion that Voltaire was already a radical and free-thinking deist before he became influenced by English life and thought.

Professor Wade, in his study, mentioned above, has followed the edition of 1772, "the only text of the poem published during the life of Voltaire with his participation" (p. 1104 of Wade's article). We have thought it wise to reprint here the well known text of the Kehl edition (Volume XII, pp. 63–71, published in 1785), which is followed also in the Moland edition (Volume IX, 357–64, 1877) under the late title, *Le Pour et le Contre*. We have corrected, however, three evident errors in Moland: omission of *le* in Line 1 and of *enfin* in Line 7 (thus incorrectly shortening the lines to seven syllables instead of the otherwise regular eight syllables found in the short lines), and

the substitution in Moland of *des humains* in Line 19 instead of *les humains* as in Kehl.

Page 19. Note on the Rohan family.

The studied arrogance of the Rohan family is well indicated by the family motto: "Roi ne puis, Prince ne daigne, Rohan suis."

Page 21. Voltaire in England.

"Le séjour de l'Angleterre," writes the contemporary Marquis D'Argenson, speaking of Voltaire, "lui a élevé l'âme et a renforcé ses idées." (D'Argenson, *Mémoires*, Paris, Jannet, 1857–58, V, 140.) One may add to the bibliography on Voltaire in England in note 27 the important article by Fernand Baldensperger mentioned above (p. 435) and also the interesting republication by Norman L. Torrey, with notes and in more complete form, of Voltaire's English Notebook in the Public Library at Leningrad (*Modern Philology*, Feb., 1929). This is now amplified by Theodore Besterman, *Voltaire's Notebooks*, Genève, Institut et Musée Voltaire, Les Délices, 1952, 2 vols.

Page 23. Note 30. Voltaire's Knowledge of English.

Of great interest to students of Voltaire's personality and ideas is the publication, from the collection of Col. Ralph H. Isham, of the *Private Papers of James Boswell*. Volume IV (New York, Rudge, 1928) contains a long letter of Boswell to Temple dated Ferney, December 28, 1764, and describing the former's visits to Rousseau and to Voltaire. Boswell is astonished at the facility of Voltaire's English thirty-five years after his departure from England and amused by the Frenchman's use of the out-of-date oaths of a previous generation. Boswell writes: "I got him to speak English which he does in a degree that made me, now and then, start up and cry, 'Upon my soul, this is astonishing.' When he talked our language, he was animated with the soul of a Briton. He had bold flights. He had humour. He had an extravagance; he had a forcible oddity of

style that the most comical of our *dramatis personae* could not have exceeded. He swore bloodily as was the fashion when he was in England. He hum'd a ballad; he repeated nonsense. Then he talked of our constitution with a noble enthusiasm. I was proud to hear this from an illustrious Frenchman." (IV, 17–18.)

Page 24. Number of letters in the Voltaire correspondence.

Since the publication of the Voltaire correspondence in more complete and accurate form by Theodore Besterman (Genève, Institut et Musée Voltaire, Les Délices, 1953–65, 107 volumes), the number of letters to and from Voltaire has been approximately doubled from those in the Moland edition, numbering now some 20,000.

Page 41. Conclusion of Voltaire's *Histoire de Charles XII.*

With Voltaire's constructive conclusion, one may compare the disillusionment of Gray's *Elegy in a Country Churchyard* (1751) in its frequently quoted line, "The paths of glory lead but to the grave." The implied moral, though not drawn, is, however, no doubt the same as Voltaire's.

Page 42. The name, *Zaïre.*

The name *Zaïre* is also the name of a slave in Racine's tragedy *Bajazet* (1672), very familiar of course to Voltaire.

Page 44. Voltaire's *Lettres philosophiques.*

Voltaire first tried his hand at a vivid word-picture of the English scene (*Lettres philosophiques*, Lanson ed., Paris, Hachette, 1915–17, II, 256–77), but then abandoned it for the trenchant emphasis on ideas which we now have.

Page 62. Line 5, "ici."

By the important word *ici*, Voltaire indicates that the letter was originally written, or is at least assumed to have been written, while in England before his return to France. See, however, Harcourt Brown, "The Composition of the Letters concerning the English Nation" (*The Age of the Enlightenment.*

Studies presented to Theodore Besterman, Edinburgh, Oliver and Boyd, 1967, p. 24) where the author observes: "The use of *here* and *there*, *ici* and *là*, in the whole book is not consistent, but argument from such easily interpolated words and phrases does not always carry conviction."

Page 66. The scene of the grave diggers in *Hamlet*.

With Voltaire's mocking condemnation of the grave digger scene in *Hamlet*, it is interesting to compare a similar modern viewpoint expressed in a contemporary newspaper. The famous Shakespearean actor, Maurice Evans, omitted the scene from his performance, it is explained, "because the grave diggers' scene is not needful to the plot and the humor of it is strange to modern ears." Obviously, there are many, better attuned to Shakespeare's use of dramatic contrast, who will not agree.

Page 77. Mme du Châtelet.

On *Voltaire and Mme du Châtelet*, see the important book under that title by Ira O. Wade, Princeton University Press, 1941, emphasizing the importance of their relationship in terms of Voltaire's ideas.

Page 101. *Le Mondain.*

On Voltaire's important poem, see also Georges Ascoli, *Voltaire, Poèmes philosophiques*, a mimeographed study in the series, Les Cours de Sorbonne, Paris, Centre de Documentation universitaire [1936?]. Pages 1, 3–5, 8–46 (fascicule I), and pages 47–61 (fascicule II) deal with *Le Mondain.*

Page 116. *Les Discours en vers sur l'Homme.*

Add to the references on the *Discours sur l'Homme*, the study by Georges Ascoli on Voltaire's *Poèmes philosophiques*, listed in the preceding entry. In our text, page 122, line 9 from the end, all the 18th century editions read *paissait* (grazed) instead of the less concrete *passait* of Moland.

Page 116. Note 30. Voltaire and Pope.

Voltaire's attitude toward Pope's *Essay on Man* was recorded by himself, evidently many years later, in the form of marginal notes in English and in French on the pages of his own copy of an English edition of the poem. (See my article in *Modern Language Notes*, November, 1928.)

Page 174. Line 12, "On parla des passions."

On this interesting idea that the passions can be beneficial as well as dangerous, that "ce sont les vents qui enflent les voiles du vaisseau," furnishing the drive and energy and enthusiasm for action, compare Pope, *Essay on Man, Essay II* (1733), lines 107–08:

On life's vast ocean diversely we sail,

Reason the card, but passion is the gale.

Ira O. Wade has studied this subject under the title, "A Favorite Metaphor of Voltaire," in the *Romanic Review*, XXVI, 330–34, 1935. Mr. Wade, however, places more emphasis on other background authors in this connection and less than I should be inclined to do on the decisive influence of Pope. Note also Voltaire's lines in his *Discours sur l'Homme* , *V^e Discours* (1739) (see page 119, above):

Oui, pour nous élever aux grandes actions,

Dieu nous a, par bonté, donné les passions :

Tout dangereux qu'il est, c'est un présent céleste ;

L'usage en est heureux, si l'abus est funeste.

Page 201. The Date of *Micromégas*.

Ira O. Wade, in his excellent book on *Micromégas* (Princeton University Press, 1950, pp. 12–36), has cogently reviewed, and added to, the convincing evidence in favor of the composition of a prose tale resembling in many ways *Micromégas* as early as 1739. This story, which remained unpublished, bore the title of *Voyage du baron de Gangan*. With additions and revisions, the extent of which it is at present impossible to determine, the tale appeared finally in 1752 in the form which we now

know as *Micromégas*. Before Professor Wade's study, Mr. Joe
B. Cox, in an unpublished Master's thesis (1941) on deposit in
the Library of the Ohio State University, had come to generally
similar conclusions about the origin of *Micromégas* which the
war, intervening, prevented him from making known to the
public. Mr. Wade, however, cites Mr. Cox in his Bibliography
and refers to him several times in his *Introduction* and *Notes*.

Page 223. The *Poème sur la Loi naturelle*.

This interesting philosophical poem appeared in a small vol-
ume along with the *Poème sur le Désastre de Lisbonne*, com-
posed a few years later, in 1756. Voltaire liked to refer to the
two poems facetiously as his "deux petits sermons." The
Poème sur la Loi naturelle has been restudied in a critical edi-
tion by Professor Francis J. Crowley, published by the Univer-
sity of California Press in 1938. This modern edition throws
much light on the significance of the poem for the development
of Voltaire's thought in mid-eighteenth century.

Pages 241–45. A famous letter to Jean-Jacques Rousseau.

This letter of August 30, 1755, written by Voltaire to
Rousseau, is no doubt best known to the public in the form
given here which is the version found in the Moland edition of
Voltaire's *Œuvres complètes,* Volume XXXVIII. It is not,
however, exactly the text which was originally sent to Rous-
seau, the author having revised it before allowing it to be
printed several times soon after it was first written. Hence
there are many variant readings. The original text is given by
Besterman, *Voltaire's Correspondence*, XXVII, Nº 5792, with
the variants; and also in the *Correspondance complète de Jean-
Jacques Rousseau* (éd. R. A. Leigh), III, which likewise gives
the variants and an extensive commentary in the Notes.

Although Voltaire wrote the letter ostensibly as an acknowl-
edgment of Rousseau's *Discours sur l'inégalité* (1755) of which
the author had just sent him a complimentary copy on the occa-

sion of its first appearance, it has often been observed that Voltaire's argument is directed rather against Jean-Jacques' First Discourse, the *Discours sur les sciences et les arts* (1750). R. A. Leigh remarks that it would be still more accurate to say that Voltaire had chiefly in mind his own difficulties and literary quarrels of the moment and was more inspired by them than by either of Rousseau's early works which appeared to be the objects of attack.

Page 247. The *Poème sur le Désastre de Lisbonne.*

See the important mimeographed study of this poem by Georges Ascoli which has been referred to above in connection with *Le Mondain* and *Les Discours sur l'Homme.* For *Le Poème sur le Désastre de Lisbonne,* see pages 2–3, 6–7 (fascicule I) and pages 177–207 (fascicule V) of Ascoli's study.

It should be noted that the mildly hopeful conclusion of this poem was added *après coup* for reasons of prudence, as Voltaire's correspondence clearly indicates. It cannot be taken at face value, as does Alfred Noyes in his book, *Voltaire,* New York, 1936, p. 466. (See my articles, "Voltaire's Pessimistic Revision of the Conclusion of his *Poème sur le Désastre de Lisbonne,*" *Mod. Lang. Notes,* December, 1929; and "The Conclusion of Voltaire's *Poème sur le Désastre de Lisbonne,*" *ibid.,* June, 1941.)

Page 249. Line 25. A correction of Moland's text.

The reading of the *Preface* to the poem in the Moland edition, "de cet ancien axiome," is an unfortunate error of the Voltaire editors beginning as early as 1768. Looked at closely, it clearly makes no sense. The text should read "du nouvel axiome," to which we have accordingly changed it. This error was pointed out by Georges Ascoli in his mimeographed edition (Fascicule V, p. 190) to which we have referred above.

Page 250. Line 2 of the poem. A further correction in Moland.

The Moland edition reads incorrectly:

"O de tous les mortels assemblage effroyable!"

The word "mortels" was obviously accidentally repeated from Line 1 by the copyist and, seeming to make a kind of vague sense, has generally gone unnoticed. The correct form, given by Ascoli (Fascicule V, p. 191) is "fléaux," which is found in the Kehl edition (Volume XII, 116, 1785). Ascoli notes also that Voltaire had earlier written "malheurs," with the same, but a less expressive meaning. Moreover, the author decided no doubt to avoid a third repetition of the sound m after having already used it twice in Line 1. In a letter to Dupont, Colini, Voltaire's secretary, also quotes the correct form, "fléaux," thus adding further confirmation. (Moland, XXXIX, 10; Besterman, XXIX, 130, N° 6121, dated March 21, 1756, one day later than in Moland.) (See likewise my article, "The Beginning of Voltaire's *Poème sur le Désastre de Lisbonne*," *Mod. Lang. Notes*, November, 1947.)

Page 274. *Candide.*

The student wishing a more complete understanding of the composition and background of *Candide* may consult, besides the admirable critical edition of André Morize (Paris, Hachette, 1913; Paris, Droz, 1931; Didier, 1957), the Introduction and Notes to my edition of Voltaire's brief masterpiece published by Henry Holt and Company, New York, 1934, and, with some revisions, by Holt, Rinehart, and Winston, Inc., in 1969. See particularly my study of the philosophy of Optimism, the account of the relations between Voltaire and Rousseau during the period immediately preceding *Candide*, the discussion of the bearing of Voltaire's satire, and the analysis of his style. Ira O. Wade, in an extended study (*Voltaire and Candide*, Princeton University Press, 1959), reveals particularly the significance of the newly discovered La Vallière manuscript of Voltaire's novel. He concludes that the author began the

writing of *Candide* as early as January, 1758 (some six months before the time thought probable by Morize), continued it in March and April, practically finished it perhaps by the first part of August, with some retouches, however, in the late fall before publication near the beginning of the following year (pp. 155–56). A second critical edition of *Candide*, with important new insights and additions resulting from recent scholarship, has been published by M. René Pomeau, also in 1959 (Paris, Nizet). A detailed analysis and interpretation of *Candide* by William F. Bottiglia likewise appeared in this bicentenary year, and again, extensively revised, in 1964 (*Studies on Voltaire and the Eighteenth Century*, edited by Theodore Besterman, Genève, Institut et Musée Voltaire, Les Délices, Volumes VII and VII A). A brief, suggestive, and lively volume is the *Essai sur Candide* by Jean Sareil (Genève, Droz, 1967).

Page 331. Physical versus moral courage on the part of Voltaire.

Already in the eighteenth century, the Marquis D'Argenson drew the important distinction between physical and moral courage, not always both present in the same person. "Il y a longtemps," writes D'Argenson, "que l'on a distingué le courage de l'esprit de celui du corps. On les trouve rarement réunis. Voltaire m'en est un exemple. Il a dans l'âme un courage digne de Turenne, de Moïse, de Gustave Adolphe, il voit de haut, il entreprend, il ne s'étonne de rien; mais il craint les moindres dangers pour son corps, et est poltron avéré." (D'Argenson, *Mémoires*, Paris, Jannet, 1857–58, V, 144–45.) It was no doubt Voltaire's supersensitive nervous system which betrayed him physically. With his nerves thus working against him and counseling prudence, Voltaire clearly deserves all the more credit for his moral courage as he persisted, in spite of danger, in criticizing abuses under the Old Régime.

Page 360. Voltaire's *Dictionnaire philosophique*.

An edition of Voltaire's *Dictionnaire philosophique* with an Introduction by Julien Benda and the text established by Raymond Naves was published in 1936, without date, by Garnier Frères in the series of the *Classiques Garnier,* 2 volumes. This edition presents the original text of 1764 when it was still, in its brief form, appropriately entitled by its author *Le Dictionnaire philosophique portatif.* The Benda-Naves edition includes also the changes and additions introduced in 1765, 1767, 1769, and 1770–72 as the original text gradually became expanded to its present form.

Page 423. Note 84. Voltaire and Religion.

Boswell, in his letter to Temple cited earlier in this Appendix, gives a vivid account of how he drew from Voltaire a discussion of religion. After a passionate argument which caused Voltaire's aged frame to collapse with exhaustion in a chair, he recovered and, as Boswell took another tack, "talked to him serious and earnest," and "demanded of him an honest confession of his real sentiments," Voltaire gave it "with candour and with a mild eloquence which touched my heart," Boswell writes. Then the Englishman continues: "He exprest his veneration—his love—of the Supreme Being, and his entire resignation to the will of Him who is all-wise. He exprest his desire to resemble the Author of goodness, by being good himself. His sentiments go no farther. He does not inflame his mind with grand hopes of the immortality of the soul. He says it may be; but he knows nothing of it. And his mind is in perfect tranquillity." (*Private Papers of James Boswell,* IV, 18–19.) Thus Voltaire showed himself essentially of the same opinion expressed thirty years before in his unpublished *Traité de métaphysique* (1734). (See above, p. 92, and Moland, XXII, 209–15. See also, p. 431.) A complete and authoritative study of Voltaire's religion by René Pomeau, *La religion de Voltaire,* appeared in Paris, published by Nizet, in 1956.

Page 431. Note 96. Voltaire's Private Library.

About six months after Voltaire's death, Catherine the Great of Russia, one of his correspondents and an enthusiastic admirer of his works, bought his entire private library as it was at Ferney, numbering some 7500 volumes. This included by a separate purchase 227 English books given by Voltaire to a friend, Henri Rieu. The library was transported to Saint-Petersburg and installed by Wagnière, Voltaire's secretary, in the royal Hermitage on the banks of the Neva, supposedly in the same order as on the shelves of Ferney. The books are preserved intact in the Public Library at Leningrad, where Professor Norman L. Torrey and I in 1927, Professor Edith Philips in 1929, myself again in 1930, and Professor Torrey in 1932, have had the privilege of studying it. Since then, other scholars in this country and in France have also worked in the Voltaire library. In addition to three articles mentioned in the Selective Bibliography at the beginning of this book, Norman L. Torrey and I have published Voltaire's *Catalogue of his Library at Ferney (Studies on Voltaire and the Eighteenth Century*, edited by Theodore Besterman, Genève, Institut et Musée Voltaire, Les Délices, Vol. IX, 1959). A more complete study, with the advantage of having been made from the beginning and completed on the spot in the presence of the books themselves, has been published by the Academy of Sciences of the Soviet Union at Moscow and Leningrad in 1961. While the titles of the books listed are of course in their original languages (largely French, Latin, and English), the introductory studies by different authors and the comments are in Russian except for a nine-page summary in French at the end of the volume. A translation of the book into English obtained through the initiative of Professor William F. Bottiglia is available, however, and may be consulted at the Library of the Massachusetts Institute of Technology, Cambridge, Mass. An important review-article,

"Voltaire's Private Library in Leningrad", also by William F. Bottiglia, is to be found in *Diderot Studies VIII* (Genève, Droz 1966, pp. 269–79).

The Voltaire library, rich as it is in marginal comments in his own hand—often with characteristic verve and cutting wit—throws vivid light on Voltaire's mind as it worked in the safe privacy of his own home. It helps us now to trace the development of his thought and reveals more clearly his lively, intense personality.

Page 434. A comment by Voltaire on his many-volumed work.

Contemplating the mad scramble of eighteenth-century publishers to seize upon and print even the slightest of his writings, Voltaire exclaimed in protest to Mme Suard: "On ne va point à la postérité avec un si gros bagage." (Moland, I, 387.) It is true of course that much of what he wrote is, as it was intended to be, for the moment only. Yet it is equally true also that a remarkable amount has survived and still remains important for our present age. In this respect, Voltaire, happily, has proved to be a poor prophet about his own work, and we can rejoice in that fact today.